The Lost Girls

잃어버린 소녀들

The Lost Girls

다니엘 홀베 지음

서지희 옮김

점박이 하이에나의 흉측한 생김새와 비웃는 듯한 섬뜩한 울음소리…….
이 잔인한 맹수들은 사람 목소리를 흉내 내서 사람을 유인한 뒤, 불시에
덮쳐 죽인다. 모든 맹수를 통틀어 가장 추악하고 야비한 존재임이 틀림없다.

—알프레드 E. 브렘(동물학자)의 〈동물의 생활(Brehms Thierleben)〉(1864) 중

진실로 인간은 동물의 왕이다.
왜냐하면, 인간의 잔인성은 동물을 능가하기 때문이다.

—레오나르도 다빈치(박식가), 1500년 경

프롤로그 1

그는 자기 몸이 변하는 것을 느끼지 못했다. 몸 안의 야수가 고개를 쳐들고, 그 동물적 본능이 껍데기일 뿐인 그의 몸뚱이를 제멋대로 휘두르는 것을. 다리우스가 가속페달을 꽉 밟자, Z3의 4기통 엔진이 힘차게 움직이기 시작했다. 차를 사는 데는 상당한 돈이 들었지만, 품위를 차리려면 그 정도는 충분히 감수할 수 있었다. 하지만 그 품위 역시 야수 앞에서는 껍데기에 불과했다. 도로 위에 수두룩하게 깔린 투박한 외관의 자동차들 속에서 다리우스의 차는 단연 돋보였다. 그는 음악을 크게 틀었다. 프리드베르거 도로에 접어들 때쯤에는 속도를 줄이고 듣던 곡을 다시 처음부터 틀었다.

Animal! Living in a human suit…… ('동물! 인간의 탈을 쓰고 있네', 호주 출신 록그룹 AC/DC의 노래 〈If you want blood〉에 나오는 가사로, 원래는 'suit'이 아니라 'zoo'가 맞다—역주)

그는 AC/DC의 노래 가사를 잘못 알고 있었는데, 사실 그건 별로 중요한 일도 아니었다. 그가 탄 차는 색을 입힌 전면유리 덕분

7

에 이전과는 다른 화려한 이미지를 얻게 된 구(舊) 쉘 빌딩을 지났다. 곧 프랑크푸르트 응용과학대학이 나왔다. 낡고 오래된, 그라피티로 뒤덮인 데다 주차공간도 턱없이 부족한 건물. 그는 손가락으로 파일럿 선글라스를 밀어 올렸고, 곧 신호등이 초록 불로 바뀌었다.

If you want blood - you've got it!('피를 원한다면 – 갖게 될 거야!' — 역주)

스코틀랜드계 호주 록그룹이 부르는 후렴구가 그의 귓속을 쿵쿵 때렸고, 서브우퍼의 진동이 그의 등을 주물러댔다. 몇몇 학생이 그가 있는 쪽을 쳐다봤다. 개중에는 고개를 절레절레 젓는 이도 있었지만, 그런 질투 어린 시선쯤은 살포시 무시하면 그만이었다. 그보다는 청바지 차림의 금발 여성이 그를 향해 날리는 미소가 훨씬 더 의미 있었다. 그럴 때면 그는 온몸에 전율이 일었다.

다리우스는 12학년 때 김나지움을 그만두었다. 완고한 그의 부모님은 그것이 아주 불손한 행동이라며 끊임없이 그를 비난했다. 하지만 다른 친구들이 그 후로도 한참 동안 공부만 했던 반면, 그는 이미 몇 년 전부터 돈을 제법 벌고 있었다. 엄청나지는 않아도 충분히 많은 돈이었다. 그는 컴퓨터를 매우 잘 다루는 데다 장사수완도 좋았다. 컴퓨터만 아는 괴짜는 아니었지만, 근육질의 팔방미남형과는 더욱 거리가 멀었다. 사실 그의 얼굴은 이상하리만치 잔뜩 부어오른 입술 때문에 흉해 보였고, 귀는 지나치게 큰 편이었다. 하지만 그는 표정과 헤어스타일을 이용해 이런 단점을 잘 숨기곤 했다.

10분 뒤 그의 남색 컨버터블은 제크바흐의 멜중어 가(街)에 있는 어느 우아한 단독주택 앞에 멈춰 섰다. 제크바흐는 고도가 높아 시내가 한눈에 내려다보이는 프랑크푸르트 북동부에 자리 잡고 있었다.

마를렌이 문을 열어주었다. 동그란 얼굴, 어깨까지 내려오는 매끈한 어두운색 금발머리. 파란색 민소매 원피스가 균형이 잘 잡힌 그녀의 상체를 더욱 도드라져 보이게 했다.

"안녕." 그녀는 자극적인 미소를 지으며 속삭였다. "차 정말 멋진데."

이들의 어머니들은 예전에 출산을 함께한 사이였고 그 우연한 만남을 계기로 지금까지 친하게 지내고 있었다. 물론 여기에는 아버지들의 경제력이 비슷하다는 사실도 큰 몫을 했다. 반면에 마를렌과 다리우스는 친했던 적이 없었다. 그러다가 일주일 전, 몇 년 만에 우연히 마주친 이들은 시청 근처에서 함께 커피를 마시게 되었고, 마를렌은 아무 거리낌 없이 다리우스를 아침 식사에 초대했던 것이다. 아직 부모님과 함께 사는 그녀는 요새 세미나 리포트를 쓰는 데 열중해 있었고, 부모님은 6주간 뉴질랜드로 여행을 떠난 상태였다.

"고마워." 활짝 웃는 모습은 추해 보일 거라고 생각한 다리우스는 그 대신 익살스러운 미소를 지어 보였다.

"그럼 들어갈까?" 마를렌이 말했다.

베이컨 스크램블드 에그, 토스트, 구운 콩과 갓 짜낸 주스의 냄새가 풍겼다. 마를렌은 요리하는 걸 좋아한다는 얘기부터 유부남과 만났다는 근황까지 스스럼없이 털어놓았다. 지난 몇 년간 두 명의 유부남을 차례로 만났고 모두 불행한 관계였다는 것이었다. 마를렌은 둘 다 외로운 사람들이었다고 했다. 운명이란 인간이 만들어낸 것일 뿐, 동물의 세계에 그런 건 없다고.

하지만 다리우스는 그들의 재회가 우연이 아니라고 확신했다. 오늘 그는 페로몬 향수까지 뿌리고 온 터였다. 그걸 판 장사꾼의 말에 의하면 그 향수가 그를 이성에게 매력적으로 보이게끔 해준다고 했다. 뭐, 어쨌든 둘 사이에 기본적인 호감은 있었으니까. 그렇지 않았다면 그가 여기 올 일도 없었을 것이다. 애초에 마를렌이 초대도 안 했을 테니까 말이다.

'내가 뭘 원하는지 너도 곧 알게 될 거야.' 다리우스는 좌우로 흔들리는 마를렌의 엉덩이에서 눈을 떼지 않은 채 생각했다. 차 키를 현관 앞 탁자 위에 올려놓은 그는 그녀를 따라 거실로 들어갔다.

"오늘은 공부 안 해?"

"응." 마를렌은 한숨을 내쉬며 찻잔과 받침을 달그락거렸다. 그러고는 커피를 따라 한 잔을 다리우스의 앞으로 슥 밀었다. "이런 때도 있어야지. 건강, 외모도 챙기고 머리 염색도 하고, 또……." 그녀는 비밀스럽게 말끝을 흐렸다.

다리우스는 아무런 대답도 하지 않았다. 무의식중에 손을 꽉 움켜쥐는 바람에 뜨거운 커피가 손 위로 살짝 넘쳤고, 그는 짧게 욕설을 내뱉었다. 마를렌이 고개를 갸우뚱했다.

"뭐라고?"

"머리를 염색한다고? 그 예쁜 금발을?" 금발머리 여자를 좋아하는 다리우스가 보기에 마를렌의 머리색은 완벽했다.

"비행기 태우지 마." 마를렌은 멋쩍은 듯 대답하며 손으로 머리카락을 쓸어 넘겼다. "머릿결이 푸석푸석해서 빨리 트리트먼트를 받아야 해. 변화도 좀 주고 싶고."

"변화는 싫은데."

다리우스가 퉁명스럽게 말했지만 마를렌은 아무 대답 없이 다시 당돌한 모습으로 돌아갔다.

"내가 아까 '또……'라고 했을 때 무슨 말을 하려고 했는지 네가 물어봤다면 내가 왜 그러는지 알 수 있었을 거야." 그녀는 통밀 빵을 얇게 잘라 생치즈를 바른 뒤, 그 위에 딜 가루가 뿌려진 연어 조각을 올렸다.

다리우스는 한숨을 내쉬고는 토마토소스 콩 요리를 조금 덜었다. 스크램블드 에그도 조금 덜어 차이브를 뿌렸다. 그를 위해, 마를렌이 꽤나 신경을 쓴 건 분명해 보였다. 하지만 머리색을 바꾼다는 건 그의 마음에 들지 않았다.

"왜 변화를 준다는 건데?" 그는 결국 참지 못하고 물었다.

"괜찮은 남자를 만난 것 같아."

아무런 숨김없이, 너무도 태연하게 내뱉는 그녀의 말에 다리우스는 놀란 나머지 음식이 목구멍에 걸릴 지경이었다. 온몸에 전율이 일었고, 이마에는 땀방울이 송골송골 맺혔다. 그가 무슨 말을 해야 할지 고민하고 있을 때, 마를렌은 음식을 먹으며 이야기를 계속했다. 그 사람은 변호사인데 유부남이고 나이도 많지만, 그건 자신의 영원한 숙명이라고. 홀로 외롭게 오지도 않을 백마 탄 왕자를 기다리느니, 몇 달이라도 새로운 사람을 만나는 게 낫겠다고.

다리우스는 페로몬 향수와 자신의 스포츠 카, 그리고 마를렌에게 저주를 퍼부었다. 마를렌은 정말 아무 눈치도 못 채고 있는 걸까? 아니면 여러 가지 음식 냄새 때문에 페로몬의 향기를 맡지 못하는 걸까?

"샴페인 한잔할래?" 그녀가 격의 없는 말투로 물었다.

다리우스는 말없이 고개만 끄덕였다. 그는 마를렌의 손이 민첩한 동작으로 샴페인의 알루미늄 캡을 만지작거리는 걸 지켜보았다. 잠시 후 그녀는 새된 소리를 내며 자리에서 벌떡 일어났다. 파란색 옷으로 덮인 그녀의 가슴 위에 있던 빵 부스러기가 떨어져 내렸다. 그녀의 손가락에서 흘러나온 피 한 방울이 하얀 식탁보 위에 떨어졌다.

"에이, 손을 베었어." 그녀는 속삭이듯 말하고는 검지 끝을 입으로 빨았다. 그녀가 입고 있는 검은색 브래지어가 살짝 드러나 보였지만, 다리우스의 눈은 식탁보에 스며드는 핏방울에 고정되어 있었다. "샴페인 좀 따라줄래? 반창고를 가져와야겠어."

마를렌은 욕실 쪽으로 휙 사라져버렸다. 다리우스는 자신의 욕망을 다스리려 애쓰며 서서히 마음을 가라앉혔다. 그의 손은 샴페인 병을 움켜쥐고 있었다. 날카로운 철사를 돌려서 벗겨낸 그는 플라스틱 코르크 마개를 땄다. 비싼 샴페인은 아니었다. 마취제를 타도 사치스럽다고 생각되지 않을 만큼. 일순간 부글부글 거품을 내던 그 황금색 액체는 곧 다시 잠잠해졌다. 잠시 후 식탁으로 돌아온 마를렌은 잔을 들며 미소 지었다.

"초대해줘서 고마워." 다리우스가 먼저 건배를 했다.

20분 뒤 그는 마를렌의 몸에 올라타 있었다. 마를렌의 파란색 원피스는 다 밀려 올라갔고, 좀 전에 그가 황홀한 듯 냄새를 맡았던 그녀의 팬티는 한쪽 구석에 처박혀 있었다. 그는 원피스의 맨 윗단추를 풀고 가느다란 손가락으로 그녀의 가슴을 주물러댔다. 브래지어 아래로 단단해진 유두가 느껴졌다. 작은 완두콩 모양의 융기가 생겨나, 잠시 커졌다가, 다시 가라앉았다. 그는 마를렌이 움직이지 않기를 바라며 이로 조심스럽게 유두를 물었다. 마를렌은 그냥 그렇게 누워 있었다. 아무런 의지 없이. 이제 다리우스는 무엇이든 자신이 원하는 대로 할 수 있었다. 다만, 그가 가장 원했던 것만큼은 그녀로부터 얻을 수 없었다.

사랑, 열정, 헌신.

몇 번 안 되는 움직임 끝에 다리우스는 절정에 달했고, 몸을 부르르 떨며 마를렌의 허벅지 사이에 사정했다. 그가 일을 빨리 끝내서인지, 지금 눈앞에 펼쳐진 광경은 더욱 충격적이었다. 방금 전의 그런 동물적인 성행위에도 불구하고 소녀는 마치 아무 일 없었다는 듯 숨도 고르게 쉬고 아주 편안한 모습으로 누워 있었기 때문이다.

그는 여자들을 이런 식으로밖에 가질 수 없었을까?

다리우스는 공격성을 지니고 있었다. 자기혐오, 채울 수 없는 공허함. 그걸 없애기 위해서는 반라의 희생양들에 접근하는 수밖에 없었다.

그들을 그의 것으로 만드는 방법밖에는.

Animal-livin' in a human zoo('인간 동물원에 사는 동물' —역주).

그의 안에서 야수가 깨어나고 있었다.

프롤로그 2

　힘차게 내리쬐는 아침 햇살 덕분에 잿빛 가드레일도 따스한 빛을 띠고 있었다. 조금 전까지만 해도 그늘져 있던 젖은 아스팔트에서는 수증기가 피어올랐고, 중앙 분리대가 있는 쭉 뻗은 도로 위로 빛이 반사되어 반짝거렸다. 그때 견인차 한 대가 굉음을 내며 지나갔다. 그 진동이 어쩌나 센지, 휴게소 끝에서도 발바닥이 다 울릴 정도였다. 율리아 뒤랑은 두 눈을 질끈 감으며 골루아(Gaulois, 프랑스의 담배 상표 —역주)를 마지막으로 깊게 빨았다. 담배가 필터 속까지 타들어가 입술이 뜨거웠다. 그녀는 욕설을 내뱉으며 꽁초를 뒤로 탁 튕겨 버렸다.

　"안 내릴 거예요?" 율리아는 아직 차에 타고 있는 동료를 향해 물었다.

　프랑크 헬머는 신음소리를 내며 마지못해 차에서 빠져나왔다.

　"대체 여기서 뭘 하자는 건데요?" 그가 투덜거리듯 물었다. 손에 들고 있는 반쯤 찬 틱탁 캔디 통에서 달그락 소리가 났다. 그는 팔꿈치로 문을 밀어 닫으며 캔디 세 알을 입에 털어 넣었다. 며칠 전부터 불면증을 호소하던 그의 눈은 충혈되어 있었다. 율리아와 마찬가지로 그도 역시 프랑크푸르트 K11, 즉 살인사건전담반 소속이었는데, 그의 질문은 사실 타당한 것이었다. '자우어란트 선(線)'이라 불리는 A45 고속도로의 슈타우퍼부르크 휴게소는 그들의 관할구역에서 한참 벗어난 곳이었기 때문이다.

율리아는 꽤 오래전부터 프랑크의 버릇이 되어버린 투덜거림을 못들은 체했다. 차를 타고 오는 내내 입을 꾹 닫고 창 밖만 바라보던 그였다. 고의든 아니든, 무관심을 대놓고 드러내는 그의 태도에 율리아는 화가 났다.

"베아테 쉬르만은 2년여 전부터 실종상태예요." 율리아가 입을 열었다. "그런데 오늘 우리는 그 사건에 대한 단서를 잡았다고요. 내가 이런 일에 신경 써서 미안하게 됐네요."

"누가 뭐래요?" 프랑크는 다소 짜증스러운 표정으로 양손을 들어 올렸다. 율리아는 그의 셔츠 왼쪽 가슴주머니에 손바닥만 한 크기의 커피 얼룩이 져 있는 것을 발견했다. 그건 그가 어제 입었던 셔츠와 티셔츠 콤비를 오늘도 입었다는 말이었다. 그에 대해 율리아가 막 뭐라고 하려는 찰나, 한 경찰관이 헐레벌떡 달려왔다. 키가 190센티미터는 되어 보이는 그 풍채 좋은 거구는 율리아보다 머리통 하나 이상 더 컸다.

"프랑크푸르트에서 오신 형사님들이신가요?"

그는 숨을 가쁘게 몰아쉬며 검지로 율리아와 프랑크가 타고 온 차의 번호판을 가리켰다.

"둘째가라면 서러운 수사관들이죠." 프랑크가 빈정대며 대답했다. 그 경찰관이 해를 등지고 서 있어서 프랑크는 햇빛 때문에 손으로 눈을 가리고 있었는데, 율리아는 차라리 그가 그러고 있는 편이 덜 창피하다고 생각했다. 사실 프랑크가 그리 못된 사람은 아니었다. 하지만 요즘 들어…….

율리아는 쿠쉬니어츠키라고 자신을 소개하는 경찰관에게 악수를 건넸다.

"그냥 라이너라고 불러주세요." 그는 씩 웃으며 말했다. "40년 넘게 일했는데도 인사과에서조차 내 이름을 어려워한답니다."

율리아는 신분증을 꺼내 보여준 뒤 그와 몇 마디 나누었다. 그리고 곧 움직이기 시작했다. 휴게소 가장자리에는 촘촘한 철조망이 둘러져 있었고, 그 뒤로는 숲과 벌판이 펼쳐져 있었다. 망루 두 개가 하늘로 힘차게 뻗은 뮌첸부르크 성의 꼭대기에는 빨간색과 흰색이 섞인 깃발 하나가 나부꼈다. 그들은 열려 있는 철문 앞에 다다랐다. 그 안쪽으로 잘 다져진 길이 나 있었다. 꽤 넓은 지대의 풀들이 발에 밟혀 땅에 납작 엎드려 있었고, 군데군데 온전히 나 있는 풀은 얼마 안 되었다. 갑자기 불어온 미풍에 실려 온 지독한 소변의 악취가 그들의 코를 찔렀다.

"조심하세요, 도처에 지뢰가 깔렸으니까요." 경찰관이 말에 그때부터 율리아는 자신의 발끝에서 눈을 떼지 못했다.

"이런 곳에 웬 화장실?" 암갈색의 팔각형 건물을 보고는 율리아가 중얼거렸다. 그녀가 좁은 길을 따라 계속 걸어가는데, 뒤에서 프랑크가 '동성애자들의 만남', '매춘'과 같은 말을 웅얼거리는 소리가 들렸다. 잠시 후, 라이너가 다시 입을 열었다. "좌측으로 내려가다가 도로가 나오면 바로 다시 올라가세요. 30미터 정도 될 겁니다. 찾기 쉬워요."

"같이 안 가세요?"

"네." 그는 애써 웃어 보였다. "전 이만 사무실로 돌아가 보는 게 좋겠습니다. 본래 내근직이거든요. 앞으로 몇 달간은 낮에 햇빛 볼 일 없을 겁니다."

"아무나 형사가 될 수 있는 건 아니지." 프랑크가 뒤에서 빈정댔다. 그는 부스럭거리며 담뱃갑을 꺼내 그 속에 든 하나 남은 담배를 손가락으로 찾았다.

"제 동료가 오늘 일진이 좀 안 좋아서요." 율리아가 사과의 말을 속삭이자 라이너는 괜찮다는 듯 미소 지었다.

"괜찮습니다. 제가 텔레비전에 나오는 형사들 같은 직업을 가졌다면 제 아내도 더 좋아했을걸요. 하지만 그런 인간쓰레기를 다루는 일은 제 능력 밖이라서요. 지치지 않으세요?"

율리아는 순간 말문이 막히고 눈빛이 어두워졌다.

"웬걸요, 지치죠." 그녀는 잠시 후 고개를 끄덕이며 신중하게 말했다. '당신이 상상하는 것 이상으로요.' 그녀는 이 우울한 생각은 차마 내뱉지 못했다.

베아테 쉬르만은 활달한 김나지움 학생으로, 사진을 보니 꽤나 앳되어 보이는 열한 살의 긴 금발머리 소녀였다. 실종되기 불과 며칠 전에 찍은 그 현상수배용 사진 속에서 베아테는 넓은 분홍색 머리띠를 한 채 입꼬리가 귀에 걸릴 정도로 환하게 웃고 있었다. 니더엘렌바흐에서 부모님, 오빠와 함께 살던 베아테는 오버엘렌바흐에 갔다가 집으로 돌아오는 도중 누군가에게 납치된 것으로 추정되었다. 적어도 수사관들과 베아테의 가족들은 그렇게 생각했다. 기타 수업을 받고 가까운 거리를 걸어서 귀가하던 소녀가 흔적도 없이 사라져버렸으니까. 베아테의 기타와 롤러블레이드가 어느 시냇가 근처에서 발견되었지만, 그걸로 끝이었다. 후에 몇몇 사람이 타 지역 번호판을 달고 창문을 선팅한 흰색 오펠 아스트라를 목격했다고 진술했지만, 이를 비롯한 어떤 진술도 단서를 제공해주지는 못했다. 베아테는 청바지와 분홍색 풀오버를 입고 있었는데, 그녀의 어머니가 조서에 쓴 바에 따르면 분홍색은 베아테가 가장 좋아하는 색이었다. 머리띠를 하고 있었는지에 대해서는 기타 선생님을 포함해 아무도 기억하는 사람이 없었다.

베아테의 부모님은 지푸라기라도 잡는 심정으로 사설 수색요원을 써보기도 하고, 경찰 역시 별다른 소식을 전해줄 수 없는데도 정기적으로 경찰서에 연락을 해왔다. 율리아도 경찰서에서 그들을 만나 이야기를 나눈 적이 여러 번 있었다. 율리아로서는 이제 그들과 만나는 일은 되도록 피하고 싶었다. 놓지 못하는 희망, 금방이라도 흐를 듯한 눈물을 잔뜩 머금고 있는 그들의 눈 속에 담긴 기대라는 불씨. 베아테의 가족은 이웃들에게 손가락질을 받고 크나큰 상처를 입었으면서도 여전히 니더엘렌바흐에 살고 있었다. 사람들은 모두 베아테가 이미 죽었을 거라고 생각했다. 폭행과 강간을 당한 뒤 어딘가 파묻혔을 거라고. 텔레비전에서 항상 나오는 일 아닌가. 하지만 베아테의 가족은 그 집을 떠나지 않았다. 아니, 그들은 마치 아무 일도 없었던 것처럼 베아테가 다시 대문을 두드리기를 매일같이 기원하고 있었다.

흙이 쓸려 내려간 어느 도랑에서 분홍색 머리띠를 발견했을 때, 율리아는 이제 정말 모든 희망이 사라졌음을 알 수 있었다. 그녀는 땅이 꺼질 듯 한숨을 내쉬었다. 인간을 악으로부터 지켜 주리라 약속했던 전지전능한 하나님에 대한 믿음이 크게 흔들리는 순간이었다. 매번 겪어도 적응이 안 되는 순간. 그녀는 베아테가 실종되었던 날부터 사망하기까지 그리 오랜 시간이 걸리지 않았기를 간절히 바랐다.

"부디 오래 고통스러워하지는 않았기를."

하지만 실종으로부터 2년이나 지난 지금 정확한 사망시점을 알아내기란 거의 불가능했다.

폭우로 인해 모습을 드러낸 낡은 콘크리트관. 새벽에 조깅을 하던 한 여성의 반려견이 바로 이 관 속에서 뼈가 앙상한 시체가 담긴 찢어진 쓰레기봉투를 찾아냈다. 비록 그곳은 베아테가 실종된 장소로부터 차로 45분이나 떨어져 있었지만, 발견된 옷 조각 등 여러 증거들로 미루어볼 때 그 해골의 주인이 베아테라는 것이 점차 확실해졌다. 때문에 관할 경찰서에서 프랑크푸르트 경찰청으로 연락을 취했던 것이다. 수년간 경험한 일인데도 율리아는 목이 꽉 죄어오는 느낌이었다.

오늘 같은 날은 정말이지 형사라는 직업이 그녀의 영혼을 갉아먹는 것만 같은 기분이 들었다. 그것은 날카로운 이빨로 그녀를 물어뜯어 지울 수 없는 흉터를 남겼다. 그리고, 그녀가 할 수 있는 일은 아무것도 없었다.

한 시간이 채 지나지 않아 두 형사는 다시 햇볕에 뜨겁게 달궈진 차 안에 힘없이 올라탔다. 프랑크는 끙, 하는 소리를 내며 이마에 맺힌 땀을 닦았고 율리아는 담배에 불을 붙였다. 현장을 확인하고 돌아올 때부터 벌써 세 개비째였다. 그저 추측으로 여겼던 것이 이제 슬픈 현실이 되어버렸다. 발견된 증거와 개인 소지품들을 보면 베아테 쉬르만이 아닐 가능성은 없다고 봐야 했다. 베아테는 프랑크푸르트 출신이었으므로 법의학자의 최종 증명이 끝나면 시신 부검은 프랑크푸르트의 연구소에서 이루어질 터였다. 율리아는 특히 이번 사건만큼은 그녀가 잘 알고 지내는 동료들과 함께해야겠다고 생각했다. 비록 프랑크는 여전히 자기가 이 사건과 아무 관계도 없는 사람인 양 행동하고 있었지만.

"부모가 현실을 인정해야 하는데." 프랑크가 툴툴거렸다. "나도 한 대 줄래요?"

"당신도 아버지잖아요. 꼭 그렇게 냉정하게 말해야겠어요?" 율리아는 이렇게 물으며 파란색 담뱃갑을 그에게 건넸다. 두 사람은 대화도 거의 없이 고속도로를 달리다가 초록빛이 물결치는 초원에 이르렀을 즈음 화려하게 색칠된 주유소와 패스트푸드점 광고판을 발견했다. 프랑크는 '저기 들르자', '새 담배', '목이 마르다' 같은 말을 중얼거렸다.

"어차피 기름도 넣어야 해요."

율리아는 프랑크한테 화를 낼 힘도 없었고, 또 화를 내고 싶지도 않았다. 지금 상태만 봐도 그가 어제 기분 나쁜 하루를 보냈다는 걸 알 수 있었다. 아니, 기분 나쁜 일주일이라고 하는 편이 더 옳을 것이다. 정확히 말하자면 '개떡 같은' 일주일을.

율리아는 주유기 노즐을 손에 들고 휘발유 냄새를 맡지 않으려고 애쓰면서, 프랑크를 의심의 눈초리로 바라보았다. 문을 밀고 건물 안으로 들어가는 프랑크의 동작이 산만하고 뭔가 어색해 보였다. 어정쩡한 걸음걸이……

'아냐, 내 착각이겠지.' 율리아는 생각했다. 순간 프랑크가 그녀의 시야에서 사라졌다. 잠시 후 계산대 앞에 다시 나타난 그는 손으로 담배를 가리켰다. 뒤이어 가게 문을 열고 나와 율리아와 눈이 마주치자 어색한 미소를 지었다. 그러고는 담배 한 갑을 뜯고, 나머지 한 갑은 재킷 안에 집어넣었다. '재킷은 왜 입고 있는 거야?' 율리아는 생각했다.

약 2분 뒤 계산대 앞에 선 율리아 역시 결국 참지 못하고 담배를 샀다.

"저기 세 번째 줄에 있는 걸로 주세요." 그녀가 말했다. 지갑을 탁 닫고 서두르는 티를 내면서. 계산원이 그녀를 보고 씩 웃었다.

"이게 다인가요?"

'지금 나한테 치근대는 거야? 차라리 잘됐네.' 하고 율리아는 생각했다.

"아 참, 덕분에 생각났네요." 그녀는 고개를 들고 눈을 크게 떴다. "마실 것도 좀 사려고 했거든요. 혹시 방금 나간 제 동료가 사 갔나요?"

율리아가 엄지손가락으로 주유기가 있는 쪽을 가리키기가 무섭게 그 청년은 고개를 가로저었다.

"아뇨." 그는 대답을 주저했다. "물은 안 사셨어요." 그는 더 이상 아무 말 하지 않았지만, 계산대 옆 와인과 보드카가 진열된 곳을 힐끗 쳐다보는 그의 눈빛을 율리아는 놓치지 않았다.

'빌어먹을.' 그녀는 생각했다.

2013년 8월 27일, 화요일

오후 1시 20분

그는 새로이 시작된 율리아의 인생에서 첫 남자였다. 3년 전 율리아는 연애 라이프에 관한 한, 다시 처음부터 계산하기로 마음먹었다. 그런 그녀의 삶에 홀아비인 뮌헨 경찰청 살인사건전담반 소속 클라우스 호흐그레베가 발을 들여놓은 것이었다. 두 사람은 사건 수사 중에 만났고, 우연이든 아니든 둘 다 뮌헨 출신이었다. 비록 율리아는 20년 전 뭣 모를 때 결혼했다가 끔찍한 실패를 맛본 뒤로 고향을 등한시하며 지냈지만. 그러나 클라우스는 달랐다. 그는 사려 깊고, 겸손하고, 또 개인적으로 여러 삶의 굴곡을 겪어본 사람이었다. 두 사람은 마치 서로를 위해 태어난 듯 잘 맞았고, 그래서 둘 사이의 물리적 거리는 전혀 문제가 되지 않았다. 아니, 오히려 그 반대였다. 둘 중 누구도 자기 일을 포기할 생각이 없었으므로 한정된 둘만의 시간을 더 소중하게 쓰게 되었던 것이다. 율리아의 악몽은 전보다 횟수가 줄었지만 강도는 더욱 세졌

22

다. 지하 감옥, 낡은 벙커, 괴로울 정도의 적막함과 사람을 미치게 만드는 외로움. 무방비상태로 벌거벗은 몸과 잔인한 폭행. 이런 기억들은 새로 태어난 그녀의 머릿속에도 각인되어 있었지만, 그녀를 파멸시키지는 못했다. 자신이 율리아가 처음으로 아무런 조건 없이 마음으로 받아들인 남자임을 안 클라우스는 그에 합당한 책임감을 가지고 조심스럽게 행동할 줄 알았다.

율리아는 남은 2주일 치 휴가를 쓰기 위해 신청서를 제출했다. 베르거 반장을 설득하는 데는 그리 오래 걸리지 않았다. 휴가 시즌이 이미 끝나가고 있는 때라 일할 사람도 충분했다. 율리아는 열흘간 절친한 친구인 수잔네 톰린이 살고 있는 남프랑스에 다녀올 예정이었다.

"호텔을 예약했다가는 나를 무시하는 걸로 간주할 거야." 수잔네는 이렇게 말했다. "네 사랑 클라우스를 언제까지 그렇게 숨겨둘 수 있으리라 생각해?"

비록 농담 섞인 말이었지만 율리아로서도 수잔네의 제안을 거절할 이유는 전혀 없었다. 8월 19일, 율리아와 클라우스는 여행지 구석구석을 누비기 위해 자동차를 타고 출발했다. 코트다쥐르(프랑스 남부의 해안지역―역주) 주변에 볼거리가 특히 많았다. 클라우스가 필수 방문지로 꼽아둔 곳은 향수의 도시 그라스, 앙티브에 있는 피카소 미술관 외에도 여러 군데가 있었고, 거기에는 해안도로를 달리는 것도 물론 포함되었다. 모든 코스가 렌터카로도 갈 수 있는 곳이었기에, 율리아 역시 이번에는 비행기를 타지 않는 것에 동의했다.

율리아는 클라우스의 팔짱을 끼고 그와 나란히 걷고 있었다. 햇빛을 받아 금빛으로 반짝거리는 담벼락 위로 도마뱀들이 기어 나왔다가 사람이 가까이 다가가면 어두운 틈새로 쏙 모습을 감추었다. 율리아는 조용히 한숨을 내쉬었다. 눈 깜짝할 새에 휴가는 8일이나 지나가 버렸고, 또다시 작별의 시간이 다가올 터였다. 그녀는 수잔네를 만나기 전에 그런 생각들을 쫓아버리려 애썼다. 잠시 후 수잔네가 황급히 달려오는 모습을 본 율리아는 뭔가 안 좋은 일이 생겼음을 직감했다.

까무잡잡한 수잔네의 피부는 하얗게 질려있었다. 표정만 봐도 그녀의 심적 동요가 느껴질 정도였다. 율리아는 곧장 상상의 나래를 펼치기 시작했다. 여러 가지 가능성이 머릿속에 떠올랐다. '아들이 교통사고를 당했나? 속도 내는 걸 좋아하는 녀석인데. 아니면 병원에서 위독하다는 진단을 받았나? 그래, 어쩌면 은행으로부터 최후통첩을 알리는 전화 같은 걸 받았을 수도 있어.' 그러나 그런 일이 아니었다.

"율리아, 제발 놀라지 말고 들어." 수잔네의 목소리가 떨렸고, 클라우스는 좋지 않은 예감이라도 했는지 침착하게 율리아의 곁으로 다가섰다.

"무슨 일인데 그래?" 율리아는 뭔가 수상하다는 듯 왼쪽 눈을 질끈 감으며 수잔네의 표정을 살폈다.

"너희 아버지가," 수잔네는 어렵게 말을 꺼냈다.

뒤이은 '뇌졸중으로 쓰러지셨대' 라는 말이 율리아의 귀에는 아주 먼 곳에서 들리는 것처럼 느껴졌다. 소라 껍데기를 귀에 대고 있을 때처럼 윙윙대기도 했다. 마치 금방 깨버릴 것 같은 꿈속에 있는 듯, 전혀 현실로 느껴지지 않는 상황이었다.

"쓰러지셨다고?" 다리에 힘이 풀린 나머지 율리아의 몸이 덜덜 떨렸다. "언제, 대체 어떻게……?"

"나도 아직 자세한 건 몰라. 너희 아버지 댁 가정부가 막 쓰러지신 걸 발견했나 봐. 그래도 가정부가 있었으니 천만다행이지. 나

24

한테 전화가 왔었어. 네 휴대전화가 안 된다면서."

수잔네는 율리아가 죄책감을 느끼지 않도록 일부러 아무렇지 않은 척 서둘러 이야기했다. 혼자 사는 연로한 아버지로부터 350 킬로미터나 떨어진 곳에서 일했던 것에 대한 죄책감 말이다. 조금도 나아지지 않은 아버지의 건강 상태를 고려하면 말도 안 되는 일이었지만, 율리아에게는 항상 일이 우선이었다. 이미 오래 전에 목사직에서 은퇴한 아버지는 여전히 쉬지 않고 이곳저곳에서 설교를 이어갔으며, 자신이 맡았던 교구에서 헌신해왔다. 구원이 필요한 사람이 있다면 언제든지. 하지만 일이 이렇게 된 이상, 지금부터 책임지고 아버지를 지켜야 하는 건 그 교구 신자들이 아니었다. 그건 딸인 율리아의 몫이었다.

"클라우스, 나는, 음……. 우리는." 율리아는 생각을 정리하려 노력하며 입을 열었다.

"바로 출발해야죠." 그는 당연하다는 듯 고개를 끄덕였다.

수잔네는 짐 싸는 일을 도왔다.

율리아는 가슴이 아파 죽을 지경이었다.

오후 6시 30분

오크리프텔의 고급 단독주택 단지.

슈테파니의 방문이 잠겨 있는 건 요즘 들어 자주 있는 일이었다. 그녀는 대부분 밤늦게 들어왔는데, 집에 오면 서둘러 위층으로 올라가서는 누가 부르기 전에는 밖으로 나오는 일이 없었다. 어쩌다 함께 식사라도 하게 되면 분위기는 마치 싸구려 껌을 씹을 때처럼 딱딱하기 그지없었다. 슈테파니는 굳은 표정으로 말없이 앉아 최소량의 음식만을 입안으로 밀어 넣었고, 고개도 잘 들지 않았다.

프랑크는 딸과의 관계가 어디서부터 잘못됐는지, 대체 왜 이 지경이 됐는지 머리가 터져라 고민했지만 결국 모든 걸 사춘기 탓으로 돌리는 수밖에 없을 것 같았다. 하지만 단순히 호르몬의 변화만 가지고는(비록 그 변화가 아주 분명하게 보이기는 했지만) 본성 자체의 변화를 설명할 수가 없었다. 활달했던 슈테파니에게 무슨 일이 생긴 게 틀림없었지만, 그녀의 어머니이자 프랑크의 아내인 나딘 헬머는 이곳에 없기에 그를 도와줄 수 없었다. 나딘은 둘째 딸 마리−테레제를 데리고 미국에 가 있었다. 또다시 중복장애에 대한 특별 치료를 받을 수 있는 특수클리닉에 들어간 것이다. 어마어마한 돈이 드는 일이었지만, 상당한 재산을 물려받은 나딘은 딸의 상태가 호전되기만 한다면 얼마라도 쓸 준비가 되어 있었다. 현재까지는 시력과 청력이 아주 약간 좋아진 정도였다. 마리−테레제가 다른 아이들처럼 아무 걱정 없는 삶을 살 수는 없을 테지만, 적어도 다른 식으로 삶에 접근하는 방법을 배울 수는 있었다. 색깔을 구별하고, 소리를 듣고, 발음을 배우고. 이를 위한 4주라는 기간 중에 아직 반밖에 지나지 않았다. 즉, 슈테파니에 관한 문제는 당분간 프랑크 혼자 해결해야 한다는 의미였다. 혹시 슈테파니에게 남자친구가? 아버지로서는 견디기 힘든 상상이었다. 슈테파니가 그에게 그런 얘기를 하려고나 할까? 만약 그렇다면 그녀는 어떤 해명을 할까?

"이런 제기랄." 프랑크는 다 먹고 난 그릇들을 부엌으로 가져가며 중얼거렸다. 설거지는 전혀 그의 취향이 아니었기 때문이다. 그는 싱크대에 이미 쌓여 있는 접시와 도마 옆에 방금 가져온 그릇들을 내려놓았다.

그는 나딘을 사랑했고, 딸들도 사랑했다. 하지만 아내의 관심은 온통 마리−테레제에게만 쏠려 있었고, 게다가 지금은 수천 킬로미터나 떨어진 곳에 가 있었다. 아마 이 시간에는 자고 있을 테니 전화를 해볼 수도 없었다. 율리아마저도 통화가 안 되었다.

그때 발을 질질 끌며 걷는 소리를 들은 프랑크는 거실로 갔다. 슈테파니가 어디로 가든지 마주칠 수밖에 없는 장소. 목욕용 가운을 입은 채 손에는 수건을 든 그녀를 보고 프랑크가 물었다.

"뭐 하려고?"

슈테파니는 한심하다는 듯 눈알을 굴렸다. "뭐 할 것처럼 보이는데요?"

"글쎄, 확실히 크로스컨트리를 하는 건 아니겠지." 그는 딸의 건방진 말투에 화가 치밀어 오르는 걸 애써 억누르며 농담조로 대답했다.

슈테파니는 어깨를 으쓱하며 사우나와 수영장이 있는 지하층으로 향했다.

프랑크에게 한 가지 생각이 떠올랐다.

"수영장에서 누가 먼저 스무 번 돌고 오나 내기할까?" 그는 이렇게 말하며 부엌 쪽을 가리켰다.

"뭐라고요?"

"지는 사람이 설거지하기."

하지만 슈테파니는 고개를 절레절레 흔들며 그를 두고 가버렸다. 프랑크는 속이 부글부글 끓어올라 입술을 꽉 깨물었다. '소리 질러서는 안 돼.' 그는 생각했다. 다시 싱크대로 돌아온 그는 그릇을 닦기 시작했다. 그것도 손으로. 식기세척기에는 전에 이미 닦아서 건조까지 시킨 그릇들로 꽉 차있었는데, 시간이 지남에 따라 다시 쿰쿰한 냄새가 나서 또 한 번 돌려야했다. '몇 시간 있다 다시 나가봐야 해서 집에서 좀 쉬고 싶었는데, 대문을 열고 들어설 때부터 걱정하고 화낼 일뿐이라니.' 프랑크는 두 주먹을 불끈 쥐었다. 순간 딱 하는 소리와 함께 찻잔이 바닥으로 떨어졌다. 두 동강 난 찻잔의 손잡이는 여전히 그의 손에 들려있었다.

"빌어먹을!" 그제야 그는 폭발했다. 분노의 눈물이 흘러내렸다. 그는 손에 들린 찻잔 손잡이를 있는 힘껏 벽에다 던져버렸다.

오후 7시 48분

마티아스 볼너의 시신은 숲에서 멀지 않은, 잡초로 뒤덮인 어느 들판에서 발견되었다. 사냥꾼용 전망대의 나무 사다리가 시신 위로 긴 그림자를 드리우고 있었다. 두 명의 당직 형사, 페터 쿨머와 도리스 자이델이 그 옆에 서 있었다. 몇 년 전부터 진지한 사이가 된 그들에겐 딸도 하나 있었다. 구제불능 난봉꾼으로 유명했던 페터는 이제 얌전해졌지만, 특유의 통찰력만큼은 잃지 않고 있었다. 한편, 이전의 불행한 연애사 때문에 쾰른에서 프랑크푸르트로 전근해온 도리스는 아주 의욕적인 형사였다. 그리고 그건 한 아이의 엄마가 되고 나서도 전혀 변하지 않았다. 귀염성 있는 외모만 봐서는 그녀가 수년 전 가라테 검은 띠를 땄다는 사실을 믿기 어려울 터였다. 그녀는 쉰 살을 갓 넘긴 페터에 비해 나이가 훨씬 어렸다. 두 사람의 딸, 엘리자는 보모가 봐주고 있었다.

페터는 엉덩이를 잡초 속에 파묻은 채 무릎을 꿇고 주위를 살폈고, 도리스는 그의 뒤에서 뭔가를 기록했다. 그로부터 멀지 않은 곳에는 법의학자인 안드레아 지버스 박사가 웅크리고 앉아 있었다. 그녀는 갈색 머리를 하나로 묶고, 날씬하지만 다부진 몸에 평

28

퍼짐한 점프수트 스타일의 작업복을 입고 있었다. 그녀 주변의 풀들은 대부분 발에 밟혀 눌려 있었으며, 그 뒤로 경찰관들이 바삐 오가는 모습이 보였다. 과학수사반원들 역시 작업복을 입고 묵묵히 자기 일에 매진했다. 그곳에 모인 사람들의 표정은 현장의 광경이 꽤나 충격적임을 말해주고 있었다.

프랑크는 플라스틱 병에 든 음료를 크게 한 모금 들이켰다. 그의 손가락이 누르는 힘에 못 이겨 병이 따다닥 소리를 내며 구겨졌다. 45분 전(그가 부엌에서 그 난리를 치고 난 직후) 그는 율리아의 전화를 받았다. 아버지가 쓰러지셨고, 클라우스와 함께 뮌헨으로 가는 중이라는 말이었다. 제기랄. 오래 된 동료를 만나 신세 한탄을 하려던 계획은 물거품이 되고 말았다. 율리아에게는 그보다 더 중요한 가족이 있었다. 나딘이 그렇듯이. 또다시 한 모금 들이켜는 프랑크의 얼굴이 잔뜩 어두워졌다. 이글거리던 태양이 타우누스 산꼭대기 뒤로 사라진지 한참이 지났지만, 날은 여전히 더웠다. 그가 손등으로 입을 슥 문지르자 까칠까칠한 수염이 버석거렸다. 곧 이어 그는 커피가 든 종이컵을 들고 동료들에게 다가갔다.

"때 맞춰 잘 왔어요." 프랑크를 본 페터는 끙 하는 신음소리와 함께 몸을 일으켰다. 척추에서 우두둑 소리가 났다. "이 고통이 좀 덜해진다면 좋으련만." 페터는 얼굴을 찡그리며 덧붙였다.

"무슨 일이야?"

"남자 시신이에요." 지버스 박사가 고개를 끄덕여 인사하며 말했다. 프랑크는 걱정스러운 듯 바라보는 그녀의 시선을 느꼈다. 저녁노을 아래 서 있으니, 그의 모습이 더욱 초라해 보였을 테다. 게다가 오른손에는 흰색 붕대까지 매고 있었으니까. 아까 깨진 찻잔 조각을 줍다가 엄지와 검지 사이를 베였던 것이다.

"계속하시죠." 프랑크는 재촉했다. 그리고 지버스 박사가 주요 사항을 보고하는 동안 현장을 살펴보았다.

마티아스 볼너는 똑바로 누워 있었는데, 사실 이는 처음 자세와는 달랐다. 발견 당시 그는 피투성이인 채로 엎드려 있었는데, 그를 발견한 어느 용감한 산책객이 아직 살아 있을지도 모른다는 생각에 몸을 움직였던 것이다. 그 시점에 그가 살아 있었는지는 지버스 박사도 아직 확실히 알 수 없다고 했다. 시신의 체온은 거의 떨어지지 않았다. 출혈량과 찔린 상처의 개수를 감안해볼 때 오랜 시간 고통 받다가 사망한 것 같았다. 목에 난 교살 자국은 아마도 시신으로부터 1미터쯤 떨어진 곳에 놓여 있던 벨트로 인한 것인 듯했다. 벗겨진 운동화 한 짝은 50미터 떨어진 곳에서 발견되었다. 피살자가 도망치다가 벗겨졌던 걸까? 과학수사반은 운동화 한 짝이 발견된 곳을 중심으로 넘어진 흔적이 있는지 조사 중이었고, 피살자가 이리로 오게 된 경로도 재구성해보고 있었다. 프랑크는 골치가 아팠다. 그의 머리로 처리하기에는 너무 많은 정보가 한꺼번에 밀려들어왔기 때문이다. 하필이면 왜 오늘이야, 다음 근무 때까지 잠깐이라도 눈 좀 붙이려고 했는데. 아니면 슈테파니와 대화라도 할 생각이었는데.

"피살자는 살기 위해 필사적으로 노력했어요." 지버스 박사는 종합적인 의견을 말하며 한숨을 쉬었다. "빌어먹을, 저는 정말이지 이런 일에는 도무지 익숙해지지가 않네요."

"그게 무슨 말이에요?" 도리스가 물었다.

"어린아이나 청소년을 대상으로 한 범죄가 끊이질 않잖아요. 이 아이도 겨우 열일곱 살밖에 안 됐다고요. 이 나이에 죽다니요."

"저희 생각도 마찬가지입니다." 페터가 그녀의 말에 동의했다.

"자식을 둔 부모라면 그런 일들이 아주 다른 눈으로 보이죠. 안 그래요, 프랑크?"

순간 모든 이의 눈이 프랑크에게로 향했고, 프랑크로서는 그런 상황이 전혀 마음에 들지 않았다. 차라리 지버스 박사가 짓궂은 농담을 했다면 더 나았을 것 같았다. "흠." 그는 겨우 이 한 마디만을 내뱉고는 고개를 숙였다.

그때 차 한 대가 그들이 있는 곳으로 다가왔다. 경찰들이 쓰는 은어로 '냉혈한'이라 불리는 사람들이었다. 잿빛 옷을 입고, 함석 관을 실은 박스형 자동차를 타고 오는 말수 적은 남자들. 두 남자는 아직 자신들이 나설 차례가 아님을 알았는지, 차에 기대어 선 채 붉게 빛나는 노을 아래서 무심하게 담배만 피워댔다. 우울한 낭만이 느껴지는 모습이었다. 그들에게서 보이는 움직임이라고는 위아래로 흔들리는 담배의 불빛뿐이다.

마티아스 볼너는 부모님과 함께 살고 있었다. 프랑크푸르트 페켄하임 뷔르겔러 가에 있는 그 다세대주택은 그의 시신이 발견된 현장에서 얼핏 보일 정도로 아주 가까웠다. 페켄하임의 구시가지는 프랑크푸르트와 오펜바흐 사이 마인 강이 굽이굽이 흐르는 구간에 자리 잡아 목가적인 분위기를 풍겼다. 마지막 순간에 마티아스는 집을 보고 눈을 감았을까? 아니면 자기를 죽인 범인의 얼굴밖에 못 봤을까? 왜 범인은 그의 지갑을 가져가지 않았을까? 범인은 한 명인가? 과학수사반이 이러한 의문점들을 해결하는 사이에 마티아스의 가족으로부터 그가 왜 이곳에 왔는지 물어볼 수 있을 터였다. '마인보겐(Mainbogen)'이라 불리는 마인 강의 그 S자 형태 구간은 노을이 질 때만 특별한 장소가 되는 건 아니었다. 조용하고, 은밀하고, 낭만적인 그곳은 청소년, 산책객, 연인들 할 것 없이 모두에게 휴식처를 제공해주었다. 마티아스는 여기서 여자 친구를 만났던 걸까?

"제비뽑기할까요?" 페터가 프랑크에게 말했다.

생각에 잠겨 있던 프랑크는 화들짝 놀랐다. "무슨 말이야?"

"나 참, 가족들한테 알리는 거 말이에요. 진심으로 난 그 일만큼은 피하고 싶다고요."

"나도 마찬가지야." 프랑크가 말했다. "혼자는 더더욱 싫어."

"율리아는 대체 언제 와요?" 도리스가 물었다.

"월요일에요. 일이 다 잘 해결된다면."

"그게 무슨 뜻이에요?"

프랑크는 페터와 도리스에게 율리아의 아버지가 쓰러졌다는 소식을 알렸다. 두 사람도 그를 잘 알고 있었다. 율리아의 아버지는 종종 프랑크푸르트를 다녀갔으며, 때로는 오래 머무르기도 했기 때문이다. 율리아가 납치사건을 겪은 뒤 후유증에 시달렸을 때도 그랬다.

"젠장, 그럼 빨리 올 수가 없겠군." 페터가 이해한다는 듯한 얼굴로 말했다.

"율리아가 어떤 사람인지 당신도 잘 알잖아." 도리스가 페터의 말에 반기를 들고 나섰다. "아마 자기 근무 시간에 딱 맞춰 나타날 걸." 하지만 그녀 자신도 스스로의 말에 그리 확신하지 못하는 눈치였다.

"율리아 뒤랑 형사 얘기예요?" 지버스 박사가 세 사람이 서 있는 쪽으로 다가오며 물었다. 프랑크가 고개를 끄덕이기도 전에 그녀가 입을 열었다. "뒤랑 형사한테 알리는 게 나을 것 같은데요. 엽기적 범행에 관한 한 그녀가 전문가잖아요, 아닌가요?"

그녀는 검지로 시신이 있는 쪽을 가리켰다. 티셔츠가 밀려 올라가고 바지 앞섶은 풀어헤쳐진 상태였다. 바지가 살짝 내려가 있어서 프랑크는 직장 온도를 재느라 그런가 보다 하고 생각했다.

지버스 박사는 똑바로 누워 있는 시신의 검붉게 물든 티셔츠 밑으로 장갑 낀 손을 밀어 넣었다. 굳은 피가 떨어지며 쩍쩍 소리가 났다. 잠시 후 시신의 배꼽 부근에 있는 이상한 상처를 가장 먼저 발견한 사람은 다름 아닌 프랑크였다. 그는 가까이 다가가 상체를 구부렸다. 글자. 숫자. 특히 삐뚤빼뚤한 선 모양 상처는 그것이 생길 당시에 무척 아팠을 것 같아 보였다.

"제기랄." 그는 중얼거리며 양손을 모아 입술에 댄 채 몸을 일으켰다. "이게 대체 뭡니까?"

"분명 문신은 아니에요." 지버스 박사가 씩 웃으며 그 문자를 따라 손가락을 움직였다. 배꼽 주름 부분에는 글씨가 일그러져 있었다. 자세히 들여다본 결과 H, S, 그리고 하나 혹은 두 개의 E를 찾아냈지만, 나머지는 피와 일그러진 살 때문에 무슨 글자인지 알아볼 수 없었다. 그러나 프랑크에게는 그것만으로도 충분했다. 오래전 머릿속에서 몰아냈던 기억이 불현듯 떠올랐던 것이다.

20여 년 전의 일이다. 한 연쇄살인범이 젊은 금발머리 여성들을 골라 살해했다. 처음에는 미국에서, 수년이 흐른 후에는 프랑크푸르트에서. 당시는 율리아가 막 프랑크푸르트로 왔을 때였고, 그 사건은 그녀가 맡은 첫 번째 대사건이었다. 정확한 날짜는 사건파일에 나와 있을 테다. 범인을 검거한 후 이제 연쇄살인은 끝났다고 믿고 있던 시점에 또 다른 젊은 여성이 살해되었는데, 시신의 아랫배에는 글씨가 적혀 있었다. 그 순간, 프랑크는 마치 마티아스 볼너가 아닌 로제마리 슈탈만의 발아래 서 있는 것 마냥 그 현장의 모습이 생생히 기억났다. 특별수사팀까지 편성했지만 범인을 잡지는 못했던 그때가.

프랑크는 머리가 지끈거렸고, 무의식중에 흥분감이 밀려왔다. 미지근해진 커피를 목구멍에 털어 넣은 그는 담배를 찾아 주머니

를 뒤졌지만 거기엔 아무것도 없었다. 율리아에게 이 일을 알려
야만 했다.

오후 11시 12분

　일부 주들은 휴가 막바지였기 때문에 차가 밀릴 가능성이 있었
다. 클라우스 호흐그레베가 이를 감안해 추천 경로 대신 보첸과
인스부르크를 지나는 길을 선택한 덕분에, 도중에 10분 정도 막
힌 것 외에는 순조롭게 목적지에 도착할 수 있었다. 야간조 간호
사가 율리아에게 들어가면 안 된다는 신호를 보내자 클라우스는
간호사를 한쪽으로 데리고 가서 좋은 말로 구슬렸다. 어두운 방
한가운데에 놓인 침대에 율리아의 아버지가 누워 있었다. 숨을
고르게 쉬며 잠든 모습이었다. 조금 전 만난 의사는 뇌졸중이 그
의 언어중추에 손상을 입혔다고 했다. 그러나 율리아가 보아하니
안면근육은 마비되지 않은 것 같았다. 틀니도 없이 수염이 듬성
듬성 나 있는 아버지의 얼굴은 낯설 정도로 늙고 쇠약해 보였다.
"검사 결과를 기다려보기로 해요." 시간이 멈춘 듯, 한참을 물끄
러미 아버지를 바라보기만 하는 율리아에게 클라우스가 믿음직
한 저음의 목소리로 속삭였다. 그는 율리아의 어깨를 부드럽게
감싸 쥐고 병실 밖으로 데리고 나가려 했지만, 율리아는 그의 손
길을 뿌리쳤다. 그러고는 새근새근 숨 쉬고 있는 아버지의 이마
에 붙은 머리카락을 조심스레 떼어냈다. 그러자 아버지의 숨소리
가 순간적으로 커졌고 눈꺼풀이 실룩거렸다.
　'아빠, 눈 좀 떠보세요.' 그녀는 생각했다. '아빠의 그 따스하고
인자한 눈빛을 보고 싶어요.'

하지만 그녀의 아버지는 계속 잠만 잘 뿐이었다. 율리아의 볼 위로 눈물이 흘러내렸다. 보조침대 옆에 놓인 인공호흡기는 단조로운 쿵쿵, 쉬쉬 소리를 내며 오르락내리락하고 있었다. 방 안의 또 다른 침대는 비어 있었다. 적지 않은 환자들이 이 병동을 떠날 때 차를 꼭 필요로 했다. 혼자 휠체어라도 탈 수 있다면 다행이었다. 율리아는 고개를 가로젓고는, 흐르는 눈물을 손으로 훔치며 잔기침을 했다.

"밖으로 나갑시다." 클라우스가 속삭였다. "잠깐이라도 눈 좀 붙여야 내일 아침 일찍 출발할 수 있어요. 간호사한테 혹시 무슨 일이 생기면 연락하라고 당신 번호도 남겨놨어요."

율리아는 순순히 그의 말에 따랐다. 그 같은 남자를 만나게 해주신 데 대해 하나님께 감사기도라도 하고 싶은 심정이었지만, 지금 이 순간 그녀의 기도는 오로지 아버지를 위한 것이었다.

오후 11시 18분

프랑크는 그의 포르셰 911을 차고로 몰고 들어갔다. 경찰청에서 오는 길이었다. 율리아와 함께 쓰는 사무실에 혼자 앉아 있으려니 열흘 전부터 자리를 비운 그녀가 그리울 지경이었다. 하지만 예전 사건 파일을 조사해보고 난 뒤에도 그는 도무지 그녀에게 전화를 걸 용기를 낼 수가 없었다. 독일 북부지방 출신인 로제마리 슈탈만은 보덴제 방향으로 도보여행을 하고 있었다. 그녀가 이동했던 경로를 어느 정도 촘촘하게 재구성하는 데 몇 달이 걸렸지만, 그래도 여전히 아는 것보다 모르는 부분이 더 많았다. 그녀의 시신은 프랑크푸르트 북쪽, A5 고속도로의 한 휴게소 인근에서 발견되었다. 배수로 근처 수풀이 우거진 곳이라 사망한 지 며칠 만에 발견된 것이었다.

그 사건은 처음에는 고속도로 경찰이 맡았다가 곧 살인사건전담반에게 넘어갔다. '로지(Rosi) 특별수사팀'이라 이름 지은 수사팀에는 서로 이웃한 헤센 중부 경찰청 소속 경찰도 있었다. 그들은 로제마리의 엉덩이 부위에서 S, P, R과 S를 찾아냈다. 당시 법의학자는 로제마리의 자세와 대칭 등을 고려할 때 그녀 스스로 그 글씨를 썼을 가능성은 희박하다고 했다.

언론사들은 앞다투어 각종 검증되지 않은 이론들을 쏟아냈다. 범인은 한 명 이상일까? 범인이 자기가 죽였다고 표시라도 남긴 것일까? 아니면 일종의 어둠의 의식을 나타내는 고대 문자일까? 취미로 성경 연구를 하던 사람을 통해 두 번째 S는 숫자 5로 봐야 하며, 이것이 잠언 5장을 나타내는 게 틀림없다는 말을 들었다. 잠언은 여러 교훈과 격언을 편집해둔 것인데, '솔로몬의 잠언'으로 잘 알려져 있었다. 특히 5장은 간음하지 말라는 경고의 내용을 담고 있었다. 로제마리는 굉장히 예쁜 데다 활발한 소녀였기에 일부 사람들은 도보여행, 마약, 자유로운 성관계 등을 연관 지어 생각했다. 올바른 삶을 살았다면 도보여행 중 집에서 5백 킬로미터나 떨어진 곳에서 시체로 발견될 리 없다는 게 그들의 주장이었다. 언론사들 역시 그와 비슷한 뉘앙스의 보도기사를 냈다.

시간이 흐를수록 그 사건에 대한 관심도 시들해져갔다. 로제마리의 부모는 그 일로 인해 완전히 무너졌지만, 멀리 떨어져있는 프랑크푸르트에서 그런 일에 관심을 가지는 사람은 없었다. 그렇게 사람들의 기억 속에 오래 머물 힘이 없었던 로제마리 사건은 점차 잊혀져 버렸다. 프랑크는 볼에 홍조를 띤 채 미소 짓고 있는 여권사진 속 로제마리의 모습을 떠올렸다. 새하얗게 빛나던 치아, 아주 살짝 벌어진 앞니, 활기차면서도 사려 깊어 보이는 파란 눈. 어떻게 보면 그녀의 부드러운 표정은 슈테파니의 그것과도 좀 닮아 있었다.

슈테파니. 젠장! 오늘은 집에 진득하니 좀 있고 싶었는데.

*

살금살금 복도를 걸어간 프랑크는 슈테파니의 방에서 음악이나 텔레비전 소리가 나는지 조용히 귀를 기울였다. 시계를 보니 이미 자고 있을 시간이었다. 슈테파니의 성적은 그리 나쁜 편은 아니었지만 상위권과는 차이가 좀 있었다. 새 학년이 시작된 지 얼마 안 된 때였지만 넋 놓고 있을 시간이 없었다. 여름방학이 시작된 날부터 방 한구석에 처박아둔 도트무늬 책가방을 6주 내내 거들떠보지 않았던 것만으로도 충분했다. 프랑크는 비록 신앙심은 그리 깊지 않았지만, 사춘기 때만큼은 성경에 나와 있는 것처럼 엄하게 커야 한다고 생각했다. 순간 그의 머릿속에 다시 마티아스 볼너가 떠올랐다.

마티아스의 배에 적혀 있던 글자들은 어떤 심오한 뜻을 담고 있는 걸까? 이번에는 뭔가 알아낼 수 있을까? 아니면 혹시 로제마리의 몸에 있던 글씨와 비슷하다는 추측이 틀린 걸까? 거의 20년이나 지난 일이었으니까.

프랑크는 슈테파니의 방문을 조용히 두드렸다. 안에서는 아무 소리도 나지 않았다. 잠시 후 그는 조심스럽게 손잡이를 눌러 문을 연 뒤, 문틈으로 안을 살짝 들여다보았다. 번쩍이는 텔레비전 화면에는 DVD 목록이 보였다. 평온한 얼굴로 침대에 누워 새근새근 잠들어 있던 슈테파니는 문틈으로 새어 들어온 빛에 한숨을 쉬며 고개를 돌렸다. 그렇게 누워 있으니 꼭 천사 같았다. 다시 문을 닫은 프랑크는 내일 일찍 일어나 딸에게 정성이 듬뿍 담긴 아침 식사를 해주겠노라 다짐했다. 그는 그녀의 아버지였다. 딸이 섭섭하게 굴어도 참아내야 하는 게 아버지가 해야 할 일이었다. 마티아스와 로제마리의 부모는 잔인하게 빼앗긴 기회. 옷을 벗고 거울을 본 그는 당장 면도를 해야겠다고 생각했다. 피곤해서 눈 꺼풀이 저절로 감기고 다리에 힘이 풀릴 지경이었지만, 그는 곧 장 생각을 실행에 옮겼다.

율리아한테 전화를 해선 안 돼, 아직은.

프랑크의 내면에서 두 가지 목소리가 갈등 중이었다. 결국에는 질 수밖에 없는 싸움. 그는 일이 어떻게 될지 정확히 알고 있었다. 그가 전화하자마자 율리아는 쏜살같이 달려올 게 분명했다. 그녀는 일을 최우선으로 생각하는 사람이었고, 그건 그녀를 아는 사람이라면 누구나 다 짐작하는 사실이었다. 친구와 가족은 두 번째였지만 그래도 중요한 건 거의 마찬가지였기에 그녀는 자신의 충성심을 시험하는, 혹은 우선순위를 정하는 결단을 내려야 할 때면 무척 힘들어했다.

프랑크는 자신이 누워 있는 침대가 빙글빙글 도는 기분이었다. '전화를 안 하면 나중에 율리아가 날 죽이려 들 텐데.' 그는 생각했다. '나라도 그럴 테니까. 하지만 율리아가 전화를 받고 왔는데 만약 아버지가 돌아가신다면 그녀는 날 절대로 용서하지 않을 거야. 나도 날 용서할 수 없겠지. 그렇게 되면 내 전화가 도화선 역할을 한 거니까 말이야.'

프랑크는 머리가 돌아버릴 지경이었다. 하지만 결국 잠이 들기 직전에 결정을 내렸다. 절대 율리아에게 전화하지 않기로. 그는 마음이 싱숭생숭해 도무지 푹 잠을 이룰 수가 없었다.

2013년 8월 28일, 수요일

오전 9시 10분

사망소식을 전하는 일은 아무리 훌륭한 심리학 세미나를 들어도, 제아무리 베테랑 형사라도 쉬운 일이 아니었다. 오히려 그 반대였다. 전문가답게 거리 두기, 정신과전문의나 다른 의사의 번호 알아두기 등과 같은 나름의 대처방안들은, 자신의 희망이 사라졌음을 깨달은 상대방의 눈빛을 마주 대하는 동안 모두 쓸모없게 되어버리고 말았다. 그건 마치 그들 앞에 죽음의 소식을 툭 던져놓고는 '받기 싫으면 말고'라고 하는 거나 마찬가지였다. 배우자, 애인, 친척, 그중에서도 가장 비참한 건 자식의 죽음이었다. 불안해하면서도 희망을 버리지 못하는 그들의 눈빛은 싸늘하게 얼어붙고, 결국 끔찍한 절망의 눈빛으로 바뀌었다.

처음에 굳은 표정을 짓고 있는 건 대부분 같았지만, 그 뒤에 이어지는 장면은 저마다 완전히 다른 모습이었다. 어떤 사람은 순간 혈액순환에 문제가 생겨 대문 앞에서부터 쓰러지기도 하고,

어떤 사람은 형사한테 달려들기도 했다. 그간 마음을 짓눌렀던 근심과 긴장을 해소하려는 행동이니 형사가 아니라 누구라도 두들겨 패고 싶었을 터였다. 또 어떤 사람은 소리를 지르며 물건을 집어던지는 통에 진정제를 투여해야 하는 경우도 있었다. 마티아스 볼너의 어머니 역시 그런 부류였다. 프랑크는 페터와 도리스가 그를 대신해 마티아스의 부모를 만나준 데 대해 운이 좋았다고 생각할 수밖에 없었다.

오늘 프랑크는 곧장 페켄하임으로 가기로 되어 있었다. 슈테파니와의 아침 식사는 아주 빠르고 간단했다. 적어도 슈테파니에게는. 버스가 출발하기 5분 전에야 부엌으로 달려 들어온 그녀는 바나나와 뮈즐리 바 한 개씩을 집어 들었다. 스크램블드 에그와 토스트 냄새에도 별 감흥이 없는 모양이었다. 프랑크가 오렌지주스를 손으로 가리키자 그녀는 서둘러 한 모금 마시더니 금세 현관으로 사라져버렸다. 들릴 듯 말 듯한 '좋은 아침'과 건성건성 하는 '안녕'이라는 말이 그가 들은 전부였다. 아주 잠시 눈이 마주친 순간, 프랑크는 슈테파니의 우울해 보이는 충혈된 눈을 보고야 말았다. 운 게 틀림없었다. 화장으로 감추려 애쓴 흔적이 역력했지만 별로 도움이 된 것 같지는 않았다. 프랑크는 가만히 있을 수가 없었다.

"버스는 그냥 가게 둬, 아빠가 태워다 줄게." 그가 냉랭한 정적을 깨고 음식을 우물거리며 말했다. 그런 그를 슈테파니는 마치 좀비를 보듯 쳐다봤는데, 그로서는 딸의 반응을 이해할 수가 없었다. 학교에 태워다 준 게 이번이 처음도 아니었으니까. 슈테파니는 당황한 나머지 변명거리도 찾지 못하는 것처럼 보였고, 이는 프랑크에게 놓칠 수 없는 기회였다. 두 사람은 함께 차를 타고 아무 말 없이 슈테파니의 학교 앞까지 갔다. 가는 내내 슈테파니는 이어폰을 귀에 꽂고 음악을 들으며 떨리는 손가락으로 스마트폰 화면을 만지작거리고 있었다. 차 문을 닫기 전 그녀는 프랑크에게 살짝 미소 지었지만, 전혀 자연스럽지 않은 미소였다. 이제 프랑크는 원하던 원치 않던 마티아스 볼너의 집으로 가야 했다.

마티아스의 부모는 어느 다세대주택에 살고 있었다. 다소 고루해 보이지만 깔끔한 외관. 남의 눈에 띄지 않고, 또 남의 일에 무관심하게 살 수 있는 곳이었다. 가장자리에 두툼한 금빛 장식이 달린 옻칠된 어두운색 목제가구들은 1950년대를 연상시켰다. 크리스털 창유리, 조잡한 물건들로 가득한 진열장, 화려한 테디베어 인형들이 전시되어 있는 거실 서가. 어디선가 술 냄새가 풍겼다. 프랑크의 코는 그런 냄새에 특히 예민하게 반응했다. 그 밖에도 몇 시간 동안 줄기차게 커피를 끓여 마신 듯한 냄새와 담배 냄새도 섞여 있었다. 식탁은 어제 차려놓은 그대로인 듯했다. 접시 세 개, 유리잔 세 개, 식탁 한가운데에 놓인 반쯤 찬 수프 냄비 주변에는 파리들이 맴돌았다. 그들은 상을 차려놓고 마티아스를 기다렸을 터였다. 시간 맞춰 오지 않는다고 화를 내면서. 그 시각 마티아스가 살기 위해 사투를 벌이다 결국 지고 말았다는 사실은 알지 못한 채. 그들의 얼굴에는 극심한 충격과 더불어 수치심도 서려 있었다.

2층 창턱에 기대어 거리를 내다보던 마틴 볼너는 또다시 담배에 불을 붙였다. 옆에 놓인 재떨이는 이미 차고 넘쳐 있었다. 그는 아무런 움직임 없이 자욱한 담배 연기를 천장으로 내뿜으며 프랑크를 보았다. 엘리자베트 볼너는 격자무늬 소파 위에 웅크리고 앉아 있었다. 움푹 들어간 두 눈은 퉁퉁 부은 데다 음울한 빛을 띠었다. 순간 슈테파니를 떠올린 프랑크는 화들짝 놀라며 재빨리 그 생각을 몰아냈다. 그는 지금 상황에 집중하기 위해 애썼지만,

그를 둘러싸고 있는 공기 때문에 그러기가 쉽지 않았다. 볼너 부인의 입꼬리는 축 처져 있었는데, 아들을 잃은 크나큰 상실감 때문만이 아니라 본래 우울한 인상인 듯 보였다. 하나로 질끈 묶은 밤색 곱슬머리, 밋밋한 가슴, 헐렁한 블라우스와 투박한 치마까지, 여성스러움이라고는 찾아볼 수 없는 모습이었다. 그녀는 손목에 뼈가 툭 튀어나온 손으로 서투르게 담배에 불을 붙였다. 첫 모금에 쿨럭 하고 기침한 그녀는 다 잠긴 목소리로 물었다.

"다른 형사 분들은 어디 계시죠?"

"오늘은 제가 왔습니다." 프랑크는 다소 어색하게 대답했다. 다른 방법이 없지 않은가? 페터랑 도리스는 근무시간 전까지는 딸을 돌봐야 해서 못 왔다고 말했어야 하나? 외아들의 사망소식을 전해놓고 거기다 부모의 의무를 논하는 건 상식적으로 이해가 안 되는 일이었다.

"폐를 끼치게 되어 죄송합니다만, 몇 가지 더 여쭤볼 게 있어서 말입니다."

어제 페터와 도리스는 볼너 부부로부터 많은 것을 알아냈다. 마티아스 볼너는 지방에 있는 그림 전문기업에서 직업교육을 받고 있었다. 3대에 걸친 가업이었고, 마티아스는 2년째 배우던 중이었다. 진지하게 사귀는 여자 친구는 없었고, 물론 집에 데려온 적도 없었다. 하지만 아들이 그 정도 나이가 되었으면 부모가 아들의 사생활을 속속들이 다 알지 못할 가능성이 컸다. 문득 프랑크는 세 살밖에 안 된 딸을 둔 페터와 도리스가 부러워졌다. 그들은 힘들다고 하지만 그건 사춘기를 못 겪어봐서 하는 소리였다.

"그 자식을 우리보다 먼저 찾는 게 좋을 거요." 마틴 볼너가 으르렁댔다. 그의 두꺼운 눈썹 아래 매처럼 날카로운 눈이 프랑크의 눈과 마주쳤고, 이런 상황을 전혀 예상치 못했던 프랑크는 마른 침을 꿀꺽 삼켰다. 곧 창턱에서 몸을 뗀 그 거구는 발을 질질 끌며 색이 바랜 카펫 위를 걸어 소파가 있는 쪽으로 향했다.

"혹시 의심 가는 사람이 있으십니까? 그렇다면 말씀해주시죠." 프랑크가 말했다.

"의심이요?" 볼너는 피식 웃었다. 그가 소파에 털썩 주저앉자 셔츠가 위로 밀려 올라가며 털이 덥수룩한 출렁이는 뱃살이 살짝 드러났다. 그는 배를 긁적이고는 셔츠를 다시 끌어내렸다. "하긴 정신 나간 놈을 알아보는 거야 형사가 아니라도 할 수 있겠지. 누군가가 마티아스의 목을 조르고 칼로 찔렀소. 정상적인 사람이라면 그런 일은 하지 않겠죠, 안 그렇소?"

프랑크는 고개를 끄덕였다. 사실 볼너의 말이 옳았다. 다만 현재로서는 그의 슬픔이 분노로 바뀐 것일 뿐. 그에게서 아들을 빼앗아간 그 누군가에 대한 차가운 증오로.

"아직은 수사의 맨 초기 단계입니다." 프랑크는 고백하듯 말했다. "그러니 어제 있었던 일을 최대한 정확하게 재구성하는 일이 무엇보다 중요합니다. 마티아스는 왜 그 들판에 나갔을까요? 거긴 자주 갔습니까? 그렇다면 누굴 만났던 거죠? 무슨 문제나 적대관계, 경쟁관계 같은 게 있었나요? 마약은요?"

"마티아스는 마약 같은 건 안 했어요." 볼너 부인은 훌쩍이며 화가 난 목소리로 말했다. 그녀는 뭐라고 구시렁대며 반밖에 안 태운 담배를 김이 다 빠진 콜라가 든 잔에 던져 넣었다.

"죄송하지만 저로서는 여쭤볼 수밖에 없는 사항이라서요." 프랑크가 조용히 대답했다. 그의 눈길이 본의 아니게 담뱃갑 위에 너무 오래 머물렀는지, 볼너 부인이 그가 말을 다 마치기도 전에 끼어들었다.

"태우셔도 돼요."

"감사합니다." 프랑크는 담배 두 모금을 태우자마자 마음이 좀 진정되는 걸 느끼며 다시 입을 열었다. "말씀드렸다시피 저는 이런 질문을 드릴 수밖에 없는 입장입니다. 마티아스는 누구와 시간을 보냈습니까?"

"같이 다니는 패거리가 있어요." 볼너 부인은 중얼거렸다. "스쿠터나 만지고 할 일 없이 강변이나 어슬렁거리는 애들이요. 젊은 애들이 다 그렇잖아요."

프랑크는 생각에 잠겼다. 현장에서 스쿠터나 그 비슷한 건 발견되지 않았다.

"마티아스도 스쿠터를 가지고 있습니까?"

볼너 부인은 고개를 끄덕였다.

"그걸 타고 나갔나요?"

"아뇨, 뒷마당에 세워져 있소." 볼너는 이렇게 말하며 대충 창문 쪽을 가리켰다. "앞바퀴에 구멍이 났거든요."

"감사합니다. 그 패거리에 혹시 우두머리나, 아니면 특별히 아드님께 영향력을 끼쳤던 아이가 있나요? 여학생요?"

"모르겠소." 볼너는 중얼거리며 아내를 힐끗 봤지만, 그녀 역시 고개를 가로저었다. 프랑크는 두 사람이 뭔가 숨기고 있다는 기분이 들었지만 강요할 수는 없는 노릇이었다. 그 대신 수첩을 꺼내 그 친구들의 이름을 적어달라고 했다. 모두 다섯 명, 그중 둘은 여자였다. 전부 근처에 사는 아이들이었고 그 밖에 별명만 아는 아이도 몇 명 더 있었다. 프랑크는 이들이 주로 모이던 장소인 개인 작업장의 주소도 메모했다. 다시 고개를 든 그는 이 짧은 방문조차 볼너 부부에게는 큰 부담이 되고 있다는 사실을 감지했다. 이런 상황에서 계속 질문하는 건 아무 의미 없는 일이었고, 솔직히 프랑크도 그러고 싶지 않았다.

"도움을 받을 만한 가족이나 친구 분이 계십니까?" 그의 질문은 아무런 감정도 담고 있지 않은 듯, 지극히 형식적인 말로 들렸다.

"우리 서로가 있는데 무슨 도움이 필요하겠소." 볼너는 강조하듯 말했다. 그러고는 보란 듯이 자세를 바꿔 아내 옆자리에 있던 방석에 엉덩이를 들이밀며 아내의 어깨를 감싸 안았다. 하지만 볼너 부인은 그런 남편의 행동에 든든함을 느끼기보다는 오히려 귀찮아하는 듯했다.

"부디 어제 일을 다시 한 번 찬찬히 생각해봐 주십시오." 프랑크는 몸을 일으키며 말했다. 그가 탁자에 명함을 내려놓으며 뭔가 또 말하려던 찰나, 볼너가 제지하고 나섰다.

"네, 네, 우리도 잘 압니다." 그는 프랑크가 무슨 말을 할지 다 안다는 듯 퉁명스러운 말투로 말했다. "아무 데도 안 갈 테니까 필요하면 언제든 오십쇼. 우린 그저 당신들이 마티아스를 찌른 놈의 신원을 밝혀낼 수 없고 수사가 중단되었다는 말을 하기만 기다리면 되는 것 아니오?"

그의 눈에는 눈물이 고였고, 목소리는 분노로 가득 차 있었다.

"바보 취급 하지 마쇼, 이 개떡 같은 나라에서 일이 어떻게 돌아가는지 다 아니까. 우린 돈도 힘도 없는 그서 그런 사람들이오. 대체 누가 우리 일에 신경이나……."

그때 볼너 부인이 뭔가 알아들을 수 없는 말을 속삭였다. 그러자 볼너는 청남방 소매로 얼굴을 훔치고는 "틀린 말도 아닌데, 뭘"이라고 내뱉었다.

"저도 자식을 둔 아빠입니다." 프랑크는 동정심을 보이려 애쓰며 말했다. "아드님 사건을 그냥 미결로 묻어버리는 일은 없을 테니 저를 믿어주세요. 진심입니다."

프랑크는 집 밖으로 나왔다. 거리로 나오자 한기가 느껴져 따뜻한 아침 햇살이 반가울 지경이었다. 지난 며칠간은 따뜻했지만, 그래도 8월인데 비해 날씨가 추웠다.

그는 포르셰의 버킷시트에 올라타 가까운 주유소로 향했다. 담배가 필요했다. 게다가 참기 힘든 갈증이 그를 괴롭히고 있었다.

오전 9시 35분

쉬는 시간을 알리는 종소리가 학교 밖까지 들렸다. 슈테파니는 여전히 이어폰을 귀에 꽂은 채 공원 벤치에 앉아 있었다. 시간은 지겹게도 느리게 흘러갔다. 입고 있던 청재킷에서 손수건을 꺼내는 순간, 작은 공 모양으로 구겨진 종잇조각 하나가 땅에 떨어졌다. 그러자 그때의 기억이 날카로운 칼날처럼 슈테파니를 스치고 지나갔다. '크리스마스트리 꾸미기', 학생들 사이에서는 그렇게 불렸다. 작은 종잇조각을 구겨서 손으로, 혹은 심을 뺀 볼펜대를 이용해 훅 불어 앞에 앉은 아이의 머리로 날려 보내는 것.

하지만 그 못된 놀이는 거기서 그치지 않았다. 한 번은 슈테파니의 머리로 날리려다가 빗나간 것으로 보이는 종이공이 그녀의 책상 위로 떨어졌다. 그러나 잠시 후 슈테파니는 그것이 빗맞은 게 아니라 처음부터 그곳을 겨냥했을 수도 있다는 생각을 하게 되었다. 크세니아가 보낸 쪽지인가? 그 멍청한 애들은 그냥 무시해버리라는 말을 하려고? 말이야 쉽지.

그러나 꼬깃꼬깃 접힌 쪽지를 펼쳤을 때 슈테파니의 눈에 들어온 것은 딱 한 단어였다. 'Bitch(여성에게 사용되는 욕 —역주).' 슈테파니는 소리를 내지르고 싶은 심정이었다. 어디선가 숨죽여 키득거리는 소리가 들려왔지만, 선생님이 무서운 눈초리로 휙 돌아보자 다시 조용해졌다. 그 이후 이어진 수업시간은 슈테파니에게는 그야말로 고역이었다. 결국 그녀는 선생님의 숙제 알림은 제대로 듣지도 않고 서둘러 가방을 쌌다. 필통을 제대로 닫지 못한 채 집 어넣는 바람에 안에 있던 펜들이 가방 속으로 다 쏟아졌다. 나가 야 해, 여기서 나가야 해. 그녀는 걸음도 멈추지 않고, 그 누구와 눈도 마주치지 않고 오로지 밖으로 나가는 데만 집중했다. 이미 며칠 전 일이었지만 여전히 고통스러운 기억이었다. 순간 슈테파 니의 눈가가 촉촉해졌다. 손수건으로 흐르는 눈물을 닦은 그녀는 고개를 젖히고는 귀에 꽂힌 이어폰을 뺐다. 그러자 웅성거리는 소리가 점점 더 가까이 들려왔다. 젠장. 그녀는 벤치에서 벌떡 일 어나 자리를 피하려고 했다. 아빠는 먼 데 갔으니까 다시 집으로, 아무도 그녀를 괴롭힐 수 없는 방으로 돌아가고 싶었다. 바로 그 때 귀에 익은 목소리가 들렸다.

"야, 슈테피!" 한 목소리가 말했다. 그리고 뒤 이은 다른 목소리. "여기서 대체 뭐하냐? 단골손님이라도 기다려?"

웃음. 슈테파니는 걷기 시작했다.

"한 시간에 얼마야?"

역겹고도 모욕적인 웃음. 이미 달리기 시작한 슈테파니는 훌쩍 이며 눈물을 펑펑 흘렸다. 집에 가고 싶었다. 손때 묻은 낡은 테디 베어가 기다리고 있는 이불 속으로 들어가 아무와도 말하지 않고 혼자 있고 싶었다.

오전 9시 38분

겉보기에만 새것처럼 꾸며놓은 병실에 눈부신 햇살이 가득 내리쬐고 있었다. 구석구석 낡고 닳은 마룻널, 군데군데 칠이 벗겨진 침대들. 화장실의 열린 문틈으로 불쾌한 소변 냄새가 새어나왔다. 아버지가 이런 곳에 입원해 있는데도 아무 손도 쓸 수 없다는 사실과 정작 아버지는 이 모든 상황을 전혀 모른다는 사실 중 어떤 게 더 나쁜지 율리아는 도무지 알 수 없었다.

뒤랑 목사는 지난밤과 마찬가지로 아주 편안한 모습으로 누워 있었다. 새 환자복으로 갈아입혔지만, 머리는 여전히 헝클어진 채였다. 이동식 캐비닛 안은 싹 치워져 있고, 보아하니 아침 식사와 오전 회진도 이미 끝난 것 같았다. 클라우스가 간호사한테 물어보고 오겠다는 신호를 보냈고, 율리아는 고개를 끄덕였다. 어젯밤 그녀는 다섯 시간도 채 자지 못했다. 수년 전 폐암으로 돌아가신, 아니, 말 그대로 개죽음을 당한 어머니의 끔찍했던 마지막 모습이 자꾸 떠올랐기 때문이다. 잔혹하고도 더뎠던 죽음, 창백했던 회보랏빛 피부. 너무도 고통스러웠던 질식 발작과 마치 철판으로 흉곽을 누르는 듯한 호흡 곤란. 어머니가 결국 생을 포기하기까지는 여러 날이 걸렸다. 평생 담배 태우는 걸 가장 좋아해서 손에서 담배를 놓지 않았던 어머니의 숙명. 그 이기적인 중독 탓에 그녀는 쉰 살의 나이에 가족들을 남겨두고 홀로 떠났다.

율리아 역시 오래전부터 담배를 달고 살았다. 그러면서도 그녀는 담배 끊는 일이 세상에서 가장 쉬운 일이라 생각했다, 적어도 이론적으로는. 하지만 실제로는 그보다 더 어려운 일을 찾기가 힘들 정도였다. 반면 아버지는 대체로 건강한 삶을 살아왔다. 전에는 가끔 파이프 담배를 태웠지만 이제는 그조차 끊었다. 그가 유일하게 헌신했던 대상은 바로 그가 맡은 교구, 그의 어린 양들이었다. 그런데 그들은 지금 다 어디 있는가? 왜 그녀의 아버지가 이런 체면 깎이는 환경에 혼자 누워 있어야 할까? 아버지는 지금 주변에서 무슨 일이 일어나고 있는지 알까?

그때 문이 삐걱 소리를 내며 열렸고, 율리아는 몸을 돌렸다. 의사 가운을 입고 명찰을 단 젊은 여자가 인사를 건넸다. 뚜렷한 바이에른 지방의 억양과는 전혀 어울리지 않는 '살라이'라는 헝가리식 이름이었다. 거의 잠든 것처럼 보이는 옆 침대 환자가 조그만 소리에도 몸을 움찔거리는 걸 본 그녀는 조용한 소리로 말했다. "안녕하세요." 그녀가 속삭이자 옆 침대에서 투덜대는 소리가 들렸다.

살라이는 160센티미터를 겨우 넘는 율리아보다도 좀 작았다. 어두운 색 머리카락, 짙은 갈색 눈, 그리고 나이도 율리아보다 몇 살 어려 보였다. 율리아는 불쾌감이 들었다. 경력이나 충분히 쌓은 여자일까? 다른 일도 아니고 아버지에 관한 일인 만큼, 율리아는 상대방을 얕보고 있는 자신이 전혀 부끄럽지 않았다.

"따님 되시나요?"

율리아는 고개를 끄덕였다. 그러자 몇 분간 그녀의 머리가 빙빙 돌 만한 이야기가 이어졌다. 뇌출혈, 뇌내혈종, 몸 상태를 회복시키기 위한 인위적인 혼수상태. 발견 당시 아버지는 방에 누워 있었고, 옆에는 토한 흔적이 있었다고 했다. 또 숨 쉬고 음식을 삼키는 건 혼자서도 할 수 있지만, 나머지는 불확실하다는 말도 이어졌다.

"그게 정확히 무슨 뜻이죠?"

"출혈이 저절로 멈췄다고요. 뇌검사 결과 눈에 띄는 점은 없습니다. 하지만 현재로서는 몸이 매우 약해지신 상태라 안정을 되찾을 때까지는 휴식을 취하셔야만 합니다. 당장 수술을 해야 할 필요는 없습니다."

"말하고 느끼고 움직이는 건 할 수 있나요?" 율리아는 그 상황에서 생각할 수 있는 최악의 시나리오를 떠올리며 물었다.

의사는 고개를 가로저었다. "그에 대한 대답을 드리기에는 아직 너무 이른……"

"알아듣게 좀 말씀하시죠. 아무것도 모르면서." 율리아는 냉정하게 의사의 말을 가로막았다. 엄청난 실망감과 좌절감이 몰려왔다. 그녀가 가장 견딜 수 없었던 건 바로 그런 불확실함이었다. 제어할 수 없고, 영향력을 행사할 수 없는 것들.

오전 10시 5분

프랑크푸르트 경찰청, 상황 보고 회의 시간.

베르거 수사반장은 커피잔에 각설탕 세 개를 퐁당 떨어트렸다. 오늘 오전에만 벌써 석 잔째였다. 어젯밤에도 그는 허리 통증 때문에 뜬 눈으로 밤을 지새웠다. 예순이 훌쩍 넘은 나이라 몸뚱이는 점점 쇠약해져 가는 데 반해, 정신만큼은 여전히 또렷하게 깨어 있었다. 더군다나 상관과 간혹 다투는 모습을 보이는 등 호전적이기까지 했다. 하긴, 그러면 안 될 이유도 없었다. 베르거는 그의 현재 직위로 원하는 모든 걸 얻을 수 있었다. 그는 정치에도 관심이 없었고, 종류를 불문하고 위원회에 참석하기도 꺼렸다. 그의 열정은 오로지 살인사건 수사반만을 위한 것이었다.

프랑크는 방금 마티아스 볼너 사건과 20년 전 사건 간에 공통점이 있을지 모른다는 말을 꺼냈다. 이번에도 좋은 기억력이 제구실을 해주어, 그의 머릿속에는 당시 사건 현장의 모습이 생생하게 떠올랐다. 하지만 아직은 둘 사이에 그 어떤 인과관계도 찾을 수가 없었다.

"그 '글자 살인'이 또 일어난 거라고?" 베르거는 페터와 도리스의 맞은편에 앉아 있는 프랑크를 회의적인 눈빛으로 쳐다보았다.

"감사 인사는 지버스 박사한테 하시죠." 프랑크는 통명스럽게 말했다. "박사 덕분에 그걸 발견했으니까요."

"일단 이야기는 이 사건 자체에만 국한해서 하기로 하지." 베르거는 이렇게 말하고는 커피를 홀짝거렸다. "사망원인, 사망시각, 현장의 증거들, 목격자들. 본래 절차대로 말이야. 부검 보고서는 도착했나?"

"일부만요." 도리스가 말했다. "마티아스 볼너는 폐에 피가 차있는 것으로 보아 칼에 찔린 직후부터 가쁜 호흡을 지속했던 것 같습니다. 이는 그가 범인으로부터 도망치고 있었을 거란 상황 증거와도 일치합니다. 과학수사반은 아직 증거 분석 중입니다. 결국 과다출혈과 주요 장기들의 손상으로 사망에 이르렀어요. 아직 정리된 결과가 나온 건 아니지만 그는 아마 자기 피에 질식한 데다, 구멍이 뚫린 심장이 제 역할을 못했던 걸로 보입니다. 게다가 간에도 구멍이 나서 그 피로 복강이 꽉 찼다고 해요. 정말 끔찍하죠." 그녀는 얼굴을 찡그렸다.

"목격자는?"

"아직 없습니다." 이번에는 페터가 대답했다. "발견 당시 마티아스는 운동화 한 짝을 잃어버린 상태였어요. 아마 도망치다가 벗겨졌겠죠. 근처에서 생긴 지 얼마 안 된 바퀴 자국이 발견되었습니다. 승용차가 다닐 만한 곳은 아니니 인근 주민의 차일 가능성이 크지만요. 단서랄 것도 없지만 그래도 조사해 볼 예정입니다. 마티아스가 어제 누구와 함께 있었는지도 알아봐야 하고요."

페터는 뭔가 묻는 듯한 표정으로 프랑크를 향해 고개를 돌렸다. 입이 바짝 말라 불쾌한 느낌이 든 프랑크는 헛기침을 했다.

"마티아스는 대부분 남자애인 어느 패거리의 일원이었답니다. 부모를 만나 그중 몇 명의 이름을 적어왔어요. 나머지는 차차 조사해봐야겠죠." 그는 한숨을 내쉬었다. 슈테파니의 친구 수에 비하면 엄청나게 많은 것이었다. 그가 아는 슈테파니의 친구가 몇 명이나 됐지? 세 명, 네 명? 하지만 슈테파니네 반만 해도 스무 명이나 되는 학생들이 더 있었다. 신디, 제니퍼, 마리. 무슨 별자리마냥 약 2주마다 번갈아 나타나는 이름들. 그나마 스마트폰에 알아볼 수 없는 줄임말로 저장해 둔 이름들이었다. 종이로 된 전화번호부 같은 건 슈테파니가 유치원에 다니던 시절에나 쓰이던 것이다.

"뭐 더 있나?" 베르거가 재촉했고, 생각에 잠겨 있던 프랑크는 화들짝 정신을 차렸다.

"죄송합니다." 그가 중얼거렸다. "우선 이름을 알아낸 아이들부터 찾아가 보겠습니다. 나머지는 저녁에 작업장에 모이면 알게 되겠죠. 지원팀을 몇 명 붙여주실 수 있으면 좋고요."

"페터와 도리스를 데리고 가게." 베르거는 두 사람을 가리켰다. "하지만 자네들 중 아무나 지버스 박사한테 다시 한 번 연락해보도록 해. 이 사건을 최우선으로 해야 한다고 말일세."

"제가 할게요." 도리스가 재빨리 대답했다. "그 전에 먼저 과학수사반의 플라첵을 좀 만나보고요."

"지버스 박사는 나한테 맡기고, 플라첵만 맡아요." 프랑크가 말했다. "그런 다음에 페켄하임에서 함께 그 애들을 만나보자고요." 그의 말에 반대하는 사람은 아무도 없었다.

잠시 침묵이 흘렀고, 프랑크는 마티아스 볼너가 죽기 전 마지막 순간을 머릿속으로 재구성해 보았다. 범인은 한 명, 어쩌면 여러 명일 수도 있었다. 범인은 차 안에 숨어서 마티아스를 기다렸을까? 마티아스가 위험을 감지했을 때는 이미 늦은 때였다. 공포. 그는 도망쳤고, 신발 한 짝을 잃어버렸다. 하지만 계속 달렸다. 그리고 첫 번째 찌르기. 또 두 번째. 뒤에서 연속으로 그를 찔렀고, 그는 결국 모든 걸 포기한 채 땅에 쓰러졌다.

"빌어먹을 놈." 프랑크는 화가 난 목소리로 내뱉었다. "그 어린 생명이 얼마나 아까운지, 그 부모가 어떤 고통을 겪을지는 눈곱만큼도 생각 안 했겠죠. 돼지도 아닌 사람을 그렇게 찔러 죽이다니, 돼지는 마취라도 하지. 어린놈이 얼마나 고통스러웠겠어요." 그는 두 주먹을 불끈 쥐었고, 입꼬리가 실룩였다. "내 손에 잡히기만 하면 가만 안 두겠어!"

"진정하게, 헬머 형사." 베르거가 고개를 절레절레 흔들며 말했다. "그렇게 발끈하는 건 뒤랑 형사의 주특기인데 말이야. 하긴 실질적으로는 나도 자네 생각에 반대할 의사가 전혀 없네."

"그런데 율리아는 어떻게 됐어요?" 도리스가 궁금하다는 듯 프랑크를 보았다.

"연락이 왔나?" 베르거도 프랑크에게 물었다. 그러나 여전히 율리아로부터 아무 연락을 받지 못했던 프랑크는 고개를 가로저었다. 율리아가 연락을 했다면 아마 그는 마티아스 볼너의 배에 적혀있던 글자에 대해 말했을 터였다.

"본래 뒤랑 형사가 근무를 재개하기로 한 날은 월요일이네." 베르거가 말했다. "그래도 만일 시간이 더 필요하다고 한다면 물론 허용할 거고. 다들 알다시피 뒤랑 형사의 아버지께서 뇌졸중으로 쓰러지지 않았나. 생명이 위태로울 정도는 아니지만 아직 손상 정도가 얼마나 되는지는 몰라. 여든이 넘으셨으니 최악의 경우도 배제할 수 없고. 그러니 다 함께 그 분을 위해 기도하세. 하지만 모든 정신은 이 사건에 집중할 수 있도록. 언론사들은 아주 작은 것 하나라도 물고 늘어지려 할 거야. 요즘 사건, 사고가 워낙 없었으니까. 그 이상은 내가 말 안 해도 잘 알거라 믿네."

말을 마친 베르거는 다시 커피잔이 있는 쪽으로 몸을 돌려 각설탕 한 개를 더 넣었다.

"그런데 어떻게 범인이 한 명이라고 단정 짓게 된 거지?"

"그냥요." 프랑크는 베르거의 질문 의도를 이해할 수 없었다. 그러나 불과 몇 초 뒤, 그는 자기가 미처 생각지 못했던 부분이 있었음을 깨달았다. 젠장. 그가 막 생각해내려던 찰나, 베르거가 먼저 이야기를 꺼냈다.

"마티아스는 교살당했네. 그건 단독범행설을 반증하는 것 아닌가? 적어도 우발적 범행은 아니라는 것 아냐?"

"반장님 말씀의 요지가 뭔가요?" 페터는 눈을 끔벅거리고 턱을 긁적이며 물었다.

"마티아스는 포박을 당했을 수도 있고, 고문당했을 수도 있어. 여러 가지 변수를 다 고려해봐야 한다고. 어쩌면 그 패거리 짓일지도 모르지. 전에도 그냥 재미로 같이 어울리던 친구를 죽이는 놈들이 있었잖아. 이번 사건은 우리 모두에게 꽤나 힘든 도전이 될 걸세. 나한테도 마찬가지고. 그러니까 그 어느 때보다 열린 마음으로 수사를 진행해야 돼. 마티아스의 패거리를 만나보되, 어떤 가설이나 이론을 말할 때는 좀 더 신중을 기하도록 하게."

"그럼 그 글자들은요?"

베르거는 깜짝 놀라는 눈치였고, 프랑크는 그런 그의 반응을 놓치지 않았다. 하도 오래 알고 지내다보니 그런 제스처를 읽는 것쯤은 식은 죽 먹기였다. 프랑크는 자신만만하게 웃으며 단언했다. "반장님도 로제마리 때와 같다고 인정하시는 거죠?"

"쓸데없는 소리!" 베르거는 호통을 쳤다. 흥분한 나머지 커피잔을 책상에서 쓸어버릴 기세였다. 페터와 도리스는 당황한 듯 그를 쳐다보았고, 프랑크조차 그 정도로 격한 반응을 기대하지는 않은 모양이었다.

"이미 다 알려진 얘기잖아." 베르거는 겸연쩍은 표정으로 으르렁댔다. "이 건물 안에는 그 사건에 관여했던 베테랑들이 쌔고쌨어. 자네가 말하는 그 관계란 건 하도 터무니가 없어서 오해할 소지조차 없네. 로제마리는 도보여행 중이었고 금발인데다 지극히 여성스러웠지." 그는 자신의 가슴 앞에서 양손을 움직여 큰 가슴을 묘사했다. "마티아스 볼너는 그와는 정반대잖아. 왜 그 두 사건을 연관 짓는 거지? 20년이나 지난 사건을 왜 들먹이느냐고? 그럼 범인은 그사이에 뭘 했게? 지루해서 손장난이나 하고 있었을까? 동성애자가 되었나?"

"로제마리와 마티아스뿐만이 아닐지도 모르죠." 페터가 눈을 가늘게 뜨고 뭔가 골똘히 생각하는 얼굴로 대답했다. 그가 그 이상 아무 말도 하지 않자, 프랑크는 베르거가 뭐라고 하기 전에 서둘러 말했다. "어쨌든 그냥 무시해버릴 일은 아닙니다."

베르거는 마지못해 고개를 끄덕였다. "좋을 대로, 어차피 포기할 자네가 아니지. 하지만 부디 과학수사반과 시버스 박사는 제대로 입조심 시키게. 언론에 알리는 거야 언제든 할 수 있으니까 말이야."

'그리고 율리아도.' 프랑크는 우울한 표정으로 생각했다. 비록 당장 율리아가 필요했지만 그 어떤 사항도 새어나가지 않기를 바랐다. 하지만 그건 이미 그의 손을 벗어난 문제였고, 이제 율리아가 이 사건에 관해 알게 되는 건 시간문제였다. 아마 미디어나 클라우스 호흐그레베를 통해서 알게 되겠지. 알고 보면 좁은 세상이니까.

오전 10시 45분

안드레아 지버스 박사는 옆에 플라스틱 컵을 놔둔 채 어느 나지막한 담장 위에 앉아 있었다. 법의학연구소가 자리 잡은 유겐트 양식(19세기 말부터 20세기 초까지 독일에서 유행한 예술 양식 —역주)의 빌라. 지버스 박사는 프랑크의 포르셰가 진입로로 들어서기도 전에 이미 그의 차를 알아보았다.

"쉬는 시간이오?" 프랑크가 지버스 박사에게 말을 걸었다. 의도하지 않게 무뚝뚝한 말투가 나와 버린 탓에 그는 서둘러 웃음으로 무마시켰다.

"왜 그렇게 낙심해 있어요?" 지버스 박사가 재빨리 물었다. 제아무리 끔찍한 살인사건이 일어났어도 살인사건전담반 형사들은 좀처럼 흐트러진 모습을 보이지 않는다는 걸 잘 알고 있었기 때문이다.

"상황이 영 좋지 않아요." 프랑크는 이렇게 털어놓았지만 자세한 건 이야기하지 않았다. 그는 자기 문제를 드러내놓는 타입이 아니었다, 더 이상은. 몇 년 전 알코올 중독으로 인해 거의 죽을 뻔했던 걸 사람들이 다 아는 것만으로도 충분했다.

"기운 내요." 지버스 박사는 별것 아니라는 듯 말했다. "나한테 오는 사람들 대부분이 당신보다 훨씬 더 안 좋은 일을 겪으니까 말이에요."

두 사람은 건물 안으로 들어갔고, 프랑크는 경찰청을 나와서부터 벌써 두 번째 울리는 휴대전화를 확인해보았다. 하터스하임 지역번호로 시작하는 처음 보는 번호였다. '나중에.' 그는 이렇게 생각하며 수신 거부를 눌렀고, 진동이 멈췄다. 지버스 박사는 지금까지 알아낸 결과를 요약해주었는데, 새로운 건 거의 없었다.

"약물 검사는 아직 진행 중인데 아직은 마약을 했다는 징후는 보이지 않아요. 간도 깨끗하고, 다른 장기들도 마찬가지고요. 이렇게 죽지만 않았다면 지극히 건강한 열일곱 살 청년이었겠죠."

"농담하지 마요, 오늘은 그럴 기분 아니니까."

"그냥 말해본 거예요. 사망원인은 달라진 게 없어요. 출혈과 심장 부상 때문에 사망한 거예요. 오버킬, 그러니까 이미 죽은 피살자를 두 번, 세 번 더 살해하는 일은 없었어요. 어떤 살의가 있었던 것 같지도 않고요. 제가 보기에는 그저 일을 일찍 끝내려고 허둥지둥 서둘러 찔러댄 것 같아요."

"그럼 어떤 목적을 가지고 그 아이에게 그런 짓을 한 건 아니라는 겁니까?"

"아닐 거예요. 혹시 목 졸린 자국 때문에 그러시는 거라면, 그건 그전에 생긴 거예요. 설골과 동공, 폐를 검사해본 결과 그리 오랜 시간 목이 졸리지도 않았고요. 그 자국은 현장에서 발견된 벨트와 일치하니 다른 도구를 사용했을 가능성은 거의 없다고 봅니다. 피살자는 피자를 먹고 맥주를 마셨더군요. 혈중 알코올농도는 0.06퍼센트였고요. 담배도 피웠어요."

"제 부모를 똑 닮았군." 프랑크는 중얼거렸다. "그게 다인가요?" 그의 얼굴에는 실망의 기색이 역력했다.

지버스 박사는 어깨를 으쓱해 보였다. "미안해요. 수사에 별 도움이 못 되었네요." 바로 그때 그녀가 방금 생각난 듯 말했다. "아 참, 그 아이, 정말 발이 어딘가에 걸렸었나 봐요. 양말을 뚫고 발바닥에 상처가 났더라고요. 자갈, 풀, 그리고 파편 하나가 박혀 있었어요. 플라첵이 검사 결과를 가져올 거예요. 내가 할 말은 이게 다예요. 그 글자들이 남긴 했지만." "H, S, 그리고 E 두 개" 프랑크가 기억을 더듬었다. "나머지는 알아볼 수 없었잖아요. 맞죠?"

지버스 박사는 입술을 앙다물며 고개를 가로저었다. "다는 아니에요."

프랑크는 다음 순간 지버스 박사가 피살자의 창백한 시신을 냉동보관소에서 꺼내리라 예상했지만, 그녀는 냉동보관소가 아닌 자기 책상으로 가서 대형 사진 한 장을 집어 들었다. 사진에는 글자의 윤곽선이 마커 펜으로 따라 그려져 있었다.

"직접 보세요."

프랑크는 사진을 들여다보며 생각에 잠겼다. 마커 펜은 그 글자들을 중간 중간 끊긴 선으로만 따라 그렸을 뿐 피부에 생긴 훼손까지는 표현하지 못했다. 결국 그 글자가 새겨질 때 얼마나 고통스러웠을지 상상하는 것은 보는 이들의 몫이었다.

"S, E, 소문자 g, 소문자 l. 그리고 숫자 3, 이 나머지는 뭐죠? YNH?"

"저는 좀 다르게 봤어요." 지버스 박사는 이렇게 말하며 프랑크의 눈앞에 종이 한 장을 내밀었다.

"SE913YNH. 더 나을 건 없는데요."

"소문자가 없잖아요." 지버스 박사가 말했다. "이런 상황에서 숫자와 대소문자를 골고루 섞어서 썼을 가능성은 거의 없어요. 숫자까지 쓴 것만 해도 놀랄 일인 걸요."

"이런 상황이란 게 뭡니까?"

지버스 박사는 조롱하듯 웃었다. "생각조차 하기 싫은 일이지만, 나 같으면 칼에 찔려서 땅에 쓰러져 있는 상황에서 셔츠를 올리고 그런 난해한 문자를 남길 생각은 전혀 못할 거란 말이죠, 물론." 그녀는 입술을 삐죽거리며 장난을 걸듯 눈썹을 치켜 올렸다. "남은 동료들에게는 꽤 재미있는 수수께끼가 될 테지만요."

"장난할 기분 아니라니까요." 프랑크의 표정은 여전히 언짢았다. "만약 범인이 쓴 거라면요?"

"그렇다고 달라질 건 없어요. 오히려 그 반대예요. 마티아스는 칼에 찔려 여기저기서 피를 흘리던 상태였어요. 자상을 열네 개나 찾았죠. 율리아는 뭐래요? 연락해봤어요?"

프랑크는 고개를 저었다. "당신도 어제 들었잖아요, 율리아 아버지한테 무슨 일이 있었는지를. 그런데 어떻게 연락을 할 수 있겠어요."

"뇌졸중이라." 지버스 박사는 이렇게 웅얼거리고는 한숨을 내쉬었다. "정말 힘든 일이죠. 그래도 언론을 통해 이 사건에 대해 알게 되면 율리아가 당신을 가만 안 둘걸요. 내가 볼 때 이 글자는 어떤 메시지가 틀림없어요. 기호나 부호일 수도 있고요. 난 의사일 뿐 과학수사원은 아니니까 그 의미는 다른 누군가가 알아내야만 하겠죠. 하지만 어떤 메시지든 그 뜻을 해독해야만 쓸모가 있다는 것쯤은 나도 알아요. SE913YNH? 난 도무지 무슨 뜻인지 모르겠네요."

프랑크는 피식 웃었다. "당신 말이 맞아요⋯⋯."

그는 1990년대 중반에 지버스 박사가 몇 살 정도였을지 계산해보았다. 눈부신 외모를 지닌 그녀는 서른 살 정도로밖에 보이지 않았지만 실제로는 사십 대 초반이었고, 따라서 그 무렵에는 아직 대학생이었을 터였다. '물어봐도 소용없겠군.' 그는 생각했다. 하지만 결국 입을 떼고 말았다. "혹시 로제마리 슈탈만 사건이라고 알아요?"

"처음 들어요."

"1995년 A5 고속도로, 현 타우누스블릭 휴게소 인근에서 사체로 발견된 도보여행자인데 이 뒤쪽에 글자가 적혀 있었어요." 프랑크는 자신의 엉덩이에 손을 대며 말했다.

"아, 그런 거였군요." 지버스 박사의 표정이 환해졌고, 영문을 모르는 프랑크는 고개를 갸우뚱했다.

"어제 그 얘기가 나왔어요." 지버스 박사가 설명했다. "하지만 글자가 다르잖아요. 게다가 엉덩이에 적혀 있었고요. 두 사건 간에 어떤 관계가 있다는 거죠?"

"나도 몰라요." 프랑크는 툴툴대며 됐다는 듯 손을 내저었다. "반장님은 마치 이 두 사건을 절대로 함께 언급해서는 안 되는 것처럼 군다니까요. 짜증 나서, 원. 컴퓨터 좀 써도 돼요?"

"그럼요. 뭐 하게요?"

"이 사진들을 전문가 몇 명한테 메일로 보낼 거예요. 당장 이 글자를 해독해야 해요. 범인이 썼든 피살자가 썼든, 이게 무슨 의미인지 알아야겠어요."

오후 12시 정각

정오를 알리는 종소리가 울렸다. 하늘은 구름으로 뒤덮여 있었고, 느릿느릿 움직이는 구름 아래로 안개 조각들이 빠르게 스쳐 지나갔다. 가끔씩 착륙을 앞둔 비행기들이 회색빛 하늘을 뚫고 지나갔다. 찬바람이 햇볕의 포근함을 몰아내고 있었다. 프랑크는 뒷좌석에 놓인 니트 재킷을 꺼내 입었다. 부스러기가 바닥에 떨어졌고, 오른쪽 소매에는 짙은 주름이 하나 가 있었다.

"아내가 집에 없는 티가 나는군요." 아까부터 프랑크를 기다리고 있던 페터가 그를 놀렸다.

"바보 같은 소리. 그러는 네 아내는 어디 있는데?"

"아직 노이만의 집에 있어요. 이미 살인사건에 관한 소문이 동네

60

에 쫙 퍼졌나 봐요. 보나 마나 다들 뒤에서 안 좋은 말을 수군거리겠죠. 하지만 쓸 만한 정보는 거의 없어요. 게오르크 노이만이란 애가 마티아스 친구인데, 특이한 놈이라 부모들이 속 좀 썩는 것 같더군요. 누나는 밀라노에서 대학을 다니고 있고, 그 놈은 학교를 중퇴했다나요. 집에 거의 안 들어오고 오펜바흐에 있는 공동주거시설 같은 데에 주로 가 있나 봐요. 가족들이 체념한 듯 말하는 걸 보니 이미 포기 상태인 것 같았어요."

"음. 게오르크 본인은 뭐래?"

"집에 없어요. 휴대전화도 안 되고."

"위치추적이라도 해봐야 하나?"

"그럴 필요 없어요. 기껏해야 강변을 어슬렁대거나 시내에 나가 있겠죠. 차일 가(프랑크푸르트의 유명 상점가 —역주) 전체를 뒤지는 건 불가능하지만, 도리스가 방금 그 애가 갈 만한 곳들을 목록으로 뽑아놨습니다."

"제 친구가 죽은 건 알고 있대?"

페터는 어두운 표정으로 고개를 끄덕였다. "아마 어젯밤부터 알고 있었던 것 같아요. 꼭 정신 나간 사람처럼 불쑥 집에 들어와서는 방에 틀어박혀 있었대요. 음악을 크게 틀어놓고 대마초까지 피웠고. 여차여차해서 그 애 아버지가 결국 그 방에 들어갔고, 여느 때처럼 둘이 언성을 높이며 싸웠답니다. 그 길로 게오르크는 다시 집을 나가서 아직 안 돌아왔다는 거예요."

"난 여자애들을 좀 만나보고 싶어, 아니면 그 부모들이라도." 프랑크가 말했다.

"바로 이 근처에 살아요." 페터가 길을 설명해주고 있는 사이, 도리스가 집에서 나오는 게 보였다.

"그 집도 이따 가보려고 했는데요."

"이건 내가 맡죠." 도리스의 말에 프랑크가 고집스럽게 덧붙였다. "게오르크 노이만이나 계속 신경 써줘요."

프랑크 자신도 왜 스스로 여자아이들을 더 만나보고 싶어 하는지 알 수가 없었다. 그의 딸은 열세 살, 에바는 열다섯 살. 혹시 있지도 않은 유사점을 찾고 있었던 걸까?

*

에바 스티븐스의 집은 그 부근의 다른 집들 사이에서 유독 눈에 띄었다. 본래 두 세대가 살 수 있는 집에 스티븐스 가족만이 살고 있었다. 넓은 정원, 안을 들여다볼 수 없게 만드는 높은 울타리. 그 울타리에 쓰인 쥐똥나무는 다듬은 지 한참 된 것처럼 보였다. 프랑크는 초인종을 눌렀다. 순간 새들이 짹짹 울어대는 바람에 그는 화들짝 놀랐다. 얼마 후 알루미늄으로 된 문의 유리창으로 뭔가 움직이는 것이 보였고, 딸각 소리가 나더니 인터폰을 통해 누군가가 말했다.

"네?"

"프랑크 헬머 형사라고 합니다. 문 좀 열어주십시오."

다시 딸각 소리가 났고, 문이 안쪽으로 열렸다.

"신분증 좀 보여주시겠어요?" 창백하고 피곤해 보이는 여자가 얼굴을 내밀었다. 의심할 뿐 쫓아내려는 의도는 아닌 듯했다. 오히려 무관심해 보인다고나 할까. 그녀의 두 눈은 움푹 팬 데다 다크서클이 짙었다. 그런 피로한 기색을 화장으로 가리려는 시도조차 하지 않은 것 같았다. 푸석푸석한 갈색 머리, 맨발로 걸어 나온 그녀는 리넨 바지와 마른 체구에 비해 너무 큰 티셔츠를 입고 있었다. 그녀가 움직일 때마다 단단한 가슴과 딱딱해진 유두가 도드라져 보였다. 프랑크는 본의 아니게 그곳을 보며 왼손으로는 신분증을 들어 보여주었다. "들어오세요." 단조로운 그녀의 목소

62

리에 프랑크는 깜짝 놀랐고, 마치 나쁜 짓을 하다 들킨 사람처럼 괜히 헛기침을 했다.

"신발은 벗어주시겠어요?" 여자는 부자연스러운 미소를 지으며 말했다.

프랑크는 조용히 그녀의 말에 따랐다. 그들은 타일이 깔린 밝은 복도를 따라 걸어갔다. 조명만 있을 뿐 햇빛이 들지 않는 공간. 색이 없는 벽들은 꼭 병원을 연상시켰다. 화분 하나 보이지 않았고, 목제 가구들은 비싸 보이긴 했지만 드문드문 놓여 있어 뭔가 허전한 느낌이 들었다. 가구들은 마치 라커 칠을 했거나 흰색 막이 껴 있는 것처럼 보이는 허연 색 나무로 되어 있었다. 심지어 여러 권의 책들도 그 공간을 화사해 보이게 만들지는 못했다.

여자는 프랑크에게 자리를 권했다. "차 한잔 하시겠어요?"

프랑크가 괜찮다며 사양하는 찰나, 발걸음 소리가 들렸다. 또 다른 누군가가 지하실에서 나와 그들이 있는 쪽으로 터벅터벅 걸어왔다. 스티븐스 부인은 긴장한 듯 머리를 쓸어 넘기더니 갑자기 눈을 반짝이며 고른 치아가 훤히 보이도록 환한 미소를 지어 보였다. 그러고는 방금 온 남자에게 슥 다가가 볼에 입을 맞추며 말했다. "여보, 왔어요?"

남자는 뚱한 표정으로 여자를 밀어냈다. 그의 입이 뭐라고 중얼댔고, 음산한 눈빛은 프랑크에게 고정되어 있었다. 그는 자기 아내와는 극과 극의 모습이었다. 구릿빛 피부, 금팔찌, 세련된 옷. 맨발에 신은 비싼 가죽 슬리퍼와 낙낙한 상의. 삭막한 분위기 때문인지 집안에서는 서늘한 기운마저 감돌았다. 추울 정도는 아니었지만.

"원하는 게 뭡니까?" 자신을 집주인이라 소개한 그 남자가 말했다. 프랑크는 자신의 포르세 차 키와 신분증을 탁자에 내려놓을까 잠시 고민했지만, 그러지 않기로 하고 물었다.

"그 사건에 관해 들으셨습니까?"

"어떤 사건 말입니까?" 스티븐스는 도전적으로 프랑크를 쏘아보았다. "다우존스? 사우디에서 피랍된 기자? 아니면 후쿠시마의 끔찍한 소식?"

"여보!" 멜라니 스티븐스는 언성을 높이지 않으려 애쓰며 말한 뒤, 언제 그랬냐는 듯 다시 미소를 지어 보였다. 프랑크는 그들 부부의 행동이 서로 맞지 않는다는 것을 알아챘다. 부인은 마치 아무런 문제도 없는 듯 행동했지만, 남편은 공격적이었다. 즉, 그는 프랑크가 왜 왔는지 알고 있는 게 틀림없었다.

"마티아스 볼너에 관한 일 말입니다." 프랑크는 이렇게 말하고는 그 둘의 반응을 지켜보았다. 부인의 얼굴에는 순간적으로 어두운 그림자가 드리운 반면, 남편은 삐죽거릴 뿐이었다.

"끔찍한 일이죠. 그런데 우리한테 뭘 원하는 겁니까?"

"저희가 조사해본 바에 따르면 마티아스가 어울리던 친구 중에 에바도 포함되어 있다고 해서요."

"아뇨, 그럴 리 없어요." 멜라니 스티븐스가 반기를 들었다. "이제 열다섯 살밖에 안 됐는 걸요." 그녀는 긴장한 듯 손톱을 물어뜯다가, 그만하라는 듯 바라보는 남편의 눈빛에 고개를 고개를 떨어뜨렸다.

"그 나이 때 여자아이들은 좀 앞서 나가기도 하잖습니까. 저도 열세 살 먹은 딸아이가 있어서 대충 압니다." 프랑크는 한숨지었다. 개인적인 얘기까지 늘어놓는 게 짜증 나긴 했지만, 어쩌면 이 것이 돌파구를 마련해줄지도 모를 일이었다.

"우리 딸은 행실이 바른 아이예요." 스티븐스 부인은 고집스럽게 말했다.

"대체 왜 그런 거지? 당신이 그 애를 집에만 가둬놔서?" 스티븐스는 빈정대며 웃었다.

"여보!"

"여보, 여보." 그는 아내의 말투를 따라 하더니 자리에서 벌떡 일어났다. 그러고는 잠자코 앉아 있는 프랑크를 응시했다. "여길 좀 둘러보십쇼! 병원, 아니 정신병자가 사는 병실이 생각나지 않아요? 형사님도 딸을 이런 데 가둡니까?"

"지금은 스티븐스 씨의 따님 얘기를 하는 중입니다." 프랑크는 대답을 피했다.

"내가 교육에 대해선 아는 게 없는 멍청한 아빠이긴 하지만," 스티븐스가 말했다. "이런 환경은 전혀 건전하지 않아요. 십 대 때는 자기만의 인생을 살고, 뭔가를 경험해보고 싶어 하기 마련입니다. 금으로 된 새장에 갇혀 있어도 불행할 텐데, 하물며 이 별 볼 일 없는 곳에 에바를 가둬두다니. 텔레비전도 안 된다, 휴대전화도 안 된다. 지금 시대가 어떤 시대입니까?"

멜라니 스티븐스는 다리를 소파 위에 올려 두 팔로 끌어안고 얼굴을 파묻었다. 스티븐스의 장광설이 끝나려면 아직 먼 듯 보였지만, 프랑크는 그가 잠시 말을 멈춘 사이를 틈타 재빨리 끼어들었다.

"따님은 살인사건의 희생자와 친구 사이였습니다. 그에 관해 해주실 말씀 없으신가요?"

"형사님 따님은 자기 친구들에 대한 이야기를 형사님 앞에서 합니까?"

"그럼요." 프랑크는 잠시 생각에 잠겼다. 슈테파니는 주로 나딘과 대화를 했다. 그 또래 여자애들의 관심사에 대해서는 특히 더. 사실 그도 딸의 친구에 대해 아는 게 전혀 없었다.

"아니면 어머니에게 속마음을 더 잘 털어놓나요?" 그는 스티븐스 부인을 향해 물었고, 그녀는 푹 숙이고 있던 고개를 들어 가로저었다.

"에바는 스트레스 같은 건 받지 않았어요. 그랬다면 와서 얘기했겠죠."

"당신한테 간다고?" 스티븐스는 식식대며 말했다. "에바가 첫 생리를 했을 때도 아무것도 몰랐으면서."

"그땐 내 상태도 완전히 엉망이었으니까 그랬죠." 스티븐스 부인은 처음으로 남편의 말에 슬쩍 반기를 들었다. 하지만 그가 고개를 절레절레 흔들며 "언제는 안 그랬나?"라고 으르렁대자 곧장 다시 고개를 푹 숙였다.

"마티아스 볼너를 알고 계셨습니까?" 프랑크는 다시 본론으로 돌아갔다. 부부는 고개를 저었다.

"그 애의 가족은요?" 대답은 역시 '모른다'였다. "어젯밤에 에바는 어디 있었습니까?"

"외출했었습니다." 스티븐스가 대답했다. "아직 안 들어왔고요. 친구 집에서 자고 온다기에 허락해줬습니다."

프랑크가 멈칫했다. "그럼 어쩌면 에바는 마티아스의 죽음에 대해 모르고 있을 수도 있겠군요?"

"몰라요. 어쩌면 그게 더 나을 수도 있는 것 아닙니까?"

"에바는 마티아스와 아무 사이도 아니었어요." 스티븐스 부인이 단언했다. "행실이 바른 애라고 말씀드렸잖아요."

"마티아스 볼너도 행실이 바른 아이였습니다." 화가 치밀어 오르는 걸 참을 수 없었던 프랑크가 대답했다. "에바가 가 있는 친구네 집 주소를 가지고 계십니까?"

"그럼요. 리더발트에 있습니다." 스티븐스가 말했다. "에바와

66

가장 친한 친구인데 그리로 이사했어요. 어쩌면 거기 있는 게 훨씬 나을 겁니다. 이 지하 감옥 같은 데서 시간을 보내지 않아도 되니까……."

"여보!"

"그럼 지금 그리로 가면 따님과 친구를 만날 수 있겠군요." 프랑크가 말했다.

그러나 스티븐스는 고개를 가로저으며 웃음을 터뜨렸다. "열다섯 살짜리 여자애들이 이 시간에 어디 있겠습니까?" 그는 빈정대는 말투로 물었다. "형사님 따님도 학교에 다닐 것으로 생각됩니다만?"

"당연하죠." 프랑크가 우물거렸다. 젠장. 순간 하터스하임 지역번호가 그의 머릿속을 휙 스쳐갔다. 그건 사실 그가 알던 번호였다. 슈테파니의 학교. 그는 황급히 실례하겠다는 말을 남기고 서둘러 거실을 나왔다. 침울한 기운이 느껴지는 복도. 그가 통화기록에서 그 번호를 찾아 누르는 동안 거실에서 웅얼대는 목소리가 들렸지만 무슨 말인지 알아들을 수는 없었다. 비난 섞인 말투, 나지막하게 식식대는 소리……. 스티븐스 부부는 정말 특이한 사람들이었다. 바로 그때 휴대전화 스피커에서 상대방의 목소리가 들려왔다. 정말 슈테파니가 다니는 하인리히-뵐 학교의 사무처가 맞았다.

"프랑크 헬머라고 합니다. 7학년, 아니." 그는 재빨리 말을 바꿨다. "이제 8학년이 된 슈테파니 헬머의 애비 되는 사람입니다. 아까 이 번호로 전화가 왔는데 제가 못 받아서요."

그러나 전화를 받은 여자는 그를 냉대했다. 전화를 한 건 자기가 아니라 클라우센 선생님이라는 거였다. 그는 슈테파니의 담임교사로, 프랑크가 이름을 아는 유일한 교사이기도 했다.

"클라우센 선생님은 지금 수업 중이세요. 쉬는 시간에 다시 전화해보세요."

프랑크는 두리번거리며 시계를 찾았지만 보이지 않았다.

"그게 정확히 몇 시입니까? 선생님께 전화 좀 부탁한다고 전해주시면 안 될까요?"

"1시쯤, 정확히는 1시 5분이에요. 그땐 전화를 받으실 건가요?"

그 여자의 목소리에서 불쾌감이 여실히 드러났다.

"물론입니다. 그런데 대체 무슨 일인가요?"

"그건 제가 아니라 클라우센 선생님이 더 잘 아실 겁니다." 그녀는 대답을 회피하며 더 이상 할 말이 없다는 걸 확실하게 표현했다. 전화를 끊은 프랑크는 휴대전화 시계를 확인했다. 아직 30분 정도 시간이 있었다. 그가 다시 거실로 가려고 돌아섰을 때 스티븐스가 그를 향해 다가왔다.

"잠시 저와 단둘이 이야기 좀 하시겠습니까?"

프랑크는 고개를 끄덕였다.

"제 거친 말투 때문에 놀라셨으리라 생각합니다. 제가 좀 불같은 성격이라 서요, 죄송합니다. 저를 핵 돌게 만드는 일들이 몇 가지 있거든요. 아내는 광장공포증이 있는 데다 희귀한 피부질환을 앓고 있어요. 햇볕을 못 견디죠."

"집에서 나가는 걸 무서워하시겠군요." 프랑크가 중얼거리자 스티븐스는 어떻게 그리 잘 아느냐는 눈빛으로 그를 쳐다봤다. "저도 그랬던 적이 있거든요." 프랑크는 재빨리 설명했다. "부인께서는 아예 집 밖으로 안 나가십니까?"

"거의 그런 거나 마찬가지입니다. 부활절부터 강림절(크리스마스가 되기 이전 네 번의 주일을 포함해서 지켜지는 절기 —역주)까지는 아예 안 나가죠. 알레르기 때문만이었다면 이른 아침이나 늦은 저녁에는 외출할 수 있겠지만, 신체적 증상과 노이로제가 합쳐져서 언젠가부터 저렇게 상황이 악화되어 버렸지 뭡니까……." 그는 한숨을 푹 내쉬었다. "결벽증에다 바깥세상의 영향에 대한 두려움까지 있으니, 자라나는 아이들에겐 건전한 환경이 못 되죠. 그래서 저는 가능한 한 집에서 일을 하면서 에바를 최대한 자유롭게 해주려고 하고 있습니다."

"직업이 어떻게 되시는데요?"

"광고업계에 종사하고 있습니다. 에이전시를 공동운영 중이죠. 제가 본래 영국 출신이라 해외 프로젝트들이 많은데 현재는 다 포기한 상태입니다. 경제적으로 막대한 손실을 봤지만, 제겐 에바가 더 중요하니까요. 멜라니도요."

"내가 뭐요?" 멜라니 스티븐스의 목소리가 작게 들려왔다.

"별것 아니야. 형사님께 내가 어떤 일을 하는지 말씀드리고 있었어." 스티븐스는 프랑크를 의미심장하게 쳐다보았다. "아내는 제게 소중한 사람입니다." 그가 속삭였다. "하지만 그보다는 제 딸이 제대로 성장하는 게 더 중요해요."

*

프랑크가 떠나고 나자, 콘래드 스티븐스는 부엌으로 가서 모히토를 넉넉하게 한 잔 만들었다. 그러고는 정원으로 나 있는 문을 열어 무성하게 자란 민트를 두 줄기만 손톱으로 끊어 잔에 넣었다. 손끝을 코에다 대고 킁킁 냄새를 맡은 그는 모히토를 크게 한 모금 들이켰다.

멜라니는 편안한 자세로 소파에 앉아 있었다. 그녀를 이리저리 뜯어보던 콘래드는 그녀가 양손을 헐렁한 윗옷 아래에 집어넣고 있는 걸 발견했다. 잠시 그의 눈빛을 즐기던 멜라니는 윗옷을 머리 위로 벗어버렸다. 얇은 살구색 브래지어가 그녀의 가슴을 감싸고 있었다. 다시 딱딱하게 곤두선 유두가 드러나 보였다. 새하얀 종이 위에 난 잉크 자국 같은 애교점이 보란 듯이 나 있었다. 그녀는 자극적인 자세로 고개를 뒤로 젖히며 콘래드의 눈길을 끌었다. 그리고 그를 노려보며 오른손을 바지 속에 집어넣어 허벅지 안쪽을 음탕하게 만져댔다. 콘래드는 남은 모히토를 전부 마셨다. 설탕 입자가 이빨 사이에서 걸리적거렸다.

"정신 나간 계집 같으니." 그가 말했다.

"이리 와서 날 치료해줘요." 그녀는 허스키한 목소리로 말했다. "내 삶에 남은 거라곤 그것뿐이에요. 자, 거칠게 날 가져요. 바로 지금요."

"당신이 정 그렇다면야." 이미 바지 앞섶을 열고 있던 콘래드가 말했다.

멜라니는 처음 만났을 때와 마찬가지로 여전히 섹시했고, 그는 그녀를 사랑했다. 그녀의 공포증이 더 심해짐에 따라 더욱 그에게 의존하는 것도 좋았다. 그는 원할 때면 언제든 그녀의 육체를 가질 수 있었고, 그 힘이 그를 흥분시켰다. 멜라니는 바지를 벗지 않은 채로 엉덩이를 들었다. 그녀가 바지를 살짝 아래로 밀어 내리자, 나머지는 콘래드가 알아서 했다. 그의 까무잡잡한 손이 그녀의 가슴을, 그리고 허벅지 사이를 차례로 움켜쥐었다.

멜라니는 여느 때처럼 팬티를 입지 않고 있었다. 콘래드는 그녀의 다리를 붙잡아 위로 들어 올리고는 그녀의 몸속으로 밀고 들어갔다. 그가 그녀의 허벅지를 어깨에 걸친 채 세게 앞뒤로 움직이자, 짧게 소리를 내지르던 그녀는 곧 몸을 부르르 떨며 살쾡이마냥 그르렁 소리를 냈다. 잠시 후 그는 불쑥 그녀의 몸에서 빠져나왔고, 그녀는 반항 섞인 환호성을 질렀다. 이번에는 그가 그녀 뒤에서 밀고 들어왔다. 5분 후 모든 건 끝이 났다. 콘래드의 상체가 땀으로 반짝였고, 코끝에 맺혀있던 땀방울이 멜라니의 등에 떨어졌다. 그는 그것을 혀로 핥은 뒤 크고 두툼한 입술로 그녀의 달아오른 살에 입을 맞췄다. 그녀는 신음소리를 냈다.

"좋았어?" 그가 물었다. 본래 거기에 신경을 쓰는 성격이니까.

"그럼요." 그녀는 기분이 좋은 듯 속삭였다. "지금 한 번 더 하고 싶어요."

오후 12시 38분

커피 자판기 앞에 선 율리아는 윙 소리와 함께 짙은 갈색의 플라스틱 컵에 커피가 채워지는 모습을 물끄러미 바라보았다. 커피는 향도 나고 충분히 뜨거웠지만 맛은 역겨웠다. 결국 그녀는 반이나 남은 커피를 입구 앞 덤불에 쏟아버렸다. 시계를 봤다. 아직 6분 전. '왜 아빠를 만나는데 시간 약속을 해야 하지? 고귀하신 의사님들이라 항상 시간을 낼 수 있는 건 아니란 건가?' 그녀는 생각했다. 아버지는 그런 허름한 병실과 성의 없는 간호보다는 분명 더 나은 걸 받아 마땅한 분이었다.

하지만 어쩌면 율리아가 상황을 잘못된 관점에서 보고 있는지도 몰랐다. 클라우스는 장을 보고 경찰청에도 잠깐 들리러 시내로 간 상태였다. 지금 상황에서는 그도 율리아를 도와줄 수 없었지만, 그녀는 본래 어떤 일이든 혼자 헤쳐 나가는 게 익숙했다. 수년간 그래왔듯이. 이번에도 그녀는 혼자서 이 상황을 극복해보려고 일부러 클라우스를 보내버렸다. 어쨌든 이건 그녀 아버지에 관한 일이었으니까. 그녀가 프랑크푸르트에서 경력을 쌓으려고 홀로 내버려두었던 아버지. 쓰러지는 순간에도 혼자였던 아버지.

인생의 황혼을 편안히 즐기지도 못하고 그 나이에도 설교를 다니느라 바빴던 아버지. '나 역시 인생을 그렇게 마감하게 될까?' 그녀는 생각했다.

한숨을 푹 내쉰 그녀는 엘리베이터를 타는 대신 계단을 한 번에 두 칸씩 뛰어 올라갔다. 그러는 사이 주요 신문 표제들이 흘긋 눈에 들어왔다. 하지만 프랑크푸르트에서 열일곱 살 남자아이가 칼에 찔리고 배에는 불길한 글자가 새겨진 채로 발견되었다는 기사는 1면에 실릴 정도로 대단한 뉴스거리는 아닌 모양이었다.

오후 12시 49분

1시가 되기까지 시간은 너무도 더디게 흘러갔다. 프랑크는 막간을 틈타 리더발트에 사는 에바의 친구, 그레타 라이볼트의 집에 전화를 걸었다. 전화를 받은 여자는 다소 흥분한 목소리로 그레타가 오후까지 학교에 있을 거라고 말했고, 그 대답을 들은 프랑크뿐만 아니라 질문을 받은 쪽도 당황한 것 같았다. 그 여자는 그레타가 에바와 만나기로 한 것에 대해서는 아는 바가 없다고 했다. 마지막으로 에바를 본 건 며칠 전이라는 것이었다. 카트린 라이볼트는 자식을 둔 엄마의 예민한 직감으로 페켄하임에 무슨 일이 생겼느냐고 물었다.

"어떤 일 말씀입니까?" 프랑크는 모르는 척 물었다.

"라디오에서 어떤 학생이 살해당했다는 소식을 들었어요. 형사님이 전화를 하셔서 그쪽에 사는 에바에 대해 묻고 계시고요." 그레타의 어머니는 상황을 종합해보았다. "부디 에바가 그 사건과 관련이 있다는 말씀은 마세요."

"에바와 얼마나 잘 아십니까?"

"얼마 전까지만 해도 저희 역시 그 동네에 살았었어요. 에바랑 그레타는 어렸을 적부터 절친한 사이고요. 제발 부탁이니 이제 그만 무슨 일인지 말씀 좀 해주세요."

"죄송하지만 우선 스티븐스 씨 가족과 먼저 얘기를 나눠봐야 할 것 같습니다. 스티븐스 씨 부부는 에바가 그레타 집에서 잔 걸로 알고 계시거든요. 그 애들이 어느 학교에 다니는지 말씀해주시겠습니까? 그레타는 휴대전화를 가지고 있나요?"

"그럼요. 요즘 애들은 다들 가지고 있잖아요. 하지만 지금 그레타는 학교에서 휴대전화 사용을 금지당한 상태예요. 그럴 만한 일이 있어서…… 또 다시 문제가 생기면 아예 압수하기로 했어요. 그런데 그건 왜 물으시죠?"

"에바의 행방을 알아보려고요. 에바는 휴대전화를 안 가지고 있잖습니까."

"그 애 엄마가 그러던가요?"

카트린 라이볼트의 경멸 섞인 웃음소리가 들려왔다. 프랑크는 잠시 침묵하다가 다시 한 번 학교 이름을 물었다. 라이볼트 부인은 학교 이름과 사무처 직통번호를 알려주었다.

'지독한 운명의 장난이군.' 프랑크는 그 번호를 휴대전화에 입력하면서 생각했다. 서둘러야 했다. 슈테파니의 학교에서 걸려올 전화를 또다시 놓쳐서는 절대 안 됐기 때문이다. 3분 뒤 그는 숨을 헐떡이며 스티븐스의 집 앞에 다시 섰다.

"또 오셨습니까?"

이번에는 스티븐스가 대문을 열어주었다. 그는 술 냄새를 풍기며 땀을 흘리고 있었고, 옷을 급하게 걸쳐 입은 듯 했다. 소파 위에 고양이 마냥 편한 자세로 앉아 있는 멜라니 스티븐스 역시 조금 전과는 뭔가 다른 모습이었다. 프랑크는 의심스러운 눈초리로 그녀를 봤지만, 무슨 일인지 파헤치기에는 시간이 너무나도 부족했다.

"방금 라이볼트 부인께서 며칠 전부터 에바를 못 봤다고 말씀하시더군요."

순간 스티븐스 부인이 몸을 벌떡 일으켰다. 작은 것 하나 놓치는 법이 없는 프랑크는 삐딱하게 놓인 쿠션 뒤에 브래지어가 숨겨져 있는 걸 발견했다. 그제야 무슨 일이 있었는지 파악할 수 있었다. 그는 스티븐스 부부가 수상하다고 생각했다.

"그게 무슨 말이에요?" 멜라니는 충격으로 인해 숨을 몰아쉬었고, 격분한 듯 머리를 쥐어뜯었다. "그럼 대체 어디 있다는 거죠? 에바한테 무슨 일이 생긴 거예요? 콘래드……."

그녀의 눈길이 프랑크와 콘래드 사이를 빠르게 오갔다. 콘래드는 아무 말 없이 휴대전화를 들어 번호를 누르고는 잠시 기다렸다. 잠시 후 그는 알아들을 수 없는 말을 웅얼거리며 소파 옆으로 다가갔다.

"에바의 행방에 대해 알고 계십니까?" 그는 프랑크에게 물었다.

"오늘 학교에 안 왔다고 하더군요. 그레타는 왔다고 하니, 최대한 빨리 가서 만나볼 생각입니다. 부디 진정하고 계세요. 뭔가 이유가 있겠죠."

"쳇!" 콘래드는 화를 냈다. "입에 발린 말 하지 마십쇼. 내 딸은 어디 있는 겁니까? 혹시 그 마티아스라는 놈과 무슨 관계라도 있나요?"

"혹시 둘이 사귀는 사이는 아니었을까요?"

조금 전까지만 해도 두려움에 가득 찬 표정을 하고 있던 멜라니가 그 말을 듣고 펄쩍 뛰었다. "내 딸." 그녀는 흐느끼며 이리저리 정신없이 걸어 다녔다. 곧 그녀의 표정이 어두워지더니, 두려움이 분노로 변해버렸다.

"이게 다 당신 잘못이야!" 그녀는 날카로운 소리로 말하며 두 주먹을 불끈 쥐고 콘래드에게 와락 달려들었다. "내가 여기서 무슨 일이 일어나는지 모를 거라 생각해?"

깜짝 놀라 자리에서 일어난 프랑크는 눈을 가늘게 뜨고 머릿속으로 열심히 상황을 파악해보았다. '스티븐스는 아내의 공포증과 유별난 태도를 경멸하면서도 아내를 사랑하는 것처럼 보인다. 불과 몇 분전 섹스를 나누었으니 적어도 아내에 대한 성욕이 있는 것만은 확실하다. 스티븐스 부인은 딸을 집에 가두고 될 수 있으면 바깥세상과, 세상의 악과 멀리 하기를 원한다. 그녀 자신의 두려움을 딸에게 투사하는 거겠지.' 과연 그의 이런 추측이 맞는 것일까?

"방금 누구한테 연락하신 겁니까?" 프랑크는 잠시 조용해진 틈을 타 물었다. 멜라니는 다리에 힘이 풀려버렸고 콘래드는 그런 그녀를 붙들어 머리를 품에 감싸 안았다. 그러자 그녀는 조용히 흐느꼈다.

"에바에게 문자를 보냈습니다."

"문자라고요?" 멜라니는 콘래드로부터 홱 몸을 떼며 고개를 들었다. 머리가 다 헝클어져 있었다. "어디에요?"

프랑크는 콘래드의 입에서 험한 말이 쏟아져 나오리라 예상했지만, 금방이라도 쓰러질 듯한 멜라니를 본 그는 그러지 않았다.

"에바는 선불 폰을 가지고 있어." 콘래드는 아내의 눈을 피하며 말했다. 멜라니는 고개를 절레절레 흔들며 한숨을 내쉬었다.

"다 에바를 위한 거야." 콘래드는 완강했다. "에바도 나도 언제든지 서로에게 연락을 할 수 있잖아. 요즘에는 휴대전화 없이는 살 수가 없다고."

"책임감도 강하셔라." 멜라니는 독기를 품고 말하며 콘래드로부터 멀찌감치 떨어졌다. "에바가 집에 있었다면 난 그 애를 지킬수 있었을 거고, 그럼 이런 일도 생기지 않았을 거예요. 하지만 에바는 이제 어디 있죠? 다 당신이 자꾸만 밖으로 돌도록 부추긴 탓이에요. 결국 남자애들을 만나고, 술을 마시고, 남자와 자고 다녔겠죠."

"입 닥치지 못해!" 콘래드는 반사적으로 그녀의 앞에 우뚝 서서분노에 가득 찬 눈빛으로 그녀를 바라보았다.

"제발 정신 좀 차려!"

콘래드가 두 주먹을 꽉 쥐고 고래고래 소리를 지르자 멜라니는자기도 모르게 움찔했다. 프랑크는 그 모습을 전부 지켜보고 있었다.

"이런 상황에서 책임 전가는 아무런 도움도 안 됩니다." 프랑크가 다소 어색하게 중재에 나섰다. 바로 그때 그의 휴대전화가 울렸다. '왜 하필 이런 순간에.' 그는 생각했다.

"실례하겠습니다." 그는 고개를 가로저으며 말하고는 전화를 받았다. 그로부터 채 30초도 지나지 않아 그의 얼굴은 잿빛으로 변했다.

오후 1시 37분

포르셰 911은 서쪽 방향으로 통하는 A66 고속도로 위를 힘차게달리고 있었다. 프랑크는 한 손으로 핸들을, 다른 손으로 기어 손잡이를 꽉 붙들고 있었다. 너무 긴장한 나머지 담배를 태울 여유조차 없었다. 위험 따위는 안중에 없는 듯, 프랑크는 단숨에 시속 230킬로미터까지 속력을 냈다. 슈테파니의 담임교사인 클라우센이 슈테파니가 지난 목요일부터 학교에 나오지 않았다고 말했던 것이다. 목요일. 개학한 이후로 사흘이었다. 왜 학교를 빠졌을까? 지금껏 한 번도 없었던 일이었다.

프랑크는 슈테파니를 학교에 데려다 줬을 때를 떠올렸다. 차에서 내려 학교 정문 쪽으로 걸어가는 것까지 봤는데. 그는 이제 아무것도 이해할 수가 없었다. 담임교사의 말로는 슈테파니가 그 전과는 다르게 기운도 없고 과묵해 보였다고 했다. 그러면서 방학 동안 무슨 일이 있었는지 물었다. 하지만 프랑크는 클라우센의 말을 신뢰할 수가 없었다. 교사는 말 그대로 가르치는 사람일 뿐, 감정을 다루는 사람은 아니었으니까. 학업성취도에 따라 학생의 점수를 매기는 사람이 그 학생의 친한 벗이나 치료사가 될 수는 없었다. 그런 역할은 사회복지사의 것이었다.

"제 아내가 지금 막내딸을 데리고 미국에 가있습니다." 프랑크는 설명했지만 그게 처음 있는 일은 아니었다. 전에 한 번은 슈테파니에게 2주 동안 엄마, 여동생과 함께 미국에 다녀오라고 했던 적도 있었다. 슈테파니가 거절했지만. 어쨌든 마리―테레제의 장애에 관해서는 클라우센도 이미 알고 있었다. 슈테파니가 월요일에도 등교를 하지 않자, 클라우센은 그녀의 친구 한 명을 불렀다. 크세이나 라우카르트. 요즘 슈테파니와 가장 친하게 지내는 아이라고 생각해서였다. 하지만 크세니아는 그의 질문에 어깨만 으쓱할 뿐이었다. 대답을 회피하며 자기는 아무것도 모른다고 말했다. 그런 그녀의 행동 때문에 클라우센은 의심을 품게 되었다고 했다.

프랑크는 거기까지 듣고 전화를 끊었다. 본능적으로 당장 슈테파니의 학교로 달려가 어린 학생들이 모여서 담배를 피우곤 하는 버스 정류장이나 그 밖의 후미진 곳들을 뒤져보고 싶은 욕구가 마구 끓어올랐다. 그는 직접 교사들, 같은 반 친구들과 대화를 해보고 싶었다. 하지만 성난 황소마냥 딸의 학교에 쳐들어갈 수는 없는 노릇이었다. 그랬다가는 동정어린 눈빛이나 받을 뿐 결국 아무 애기도 못 들을 것이 뻔했다.

'교사들이 뭘 알겠어? 슈테파니와 몰려다니던 친구들도 입을 꾹 닫고 있겠지.' 프랑크는 생각했다. 쓰디 쓴 좌절감이 치밀어 올랐다. 누구한테 물어봐야 할지 도무지 알 수가 없었다. 그는 젊은 애들이 갈 만한 곳을 알아내려 머리가 터져라 고민했다. 슈테파니를 볼링장에 몇 번 태워다 준 적이 있었지만 볼링장도 그렇고 영화관도 지금 이 시간에는 찾아볼 필요도 없었다.

'혹시 마인타우누스첸트룸(1963년에 문을 연 타우누스 지역에서 가장 큰 쇼핑센터 —역주)에서 어정거리고 있을까? 수업 대신 아이쇼핑하러?' 또 한 가지 가능성이 그의 머릿속을 빠르게 스쳐갔지만, 이 역시 말이 안 되는 것 같았다. 한참 여러 가능성을 이리저리 재보던 프랑크는, 그 속에서 한 가지 분명한 사실을 깨달았다. 슈테파니 헬머는 그런 행동을 할 이유가 없다는 것. 그녀에게는 친구들이 있었고, 나쁜 길로 빠진 적 없는 학생이었으며, 그녀를 사랑하는 부모님 밑에서 자랐다. 비록 부모는 언제나 마리—테레제를 먼저 생각했지만. 그 순간 자신도 모르게 프랑크의 가슴속에 어두운 그림자가 드리웠다. 슈테파니도 그걸 느꼈던 걸까? 매일 매일 이 장애를 가진 여동생을 중심으로 돌아갔던 것을? 십 대 때는 부모의 관심이 공평하지 못할 경우 특히 민감하게 반응하게 마련이었다. 반면에 자기를 가만히 놔둬주기를 바라기도 했다. 분리의 시기. 때때로 차 빌려주기. 용돈 인상. 모두가 슈테파니 나이 또래 아이들이 다 하는 투쟁이었으며, 따라서 무조건 문제 행동으로 여겨지지는 않았다. 프랑크를 불안하게 만드는 것은 뭔가 안 좋은 일이 생겼을 수도 있다는 생각이었다.

포르셰에서 내렸을 때 그는 꼭 목이 꽉 졸리는 기분이었다. 차문을 잠그지도 않고 길가에 그냥 세워둔 그는 성큼성큼 뛰어 집으로 들어갔다. 숨을 헐떡이며 복도를 걸어가는데 음악 소리가 들렸다.

"슈테피?"

그의 목소리가 벽에 울렸다. 서둘러 위층으로 올라가자 물소리가 들렸고, 음악 소리는 텔레비전에서 흘러나오고 있었다. 욕실 문은 잠겨있었다. 안에는 슈테파니가 들어 있는 게 뻔했다. 프랑크는 긴장이 풀어지는 느낌이었다. 그는 여전히 숨을 헐떡이며 걸음을 천천히 했다. 기침이 나왔고, 폐가 따끔따끔했다. 빌어먹을 담배. 요즘 좀 많이 피웠다고 신호가 왔다. 그는 음악 소리를 줄이려고 리모컨을 찾기 시작했다.

무슨 이유로 슈테파니가 사흘이나 학교에 가지 않았든 간에, 그는 아무 질책도 하지 않을 생각이었다. 딸을 찾은 것만으로도 감사한 마음에 그저 꼭 안아주고 싶었다. 정말 안 좋은 일은 그의 가족이 아닌 다른 사람들에게 일어났다는 데에 마음이 놓였다. 스티븐스 가족을 생각하니 아직도 심장이 쿵쾅댔다. '형사 짓이 사람 다 망쳐놓는군.' 그가 속으로 혼잣말을 하던 찰나, 리모컨이 눈에 띄었다. 그것은 슈테파니의 침대 위, 맥북 옆에 놓여있었다.

침대에 걸터앉아 그 까만색 리모컨을 집어 든 프랑크는 음소거 버튼을 눌렀다. 그러던 중 그의 소매가 맥북의 트랙패드를 건드려 화면보호기가 사라졌다. 페이스북의 파란색 창이 깜빡이고 있었고, 입술을 내밀고 찍은 슈테파니의 프로필 사진이 보였다. 그 나이 또래에 딱 어울리는 사진. 욕실 거울 앞에서 왼손에 휴대전화를 들고 찍은 모양이었다. '립스틱을 바른 건가?' 프랑크는 눈알을 굴렸다. 그러던 그의 시선이 맨 위에 있는 포스팅에 쏠렸다. 댓글이 엄청 달린 사진 한 장. 어느 소녀의 음부 위로 드러난 어린 피부가 찍힌 사진이었다. 분홍색 팬티와 흰색 셔츠를 입었는데 셔츠가 위로 올라가 배꼽이 드러나 있었다. 티 없는 피부, 여성스러운 체형, 하지만 아직 어린 티가 확연히 나는 몸매였다. 얼굴 쪽은 어두워서 턱까지밖에 안 보였는데, 셔츠는 바로 턱 아래까지 밀려올라가 있었다. 브래지어는 입지 않았지만 어느 정도 봉긋하게 솟은 가슴 가운데 어두운색의 부드러워 보이는 유두가 자리 잡고 있었다. 소녀의 배 위에 손바닥만 한 크기로 쓰여 있는 글씨를 보는 순간, 프랑크는 경악하고 말았다.

'BITCH'

댓글들은 그 단어를 되풀이하거나 웃는 이모티콘을 남긴 것들뿐이었다. 눈물 흘리며 웃는 이모티콘, 악마의 뿔을 달고 웃는 이모티콘. 그때 소녀의 왼쪽 가슴 아래에 있는 작은 흉터가 프랑크의 눈에 띄었다. 그건 바로 유치원 시절 슈테파니가 태어났을 때부터 있던 점을 빼고 나서 생긴 독특한 백반이었다. 프랑크는 메스꺼움을 느꼈다. 그 순간 문이 딸깍 하고 열렸지만 그는 그 소리를 듣지 못했다. 이어서 다가오는 발소리가 들렸다.

"아빠!" 당황한 표정으로 프랑크에게 달려온 슈테파니는 재빨리 손을 뻗쳐 노트북 컴퓨터를 닫았다. 그녀는 분노로 이글거리는 눈빛으로 그를 향해 물었다. "대체 뭐하시는 거예요?"

"그러는 넌 여기서 뭘 하는 거냐?" 프랑크는 침착하게 대답했다. 하지만 그보다 훨씬 더 중요한 질문이 남아 있었다. 슈테파니는 분홍색 유광 커버로 싸인 맥북을 품에 꼭 끌어안고 있었고, 그는 떨리는 손으로 그것을 가리키며 물었다. "그거 네 사진이니?"

그러자 슈테파니는 프랑크의 예상과는 전혀 다르게 큰소리로 화를 냈다.

"내 컴퓨터는 왜 뒤지고 그래요?" 그녀는 소리를 지르며 발을 쿵쿵 굴렀다. "이건 완전히 감시당하는 거잖아!" 그녀는 프랑크를 보지 않고 말했지만, 프랑크는 그녀가 눈물을 흘리고 있는 걸 보았다. 그가 자리에서 일어나 가까이 다가가자, 슈테파니는 창가로 걸어가서는 냉정하게 문 쪽을 가리켰다.

"내 방에서 나가요!" 그녀의 목소리가 떨렸다. 그리고 차가웠다.

"슈테파니. 아빠가 다시는……."

"날 좀 내버려 둬요!" 슈테파니는 이리저리 왔다 갔다 했다. 눈물이 흘러내려 화장이 볼 위로 번졌다. "날 좀 그냥 두라고요. 부탁이에요." 증오와 절망이 뒤섞인 목소리였다. "제발, 아빠. 지금은 다 싫어요. 제발." 간절한 애원. 결국 프랑크는 문 쪽으로 걸어갔고, 슈테파니는 그에게서 눈을 떼지 않았다.

"아빠랑 대화 좀 하자." 프랑크가 조용히 말했다. "거실에서 기다리마. 제발 대화 좀 해보자고."

"대화, 대화. 그런 거 아무 소용없어요!" 슈테파니는 버럭 쏘아붙였다. "어차피 이해 못할 거면서. 아무도 이해 못한다고요!"

그녀는 프랑크에게 달려가 그를 문밖으로 홱 밀어버렸다. 딸의 모습에 충격을 받고 압도당한 그는 그대로 당하고 있을 수밖에 없었다. 찰칵, 문을 잠그는 소리가 들리자 그는 속이 울컥 했다. 담배를 찾아 주머니를 뒤졌지만 차 안에 놓고 온 게 생각났다. 밖으로 나오는 길에 그는 거실 벽을 지나쳤다. 한때 그 여닫이문 뒤에 술을 넣어두곤 했던 그는 손가락으로 그 위를 쓸며 침을 삼켰다. 밖은 그리 덥지 않았고 집안은 에어컨이 가동되고 있었으니,

그가 간혹 느끼는 목마름은 날씨 때문이 아니었다. 그는 절대 거기에 굴복해서는 안 되었다. 두 번 다시는. 대신 담배를 점점 더 많이 피웠다. 그는 평정심을 유지해야만 했다. 슈테파니는 그를 필요로 하고 있었다. 에바 스티븐스도. 또 볼너 부부도. 제기랄.

그는 지금 율리아 뒤랑이 필요했다.

오후 2시 45분

위치추적 결과는 그리 놀랍지 않았다. 에바의 선불폰의 위치가 마지막으로 확인된 곳은 그녀가 사라진 날 밤 친구들과 함께 있던 곳, 페켄하임이었다. 마티아스 볼너가 사망한 때와 같은 시간대. 혹시 신호가 다시 잡히지는 않을까 싶어 상황을 주시하고는 있었지만, 다들 속으로는 같은 생각을 하고 있었다. 에바의 휴대전화가 다시 켜질 일은 결코 없다는 것. 이미 한참 전에 본래 있어야 할 곳이 아닌, 마인 강이나 여느 하수구 바닥에 떨어져 버렸을 터였다.

다른 아이들의 심문은 오후 늦게 진행될 예정이었다. 본래는 그 아이들의 아지트인 작업장에서 진행하려고 했으나 경찰청으로 변경되었는데, 이는 한 소년이 살해당하고 한 소녀가 실종된 상황에서 충분히 정당화될 수 있는 일이었다. 모든 걸 다 제대로 편성하는 데만도 앞으로 세 시간은 더 걸릴 터였으니까. 하지만 열다섯 살에서 열아홉 살 사이의 아이들 대여섯 명을 찾기란 짚더미에서 바늘 찾기나 마찬가지였다.

페터는 심문이 어떻게 진행될지 벌써부터 긴장되었다. 그맘때 아이들의 '집단역학'이 얼마나 변화무쌍한지 잘 알고 있었으니까. 정말 관련된 아이들은 그들이 다일까? 계속 같은 이름들만 언급되는데, 과연 그게 의미가 있긴 할까? 그 또래 아이들 대부분은 어떤 종류의 공권력이든 다 경멸하는 경향이 있어서, 형사라고 하면 무조건 거부감을 가지고 대했다. 또는 스스로 곤경에 빠질까 두려운 마음에 침묵으로 일관하기도 했다. 예를 들어 사건 발생 시간에 대마초를 피우고 있었다면, 그들에게는 집단의 압력과 충성심이 정직함보다 더 중요하기 때문이다.

　페터는 과거에 있었던 한 사건을 떠올렸다. 지적장애를 가진 연금생활자가 청소년 패거리에게 살해당한 사건이었다. 그는 30분 동안이나 사투를 벌였는데, 그 정도면 가해자들이 자기가 지금 어떤 짓을 하고 있는지 깨닫기에는 충분한 시간이었다. 즉, 정상으로 돌아올 시간이 충분했다는 말이었다. 하지만 네 명의 가해자들 중 아무도 그러지 않았다. 오히려 그들은 시간이 감에 따라 점점 더 잔인해져서, 마지막에는 그 남자를 벼랑끝으로 몰고 가 결국 인공호수에 빠지게끔 했다. 살의 가득한 족제비들. 넷 중에 둘은 대입을 앞두고 있을 정도로 머리도 좋은 이들이 가장 저급하고도 비열한 본능에 휘둘렸던 것이다. 단 1초간의 멈춤도 없이 30분 내내. 범행동기에 대한 질문에 그들은 '그 남자는 죽어 마땅했다'고 대답했다. 단지 그것뿐이었다. 짜증나게 자꾸 쳐다봐서 그랬다고. 그게 다였다. 페터는 몸을 부르르 떨었다. 아무래도 마티아스 볼너와 함께 몰려다니던 패거리가 그를 죽였을 리는 없다는 생각이 들었다. 하지만 그렇다고 처음부터 아예 용의선상에서 배제시킬 수는 없는 노릇이었다. 그는 마티아스의 집으로 가는 길에 도리스에게 이러한 자신의 의견을 말했다. 도리스는 고개만 가로저을 뿐이었다.

　"내가 알기로 지버스 박사는 단독범의 짓일 거라고 했어." 그녀가 말했다.

"그래. 자상들만 보면 그렇지. 하지만 벨트로 목을 조른 자국도 있었잖아."

"당신 생각대로였다면 범인들은 현장을 그렇게 두고 가지 않았을 거야. 벨트랑 운동화 한 짝 정도는 아무도 모르게 마인 강에 던져버릴 수 있었을 거라고. 또 그렇게 들판을 가로질러 마티아스를 쫓을 게 아니라 후미진 곳으로 유인할 수도 있었을 테고."

"맞는 말이야." 페터는 중얼거렸다. "그래도 뭔가 명쾌하지가 않단 말이야. 여자 문제는 아니었을까? 거절당한 사랑, 뭐 그런 거. 아니면 마티아스가 누군가의 여자 친구를 빼앗았을 수도 있지. 결국 여자애는 두려움과 죄책감 때문에 사라져버렸고."

"그나마 나은 추측이네. 하지만 여전히 만족스럽지는 않아."

"그런 잔인한 범죄에서 당신한테 만족스러울 게 뭐가 있겠어?"

도리스는 그런 뜻으로 말한 게 아니라는 듯 코를 찡긋거렸다. 페터는 재킷 주머니에서 에바 스티븐스의 사진을 꺼냈다. 아까 프랑크가 정신 나간 사람처럼 휑하니 가버리기 전에 그에게 전해준 것이었다. 그러나 지금으로서는 프랑크를 걱정하고 있을 시간이 없었다. 도리스가 초인종을 누르자, 볼너의 아버지가 문을 열었다. 어제 만나서 이미 알고 있던 터라 그는 조용히 그들을 안으로 불러들였다.

집안은 환기가 안 되어 천장 바로 아래까지 악취가 맴돌고 있는 듯했다. 유리창 앞 블라인드는 반쯤 내려져 밝은 햇빛을 차단하고 있었다. 어둑어둑한 데다 숨이 막히고 답답했다.

"뭐 새로운 소식이라도 있습니까?" 볼너는 생기 없는 목소리로 물었다. 그의 아내는 보이지 않았다.

"그렇다고 볼 수도 있을 겁니다. 집에 혼자 계십니까?"

"아내는 발륨(정신안정제의 일종—역주)을 먹고 침대에 누워 있습니다. 왜 오신 건지 어서 말씀해주십쇼. 이렇게 아무것도 모르는 채 기다리기만 하려니 지옥이 따로 없어요. 누구라도 감당하기 힘든 일일 겁니다."

페터는 이해한다는 듯 고개를 끄덕였다. "스티븐스 씨 가족도 현재 비슷한 상황에 처해있습니다." 그는 이렇게 말하며 볼너를 쳐다보았다. 볼너는 고개를 갸우뚱했다.

"스티븐스요? 아, 그 어린 애."

"이 여자아이를 아십니까?"

페터는 에바의 사진을 꺼내 탁자 위에 올려놓았다.

"조금요. 얼굴만 압니다. 이 아이는 왜요?"

"아드님이 이 아이를 집에 데려온 적 있습니까?"

"아뇨. 이 아이한테 무슨 일이 있냐고 물었습니다."

볼너는 점점 더 조급하게 행동했다. 긴장한 탓이었을까?

"에바 스티븐스는 어제 저녁부터 실종 상태입니다. 저희는 에바가 볼너 씨의 아드님이 마지막으로 만났던 사람이라 추정하고 있습니다."

"그게 무슨 말입니까?" 볼너의 두 눈이 촉촉해졌다. 그의 목소리는 떨리고 있었다.

"둘이 어떤 관계였는지 알아야만 합니다." 도리스가 설명했다. "부디 잘 좀 한 번 생각해봐 주세요. 부인께도 여쭤봐 주시고요. 그리고 마티아스의 소지품을 조사해볼 수 있게 해주신다면 큰 도움이 될 것 같습니다. 휴대전화, 컴퓨터, 편지 같은 것들이요."

"지금 범인을 찾는 거요, 아니면 그 여자애를 찾는 거요?" 볼너의 눈이 공격적으로 반짝였다. 경찰이 에바를 찾는 일에 우선순위를 두고 있다고 오해하고 있는 게 틀림없었다.

"서로 관계가 없는 일이 아닙니다." 페터는 수완 좋게 내딛 했다. 물론 현재로서는 에바의 목숨을 살리는 게 우선이었다. 만일 아직 살아 있다면. "범인이 같을 수도 있어요."

"그럼 왜 그 여자애는 바로 죽이지 않은 겁니까?"

"그 문제는 저희한테 맡겨주세요. 최악의 경우를 생각하고 싶지는 않지만……."

"우리한테는 더 나빠질 것도 없소." 볼너는 톡 쏘듯 페터의 말을 가로막았지만, 곧 누그러진 말투로 말했다. "필요한 건 다 가져가십쇼. 하지만 다시 돌려주셨으면 합니다. 부탁해요." 그는 콧물을 훌쩍이더니 소매로 얼굴을 문질렀다.

두 형사는 마티아스의 노트북 컴퓨터와 외장 하드디스크를 챙겼다. 일정표나 휴대전화, 일기장 같은 건 없는지 찾아보았지만, SIM카드 한 개와 배터리가 없는 오래된 휴대전화 밖에 보이지 않았다. 밖으로 나가는 길에 페터는 에바의 사진을 여전히 손에 들고 있었다. 생각에 잠긴 듯한 깊고 푸른 눈은 마치 두 사람을 쳐다보는 것만 같았다. 사진 속의 에바는 웃고 있었다. 스튜디오에서 전문 사진가가 찍은 사진이었다. 에바의 얼굴은 흠 잡을 데 없이 예뻤고, 조명을 받아 입체감이 살아 있었다. 금발머리 한 가닥이 마치 우연인 듯 얼굴 앞으로 내려와 살랑이고 있었다.

페터는 베르거에게 전화를 걸어 탐지견과 훈련관들을 포함한 1백 명 규모의 수색대원들을 준비해달라고 말했다. 강 쪽으로 돌출된 모양을 하고 있는 페켄하임은 절반이 풀숲과 들판이었으며 나머지 부분에는 건물들이 조밀하게 들어차 있었다. 좁은 집들이 따닥따닥 붙어 있고 거주인구가 수백 명은 족히 되었다. 그러나 그 누가 청소년들에게, 이방인들에게 신경이나 썼을까? 집들이 가깝게 붙어 있을수록 익명성은 더해진다고 했다. 베르거는 페터의 말에 순순히 따랐다. 불과 몇 분 뒤 그는 다시 페터에게 전화를 걸어, 약 한 시간 내로 대원들이 약속한 장소에 도착할 것이라고 말했다. 페터와 도리스는 남은 시간을 이용해 그레타 라이볼트를 잠시 만나보려고 리더발트로 향했다. 비록 새로운 소식이 있으리라는 기대는 별로 없었지만. 에바의 어머니를 언급했을 때 라이볼트 부인의 반응에서 이미 알 수 있듯이, 스티븐스 가족은 뭔가 좀 수상한 구석이 있었다.

*

페터의 포드 쿠가는 엘렌브루크의 진입로를 통과했다. 리더발트는 과거 노동자들의 거주지였다. 개조된 건물들, 좁은 집들. 넓은 공간을 선호하는 젊은 층에게는 별로 좋지 않은 환경이었다. 하지만 그간 고립되었던 이 동네는 마치 유리의 성처럼 보이는 유럽중앙은행이 인근에 들어서면서 점차 각광받게 되었다. 라이볼트 가족의 집은 베이지색 바탕에 크고 진한 글씨로 번지수가 적혀 있어 쉽게 찾을 수 있었다. 그 집은 절연제를 두껍게 쓴 외벽 때문에 다른 집들보다 더 커보였지만, 사실 그 거리에 있는 모든 집들은 크기가 모두 같았다.

페터가 전화로 미리 그레타가 그새 집에 왔는지 확인한 터라 라이볼트 부인은 곧장 문을 열어주었다. 그녀는 주름이 잘 잡힌 바지 정장을 입고 있었다. 재킷 속에 입은 크림색 상의는 풍만한 가슴을 여과 없이 드러내주었다. 립스틱, 짙은 화장. 그녀는 눈 사이가 먼 잿빛 눈으로 요염하게 페터를 노려보았다. 그리고는 자기보다 머리통 하나는 작은 도리스를 깔보듯 훑어보았다.

"안으로 들어오세요. 사실대로 말씀드리자면, 형사님들을 그다지 환영하진 않지만 말이에요."

라이볼트 부인은 딸이 아무 일 없이 집으로 돌아온 데 대해 그 어떤 안도나 걱정을 하는 기색도 없이 아주 태연하게 말했다. 페터와 도리스는 좁은 복도를 지나, 역시 좁고 가파른 계단을 올라 위층으로 향했다. 라이볼트 부인은 소리쳐서 딸을 부르는 대신 휴대전화를 집어 들었다. 그리고는 뭔가 입력하더니(페터가 보기에는 왓츠앱이나 문자인 것 같았다) 답을 기다리지도 않고 휴대전화를 다시 옆에 내려놓았다. 그녀는 손으로 의자를 가리켰다. 뒤쪽 창문을 통해 들어온 햇빛이 코듀로이 소파 위로 두 줄기 광선을 내리쬐고 있었다.

집 내부는 클래식한 가구와 현대 예술작품이 어우러져 꾸며져 있었다. 공간적 제약이 있는 집에서도 느껴지는 전통과 개성. 인테리어가 마음에 든 페터가 막 라이볼트 가족의 수입원에 대해 물어보려던 찰나, 라이볼트 부인이 그의 바로 맞은편에 앉았다. 그녀가 다리를 꼬자, 정장바지를 입었음에도 탄력 있는 다리선이 드러나 보였다. '보나마나 맞춤 정장이 틀림없군.' 그는 이렇게 생각한 동시에 라이볼트 부인이 도리스를 무시하듯 대하는 모습에 낯이 뜨거워졌다. 흡사 아마존에서의 영역 다툼 같았다. 어쩌면 도리스가 검은 띠를 딴 유단자임을 밝혀야 하는 상황이 올지도 모를 일이었다.

"즐거워 보이시네요." 회색 눈의 암고양이가 속삭였다. 하지만 페터는 이미 아까 전부터 냉정을 되찾은 뒤였다.

"당황스러운데요." 그는 신랄하게 말했다. "따님의 가장 친한 친구가 실종되었는데 그렇게 태연하게 앉아계실 수 있다는 게 놀랍습니다."

"그런 엄마랑 함께 사는데, 놀랄 것도 없죠. 아마 그 애 스스로 도망친 걸 거예요."

"친구가 칼에 찔린 바로 그 날, 그 시간에요?"

"십 대들 사이에 있었던 일을 어떻게 알겠어요." 허스키한 목소리로 말한 라이볼트 부인은 살짝 화가 난 듯 했다. 그녀가 블레이저 단추를 풀자 안에 입은 상의 아래로 왼쪽 유두가 비쳐 보였다. 도리스는 헛기침을 했다. 라이볼트 부인은 사십 대 중반이었지만 십 대로 보이기를 간절히 바라는 듯 보였다. 자신의 총애를 받기 위해 달려드는 남자들에게 기꺼이 몸을 내줄 만한 여자. 하지만 십 대들만이 가지고 있는 순진함이 그녀에게는 없었다. 주관적으로 비교하자면 그녀보다야 율리아가 더 나았다. 비록 나이는 율리아가 몇 살 더 많지만 훨씬 더 자연스러운 매력이 있으니까.

바로 그때 그레타가 집에서 신는 털신을 신은 채 조용히 거실로 걸어 들어왔다. 페터는 그 즉시 모녀 간의 극명한 차이를 확인할 수 있었다. 내심 그는 그레타가 제 엄마를 닮아 마치 인형 같은, 로리타와 같은 모습일 거라 예상했었다. 하지만 지금 거실 입구에는 별 존재감 없는 여학생이 서 있었다.

"안녕하세요." 그레타는 들릴 듯 말 듯한 목소리로 수줍게 말하고는 어디에 앉아야 할지 고민하고 있었다. 라이볼트 부인은 자기 옆자리를 가리키며 앉으라고 했다.

"이 두 분은 형사님들이신데……."

"감사합니다만, 저희가 직접 할게요." 도리스가 그녀의 말을 가로막았다. "난 도리스 자이델, 이쪽은 내 파트너인 페터 쿨머 형사야. 우린 에바 스티븐스 일로 왔어. 말을 놔도 되겠지?"

라이볼트 부인은 날카로운 소리로 웃었다. "당연히 되고말고요. 앤 이제 열다섯 살인걸요."

"라이볼트 부인." 이번에는 페터가 그녀를 제지시켰고, 그녀는 혼잣말을 중얼대며 팔짱을 꼈다. 그러고는 그의 행동에 항의라도 하듯 블레이저 단추를 다시 잠갔다. 마치 벌을 내리는 것처럼. 그

89

사이 그레타는 도리스에게 반말로 해도 좋다고 말했다.

"에바 스티븐스는 자기 부모님한테 너희 집에서 자고 온다고 말했대. 에바가 왜 그랬는지 아니?"

그레타는 겁을 먹은 듯 옆을 흘긋 한 번 보고는 대답했다. "원래 그렇게 할 생각이었어요."

"하지만 평일에는 당연히 안 되는 일이죠." 라이볼트 부인이 딸이 하려던 말을 마저 했다.

페터는 바람대로 안 되리란 걸 알면서도 그녀에게 물었다. "저희가 그레타만 데리고 얘기를 좀 할 수 있을까요?"

"이제 조용히 하고 있을게요."

"엄마 말씀이 맞아요. 저랑 에바는 우리 집에서 같이 자려고 했어요. 특히 에바가 그러고 싶어 했고요." 그레타는 마치 확인을 받으려는 듯 엄마를 쳐다보고는 다시 조용히 말을 이었다. "하지만 저희는 애초에 물어볼 생각조차 하지 않았죠."

라이볼트 부인은 화를 내며 식식거렸다. "네가 그렇게 말하니까 내가 꼭 잔소리꾼이 된 것 같잖니." 자리에서 일어난 그녀는 부엌의 음식을 내는 창구로 가서 물 한 잔을 따라 마신 뒤 잠시 그 자리에 서 있었다. 그 사이 도리스는 그레타의 눈빛으로부터 라이볼트 부인의 말이 사실임을 확인할 수 있었다. 즉, 그녀는 잔소리꾼이 맞았다. 하지만 확실히 스티븐스 부인보다는 덜했으리라.

"에바는 될 수 있으면 계속 우리 집에 있고 싶어 했어요." 그레타가 말했다. "자기 부모님 때문에요."

"어머니는 편찮으시고, 아버지는 일 때문에 매우 바쁘시지. 내 말이 맞니?"

"네."

일순간 그레타의 눈빛이 마치 전혀 다른 장소에 가 있는 사람처럼 얼어붙었다. 페터는 그녀가 '아버지'라는 말에 그런 반응을 보였다는 걸 확신할 수 있었다.

"너희 부모님은? 에바의 가족과 잘 아는 사이시니?"

"아뇨." 그레타는 대답을 잘못 할까 봐 두려운 듯 또다시 엄마가 있는 쪽을 돌아보았다.

"남자는 꽤나 잘빠졌던데." 라이볼트 부인은 농담을 하며 다시 돌아와 자리에 앉았다.

"세상에, 엄마. 아, 민망해." 그레타는 탄식했다.

"뭐가 어때? 난 그 남자가 아직도 그 집에서 안 나왔다는 게 더 놀라워요. 그 여자 정신병 어쩌고 하는 거, 다 남편을 옭아매려는 술책이라니까요."

페터는 아무 말도 하지 않았다. 그가 알고 싶은 건 따로 있었다.

"에바가 왜 부모님께 너희 집에 있다고 말했는지 알겠니?"

그레타는 어깨를 으쓱했다. "아마 학교 말고 갈 수 있는 곳이 여기밖에 없어서 그런 거 아닐까요? 에바네 엄마는 에바를 꼭 죄수 다루듯 했거든요. 오후 수업 받는 걸 그렇게 좋아하는 애는 에바뿐이었어요."

"마티아스 볼너와는 어떤 관계였어?"

그레타는 잠시 멈칫하더니 얼굴을 붉혔다. "몰라요."

"이건 아주 중요한 일이야. 솔직하게 말해줘야 해." 도리스는 강조하듯 말했다.

"정말 몰라요. 마티아스라는 애도 모르는 걸요."

"하지만 너도 전에 그 동네에 살았었잖아."

"그때는 걔가 우리랑 어울리지 않았어요." 그레타는 불안한 듯 몸을 이리저리 흔들기 시작했다.

"말해봐." 라이볼트 부인은 탐욕스런 눈빛으로 딸을 쳐다보며 말했다. "그 애가 에바 애인이었니?"

"아냐." 그레타는 화난 목소리로 단호하게 말했지만, 그녀의 행동을 보아하니 그 말은 전적으로 사실은 아닌 듯했다. 두 형사는 라이볼트 부인이 함께 있는 자리에서 그레타를 더 이상 몰아세우는 건 아무 의미 없는 일이라 생각했다. 엄마 앞에서 꼼짝도 못하고 속으로 끙끙 앓던 그레타는, 도리스가 내민 명함을 손에 꼭 쥐었다.

"뭔가 생각나는 게 있으면 언제든지 연락하렴. 에바가 흔적도 없이 사라졌기 때문에 우린 어떤 단서라도 의지해야 하는 상황이야. 에바도 그렇겠지."

*

30분 뒤 수색대원들이 그 부지를 샅샅이 뒤지기 시작했다. 주말 농장, 죽은 나무들, 덤불, 경작지 등이 다 모여 있는 곳이라 시체가 숨겨져 있을 가능성은 충분했다. 수색작업에 참여한 사람들 중 어느 누구도 자기가 그런 음울한 발견을 하는 주인공이 되기를 원치는 않았다. 오히려 아무것도 못 찾기를 바라고 있었다. 그들은 콘래드 스티븐스로부터 에바가 지난 주말에 입었던 청재킷과, 그녀가 가장 아끼는 쿠션을 넘겨받았다.

"다시 돌려주실 거죠?" 콘래드는 떨리는 목소리로 물었다. 페터는 고개를 끄덕였다. 자기 딸이 폭력범죄의 희생양이 되었을 수도 있다는 것을 그는 사건 발생 두 시간 만에 처음 깨달은 모양이었다.

"저 부모란 사람들 중 한명이라도 이해가 돼?" 페터는 고개를 가로저으며 도리스의 어깨를 꽉 감싸 안았다. "두 집에서 유일하게 정상인 건 아이들뿐인 것 같아. 제발 우리는 나중에 엘리자가 컸을 때 그러지 말자고."

도리스는 아무 말 없이 미소만 지어 보이고는 그에게 입을 맞추었다. 그건 근무 중에는 거의 없는 일이었다.

오후 3시 57분

그녀는 창밖으로 휙휙 지나가는 나무들을 바라보고 있었다. 그 뒤로는 집들과 숲 가장자리가 보였고, 멀리 있는 것들일수록 속도는 점점 느려졌다. 그녀는 마치 거대한 회전목마를 타고 있는 듯한 기분이었다. 그렇게 족히 세 시간을 열심히 달려, 그녀가 탄 뮌헨발 고속열차는 프랑크푸르트 중앙역에 도착했다. 율리아는 처음으로 그 구간 열차에 올랐을 때를 떠올려보았다. 실망스러운 기억뿐이었다. 결혼이 파탄에 이르렀고 일도 포기했었다. 다시는 뮌헨으로 돌아가지 않겠다고, 이제부터는 '범죄의 도시'를 고향 삼아 살겠다고 결심했었다.

율리아가 계속 뮌헨 살인사건 수사반에 머물렀다면 맡았을 직책을 지금은 클라우스가 맡고 있었다. 당시 두 사람은 서로 알지 못했다.

오전에 클라우스가 사무실에 잠깐 들렀던 건 순전히 우연이었다. 그 덕분에 그는 프랑크푸르트에서 벌어지고 있는 비밀 수사에 관해 알게 되었다. 배 위에 글씨가 새겨진 채 죽은 남자아이. 그와 유사한 사건에 대한 조회가 전국의 경찰청에서 진행되고 있었다. 섣불리 공개했다가는 일을 망칠 수 있었기에 언론에는 아직 알려지지 않았다. 다른 살인사건들과 관계가 있는지 여부도 아직 밝혀지지 않은 상태였다.

클라우스는 율리아의 아버지가 입원해 있는 병원 앞에 차를 세우고 벌써 10분 째 그대로 앉아 있었다. 그는 아랫입술을 만지작 거리고 손톱을 물어뜯으며 어떻게 행동하는 게 좋을지 생각 중이 었다. 율리아와의 관계에서 신뢰는 특히 중요한 문제였다. 그는 율리아의 과거를 알고 있었기에 신뢰가 조금이라도 깨지면 둘 사 이는 당장 끝이라는 걸 잘 알았다. 결국 그에게는 한 가지 방법밖 에 남지 않았다. 병원 안에 있는 카페에서 그는 율리아에게 모든 걸 다 말해주었다.

"글자 살인범이요?" 율리아는 믿을 수 없다는 듯 이마를 찌푸리 며 물었고, 그 전까지 피로에 젖어 있던 그녀의 눈빛이 일순간에 초롱초롱 빛났다. 그녀의 뇌가 움직이기 시작했고, 의무감과 걱 정의 감정이 오락가락했다.

"갈 거예요?"

"어떻게 가요?" 그녀는 낙심한 듯 말했다. "아빠가 깨어나시기 라도 해야……."

"적어도 앞으로 일주일은 더 저렇게 인위적인 혼수상태로 계실 거예요." 클라우스가 대답했다. "내가 매일 와볼게요. 당신이 원 한다면 하루 두 번도 올 수 있고요."

율리아는 심각한 고민에 빠졌다. 클라우스의 말이 맞는다는 걸 그녀도 속으로는 잘 알고 있었다. 아버지의 상태는 비교적 괜찮 았고, 진단도 명확했다. 호흡, 혈액순환, 내장 등, 모두 다 안정적 이었다. 어떤 불가피한 결과('댁의 아버지는 죽어가고 있습니다' '댁의 어 머니의 병세는 호전되기 어렵습니다 등)를 전해야 할 때 의사나 간호사 들이 말 대신 의미심장한 체념의 표정을 지을 때가 있는데, 아버 지의 경우는 그렇지 않았다.

"그래도 혹시 아빠가……." 율리아는 차마 말을 잇지 못했다.

"아무리 긴급한 상황이어도 서너 시간이면 이리 올 수 있잖아요.

그렇게 금방 뭐가 어떻게 될 리도 없고요." 클라우스는 그녀의 손을 어루만졌다. "당신의 감정을 믿어요. 하나님을 믿고요. 아버지께서도 그 덕분에 지금까지 잘 지내오셨잖아요."

"잘 모르겠어요." 율리아는 말은 그렇게 했지만 마음속으로는 이미 결단을 내린 상태였다. 솔직히 말해 어느 정도는 이기적인 결정이었다. 병원에서 가만히 앉아 기다리기만 하는 건 사랑하는 애인이 곁에 있다고 해도 참기 힘든 고통이었다.

반면에 프랑크푸르트로 가면 그녀는 자기가 가장 잘 하는 일을 할 수 있었다. 살인범을 쫓는 일. 인간의 심연을 들여다보는 일. 정의를 달성하는 일, 비록 죽은 남자아이의 가족들에게는 별 위로가 안 되겠지만. 그녀는 범인을 끝까지 추적할 터였다. 열일곱 살 밖에 안 된 아이를 잔인하게 칼로 찔러 죽인 그 짐승 같은 놈을. 마티아스 볼너의 배 위에 적힌 글자가 제아무리 비밀스럽다고 해도 반드시 그 의미를 알아낼 터였다. 비록 당장은 아무 생각도 떠오르지 않지만 말이다.

사라진 소녀는 어떻게 된 걸까? 다른 사건들과 어떠한 관계가 있는 걸까? 클라우스는 독일 전역에서 일어났던 사건들을 대상으로 인터넷 조회가 이루어지고 있다고 말했다. 율리아는 생각에 잠긴 채 찻잔에 담긴 밝은 갈색의 카푸치노가 빨간색 글자들과 함께 출렁이는 모습을 물끄러미 바라보았다. 그녀의 머릿속에 아버지가, 그리고 동료들이 차례로 떠올랐다. 베르거 반장, 프랑크. 휴대전화를 충전기 전선에서 뽑은 뒤 그녀는 프랑크의 번호를 눌렀다.

하루 일과가 끝났다. 사냥 시간. 그는 경쾌하게 자신의 BMW를 몰아 주차장으로 진입했다. 비좁은 주차공간에 차를 대느라 애를 먹은 그는 스트레스를 받는 기분이었다. 스피커에서는 매노워 (Manowar, 미국에서 결성된 헤비메탈 밴드—역주)의 〈캐리온(Carry on)〉이 울려 퍼졌고, 쿵쿵대는 베이스음 때문에 차 문의 수납공간에 들어 있던 빈 플라스틱 병이 진동했다. 차의 지붕이 열려 있어 오후의 햇살이 차 내부까지 내리쬐고 있었지만 쳐다보는 사람은 아무도 없었다. 그가 시동을 끄자 노랫소리가 멈췄다. 잠깐 동안 소음 대신 적막감이 느껴졌지만, 그의 귀가 주위 환경에 익숙해졌을 때쯤 도로에서 나는 소음이 들려왔다. 퇴근길의 차들이 달려가는 소리. 친구 혹은 가족을 만나거나 운동하러 가기 위해 서두르는 사람들. 다리우스는 그중 어디에도 끼지 않았다.

그의 부모님은 몇 년 전 교통사고로 세상을 떠났다. 하지만 부모님을 잃고도 그는 그리 오래 힘들어하지는 않았다. 부모님과 그의 사이는 그다지 가깝지 않았고 주로 남한테 보이기 위한 순간에만 가까운 척하는 정도였기 때문이다. 부모님 사이 역시 이미 오래전부터 단순히 서류상으로만 부부일 뿐이었다. 서로에게 권태감을 느낀 부모님은 각자 다른 곳에서 육체적 사랑을 찾았다. 아버지는 매춘부에게서, 어머니는 오랫동안 알고 지낸 동창에게서. 다리우스는 먹고 사는 데 지장이 없을 만큼, 아니 스포츠카도 굴릴 만큼 충분한 돈과 집을 물려받았다.

잡생각을 떨쳐낸 다리우스는 키를 눌러 차 문을 잠갔다. 그러고는 그의 앞에 우뚝 서 있는 유리문 쪽으로 다가갔다. 그의 눈은 익숙하게 주위를 살폈다. 마치 자기 영역을 맴도는 한 마리 매처럼 누구의 눈에도 띄지 않으면서 모든 걸 관찰하고 있었다. 아무 말 없이 음식을 먹는 데에만 집중하고 있는 사람들. 함께 시시덕거리며 웃고 있는 사람들. 아무런 걱정도 없는, 부러울 정도로 순진한 사람들. 그는 목 관절을 바로 잡으려는 듯 목을 한쪽으로 비틀었고, 그러자 딱 소리가 났다.

카운터로 다가간 그는 몇 마디 속삭였다. 그러고는 잠시 멈춰 무의식적으로 시계를 보았다. 6시가 되기 조금 전, 근무조가 이미 바뀌었을 시간이었다. 대체 글로리아는 어디 있는 거지? 그때 한 여자가 어두운 색의 눈동자를 반짝이며 친절한 미소를 띤 채 그에게 다가왔다. 그녀의 목소리는 그를 깊은 실망감 속에서 단숨에 구해주는 듯했다. '클라우디아.' 풍만한 가슴 위에서 흔들거리는 명찰에는 그녀의 이름이 적혀 있었다. 윗단추 몇 개를 풀어 입은 폴로셔츠는 가슴 부위가 한껏 늘어나 있었고, 그는 자기도 모르게 자꾸만 그쪽을 바라보았다. 셔츠 안으로 짙은 분홍색 브래지어가 비쳐 보였다.

"어서 오세요, 뭘 도와드릴까요?" 그녀는 이렇게 물으며 환하게 웃었다. 이탈리아 억양이 섞인 말투였다. 키가 160센티미터도 채 안 되었으므로 머리통 한 개는 더 작았고, 좋게 말해야 통통하다고 할 수 있는 체형이었다. 다리우스는 그런 육감적인 표정과 눈깜빡임이 오로지 손님접대용으로 교육받은 것일 뿐이라는 걸 알고 있었다. 심지어 입술의 움직임과 거기서 나오는 말 역시 손님들로 하여금 마치 특별한 대접을 받는 것처럼 느끼게 만들기 위한 주입교육의 결과일 뿐이었다. 그들의 구매욕을 자극해 그들을 살찌우기 위한 것. 꼭 클라우디아처럼. 다리우스는 화가 치밀어 올랐다.

'글로리아는 어디 있는 거야.' 그는 속으로 소리쳤다. 마음 같아

97

서는 앞에 있는 여자의 멱살을 잡고 목을 졸라서라도 대답을 얻어내고 싶은 심정이었다. 그는 글로리아의 행동 뒤에는 단순한 직업적 계산 이상의 것이 숨겨져 있었다고 생각했다, 아니, 확신했다. 그런데 지금 그의 앞에 서 있는, 그의 취향과는 거리가 먼 클라우디아의 표정에서도 일말의 진정성이 느껴지는 것 같았다. 하지만 클라우디아는 그의 관심 밖이었다. 그는 글로리아를 원했다. 배가 고프지도, 목이 마르지도 않았지만 그 먼 길을 달려 여기까지 온 것도 전부 그녀를 만나기 위해서였다. 그러나 그는 물어볼 수가 없었다. 클라우디아는 그가 글로리아와 어느 정도 친한 사이인지 몰랐고, 사실 그는 글로리아가 상상할 수 있는 것 이상으로 그녀를 잘 알고 있었으니까. 비록 연인 관계는 아니었지만 글로리아는 이미 그의 것이었다. 그는 그 사실을 그녀에게 확인시켜주어야만 했다.

　글로리아의 이름은 비교적 흔치 않아서 인터넷에서 충분히 찾아낼 수 있었다. 다시 말해 뒤를 캐기에 충분했다. 그 패스트푸드점은 웹사이트를 운영하고 있었고, 거기서 직원 목록을 확인할 수 있었으며 직원들이 서로 교류하는 소셜 플랫폼도 있었다. 거기에는 글로리아의 이름은 없었지만 그녀의 여자 동료 몇 명의 사진이 있었고, 다리우스는 그들의 페이스북 친구 목록에서 결국 글로리아를 찾아냈다. 비록 실명은 아니었으나 그와 거의 비슷한 이름이 금방 눈에 띄었던 것이다. 'Glo Ria.' 굳이 상상력을 발휘하지 않아도 알아볼 수 있는 이름을 사용함으로써 그녀는 그의 수고를 덜어준 셈이었다. 졸업 연도는 물론 졸업 앨범까지, 그가 글로리아에 관해 모르는 건 거의 없었다. 그녀는 고향 마을을 대표하는 아가씨로 뽑힌 적도 있었는데, 그와 관련된 사진과 기사들이 인터넷에 떠돌고 있었다.

그런데 지금 이 순간 글로리아는 어디 있는 걸까? 다리우스로서도 알 수가 없었고, 그 사실이 그를 광포하게 만들었다. 이 시간쯤이면 그녀는 이미 셔츠와, 완벽한 엉덩이를 강조하는 검은색 바지를 입고 있어야 했다. 듣기 좋은 그녀의 이름이 적힌 작은 명찰을 단 채로. 그녀의 금발머리와 파란 눈은 그 패스트푸드점 고유의 색상과 어우러져 색들의 향연을 보여주었다. 결국 다리우스는 양의 탈을 쓴 늑대마냥 잘 보이려고 애쓸 수밖에 없었다. 그는 평소에 주문하던 메뉴와 뜨거운 음료를 주문했다. 클라우디아는 신중하게 순서대로 일을 해나갔는데, 보아하니 교육은 잘 받았지만 실습은 부족했던 것 같았다. 갑자기 그녀가 화들짝 놀랐고, 다리우스는 그녀가 커피머신의 날카로운 모서리 부분에서 손을 홱 빼내는 걸 목격했다. 그녀의 엄지에서 빨간색 핏방울이 스며 나왔다. 그 모습에서 눈을 떼지 못하는 다리우스는 가슴이 요동치는 기분이었다. 클라우디아는 재빨리 손가락의 피를 빨며 걱정스러운 표정으로 그를 쳐다보았다.

　"집에서 항상 이런다니까요." 그녀는 서둘러 사과하고는 손을 씻고 소독했다. "기다리시게 해서 죄송합니다." 그녀는 다리우스가 주문한 음식을 건넸고, 그는 동정어린 미소를 지어 보였다. 그러고는 삭별인사 대신 그 과체중의 이탈리아 여자를 한동안 쳐다보았다. 이제 두 사람은 어떤 경험을 공유하는 사이가 되어 있었고, 그것은 그의 흥미를 일깨웠다. 그 경험이 앞으로 어떤 쓸모가 있을지는 두고 봐야 알 일이었다.

　교통체증을 뚫고 건축 현장을 지나 프랑크푸르트에 도착한 다리우스는 타우누스안라게 근처에 겨우 주차를 할 수 있었다. 홍등가에 내리쬐는 따스한 햇살 덕분에 다 허물어져가는 건물들은 생기를 되찾고, 노숙자들도 꽤나 멀끔해보였다. 긴 다리를 드러낸 거리의 여자들이 하이힐을 신은 채 자기 가게 앞에 서서 텅 빈 눈빛으로 얇은 담배를 빨아대고 있었다. 그들은 새장에 갇힌 새들 마냥 서둘러 그 앞을 지나가는 양복 차림의 말끔한 남자들을 유혹했지만, 대부분의 경우 걸려드는 건 살이 찐 평범한 남자들이었다.

다리우스는 고개를 숙인 채 어느 한 집의 입구로 슬며시 걸어 들어가서는, 서성대는 사람들을 지나쳐 요한나를 찾았다. 10분만 기다리라는 말에 그는 콜라를 마시며 기다렸다. 음식에는 손도 대지 않은 그는 여느 때처럼 차창 밖으로 음식을 던져버리고 커피만 마시고 온 터였다. 살찐 남자를 좋아하는 여자는 아무도 없었고, 이미 그는 조심해야 할 단계까지 와 있었다. 그는 자기도 모르게 입을 비죽거리며 자기 배를 내려다보았지만, 다행히 셔츠가 팽팽해질 정도는 아니었다. 그는 금발의 여자를 따라 방으로 향하는 길에 글로리아를 생각했다. 그 여자의 뒷모습은 글로리아의 그것과 너무도 비슷했다. 게다가 코, 귀와 입의 비율도 어느 정도는 닮아 있었다.

요한나는 다리우스가 뭘 원하는지 잘 알고 있었다. 그는 그녀를 지배하기를 원했지만, 그렇다고 상처를 입히지는 않았다. 잘한다는 소리를 듣고 싶어 했고, 여자를 성적으로 만족시키기를(비록 실제로는 그렇지 못했지만) 원했다. 그는 추하게 일그러진 표정으로 숨을 헐떡이며 금세 절정에 달해버렸다. 음탕하고 탐욕스럽게 컹컹거렸고, 클리토리스를 애무하기보다는 피부에 묻은 땀과 정액을 핥는 편을 더 즐겼다. 하지만 그가 다른 남자들보다 편안한 건 사실이었다. 게다가 그는 어떤 고민이 있을 때만 요한나를 찾아왔다. 즉, 그녀는 그에게 위안을 주는 존재였던 것이다. 그녀에게는 이런 사실이 그가 사정하는 것보다 더 큰 의미가 있었다. 때때로 그는 정신 나간 사람처럼 어떤 이름을 불렀는데, 그에 대해 물어보면 말하기를 꺼렸다. 요한나는 글로리아보다 몇 센티미터 작았고 목소리 톤도 달랐다.

하지만 그녀는 다른 누군가를 꼭 닮았다.

마를렌.

오후 6시 14분

프랑크는 중앙역 앞에서 기다리고 있었다. 현대적인 아치형 천장과 르네상스 양식으로 지은 건물의 전면, 비둘기 똥과 누룩한 검은 얼룩들. 천을 뒤집어씌운 철제 울타리가 입구의 일부를 막고 있었다. 주차요금은 비쌌고, 요금 정산기 앞에는 잔돈이라도 얻어 보려는 노숙자들이 어슬렁거렸다. 맥주를 병째 들이키거나 작은 술병을 손에 쥔 채로. 검은색 털이 텁수룩하게 난 개 한 마리가 늘어지게 기지개를 켰다. 포르셰에 기대어 서 있던 프랑크는 불현듯 자신이 이곳과 뭔가 어울리지 않는다는 기분이 들었다. 그는 시계로 눈을 돌렸다. 시간이 지연된 게 아니라면 기차는 벌써 도착했을 시간이었다. 그때 한 여행자가 캐리어를 끌고 프랑크가 있는 쪽으로 걸어왔다.

그러나 그를 재차 본 프랑크는 겉모습에 속았음을 알았다. 자세히 보니 그의 허름한 옷차림과 캐리어의 다 닳은 모서리가 눈에 띄었기 때문이다. 그 남자는 마치 지나치듯 쓰레기통으로 다가갔다. 그리고는 목을 쭉 뻗어 슬그머니 안을 들여다보더니, 뭔가를 휙 집어 들었다. 그것은 25센트의 가치가 있는데도 그냥 버려진 회수용 병이었다. 그가 반쯤 열린 캐리어 안에 그 병을 집어넣자 안에서 플라스틱이 구겨지는 소리가 들렸다. 이윽고 _그_는 건물 안으로 쏙 들어가 버렸다. 요새 점점 더 자주 보게 되는 전형적인 빈병 수집가였다. 노숙자들에게는 눈길도 주지 않고, 아무런 표정 변화도 없는 사람들. 그들은 타인에게 말을 걸거나 구걸하지 않았고, 따라서 바삐 지나다니는 행인들에게는 그저 여행자로 보일 뿐이었다. 프랑크는 한숨을 지었다. 담배꽁초를 탁 튕겨버린 그가 한 대 더 피울지 고민하던 찰나, 율리아의 목소리가 그를 불렀다. 밤을 샌 듯한 모습으로 나타난 그녀는 힘이 하나도 없는 목소리로 인사를 건넸다. "안녕, 프랑크."

프랑크는 깜짝 놀라 고개를 돌렸다. "어디서 나온 거예요?"

"망할 놈의 공사 때문에." 그녀는 중얼거리며 뒤쪽의 출입 제한 구역을 가리켰다. "하프마라톤을 하고 왔다니까요."

두 사람은 여느 때보다 더 힘껏 포옹했다. 프랑크에게서 풍기는 강한 머스크 향에 율리아는 다소 당황스러웠다. 그녀는 눈살을 찌푸리며 그를 쳐다보았다.

"미안한 말이지만 당신 오늘 몰골이 말이 아니네요. 게다가 이 대단한 향기는 뭐예요?"

"칭찬 고맙네요." 프랑크는 그녀의 질문은 무시한 채 언짢은 듯 대답했다. "아버지는 좀 어떠세요?"

"묻지 말아요. 아직 더 기다려봐야 하니까. 의사란 작자들은 아무 일 아닌 듯 말하지만, 난 완전히 공황상태예요. 클라우스가 있었기에 망정이지 혼자서는 절대 못 견뎠을 거예요……."

"당신 곁에는 그 사람이라도 있죠." 이렇게 중얼댄 프랑크는 즉시 자기가 한 말을 후회했다.

"나딘도 놀러 간 건 아니잖아요." 율리아의 말이 프랑크의 불편한 심기를 더 건드렸다. 그는 단지 전화로 개인적인 문제가 있다고만 했을 뿐인데, 율리아의 직감은 아주 뛰어났다. 율리아가 다시 입을 열었다. "집에 무슨 문제가 있는 건지 정확히 말해봐요. 그리고 그 살인사건에 대해서도요."

"일단 경찰청으로 가죠." 노숙자들의 시선을 느낀 프랑크가 말했다. 그는 다른 주차요금 정산기가 없나 찾았지만, 그의 앞에 보이는 것뿐이었다. 눈을 내리깔고 서둘러 그쪽으로 걸어간 그는 주차 티켓을 집어넣었다. 술 냄새를 풀풀 풍기며 다가와 돈을 구걸하는 남자의 눈을 애써 피한 채. 그렇게 다른 사람에게 손을 벌리며 구걸하는 걸 마다하지 않는 사람들이 아직도 여럿 있었다. 프랑크는 억지로 친절한 미소를 지어 보이고는, 짤랑대는 소리를 내며 동전 반환구에 떨어진 3유로를 그에게 건네주었다.

"슈테파니가 나랑 도무지 대화를 하려고 하지 않아요." 그는 율리아에게 걱정을 토로했다. "학교도 빠지고. 인터넷에서 옷을 벗다시피 하고 찍은 사진 한 장을 발견했는데, 비록 얼굴은 제대로 안 보였지만 슈테파니가 확실해요. 그 흉터가……."

"잠깐, 천천히 좀 말해봐요." 율리아가 그의 말을 끊었다. "슈테파니가 나체 사진을 찍었다고요? 그건 전혀 어울리지 않는 일인걸요."

"나도 뭐가 뭔지 모르겠어요. 페이스북에 올라와 있는 거라 더이상은 자세히 못 알아봤어요. 내가 얘기 좀 하자고 했더니 날 방밖으로 밀어내버리더라고요. 그 이후로는 한 마디도 안 해요."

"이런." 율리아는 조용히 중얼거리며 고개를 가로저었다. "그맘때 애들 속을 어떻게 알겠어요. 그 죽은 남자아이랑 여자 친구는 어떻게 된 거예요?"

프랑크는 마티아스의 친구들을 대상으로 한 심문의 진행 상황을 간략하게 전달했다. 그러면서 실종된 여자아이가 마티아스의

103

여자 친구였을 것이라고 강조했다. 부모들은 아무것도 모른다고 했지만 친구들이 그와 관련된 진술을 했다는 것이다. "미하엘과 다른 IT 전문가들이 컴퓨터를 조사해보고 있는데, 아직까지는 별다른 게 없나 봐요."

"몸에 새겨져 있었다는 글자는요?"

"역시 전문가를 투입했지만 아직 아무것도 못 알아냈어요. 그런데 나는 로제마리 사건이 자꾸만 떠올라요."

"그건 벌써 20년 전 일이에요." 율리아는 비난하듯 말했다.

"18년이죠. 그게 뭐 어때서요?"

"그 사건은 당시 〈서류번호 XY〉(Aktenzeichen XY, 1968년부터 2003년까지 독일 TV채널 ZDF에서 방영되었던 미제사건 프로그램 —역주)에도 나왔었어요. 누구나 모방할 수 있다는 얘기죠."

"그 범인이 돌아왔을 수도 있잖아요."

"왜 하필 지금요? 왜 여자아이가 아닌 남자아이를 살해했죠? 엉덩이가 아니라 배에다 글씨를 쓴 건 왜 그런 건데요?"

프랑크는 율리아의 이런 행동이 싫었다. 그의 이론이 얇은 얼음 조각처럼 깨지기 쉽다는 걸 분명히 보여주려는 행동. 그러나 그 역시도 둘 사이에 공통점이 별로 없다는 사실(마티아스의 시신이 발견된 현장에서 문득 로제마리가 떠올랐다는 것 외에는)을 인정할 수밖에 없었다.

"어쨌든 이와 관련된 정보가 새어나간다면 기자들은 덩실덩실 춤을 출 걸요. 반장님이 제대로 엄호해주시기를 간절하게 바랄 뿐이에요."

"내가 간절히 바라는 건, 그 더러운 놈이 여자아이까지 손대지는 않았으면 하는 거예요." 율리아는 분노한 표정으로 불쑥 말했다. "그 아이가 그저 도망가서 어딘가에 숨어 있을 가능성도 있는 거예요?"

"설령 그렇다고 해도 비난할 수는 없겠죠. 부모가 그 모양 그 꼴이니." 프랑크는 어깨를 으쓱했다. 우울해 보이는 눈빛이었다. "하지만 십 대 아이들에 관한 한 현재로서는 내 의견은 전혀 믿을 게 못 돼요."

오후 7시 50분

마티아스의 패거리에 대한 심문은 체력과 인내심을 필요로 한 반면, 성과는 별로 없었다. 술을 마셨거나 대마초를 피웠다는 걸 털어놓는 게 두려워서였는지 아주 기본적인 질문에 대해서도 대답하길 꺼렸기 때문이다. 언제, 어디서, 왜 모였나. 나중에 합류한 건 누구였나. 오지 않은 사람은 누구였나. 눈에 띄게 지쳐 보이는 페터가 차트를 넘기며 어젯밤에 있었던 심문 내용을 재구성했고, 그 옆에는 하늘색 마인 강 줄기가 눈에 확 들어오는 페켄하임의 지도가 핀으로 꽂혀 있었다. 주요 지점들은 작은 깃발 모양과 X 자 모양으로 표시되어 있었다.

심문을 받은 사람은 찰리 브뤼크너, 팀 프랑케, 한나 볼프와 렌나르트 크라머로 모두 열여섯 혹은 열일곱 살이었다. 그중 가장 나이가 많은 팀이 두목 격인 것 같았다. 게오르크 노이만은 아직도 나타나지 않고 있었다. 아이들은 그가 어디에 있는지 모른다고 말했다. 도리스가 한나를 한쪽으로 불러냈을 때에야 한나는 울음을 터뜨리며 게오르크가 가끔 마약에 손을 댔기 때문에 수사받기를 꺼리는 거라고 털어놓았다. 그러면서 자기가 그를 설득해서 데려오겠다고 약속했다. 반대로 도리스는 한나가 그런 얘기를 했다는 사실을 다른 아이들에게 발설하지 않겠다고 약속했다. 앞으로 몇 시간 안에 게오르크가 그곳으로 오는 한 반드시 지켜질 약속이었다.

"게오르크라는 아이에 관해서는 의견이 분분합니다." 페터가 설명했다. 율리아, 프랑크와 베르거가 나란히 앉아서 페터의 말에 귀를 기울이고 있었다. 손에 든 커피잔 속을 피곤한 눈으로 흘긋거리며. "실제로는 그 놈이 두목인 것 같아요. 팀은 2인자고요. 다른 아이들이 그 놈을 보호해주고 있는 것 같으니 괜찮다면 우선 그 보호막을 쳐낼 생각입니다."

다들 고개를 끄덕였다.

"마티아스와 에바를 포함한 다른 모든 아이들은 6시 15분경에 그 작업장에서 만나 마인 강가를 따라 걸었답니다. 누구는 6병들이 맥주 한 팩을 들고, 또 다른 누구는 보드카를 든 채로요. 그게 누군지는 모르나 현재로서는 그다지 중요하지 않은 사항입니다. 아무도 대마초를 가지고 있지 않았다는 데는 다들 동의하더군요. 그런데 어느 순간 마티아스와 에바가 그 무리에서 떨어져 나갔답니다. 7시 5분 전쯤, 그보다 늦지는 않았다고 해요. 6시 58분에 렌나르트가 문자 하나를 받았는데 그때 그 둘이 이미 안 보였다고 했거든요. 팀의 말로는 그 둘을 마지막으로 본 지점이 여기쯤이랍니다."

페터는 강가 근처, 슈타르켄부르거 가 맨 아랫쪽에 홀로 동떨어져있는 건물 한 채를 가리켰다. "이들은 동쪽에서부터 걸어왔고요, 여기쯤."

이번에는 마인 강 산책길가의 수풀을 가리켰다.

"그 두 아이는 왜 무리에서 벗어났대요?" 율리아가 물었다.

"팀도 이유는 모른대요." 도리스가 말하며 눈썹을 치켜떴다.

"하지만 한나의 말에 따르면 팀이 에바에게 눈독을 들이고 있었다는군요. 다른 아이들은 아무 얘기도 하지 않았지만, 전 그 애들의 표정과 태도에서 두 가지 가능성을 읽었어요. 대마초를 피우러 갔거나 둘 만의 오붓한 시간을 즐기러 갔거나. 둘 다 그 나이때 아이들이 쉽게 말할 수 있는 일은 아니죠."

"흠." 율리아는 귀를 긁적거렸다. "마티아스가 사라진 지점이 어디죠?"

"운동화가 발견된 곳은 여기예요." 페터는 지도에서 깃발 모양 하나를 가리켰다. 아까 가리켰던 곳에서 북쪽으로 3백 미터 가량 떨어진 지점이었다.

"여기 지형은 어때요?" 율리아가 다시 물었다. "달리 말하면, 한 쌍의 연인이 이 3백 미터를 걸어가는 데 얼마나 걸릴까요?"

"슈타르켄부르거 가는 오래된 길이네." 베르거가 대답했다. "아스팔트로 포장되어 있고. 경보로는 2분이면 될 거고, 천천히 걸어도 최대 5분 안에는 도착할 걸."

"그럼 정확히 7시쯤 되었겠네요." 율리아가 말했다.

"내 생각도 그래요." 페터가 고개를 끄덕였다. "오가는 차도 없고, 기껏해야 나루터 근처에 있는 음식점에 가려는 사람들이나 다니는 길이니까요." 그는 또다시 그 음식점 건물을 가리켰다. 그의 손가락은 지도상에서 몇 백 미터를 더 올라가 또 하나의 깃발 모양에서 멈췄다. 마티아스의 시신이 발견되었던 장소. '마티아스가 죽지 않으려고 필사적으로 달렸던 길이군.' 율리아는 생각했다.

"자, 다음으로." 페터는 비밀스러운 표정으로 말했다. 이제껏 피곤에 찌들어 있던 그의 눈빛이 순간 초롱초롱해졌다. 그는 다시 첫 번째 표시를 가리켰다가, 잠시 뭔가를 생각하더니 또 다른 표시로 손을 옮겨갔다.

"과학수사반이 실종된 여학생과 관련됐을 가능성이 있는 중요한 단서를 찾아냈습니다. 마티아스의 운동화가 떨어져 있던 곳에서 4미터 떨어진 길 반대편 풀밭에서요. 그 풀밭으로 다시 4미터 정도 더 들어간 지점에서 생긴 지 얼마 안 된 바퀴자국을 발견했답니다."

"쓸 만한 자국이에요?" 율리아는 걱정과 희망을 동시에 느끼며 물었다. 맞는 바퀴자국을 찾아낸다는 건 굉장히 힘든 일이었지만 지금으로서는 지푸라기라도 잡고 싶은 심정이었다. 페터는 말 대신 표정으로 대답을 대신하며, 힘없는 "아뇨"로 다시 한 번 확답했다. 이번에는 도리스가 나섰다. "차라도 있으면 모를까, 그 자국만으로 특정 차량을 찾는 건 불가능한 일이에요."

율리아는 답답한 기분으로 회의실을 나섰다. 먹은 건 거의 없이 커피만 계속 마시고 있던 그녀는 머릿속에서 무자비한 시계가 똑딱거리며 움직이는 소리가 들리는 것만 같았다. 멈출 수 없는 죽음의 카운트다운. 에바 스티븐스가 실종된 지 24시간 째였다. 매 시간이 지날 때마다 그녀가 살아 있다는 희망은 점차 사라져 갈 터였다. 또 매 분이 지날 때마다 그녀가 어디선가 겪고 있을지 모르는 잔인함에 대한 두려움이 점차 커져갈 것이었다.

*

율리아는 집에 가지 않으려고 했지만 도리스가 그러기를 권했고, 프랑크도 자기가 경찰청에 좀 더 있겠다고 했다. 율리아의 집은 경찰청에서 걸어갈 만 한 거리에 있었다. 우울한 생각들로부터 도망치기에 딱 알맞은 거리, 하지만 오늘은 그럴 수가 없었다. 냉장고가 텅 빈 입을 벌리고 그녀를 기다리고 있을 터였지만, 장도 보지 않았다. 꼭 필요한 것들만 담긴 캐리어. 그녀는 캐리어를 끌고 가는 자신이 이상하게 느껴졌다. 마치 이방인처럼. 바퀴가 굴러가는 단조로운 소리가 그녀를 계속 따라왔고, 껄렁한 청소년 몇 명이 호기심 어린 눈으로 그녀를 쳐다봤다. 도발적인 몸짓, 불량스런 말투. 예전의 그녀 같았으면 가운데 손가락을 치켜들며 뭐라고 해댔을 테지만, 요즘은 그런 데에 아예 상관하지 않았다.

집이 있는 건물에 들어서자 익숙한 냄새가 콧속으로 밀려들었다. 율리아는 우편함을 열어 대여섯 통의 편지를 꺼내 겨드랑이에 끼웠다. '광고사절'이라고 써 붙여 놨는데도 여전히 우편함은 광고 전단지로 넘쳐났고, 율리아는 화가 났다. 나머지 우편물과 열쇠는 그다지 친하지 않은 이웃 여자가 가지고 있었으나, 그거야 나중에 찾아도 상관없었다. 어깨로 문을 밀어 연 율리아는 캐리어를 현관으로 들여놓은 뒤 발로 문을 차서 닫았다. 깊은 한숨. 먹구름이 밀려오고 있어 날은 후텁지근했지만 집안 공기는 딱 알맞게 서늘했다.

그녀는 가방에서 세면도구를 꺼내 현관의 옷걸이 아래에 놓고는 욱신거리는 발에서 신발을 벗고 욕실로 들어갔다. 그러고는 클라우스에게 집에 도착했다는 문자를 보낸 뒤 와인을 마실까 말까 고민했다. 하지만 그녀는 결국 와인 대신 메모지와 펜을 준비했다. 목욕하는 중에 중요한 생각이 떠오를 때가 적지 않았기 때문이다. 쏟아져 내리는 물줄기 주위로 거품이 잔뜩 쌓일 즈음, 그녀는 드디어 욕조에 몸을 담갔다. 한쪽 구석에 벗어둔 그녀의 옷들에서는 병원, 기차, 그리고 경찰청의 냄새가 뒤섞여 났다. 벗겨진 옷들처럼 그 모든 일들로부터 벗어날 수 있었으면. 그러나 무자비하게도 사건은 계속 일어났고, 그렇지 않아도 과부하에 걸린 그녀의 뇌는 이제 폭발하기 일보직전이었다.

에바는 마티아스가 살인범을 만났던 바로 그 지점에서 목걸이를 잃어버렸다. 하지만 마티아스가 죽을 때까지 칼에 찔린 건 그로부터 동쪽으로 한참 떨어진 곳이었다. 그 사이 에바는 뭘 하고 있었을까? 범인을 뒤쫓아 가지는 못했다고 해도, 나무 사이에서 가만히 기다리고 있지는 않았을 터였다. 범인이 그녀가 아는 사람인 경우를 제외하고는. 율리아는 잠시 멈칫했다. 치정 범죄는 가족 관계에서 벌어지는 경우가 과반수 이상이었다. 율리아는 프랑크가 에바의 강압적인 어머니와, 그와는 정반대인 아버지에 대해 설명했던 걸 떠올렸다. 아주 개방적이고 억지로 젊은 세대에 맞추려고 하는 그 아버지의 방식도 어쩌면 병적이었다. 그러나 어쨌든 두 사람 모두가 딸을 걱정하고 있었다. 현장에서 4킬로미터 떨어진 리더발트의 친구 집에 갔다고 하며. 혹시 걱정하는 척만 한 걸까? 그러나 생각하면 할수록 그건 터무니없는 가설에 불과해보였다. 그럼 범행 동기는 무엇이었을까. 마티아스가 에바랑 잤나? 에바의 순결을 빼앗고, 그녀를 강간했나? 물론 그런 부모가 과잉반응을 한다고 해도 이해는 가지만, 그렇다고 살인을? 율리아는 이마를 찌푸리며 관자놀이를 손으로 문질렀다. 그러고는 몇 가지 사항을 메모했다. 아무래도 스티븐스 부부를 직접 만나봐야 할 것 같았다.

수도꼭지를 잠근 율리아는 거품 속에 몸을 푹 담가 눈을 감았다. 눈앞이 깜깜해지면서 심신이 이완되기를 바랐지만, 그런 바람과는 달리 마치 눈꺼풀 안쪽에 전광판이라도 달린 듯 그 글자들이 불쑥 나타났다. SE913YNH. 그저 뒤죽박죽 섞어놓은 듯한 글자들. 그러나 대체 누가 숨을 거두는 순간에 아무 의미도 없이 그런 걸 새긴단 말인가? 제 손으로 셔츠를 끌어올리고 펜을 들어 살에다 아무 글자나 끄적거린다? 아니, 분명 그 글자에는 어떤 의미가 숨겨져 있는 게 틀림없었다. 율리아는 본의 아니게 로제마리 슈탈만 사건을 떠올렸다. SPR5. 비록 공통점보다는 차이점이 더 많지만, 두 사건에 비슷한 점이 존재한다는 것만큼은 의심할 여지가 없었다. 한 해석에 따르면 'SPR5'는 성경 어느 권의 축약어라고 했다. 또 그것이 가리키는 장은 간음을 말하고 있었다.

곧이어 율리아의 머릿속에는 또 다른 생각이 떠올랐다. 아버지. 범행 동기가 기독교적 사상에서 비롯되었던 경우에 아버지는 수사에 얼마나 큰 도움을 주셨던가? 마음 같아서는 당장 수화기를 들고 아버지한테 전화를 걸고 싶었다. 지난 수년간 아버지가 수없이 들려주었던 위로의 말들. 하지만 율리아는 지금 여기, 이 어둑어둑한 집에 혼자 누워 있을 뿐이었다. 눈에 눈물이 고였지만 그녀는 울지 않았다. 대신 마티아스의 배에 새겨진 글자를 다시 머릿속에 불러와, 혹시 성경의 어떤 부분을 나타내는 건 아닌지 생각해보았다. 스가랴(Sacharia), 사무엘(Samuel), 집회서(Sirach). 생각나는 거라곤 이게 다였지만 그 어느 것도 맞지 않았다. 점차 사라져 가는 거품 위에 손으로 이것저것 그려보던 율리아는 실망감을 감추지 못했다. 경찰청에서 나온 이후로 새로운 궁금증과 의미 없는 생각들만 늘어났을 뿐이었다.

욕조에서 나온 율리아는 가운을 입고 수건으로 머리를 감싼 뒤 부엌으로 갔다. 진공포장된 살라미는 있었지만 빵은 없었다. 한숨을 내쉬며 새 버터 한 팩을 뜯은 그녀는 납작한 비스킷 네 쪽을 꺼내 버터를 발랐다. 그러고는 기계적으로 비스킷 한 개당 소시지 세 쪽씩을 올린 뒤 접시에 오이피클 여덟 쪽을 담았다. 식품 저장실에 있던 캔맥주는 미지근했지만 지금으로서는 아무래도 괜찮았다. 그녀는 힘없이 소파에 웅크리고 앉아 음식을 꾸역꾸역 씹어 먹고는, 자정쯤 텔레비전 앞에서 그대로 잠이 들었다.

오후 8시 37분

엘리베이터에서 내린 프랑크는 어둑어둑한 복도로 접어들었
다. 서늘하면서도 정체된 공기. 그를 반기는 전자파 냄새. 걸음을
재촉해 닫힌 문들을 지나친 그는 어느 열려 있는 문 앞에 다다랐
다. 그러고는 안으로 들어갔다. 방안은 모니터 세 대의 깜박이는
불빛 때문에 답답한 느낌이 들었고, 최첨단 기계들이 그 빛을 받
으며 쭉 늘어서 있었다. 위협적인 괴물마냥 비현실적인 그림자를
드리운 채. 이런 곳에만 오면 프랑크는 설 자리를 잃은 느낌이었
다. 능력 있는 과학수사대원이 평범한 형사보다 훨씬 주목을 받
는 TV 시리즈물에서도 볼 수 있듯이.

"저한테 할 얘기가 있으시다고요?"

우울한 생각에 잠겨 있던 프랑크는 그 목소리를 듣고는 화들짝
놀랐다. 홱 뒤를 돌아보니 선한 표정을 한 미하엘 슈렉이 서 있었
다. 프랑크는 마음을 진정시켰다. 어쨌든 미하엘의 영역에 침입
한 건 프랑크 본인이었으니까.

"제가 이름값 좀 했죠?" 그 IT 전문가는 웃으면서 프랑크에게 자
리를 권했다. 잠시 뒤에야 그의 농담(슈렉Schreck은 '놀람, 경악'이란
뜻이다.—역주)을 이해한 프랑크는 어색한 미소를 지었다.

"감사합니다."

"형사님도 검은 황금(커피를 일컬음—역주) 한잔하시겠어요?"

프랑크는 고개를 가로저으며 헛기침을 했다. 미하엘은 그의 맞
은편에 앉아 컴퓨터 마우스를 몇 번 클릭하고는 커피를 홀짝이며
마셨다.

"제가 뭘 도와드리면 될까요?" 미하엘이 물었다.

"제 딸, 슈테파니에 관한 일입니다." 프랑크가 운을 뗐다. "딸아

이의 페이스북 페이지에 들어갈 수가 없어요."

"그런 아버지가 한둘이 아니죠." 미하엘은 재미있다는 듯 말했지만, 프랑크는 고개를 세차게 흔들었다. 그러고는 오후에 일어났던 일을 간략하게 설명했다.

프랑크는 그런 말을 한다는 게 무척이나 불편했지만 달리 어쩔 방도가 없었다. 미하엘은 키가 중간 정도 되고 숱 많은 어두운 갈색 머리와, 여자의 그것처럼 부드러운 느낌을 주는 입술을 갖고 있었다. 역시 숱이 많아 툭 튀어나온 눈썹은 그런 여성적인 부분과 대조를 이루었다. 지난 수년간 경찰청 지하층에서 초과근무도 마다하지 않으며 뛰어난 업무수행력을 보여주었던 그는, 이미 오래전에 사이버수사반의 반장으로 승진했다. 반면 프랑크는 컴퓨터를 켜서 아무 문제없이 프로그램을 실행시키기만 해도 다행이었다. 때문에 그는 미하엘에게, 퇴근 전에 30분만 시간을 내달라고 부탁했던 것이다. 살인사건수사반에는 알리지 말고.

"슈테파니가 그 사진을 올린 건가요?"

"아뇨. 저는 그렇게 생각하지 않습니다."

"그렇다면 친구 목록을 한 번 확인해봐야겠군요. 형사님은 계정이 없으신가요?"

"네. 하지만 아내는 있어요."

"잘 됐군요. 그럼 그걸로 해보죠." 미하엘이 페이스북 사이트를 열어 두 번 클릭하자 창 하나가 떴다. "이메일 주소요?"

"이런, 내 정신 좀 보게." 이렇게 말한 프랑크의 가슴이 쿵쿵 뛰었다. 그는 서둘러 지금 미국이 몇 시인지 계산해보았다. 그러고는 자리에서 일어나 뭐라고 중얼거리며 방을 나갔다. 초조하게 서성대던 그는 나딘이 전화를 받는 순간 우뚝 멈춰 섰다.

"여보세요?"

"나딘?"

"그럼요." 나딘은 웃었다. "내 번호로 전화해놓고 다른 사람이 받길 기대한 건 아니죠?"

"미안, 내가 지금 정신이 좀 없어서."

"무슨 일이에요?"

순간 크나큰 그리움의 감정이 프랑크를 엄습했고, 그는 잠시 휴대전화로 귀를 꽉 누른 채 침을 꿀꺽 삼켰다. 결국 그는 나딘이 미국에 놀러 간 게 아니라는 사실을 기억해냈다. "당신 페이스북 계정 말이야. 아이디랑 비밀번호 좀 알려주겠어?"

침묵. 지지직하는 소리만 들려왔다. 잠시 후 나딘이 입을 열었다. "뭘 하려고 그러는데요?"

"당신 슈테파니랑 페이스북 친구 맞지?"

그 말은 다소 우습게 들렸다. 딸이랑 친구라니.

"네, 그럼요." 나딘은 웃었지만 뭔가 불안한 듯했다. "여기서는 인터넷이 안 돼요. 사실 할 시간도 없지만. 당신도 계정 하나 만들면 슈테파니가 분명 좋아할 걸요."

"별로 그럴 것 같지 않은데." 프랑크는 중얼거렸다. 나딘이 뭔가 물어보려고 하는 걸 느낀 그는 재빨리 먼저 말했다. "어서 아이디랑 비밀번호 좀 알려줘. 미햐엘이 기다리고 있으니, 나머지 얘기는 나중에 하자고. 일어난 지 좀 됐지?"

"그렇다고도 할 수 있겠죠." 나딘이 대답했다. "우린 이제 막 늦은 점심을 먹었어요."

"흠. 난 시차 계산에는 적응이 안 된단 말이야. 마리—테레제는 어때?"

"그건 나중에 얘기해요." 나딘은 이메일 주소를 불렀다. "비밀번호는……."

"잠깐만, 펜 좀 꺼내고." 프랑크는 숨을 씩씩거리며 펜을 찾아 셔츠 주머니를 더듬었다.

"적을 필요 없어요." 나딘의 웃음소리에 프랑크는 그녀의 온화한 얼굴을 떠올렸다. 참을 수 없을 만큼 그녀가 그리웠다. 나딘은 그에게는 최고의 여자였……

"framatste." 그녀가 말을 이었다.

"뭐라고?"

"fra-mat-ste." 그녀는 아무렇지 않게 그 말을 되풀이했다. "소문자로 붙여서 써요. 당신이랑 우리 두 딸들 이름 앞 글자를 딴 거예요. 절대 잊어버릴 일이 없죠. 하지만 이제 다른 비밀번호를 생각해야겠네요."

"당신은 최고야, 사랑해." 프랑크는 조용한 목소리로 말했다. 그들은 몇 마디를 더 주고받은 뒤 전화를 끊었고, 프랑크는 미햐엘에게로 돌아왔다. 두 사람은 페이스북에 로그인을 하고 슈테파니의 이름을 찾았다. 미햐엘이 마우스를 몇 번 클릭하자 금방 슈테파니의 벗은 사진이 커다란 모니터에 보란 듯이 열렸다. 미햐엘은 당황한 듯 헛기침을 하며 그녀의 유두 쪽을 보지 않으려 애썼다. 댓글수가 아까보다 늘어 있었다.

"사생활 보호는 잘 해뒀네요." 미햐엘은 이렇게 말하고는 몇 가지 설정들을 점검했다. "이 사진은 전체공개는 아니에요. 누군가가 따님의 게시판에 포스팅해놓긴 했지만 여기 올라간 사진은 슈테파니와 친구를 맺은 사람들만 볼 수 있어요."

"그러니까 273명이 볼 수 있다는 거군요." 프랑크는 화가 나서 씩씩거렸다. "그런다고 나아지는 건 없어요. 이 게시판을 차단할 수는 없습니까?"

"몇 가지 할 수 있는 게 있죠." 미햐엘은 키보드를 두들겼다. "따님이 이 사진을 신고해야 합니다. 삭제 요청을 해야 해요. 링크는 이미 삭제한 것 같은데 그것만 가지고는 안 됩니다. 안타깝지만 그게 없어도 사진은 유포될 수 있으니까요. 유감스럽습니다만, 요즘 같은 디지털 시대에는 이런 걸 아예 없앤다는 게 쉽지 않은 일입니다."

"대체 이게 어디서 난 겁니까? 어떤 자식이 올린 거냐고요?" 프랑크는 가슴이 마구 쿵쾅거려 견딜 수가 없었다. "저 사진을 분석해볼 수 있나요?"

"색 대비와 포화도를 한 번 조절해보죠. 그러면 이 사진이 정말 따님이 맞는지 확인……."

"그럴 필요 없습니다." 프랑크는 으르렁거리듯 말했다. "저 흉터 보이죠?"

"흠. 그래도 한 번 해보죠. 그 외에 사진을 찍은 장소나 시간에 관한 정보도 한 번 알아보겠습니다. 휴대전화 사진인 경우……."

"알겠으니까 그냥 해요, 제발 저것 좀 끄고요. 더 이상 못 봐주겠으니까."

"죄송합니다." 미햐엘은 이렇게 중얼거리며 사진을 컴퓨터에 저장한 뒤 최소화시켰다. 그러고는 여러 설정들을 조정해보았지만 결과는 예상과 다르지 않았다. 슈테파니의 입과 코끝. 프랑크는 속이 메스꺼웠다. 이미 알고는 있었지만, 그래도 견디기 힘든 사실이었다. 그때 사진의 정보 창이 열렸다.

"8월 15일, 하터스하임." 개학 전 목요일, 성모승천대축일이었다. 프랑크는 기억을 더듬어보았다. 그날 슈테파니는 파티에 갔다가 친구 집에서 잔다고 했고 다음 날이 되어서야 돌아왔었다.

미햐엘은 위성지도를 열어 크게 보기 기능을 실행했고, 얼마 후 나무들이 심어진 어느 거리가 나타나자 프랑크는 거기가 어디인

지 알아볼 수 있었다. 거기에는 원형 화단도 있었다. 그건 바로 솔
남매학교 부근에서부터 바일바허 채석장 방향으로 이어지는 길
이었다.

　대체 이게 무슨……?

　오후 11시 49분

　요한나는 주중에는 자정을 넘겨 귀가하고 싶지 않았다. 공부를
하려는 것도, 질투가 심한 남자친구가 있는 것도 아니었다. 늦는
다고 잔소리하는 가족이 있는 건 더더욱 아니었다. 요한나 멜처
에게는 아무도 없었다. 그녀 자신의 그림자밖에는. 그것은 가로
등 아래에서는 짧아지며 없어지는 듯 했다가 이내 다시 나타나
그녀를 앞지르는 것 같다가도, 다시 빛이 나타나면 바닥에 비친
원뿔모양의 빛 속으로 슬며시 사라져버리곤 했다.

　요한나는 마지막 고객까지 다 상대하고 난 참이었다. 아무 감정
없는 오럴섹스. 그 고동치는 살덩이에서 나온 정액은 그녀의 입
안으로 발사되었다. 구역질이 났다. 보통 그녀는 그런 걸 허락하
지 않았지만 오직 구겨진 50유로짜리 지폐만 떠올리며 꾹 참았
다. 프랑크푸르트에서 살려면 돈이 많이 들었으니까. 그 고객의
음경은 족히 20센티미터는 될 정도로 거대했지만 바나나처럼 휘
어져 있었다. 포경수술을 한 음경. 그는 자신의 음경을 그녀의 이
사이로, 볼 안에 가득 차도록 밀어 넣고는 안쪽 피부에 대고 눌러
댔다. 그의 직업은 초등학교 교사였다. 겉모습은 수수한 편이었
으며 보아하니 아내로부터는 더 이상 성적 만족을 얻지 못하는
모양이었다. 외로움 혹은 좌절감, 남자들은 항상 이런 이유로 요

117

한나를 찾아오곤 했다.

요한나는 불현듯 다리우스를 떠올렸다. 백마 탄 왕자는 아니었지만 그렇다고 완전 '폭탄'도 아니었다. 그의 입술을 보면 무서운 기분이 들었는데, 그는 매번 그 큰 입술을 숨기려 노력하곤 했다. 그러나 섹스를 할 때만큼은 누구나 자신의 미화되지 않은 본래의 모습을 보이게 된다는 걸 요한나는 잘 알고 있었다. 인간의 그러한 욕망이 이미 수도 없이 봐왔으니까. 그걸 가장 처음으로 본 건 수년 전 그녀가 어렸을 때 친아버지의 눈에서였다. 절대 잊을 수 없는 그 눈빛.

다리우스의 눈도 그와 비슷한 빛을 띠고 있었다. 그 눈빛은 활활 타오르면서도 항상 냉정했다. 요한나가 그의 아래에 누워 있을 때, 그의 몸에서 두 뼘 정도 밖에 안 떨어져 있을 때조차 그는 마치 닿을 수 없는 먼 곳을 응시하는 것 같았다. 꼭 다른 누가 거기 있기라도 한 것처럼. 하지만 고객의 심중을 파악하는 건 그녀가 해야 할 일이 아니었다. '심리학을 배워보면 어떨까?' 그녀는 생각했다. 그러나 그러려면 대입시험을 봐야만 했다. 아니면 그녀가 아는 치료사가 얘기했듯이 심리학 관련 민간요법전문가 교육을 받거나. 대학을 졸업하는 것 말고도 원하는 일을 할 수 있는 기회를 제공해주는 편법은 많았다. 그래서인지 이미 한참 전부터 프랑크푸르트에도 상담가, 코치, 치료사 같은 사람들이 메뚜기 떼 마냥 잔뜩 몰려왔는데, 그들 중 대부분은 실패를 맛보았다.

요한나는 결단을 내릴 수가 없었다. 정말 2~3년이란 시간을 오로지 그 교육을 받는 데 써도 될까? 6천 유로를 들여서? 사실 돈 문제도 신경 안 쓸 수는 없었다. 그러다 그 교육이 그녀 본인의 만족에 그치는 건 아닐까? 고작 훗날 쥐꼬리만 한 보수를 받으며 지금 침대 위에서 상대하는 그런 가련한 인간들을 소파에 앉아 상대하려고? 아니면 남편이 매춘부를 찾는 이유를 전혀 이해하지 못하는 고상한 체하는 아내들을?

요한나는 걷는 속도를 늦추었다. 운터마인카이 강변도로로부터 작센하우젠까지 이어지는 홀바인 다리를 건너던 그녀는 잠시 걸음을 멈추고 강물이 찰랑대는 소리에 귀를 기울였다. 오늘만 다섯 번의 관계를 가졌던 터라 아랫배가 불편한 느낌이었다. 항문성교는 하지 않았다. 이 역시 본래는 하지 않는 게 그녀의 원칙이었지만 가끔 고객이 괜찮은 금액을 제시하는 경우는 예외였다. 아직까지도 그걸 요구하지 않은 단골고객은 몇 명 안 되었는데, 거기에는 다리우스도 포함되어 있었다. 그새 또 그를 생각하다니. 그녀는 그를 분석하고 있었다. 그는 사랑하는 사람에게 버림받고 슬퍼하고 있는 게 틀림없었다. 그리고 그를 버린 여자는 그녀를 닮았겠지. 그는 항상 요한나의 얼굴을 보려고 했다. 그리고 그녀와 잘 때 다른 여자와 있는 걸 상상하는 듯했다. 불쌍한 남자. 그는 그녀처럼 외로운 사람인 게 분명했다.

요한나는 마인 강가를 따라 몇 미터를 더 걸어갔다. 멀리서 우르르 쾅쾅 소리가 들리고 공기가 습한 걸 보니 곧 비가 내릴 모양이었다. 신이 분노하여 정화의 비를 내리고, 결국에는 티 없이 새로운 날을 알리는 해가 떠오르겠지.

"오늘은 시간이 많은가보군." 갑자기 누가 그녀에게 말을 걸어왔다. 그녀는 놀란 나머지 그 자리에 우뚝 멈춰 서서 몸이 마비된 듯 잠시 미동도 하지 않았다.

"좀 아파서요." 그녀는 여전히 놀란 얼굴로 말했다. 그러고는 불쑥 다시 입을 열었다. "여기서 뭐하는 거예요?"

"산책." 그가 대답했다. "아주 평화로운 밤이잖아."

요한나는 이마를 찌푸리며 별 하나 보이지 않는 잔뜩 성난 밤하늘을 쳐다보았다. 구름이 짙게 덮여 있고 돌풍까지 불고 있었다. 그녀는 마음을 진정시키려 심호흡을 몇 번 한 뒤 말했다.

"날씨가 안 좋은 걸요. 뭐가 평화롭다는 거예요?"

"네가 보고 싶었어."

"글쎄요, 그리 마음에 드는 소리는 아니네요. 대체 내가 사는 곳은 어떻게 안 거예요?" 순간 그녀는 혀를 콱 깨물어버리고 싶은 심정이었다. 혹시 그가 아직 몰랐던 사실을 그녀가 먼저 얘기해버린 걸까?

다리우스는 미소를 지으며 요한나에게 한 발짝 다가왔다. 그가 팔을 만지려 하자, 그녀는 슥 피했다. 가로등의 그림자가 그의 코끝 아래에 흉측한 모양으로 드리워져 있었다.

"네가 지나가는 걸 봤지." 그는 짧게 대답했다. 그럴듯하게 들리긴 했지만 그래도 거짓말인 것 같았다.

"어딜 지나가요?" 요한나가 계속 캐물었다.

"아무려면 어때."

"어떻다니요. 비록……." 요한나는 생각을 바꿔 어깨를 으쓱하며 다시 말했다. "아무튼 그건 당신 문제예요. 난 이만 가봐야겠어요."

"내가 같이 가줄까?"

"괜찮아요. 시간도 늦었고……."

"그래서? 뭐 더 좋은 계획이라도 있어?"

"욕조에 들어가 다리를 올리고 쉴 거예요." 요한나는 참지 못하고 다급하게 말했다. 당장 그 자리를 뜨고 싶었지만 다리우스는 그녀의 앞길을 막고 있었다. 그녀는 지나가는 사람이 없나 살펴봤지만 아무도 보이지 않았다. 간혹 테오도르-슈테른-카이 방향으로 달리는 차들이 지나다니는 길은 플라타너스들에 가려 보이지 않았다.

"제발요." 요한나는 조용히 말했다.

다리우스는 입을 삐죽댔다. "친절하고 상냥하게 물어봐줬더니만." 그는 고개를 가로저으며 느릿느릿 말했다. "결국 이런 식이야. 네가 뭐 대단한 사람이라도 되는 것처럼 말하는군."

"당신이 너무나도 잘 알다시피 난 창녀예요." 요한나는 건방지게 말했다. "그러니 당신보다 나을 게 전혀 없는 인간이죠. 나도 내 일이 싫지만 그냥 하는 거예요. 심지어 당신이랑 하는 건 꽤 즐거워요. 난 당신이 좋거든요. 하지만 오늘은 내가 너무 힘드네요. 이해 못 하겠어요?"

"못 한다면?" 다리우스는 어깨를 으쓱하며 따져 묻는 듯 눈썹을 치켜떴다. "가끔은 진정한 사랑이 그립지 않나? 난 그런데."

요한나는 한숨을 내쉬었다. 도무지 끝이 안 보였다. 번개 소리가 아까보다 더 가깝게, 더 크게 들려왔다. 결국 그녀는 용기를 내 다리우스에게 대들기로 결심했다.

"그것 때문에 날 찾아온 거예요? 당신의 마를레네는 당신을 떠났으니까?"

다리우스의 표정이 확 굳어졌다. 마를렌.

"그녀의 이름은 마를렌이야." 그가 식식거리며 말했다. "어떻게 그 이름을 알았는지는 모르겠지만 다시는 입에 담지 마!"

"당신이 사정하기 직전에 가끔 불렀잖아요." 요한나는 냉정하게 말했다. "그 여자가 당신한테서 떠나버린 거예요? 더 이상 흥미 없다고?"

'오르가즘에 이르지도 못한 채 순식간에 끝나버리는 섹스에는 더 이상 흥미가 없다고?'

요한나는 속으로만 생각했지만 다리우스는 그녀의 말에 숨겨진 의미를 파악한 게 틀림없었다. 다음 순간 그가 손을 쑥 뻗쳐 손 끝으로 그녀의 목 동맥을 꽉 짓눌렀으니까. 너무도 순식간에 일 어난 일이라 그녀는 자기가 알고 있던 몇 가지 호신술을 써볼 기 회조차 없었다. 분노를 주체할 수 없었는지 그의 일그러진 입가 에서는 거품이 새어나왔다. 그가 발작적으로 내뱉는 말들은 마치 이상한 웃음소리처럼 들렸고, 그의 눈은 증오로 가득 차 있었다. 요한나는 점점 더 큰 공포감에 빠져들었고 그를 도발한 것을 후 회했다.

그때 번개가 번쩍하며 두 사람이 있는 주변이 순간 환해졌다. 텅 빈 주변. 그녀를 도와줄 사람은 아무도 없었다.

2013년 8월 29일, 목요일

오전 6시 50분

프랑크는 얼마 자지 못하고 다시 잠에서 깨어났다. 어젯밤 그는 나딘과 긴 시간 통화를 했고, 그러던 중 그녀에게 아직은 독일행 비행기를 예약하지는 말라는, 그의 바람과는 정반대의 얘기를 했었다. 마리─테레제에게는 치료가 꼭 필요했고, 물론 엄마도 필요했다. 그런 상황까지 다 고려한다면 빨리 돌아와 봤자 일요일이었다. 그때까지 프랑크는 슈테파니에게 아버지로서 인정을 받아야만 했다.

나딘이 자는 자리에 놓아둔 알람시계의 빨간 디지털 숫자를 확인한 그는 벌떡 몸을 일으켰다. 관자놀이가 약하게 고동쳤고, 머릿속에는 뒤죽박죽 섞여 있던 여러 가지 꿈의 조각들이 서서히 사라져갔다. 7시 10분 전, 그는 늦잠을 자고 말았다. 땀에 젖은 베개를 옆으로 홱 던지고 이불을 걷어치운 그는 블라인드와 창문을 열고 서둘러 침실 밖으로 나갔다. 잠시 걸음을 멈추고 귀를 기울였지만 부엌에서도 욕실에서도 아무 소리가 들리지 않았다.

"슈테파니?"

프랑크는 슈테파니의 방문을 두드린 뒤 손잡이를 눌렀다. 문은 잠겨 있었다. 그건 처음 있는 일이었다.

"문 좀 열어봐!" 그가 말했다.

하지만 아무 반응도 없었다.

"아빠가 열쇠 수리공 불러온다!"

그는 즉시 후회했지만 이미 내뱉어진 말이었다. 이 말이 효과가 있긴 했는지, 안에서 부스럭대는 소리가 들렸다. 질질 끄는 발소리, 금속이 찰칵하는 소리. 향수 냄새, 덥고 답답한 공기가 혹 밀려나왔다. 문틈 사이로 슈테파니의 창백한 얼굴과 슬픈 눈이 보였다. 프랑크는 딸을 꽉 끌어안아주고 싶은 마음이 굴뚝같았지만, 왠지 몸이 마음대로 움직이지 않았다.

"왜요?" 슈테파니의 짜증 섞인 목소리가 들렸다. 그녀는 손으로 입을 가리지도 않고 하품을 해댔다.

"우리 둘 다 늦잠을 자고 말았구나." 프랑크는 이렇게 대답하고는 애써 미소를 보였다. "이리 나오렴, 아빠가 아침을 준비할 테니까. 학교에 태워다주마."

"그냥 두세요. 오늘은 집에 있을래요." 슈테파니는 마치 당연한 일인 양 말했다. "여자의 용무 때문에요, 아시겠어요?"

"아니, 난 모르겠다. 여자의 용무라니. 대체 무슨 변명이 그래?"

"맙소사, 아랫배가 아프다고요. 생리, 월경, 이런 건 한 번쯤 들어보셨겠죠?"

"그런 말투로 말하지 마! 지난 목요일부터 학교를 빠지더니 이제 생리통 핑계야?"

슈테파니는 깜짝 놀라 헛기침을 했다. 아빠가 다 알고 있었다는

124

걸 이제야 알게 되었던 것이다. 하지만 그녀는 재빨리 평정을 되찾았다.

"언제부터 나한테 그렇게 관심을 가졌다고 이러는 거예요!" 그녀는 날카롭게 소리 지르며 프랑크를 노려보았다. 그 눈빛은 마치 날카로운 화살촉마냥 그에게 상처를 남겼고, 그는 마른침을 삼켰다.

"슈테파니, 아빠 그 누구보다 널 사랑해, 너도 잘 알잖니. 근데 어제 네 컴퓨터에서 봤던 게 도무지 잊혀지지를 않는구나. 다른 일을 할 수가 없어. 네가 지금 이러는 게 그것 때문이라면 제발 아빠랑 대화 좀 하자. 아니면 네가 엄마한테 전화하든지. 안 그래도 엄마가 오늘 중에 너한테 연락한다고 하던데."

"대화, 대화!" 슈테파니의 눈에 눈물이 가득 고였다. "그런 건 아무 소용없어요. 다들 날 좀 가만히 내버려두란 말이야!"

말을 마친 그녀는 잠시 프랑크가 주춤하는 사이에 그를 밀치고 문을 쾅 닫아버렸다.

문은 다시 잠겼고, 안에서는 격하게 흐느끼는 소리가 들렸다. 말로 형용하기 힘든 고통을 겪는 딸의 모습에 프랑크 역시 가슴이 아팠다. 순간 그는 감정의 스위치를 꺼버리고 싶다는 생각이 강하게 들었다. 일도 가족도 다 잊을 수 있게. 그냥 가죽소파에 앉아 위스키나 한 잔 가득 마시며 시간을 보냈으면. 생각만으로도 혀가 붓고 바짝 마르는 느낌이 들었다. 그러나 잠시 후 그는 그런 생각을 머릿속에서 몰아내버렸다. 다른 날에 비해 오늘은 그러는 데 더 큰 노력이 필요했다. 아마 지난 수년간 그를 지배했던 그 악마는 그가 죽을 때까지 뒤를 졸졸 따라다니며 괴롭힐 터였다.

'내 이름은 프랑크 헬머, 알코올중독자다.' 아니, 그는 악마에게 굴복해서는 안 되었다. 그는 그 정도로 형편없는 사람은 아니었으니까. 오늘은 형사가 아닌 아빠로서의 역할에 충실해야만 했다. 알코올중독자로 돌아갈 수는 없었다.

프랑크는 율리아의 번호를 눌렀다. 율리아는 슈테파니와 아는 사이인 데다 여자였으니까. 율리아는 샤워 중에 전화를 받았고, 이에 겨드랑이 냄새를 맡아본 프랑크는 자기도 좀 씻어야겠다고 생각했다. 율리아는 즉시 그의 집으로 오겠다고 약속했다. 프랑크는 갈아입을 옷을 꺼내놓은 다음 샤워와 면도를 했다. '외모에 신경을 좀 써야겠어.' 벌써 백 번도 넘게 그는 같은 결심을 하고 있었다.

오전 7시 32분

율리아는 잠을 잘 자지 못했다. 마치 엄마들이 아기가 깨진 않을까 무의식적으로 신경을 곤두세우듯이, 그녀는 자면서도 내내 옆에 놔둔 휴대전화에 신경을 쓰고 있었던 것이다. 상황이 이러했으니 그녀가 날카로운 소리로 울려대는 알람시계의 첫 번째 진동에 벌떡 일어난 것도 놀랄 일은 아니었다. 관절에서 딱 소리가 날 때까지 기지개를 켠 그녀는 눈을 문질러 눈곱을 뗐다. 그러고는 침대 옆에 놓인 물병을 홱 낚아채 물을 크게 한 모금 들이켰다. 탄산이 다 빠진 물맛에 그녀는 역겨운 듯 입술을 찡그렸다. 늘어지게 하품을 한 그녀는 발을 질질 끌며 욕실로 향했고, 곧 입고 있던 헐렁한 티셔츠를 벗었다. 클라우스의 것인 그 티셔츠에는 그의 체취가 남아 있었다.

샤워기를 틀자 유두와 등으로 물이 떨어지며 몸에 기분 좋은 전율이 일었다. 바로 그때 휴대전화가 울렸고, 그녀는 그 소리에 깜짝 놀랐다. 변기 뚜껑 위에 놓여 있던 휴대전화에서는 소리와 진동이 동시에 울렸고, 그녀는 반사적으로 물을 잠그고 수건을 집어 들었다. 병원에서, 혹은 클라우스한테서 언제 전화가 걸려올지 모르니 전화를 잘 받아야 했다.

하지만 화면에 떠 있는 건 프랑크의 이름이었다. 율리아는 한숨을 내쉬며 전화를 받았다. 프랑크의 목소리는 형편없게 들렸고, 그녀는 어제 그가 슈테파니에 대한 걱정을 토로했던 걸 기억해냈다. 그는 지금 철저히 혼자인 상태였고, 그 기분은 율리아 역시 잘 아는(비록 인정하고 싶진 않았지만) 것이었다. 그에게 곧 가겠다고 약속한 그녀는 커피와 아침 식사를 거르고 화장만 대충하고 집을 나섰다.

밤새 비가 내린 모양이었지만 그녀는 천둥이 쳤는지는 잘 기억이 나지 않았다. 길은 거의 다 말라 있었고 아직 남아 있는 기름이 둥둥 떠 있는 물웅덩이 몇 개가 아침햇살에 화려하게 빛났다. 나무 밑에 세워져 있던 율리아의 푸조는 외관만 봐도 거의 2주 동안은 그 자리에서 움직이지 않았다는 걸 잘 알 수 있었다. 잔가지들, 나뭇잎들, 먼지가 뒤섞여 전체적으로 색이 바랜 듯 보였기 때문이다. 율리아는 고속도로에 다다를 때까지 앞 유리 세정액을 반이나 썼고, 덕분에 차 내부는 온통 그 향기로 가득 찼다.

문을 열어준 프랑크는 슈테파니가 자기 방에 있다고, 생리통이 있다고 말했다고 마치 큰 비밀이라도 말하는 사람처럼 조용히 속삭였다. 율리아는 생리통이 여자아이들의 단골 핑계거리임을 잘 알고 있었지만, 그렇다고 쉽게 이야기할 만한 주제도 아니었다.

"난 슈테파니가 언제부터 생리를 했는지도 몰라요." 프랑크는 마치 율리아가 이제 어떤 생각을 하게 될지 안다는 듯 고개를 끄덕이며 고백했다.

"모를 수도 있죠." 율리아가 그의 편을 들어주었다. "그런 일은 여자들끼리 하는 얘기인걸요. 나도 엄마하고만 말했었어요."

그녀는 침을 꿀꺽 삼켰다. 어머니는 이미 25년 전에 돌아가셨고, 이제 아버지마저 건강 상태가 좋지 않았다. 하지만 지금은 그녀의 일을 생각할 때가 아니었다. 프랑크의 상태는 매우 안 좋아 보였다. 예전에 매일같이 인사불성이 될 때까지 술을 마셨던 때 이후로는 처음 보는 모습이었다. 그게 얼마나 된 일이지? 7년, 8년? 당시 율리아는 친구이자 동료인 그를 그 수렁에서 구해내기 위해 갖은 노력을 기울였다. 금단, 치료의 과정에서 프랑크는 가족과 동료들의 도움을 필요로 했고, 그들은 그의 든든한 지원군이 되어주었다. 지금 이 순간 율리아는 그가 이번 위기로 다시 술을 마시는 일이 생기지 않기만을 간절히 바랐다.

"내가 슈테파니한테 한 번 가볼게요." 그녀는 이렇게 말하며 그의 눈을 자세히 들여다보았다. 피로로 인해 다크서클이 생기긴 했지만 술을 마신 것 같지는 않았다.

"커피 좀 타줄래요? 오믈렛도요? 내가 아직 아침 식사를 못 먹었거든요."

프랑크가 이상한 생각을 하지 않게 하려면 뭔가 몰두할 만한 일을 시켜야했다. 그 정도로 그는 심한 압박감에 시달리고 있었다.

"알겠어요." 프랑크는 중얼거렸다. "고마워요."

얼마 후 몇 가지 상황 증거를 포착한 율리아는 마음이 불안해졌다. 옷장에서 그리 멀지 않은 곳에 놓인 바구니 속에 든, 상표 없는 불룩한 유리병들. 그 위에는 마치 우연히 떨어진 듯 천이 덮여 있었다. 마개는 없었고 세제 냄새가 났다. 그리고 요즘 프랑크에게서 풍기는 머스크 향도. 오늘도 그는 그 향수를 몸에 들이붓다시피 한 것 같았다. 이로써 율리아에게는 걱정거리가 하나 더 늘어난 셈이었다.

윗층으로 올라간 율리아는 슈테파니의 방문을 두드렸다. 아무 대답이 없자 그녀는 다시 한 번 두드리며 조용히 슈테파니의 이름을 불렀다.

"나야. 율리아야."

잠시 후 안에서 망설이는 듯한 목소리가 들려왔다. "저 지금 침대에 누워 있어요."

"문 좀 열어줘. 너도 알다시피 이 아줌마는 그냥 갈 사람이 아니잖니."

끙끙대는 신음소리, 이불이 버석거리는 소리. 슈테파니는 정말 침대 속에 쏙 들어가 있었던 모양이었다. 곧 이어 질질 끄는 발소리가 들리더니, 문고리가 삐걱대며 열렸다. 율리아의 눈에 가장 먼저 들어온 건 슈테파니의 퉁퉁 부은 눈, 그리고 점차 어린 티를 벗고 있는 여성스러운 얼굴이었다. 봉긋 솟은 가슴이 스누피 모양의 흰색 잠옷과는 잘 어울리지 않았다. 그들이 마지막으로 만났을 때가 두세 달 전이었지만, 사춘기의 문턱에 선 소녀에게 그건 거의 영원이나 마찬가지인 시간이었다.

"와, 너 그새 정말 많이 컸구나." 율리아는 웃으면서 어두운 방 안으로 슬며시 몸을 밀고 들어갔다. "우리 얼마나 못 본 거지?"

슈테파니는 어깨를 으쓱하고는 다시 문을 닫았다. 율리아는 책상 의자를 침대 옆으로 끌어다 앉았다. 그러고는 바로 본론으로 들어갔다.

"아줌마가 다 알고 왔어, 알았지? 그러니까 숨길 건 아무것도 없다고. 저 아래층에 계신 너희 아빠가 걱정이 돼서 머리가 돌아버릴 지경이래. 무슨 일이야?"

"아줌마도 그 사진 봤어요?"

129

"듣기만 했어."

"전 이제 집 밖으로 한 발짝도 나갈 수 없어요." 슈테파니는 갑자기 훌쩍거리며 침대 위에 엎드려버렸다. 율리아는 그녀를 부드럽게 쓰다듬었다.

"난 그런 사이트에 대해서 잘은 모르지만, 그냥 지워버릴 수는 없는 거니?"

"저도 이미 해봤어요." 힘없는 흐느낌. "근데 그새 다들 이미 자기 휴대전화에다 저장을 해 놨더라고요."

율리아는 열다섯 살짜리 남자아이를 자살로 몰고 갔던 인터넷상의 집단 따돌림 사건이 기억났다. 언론사들도 비교적 크게 다루었던 주제였다.

"분명 무슨 방법이 있을 거야." 그녀는 다소 자신 없이 말했다. 어떤 방법이 있을지 그녀로서는 전혀 알 수가 없었으니까. 그래도 그녀와 프랑크는 형사였다. 경우에 따라서는 컴퓨터 전문가들을 비롯한 경찰청 전체가 힘을 보태줄 수도 있었다.

사실 율리아가 지금 더 신경 쓰고 있는 건 다른 것이었다. "어떻게 그런 사진을 찍게 된 거니?"

"저도 몰라요."

"지난 목요일에 네가 어디에 있었는지는 알잖아."

슈테파니는 몸을 일으켰다. 그러고는 어깨를 으쓱해보였다. 그녀의 몸은 모든 부분이 마치 기계처럼 움직였고, 눈빛은 저 멀리에 있는 가상의 점을 쳐다보는 것 같았다.

"목요일." 그녀는 다시 속삭였다.

"프랑크 말로는 네가 파티에 초대받았었다던데. 그 사진의 디지털 정보를 확인해보니 바일바허 채석장 부근에서 찍힌 거래."

"네, 저희는 가끔 그 근처에 가곤 해요." 슈테파니가 고개를 끄덕였다.

"혹시 아빠한테는 밝히고 싶지 않은 남자아이라도 있는 거야?" 율리아는 계속 물었다. "아빠한테는 말 안 할게, 정말이야. 물론 다른 방법으로 아빠를 진정시킬 필요는 있겠지만. 너희 아빤 지금 걱정이 돼서 어쩔 줄 몰라 하고 있어."

슈테파니는 냉정한 얼굴로 팔짱을 꼈다. 율리아로부터 어느 정도 거리를 둔 채로.

"평소에는 집에 무슨 일이 일어나는지 신경도 안 쓰는 걸요."

"말도 안 되는 소리. 아빠가 너희 가족을 얼마나 사랑하는데. 아줌마 말 믿어도 돼. 자, 다시 지난 주 얘기로 돌아가 보자. 남자아이가 관련되어 있는 거니?"

슈테파니는 아무 대답이 없었다.

"슈테파니, 네가 누구랑 주로 어울려 다니는지 이 아줌마한테는 말해도 돼."

그 말이 끝나기가 무섭게 슈테파니는 갑자기 온 몸을 덜덜 떨며 코를 훌쩍이기 시작했다. 그러더니 이내 율리아의 품에 와락 안겨 얼굴을 파묻고는 엉엉 울었다.

10분 뒤 율리아가 다시 부엌으로 돌아왔을 때, 프랑크는 음식을 차려놓고 앉아 있었다. 기름에 지진 달걀 냄새가 풍겼고, 파슬리를 뿌린 오믈렛이 가스레인지 옆에 놓여 있었다. 커피머신은 아직 작동되는 중이었다. 프랑크는 기대에 찬 표정으로 율리아를 쳐다보았다.

"나 이 집으로 이사 올 거예요." 율리아는 슈테파니의 방에서 했던 결심을 그에게 알렸다.

"네? 뭐라고요?" 프랑크는 깜짝 놀라며 말했다. 완전히 넋이 나간 눈빛이었다.

율리아는 손을 내저으며 말했다. "아, 물론 나딘이 돌아올 때까지 만이에요. 부탁이니 지금 당장 나한테 질문 세례를 할 생각은 말고, 나딘한테 언제 전화하면 되는지나 알려줘요. 나딘하고 얘기해야겠어요."

프랑크는 시계를 흘긋 보고는 머릿속으로 시간 계산을 했다.

"적어도 정오까지는 기다려야 할 거예요. 하지만 그런 말로 날 구슬릴 생각 말아요. 대체 무슨 일이래요?"

"아직은 안 돼요." 율리아는 강조해서 말했다. "조금만 더 기다려줘요. 오늘 저녁에 얘기하자고요, 알겠죠?"

프랑크는 손바닥으로 식탁을 내리치며 벌떡 일어섰다. "아니, 몰라요, 젠장!" 그는 소리쳤다. "난 알 권리가 있어요! 그러니 어서 말해요."

"당신 딸은 날 믿고 있어요, 프랑크. 그리고 나 역시 그 믿음을 져버리지 않을 거고요." 율리아는 보란 듯이 차분하게 대답했다. "슈테파니도 당신에게 사실을 말하지 않으면 안 된다는 걸 알고 있어요. 날더러 오늘 저녁까지만 시간을 좀 달라고 부탁하더라고요. 난 기꺼이 그러겠다고 허락했으니, 당신도 그렇게 해줘요."

프랑크는 식식거렸다. 가스레인지 쪽으로 걸어간 그는 둥글게 만 모양의 오믈렛 한 쪽을 이빨 사이로 밀어 넣고는 남은 커피를 꿀꺽 마셨다.

"그럼 이사는 무슨 말입니까?" 잠시 후 결국 그가 입을 열었다.

"우리 둘 다 지금 힘든 상황이잖아요. 나는 아버지가 혼수상태로 누워 계시니 걱정이 돼서 답답해 미쳐버릴 지경이고, 당신 집에는 여자의 손길이 필요해요. 적어도 슈테파니에게는요."

프랑크는 여전히 불만이 남은 듯 혼잣말로 중얼거렸다. '도와달라고 불렀더니' '도움은커녕 나만 빼고 자기들끼리 붙어서는' 같

은 소리가 들렸다. 율리아는 자기도 모르게 웃음이 나왔다. 그러
나 아직 최악의 상황이 남아 있을 수도 있다는 생각에 마음이 우
울했다.

"우리 이제 나가야해요." 프랑크가 말했다.

"먼저 가요." 율리아가 대답했다. "미햐엘과 그의 팀원들한테 그
사진 좀 인터넷상에서 삭제해달라고 해봐요. 법적 조치가 필요하
다면 그건 내가 맡을 테니까. 베르거 반장님한테는 늦어도 2시까
지는 가겠다고 전해줘요."

"그때까지 뭘 하려고요?"

"슈테파니한테 볼일이 아직 남았어요." 율리아는 대충 얼버무리
고는 프랑크를 밖으로 떠밀었다. 포르셰의 엔진이 부릉 하는 소
리를 내자마자, 그녀는 자신의 담당 산부인과 의사의 전화번호를
눌렀다.

오전 9시 25분

루이스 피셔는 양손을 펼쳐 배 위에 올린 채 몸을 뒤로 기대고
있었다. 두 눈을 감고 향료의 향기를 맡아보았지만 두통은 오히
려 더 심해지는 것 같았다. 다시 책상 쪽으로 몸을 숙인 그는 레
몬 한 조각을 집어 김이 나는 에스프레소 잔에 그 즙을 짜 넣었다.
카페인과 비타민 C, 통증 완화에 좋은 남아메리카식 레시피였다.
창문이 없는 그 방 천장에는 천으로 감싼 전등이 달려 있었고, 어
쩌다 햇빛이 들어올 때면 오묘한 색의 향연이 펼쳐졌다. 색을 입
힌 유리 뒤에 숨겨진 오디오에는 극동지역의 하프 연주곡이 언
제든 틀 수 있도록 준비되어 있었다. 향기, 시각적 효과, 소리. 루

이스는 고객들을 맞이하기 위해, 또 그들이 안전한 곳에 와 있다고 믿도록 하기 위해 이러한 자극들을 필요에 따라 이용했다. 신학과 심리학을 전공한 그는 샤머니즘 세미나에 참석한 적도 있고, 심지어는 어느 인도 무당과 알고 지내기도 했다. 그러나 그중 어느 것도 끝을 보지는 못했다. 때문에 그의 방 벽에는 대학 졸업장이나 각종 수료증 대신 신들과 천사, 상상의 존재들의 초상화가 걸려 있었다.

하지만 그는 타깃을 제대로 골랐다. 삶의 의미를 묻는 좌절한 주부들, 존재의 의미를 찾는 젊은이들은 그가 노리는 목표가 아니었다. 그는 라인-마인 지역의 상류층을 고객으로 삼았는데, 이곳저곳에서 고객들이 모일수록 그에 대한 입소문도 빠르게 퍼져나갔다.

그는 남들은 보지 못하게 설치한 시계를 흘긋 보았다. 쓰고 신 맛이 나는 에스프레소를 한 모금 마시고 나니 얼굴이 절로 찌푸려졌다. 관자놀이가 쿵쿵 뛰었지만 이제 시간이 별로 없었다. 오늘의 첫 번째 고객이 오기로 되어 있었기 때문이다. 그는 오전 10시 이전에는 고객을 받지 않는 호사를 스스로에게 허락하고 있었지만, 그녀에게만큼은 그 관습을 기꺼이 깨줄 수 있었다. 그녀는 언제나 정확한 시간에 도착해 대부분의 경우 약속시간 10분 전부터 그의 집(각진 모양이 눈에 띄는 1970년대식 방갈로) 입구에서 기다리곤 했다. 루이스가 온 집안에 설치된 여러 카메라 중 하나로 그녀를 지켜보고 있다는 사실은 전혀 알지 못한 채.

그녀는 20대 중반으로 그의 고객 중 젊은 축에 속하는, 매력적인 미모의 소유자였다. 더 나은 삶을 꿈꾸는, 그러나 매주 그를 찾아올 정도의 금전적 능력은 있는 여자. 그녀는 주로 타로카드 점을 봐달라고 했지만 가끔은 신과 세상에 관한 사색으로 시간을 보낼 때도 있었다. '사후세계를 믿느냐' '지상에서 지은 죄는 사후에 어떻게 되느냐' 같은 질문을 하며. 루이스는 그런 질문에는 대답하지 않았다. 하기 싫어서가 아니라 그도 잘 몰랐기 때문이다. 사실 그는 그런 건 알고 싶지도 않았고 흥미도 없었다. 그가 생각하는 삶의 의미는 자기 자신에게 이로운 일을 하는 것이었다. 그 과정에서 가능하면 다른 사람에게 해를 입히지 않고 말이다. 그는 다른 사람들의 신세를 짓고 살고는 있었지만, 어쨌든 그들은 대부분 들어올 때보다 행복한 얼굴로 그의 상담실을 나서곤 했다.

다시 한 번 시간을 확인한 그는 화면을 보았다. 그러고는 다른 카메라 녹화 화면으로 바꿔보았다. 그녀는 어디 있는 걸까? 약속 시간에 늦는 건 그녀답지 않은 일이었다. 비록 그녀가 직접적으로 말한 적은 한 번도 없었지만, 루이스는 그녀가 무슨 일을 해서 돈을 버는지 알고 있었다. 그녀는 자기 몸을 마음대로 이용할 줄 알았고, 자신의 매력을 십분 활용했다. 그의 앞에서 그녀는 마치 발정 난 암고양이처럼 나른하게 누워 있곤 했다. 그러면서도 자기가 원할 때면 언제든 냉정하고, 비밀스럽고, 다가가기 힘든 여자로 변하기도 했다. 그런 면에서 그녀는 그녀가 알고 있는 것 이상으로 루이스와 많이 닮아 있었다. 그녀의 고객들도 그녀와 일을 치르고 난 뒤에 그 전보다 더 즐겁고 홀가분한 마음으로 돌아갈 게 분명했다. 요한나는 루이스 같았고, 루이스는 요한나 같았다. 그런데 대체 그녀는 어디 있는 걸까?

그때 차 한 대가 그의 집으로 다가왔다. 순간 루이스는 희망의 빛을 보았지만, 차에서 내린 건 다름 아닌 택배기사였다. 먹먹한 초인종 소리가 울렸고, 루이스는 서둘러 복도를 따라 걸어갔다. 문을 연 그는 무거운 소포를 낑낑대며 문지방 위로 올려놓는 제복 차림의 택배기사에게 친절하게 인사를 건넸다. 루이스는 정기적으로 방대한 양의 책과 잡지들을 배달 받았는데, 이는 독학자로서 최신 정보에 뒤떨어지지 않기 위해서였다. 인터넷 때문에 사람들은 의심이 많아졌고, 새로운 고객 중에도 그의 방식에 의문을 가진 사람들이 적지 않았다. 카드 점에는 어떤 과학적 근거가 있는지, 그가 보는 환영이 달의 위상 변화와 관계가 있는지, 어떻게 불교의 가르침을 북유럽 지역의 변화에 적용시켰는지 등.

루이스는 이제껏 그 어떤 질문에든 대답해왔다. 하지만 요한나는 어디 있는가 하는 질문만은 그의 심기를 불편하게 하고 있었다. 지금 아무런 감정도 느껴지지 않는다는 게 좀 이상했다. 왜냐하면 그는 자신을 신뢰하는 사람들, 즉 그가 잘 짜놓은 그물에 걸려들어 그에게 모든 속내를 아낌없이 터놓은 사람들과 일종의 정신적 유대관계를 맺고 있었기 때문이다. 요한나는 결국 오지 않았다.

오전 9시 45분

그 산부인과는 슈반하임에 있었고, 대기실에서는 마인 강이 한눈에 내려다보였다. 율리아는 의사와 직접 통화해 상황을 알렸다. B40 국도를 달리는 동안, 슈테파니는 입을 꾹 다문 채 창 밖만 쳐다보았다.

"혹시 전에 부인과 상담 같은 걸 받아본 적이 있니?" 율리아가 물었다.

"아뇨. 근데 엄마가 J1 이후부터는 받게 한댔어요."

"J1 이라니?"

"소아과의사한테 받는 청소년건강검진 말이에요." 슈테파니는 눈알을 굴리며 말했다. "하지만 저는 엄마가 다니는 산부인과에는 가기 싫어요. 의사도 남자거든요." 그녀는 입을 삐죽댔다.

"그럴 만도 하지. 나도 여의사한테 진료 받는 게 더 마음이 편하더라고. 그래도 의사로서의 비밀유지 의무가 있다는 건 남자 의사도 마찬가지야."

"열네 살부터는 그렇겠죠." 슈테파니는 돌연 다시 절망적인 표정을 지었다. "정말 제가 성폭행을 당한 거면 어떡해요? 임신했다면요? 맙소사, 걱정돼 죽겠어요."

"그래서 우리가 지금 해결하러 가고 있잖아." 율리아는 그녀를 안심시키려 애썼지만, 생각만큼 잘 되지는 않았다.

대기실에는 높은 창문들을 통해 햇볕이 쨍하고 내리쬐고 있었다. 율리아와 슈테파니가 들어오자 거기 앉아 있던 여자 네 명이 동시에 고개를 홱 들었다가, 이내 보고 있던 잡지책으로 다시 눈길을 돌렸다. 마치 영원처럼 느껴졌던 10여 분의 대기시간이 지나고, 마침내 문이 열렸다. 메르텐스 의사는 직접 나와 율리아와 슈테파니를 개인 진료실로 데려갔다. 율리아가 수년 째 찾고 있는 그 의사는 귀여워 보이는 인상의 소유자였다. 율리아는 그녀와 공적으로도 사적으로도 그 어떤 관계도 맺고 있지 않았고, 납치와 성적 학대를 당했던 일에 대해서도 일언반구한 적이 없었다. 그 사건이 남긴 상처는 정신적인 것뿐이었으니, 그런 말까지 할 이유는 없을 것이다.

의사는 온화한 미소를 지으며 슈테파니와 악수를 나누고, 왼손으로 그녀의 어깨를 다정히 쓰다듬었다.

"산부인과에 와본 적 있니?"

슈테파니는 고개를 가로저었다.

"무서워?"

"네. 율리아 아줌마도 같이 있어도 돼요?"

"그럼. 네가 원한다면 계속 같이 있어도 된단다. 선생님이 모든 걸 다 상세하게 설명해줄게. 혹시 불편한 게 있으면 그 즉시 알려 주고. 괜찮겠지?"

"괜찮을 것 같아요." 슈테파니는 다 기어들어가는 목소리로 말 했다. 의사는 슈테파니가 생리를 시작했는지 등의 몇 가지 기본 적인 질문을 했다. 슈테파니가 두려워하는 모습을 본 율리아는 메르텐스 의사에게 서둘러 진행해달라고 의미심장한 눈빛을 보 냈다. 의사는 슈테파니에게 신발과 바지, 팬티를 벗으라고 한 뒤 검진용 의자에 앉는 걸 도와주었다. 율리아는 슈테파니 뒤에 서 서 양어깨를 꼭 쥐었다. 의사가 검진을 시작하자 슈테파니의 몸 이 움찔했다. 찡그린 표정, 가빠진 호흡, 하지만 꽤 잘 견뎌내고 있었다. 의사는 몸을 앞으로 숙인 채 모든 걸 꼼꼼히 확인했다. 그 러고는 장갑을 벗으며 방긋 웃었다. 슈테파니가 부자연스럽게 벌 어져 있는 다리를 내리도록 도와주면서.

"옷을 다시 입으렴. 다 정상이야."

슈테파니는 아무 말 없이 슬그머니 옷을 집어 들었다.

"그 말씀은?" 율리아는 참을성 없이 나섰다.

"혈종이나 상처 같은 건 없습니다."

"그 날은 지금으로부터 한참 전이에요." 율리아가 말했다. "목요 일이라고요."

"그건 상관없어요. 강제적인 삽입으로 인한 혈종은 그 정도 시간 이 지나도 확연히 보이거든요. 살이 터진 상처도 마찬가지고요. 하지만 그런 걸 따져볼 필요조차 없어요." 의사는 눈을 찡긋해보 였다. "처녀막이 손상되지 않았거든요."

그녀는 슈테파니를 흘긋 쳐다보았다. 눈에 눈물이 가득 고여 있었다.

"아무 일도 없었으니 이제 걱정 안 해도 돼."

"그걸 어떻게 알아요." 슈테파니는 퉁명스럽게 말하며 훌쩍거렸다. 하지만 율리아는 그녀가 속으로 안도하고 있다는 걸 느낄 수 있었다.

율리아는 의사에게 이 일을 아무도 알지 못하게 조용히 넘겨달라고 다시 한 번 부탁한 뒤 슈테파니와 함께 오크리프텔로 돌아왔다. 슈테파니의 기분이 나아졌음을 확인한 그녀는 그제야 경찰청으로 향했다.

오후 12시경

그녀는 시간 감각을 상실했다. 저 멀리 어딘가에서 성당의 종소리가 들려오는 것 같았다. 하지만 그걸 어떻게 확신할 수 있을까? 그녀는 그 소리가 환기구를 통해 들려오는 거라고 생각했다. 그 모든 게 그녀만의 상상일 수도 있었지만. 에바 스티븐스는 방 한가운데 서서 그 감옥을 한 바퀴 빙 둘러보았다. 이러는 게 벌써 몇 번째인지 기억도 잘 안 날 정도였다.

불현듯 어린 시절의 기억이 떠올랐다. 아마 초등학교 때였을 것이다. 엄마는 외출 중이었다. 그녀의 가족이 아직 평범한 삶을 살고 있던 시절. 에바는 테라스에 쥐 한 마리가 고양이 앞에서 꼼짝도 못한 채 몸을 웅크리고 있는 걸 발견했다. 죽음의 게임이 시작되었던 것이다. 후식으로 체리를 먹었던 터라 당장 손에 쥘 수 있는 도구는 병조림용 유리병이었다. 에바는 그 작은 생명을 구해야겠다는 생각에만 집중한 나머지 병 안에 체리 주스가 남아 있는 것을 보지 못했다. 그로부터 불과 몇 초 뒤 그녀는 쥐를 잡았고, 성난 고양이에게 돌멩이를 던져 쫓아버렸다. 체리 주스를 뒤집어 쓴 쥐는 마치 피를 흘리는 것 같았다. 쥐는 덕분에 목숨을 지킬 수 있었다는 사실은 전혀 모른 채 필사적으로 유리병 안을 긁으며 기어오르려고 했으나 뜻대로 되지 않았다.

에바는 다시 현실을 의식하게 되었다. 텅 빈 방의 한가운데에는 화학적 정화 방식의 화장실이 있었고, 그 옆에는 두루마리 휴지 세 개가 피라미드 형태로 놓여 있었다. 또 그로부터 1미터 가량 떨어진 곳에는 침대가 있었다. 편안하고, 깨끗하고, 누울 때 삐걱대는 소리도 안 나는 침대. 그러나 에바는 거의 눈을 붙이지 못했고 좌절감만 더해갔다. 마치 두꺼운 유리병 속에 갇힌 쥐가 된 기분이었다. 도망칠 기회는 전혀 없는데 공포심 때문에 끊임없이 빠져나갈 곳을 찾고 있었다. 천장에 공기가 통하는 구멍이 나 있다고 믿지 않으면 숨 쉬기도 점차 힘들어졌다. 에바는 그 원형의 방 맞은편 끝에서 환기구를 찾았다. 그로부터 여덟 걸음 걸어가면 방 한가운데에 다다랐고, 다시 여덟 걸음을 걸으면 저 반대편까지 갈 수 있었다. 정적. 시간을 알리는 소리도 전혀 들리지 않았다. 가끔 바람 부는 소리가 들려올 뿐, 그 안은 끔찍하리만치 고요했다.

"저기요!" 환기구는 3미터 높이에 달려 있었다. 에바는 확성기 역할을 하도록 양손을 입가에 대고 다시 한 번 소리쳤다. 그 소리는 메아리가 되어 방안에 다시 울려 퍼졌다. 지금껏 매번 그랬듯이. 그녀는 몇 시간 동안 똑같은 의식을 반복하고 있었고, 그때마다 누군가 그녀의 목소리를 들을지도 모른다는 희망이 조금씩 줄어들었다.

에바는 바닥에 몸을 웅크린 채 울음을 터뜨렸다. 그러고는 기억

속에 잠겼다. 마티아스가 그녀에게 산책하자고 했고, 그들은 다른 친구들과 함께 걷던 무리에서 빠져 옛길을 따라 걷고 있었다. 나뭇가지에 앉은 까마귀들이 깍깍 울며 뿔뿔이 흩어지더니, 다른 장소에서 다시 모였다. 추수는 끝난 들판과 대조를 이루듯 그 풀밭에는 풀들이 무성하게 자라 있었다. 그들은 나무그늘이 있는 쪽으로 가려고 했다. 에바는 마티아스를 사랑했다. 그는 에바가 처음으로 진지하게 사귄 남자친구였다. 그녀는 그 사실을 가장 친한 친구에게만 알리고 나머지에게는 비밀로 했다. 문득 부모님 생각이 났다. 각자 방식대로 그녀를 걱정하고 있겠지. 불쌍한 아빠. 하지만 그녀의 주된 걱정거리는 마티아스였다. 그녀는 그 상황이 부분적으로 밖에 기억나지 않았다. 뭔가에 취한 듯 몽롱하고 몸이 마비된 상태에서 들리던 고함소리. 전체적으로 색이 바랜 구형 오펠. 개를 데리고 온 산책객의 얼굴들이 희미하게 보이더니 마티아스가 사라져버렸다. '살려줘! 뭘 하려는 거야?' 라고 그가 소리쳤나? 아니면 그녀가 꿈을 꾼 걸까?

  에바는 눈가를 훔치고 주위를 둘러보았다. 악몽이 아니었다. 이렇게 감금되어 있는 걸로 보아 모든 건 현실이 분명했다. 그녀의 엄마가 하는 것 같은 스스로 지은 감옥은 순전히 가짜였다. 아무 소용없는 짓. 지금 앞에 엄마가 서 있다면 소리를 질러줬을 터였다. 아니면 안아주었거나.

  침대 근처에 있는 콘크리트로 된 직육면체 위에는 빵 한 덩어리, 유통기한이 넉넉한 치즈, 과일이 든 바구니가 놓여 있었다. 그밖에 물과 사과 주스, 군것질거리도 있었다. 에바는 담배 한 대와 커피 한 잔, 소시지 한 쪽을 얻을 수만 있다면 뭐든 할 수 있을 것만 같았다. 하지만 그녀를 여기 잡아넣은 사람은 그런 것들을 별로 좋아하지 않는 모양이었다. 그때 그녀의 복부에서 찌르는 듯

한 통증이 느껴졌다. 위장보다 아래쪽이니 분명 배고픔 때문은 아니었다.

"제발, 안 돼." 에바는 절망적인 목소리로 중얼거렸다. 몸을 일으킨 그녀는 화장실로 살금살금 걸어갔다. 그러고는 경계하는 눈빛으로 자신을 둘러싸고 있는 허공을 한 번 빙 둘러본 뒤 변기에 앉았다. 그녀는 마티아스를 만났던 때와 똑같은 옷을 입고 있었다. 갈아입을 속옷 같은 게 있을 리 만무했다. 팬티를 내리자, 가운데가 빨갛게 물들어 있었다.

"젠장. 왜 하필 지금이야?"

그녀는 수년 전 빨간 물을 뒤집어 쓴 쥐를 정성스레 닦아서 다시 풀어주었던 일을 다시 한 번 떠올렸다. 그러나 그녀를 이곳에 잡아 둔 사람은 좋은 마음으로 이런 일을 하는 건 아닐 터였다. 한 번도 본 적은 없지만 그의 역할은 쥐가 아니라 고양이가 분명했다. 그녀는 절망한 나머지 흐느껴 울며 가녀린 손에 얼굴을 파묻었다. 그러자 꼭 천사의 그것을 연상시키는 그녀의 금발머리가 손등 위로 쏟아져 내렸다.

*

에바의 납치범은 자기가 해낸 일의 결과를 화면을 통해 만족스러운 듯 지켜보았다. 형광등 불빛이 음침한 잿빛 콘크리트 벽을 고르게 비추고 있었다. 그렇다고 너무 밝지는 않았다. 10시간 동안은 자연광과 비슷한 빛을, 저녁에는 은은한 조명을 비춰주었고 밤에 6시간 동안은 여러 가지 색으로 바뀌는 무드 등을 켰다. 방안 온도는 쾌적한 21도에 맞춰져 있었지만, 그의 '손님들'은 아마 그보다 더 서늘하다고 느낄 터였다. 또 그는 퀴퀴한 냄새가 나지 않도록 제습기와 소금 등을 갖다 놓았다. 물론 그 방을 아무도 쓰고 있지 않을 때에만.

소녀는 생리를 시작했다. 생리는 두말 할 나위 없이 불편하지만 여자의 본질에 속하는 일이었다. 그는 값비싼 빨간색 과일 주스 두 팩을 사올 생각이었다. 철분, 엽산, 비타민 B12가 함유된. 몸이 정화되고 새로운 세포가 생성되겠지. 옛날부터 인류의 존속을 가능하게 했던 자연적인 의식. 그는 만족한 듯 낄낄대며 웃었다. 그렇게 새로운 주기를 눈으로 확인할 때마다 그의 경험은 풍부해져 갔다. 하지만 에바의 창백한 얼굴을 본 그는 걱정이 되었다. 그녀는 잘 먹지도, 마시지도 않고 있었다. 딱 한 번, 군것질 거리가 든 봉투를 슬그머니 집어 든 적이 있었지만 바스락거리는 소리가 방 안에 울리자 깜짝 놀라 손에서 그 봉투를 떨어트려 버렸다.

이제 그가 그녀 앞에 나서야 할 시간이었다. 그녀에게 두려워할 필요가 전혀 없다는 것을 알려줄 시간(당분간은 정말 그럴 테니까). 그리고 아무리 소리질러봤자 들어줄 사람은 없다는 것도 가르쳐줄 생각이었다. 어떤 음악, 어떤 잡지를 좋아하는지, 또 무슨 위생용품이 필요한지도 물어볼 터였다. 그는 찻잔을 한쪽으로 밀어놓고는 에바가 있는 방 한가운데 설치된 고해상도 카메라와의 연결을 끊었다. 그 카메라는 지금 에바가 몸을 웅크리고 누워 있는 침대 바로 위에 있었다. 에바는 조용히 흐느꼈다. 바닥에는 피가 묻은 바지가 놓여 있었다.

'들어가 보기에 더 없이 좋은 시간이군.' 그는 생각했다.

오후 12시 35분

베르거의 사무실. 업무회의.
베르거 반장은 신문 몇 부를 책상 위에 탁 하고 내던졌다. 하마

터면 페터의 귀에 맞을 뻔했으나 페터가 순간적으로 몸을 뒤로 획 피한 덕분에 그런 일은 생기지 않았다.

"상황 참 난처하게 돌아가는군!" 베르거가 언성을 높이며 말했다. 율리아는 이렇게 기분 나빠하는 베르거 반장의 모습을 마지막으로 본 게 언제였는지 기억해내려고 애썼다. 그는 항상 마음의 평정을 유지할 줄 아는 남자로, 손에 위스키만 들지 않았다 뿐이지 존 웨인(1940~70년대에 주로 서부영화에 많이 출연했던 영화배우로 느린 말투와 낮은 목소리가 특징이다 —역주) 같았다. 형사들을 끊임없이 유혹하는 '어두운 동반자들' 혹은 '악마들'을 그는 이미 오래전에 모두 극복해냈다. 그런 그가 다시 여자를 만나기 시작한 뒤부터는 좀 달라졌다. 견디기 힘든 허리 통증조차도 아무렇지 않게 넘겼던 그는, 언론사들이 선정적인 것만 추구하는 데 대해서만큼은 매번 참지 못하고 분노를 터뜨렸다.

"마티아스 볼너 사건이요?" 율리아는 이렇게 묻고는 그가 책상에 내동댕이친 신문을 집어 들어도 될까 고민했다. 그녀로서는 아직까지 그와 관련된 그 어떤 기사도 보지 못했고 라디오를 통해서도 듣지 못했기 때문이다. 물론 그녀가 놓친 것일 수도 있었지만.

"신문이 문제가 아니야." 베르거가 으르렁거리듯 말했다. "오히려 가십지들조차 조용한 편이니까. 우린 아직 흘려준 정보가 별로 없잖나."

"그럼 뭐가 문제인대요?" 페터가 물었다.

"인터넷." 베르거는 컴퓨터 화면을 가리켰다. "그 글자와 관련된 정보가 새나갔어. 어디서 샜냐고 물을 생각일랑 말게. 내 손으로 그걸 발설한 놈의 목을 비틀어버리고 싶은 심정이니까."

"인터넷 어디요?" 프랑크는 생각에 잠긴 채 물었다. 인터넷이라는 말이 나오자 이상한 기분이 들었기 때문이다. '위협.' 그는 누에고치 속에 쏙 숨어 그 위협으로부터 자신을, 아니 슈테파니를 보호하고 싶은 심정이었다. 그 악몽 같은 사건이 다 끝날 때까지. 하지만 인터넷에서는 그 어떤 것도 잊히지 않았다.

"미하엘이 조사해보기로 했네." 베르거가 대답했다. "어디서 시작되었든 간에 그 정보는 각종 음모론을 다루는 인터넷 포럼에까지 흘러가고 말았어. 사람들이 그걸 로제마리 슈탈만 사건과 관련짓는 데는 얼마 걸리지 않았고." 그는 한숨을 폭 내쉬며 머리를 쓸어 넘겼다. 땀으로 반짝이는 이마는 공황상태에 빠진 그의 지금 심리 상태를 대변해주고 있는 듯했다.

"그 정보가 다수에게 알려진다면 내일 아침 타블로이드 신문에는 새로운 연쇄살인범의 탄생에 대한 기사가 나겠지. 성경 살인범. 사탄의 암살자. 인터넷에서 활동하는 놈들은 온갖 말도 안 되는 가설들을 내놓곤 하니까."

"그래서 그 분석가들께서는 그 글자를 보고 뭐라고 하셨는데요?" 율리아가 물었다. 사실 그녀는 그 정보가 유포되는 것에 대해서는 별로 걱정을 하지 않고 있었다. 가장 신경 쓰이는 점이라면 마티아스의 부모가 이 일을 알게 되었을 때 어떤 기분일까 하는 것이었다. 에바의 부모도. 현재 최우선 과제는 에바를 구하는 것이었다. 그녀가 살아 있을 가능성은 매 초마다 줄어들고 있었으니까.

"뜻을 파악하는 데만 급급했어. 여러 가지 해석 가능성들을 내놓았더군. 근데 아까 내가 전화로 지버스 박사와 아주 흥미로운 대화를 나누었다네. 피살자가 직접 그 글자를 쓴 게 확실하다는 거야. 과학수사반 역시 거기에 반기를 들지 않았고. 이제 지금까지와는 다른 관점에서 그 글자를 보게 된 거지."

"그래서요?" 모두의 눈길에 베르거에게로 향했다.

"그 해석 불가능한 서체를 다른 방법으로 읽어볼 수 있어. 만일 로제마리 슈탈만 사건 때와 마찬가지로 범인이 피살자의 앞 또는 옆에 무릎을 꿇고 썼다면 글씨는 똑바로 쓰였겠지. 하지만 피살 자 스스로 쓴 경우에는……."

"…… 거꾸로 쓰였겠죠!" 율리아는 베르거의 말을 대신 마쳤다. 그러고는 낮은 휘파람 소리를 냈다. 왜 그 생각을 못 했을까? 그러 나 베르거가 그 갈겨쓴 듯한 글씨가 찍힌 사진을 집어 들었을 때 그녀는 기억해냈다. 그 서체가 떨리는 손으로 새겨졌음을. 그러 니 일부러 거꾸로 볼 필요가 없었던 것이다.

SEgI3ynH. 베르거는 그 종이를 다들 돌려보게 했다.

"어때, 이제 좀 잘 보이나?"

웅성대는 소리. 잠시 후 다들 고개를 끄덕였다.

H, U, 불분명, E. 그리고 1, G, 3, S.

"우리가 Y라고 생각했던 U와, G가 가장 알아보기 힘드네요." 도리스가 결론 내렸다.

"맨 끝에 S도 전과 마찬가지로 잘 보이지 않아요." 페터가 덧붙 였다.

"이것도 마찬가지로 우리 쪽 분석가들한테 넘길 거야." 베르거 가 말했다. "이미 얘기를 좀 해봤는데 그 사람들은 벌써 이 가능 성까지 고려했더군. 결과를 알려주겠다고 약속했는데." 그는 초 조한 듯 시계를 흘긋 쳐다보았다. "제길. 한 번 다시 독촉해봐. 그 리고 미햐엘은 그 포럼과 관련된 녀석들을 심문해보도록 하고."

"검열이라도 하시겠다는 거예요?" 율리아는 회의적인 표정으로 눈썹을 치켜떴다. 제재를 가하는 건 불 난 데 기름을 붓는 격 밖에 안 되는 일임은 굳이 컴퓨터 전문가가 아니어도 알 수 있었기 때문이다.

"어떻든 상관없어. 난 미햐엘이 하라는 대로 할 거네."

*

미햐엘 슈렉은 프랑크보다 앞서 걸어오는 율리아에게 반갑게 인사를 건넸다. 그들은 수년 전부터 알고 지낸 사이였다. 당시 율리아가 노트북을 고르고, 필요한 프로그램들을 까는 데 미햐엘이 도움을 줬던 것이 인연이 되었던 것. 그때 그가 그녀한테 다른 감정이 있었는가 하는 점은 영원히 답을 알 수 없는 질문이 될 터였다. 이제 두 사람 모두 연애 중이었고, 율리아는 그 일은 그냥 잊어버리기로 마음먹었다. 미햐엘은 이미 베르거로부터 필요한 정보를 넘겨받은 상태였다. "이메일이 당신들을 앞질러 내려왔군요." 그가 농담조로 말했다.

"계단으로 오지 말았어야 했는데." 율리아는 그 농담에 가세했지만, 프랑크의 눈빛은 여전히 우울해 보였다. 율리아는 아까 그에게 산부인과 의사를 만나고 온 얘기를 해주었다. 쓸데없는 말은 다 빼고 아주 간략하게 요약해서 설명했는데도 그는 굉장히 고통스러워했다. 딸을 둔 아버지의 걱정, 무력감과 모욕감. 율리아는 비록 아이는 없었지만 지금 그의 심리상태를 너무나도 잘 알고 있었다. 그 사진보다 더 끔찍한 일이 일어나지는 않았다는 사실은 그나마 작은 위안이 되었지만, 어쨌든 누군가가 순결한 슈테파니의 몸에 더러운 손을 대고, 옷을 벗겼다. 그리고 그 사진을 공개하기까지 했다.

율리아는 다시 미햐엘 쪽으로 눈을 돌렸다. "그래, 어떻게 생각하세요?"

"그 정보가 애초에 어디서 새나갔는지는 알아낼 수 없을 것 같아요, 미안합니다." 미햐엘은 이렇게 말하고는 입을 삐죽댔다. "이제 와서 유포를 완전히 막는 것도 불가능하고요."

"뭐 긍정적인 소식도 있나요?"

"생각하기 나름이죠. 그 포럼을 이용해보는 건 어때요?"

"어떻게요?"

"가짜 아이디를 만들어서 대화에 슬쩍 끼어드는 거죠. 경찰과 어떤 관계가 있다고 하면서. 잘하면 정보 제공자가 누군지 알아낼 수 있고, 못해도 얻는 게 없을 뿐 손해 볼 건 없어요. 어쨌든 돌아가는 상황을 실시간으로 지켜볼 수 있죠."

"그게 무슨 소용인데요?"

"거기서 어떤 말들이 돌고 있는지 읽어보기나 했어요? 마티아스 볼너 사건과 관련이 있다며 거기서 논의되고 있는 사건들이 벌써 대여섯 가지나 된다고요. 그중 일부는 말도 안 되지만 누가 알아요? 혹시⋯⋯."

"난 상관없으니 그럼 한 번 해보세요." 율리아는 쉽게 결정을 내리고는 프랑크를 보았다. 그는 '나도 상관없어요'라는 말 대신 입술을 삐죽 내밀며 어깨를 으쓱해보였다.

율리아와 프랑크는 슈테파니에 관해 미햐엘과 좀 더 얘기를 나눈 뒤 그곳에서 나왔다. 미햐엘은 새로운 소식은 별로 없지만 그 사진이 페이스북 상에서 없어진 걸 봤다고 말했다. 하지만 그렇다고 바뀌는 건 거의 없다고도 했다. '폐쇄 사용자 그룹' '클라우드 저장소'를 비롯해 율리아와 프랑크는 알아들을 수 없는 것들을 언급하면서. 결국 미햐엘은 그 일을 계속 신경 써서 지켜보겠다고 약속했다.

율리아와 프랑크는 아무 말도 하지 않고 엘리베이터가 있는 곳으로 걸어갔다. 기다리는 동안 율리아는 회의적인 눈빛으로 프랑크를 찬찬히 뜯어보았다. 그가 가엾게 느껴져 그의 마음의 짐을 조금이라도 나누고 싶은 심정이었다. 나딘은 하필 이런 때에 수천 킬로미터 떨어진 곳에 있어서 아무런 도움이 되지 못했다. 나딘의 관심은 온통 마리-테레제에게만 쏠려있었는데, 마리-테레제는 그렇게 평생 누군가의 도움을 받아야 하는 처지였다. 그 문제 때문에 프랑크 부부는 이미 한 번 위기를 맞았었고, 또다시 그런 일을 되풀이할 수는 없었다.

"이봐요, 프랑크, 오늘은 가서 좀 쉬어요." 엘리베이터 문이 덜컹 소리를 내며 열렸을 때쯤 율리아가 입을 열었다. "반장님도 진심으로 당신더러 일하라고 요구할 수는 없을 걸요. 자기도 딸을 둔 아버지니까요. 지금은 우리보다 슈테파니가 당신을 더 많이 필요로 한다고요."

프랑크는 불쑥 거부 반응을 보이며 본래 의도보다 더 퉁명스럽게 말했다. "당신이 그런 얘기를 하다니 참 안 어울리네요!"

그는 후회감에 혀를 콱 깨물어버리고 싶은 심정이었지만 그가 한 말은 즉시 효과를 발휘했다. 당황한 율리아가 고개를 떨구고 말았던 것이다. 사실 그녀 역시 조금도 나을 것이 없었다. 항상 일이 우선이고 가족은 그 다음이었으니까. 그녀의 아버지 역시 그렇지 않았던가? 항상 목사로서의 일이 먼저 아니었나? 항상, 특히 가족과 함께 보내야 하는 휴일이면 더욱더 바쁘지 않았나? 율리아는 지금 상황에서 이런 생각을 하는 자신이 부끄러웠다. 하지만 아버지의 뇌졸중도 부분적으로는 그런 조건 없는 희생의 결과가 아니었을까? 그것도 '모르는 사람들'을 위한 희생의?

"미안해요, 율리아. 진심으로 한 말은 아니었어요."

"괜찮아요. 빨리 그 여자애나 찾아보도록 해요."

프랑크는 고개를 끄덕이며 으르렁댔다. "내 맹세하건데, 그 나쁜 새끼가 그 애한테 무슨 짓이라도 했다면 내 손으로 그 놈 거시기를 잘라버릴 겁니다."

그때 율리아의 휴대전화가 울렸다. 그 글자의 의미 파악을 담당하고 있는 과학수사반원에게서 걸려온 전화였다. 사실 율리아는 정보를 유출시킨 장본인으로 그들을 의심하고 있었다. 속담도 있잖은가? 사공이 많으면……

"네, 여보세요?"

"좀 난해하게 들리시겠지만 저희가 뭔가 알아낸 것 같습니다."

"괜찮아요, 말씀해보세요." 율리아의 호흡이 빨라졌다.

"글자 네 개, 숫자 네 개입니다. HURE, 1635요."

Hure('창녀'라는 뜻 —역주). 율리아의 귀가 쫑긋해졌다. 비록 오래된 사건이긴 했지만 로제마리 슈탈만의 몸에도 그런 의미를 담은 글자가 새겨져 있었다.

"그 숫자는 무슨 뜻이죠?" 율리아는 건성으로 물었다. 그녀는 숫자보다는 HURE라는 글자가 왜 그 소년의 몸에 새겨지게 되었는지가 훨씬 더 궁금했으니까. 동성애자였나? 몸이라도 팔았나? 조서에 그와 관련된 내용은 전혀 없었다.

"아 네, 그것 때문에 전화를 드린 건데요." 전화를 건 남자는 자신만만하게 대답했다. "글자야 형사님께서 직접 알아보시면 될 테고요. 에스겔서 16장 35절입니다. 성경책 갖고 계신가요?"

"핸드백에 넣어가지고 다니지는 않죠." 율리아는 새침한 목소리로 대답했다.

"흠. 그 구절은 '그러므로 너 창녀야, 주의 말씀을 들을지어다!' 입니다. 뭐 짚이는 게 있으신가요?

"아직 모르겠어요. 어쨌든 의논할 거리가 생기긴 했네요."

율리아는 예의상 고맙다는 말을 하고 전화를 끊었다. 그러고는 방금 들은 구절을 혼잣말로 두어 번 되풀이한 뒤 프랑크에게 전해주며 무슨 뜻인지 알겠냐고 물었다. 그 순간 그의 눈이 승리감에 도취된 듯 반짝이기 시작했다.

"성경구절이요? 그럴 줄 알았다니까! 로제마리 때와 같군요. 난 그 두 사건에 공통점이 있을 줄 단번에 알았다니까요."

그러나 율리아는 그다지 낙관적이지 않았다. "그 정도 공통점은 아무 의미도 없어요." 그녀는 비난하듯 말했다. "이전이나 지금이나 모순되는 점들이 훨씬 많은 걸요. 마티아스는 로제마리 사건을 알기에는 너무 어렸어요. 설령 알았다고 해도 그래요. 왜 자기 배에다 HURE라고 썼겠어요?"

율리아는 갑자기 입을 다물었다. HURE와 BITCH. 배 위에 쓰인 글자들. 슈테파니. 온몸에 소름이 돋았다. 율리아는 겨우 다시 평정을 되찾고 하던 얘기로 되돌아갔다.

"미하엘에게 이 정보를 알려줘서 인터넷에 뿌리게 할지 잠시 생각 좀 해봤어요. 누가 달려드는지 한 번 보게요."

"반장님 허락 없이요?" 프랑크는 회의적으로 물었다.

"아뇨, 어차피 바로 올라갈 건데요, 뭘. 하지만 그 전에 그 구절을 컴퓨터로 다시 한 번 확인해보고 싶어요."

율리아는 한숨을 내쉬었다. 그녀는 방금 전 떠오른 생각을 프랑크에게 말해야 할지 생각했다. 하지만 슈테파니는 과음의 피해자가 되었을 뿐이지, 살인사건의 희생자가 된 건 아니었다. 그 글자는 립스틱으로, 여자의 글씨체로 적혀 있었다. 만약 율리아가 프랑크에게 그 둘 사이에 어떤 관계가 있을지도 모른다는 말을 꺼낸다면 그는 흥분해서 펄펄 뛸 게 틀림없었다. '안 돼.' 그녀는 얼마 없는 공통점 대신에 많고 많은 모순을 더 부각시켜 말하리라 생각했다.

슈테파니는 못된 친구들에게 피해를 입은 것이며, 마티아스는

151

살해당했고 직접 자기 몸에 글씨를 쓴 게 분명했다. 하필이면 성경구절을. 운명이 율리아에게 뭔가를 말해주려고 하는 걸까? 성경구절과 관련된 살인사건은 이번이 처음이 아니었다. 가장 비정상적인 놈들이 성적인 의식, 아동 살해, 연쇄살인과 같은 범행을 저지를 때 성경에서 동기를 찾는 경우가 많았다. 예전엔 이럴 때마다 수화기를 들고 아버지에게 전화를 걸어 조언을 구하곤 했는데. 하지만 지금 아버지는 전화를 받을 수 없는 상태였다. 율리아는 속상한 마음으로 혹시 놓친 전화가 없는지 자동응답기를 확인해보았다. 하지만 수신된 전화는 없었다. '무소식이 희소식이야.' 율리아는 혼자서 되뇌이곤 하던 구절을 다시 한 번 떠올렸다. 하지만 그와 동시에 그녀의 손은 클라우스의 번호를 누르고 있었다.

오후 1시 45분

그는 한 시간 가량 타우누스 산길을 달렸다. 펠트베르크(Feldberg, 독일 슈바르츠발트 지역에서 가장 높은 산 —역주) 쪽으로 올라갔다가 다시 내려와 오펠 동물원을 지났다. 마인타우누스첸트룸으로 가서 몇 가지 필요한 걸 구입한 그는 볼일을 다 본 뒤 따스한 햇살 아래서 커피 한 잔을 마셨다. 그는 빵 부스러기를 슬그머니 바닥에 떨어트렸는데, 이는 이곳을 찾는 다른 사람들은 잘 하지 않는 행동이었다. 하지만 비둘기나 참새들에게는 거의 병적으로 깨끗하게 관리되고 있는 현대적인 쇼핑센터가 그다지 마음에 드는 장소는 아니었다. 그가 머핀을 한 입 베어 물자 어느 용감한 참새 한 마리가 테이블 테두리로 날아와 앉았다. 떨어지는 부스러기라도 얻어먹으려는 듯. 그는 빵 한쪽을 떼어 주었다. 그의 손이 가까이 다가오자 참새는 흥분하여 날개를 퍼덕였지만 달콤한 빵의 유혹을 뿌리치지는 못했다. 불빛을 보고 죽을 줄도 모르고 날아드는 우둔한 곤충들처럼. 손쉽게 유혹에 걸려드는 순진한 어린아이들처럼. 불현 듯 그에게 긴장감이 엄습했다. 카페인도 별 소용없는 걸 보니 뭔가 다른 원인 때문인 듯했다.

어떻게 그는 이렇게 행인들이 다 보는 곳에서 마치 양의 탈을 쓴 늑대처럼 앉아 있을 수 있을까? 지금 그가 느끼는 굶주린 듯한 기분은 커피와 빵으로는 잠재울 수 없는 것이었다. 다시 차에 탄 그는 라디오에 귀를 기울였다. 모든 채널에서 에바 스티븐스의 실종에 대한 보도가 흘러나왔고, 경찰은 혼란에 빠져 있었다. 에바의 남자친구가 살해된 일은 이미 엎질러진 물이라서인지 덜 중요하게 다루는 분위기였다. 수사의 세부상황은 아직 알려지지 않았으니, 자세한 사정을 알고자 하는 사람들은 인터넷을 이용할 터였다.

그는 CD를 틀었다. 보스코프스키(Willi Boskovsky, 오스트리아 출신 바이올리니스트 겸 지휘자 —역주)가 연주한 슈트라우스 왈츠. 앙드레 류(Andre Rieu, 네덜란드 출신 바이올리니스트 —역주)의 경우 곡을 더욱 풍부하게 만드는 재주가 있는 반면 보스코프스키는 편안함과 감동을 동시에 주었다. 그러나 그는 네덜란드 출신을 별로 좋아하지 않았기에 앙드레 류가 연주한 것 중에서는 오직 <아름답고 푸른 도나우 강>만 자신의 선집에 포함시켰다. 그러나 긴장감은 좀처럼 사라지지 않았고, 얼마 후 그는 CD마저 꺼버렸다.

차를 몰고 집 쪽으로 가던 그는 대문이 열려 있는 것을 보고는 깜짝 놀랐다. 그의 차가 가파른 차고 진입로로 접어들자 잠시 후 보이지 않는 광센서가 작동하더니 마술처럼 차고 문이 열렸다.

그는 조수석에 놓여 있던 갈색 종이봉투를 집어 들었다. 집안으로 연결되는 방화문 쪽으로 뚜벅뚜벅 걸어간 그는 버튼을 눌러차고 문을 닫았다. 그러고는 봉투를 차가운 타일 바닥에 놓고는 벽 선반 안쪽으로 밀어버렸다.

그는 잠시 멈춰 서서 가만히 귀를 기울였다. 익숙한 청소기의 소음이 들리는 걸 보니 왜 대문이 열려 있었는지 알 것 같았다. 청소부인 마그다가 여기저기를 닦고, 청소기를 돌리고, 환기를 시키고 있는 것이었다. 아무리 그래도 대문을 그렇게 무방비 상태로 열어둘 이유는 없었다. 게다가 이 집은 아무도 모르는 비밀이 숨겨져 있는 집이었다. 어두운 비밀이.

그는 마그다를 질책하고 싶은 마음을 애써 억눌렀다. 그가 집에 온 걸 누가 알아채기 전에 해야 할 일이 있었으니까. 그런데 그때 청소기 소리가 사라지더니 문 하나가 홱 열렸고, 폴란드 억양으로 그의 이름을 부르는 소리가 들렸다. 그녀가 그의 이름을 부를 때면 항상 뭔가 좀 이상하게 들렸다. 그는 낮은 소리로 욕설을 내뱉고는 모퉁이를 돌아 그녀가 보이는 곳으로 걸어갔다. 그러고는 애써 미소를 지어 보였다.

"차가 들어오는 걸 봤어요."

'대문을 그렇게 활짝 열어놨으니 그럴 만도 하지.' 하고 그는 생각했다.

"네. 방금 도착했어요." 그는 인사를 한 뒤 계단 맨 위에 서 있던 그녀를 지나쳐 걸어갔고, 그때 그녀의 납작한 가슴이 그의 팔뚝에 살짝 스쳤다. 서른 살인 그녀는 얼핏 보면 남자 같은 외모를 하고 있었다.

"뭐 좀 드실래요?" 그녀는 애교 섞인 목소리로 말했다.

'아니면 나랑 한 번 할래요?'

그는 그녀가 손에 돈만 좀 쥐어주면 뭐든 시키는 대로 다 할 여자라는 걸 알고 있었다. 하지만 그는 일부러 눈빛을 피하며 데면데면하게 굴었다.

"아뇨, 일해야 해요. 전화할 데도 있고, 메모할 것도 있고. 그러니 더 이상 시끄러운 소리가 나지 않게 해줘요."

"거실만 하면 끝이에요."

"그래요." 그는 친절한 미소를 지은 뒤 그녀가 저만치 걸어갈 때까지 잠시 기다렸다. 그런 다음 집안에서 가장 높은 곳에 있는, 그만이 출입할 수 있는 공간으로 사라졌다. 그의 사무실. 열쇠 꾸러미를 꺼낸 그는 잠겨 있던 문을 열었다. 그리고 안으로 들어가기 전에 다시 한 번 뒤를 돌아 말했다.

"그리고 대문은 열어놓지 마세요."

찰칵 하고 문을 연 그는 방 안으로 힘차게 걸어 들어가 컴퓨터의 작은 스위치를 눌렀다. 그러자 화면이 깜빡이며 켜졌다. 그는 비밀번호를 입력하고 잠시 기다렸다. 모든 게 계획대로 진행되고 있었다.

"자, 그럼."

발코니 문을 통해 방을 나선 그는 밖으로 쭉 걸어가다 건물 모퉁이를 돌아서 좁은 계단으로 연결되는 철문에 도착했다. 나선형 계단을 따라 한 층 아래로 내려가자 수영장의 반투명 유리 뒤편에 다다랐다. 그는 슬며시 밖으로 나와 아까 숨겨둔 봉투를 가지고 와서는 공기조화실 쪽으로 가까이 가더니, 이내 그 안으로 슥 사라졌다.

*

에바 스티븐스는 침대 위에 우두커니 누워 있었다. 아까부터 속이 메스꺼웠지만 겁먹은 나머지 이제 메스꺼움과 허기가 구분이

155

잘 되지 않았다. 하지만 식욕은 전혀 없었고 아랫배는 여전히 콕콕 쑤셨다. 몽롱한 상태에서도 생존감각은 깨어 있는 것인지, 갑자기 어떤 소리가 나자 그녀의 몸은 벌떡 일어났다. 그녀는 눈을 동그랗게 뜨고 손잡이를 찾아볼 수 없는 육중한 철문을 뚫어져라 쳐다보았고, 정말 검은 그림자가 움직이는 게 보였다. 그녀는 정신 나간 사람처럼 침대 뒤로 미끌어져 내려갔다. 그러고는 숨을 곳을 찾으려는 듯 몸을 잔뜩 웅크렸다.

오후 2시 15분

율리아는 생각에 잠긴 채 종이에 글귀들을 끄적거렸다.

propterea meretrix audi verbum Domini
그러므로 너 창녀야, 주의 말씀을 들을지어다!
그러므로 창녀야, 여호와의 말을 들어라

라틴어, 번역본, 개정본.
성경도 수많은 버전이 있었는데 인터넷에서는 그것들을 전부 찾아볼 수 있었다. 특히 잠언은 해석이 다양해서 더 눈에 띄었다. 한참을 찾은 끝에 드디어 율리아는 '창녀'라는 말이 나오는 구절을 발견할 수 있었다. 텍스트 원문은 옛 독일어를 사용한 루터 번역본으로 되어 있었다.

창녀의 입술은 꿀과 같이 달고, 말은 기름보다 미끄러우나 나중은 쑥 같이 쓰고 두 날 가진 칼 같이 날카롭다.

율리아는 분량이 얼마 안 되는 예전 사건 파일들을 넘겨보았다. 프랑크 역시 파일들을 살펴보느라 정신이 없었다.

"안타깝지만 관련된 게 없는 것 같아요." 율리아가 말하자 프랑크는 미심쩍은 듯 고개를 들어 그녀를 쳐다보았다.

"그럼 미햐엘한테 인터넷에 올려보라고 할까요?"

"그래요. 우리에게는 누렇게 바랜 종이더미를 넘겨보는 것보다 훨씬 더 중요한 일들이 쌓여 있으니까요. 그런데 나머지 서류들은 어디로 간 거예요?"

"아마 킬(독일 북부에 있는 항구도시 —역주)에 있을걸요. 로제마리가 그쪽 출신이잖아요."

율리아는 그쪽 경찰청에 연락을 해봐야 할지 잠시 생각해보았다. 쇠렌 헤닝이라고, 예전에 사건 수사 때문에 알게 된 사람이 거기 있었으니 각종 절차와 논의 없이 부탁해볼 수 있을 것 같았다. '여자 파트너도 있었는데, 이름이 뭐더라? 산토스, 스페인 출신이었지.' 율리아는 이렇게 생각했지만 이내 고개를 가로 저었다.

"일단 반장님한테 가요. 그 다음에는 스티븐스 부부를 좀 만나보고 싶어요. 딸이 그렇게 십 대답지 않은 생활을 했다는 게 아무래도 이상해요."

에바의 소지품들에서 이상한 점이라고는 한 가지도 발견되지 않았다. 컴퓨터는 유해 사이트 차단 기능이 설정되어 있어 특정 사이트의 접속이 차단되었다. 소셜네트워킹이고 쇼핑이고 할 것 없이 모든 게 금지되어 있었고 심지어 책도 마음대로 주문할 수 없었다. 가능한 거라곤 숙제, 어휘 연습, 수학 프로그램뿐. 사진도 이메일도 없었다. 그러나 에바는 그레타, 마티아스를 비롯한 다른 친구들과 소통할 수 있는 방법을 찾아냈던 것 같았다. 그것은 청소년이 접속할 수 있는 채팅방으로, 차단되지 않는 어느 사이트를 통해 들어갈 수 있었다. 여기까지가 에바의 컴퓨터 브라우저 히스토리를 통해 알아낸 것들이었다.

베르거는 포럼에 더 많은 정보를 알려줌으로써 그들을 역이용하자는 아이디어가 그다지 탐탁지 않은 것 같았다. 그는 미햐엘에게 전화를 걸었고, 미햐엘은 결국 베르거의 마음을 돌리는 데 성공했다. 세부적인 사항은 알리지 않는다는 조건 하에 베르거는 그 계획을 허락했던 것이다.

"성경구절이라니." 수화기를 내려놓은 베르거는 투덜거리듯 말했다. "설상가상이군. 이제 뭘 할 건가?"

"에바 스티븐스의 집에 한 번 더 가보려고요. 제 눈으로 직접 좀 봐야겠어요." 율리아가 대답했다. 그게 지푸라기를 잡는 행동밖에 안 된다는 걸 잘 알고 있었지만 지금 상황에서 할 수 있는 다른 일이 뭐가 있을까?

"페터랑 도리스는?"

"제가 알기론 게오르크 노이만을 심문할 겁니다." 프랑크가 말했다. "그 패거리에서 빠졌던 놈이요. 살인이 일어난 날 저녁에는 술에 엄청 취해서 무슨 일이 있었는지 아무것도 기억나지 않는다고 했답니다."

"그 아이, 집에서 문제를 일으켜서 아버지랑 사이가 안 좋다고 하지 않았나? 뭐 어쨌든, 계속들 해보게."

율리아는 자리에서 일어나 문 쪽으로 서둘러 걸어갔다.

프랑크는 긴장한 듯 뜯어진 엄지손톱을 입으로 깨물고 있었다. 그가 율리아를 따라 나가려고 몸을 일으켰을 때, 베르거가 그를 멈춰 세웠다.

"프랑크, 잠깐만. 율리아, 문 좀 닫아주겠나?"

프랑크는 불안감이 가득 서린 눈빛으로 율리아가 있는 쪽을 홱 돌아보았다. 마치 도움을 청하듯이.

"율리아도 같이 있어도 되죠?" 그는 조용한 목소리로 부탁하듯이 말했다. 베르거는 잠시 생각하더니 고개를 끄덕였다.

"음, 좋아. 사실 자네 둘 다에게 해당되는 말이니까."

율리아는 문을 닫고 다시 자리에 앉았다.

"내가 무슨 말을 하려고 하는지 아마 알 수도 있겠지."

율리아는 베르거가 훈계하려 한다는 걸 확신했지만 그냥 잠자코 있었다. 베르거는 말을 이었다. "자네들이 지금 겪고 있는 사적인 문제들은 나도 안타깝게 생각한다네. 하지만 여기선 마티아스 볼너를 살해한 놈을 찾는 게 최우선 과제야. 물론 에바 스티븐스도 마찬가지고. 시간이 갈수록 그 여자아이가 무사할 확률, 아니, 살아 있을 확률은 점점 줄어드는 거니까."

"지금 저희를 쫓아내시려는 겁니까?" 프랑크는 불쾌한 얼굴로 물었다.

"결정은 전적으로 자네들 몫이네." 베르거는 고개를 가로저으며 말했다. "나도 자네들과 함께하는 편이 좋긴 하지만, 그게 불가능한 경우에 데려올 만한 다른 수사관도 많다는 거야. 자네들 일은 어떻게 되어가고 있나?"

"전 하루 종일 집구석에 앉아 있을 수는 없습니다. 제 자신이 못 견딜걸요." 프랑크는 고백하듯 말했다.

율리아도 고개를 끄덕였다. "저도 마찬가지예요."

"아버지는 좀 어떠신가?"

"달라진 건 없어요. 병원에서는 좀 더 기다려봐야 한다는데, 마냥 기다리는 건 정말 못할 짓이에요. 그러니까 반장님만 괜찮으시다면 저는 제 일이나 계속 하겠어요."

"아까도 말했지만……."

"그럼 됐네요. 그리고 전 잠시 프랑크의 집에 들어가 살 생각이
에요."

프랑크는 눈살을 찌푸렸다. 율리아가 그런 얘기까지 털어놓는
게 전혀 마음에 들지 않는 눈치였다.

베르거 역시 의심스런 눈초리로 고개를 갸우뚱했다. "그게 좋은
생각 같나?"

"두고 보면 알겠죠." 율리아는 베르거가 어떤 의도로 그런 질문
을 하는지 잘 이해가 되지 않았다.

몇 분 뒤 율리아와 프랑크는 경찰청 건물을 나섰다. 프랑크가
자기 자리로 돌아가던 중에 담배 한 대 태우고 싶다는 말을 해서
율리아도 그를 따라 나섰던 것이다. 아래층으로 내려가는 엘리베
이터 안에서 율리아는 어떤 냄새를 맡았다. 그녀는 자기가 잘못
맡은 것이기를 기도하면서 프랑크에게로 가까이 다가갔다. 그에
게서는 이를 안 닦은 듯한 시큼한 냄새와 약간의 커피 냄새가 섞
여 났다.

"왜 그래요?" 프랑크가 물었다.

"일단 나가서 얘기해요." 율리아는 몸을 옆으로 피하며 말했다.

그들은 건물 벽이 돌출된 부분에 기대어 섰다. 담배에 불을 붙
인 프랑크는 깊게 한 모금 빨아들인 뒤 잠시 그대로 멈춰 있었다.
율리아는 그의 움직임을 지켜보았다. 그는 몸을 부르르 떨었다.
율리아는 가까이 다가가 그에게 딱 붙어 섰다.

"나도 하나 줘요."

프랑크가 깜짝 놀라 쳐다보았다. "뭐라고요?"

"담배 한 대 달라고요. 설교 같은 거 할 생각 말고요."

프랑크는 머뭇거리며 담뱃갑에서 담배 한 개비를 더 꺼내 불을
붙인 뒤 그녀에게 내밀었다.

"정말 지금 태우려고요?" 그는 여전히 손가락 사이에 담배를 꼭 끼우고 있었다. 하지만 율리아는 아무 말도 하지 않았다. 지난 수 년간 이런 유혹이 여러 번 있었지만 잘 참아온 그녀였다. 체중도 좀 늘어서 그걸 빼려고 조깅도 더 많이 했다. 덕분에 혈색도 좋아 지고 3층 계단 정도는 숨도 헐떡이지 않고 올라갈 수 있게 되었 다. 그러나 욕구는 여전히 남아 있었다. 입 안 가득 담배 연기를 빨아들인 그녀는 눈을 감고 숨을 깊이 들이마셨다. 도저히 버릴 수 없는 습관적인 동작들. 하지만 폐는 이미 그 습관을 잊고 있었 는지, 그녀는 기침을 하기 시작했다. 침을 꿀꺽 삼켰다가 다시 기 침을 했고, 목이 꽉 막힌 느낌 때문에 눈앞에 별이 보일 지경이었 다. 그녀는 욕을 하며 담배를 던져버렸다.

"그러게 왜 달라고 해요." 프랑크는 힘없이 미소 지으며 중얼거 렸다.

"젠장. 프랑크, 뭐 하나 물어볼게요. 부탁인데 말 돌리지 말고 진 실을 말해줘요."

"뭔데요?"

율리아는 프랑크를 똑바로 쳐다보았다. "마지막으로 마신 게 언 제예요?" 그녀는 이 말을 하면서도 익숙한 프랑크의 표정에서 혹 시 수상한 움직임이 느껴지지는 않는지 주시하고 있었다.

"커피 말이에요?" 프랑크는 다소 불안한 듯 미소를 지으며 물었 다. 그러고는 마치 자기 입을 막으려는 듯 황급히 담배를 다시 입 술 사이로 밀어 넣었다. 하지만 율리아는 심각한 얼굴로 다시 입 을 열었다. "내가 무슨 말 하는지 알잖아요."

"당신이 담배 못 끊었다고 지금 나한테 이러는 거예요?" 프랑크 는 짜증을 내며 대답했다. "대체 왜 그러는데요?"

"왜 대답을 못하는 거예요?"

"난 매 빌어먹을 날들마다 마십니다." 그는 식식댔고, 눈빛은 이글거렸다. 율리아가 한동안 보지 못했던 모습이었다. 마치 내면의 지옥불이 그를 삼켜버리려는 것만 같았다. 그의 목소리 역시 분노의 불꽃을 튀기는 듯했다.

"하루하루가 지옥 같아요. 목이 타들어가서 커피를 엄청나게 마시고 물도 낙타 떼 마냥 벌컥벌컥 들이켠단 말입니다. 하지만 타는 듯한 느낌은 없어지지 않아요." 그는 화가 나서 어쩔 줄 몰라 하며 쌓였던 불만을 터뜨렸다. "참을 수 없을 때는 담배를 태워대거나 차를 몰고 나가 한 바퀴 돌아요. 샌드백을 마구 두들기거나. 그래도 웃는 얼굴을 하고 다니죠. 왜냐, 남들이 날 불쌍하게 보거나 내 뒤에서 숙덕이는 건 못 참겠거든요. '저 사람이 프랑크야. 불쌍한 놈. 일 때문에 사람 망쳤지. 딸도 장애인이고. 술독에 빠져 사는 것도 당연해. 바람도 피웠다며.' 벌써 7년이나 된 일을! 그 이후로 별의 별 일이 다 있었지만, 제길, 난 그 망할 놈의 술에는 손도 안 댔어요. 나딘도 이미 오래전에 날 용서해줬고요. 용서받을 자격도 없는 날 말입니다. 하지만 많은 사람들의 얼굴에는 이렇게 쓰여 있어요. '저 남자는 일하러 갈 필요도 없어. 아무튼 사람은 일단 돈이 많고 볼 일이라니까.'"

그의 분노는 이내 자기연민으로 바뀌었다. 그는 떨리는 목소리로 조용히 말했다.

"다른 사람도 아니고 당신이 내가 다시 술을 마실 거라고 생각하다니, 정말 가슴이 아프군요."

고통스러운 몇 초가 흘렀고, 율리아는 못된 배신자가 된 듯한 기분이 들었다.

잠시 후 갑자기 프랑크가 이글거리는 눈빛으로 그녀를 잡아먹을 듯이 쳐다보았다. 그는 아차 싶은 표정으로 이마를 붙잡으며 말했다.

"이런 바보 같으니! 이제야 알겠군!" 그는 웃음을 터뜨렸다. "그래서 우리 집으로 이사 온다고 한 겁니까? 날 감시하려고?"

그는 율리아의 속마음을 알아챘다. 적어도 부분적으로는.

"미안해요, 프랑크. 하지만 나로서는 물어봐야만 했어요. 한 번만 더 같은 실수를 했다가는 정말 끝이란 걸 당신도 알잖아요."

"매일 뼈저리게 느끼죠." 그는 다시 조용하게 말했다. "주유소에 서 있을 때, 생일이나 연말연시, 몽 쉐리(이탈리아 페레로 사에서 만든 체리맛 리큐르 초콜릿 ―역주)가 여기저기 널려 있을 때. 내면의 목소리가 '이봐, 한 잔 정도야 괜찮지 않아?' 하며 유혹할 때요."

"그러니까 내가 물어본 거예요. 슈테파니 일도 그리 간단한 게 아니고, 게다가 곁에서 힘을 줘야 할 나딘도 지금 없잖아요. 그래서 나라도 당신 집에 가 있겠다는 말을 한 거라고요. 당신과 슈테파니를 위해서요. 뭐, 나도 혼자 있지 않아도 되니 좋고요."

프랑크는 다시 율리아 곁에 다가와 서서 허공을 바라보았다. 누런 담배 필터솜을 손으로 짓이기며 그가 조용히 말했다.

"날 계속 앞으로 나아갈 수 있게 하는 원동력이 뭔지 알아요? 아침에 그토록 갈증이 나도 물만 마시며 버틸 수 있는 이유가 뭔지 알아요? 그건 바로 우리 집 세 여자의 사진이에요. 나에게 이렇게 소중한 사람들이 있고, 앞으로 함께 할 날들이 많이 남아 있다는 것. 그게 나한테 힘을 줘요. 그 세 여자가 없었다면 난 이미 예전에 뒈졌을 걸요."

그는 갑자기 말을 멈췄다. 순간 그의 눈에서 닭똥 같은 눈물이 뚝뚝 떨어져 볼을 타고 흘러내렸다.

"이런, 제길." 그는 조용히 흐느꼈다. "왜 몇 년 만이라도 순조롭게 지나가주질 않는 거야. 왜 하필 나지? 왜 슈테파니냐고?"

율리아는 아무 말 없이 프랑크를 꼭 안아주었다.

오후 2시 50분

그는 불편한 자세로 침대 옆에 몸을 웅크리고 있었다. 하지만
그 정도는 참을 만 하다는 듯, 만족스러운 표정으로 록발라드 음
악의 멜로디를 흥얼거렸다. 그의 모든 생각은 오로지 그녀에게만
쏠려 있었다. 순결한 모습으로 그의 눈앞에 누워 있는 소녀. 그녀
에게서는 불가사의한 아우라가 뿜어져 나오다 못해 빛이 나는 것
같았다. 완벽하게 태가 잡힌 몸매는 아직 어린아이 같으면서도
여성적 특성을 함께 지니고 있었다. 아까 그가 이 감옥에 들어섰
을 때 그녀가 드러냈던 두려움과 혐오의 감정은 이제 찾아볼 수
없었다.
　"누구세요?" 그가 들어왔을 때 그녀는 떨리는 목소리로 말했다.
아마 이 말을 하기까지 대단한 자제가 필요했을 터였다.
　"두려워할 필요 없어." 그는 언제나 이런 형식적인 말을 차분하
게 건네며 첫 만남을 시작했다. 로또 번호를 부르거나 어떤 반문
을 하는 경우라 해도 그의 말투는 지금과 다르지 않을 터였다.
　"여기 위생용품하고 과일주스 좀 가져왔어."
　그는 부스럭 소리를 내며 가져온 종이봉투를 옆에 내려놓았다.
돌돌 말린 종이봉투 입구는 들고 오는 도중에 다 구겨졌고, 날카
로운 손잡이 부분은 그가 이미 잘라내 버렸다. 배려심을 보이기
위해서. 그는 가만히 기다렸다. 문이 있는 쪽은 어두웠고, 밖에서
도 빛은 들어오지 않았다. 그녀는 그의 형체만 겨우 볼 수 있을 뿐
이었다. 그는 바지에 달린 고리에 열쇠가 잘 매달렸는지 다시 한

번 확인한 뒤, 살짝 열려 있던 문을 닫고 방안으로 두 발자국 더 들어섰다.

"나한테 뭘 원하는 거예요?"

"난 너를 돌봐주는 거란다." 그녀에게 좀 더 잘 보이는 곳에 선 그는 씩 웃으며 말했다. 그가 몸을 움직이자, 그녀는 몸을 움찔했다. 놀란 토끼눈을 한 그녀는 지금 이 순간 엄청난 심적 갈등을 겪고 있었다. 계속 침대 뒤에 숨어 있을 것인가, 아니면 여길 포기하고 더 멀리 도망갈 것인가? 그는 수년 전에 데려왔던 다른 소녀가 떠올랐다. 영리했던 그 아이는 도망치는 쪽을 택했었다. 침대에서 뛰쳐나가 가장 멀리 떨어진 벽으로. 기둥도, 장롱도, 모퉁이도 없는, 그 아이는 맨발로, 그것도 뒷걸음질로 방안을 세 번 빙빙 돌다가 결국 발바닥이 땀에 젖어 비틀거리다 넘어지고 말았다. 베아테. 그는 정신을 집중하려 애썼고 다시 현실로 돌아왔다.

"신을 믿니?" 그는 속삭이듯 말하고는 잠시 시간을 끌었다. 둘 사이의 거리는 이제 3미터 정도. 그녀는 의아한 눈빛으로 그를 쳐다봤고, 그는 다시 입을 열었다. "'신이시여, 내가 변화시킬 수 없는 것이 있다면 그것을 담담하게 받아들일 수 있게 해주십시오'라는 말, 들어본 적 있어?"

에바는 마지못해 보일 듯 말 듯 하게 고개를 끄덕였다.

"들어봤구나." 그는 일그러진 미소를 지었다. "네가 당분간 여기서 살게 되었다는 걸 빨리 받아들일수록 더 편안해질 거야. 우리 둘 다." 그가 강조하듯 말했다.

"나, 난 집에 가고 싶어요." 그녀가 속삭였다.

"이제 여기가 네 집이야. 방금 내가 한 말을 명심하도록 해."

그녀는 경악한 나머지 침을 꿀꺽 삼켰고, 그는 언성도 높이지 않고 얘기했다. '어쩌면 기억이 돌아올지도 몰라.' 그는 이렇게

165

생각하며 트레이닝재킷 주머니를 더듬거렸다. 그 안에는 주사기가 들어 있었다. 그가 그녀를 납치하던 날 밤에 사용했던 것과 같은 진정제가 든 주사기. 이 상황에 압도된 그녀는 자기도 모르게 울기 시작했다.

"이제 내가 그리로 갈게." 그는 조용히, 그러나 단호하게 말했다. 하지만 그녀는 화들짝 놀라 벌떡 일어나서는 도망칠 태세를 취했다. 맨발로.

"아무것도 두려워할 필요 없어." 그는 이렇게 강조하며 천천히 걸음을 옮겼다. "난 널 돌봐주는 거라니까. 날 공격하려는 생각일랑 말아. 협조를 하면 그만한 보상을 받게 될 거야. 널 벌주기는 싫어. 그냥 알겠다고 해."

"날더러 연기라도 하란 말이에요?" 에바는 힘들게 용기를 내어 말했지만, 그는 동물들이 궁지에 몰리면 본능적으로 그렇게 행동한다는 사실을 잘 알고 있었다. 그녀는 분노 섞인 말을 내뱉었다.

"당신 미성년자 강간범이에요? 난 열다섯 살이에요! 여자가 없으니까 날더러 당신 공주 역할을 하란 거냐고요?"

"그 입 닥치지 못해!" 그는 화가 나서 식식댔다.

"내가 왜 그래야 하는데요?" 그녀는 히스테리를 부리듯 소리치며 슬금슬금 뒷걸음질을 치기 시작했다. 무의식중에 그녀는 아랫배에 손을 올렸고, 걸음걸이는 어색했다.

"몇 사이즈 입니? XXS?" 그가 불쑥 물었다. "갈아입을 옷 갖다 줄게. 하필 지금 그 불편한 일이 생기다니, 안됐구나."

"뭐라고요?" 얼마 후 상황을 파악한 그녀는 얼굴이 하얗게 질렸다. "그걸 어떻게……." 누가 지켜보고 있을 거란 건 예감하고 있었지만 증거를 찾지 못했던 그녀는 다시 한 번 천장을 둘러보았다. 그러나 그가 교묘히 숨겨둔 카메라가 보일 리는 없었다.

"위생용품, 과일주스." 그는 했던 말을 되풀이하며 뒤쪽을 가리켰다. "갈아입을 옷도 가져올게. 사이즈 말 안 해주면 내가 대충 보고 사오고."

아니면 지금 재보든가. 하지만 그는 그 일로 그녀를 더 겁주고 싶지는 않았다. 이미 필요 이상으로 많은 스트레스 호르몬을 쏟아냈을 테니까. 그는 주머니에서 플라스틱 주사기를 꺼내 꼭 움켜쥐고는 재빨리 앞으로 걸어갔다. 깜짝 놀란 에바는 꺅 소리를 지르며 숨이 헐떡일 때까지 도망쳤다.

그러나 그는 훈련을 받은 몸인 데다 키도 그녀보다 더 컸고, 체중도 더 많이 나갔다. 먹잇감을 뒤쫓는 재규어처럼 대여섯 걸음을 성큼성큼 뛰어간 그는 결국 그녀를 잡았다. 날카로운 외침, 그녀의 동공에는 공포가 서려 있었다. 그는 팔로 소녀의 목을 감싸는 동시에 한손으로는 주사 바늘에 씌워진 플라스틱 뚜껑을 빼냈다. 그가 그녀를 땅에 대고 누르자 그녀는 마지막 저항을 했고, 결국 그는 그녀의 목에 바늘을 꽂았다. 노란빛을 띠는 투명한 액체가 그녀의 살 속으로 한 방울도 남김없이 밀려들어가자, 최후의 필사적인 절규를 끝으로 그녀의 움직임이 점차 느려졌다. 의식도 흐릿해져갔다. 무거움. 암흑. 그는 플라이급 정도밖에 안 되는 그녀를 들쳐 업고 침대로 향했다. 허리둘레는 65센티미터였다.

그는 손가락으로 그녀의 입술을 더듬었고, 머리 냄새를 맡았다. 가느다란 솜털들로 둘러싸인 배꼽도 쓰다듬었다. 횡경막이 전체적으로 고르게 살짝 올라가 있었다.

"좋은 꿈 꾸렴." 그가 속삭였다. 그러고는 그 큰 입술로 그녀의 배 위에 키스했다. '파라세타몰(해열·진통제의 주성분으로 아세트아미노펜이라고도 한다—역주).' 순간 그는 생각했다. 에바에게 통증이 있다면 진통제가 필요할 터였다. 진통제와 갈아입을 옷. 아까 마인

167

타우누스첸트룸에 갔을 때 그는 옷가게에 들어가 아동 사이즈의 옷을 구입하는 일은 차마 할 수가 없었다. 아는 사람을 만날 가능성이 조금이라도 있는 가까운 곳에서 그런 일을 하는 것은 어려웠다.

"난 널 돌봐주는 거야." 그는 마지막으로 또다시 중얼거렸다. "잘 돌봐줄게. 너의 그 정신 나간 엄마가 만들어 놓은 감옥보다는 훨씬 나을 걸. 그건 다 너희 엄마 자신을 위한 거거든. 네가 특별해서가 아니야. 특별 대우를 받을 가치가 있어서가 아니라고. 비록 결국에는 그게 네가 때 이른 죽음을 맞게 된다는 것을 의미하지만."

그는 문을 열며 빼먹은 게 없는지 다시 확인했다. 밖으로 나와 문을 다시 꽉 눌러 닫은 뒤 잠가버렸다. 맥박이 빨리 뛰었고, 그는 자기가 흥분했음을 알 수 있었다. 끓어오르는 욕망 때문에 그는 거의 미쳐버릴 지경이었다. 그는 그녀와 자기를 간절히 바라고 있었다.

오후 3시 45분

율리아와 프랑크는 포르셰에서 내렸다. 후텁지근하고 답답한 공기. 마치 도시 전체가 마비된 것 같았다. 이제 조금 있으면 에바 스티븐스가 실종된 지 48시간 째였다. 집중 수색도, 대규모 심문 및 조사도 별 다른 소식을 가져다주진 못했다. 경찰 헬리콥터는 그저 알리바이를 만들기 위한 목적으로 빙빙 돌고 있었다. 멜라니 스티븐스의 반대에도 불구하고 에바의 사진은 신문과 인터넷에 뿌려졌다. 이제 보호할 건 더 이상 없었다. 그 연약한 새는 이미 금으로 된 새장을 빠져나갔으니까.

콘래드 스티븐스는 문을 열어주며 조용히 들어오라고 부탁했다. 그는 아내가 발륨을 먹고 누워 있다고 말하며 검지를 입술에 갖다 댔다.

"아내 분께서는 치료를 받고 계시나요?" 율리아는 간략하게 자기소개를 한 뒤 물었다.

"병원에 가서 것 말입니까, 아니면 약을 먹는 것 말입니까?" 콘래드는 비꼬듯이 되묻고는 손을 휘휘 내저었다. "둘 다 아닙니다. 치료가 정말 필요한데 말이에요."

"선생님께서 그 역할을 대신 하시는 건가요?"

"절대로 아닙니다. 저는 그저 아내의 정신병 때문에 힘들 뿐이에요. 하지만 사랑한다면 못할 게 뭐가 있겠습니까?" 그는 웃었고, 그의 말은 냉소적으로 들렸다. "멜라니는 저 없이는 아무것도 제대로 못 합니다."

"따님도 그렇게 될까봐 막으려고 하신다는 게 사실인가요?"

"네, 무조건 막아야 합니다."

"아무도 있는 줄 몰랐던 휴대전화로 말이죠."

"그것도 물론 포함됩니다. 에바는 중요한 시기를 지나고 있어요. 사춘기, 형사님도 그 또래 여자아이들이 어떤지 아실 겁니다. 저는 그 애를 집에만 가둬놓을 수는 없었어요. 여자아이들은 아빠와 닮은 남자를 찾게 마련이고, 그래서 저는 좋은 본보기가 되려고 노력하고 있습니다. 거기에는 상호간의 신뢰도 포함되고요."

"그리고 통제도요."

"특정한 경우에만 그렇죠. 저는 절대 에바를 감시하려는 목적으로 그 휴대전화를 쓰는 게 아닙니다. 어디든 그 애를 데려다주고, 또 데리고 와요. 필요하다면 새벽 2시라도 상관없습니다." 그는 한숨을 푹 내쉬며 어깨를 으쓱해보였다. "멜라니는 모르게 말이에요."

"그 채팅방에 대해서도 알고 계셨나요?"

콘래드는 화들짝 놀랐다. "무슨 채팅방 말씀이십니까?"

"에바는 친구들과 소통할 방법을 찾았어요. 컴퓨터가 대부분의 사이트를 차단해놓았는 데도 말이죠. 혹시 이런 얘기가 불쾌하신가요?"

"아, 전혀 그렇지 않습니다." 콘래드는 땀으로 축축하게 젖은, 미세한 모공이 보이는 이마를 손으로 쓰다듬었다. "인터넷을 자유롭게 하고 싶을 때는 그냥 제 방으로 오기만 하면 됐으니까요." 그는 누가 듣기라도 하듯 목소리를 낮췄다. "이 얘기는 더 이상 발설하지 말아주십쇼. 이제 제 딸, 아니, 우리 딸을 찾기 위해 어떤 조치를 취하고 계신지 말씀해주시죠."

"저희는 현재 이 사건을 최우선 과제로 놓고 있습니다." 율리아는 간신히 대답했다.

불과 몇 분만에 대화는 끝이 났고, 두 형사는 다시 밖으로 나왔다. 그 집에서 완전히 멀어졌을 때, 율리아가 입을 열었다. "좀 이상한 집안이에요, 안 그래요?"

"어쨌든 나딘하고 난 저런 식으로는 절대 안 하죠." 프랑크가 대답했다.

"저 남자 말을 믿어요?"

"왜요?" 프랑크는 눈썹을 치켜 올렸다. "그가 자기 딸을 납치라도 했겠어요? 최고의 감옥이 바로 저 집인데."

"하긴, 그래요. 엄마는 남편과 딸에게서 벗어나지 못하는 마녀고, 아빠는 그 마녀의 손아귀에서 자기 공주를 구해내려고 하고. 휴대전화하고 컴퓨터로 딸과 동맹을 맺었더군요. 에바는 아빠한테 의존했고, 또 순종했어요. 부인한테서 얻지 못하는 걸 자기 딸에게 얻으려는 남자들도 종종 있다고요."

"생각 좀 해봐야겠네요." 프랑크가 중얼거렸다. 순간 그의 얼굴에 옅은 미소가 떠올랐다. "하지만 당신 가설에는 한 가지 결함이 있어요."

"그게 뭔데요?"

"마지막으로 여기 왔을 때 난 심문을 중간에 잠시 끊어야 했어요. 얼마 후 다시 돌아왔을 때 저 둘은 그야말로 나한테 딱 걸렸죠. 아직 성적인 관계를 맺고 있다, 이 말이에요."

"그래도 이상한 집안인 건 변함없어요." 율리아는 결론지었다.

베르거, 페터와 차례로 통화한 율리아는 살인사건이 일어난 날 저녁 게오르크 노이만이 흰색 오펠 아스트라를 목격했음을 알게 되었다. 게오르크는 자신이 걸어가던 중에 그 차가 옆으로 쌩 지나갔기 때문에 기억을 하고 있다고 했다. 그 차는 강변 주차장 쪽으로 서둘러 달려가는 듯하다가 중간에 합류 도로 쪽으로 방향을 바꿔 정차했다는 것이다. 게오르크는 다리 쪽으로 걸어가고 있었기 때문에 그 이후로는 그 차를 볼 수가 없었다. 한나와 팀 역시 재차 질문을 받았을 때에는 흰색 차 한대를 보았다고 말했다.

"멍청한 녀석들 같으니!" 율리아는 화가 났다. 생각 같아서는 그 아이들을 전부 다시 경찰청으로 소환하고 싶었다. "그 바퀴자국에 맞는 차를 찾는 게 지금 얼마나 중요한 일인데요? 그 녀석들은 상황 파악이 그렇게도 안 된데요?"

"개를 데려온 산책객에 대해서는 말했잖아요." 프랑크는 그 아이들 편을 들고 나섰다. "그런 사람들이 길가에 차를 대고, 개를 내리는 일은 아주 자연스러운 거죠. 어떻게 보면 기억 못하는 게 당연한 걸 수도 있어요."

171

"하지만 살인사건인데……. 뭐, 됐어요. 페터가 흰색 아스트라 차량들을 전부 조회 중인데, 안됐지만 그 수가 엄청 많을 걸요."

"번호판은요?"

"특별할 것 없는 그냥 일반 번호판이었나 봐요. 게오르크 노이만은 조서에서, 타 지역 번호판이 아니었다고 썼어요. 다른 말은 없었고요."

"일단 차량 목록이 나올 때까지 기다려보자고요." 프랑크는 고개를 끄덕이며 하품을 했다. 두 사람 모두 현재로서는 자신이 수사에 별 도움이 못 된다는 걸 알고 있었다. 인근 지역에는 경보가 발령되었고, 사람들은 실종된 소녀가 나타나기만을 고대하고 있었다. 빈 건물들, 인적이 드문 농장들을 수색하고, 수집된 증거들은 모조리 분석했다. 에바가 마지막으로 목격되었던 지점을 중심으로 반경 5백 미터 내에서는 껌 종이, 담배꽁초 하나라도 빠짐없이 수집되었고, 과학수사반의 감식 결과를 기다리고 있었다.

"난 슈테파니한테 가봐야겠어요." 프랑크는 풀이 죽은 목소리로 말했다.

율리아는 잠시 뭔가를 생각하더니 입을 열었다. "날 경찰청에다 내려줘요. 서류작업도 좀 해야 하고 몇 가지 알아볼 일이 있어요. 짐도 아직 안 쌌고요."

"율리아, 그럴 필요까지는……." 프랑크가 말을 꺼냈지만 율리아는 단호하게 그의 말을 끊었다.

"아무 말 하지 말아요. 6시 반에서 7시 사이에 도착하도록 갈게요. 피자나 좀 시켜줄래요?"

"상황 봐서요. 실은 크세니아라고, 슈테파니 친구와 얘기를 좀 해보려고 했어요. 그 사진이 찍힌 날 슈테파니가 그 애 집에서 잤다고 했거든요." 프랑크는 한숨을 푹 내쉬었다. "맙소사, 성폭행

172

을 당한 게 아니라니 한 시름 놨어요. 하지만 어떤 놈이 그 더러운 손을……."

"진정해요, 프랑크. 그런 생각 해봤자 당신 정신 건강에 안 좋아요. 크세니아를 만나보되, 절대 흥분해서는 안 돼요. 어쩌면 우리 둘이 같이 가는 게 더 좋을 수도 있겠네요."

프랑크는 망설이며 어깨를 으쓱했다. 포르셰는 그 산업단지의 자갈길 위를 덜컹거리며 내달렸다.

"그럼 경찰청에는 안 들려요?"

"잠깐 들려요. 일단 우리 집으로 갔다가 경찰청으로 가요."

홀츠하우젠파크에 있는 자신의 집으로 간 율리아는 상의 몇 장과 속옷, 잠옷 등을 챙겼다. 청바지와 면바지 한 벌씩, 그리고 편한 신발도 넣었다. 능숙한 손놀림으로 짐을 싼 그녀는 홀가분한 마음으로 다시 집을 나섰다. 부디 이웃집 여자와 마주치지 않기를 바라며. 그 여자는 그냥 율리아가 다음 주 월요일에 돌아오는 걸로 알고 있으면 될 터였다. 율리아는 그 어떤 해명도 하고 싶지 않았고, 아버지 일에 대해 위로받고 싶은 생각도 없었다.

아래층에서 참을성 있게 기다리던 프랑크는 그새 담배를 세 대나 피우고 있었다. 하지만 그가 한 갑을 다 피운다고 해도 율리아는 상관없었다. 다시 술만 마시지 않는다면. 율리아는 속으로 짧은 기도를 드렸다. 몇 분 뒤 그들은 경찰청에 도착했고, 건물 앞은 혼잡했다. 차를 댄 뒤 프랑크는 엘리베이터로, 율리아는 계단으로 향했다. 율리아는 곧장 사무실로 가고 프랑크는 그 전에 미하엘에게 잠깐 들릴 계획이었다. 마지막 계단을 오르던 찰나 율리아는 도리스와 우연히 마주쳤다.

"율리아!"

율리아는 숨을 골랐다. "그 차에 대한 진술을 받아 내다니 정말

173

잘했어요.”

“고마워요. 하지만 안타깝게도 그 수가 너무 많아요. 페터 말로는, 독일에 굴러다니는 아스트라만 2백만 대는 될 거래요. 라인-마인지역에만도 1만 대고요.”

“일단 어느 지역 차량인지를 파악해 봐요. 프랑크푸르트, 오펜바흐, 하나우 차량을 먼저 조사해보고 점차 지역을 넓혀가도록 하죠. 뭔가 나오면 휴대전화로 연락 줘요. 난 프랑크의 집에 있을 테니까.”

“저도 들었어요. 딸 일이죠?”

“부디 묻지 말아줘요. 내일 얘기해요, 알겠죠?”

율리아는 서둘러 자기 자리로 갔다. 책상 위에는 그녀를 기다리는 우편물들이 넘쳐났다. 그녀는 컴퓨터를 챙기며 편지를 집히는 대로 몇 통 집어 들었다. 나머지 것들은 무시한 채. 그중에는 두툼한 밀크커피 색 봉투 하나도 끼어 있었는데, 그녀는 그것을 흘긋 쳐다보긴 했지만 그 이상 관심을 두진 않았다. 오펠 아스트라, 초기형 모델. 그녀는 그 차 트렁크가 납치한 소녀를 실을 정도로 넉넉할지 생각해보았다. 아니면 그 소녀가 스스로 차에 올라탄 것이었을까?

오후 4시 33분

그녀는 거울 속 자신의 모습을 만족스러운 표정으로 바라보았다. 굳이 브래지어를 안 해도 될 정도로 탄력 있는 가슴, 납작한 배. 그건 음식들의 끊임없는 유혹에 완강히 저항했던 노력의 결과로, 만일 그러지 않았다면 그녀의 허리는 지금과는 전혀 다른 모습일 터였다. 순간 자기도 모르게 클라우디아를 떠올린 그녀는 좀 부끄러운 생각이 들었다. 클라우디아는 그녀와 같은 외모를 가질 수만 있다면 손가락 하나쯤은 없어도 된다고 할 정도였다. 하지만 그렇다고 해서 과연 그녀의 삶이 클라우디아의 삶보다 더 낫다고 할 수 있을까? 아직 시간은 한 시간 반이나 더 남아 있었다. 글로리아는 일할 때 입는 유니폼 속에 주로 입는 내의를 챙겨 입었다. 그렇게 하면 누가 밖으로 비쳐 보이는 그녀의 브래지어 나 팔뚝의 뚫어져라 쳐다보는 일을 막을 수 있었기 때문이다. 그 녀는 아름다웠지만, 그 사실이 싫증날 때도 있었다.

　적막감마저 감도는 그녀의 집에 컴퓨터 통풍기의 윙 하는 소리 가 작게 울려 퍼졌다. 다락층에 사는 탓에 그녀는 더위와 씨름해 야만 했다. 집주인은 방열 개선이나 에어컨에 대해서는 알려고 하지도 않았다. 음흉하게 쳐다보거나 몸을 더듬을 줄만 알지. 글 로리아는 세입자의 권리를 주장하는 일을 이미 포기했다. 그녀가 마우스를 움직이자, 새 이메일이 도착했다는 알림이 울렸다. 순 간 그녀의 숨이 턱 막혔다. 제발 하루만이라도……. 하지만 그 남 자는 그녀의 이런 바람을 들어줄 생각이 없는 듯했다.

안녕 글로리아.
내가 뭘 좀 만들어봤는데, 마음에 들어?
난 매일 당신을 보고 있어. 당신의 냄새는 내 안에 있고, 난 당신한 테서 어떤 맛이 날지 상상하곤 해. 당신이 나한테 빠지게 될 때까지 난 그 누구보다 당신 가까이에 있을 거야.

　그런 일은 절대로 안 생기리라는 걸 그녀는 확신했다. 격분한 채로 화면을 아래로 스크롤하던 그녀는 경악을 금치 못했다. 거기에는 포르노 사이트에서 가져온 게 분명한 나체 사진 세 장이 있었다. 어린 금발의 여성들. 그중 한 명은 양손을 남자의 몸에 받친 채 그 위에 올라타고 있었다. 남자의 몸에는 별 특별한 점이 없었지만, 그 여자의 얼굴을 본 순간 글로리아의 얼굴에서 핏기가 싹 사라지고 말았다. 그녀가 본 것은 다름 아닌 자신의 눈이었다. 그녀와 비슷한 체구를 지닌 다른 여자의 몸에 붙어 있는 자신의 웃는 얼굴.

글로리아는 속으로 욕설을 내뱉으며 다른 사진도 살펴보았다. 한 여자가 누운 채로 한 손으로는 가슴을, 다른 손으로는 음부를 만지고 있는 사진이었다. 육감적인 자세, 아까와 같은 미소, 같은 얼굴. 그건 그녀의 졸업 무도회 때 찍은 사진이었다. 이미 몇 달 전부터 페이스북에서 남들이 볼 수 없게 해놓은 사진. 하지만 이 더러운 놈은 그걸 다 저장해둔 모양이었다. 그녀는 침을 꿀꺽 삼키며 마지막 사진은 보지 않기로 마음먹었다. 하지만 여자의 목덜미로 흘러내리는 정액이 눈에 띄었다. 그녀의 목덜미. 빌어먹을. 심지어 그는 그녀의 것과 같은 문신까지 그려놓았다. 대체 문신에 대해서는 어떻게 알았지? 이집트에서 찍은 비키니 사진을 보고? 프라이버시에 대한 생각을 해보았지만 이미 때는 너무 늦었다.

그녀는 그 메일을 지우고 스팸으로 등록해놓았다. 소용없는 일인 줄 잘 알면서도. 그는 수많은 메일 주소를 가지고 있어서 항상 그녀에게 다시 연락해오곤 했다. 결국 그녀는 다양한 사이트에 여러 개의 계정을 만들고, 소셜네트워킹 사이트는 단 한 군데만 제외하고는 이용하지 않았으며, 휴대전화 번호도 벌써 세 번째 바꾸었다. 유선전화도 없이, 인터넷 전화를 번호를 계속 바꿔가며 사용했다. 하지만 그녀의 집과 직장, 자주 가는 프랑크푸르트의 클럽 등은 그리 간단하게 포기할 수도 없었거니와, 포기하고 싶지도 않았다. 그녀는 페이스북 창을 열었다. 역시나 그는 로그인 상태였다. 그는 그녀의 일과를 훤히 꿰고 있었고, 어떤 때에는 그녀 자신보다 더 잘 아는 것처럼 보일 정도였다. 그는 그녀에게 글을 쓸 수 있도록 새 프로필을 만든 상태였다. 이는 그녀가 그를 차단하지 못하도록 하기 위해 그가 자주 쓰는 방법이었다.

어제 어디 갔었어?

그녀는 그의 말을 무시했다. 그러나 채팅창을 통해 그는 그녀가 자기 글을 읽었다는 사실을 알 수 있었다. 그 뒤로도 빠른 속도로 몇 줄의 글이 계속 이어졌다.

근무시간을 바꿨던 거야?
나 정말 화났었어!
당신 상사한테 항의라도 해야겠어.

글로리아는 모르는 발신인을 차단하는 기능을 찾았다. 그녀가 그 기능을 채 활성화하기 전에 그는 또다시 한 문장을 입력했다.

우리 이따 만날까?

그녀는 두 손에 얼굴을 파묻고 조용히 흐느꼈다. 절망감. 그녀를 도와줄 사람은 아무도 없었다. 싫은 내색도 못하고 남들의 구경거리처럼 서 있는 데 완전히 질려버렸다. 한 번은 상사에게 상담을 한 적이 있었지만, 그는 프랜차이즈 음식점에서 특정 고객의 출입을 금지하는 건 있을 수 없는 일이라고 분명히 못을 박았다. 그러면서 고정적으로 그녀를 찾는 고객이 있다면 오히려 기뻐해야 할 일이라고 했다. 음식 양을 늘려 주거나, 금액을 할인해주는 등의 특별 대우로 기분을 맞춰 주라고.

"그리고 만약 손님이 가슴을 쳐다보면 그냥 보게 해." 그는 냉혹하게 말했다. "중요한 건 그 손님이 다시 오는 거거든. 괜히 불친절하게 행동해서 쫓아낼 생각일랑 애초에 하지 말고."

글로리아는 그 상사 역시 자신을 호시탐탐 노리고 있다는 걸 눈치 채고 있었다. 지나가면서 그녀의 몸을 쓰다듬는가 하면, 어떻게든 그녀에게 손을 댈 기회를 얻으려고 노력하는 게 보였기 때문이다. 남성 우월주의에 빠져 있는 놈 같으니. 하지만 그녀에게는 그 일자리가 필요했고, 현재로서는 그보다 나은 직장을 찾기가 힘들었다. '반년만 참자.' 그녀는 생각했다. 길어야 반년. 그러나 다리우스 그녀가 앞치마를 벗고 그 음식점에서 나온다고 해도 쉽사리 떠나지 않고 그녀를 기다릴 터였다. 주차장에서, 어둠 속에서, 컴퓨터 앞에서. 그녀는 그의 손바닥 안에 있는 것이나 마찬가지였다. 몇 분간 울먹이던 글로리아는 그 어느 때보다 더한 외로움을 느끼며 그가 보낸 메시지를 지워버렸다. 그러고는 페이스북에서 로그아웃한 뒤 컴퓨터를 닫았다. 아직 한 시간이 남아 있었다.

두려운 마음에 그녀의 몸속에서 냉기가 올라왔다. 목이 졸리는 느낌이었다. 병가라도 내고 싶은 마음이 굴뚝같았지만, 그런 변명은 통하지 않으리란 걸 그녀는 잘 알고 있었다.

오후 5시 20분

칼 라이볼트는 아우디를 차고 안으로 몰았다. 그리고 혹시나 차가 벽에 긁힐까 봐 굳이 문 밖으로 튀어나오게 세웠다. 리스한 차지만 흠집이 나면 그의 책임이었으니까. 그는 쓰고 있던 파일럿 선글라스를 벗어 가죽시트 위에 툭 던지고는 헝클어진 머리를 쓸어 넘겼다. 멋 부리는 데 관심이 많은 기생오라비 같은 이미지였다. 트렁크를 연 그는 서류 가방과 여행 가방을 꺼냈다. 그러고는 집안으로 들어가 아내에게 키스했다.

"별 일 없었어?"

"에바가 실종됐다지 뭐예요." 그의 아내는 고양이처럼 그에게 몸을 비비며 속삭였다.

"저런. 나도 라디오에서 듣긴 했는데 누군지는 몰랐어. 심각한 거야?"

"그레타한테는 그런 것 같아요. 에바가 자기 집에다가는 우리 집에서 잔다고 했대요."

칼은 깜짝 놀란 듯했다. "그랬대?"

"말도 안 되죠. 당신도 알지만 난 그 애가 별로 마음에 안 들었어요." 카트린은 그에게서 몸을 떼며 말했다. "오븐에 라자냐가 있는데, 좀 먹을래요?"

"응. 그레타는 집에 있나?"

"위층에 있어요. 다 같이 먹자고요, 괜찮죠? 에바 일 때문에 난 좀 겁이 나요. 6시에 먹을까요?"

칼은 그러자고 중얼거리듯 대답을 하고는 가방들을 가지고 침실로 갔다. 그러고는 여행가방은 사무실로 쓰는 작은 방에 갖다 놓았다. 그는 노트북 컴퓨터를 꺼내 충전을 시켜놓고 부엌으로

179

향했다. 가스레인지 앞에 서 있던 카트린은 물을 따라 식탁에 놓았다. 그의 두 손이 그녀의 허리를 감쌌다가 음부로 미끌어져 내려갔다. 그녀는 헉 하고 신음소리를 냈다. 그녀를 흥분시키는 보이지 않는 메커니즘이 작동하는 것 같았다. 뒤로 돌아선 그녀는 그의 입안에 자신의 혀를 밀어 넣었다.

"보고 싶었어요." 카트린은 교태를 부리며 말했다. "지금 여기서 날 가져요."

"그레타는 어쩌고?"

"어차피 아무것도 모를 거예요." 그녀는 칼의 셔츠 단추를 풀기 시작했다.

"잠깐만." 칼은 그녀의 손을 피했다. "위로 올라가지."

그러나 카트린은 이미 그의 셔츠를 벗기고 이빨로 가슴을 살짝 깨물었다. 순간 그의 몸에는 소름이 돋았고, 성기에 불끈 피가 통하는 느낌이 들었다. 그가 그녀의 머리를 뒤로 잡아당기자 그녀의 입에서는 신음소리가 터져 나왔다. 그는 허벅지로 그녀의 허리를 죄면서 검은색 민소매 상의를 벗겼고, 그러자 그녀의 가슴이 드러나 보였다. 그는 전에 페터와 도리스가 앉았던 바로 그 소파에 그녀를 눕혔다. 그가 사정하기까지는 몇 분 걸리지 않았고, 그 후에도 그는 손가락으로 그녀를 애무하여 그녀가 날카로운 외침과 함께 몸을 부르르 떨게 만들었다. 결국 두 사람은 탈진하여 서로에게서 몸을 뗐다.

"그 형사, 당신하고 닮았어요." 잠시 후 호흡을 가다듬은 카트린이 쉰 목소리로 말했다. 그녀는 탄탄하게 근육이 붙은 그의 팔을 베고 누워, 쿵쿵 뛰는 심장 소리를 느끼고 있었다. 왜 그런 말을 했는지는 그녀 자신도 알 수가 없었다. 오르가즘을 느낀 순간 페터가 생각났던 것이다.

180

"어떤 형사?"

"어제 형사 둘이 찾아왔었거든요. 둘이 부부인 것 같았어요. 에바에 대해서 물어보더라고요."

칼은 살짝 움찔했다. 갑자기 여러 가지 생각이 한꺼번에 들기 시작했다.

"그래서?"

"그 가족과 알고 지내던 사람들에 대한 정보를 캐보려는 거겠죠. 십 대 아이가 사라졌으니 당연한 거 아니겠어요? 내가 무슨 대답을 했는지 궁금해서 묻는 거라면, 물론 아무 말도 안 했어요."

"궁금하긴 뭐가 궁금해?" 그는 언짢은 듯 중얼거렸다.

몸을 일으킨 카트린은 그의 가슴 한가운데에 살짝 키스를 했다. 옷을 다시 입은 그녀는 머리를 흔들어 헝클어진 머리카락을 바로 했다.

"그럼 난 식사준비 마저 할게요. 그레타 좀 데려올래요?"

칼은 잠시 그대로 누워 있었다. 그리고 방금 아내가 한 말을 떠올려보았다. 경찰은 에바를 찾기 전까지는 스티븐스 가족에 관한 모든 걸 남김없이 조사할 터였다. 일단은 모든 게 중요한 상황이니, 조사 중에 어떤 내용들이 폭로되는지에 대해서는 전혀 상관하지 않을 게 분명했다. 두 가족이 함께 보낸 과거의 시간이 그 두 가족한테 어떤 영향을 미쳤는가 하는 문제 역시 형사들의 상상에 맡길 수밖에 없었다.

그리고 그건 충분히 걱정할 만한 일이었다.

그레타는 컴퓨터 앞에 앉아 역사 과목 숙제를 하고 있었다. 헤드폰을 끼고 있어 칼이 들어오는 소리를 듣지 못했던 그레타는, 그가 그녀의 어깨에 손을 올렸을 때에야 화면에 비친 그를 알아보았다. 순간 악마라도 본 듯 경직된 그녀는 애써 미소를 지어 보이며 그의 손을 뿌리치려는 듯 몸을 비틀었다.

"그레타 너, 왜 그러는 거야?" 칼은 그녀를 보며 웃었다. "나야, 나. 네 아빠."

*

카트린은 다시 부엌 가스레인지 앞에 섰다. 윙 하는 소리와 함께 오븐이 작동 중이었고, 그 안에서 치즈가 노릇노릇한 색을 띠며 군데군데 부풀어 오르는 게 보였다. 여기저기서 거품이 톡톡 터졌다. 카트린은 얼굴에 흘러내린 눈물을 훔치고는, 반짝이는 냄비 뚜껑을 들여다보며 화장이 번지지는 않았는지 확인했다. 그녀는 그레타의 방에서 무슨 소리가 나는지 귀를 기울였다. 조용한, 거의 들리지 않는 목소리. 냉장고를 열었다 닫은 그녀는 나이프와 포크가 든 서랍도 탁 소리가 나게 여닫았다.

"식사 준비 다 됐어요." 그녀가 소리쳤다.

카트린은 칼을 사랑하지 않았고, 지금껏 단 한 번도 사랑한 적 없었다. 칼은 누구나 탐낼만한 외모의 소유자인 데다 그녀가 경제적으로 아무 문제없이 살 수 있게 해주었다. 덕분에 그레타 역시 좋은 교육을 받을 수 있었다. 그러나 그 대신 카트린은 끊임없는 두려움 속에 살아야 했다. 칼은 감시가 심한데다 자기가 원할 때면 아주 냉정하게 변할 수 있는 남자였기 때문이다. 게다가 방탕한 호색가이기도 했다. 그가 그녀를 만족시키려 노력하느냐 마느냐는 오로지 그의 기분에 달려 있었다.

야누스의 얼굴처럼 그는 어떤 때에는 헌신적인 가장, 배려심과 동정심이 많은 사람의 모습을 보이기도 했다. 하지만 그러다가도 곧 그의 숨겨진 다른 얼굴이 드러났다. 그의 컴퓨터에는 어린 여성을 대상으로 한 수많은 포르노 비디오가 저장되어 있었다. 청소년들. 더 이상 아이가 아닌, 하지만 성인이라기보다는 아이에 가까운 소녀들. 출장을 떠나도 그는 종종 매춘부와 잠자리를 갖곤 했다.

그가 카트린이나 그레타에게 손을 드는 일은 없었지만, 가끔 그의 눈빛은 위험하게 이글거리곤 했다. 카트린은 그의 어두운 면이 나타나기 전에 미리 손을 써야만 했다. 그러려면 그가 원할 때마다 관계를 가져야 했는데, 그렇다고 주제넘게 나서서는 안 되었다. 더군다나 그런 경우 그녀의 기분은 전혀 고려되지 않았고 생리 중이든, 속이 안 좋든 무조건 그에게 순응할 수밖에 없었다. 그녀는 성적 관점에서 볼 때 칼에게 완벽한 파트너여야만 했다. 그래야 그가 그레타의 방을 기웃거리는 걸 막을 수 있었으니까. 위층이 이리도 조용한 지금, 카트린은 불안해 미칠 지경이었다.

오후 6시 10분

고된 근무시간이 끝났다. 클라우디아는 군데군데 찌그러진 자신의 닛산 차가 있는 곳으로 힘겨운 발걸음을 옮겼다. 오늘 그녀는 한 남자 직원이 가게 돈을 빼돌리는 걸 목격했지만, 그걸 알리지 않고 그냥 두고 말았다. 사장은 최고참인 그의 말을 더 믿을 게 뻔했으니까. 그녀가 비협조적으로 나간다면 그는 그녀를 몰아세울 게 분명했다.

"너같이 뚱뚱한 여자의 말을 누가 믿을 것 같아?" 그 말투, 젤을 덕지덕지 바른 머리, 그 입 냄새. 그의 무서운 눈빛에서는 단호한 의지가 느껴졌다. "사장님한테 네가 손댔다고 할 거야. 그럼 어떻게 되는지 한 번 보자고."

결국 그녀는 물러서고 말았다. 그 일에 대해서는 입을 닫고 있을 터였다. 차가 있는 곳에 다 도착했을 때쯤 위가 콕콕 쑤셨다. 왜 그녀에게는 그런 일이 그리도 자주 일어나는지. 그녀는 자신이 마치 사건을 부르는 자석처럼 느껴졌다. 위궤양이 말 그대로 부풀어 오르는 느낌이었다. 바로 그때 그녀의 차 앞바퀴가 눈에 띄었다. 바람이 빠져 있었다. 그 주위에는 깨진 맥주병처럼 보이는 갈색 유리 조각들이 흩어져 있었다. '저걸 왜 못 봤지?' 그녀는 생각했다.

클라우디아는 어찌해야 좋을지 모르는 표정으로 주위를 둘러보다가 화들짝 놀라고 말았다. 익숙한 얼굴과 마주쳤던 것이다. "저런." 다리우스는 입을 삐죽 내밀었다. "스패어 타이어 가지고 있어요?"

"아마 없을 거예요."

"제가 한 번 봐도 될까요?"

클라우디아의 심장이 쿵쾅댔다. 그들이 서 있는 곳에서 음식점 입구는 보이지 않았고, 음식점 뒤쪽으로는 창문이 나 있지 않았다. 그녀는 글로리아가 지금 그녀 앞에 서 있는 이 남자를 싫어한다는 걸 알고 있었다. 그가 귀찮게 군다는 것이었다. 하지만 클라우디아가 보기에 그는 예의 바르고 친절했다. 어쩌면 글로리아가 착각하고 있는 게 아닐까? 글로리아는 모든 남자들의 눈을 사로잡을 만한 여자였다. 털털한 성격인 데다, 음식점에서 요구하는 것 이상으로 남자 손님과 시시덕대곤 했다. 클라우디아가 부러워마지 않는 그 작은 엉덩이를 요란하게 흔들어대며. 남자들이 그걸 보고 들이대는 것도 놀랄 일은 아니었다. 다리우스는 미남형은 아니었지만 클라우디아 같은 여자가 감히 넘볼 수 없는 남자임에는 틀림없었다.

"그래주시면 감사하죠." 클라우디아는 수줍은 듯 대답했다.

다리우스는 스패어 타이어를 찾아보았지만, 차에는 비상용 타이어밖에 없었다.

"바람이 빠졌으니까," 그가 말했다. "저 위에 있는 주유소에 가서 공기를 좀 넣어달라고 하시겠어요? 그동안 저는 타이어를 빼놓을게요."

"저기." 클라우디아가 입을 열었다. "밖에서까지 그렇게 극존대할 필요는 없잖아요."

다리우스는 아무 말 없이 웃기만 했다.

10분 뒤 모든 일이 마무리되었다. "이제 제일 가까운 정비소로 가세요. 그 이상 운행하시면 안 돼요." 그는 차에 올라 탄 클라우디아에게 말했다.

"극존대하지 말자니까요."

"아, 그랬죠. 내가 뒤따라가서 데려다줄까요?"

"이미 너무 큰 신세를 진 거 아니에요? 하긴 제가 아이스크림이라도 대접하고 싶긴 한데. 아니면 칵테일이나요."

다리우스는 씩 웃음이 나려는 걸 참느라 힘들 정도였다. '어떤 때에는 이렇게 쉽단 말이야, 정말 말도 안 되게 쉬워.' 그는 생각했다.

클라우디아는 이미 문을 닫은 서비스센터 앞에 자신의 터키석색 자동차를 세웠다. 그러고는 뒤뚱거리며 걸어가 다리우스의 BMW에 올라탔다. 다리우스는 차의 지붕을 열었다.

"좋은 차네요. 무슨 일 하세요?"

"프리랜서입니다. 말하자면 복잡해요." 그는 대답을 피했다.

"글로리아는 당신에 대해 안 좋게 말하던 걸요." 그녀는 어색하게 대화 주제를 바꿨다. 속마음은 아직 오락가락했지만, 마치 꿀냄새를 맡은 벌이 된 꼴이었다. 그녀가 애인 없이 지낸 지 벌써 2

년이 넘었다. 두 번의 원나잇스탠드(그마저 만족스럽지 못했지만)를 제외하면 섹스도 하지 못했다. 그녀는 다리우스에게 끌리고 있었고, 그 역시 비슷한 감정일 거라는 느낌이 들었다. '글로리아는 이 사람이 자기를 스토킹한다고 주장했지만, 그 거만한 계집애가 뭘 알겠어? 말은 친구라고 하면서 자기 이득만 챙기고. 남자를 소개해준 적도 없고, 내가 그렇게 원했는데도 진심으로 친근하게 대해주지도 않았잖아.' 하나우로 차를 몰고 간 다리우스와 클라우디아는 어느 바에 들어가 각각 칵테일 두 잔씩을 마셨다. 다리우스가 화장실에 갔다가 돌아왔을 때, 클라우디아는 휴대전화를 다시 가방에 집어넣고 있었다.

"뭐하고 있었어요?" 그가 물었다.

"잠깐 페이스북 좀 봤어요. 페이스북 하세요?"

"가끔요." 다리우스는 대답을 피했다.

"계정이 있는지 물은 거예요."

"그냥 보기만 해요. 아무려면 어때요."

불쑥 의심이 든 클라우디아는 용기를 내어 말했다. "글로리아는 있다고 하던데. 맞아요?"

다리우스는 다소 긴장한 듯 머리를 쓸어 넘겼다. "글로리아는 나에게 상처를 줬어요. 오랜만에 기분 좋은 저녁을 보내고 있는데 그런 얘기는 하기 싫군요."

그는 클라우디아가 딜레마에 빠져 있음을 잘 알고 있었다. 그녀는 사생활 보호를 그다지 중요시하지 않는 사람이라 인터넷에 휴가 때 찍은 사진, 남자관계의 상태 등 모든 걸 공개해놓았다. 프로필에는 그녀가 남자를 그리워하며 욕구불만 상태에 빠져있다는 게 여실히 드러나 있었다. 결국 그녀는 그의 말에 걸려들었다.

"뭐가 그렇게 좋은데요?" 클라우디아는 눈을 동그랗게 뜨고 물었다.

"이 순간, 이 기분, 이 칵테일." 이렇게 말한 다리우스는 목소리를 낮추며 덧붙였다. "그리고 당신."

클라우디아의 가슴이 두근거리기 시작했다.

"나도 좋아요." 그녀는 이렇게 말하고는 웃었다. "타이어에 바람이 빠진 일만 빼고요."

그들은 계산을 하고 바를 나왔다. 다리우스는 한적한 곳에 차를 세우고 호수 풍경을 감상할 수 있는 베렌호 쪽으로 차를 몰았다.

"글로리아에 대해서 말해줘요." 그가 불쑥 말했다.

"네? 글로리아는 왜요?"

"난 그녀를 이해하고 싶어요. 어쩌면 나를 싫어하는 이유가 있을지도 모르니까. 누가 누구를 어떻게 생각하는지, 당사자는 알 권리가 있다고 생각하지 않아요?"

"잘 모르겠어요."

"내가 당신을 어떻게 생각하는지 알고 싶지 않아요?" 다리우스는 클라우디아를 유혹했다.

"알고 싶죠."

"우선 당신 먼저 말해 봐요. 난 글로리아에 관한 일을 빨리 털어버리고 싶으니까."

클라우디아는 흔쾌히 자기가 알고 있는 모든 걸 그에게 이야기해주었다.

오후 7시 10분

나무 우듬지들이 밤바람에 나부꼈다. 포르셰가 거리를 달려오는 소리에 까마귀들이 푸드덕거리며 날아올랐다. 프랑크는 창문을 전부 열고 있었고, 안으로 들이치는 바람이 그의 코끝을 간지럽혔다. 과속방지턱을 넘자 그 충격파가 온몸에 퍼지는 느낌이었다. 그는 차를 강가 근처, 다른 차들에 방해가 되지 않는 지점에 세웠다. 그러나 아무리 둘러봐도 주위에는 아무도 없었다. 마인 강은 조용히 흐르고 있었고 오리들은 꽥꽥 울어댔다. 프랑크는 차 문을 잠그지 않은 채 휴대전화, 지갑, 담배를 챙겨 가지고 길을 따라 느릿느릿 걸었다.

잠시 후 그는 벤치 두 개와 은회색 쓰레기통이 있는 곳에 도착했다. 발자국들, 그리고 '창녀'라고 스프레이로 적혀있었다. 쓰레기들이 바닥에 널려 있었고, 그는 까마귀들의 짓이리라 생각했다. 벤치에 앉은 그는 담배에 불을 붙였다. 그러고는 담배 연기를 내뿜으며 두 눈을 감고 생각에 잠겼다. 사건 당일과 같은 시각, 같은 날씨, 같은 조명. 밤. 지나가는 사람 없음. 마티아스 볼너를 보았거나 그의 목소리를 들은 사람은 아무도 없었다. 분명 소리를 질렀을 텐데. 하지만 지금 주위는 쥐죽은 듯 조용했다.

프랑크는 아스팔트 위를 내려다보았다. 나무 뿌리에 들려 군데군데 튀어나오고 갈라져 있었다. 껌 자국. 개똥. 흰색 아스트라 차량은 여기서 멀지 않은 지점에 정차되어 있었다. 마티아스가 죽던 시점에 에바는 그 차에 타고 있었을까? 자발적으로? 아니면 마취제 같은 것에 의해서? 힘이 어느 정도 센 남자라면 50킬로그램이 될까 말까 한 체구의 소녀를 제압하는 건 그리 어려운 일이 아닐 터였다.

그때 철컥거리는 쇳소리가 들려와 프랑크는 고개를 홱 돌렸다. 자전거 한 대가 그를 향해 다가오고 있었다. 두 남자는 흘긋 서로를 쳐다보았다. 자전거를 탄 남자는 면도도 하지 않은 채 다 헤진

188

옷을 입고 있었고, 희끗희끗한 머리카락은 이마와 귀 위로 아무렇게나 흘러내린 모습이었다. 삼각경고판 모양의 초록색 안장 가방. 힙색의 끈이 그의 가슴팍을 가로지르고 있었다. 우물쭈물하며 속도를 줄인 그는 쓰레기통을 쳐다봤다. 프랑크는 쓰레기통으로부터 충분히 먼, 바깥쪽 벤치에 앉아 있었다. 결국 쓰레기통 쪽으로 다가간 그 남자는 자전거를 세우고 통 속을 들여다보았다. 그는 손을 넣어 안을 뒤적였지만 잡히는 거라곤 찢어진 음료수 캔 한 개 뿐이었다. 그는 프랑크와 다시 눈을 마주치지 않으려 애썼고, 프랑크는 안 보는 척하며 계속 그의 모습을 주시했다. 또 다른 빈병 수집가. 번화가 옆인데도 이런 사람들이 있었다. 어떻게 이 잘 사는 나라에서도 어떤 사람은 저런 거지 짓으로 먹고살아야만 할까?

바지 주머니에 든 포르셰 열쇠의 묵직함을 느낀 프랑크는 순간적으로 마음이 불편해지는 것을 느끼며 남자가 빨리 가버리기를 바랐다. 그는 매일같이 경찰청을 들르는 빈병 수집가들을 알고 있었다. 오전에는 하얗게 샌 긴 머리를 항상 두건으로 감싸고 오는 여자가, 오후에는 멜빵바지 타입의 작업복을 입은 걸로 보아 건물 관리인인 듯한 사십 대 중반의 남자가 왔다. 매번 같은 노선, 같은 시간대. 대도시에서 거지 짓을 하는 데에도 규칙이라는 게 있었다. 바로 그때, 쓰레기통 옆에 서 있던 남자가 그 빨간 접이식 자전거를 움직이기 시작했다. 프랑크는 자리에서 벌떡 일어났다.

"저기요, 잠깐만요." 그가 소리쳤다.

놀랍게도 그 남자는 정말 동작을 멈추고 뒤를 돌아보았다. 그는 고개를 갸우뚱했다.

"나 말이오?"

"여기 또 누가 있습니까?" 프랑크는 그에게 다가갔다. 남자는 가

방을 보란 듯이 꽉 움켜쥐었다.

"걱정 마십시오. 저는 나쁜 사람이 아닙니다." 프랑크는 다소 어색하게 말했다.

"뭘 원하시오?"

"매일 이 길을 지나다니시나요?"

"그렇다면요?" 그건 이미 오래전에 타인에 대한 믿음을 잃어버린 이의 회의적인 질문이었다.

"화요일에 여기서 살인 및 납치 사건이 일어났습니다. 저는 그 사건을 수사 중인 형사라서 질문을 드리는 겁니다. 병을 모으시는 것 같은데, 혹시 정해진 노선이나 시간대가 있으신가요?"

"그리 잘 알면 물을 필요도 없겠구려."

프랑크는 잠시 생각하더니 지갑을 꺼냈다. 그는 신용카드들 외에 지폐밖에 없는 걸 보고는 낮은 목소리로 투덜거렸다.

"알고 있는 걸 다 말씀해주시면 10유로를 드리죠. 상세하고 정확하게 말입니다. 목격하신 건 전부 다요."

"난 구걸 같은 건 안 합니다." 남자는 불쾌한 듯 거절의 뜻을 밝혔다.

프랑크는 지갑을 다시 집어넣었다.

"저를 위해서가 아니라면 부디 사라진 소녀를 위해서라도 좀 도와주십쇼." 그는 이번에는 휴대전화를 꺼내 사진을 보여주었다. 그러자 남자의 표정이 굳어버렸다. 그는 에바와 마티아스가 속해 있는 한 무리의 아이들 사진을 미동도 없이 바라보았다. 그의 표정은 점차 어두워졌다.

"누군지 압니다." 그의 목소리는 퉁명스러웠다. "불손한 것들. 술이나 퍼마시고. 구제불능인 놈들이오. 여기 이 놈을 봤어요."

게오르크 노이만.

프랑크의 눈이 휘둥그레졌다. "이 시간에 말입니까?"

"아니, 더 늦게. 그리고 장소도 여기는 아니고."

"어디서 언제 보셨습니까?"

남자는 어깨를 으쓱했다. "시간은 몰라요. 바퀴에 구멍이 나는 바람에 족히 한 시간은 허비했으니까. 덕분에 번 것도 얼마 없었지. 이 놈은 팔에 뭘 끼고 다리 쪽으로 가고 있었소. 아마 6병들이 맥주나 그 비슷한 것 같았지. 다른 애들과 마실 맥주를 자주 들고 오더라고."

프랑크는 뭔가를 메모했다.

"계속해도 됩니까?" 남자는 참을성 없이 서둘렀다. 그때 개 짖는 소리가 들려 프랑크가 돌아보니, 어떤 사람들이 개를 데리고 이쪽으로 다가오고 있었다. '자신만만한 걸 보니 말할 게 더 남은 모양이군.' 프랑크는 생각했다. 순간 그는 좋은 생각이 떠올랐다. "선생님의 인적사항도 필요합니다."

남자는 탐탁지 않은 표정으로 이름과 주소를 말했다. 신분증은 가지고 있지 않았다.

"저 뒤쪽에 제 차가 세워져 있습니다." 프랑크는 지나가는 말처럼 말했다. "그 안에는 여섯에서 여덟 개 정도 되는 병들이 굴러 다니고 있어요. 문은 안 잠겨 있으니, 제가 갔을 때 그 병들이 없어졌어도 전 아무렇지 않을 겁니다. 그럼 저는 이제 저기 개를 끌고 오는 분들과 얘기를 좀 나눠봐야겠군요."

오후 8시 27분

프랑크는 자기가 알아낸 모든 정보를 경찰청에 넘겼다. 이제 퍼

즐 게임은 다른 사람들의 몫이었다. 그는 아래쪽으로 차를 몰고 나왔다. 일은 잠시 잊고 가정사를 돌볼 시간. 아직 그의 일과는 끝나지 않았다. 그의 눈은 열심히 창밖을 둘러보며 뭔가를 찾고 있었다. 이곳에 온 지 너무 오래 되어 그 집에 대해서는 단편적으로밖에 기억나지 않았다. 나딘이라면 단번에 찾았을 텐데. 나딘. 그녀가 가족을 위해 얼마나 많은 일을 하고 있는지 프랑크는 또 한 번 인정할 수밖에 없었다. 그의 가족은 나딘에 의해 건재하고 있다고 해도 과언이 아니었다. 나딘은 그의 음주와 외도를 조건 없이 용서해주었다. 게다가 자기가 가진 상당한 재산도 그와 나눠 썼다. 덕분에 프랑크는 매일 골프장이나 들락거리며 살아도 되는 상황이었지만, 그 대신 그는 살인사건전담반 형사라는 고된 일을 선택했다. 그러는 사이 나딘은 마리-테레제는 물론이고 슈테파니까지 돌봐야했고, 이는 결코 쉬운 일이 아니었다. 그녀였다면 크세니아의 집도 쉽게 찾아냈을 터였다.

결국 그 집을 발견한 프랑크는 곧장 차를 세웠다. 머리도 식힐 겸 남은 거리는 걸어갈 생각이었다. 나뭇가지들이 자로 잰 듯 정리된 아치형 울타리를 지나자, 집 전체를 둘러싸고 있는 육중한 철창이 보였다. 자갈로 뒤덮인 길에는 잡초 하나 보이지 않았고, 그가 발을 옮길 때마다 자박자박 소리가 났다. 이곳은 하터스하임에서 좋은 동네에 속하는 곳으로, 집과 집 사이의 간격은 멀리 떨어져 있는 반면 가로등은 더 촘촘히 세워져 있었다. 은색 BMW 오픈카 한 대가 지붕이 열린 채 저녁 햇살을 받아 반짝반짝 빛나고 있었다. 그때 어두운 간이 차고 안에서 한 남자가 걸어 나왔다. 프랑크보다 키가 좀 더 크고 매우 스포티해 보이는 인상을 가지고 있었다.

"어떻게 오셨습니까?" 그는 차갑게 물었다. 올리버 라우카르트,

크세니아의 아버지.

"프랑크 헬머라고 합니다." 프랑크는 자기 이름만 밝힌 뒤 더 이상 아무 말 하지 않고 그의 반응을 살폈다. 그는 '아'라고 말하며 포커페이스를 유지했지만, 프랑크는 순간적으로 그의 눈에 동정의 빛이 서리는 걸 놓치지 않았다.

"크세니아와 얘기를 좀 하고 싶습니다."

"흠. 집에 있어야 말이죠." 올리버는 프랑크와 힘겨루기를 하려는 게 분명해 보였다.

"아내 분께서 아무 말씀도 안 하셨나요?" 프랑크가 응수했다. "전화로 이미 말씀드렸는데요."

올리버는 언짢은 듯 식식댔다. "그럼 들어가 보시죠." 그는 창 닦는 가죽을 집어 들고 BMW의 앞 유리를 닦기 시작했다.

브리기테 라우카르트는 프랑크를 알고 있었다. 그녀는 몇 년 전까지 나딘과 친구였다가 언젠가부터 연락이 끊긴 상태였다. 자기 집에서 열렸다는 파티에 대해 그녀는 아무것도 모른다고 했다.

"지난주 목요일이요? 아뇨."

"그릴 파티나 정원 파티 같은 것도요?" 프랑크는 계속 캐물었다.

"그런 게 있었으면 당연히 제가 알았겠죠. 그래도 크세니아한테 한 번 물어보죠."

그녀는 딸을 불렀고, 크세니아는 한참이 지나서야 모습을 드러냈다. 인사도 없이 거실로 들어온 크세니아는 화려한 무늬가 있는 소파에 앉아 다리를 접어 올렸다. 슈테파니보다도 더 날씬한, 마르기까지 한 그녀는 그에 비해 가슴은 컸다. 얼굴은 어른처럼 보였고 이마에는 화장으로 열심히 가려놓은 여드름 두 개가 톡 튀어나와 있었다. 프랑크가 크세니아를 마지막으로 본 건 몇 달 전이었다. 그 빌어먹을 놈의 사춘기.

"안녕, 크세니아." 그는 다정하게 말을 걸었다. "아저씨가 여기 왜 왔는지 네가 알고 있을 것 같은데."

크세니아는 어깨를 으쓱할 뿐이었다.

"크세니아, 그러지 마." 그녀의 어머니가 나섰다. "아까 엄마랑 애기했잖니……."

"괜찮습니다." 프랑크가 그녀의 말을 가로막았다. "괜찮으시면 잠시 크세니아와 둘이 애기 좀 나눠도 되겠습니까?"

라우카르트 부인은 잠시 이러지도 저러지도 못하고 있다가, 결국 허락하고는 천장이 높은 거실을 떠나 대문 쪽으로 걸어갔다.

프랑크는 그녀에게 고맙다고 말한 뒤 헛기침을 했다. "크세니아, 너도 알고 있을지 모르지만 슈테파니가 지금 무척 힘들어하고 있어. 아저씨는 슈테파니를 도와주고 싶단다. 너희는 친구잖아, 안 그래?"

"그래요."

"그럼 부디 아저씨를 도와다오. 지난주에 무슨 일이 있었는지 알아야만 해."

"아저씨도 보셨잖아요." 크세니아는 대답을 회피했다.

"그래, 사진은 봤다. 그런데 그 사진이 어떻게 찍히게 된 거냐?"

"저는 아니에요." 크세니아는 팔짱을 낀 채 프랑크의 눈빛을 피했다.

"있잖아, 아저씨는 널 다그치려고 여기 온 게 아니란다. 너희 부모님께는 아무 말 안 하마, 혹시 그게 두려운 거라면 말이야. 하지만 아저씨는 무슨 일이 있었는지 반드시 알아내야만 해. 어떻게 해서든지."

마침내 그들의 눈빛이 잠깐 서로 마주쳤다.

"아무 말 안하신다고요?" 그제야 크세니아는 마음의 문을 살짝 여는 듯 보였고, 프랑크는 아주 조심해야겠다고 생각했다.

"최대한 그렇게 하마. 중요한 건 슈테파니가 더 이상 그런 일을 당하지 않도록 하는 거니까. 그 앤 지금 완전히 지쳐 있어."

"그날은 정말 일이 이상하게 돌아갔어요." 크세니아는 중얼거리며 바닥을 응시했다. "저희는 개학 기념으로 질버 호수에 가기로 했어요. 당연히 아무도 허락을 안 해줄 게 뻔했기 때문에 파티 핑계를 댄 거고요."

"계속 해보렴."

"술도 마시고 그랬어요. 슈테파니가 안 보일 때도 있었고요. 하지만 그땐 너무 많은……."

"그 시간에 거기 누가 있었는데?"

"저도 다는 몰라요. 같은 반 애들 몇 명, 선배들 몇 명이 있긴 했어요. 다들 막 뒤섞여 있었고, 호숫가에는 다른 사람들도 있었어요. 그래서 저희도 거기 갔던 거고요."

"음. 그럼 슈테파니는 안 보였었니? 얼마나 오랫동안?"

"모르겠어요."

프랑크는 화가 치밀어 올랐다. "둘이 같이 갔으면서 왜 서로 돌봐주지 않은 거야?"

"내 딸을 가만히 놔두시오!"

프랑크는 화들짝 놀랐다. 거실 통로에 올리버 라우카르트가 서 있었다.

"아직 얘기 안 끝났습니다."

"아니, 끝났고말고요!" 올리버는 프랑크에게로 성큼성큼 걸어가 문 쪽을 가리키며 말했다. "당장 나가요. 크세니아는 당신 딸 일에 아무 책임도 없소."

프랑크는 자리에서 일어섰다. 속이 부글부글 끓었지만 평정을 유지하려고 애쓰면서.

"하지만 당신은 책임이 있죠. 나처럼 아무것도 몰랐으니."

"웃기지 마쇼!" 올리버가 소리쳤다. 두 사람은 서로 1미터도 채 안 떨어져서 서 있었고, 그는 프랑크를 비웃는 듯 거만하게 쳐다보았다. "당신 딸이 쓰러질 때까지 술을 마시고 잔뜩 취해 있었던 걸 가지고 남 탓을 하려는 게요? 그 아버지에 그 딸이지."

순간 주먹 하나가 올리버의 턱 아래로 날아들었다. 그는 당황해 몸을 비틀거렸고, 프랑크는 그제야 자기가 무슨 짓을 했는지 깨달았다. 주먹을 쥔 손에 통증이 왔지만, 동시에 해방감도 느껴졌다. 그때 그는 크세니아의 놀란 눈을 보고야 말았다. 그녀는 그런 광경을 보지 않는 편이 좋았을 텐데. 자기 아버지가 굴욕을 당하는 모습을 아이가 지켜보는 건 바람직하지 않은 일이었다. 하지만 올리버는 고의로 프랑크의 아킬레스건을 건드리는 짓을 했던 터였다.

프랑크는 숨을 몰아쉬며 거실을 뛰쳐나왔다. 어느 정도 멀어졌을 때 그는 넋을 잃은 표정으로 자신을 쳐다보는 브리기테와 마주쳤다. 그는 나지막한 소리로 '실례했습니다'라고 내뱉고는 바깥으로 나왔다. '가자, 그냥 가자.' 그는 생각했다. 서둘러 나가는 그의 눈에 6시리즈 오픈카가 들어왔다. 9만 유로짜리 고급 차. 그런데 그 보닛 위를 보니 새하얀 새똥이 보란 듯이 떨어져 있었고, 그 주위에는 점점이 튀긴 자국까지 나 있었다. 프랑크는 자기도 모르게 씩 미소를 지었다.

2013년 8월 30일, 금요일

오전 3시 12분

서브우퍼가 쿵쿵대도록 음악을 시끄럽게 틀지도, 갑자기 속도를 내지도 않았다. 그의 BMW는 최대한 눈에 띄지 않게 텅 빈 거리 위를 미끄러지듯 달렸다. 간혹 튜닝한 스포츠카들이 눈에 띄었고, 경찰차도 두 대 보였다. 다리우스는 자신을 벌주기라도 하듯 입술을 꽉 깨물었다. 좀 더 일찍 출발했어야 했는데. 주중 이 시간에는 거리에 차들이 별로 없었다. 야간근무를 하느라 짜증이 난 경찰들에게 잡힐 확률이 높았다. '그런다고 뭘 알아낼 수 있겠어?' 그는 표독스러운 미소를 지었다. 반면에 대부분의 사람들은 자고 있을 시간이었다. 다음날 아침에 일하러 가지 않아도 되는 주말이면 사람들의 시계는 평소와는 다르게 돌아갔다. 각종 통제도 느슨해졌고. 즉, 그로서는 오늘 움직이는 편이 나았다.

그는 알람을 맞춰놓고 세 시간 동안 자고 일어난 터였다. 유리창에는 습기가 차 있었고, 이제 밤에는 꽤 추웠다. 익숙한 그 동네를 넓게 한 바퀴 돌던 그는 울타리로 둘러쳐진 묘지 주차장에다 차를 세웠다. 그러고는 기름칠을 한 지 얼마 안 된 철문을 통해 살금살금 걸어 들어갔다. 그가 걸어갈 때마다 총총거리며 따라 움직이는, 달빛에 비친 묘비의 그림자를 보지 않으려 애쓰면서. 마디가 굵은 호두나무 옆을 지나던 그는 자기도 모르게 몸을 움츠렸다. 무성하게 뻗어 나온 가지들의 형태가 마치 그 뿌리 아래 누워 있는 망자들의 얼굴처럼 보였기 때문이다. 다리우스는 순간 오싹해졌다.

사암벽의 그림자를 따라 걷던 그는 풀이 무성하게 자라 있는 어둑어둑한 구석에 다다랐다. 그는 휙 뛰어올라 반대편 쪽으로 넘어갔다. 그러고는 가로등 불빛을 빙 돌아가 헌옷 수거용 컨테이너 뒤에 멈춰 섰다. 거기서 그는 호흡을 가다듬으며 한 다세대주택으로 눈을 돌렸다. 거의 모든 집들은 불이 꺼져 있었고, 몇 군데만 블라인드 뒤로 희미한 불빛이 비치고 있었다. 하지만 글로리아가 사는 층은 깜깜했다. 자고 있는 게 분명했다. 근무시간은 한참 전에 지났으니까. 클럽이나 디스코텍에 간 것도 아니었다. 다리우스는 그 점이 가장 마음에 들었다. 상점들은 문이 꼭꼭 잠겨 있어, 라바램프(유색 액체가 들어 있는 장식용 램프 —역주)의 푸른색 빛마저도 새어나오지 않았다. 글로리아의 차를 찾던 다리우스는 입구 맞은편에서 세워져 있는 것을 발견했다. 후면주차, 차 뒤쪽으로 가려고 하는 그에게는 행운이었다. 하지만 그 차는 잘 보이는 곳에 세워져 있었기 때문에 여전히 위험 요소는 존재하고 있었다. 번호판 밑으로 고양이 한 마리가 고개를 내밀고 있었다.

다리우스는 다시 한 번 숨을 깊이 들이마신 뒤 컨테이너 그림자 밖으로 나왔다. 그러고는 그의 몸에 꼭 맞는 검은색 블루종 주머니를 더듬어 도구를 찾았다. 그는 능숙하게 잠겨 있던 차 트렁크를 열었다. 아주 간단한 1990년대식 기술로, 아무 막힘없이. 안을 들여다보니 글로리아가 장을 볼 때 썼던 모서리가 닳은 우유 상자가 있었다. 색이 바랜 노란색 천 가방, 삼각경고판, 구급상자. 그 안에 든 약들은 유통기한이 지나 있었지만 글로리아는 그런 건 별 상관하지 않는 모양이었다. '네가 내 것이 된다면 이런 것까지 다 돌봐줄게.' 다리우스는 생각했다. 그녀가 그의 것이 된다면. 그는 얇은 면장갑을 낀 손으로 트렁크 매트를 더듬어 틈새를 찾았다. 그 속으로 손을 집어넣은 그는 거기 들어 있던 휴대전화 한 대를 꺼내 블루종 속에 집어넣었다. 그러고는 자기가 가져온 새 휴대전화를 꺼내 같은 자리에 집어넣었다. 그가 그 틈새 부분을 누르자 회색 매트가 다시 평평해지며 틈새가 보이지 않게 되었다. 그의 부어오른 입술에 흉측하고도 환한 미소가 어렸다.

'일거수일투족을 다 알아낼 거야.' 그는 이런 생각에 만족했다.

그때 그르렁대는 소리가 들렸고, 다리우스는 화들짝 놀라 소리가 나는 쪽을 쳐다보았다. 아까 그 고양이가 그의 오른쪽 종아리 주위를 맴돌며 몸을 비벼대고 있었다. 고양이는 쓰다듬어주기를 바라는 듯했지만, 다리우스는 동물이라면 딱 질색이었다. 그는 일부러 성큼 다가섰지만, 고양이는 도망치기는커녕 더 큰 소리로 그르렁댔다. 그런데 어쩌다 그의 발이 고양이의 발을 밟았고, 이에 고양이는 새된 소리를 지르며 휙 도망쳐버렸다. 그 순간 동작감지센서가 작동해 경보가 울리고, 경기장에 달린 것 같은 벽 조명등이 눈부신 빛을 내뿜기 시작했다. 잠시 눈을 뜨기가 힘들어 멈칫했던 다리우스는 곧 다시 정신을 차렸다. 그는 한 손으로 얼굴을 가린 채 서둘러 트렁크 문을 닫았다. 아무도 없는 그곳에 시끄러운 소음만 울려 퍼졌고, 곧 화가 난 사람들이 소리를 쳐댔다. 다리우스는 있는 힘을 다해 거기서 도망쳤다.

오전 6시 50분

율리아는 칫솔과 화장품, 위생용품들을 손님용 화장실에 가지런히 정리해두었다. 몇 벌 안 되는 옷들은 장에 걸었다.

프랑크는 업무를 마친 뒤 율리아를 데리고 그의 집으로 왔다. 그는 '어차피 아침 일찍 같은 곳으로 출근하니까' 라는 이유로 그녀를 설득했고, 그녀는 기꺼이 그의 말을 들었다.

율리아는 혼자 있지 않아도 된다는 데에 감사했다. 잠도 꽤 잘 잤고, 밤에는 클라우스와 두 번 통화했다. 나딘과의 통화는 꽤 오랜 시간 계속되었고, 딸을 걱정하던 나딘은 결국 모든 게 다 잘 될 거라는 율리아의 말에 힘을 얻었다. 나딘은 율리아가 그렇게 마음을 써주는 데 대해 고맙다고 했다. 프랑크는 어디로 간다는 말도 없이 다시 집을 나가서는 늦은 밤이 되어서야 돌아왔고, 슈테파니는 이미 한참 전부터 자기 방에 있었다. 프랑크는 '한 바퀴 돌고 왔다' 고 대충 얼버무리며 아무것도 먹고 싶은 생각이 없다고 했다. 그는 꼭 뭔가를 숨기는 사람처럼 부산스럽게 움직였지만, 율리아는 더 이상 캐묻지 않았다. 프랑크는 딸을 보기 위해 위층으로 올라갔지만 슈테파니의 방문은 굳게 잠겨 있었다. 얼마 후 율리아와 함께 앉아 아무 말 없이 텔레비전을 보던 그가 마침내 입을 열었다.

"나 그 라우카르트란 놈한테 한 방 먹었어요. 크세니아의 아빠 말이에요."

피곤한 나머지 프랑크에게 설교할 힘도 없었던 율리아는, 그냥 이제 속이 좀 나아졌냐고 물었다.

"그게 그렇지가 않네요." 프랑크는 나지막한 목소리로 털어놓았다. 결국 율리아는 먼저 자러 가고, 프랑크는 부동자세로 계속 텔레비전을 응시했다.

낡은 라디오 알람시계에서는 이미 20분 전에 지지직거리는 소리가 났다. 율리아가 주파수 맞춰놓는 걸 깜빡했던 것이다. 화장실에 들렀다 나온 율리아는 청바지를 입고 스니커를 신은 뒤, 위에는 헐렁한 티셔츠를 입었다. 아무에게나 자신의 여성스러운 몸매를 보여줄 필요는 없었으니까.

그녀는 잠시 살짝 열린 창문 앞에 서서 지나가는 차들을 내려다보았다. 프랑크푸르트 번호판, 비스바덴 번호판. 폭스바겐 시로코 한 대가 굉음을 내며 쌩하고 지나갔고, 율리아는 이번에도 번호판을 쳐다보았다. 그녀는 씩 웃으며 그 차주가 어떤 생각으로 WI-XX 69라는 번호를 골랐을지 생각해보았다. 아까 이를 닦았는데도 혀에서는 차가운 담배 연기 맛이 났고, 그녀는 껌을 찾아 손을 더듬거렸다. '너 대체 왜 그랬어?' 그녀는 마음속으로 자기 자신을 책망했다. 잘못 삼킨 담배 연기의 맛은 한참 남는다는 걸 잘 알고 있었던 그녀는, 이번 일을 교훈으로 삼아야겠다고 생각하며 다시 이를 닦았다. 머릿속으로는 여전히 아까 그 시로코를 생각하면서. WI-XX.

순간 온몸이 얼어붙고 만 그녀는 들고 있던 칫솔을 떨어트렸다. 그녀는 서둘러 침대 옆 탁자로 달려가 충전기에 꽂아두었던 휴대전화를 집어 들었다. 페터가 전화를 받았다.

"페터, 내 말 잘 들어요." 율리아는 숨을 헐떡였다.

"도리스한테만 비밀로 한다면 난 오로지 당신 거예요." 페터는 익살을 떨며 웃었다. 한때 카사노바였던 그가 한 여자에게 정착하고, 여자 꽁무니 쫓아다니는 일을 그만두게 되리라고 누가 상상이나 했을까.

"농담할 시간 없어요. 번호판이에요. 하나우의 HU, 그리고 RE.

성경구절이 아니라 차량번호판이라고요!"

페터는 즉시 율리아의 말을 알아들었다. HU-RE 1635. 그는 당장 그 번호를 조회해보겠다고 말했다. 율리아는 서둘러 부엌으로 갔고, 프랑크는 마침 식탁 앞에 앉아 있었다. 커피와 담배 냄새에 율리아는 속이 메스꺼웠다.

"마티아스 볼너의 배에 적혀 있던 건 차량번호판을 뜻하는 거였어요." 그녀가 불쑥 말했다. 프랑크는 입에 묻은 부스러기를 슥 닦고는 무슨 말이냐는 듯 그녀를 쳐다보았다. "하나우 번호예요. 방금 페터한테도 알렸어요."

"이런, 정말 그럴 수도 있겠군요." 프랑크의 표정이 환해졌다. 그는 아직까지 시큰거리는 주먹을 문질렀고, 그의 앞에는 신문이 펼쳐져 있었다. "내 생각에 페터한테서 금방 연락이 올 겁니다."

"커피 한 잔 마실 시간 정도는 있겠죠." 율리아는 투덜댔다. 그녀는 빈 의자와, 그 앞에 놓인 깨끗한 식기들을 바라보았다. "슈테파니는 아직 위층에 있어요?"

"이따 우리가 나가고 나면 먹겠대요." 프랑크는 한숨을 내쉬었다. "아까 잠깐 얘기했어요. 학교에 갈 생각이 전혀 없다는데, 그 마음 충분히 이해합니다. 입장을 바꿔서 생각해보면 말이에요."

"그냥 놔둬요. 내가 다시 한 번 올라가볼게요. 창피해하는 것도 당연하죠. 알리나한테 조언을 구해봐야 할지도 모르겠네요."

알리나 코르넬리우스는 몇 년 전 율리아가 사건 수사 중에 알게 된 치료사였다. 그녀가 운영하는 의원은 문전성시를 이루었으며 율리아도 그녀의 도움을 받은 적이 있었다.

프랑크는 조심스럽게 고개를 끄덕였다. "당신이 그렇다면야. 슈테파니를 어떻게 대해야 좋을지 모르겠어요. 내가 남자라서 그럴까요? 아니면 양육에 관한 건 전부 나딘한테만 맡겨왔기 때문일까요? 슈테파니는 날 못 믿는 걸까요?"

"너무 감정적으로 받아들이지 말아요." 율리아가 대답했다. "시간이 약이에요. 내가 비록 자식은 없지만, 현재로서 가장 안 좋은 대처법이 그 애를 몰아세우는 거란 건 잘 알아요."

그때 커피머신 옆에 놔두었던 그녀의 휴대전화가 울렸다. 페터였다.

"보온병 있어요?" 율리아는 급하게 물었고, 프랑크는 여러 장들 중 하나를 가리켰다. 율리아는 커피를 옮겨 부은 뒤 설탕을 넣었다. "컴퓨터로 일치하는 번호들을 찾았대요. 똑같은 번호가 아니라 앞뒤 숫자가 뒤바뀐 것들이지만. 같을까요?"

"따로 가는 게 낫겠어요." 프랑크가 말했다. 일과 가정에 대한 의무 사이에서 고민하는 눈치였다. "당신 먼저 BMW를 타고 가요. 난 잠깐 위층에 올라갔다가 슈테파니 학교에 들러야할 것 같아요. 벌써 그랬어야 했는데."

"알겠어요. 반장님한테는 내가 잘 애기할게요."

"반장님이 어떻게 생각하든 상관없어요." 프랑크는 언성을 높였지만, 율리아는 그가 마음에 없는 소리를 하고 있다는 걸 한눈에 알 수 있었다. 그녀는 아무 말 없이 그의 손에 자신의 손을 올렸다. 프랑크는 다른 한 손으로 그녀의 손을 꼭 잡았다. 그러고는 조용히 말했다. "내 진심은 그렇지 않다는 거, 당신도 알 거예요. 그렇지만 반장님이 둘 중 하나만 선택하라고 한다면 난 당연히 가족을 택할 겁니다. 어쩌면 이미 오래전에 그랬어야 했는지도 몰라요."

"지금까지 둘 다 잘해왔잖아요." 율리아가 대답했다. "반장님은 언제나 당신 편이에요. 반장님 자신도 다 겪었던 일인 걸요. 너무 걱정 말아요."

프랑크는 끙 소리를 냈다. 그러고는 체념한 듯 고개를 가로저으며 슈테파니의 방이 있는 위층을 가리켰다. "그래도 이런 일은 안 겪어봤잖아요. 아무튼 어서 가 봐요. 갈 사람은 가야죠." 그는 애써 얼굴에 웃음을 지어 보였다. "차 열쇠는 현관 옷걸이 옆에 걸려 있어요."

"포르셰를 타고 가도 되는데." 부엌을 나서던 율리아는 씩 웃으며 말했다.

오전 7시 35분

베르거는 요즘 항상 그렇듯 일찍 출근했다. 그는 조심스럽게 계단을 올랐다. 그 정도 나이가 되면 사람은 더 조심성 있게 행동해야만 한다. 예순두 살인 그는 자기보다 훨씬 젊은, 그를 아주 많이 사랑하는 아내와 결혼했다. 이미 오래전부터 경찰청에서 범죄심리학자로 일하고 있는 자랑스러운 딸도 있었다. 그는 모든 게 만족스러웠고 은퇴 후의 말년을 충분히 즐길 생각이었다. 자리에 도착한 그는 가방을 내려놓고 재킷을 벗었다. 아직 자리에 앉기도 전에 페터가 사무실로 들어왔다. 언제나처럼 노크도 없이 들어온 그는 화가 잔뜩 난 모습이었다.

"단서를 잡았습니다." 페터는 이렇게만 말하고는 율리아의 아이디어를 전했다. "하나우 번호로 등록된 흰색 아스트라는 세 대가 있는데, 한 대는 RE가 아니라 ER에 번호는 일치하고, 다른 두 대는 번호만 조금씩 다릅니다." 그는 책상 위에 노란색 접착식 메모지 한 장을 붙였다.

"차주들은 어떤 사람들인가?" 베르거는 의자에 앉아 그 목록을 훑어보았다.

"별 거 없더라고요." 페터가 말했다. "한 명은 오펜바흐의 양로원에서 지내는 여성 연금 생활자예요. 또 하나는 겨울에만 쓰는 시즌 번호판인데, 차주는 브루흐쾨벨 출신 남성이고요. 나머지 한 명은 오이겐카이저 학교라는 직업학교에서 일하는 젊은 여선생입니다. 여자 둘은 사실상 제외 대상이죠."

"섣불리 판단하지 말게. 완전히 일치하는 번호를 찾았다면 더 좋았을 걸. 그 셋을 최대한 빨리 만나서 조사해봐."

"이미 진행 중입니다."

"율리아와 프랑크는?"

"오고 있어요."

베르거는 컴퓨터를 켜고 커피 한 잔을 마셨다. 그러고는 각종 신문들을 훑어보았는데, 너도나도 그 살인사건과 납치사건에 대해 장광설을 풀어놓고 있었다. 각자 말도 안 되는 가설들을 내놓고 있는 와중에 모두 한 목소리로 말하는 게 있었다. 경찰이 제역할을 못하고 있다는 것. 마지막으로 사무실을 나서게 될 그 피할 수 없는 날을 무척이나 두려워하는 베르거였지만, 지금 같아서는 빨리 그 날이 오기를 간절히 바라 마지않았다. 그는 인터넷 포럼을 열고 새로 올라온 글들을 살펴보았다. 사람들은 성경구절에 관심을 두고 있었다. 전에 일어났던 세 건의 사건들이 언급되었고, 그 와중에 한 사용자가 특히 눈에 띄었다. 베르거는 미햐엘의 번호를 눌렀다.

"아이디 druide_666을 쓰는 사람이 누군지 알아낼 수 있나?"

미햐엘이 키보드를 두드리는 소리가 들렸지만 알아낸 건 별로 없었다. 사용자 정보에 따르면 그는 남성이며 빛나는 켈트 문자를 아바타로 사용하고 있었다. 또 이름은 입력하지 않고 무료 전

자메일 계정으로 등록을 한 모양이었다.

"제가 좀 더 알아보겠습니다." 미햐엘이 약속했다. "하지만 시간이 좀 걸릴 겁니다."

"서둘러 주게." 베르거가 대답했다. "혹시 내부 정보를 누설한 장본인인지 알아봐 줘. 본모습을 드러내게 하란 말이야. IP주소는 어쩌지?"

미햐엘은 충분히 알았다는 듯 웃었다. "저한테 맡겨주십쇼."

다음으로 베르거는 이웃 도시의 경찰청에 전화를 걸었다. 하나우와 마인 강 남쪽의 작센하우젠 동부 지역은 오펜바흐에 있는 그의 동료들이 관할하고 있었기 때문이다. 베른하르트 슈피처와 페터 브란트(작가 안드레아스 프란츠의 추리 시리즈 주인공으로, 페터 쿨머와는 다른 인물임 —역주).

*

그와 거의 비슷한 시각에 다리우스 역시 커피를 마시며 신문을 보고 있었다. 그는 신문에 실린 에바 스티븐스의 얼굴을 찬찬히 들여다보았다. 금발머리, 교태가 느껴지는 입술. 눈. 이상하게도 모든 것이 어딘가에서 본 듯 친숙했다. 에바가 아닌, 그가 전생에서 만난 다른 누군가의 얼굴인 것처럼. 이미 지나가버린, 아무도 되돌릴 수 없는 시간 속에서. 그는 그 사진에서 좀처럼 눈을 뗄 수가 없었다. 결국 신문을 넘긴 그는 경제면과 스포츠면은 그냥 지나쳤다. 돈 문제는 걱정할 필요가 없었고, 스포츠는 전혀 그의 관심분야가 아니었으니까. 그는 일기예보를 눈여겨보았다. 오늘은 온화한 늦여름 날씨에 밤에는 기온이 떨어져 서늘하다고 했다. 비 예보는 없었다. 좀 전에 라디오에서 흘러나왔던 에로틱한 여자 목소리는 그와 정반대로 말했는데. 여자들이란.

다리우스는 잠을 설친 탓에 기분이 썩 좋지 않았다. 밤 외출에서 돌아온 뒤로 마음을 진정시킬 수 없었기 때문이다. 어젯밤 그는 언제나처럼 혼자 잠을 잤다. 비록 마음만 먹었다면 그 살찐 웨이트리스를 쉽게 침대로 끌어들일 수 있었겠지만. 그는 고개를 절레절레 흔들었다. 뭐, 클라우디아의 끊임없는 칭찬 덕분에 자신감이 한껏 상승하긴 했다. 그는 자리에서 일어나 그를 화나게 하는 페이스북 창을 닫아버렸다. 클라우디아는 칵테일 사진들을 찍어서 올려놓았다. 눈에 하트가 박힌 웃는 얼굴의 이모티콘, 한쪽 눈은 윙크를 해댔다. 클라우디아는 두 잔의 칵테일에 각각 자신과 다리우스를 태그해놓았다. 이미 열한 명의 친구들이 '좋아요'를 눌렀고, 그중 세 명은 호기심 어린 댓글까지 달아놓은 상태였다. 다리우스는 휴대전화를 집어 들었다. 머리에서 열이 나도록 고민한 끝에 그는 글을 입력했다.

좋은 아침. 잘 잤어요?

그는 소리를 지르고 싶은 마음을 겨우 억누르고 있었다.

— 네 :-) 당신은요?
방금 페이스북에 올린 사진 봤어요.
— 그러니까 당신도 페이스북을 하는 게 맞군요.
한다고 말했잖아요.
— 원한다면 당신을 태그할게요.
아뇨, 괜찮아요. 사실 그 사진을 지워주면 좋겠어요.
— 왜요? 글로리아 때문에요?
그냥 싫어요. 그런 건 우리만 알고 있는 게 더 좋으니까.
— 글로리아는 상관없어요. 하지만 당신이 원한다면 비공개로 해놓을

게요.

그래주면 고맙겠어요.

그는 지금 그녀가 어쩌고 있을지 안 봐도 뻔히 알 것 같았다. 그가 보내는 문자 하나하나에 열광하며 몸을 배배 꼬고 있겠지. 겉으로는 안 그런 척 하려고 애쓰면서. 그녀는 이미 그의 손바닥 안에 있었고, 지금 속으로 갈등을 하고 있을 게 뻔했다. 이제 얼마 안 있으면 분명히 그녀가…….

— 오늘 저녁에 볼까요?

빙고. 그녀는 기대했던 것보다 더 빨리 용기를 냈다.

좋죠. 내가 다시 연락할게요, 알았죠?
— 기다릴게요 :-)

입을 내밀어 키스하는 이모티콘. 다리우스는 어이없다는 듯 눈알을 굴리며, 서둘러 생각을 다른 데로 옮겼다. 표를 흘긋 본 그는 글로리아가 아직 집에 있다는 걸 확인했다. 아직 온라인 상태도 아니었다. 자정이 넘어서까지 일을 하고 매출금 정산과 청소까지 했으니 아직 자고 있다고 해도 이상할 게 없었다. 어쩌면 샤워를 하지 못해 머리에서 냄새가 날지도 모를 일이었다. 브래지어는 하지 않은 채 셔츠와 몸에 딱 붙는 팬티만 입고 자고 있겠지.

다리우스는 자신의 예술 작품들을 모아둔 사진 폴더를 열고는 슬라이드쇼 기능을 켰다. 글로리아의 얼굴을 갖다 붙여놓은 음란한 사진들. 그에게 완벽한 환상을 제공해주는. 그는 화면 앞에 앉아 열정적으로 자위를 했다. 클라우디아의 눈을 기억에서 몰아내려고 노력했지만 잘 되지 않았기에, 그는 그녀가 증오스러웠다.

오전 8시 15분

오펜바흐와 마인-킨치히 지역을 관할하는 헤센 남동부 경찰청. 그리 크지 않은 그 건물은 오펜바흐의 어느 골목, 철도 선로와 마인 강으로부터 그리 멀지 않은 곳에 자리 잡고 있었다. 거의 매일같이 일등으로 출근하는 베른하르트 슈피처는 "나이가 들면 잠이 없어져서 말이야"라며 농담하듯 말하곤 했다. 살인사건전담반을 책임지고 있는 그의 직속 부하직원은 페터 브란트였는데, 사실 두 사람은 오랜 친구 사이였다. 둘 다 약간 괴짜이긴 했지만, 애향심만큼은 베른하르트보다 브란트가 훨씬 강했다.

브란트가 사무실에 들어와 목례를 했을 때 베른하르트는 양손에 커피를 한잔 씩 든 채로 통화중이었다. 소리 없이 입만 움직여 '베르거'라고 말한 베른하르트는, 브란트에게 앉으라는 신호를 보낸 뒤 뭔가를 메모했다.

"프랑크푸르트에서 또 도움이 필요하대?" 통화가 끝나자 브란트가 물었다.

"그런가 봐." 베른하르트는 웃었다. "그 폭주족 사건 때 자네 실력을 제대로 증명했나 보군."

그들이 율리아와 공동수사를 벌였던 게 채 1년도 되지 않았다. 실제로 브란트와 율리아는 브란트가 남들한테 말했던 것보다 더 잘 맞았다. 아마도 그건 율리아가 프랑크푸르트 태생이 아니기 때문인지도 몰랐다. 베른하르트는 다시 입을 열었다. "베르거 반장 말로는 그쪽 사건과 관련해서 우리 쪽에서 조사해볼 게 있다네. 공동수사를 할 가능성도 배제할 수 없으니까, 미리 마음의 준비를 하고 있도록 해."

"아침부터 참 좋은 소식이군." 브란트는 한숨을 푹 내쉬며 배를 쓰다듬었다. 조깅을 시작한 이후로 그는 자기 몸에게 푸짐한 이탈리아식 식사 정도는 허락해주고 있었다. "무슨 일인데?"

"차량번호판 확인하고 몇 사람 심문하는 일. 그리 대단한 건 아니야. 그런데 베르거는 그 사건과 관련해서 예전 사건 하나를 언급하더군. 유타 프랄이라고 들어봤나?"

브란트는 몇 초 동안 그 이름을 떠올리려 애썼다. 그는 기억력이 매우 좋아서 사람 이름과 얼굴은 정확히 기억해내곤 했다. 물론 오래된 기억일수록 그러기가 힘들긴 했지만……. 결국 그는 손으로 이마를 탁 쳤다.

"프랄? A66 고속도로에서 일어났던 살인사건? 그건 한참된 일인데!"

"그러게 말이야. 다 해결된 사건이잖아. 강간 후 교살, 범인은 트럭 운전사. 술과 마약 문제도 얽혀 있었지. DNA도 발견되었고."

"그 트럭 운전사는 감옥살이를 한 뒤에 자살을 한 걸로 기억해. 그런데 대체 베르거는 그 오래된 일을 왜 끄집어내는 거야?"

"나도 몰라. 사건 파일을 좀 봐달라더군."

몇 분 뒤 브란트는 사무실을 나섰다. 머릿속에 수많은 생각들이 떠올랐다. 유타 프랄. 그녀 부모의 말처럼 '금발의 천사' 같았던 아이. 그녀의 시신을 땅에 묻은 뒤 세워둔 나무 십자가에도 그 말이 새겨져 있었다. 십자가 주변에는 화환이 즐비했고, 온 동네가 그녀의 죽음을 애도했다. 그러나 뒤에서는 다들 수군댔다. '천사? 정말 순진한 아이였다면 깜깜한 밤에 주차장 근처를 배회하지는 않았겠지. 마약도 술도 안 했을 테고. 열일곱 살에 순결을 잃는 일도 없었을 거야.' 비록 일어난 지 한참 된 사건이었지만 브란트의 눈앞에는 그때의 일들이 마치 어제 일처럼 생생하게 떠올랐다. 열아홉 살의 나이에 잔인하게 강간당한 뒤 살해된 아이. 범인은 폴란드 출신의 45세 남성으로, 서투른 독일 말로 범행을 자백했으나 죽이지는 않았다고 주장했다. 하지만 판사도 언론사들도 그런 말에는 전혀 동요하지 않았다. 그가 소녀에게 한 짓을 보면 죽음이 구원으로 느껴질 정도였으니까.

그때 만일 그를 유타 프랄의 고향인 하셀로트에 풀어놓았다면, 그는 떼로 몰려든 사람들에게 맞아 죽었을 게 분명했다. 정신착란적인 분노. 그러나 일요일만 되면 무릎을 꿇고 박애주의자인 척하던 그 사람들도 사실 유타의 죽음이 여자아이가 겁 없이 행동한 데 대한 논리적 귀결일 뿐이라고 생각했다.

브란트는 그 사건을 잊기 위해 한참을 노력한 끝에 수년이 지나고 나서야 겨우 잊을 수 있었다. 그런데 지금 베르거와 율리아가 하필 그 기억을 다시 끄집어내고 있었던 것이다. 그들이 맡고 있는 사건은 오래전 종결된 그 살인사건과 유사점을 보였다. 실종된 소녀도 그렇고. 브란트는 이마를 찌푸렸다.

강 건너에 있는 이웃 경찰청에 문제가 생기면, 곧장 그가 속한 경찰청에 불똥이 튀게 되어 있었다. 어쩌면 다음번에는 그쪽에서 브란트의 부서가 과거에 수사를 제대로 하지 않았다며 비난을 할지도 모를 일이었다.

오전 8시 20분

프랑크는 쉬는 시간이 되기 전에 도착했다. 솔남매학교, 초·
중·고등학교가 합쳐진 형태의 종합학교였다. 프랑크는 초조한
기분이 들었다. 이런 방문은 보통 나딘이 해왔던 일이었으니까.
그가 이곳에 온 건 공개수업 날 이후로 처음이었다. 그의 옆에는
두 명의 솔남매학교 사회복지사 중 한 명이 서 있었다. 짧게 자른
머리와 탄탄한 상체가 눈에 띄는 세련된 남자. 고리타분한 사회
복지사보다는 문지기를 하는 편이 더 잘 어울릴 듯했다. 비록 겉
모습만 보고 직업을 추측하는 건 옛날에나 통하던 일이었지만.
 "준비되셨으면 가시죠." 그는 프랑크를 향해 고개를 끄덕였다.
 프랑크는 주먹을 쥐고 문을 두드렸다. 통증이 느껴졌다. 쿵쿵 소
리가 울리자, 안에서 웅성거리는 게 느껴졌다. 문을 열고 들어가
자 교단에 기대어 서 있던 클라우센이 고개를 돌려 그를 쳐다보
았다. 프랑크는 교무실에서 멀지 않은 사진 갤러리에서 클라우센
의 얼굴을 봤던 터였다. 열세 살짜리 아이들 스물너덧 명이 동시
에 프랑크를 응시했다. 조숙한 여자아이들, 여드름이 난 남자아
이들. 그중 몇 명은 이제 막 코밑에 수염이 나기 시작한 반면, 나
머지는 아직도 솜털이 보송보송한 어린아이 같았다. 여자아이들
의 경우에는 그 차이가 훨씬 덜했다. 얼굴은 아직 어린아이였지
만 대부분이 눈에서 교태가 묻어났다. 커다란 귀걸이, 딱 붙는 레
깅스. 배낭 대신 백.
 "안녕하세요, 스벤." 클라우센은 미소를 지으며 사회복지사에게
악수를 청했다. 그러고는 프랑크와도 악수를 했지만 이름을 부르
지는 않았다. 반 아이들은 아무것도 모르는 게 분명해보였다. 식
은땀이 흐르는 걸 느낀 프랑크는 재킷 소매를 살짝 잡아 내렸다.

PVC 소재로 된 바닥의 이음매 부분을 내려다보고 있던 그는 잠시 후 마음의 결심을 한 듯 헛기침을 한 번 했다. '이 사회복지사는 구경이나 할 거면 왜 따라온 거야?' 그는 생각했다.

"난 프랑크 헬머라고 해. 슈테파니의 아빠란다."

그러자 누군가가 키득댔고, 또 다른 곳에서는 속닥거리는 소리가 들렸다. 아이들의 눈빛은 그를 얕보는 것 같았으며, 상당수는 동정의 눈빛을 보냈다. 그러나 대부분의 아이들은 자기 자신을 보호하려는 듯 팔짱을 끼고 거만한 표정을 지은 채 앉아 있었다. 프랑크로서는 그런 아이들에게 아무것도 할 수가 없었고, 아이들은 안도했다. 그 동질성에서 벗어나 슈테파니의 안부를 묻는 아이는 단 한 명도 없었다. 분명 한두 명 정도는 그러고 싶었겠지만.

"페이스북 안 하는 사람?" 프랑크는 생각해온 질문을 던졌다. 몇명은 처음에는 손을 움찔했지만 결국 손을 드는 사람은 아무도 없었다. 즉, 전원이 계정을 가지고 있다는 거였다.

"그럴 줄 알았다." 그는 애써 웃어보였다. "다 한다는 거지. 그럼 괜히 돌려 말할 필요 없겠구나. 아저씨는 형사고, 너희들 전부 다 슈테파니의 사진을 지워줬으면 한다. 하드드라이브나 휴대전화에 있는 것도 다."

순간 아이들의 동공이 확대되고, 몇 명은 입을 헤벌렸다. 여전히 어느 누구도 감히 입을 열지 않고 있었다.

"쉰 살을 코앞에 둔 형사라 너희들 눈에는 하찮게 보일지 모르지." 그는 좀 전보다 더 자신 있는 목소리로 말을 이었다. "하지만 난 헤센 주에서 가장 실력 있는 컴퓨터 전문가와 일하고 있고, 판사들도 엄청 많이 알아." 그가 입을 다물고 숨을 내쉴 때 빠드득 하고 이를 가는 소리가 났다. 그는 슈테파니를 만졌던 그 역겨운 손의 주인이 바로 이 교실 안에 있을 수도 있다는 생각을 한 터였다. 사회복지사 스벤(프랑크는 벌써 그의 성이 뭐였는지 잊어버렸다)은 그를 달래듯 헛기침을 했다.

"헬머 씨가 무슨 말씀을 하셨는지 다들 이해했으리라 생각해. 너희를 체포하거나, 뭐 그러려고 오신 건 아니란다. 사진 가지고 친구를 따돌리는 일을 그만 뒀으면 하시는 거지. 슈테파니는⋯⋯."

"필요하다면 너희 컴퓨터를 감시할 수도 있어." 프랑크가 눈을 부라리며 끼어들었다. '이 자식이 어디 주제넘게 나서? 지가 슈테파니에 대해 뭘 안다고?' 그는 생각했다. "연방 경찰청을 동원해서 너희의 하드드라이브를 검사하고 부모님한테도 다 알릴 거야. 그럼 불법 음악이나 게임이 얼마나 저장되어 있는지 알 수 있겠지. 누가 청소년법원 판사 앞에 서게 될지, 누구의 부모님한테 책임을 물을지도."

"헬머 씨, 그만 하시죠." 스벤은 마구 휘둘러대던 프랑크의 팔을 붙잡았다.

"알겠습니다." 프랑크는 말을 멈추고 마음을 진정시켰다. 그러고는 이리저리 걸어 다니며 반 아이들을 바라보았다. 아이들의 얼굴에는 놀람과 불안의 감정과 함께, 이제 어떻게 될 것인지에 대한 호기심도 엿보였다. 잠시 후 우뚝 멈춰 선 프랑크는 첫 번째 줄로 곧장 걸어갔다. 눈을 가늘게 뜬 그는 아이들의 얼굴 하나하나를 유심히 보다가, 가장 자신만만한 표정의 키 큰 남자아이가 앉아 있는 교실 한가운데를 손으로 가리켰다.

"자, 이렇게 약속하자. 기회는 단 한 번이야." 그는 무뚝뚝하게 말했다. "그 사진은 앞으로 어디에서도 보여서는 안 돼. 두 번째 기회란 없어. 그게 지켜지지 않으면 아저씨는 모든 걸 정확히 감시할 거다. 너희 자신을 위해서라도 아저씨 말에 따라주기를 바란다."

프랑크는 애초에 했던 계획과는 달리 슈테파니에 관해서는 한마디도 하지 않았다. 하지만 그가 보기에 이런 아이들을 상대로 동정심을 유발하는 것은 불확실한 전략에 불과했다. 그의 뒤를 이어 스벤은 또 한 번 '따돌림'이라는 말을 언급하며 문제가 있으면 자기에게 상담하러 오라고 좋은 말로 이야기했다. 프랑크는 순간적으로 스벤 역시 슈테파니의 사진을 보고 싶어서 그러는 거라고 생각했지만, 그건 그야말로 무고에 불과했다. '이 사람도 자기 일을 하는 거겠지', 그는 생각했다. '중요한 건 슈테파니가 마음의 평화를 되찾는 거야.'

월요일부터는 슈테파니가 다시 등교를 할 터였다.

주말에 나딘이 집에 돌아온다면.

오전 8시 30분

재깍재깍, 율리아는 시간이 가는 소리가 들리는 것만 같았다. 경찰청 화장실에서 그녀는 축축해진 손으로 목덜미를 문질렀다. 밖은 아직 15도가 채 안 됐지만 벌써 낮인 것처럼 더웠다. '너도 늙었구나, 율리아.' 그녀는 생각했다. 곧 있으면 쉰 살. 거울에 비친 얼굴은 동안이었다. 운동, 피부 관리, 금연, 이 모든 게 그녀에게 좋은 영향을 끼친 덕분이었다. 그렇지만 눈 밑의 다크서클과 눈가의 잔주름은 숨길 수가 없었다. '조심하지 않으면 얼마 안 가 정말 쉰 살처럼 보이겠어.' 이런 생각에 그녀는 무척 불쾌해졌다.

자리로 돌아간 그녀는 바람이 들이치는 게 싫어서 창문을 닫아버렸다. 웅웅대는 컴퓨터 앞에 앉아 이메일을 확인했지만 특별한 건 없었다. 페터와 도리스는 그 차량번호판에 대해 조사 중이었고, 율리아는 좀 이따 그레타 라이볼트를 만나볼 생각이었다. 단 둘이서. 아무런 단서도 없다는 데에 화가 나 있던 차에, 율리아는 도리스가 작성한 라이볼트 가족에 대한 보고서에 눈길이 갔다. 스티븐스 가족처럼 이번에도 뭔가 좀 수상한 기분이 들었다. 그녀 자신도 아직은 뭐라 설명할 수 없는 불확실한 기분. 안드레아 지버스 박사가 남긴 음성을 확인한 율리아는 그녀에게 전화를 걸었다.

"이렇게 다시 목소리를 들으니 반갑네요." 지버스 박사가 말했다. "우리는 꼭 누구 한 명이 죽어야만 통화하게 되네요."

"우리가 하는 일이 그렇죠, 뭐." 율리아가 대답했다.

"아버지 일은 들었어요, 정말 유감이에요. 좀 어떠세요?"

"똑같아요. 그냥 숨만 쉬고 계시는 거죠. 그래도 의사들이 하는 일을 믿어보는 수밖에요." 율리아는 한숨을 지었다.

"의료계 종사자들은 아무도 믿지 마세요." 지버스 박사는 깔깔대며 웃다가 금세 다시 심각해졌다. "제가 전화한 이유는, 마티아스 볼너의 목에 난 자국 때문이에요."

"말씀해보세요."

"제가 볼 때 그 자국들은 분명 사망 전에 생긴 거예요. 그러니까, 사망 시각 훨씬 전에요."

율리아는 침을 꿀꺽 삼켰다. "그럼 범인이 한 짓이 아니라는 건가요?"

"어쨌든 사망 시각과 가까운 시간에 생긴 건 아니에요." 지버스 박사는 마치 더 할 말이 있는 사람처럼 속삭였지만, 이내 입을 닫았다.

"언제 생긴 건지 알 수 있나요?"

"분 단위로 정확히 알 수는 없지만, 적어도 발생시간대가 서로 다른 두 개의 자국이 있어요. 하나는 사망하기 30분에서 두 시간 쯤 전에 생긴 것 같고, 다른 하나는 흐릿한 걸로 보아 며칠은 된 것 같아요."

"젠장." 율리아는 자기도 모르게 이렇게 내뱉고는 곧장 후회했다. 아버지는 그녀에게 항상 그런 말을 함부로 하지 말라고 주의를 주셨기 때문이다. 특히 신, 악마, 지옥과 관련된 욕설들. 거의 모든 언어에 비슷한 욕설들이 있는데, 이는 사람들이 그런 힘 있는 말에 경외심을 갖고 피하기 때문이라고 했다. 수백 년 전부터. 율리아는 마치 자기가 아버지의 뜻을 거역하기라도 한 듯 죄책감이 들었다. 그것도 하필 아버지가 그녀를 꾸짖을 수도 없는 이런 때에. 그러나 그녀는 더 이상 그런 생각에 떠밀려가지 말고 정신을 차리자고 마음먹었다.

목 졸린 자국. 마티아스 볼너는 학대를 당했다. 누구한테? 집에서 그런 일이 있었던 걸까? 다른 여자아이들의 집에서 그녀가 느꼈던 것처럼 가족과의 관계가 뭔가 잘못됐던 걸까? 하지만 안드레아 지버스 박사는 다른 가설을 염두에 두고 있는 듯했다.

"마티아스 볼너와 어울리던 친구들이 마약에 손을 댔다는 말이 있던데, 맞나요?"

"네, 그렇다더라고요. 페터가 검사를 해볼 계획인 걸로 알고 있어요."

"결과가 음성으로 나오더라도 그리 놀랍지 않을 거예요." 안드레아가 말했다. "목 조르기, 들어보셨어요? 어린 애들 사이에서 인기래요. 벨트 같은 걸로 자기 목을 조르는 거죠. 그러면 산소 공급이 중단되고, 몇 초 후에는 뇌가 엔돌핀과 아드레날린을 분비하기 시작해요. 일시적인 환각을 경험하는 건데, 그러다 죽는 일도 적지 않아요."

"왜 그런 짓을 하죠?" 율리아는 황당하다는 듯 물었다.

"돈을 들이지 않고도 그런 극단적인 경험을 할 수 있으니까요. 술이나 마약을 하지 않아도 되니 잡힐 위험도 없고요. 그런데 문제는 제 때에 끝내야 한다는 거예요. 2초도 너무 길고, 또 조금만 세게 했다가는 다시는 깨어나지 못하게 되니까요. 무섭게도 그대로 최후를 맞는 거죠. 그런 짓을 하다가 죽는 아이들이 매년 수백명이나 돼요."

"그럼 박사님은 마티아스의 패거리가 모여서 그런 짓을 했다고 생각하세요?"

"목과 흉곽 부위를 확인해보시면 아실 수 있을 거예요. 휴대전화 동영상을 찍어 놓는 경우도 있고요. 자세한 사항은 제가 이메일로 보내드릴게요."

고맙다는 말과 함께 전화를 끊은 율리아는 골똘히 생각에 잠겼다. 그 모든 게 잔인한 아이러니처럼 보였다. 마티아스는 그저 지루해서 심심풀이로 했던 담력 테스트에 자기 목숨을 걸었다. 곧 죽게 될 거란 사실은 전혀 모른 채 무모하게. 율리아는 몸을 부르르 떨며 고개를 가로저었다. 몇 년 전에는 아이가 없다는 게 개탄스러웠지만 요즘 슈테파니나 실종된 에바, 또 마티아스를 생각하면……. 아마 지금 이대로가 가장 좋은 건지도 몰랐다. 삶을 가볍게 여기는 아이들, 자기 자신이나 다른 사람을 괴롭히는 아이들은 이 세상에 속할 수 없었다. 전에는 악한 세상으로부터 아이들을 보호해야한다고 했지만, 질풍노도의 시기에 있는 아이들의 경우에는 어쩌면 그 말이 반대로 되어야 하는지도 몰랐다.

율리아는 책상에 놓인 우편물들을 쳐다보았다. 페터와 도리스에게서 아직 연락이 없었으니 서류 정리를 할 시간이 있었다. 프랑크도 역시 감감무소식이었다. '주먹을 잘 다스려야 할 텐데. 내가 같이 가줄 걸 그랬나?' 그녀는 생각했다. 그러고는 어제 저녁에 흘긋 봤던 두툼한 봉투를 집어 들었다. 보낸 사람은 적혀 있지 않았고 살인사건전담반 율리아 앞으로 직접 보낸 것이었다.

참을성 없이 손날로 아무렇게나 봉투를 뜯은 그녀는 안에 종이가 보이지 않자 이상한 생각이 들었다. 뭘 주문한 적도 없었거니와, 설사 그랬다고 해도 그와 관련된 편지는 집으로 왔을 터였다. 이를 의아하게 여긴 그녀는 눈을 가늘게 뜨고 어두운 봉투 안쪽을 들여다보며 책상 위에서 봉투를 빙 한 바퀴 돌렸다. 신문지였다. 빨간 고무줄로 묶인 작은 뭉치가 봉투 밖으로 떨어졌고, 율리아는 그것을 손에 올려보았다. 가벼웠다. 보낸 사람을 알려주는 메모나 단서 같은 건 전혀 보이지 않았다.

막 그 고무줄에 손을 대려던 찰나, 그녀의 몸이 얼어붙었다. 머릿속에 어떤 기억이 떠올랐던 것이다. 개인적인 이메일들. 사진들. 그녀를 향한 정신 나간 사이코패스의 메시지들. 잭 더 리퍼, 홀처 등, 그런 인간들은 많았다. '봉투를 이렇게 마구 찢고 아무 데나 지문을 남겨놓다니, 아마추어 같이!' 그녀는 생각했다. 자기 주먹만 한 뭉치를 내려놓은 그녀는 과학수사반에 전화를 걸었다. 그러고는 베르거에게도 이 사실을 알렸다. 10분 뒤 플라첵은 여자 동료 한 명과 함께 나타났다.

"아, 반장님께서 친히 오셨군요." 베르거는 씩 웃으며 플라첵에게 인사했다.

"별것 아닐 수도 있지만," 율리아가 말했다. "보낸 사람도, 편지도 없는 봉투가 있어요. 제가 너무 많이 손을 대버린 거 있죠."

"전혀 상관없습니다." 플라첵은 중얼거리며 곧장 그 봉투를 살펴보았다. "언제 받으신 건가요?"

율리아는 어깨를 으쓱했다. "본래 저는 월요일까지 휴가예요. 제가 자리에 와보니 이 봉투가 놓여 있었고요. 그러니까 적어도 이틀은 됐겠죠." 그녀는 잠시 생각하더니 덧붙여 말했다. "길면 열흘이요. 하지만 매일은 아니더라도 제가 우편물을 확인하긴 하거든요. 정확하게 말씀 못 드려서 죄송해요."

"괜찮습니다. 익명으로 보냈다면 발신자는 자기 정체를 숨기려고 한 거겠죠." 그는 고무줄을 풀고 종이를 부스럭대며 만졌다. "신문이군요, 날짜는 적혀 있지 않고요. 메모 같은 것도 없어요. 이 기사를 한 번 분석해서 뭐가 나오나 한 번 보죠."

그는 다시 부스럭 소리를 내며 그 종이를 펼쳤다. 호두알 정도 되는 크기의 보랏빛 갈색 물체. 멀리서 보면 건자두와 비슷했지만, 표면이 반들거리지는 않았다. 플라첵은 몸을 숙이고 냄새를 맡아보았다. 그 물체를 쌌던 종이 안쪽은 옅은 붉은빛으로 물들어 있었다.

"육포 종류 같기도 하군요." 그는 망설이다 중얼거렸다. "일단 분석을 해봐야겠습니다."

율리아는 침을 꿀꺽 삼켰다. 누군가 살인사건전담반의 상급 수사관에게 익명으로 육포 비슷한 걸 보냈다면, 그건 진짜 육포일 가능성이 컸다. 그것도 사람 살로 만든. 율리아는 또다시 입에서 담배 냄새가 올라와 헛구역질이 났다. 하필 지금. 그녀는 잠시 실례하겠다고 말한 뒤 창가로 걸어가 창문을 열어젖혔다. 속이 메스꺼웠다.

오전 9시 45분

프랑크 없이 진행된 상황보고회의에서 도리스와 페터 외의 다른 사람들은 별로 할 말이 없었다. 베르거는 난색을 드러냈지만 아무런 말도 하지 않았다.

이제 율리아와 프랑크는 리더발트로 향하고 있었다. 가는 길에 율리아는 운전대를 잡은 프랑크에게 상황을 다시 한 번 요약해주었다. 차량번호판, 익명의 우편물.

"우선 학교에 잠깐 들릴 거예요." 율리아가 말했다. "그레타 라이볼트와 단둘이 얘기를 좀 해보고, 그 이후에는 그 애 아버지도 만나보려고요. 그 남자, 페터랑 도리스가 심문하는 자리에 아예 나타나지도 않았대요."

"그레타 라이볼트는 만나서 뭐하게요?"

"그냥 직접 만나서 에바에 대한 얘기도 좀 하고, 사실 정확히는 나도 모르겠어요." 그녀는 중얼거렸다. "그레타는 마티아스를 제외하고는 에바와 가장 친했던 아이인 것 같거든요. 부모끼리도 서로 알고, 그런데 도무지 이해가 안 가요. 양쪽 다 아이도 하나고, 전에는 사이좋은 이웃이었는데도 라이볼트 부인은 스티븐스 부인에 대해 안 좋게 말했다잖아요. 난 상대방에 대한 동정이나 자기 딸에 대한 걱정, 뭐 그런 반응을 기대했는데 도리스랑 페터 말로는 전혀 아니었대요."

"그러니까 지금 제 자식한테 어떤 문제가 있는지도 모를 정도로 자기 밖에 모르는 부모들 얘기를 하는 거죠?" 프랑크는 언짢은 표정으로 대답했다. "갑자기 뜨끔하네요."

"그런 소리 말아요. 당신은 아이들을 사랑하잖아요. 자식을 위해서라면 간, 쓸개 다 빼줄 수 있는 사람인 거, 다른 사람들도 다 안다고요."

"슈테파니는 절대 모를 걸요."

"그렇게 자기연민에 빠져 있어 봤자 아무런 도움도 안 돼요, 알죠? 그러니까 힘내요, 프랑크, 다 잘 될 테니까. 지금은 당신의 그 총명한 머리로 에바 스티븐스를 찾을 때예요. 에바한테는 당신이 필요해요."

프랑크는 웅얼대는 소리로 알았다고 대답했다. 교차로에 멈춰 섰을 때, 그는 율리아를 흘긋 쳐다보았다. "도와줘서 고마워요. 은혜는 잊지 않을게요."

"친구 좋다는 게 뭔데요?" 율리아는 웃었다.

그들은 잠시 아무 말 없이 계속 달렸다. 프랑크는 뭔가를 골똘히 생각하는 듯하더니 불쑥 말을 꺼냈다. "좋은 친구란 서로 목을 조르거나, 스스로 목 조르는 걸 찍어주는 친구겠죠. 대체 세상이 어떻게 돌아가는 건지……."

"방금 그거 나한테 질문한 거예요?" 율리아는 날카로운 소리로 웃음을 터뜨렸다. "그 아이들을 전부 다시 심문해보자고요, 정확히 알고 싶으니까. 다들 아니라고 하긴 했지만, 혹시 마티아스가 의식이 없었거나 비틀거리고 있었던 것 아닐까요? 그래서 도망치지 못햇을 수도 있잖아요?"

"좀 억지스럽긴 하지만 그 애들한테 그렇게 말해볼 수는 있겠죠." 프랑크는 씩 웃었다. 어쩌면 그 아이들은 경솔하게 저지른 살인 때문에 어쩔 수 없이 똘똘 뭉쳐 있는 건지도 모를 일이었다. 그런 아이들에게 책임감 있는 시민의식을 기대하는 건 너무 순진한 생각일 터였다.

그레타와 단둘이 만나보기를 원했던 율리아는 그녀의 반을 물어 찾았다. 프랑크는 한쪽에서 기다리기로 했다. 마침내 율리아

앞에 선 소녀는 율리아의 기대와는 전혀 다른 모습이었다. 머리를 단정하게 하나로 묶은 아무 특색 없는, 눈에 띄지 않는 아이. 커다란 귀걸이도 하지 않고, 립스틱도 바르지 않은 그녀는 파우더만 살짝 바른 듯 보였다. 그녀는 불안한 듯 제자리에서 몸을 움직였다. 청바지에 운동화, 헐렁한 티셔츠.

"난 살인사건전담반의 율리아 뒤랑 형사라고 해." 다소 위협적으로 들릴 수도 있는 이 문장은 율리아가 자주 쓰는 말들 중 하나였다.

그레타는 햇볕 때문에 눈을 깜빡이며 의아한 듯 그녀를 쳐다보았다. "안 좋은 소식을 전해주러 오신 건가요?"

"안 좋은 소식이라니?"

"그게, 에바 말이에요. 혹시 개가······." 그레타는 말끝을 흐렸고, 율리아는 황급히 손을 휘휘 내저었다. "아냐, 우린 아직 아무런 단서도 못 찾고 있단다. 물론 이것도 전혀 좋은 소식이라고 할 수는 없지만, 그렇지?"

그레타는 어깨를 으쓱했다. 잠깐의 침묵 뒤에 율리아는 다시 입을 열었다. "난 에바에 대해 최대한 많이 알고 싶어. 특히 요즘 에바가 주로 뭘 하고 지냈는지에 대해서. 여자아이들 간의 일이나, 어떤 것이든 좋아. 넌 에바랑 가장 친한 친구잖아, 맞지?"

"전에는 그랬죠." 그레타가 고개를 끄덕였다.

"뭐가 변했니?"

"우리 집이 이사를 가기도 했고, 마티아스 일도 있고요."

"어머니께서는 너희가 친하게 지내는 걸 별로 안 좋게 보시던데, 맞니?" 율리아는 그레타가 움찔하는 걸 목격했다. 아마 그녀의 질문이 아픈 곳을 찌른 모양이었다. 율리아는 곧바로 덧붙여 말했다. "왜 그러시는 거야?"

"아, 엄마." 그레타는 눈에 띄게 불쾌한 얼굴로 대답을 피했다. 그녀는 제자리걸음을 하며 율리아의 눈을 피했고, 손톱을 물어뜯기 시작했다.

"너랑 너희 어머니, 서로 너무 달라 보여."

"왜요? 제가 아무 남자나 달려들고 싶은 마음이 들도록 그렇게 천하게 하고 다니지 않아서요?" 말을 멈춘 그레타는 두 눈이 휘둥그레져서는 재빨리 손으로 입을 막았다. "아이씨, 짜증 나." 그녀는 조용히 말했다. "안 들은 걸로 해주세요."

"이미 들었는 걸. 하지만 아무한테도 말하지 않을게." 율리아는 웃었다. "네가 솔직하게 말해준다면."

그레타는 누군가 그들의 대화를 엿들을까봐 두렵기라도 한 듯 주위를 슥 둘러보았다. 하지만 복도는 텅 비어 있었다. 그들은 커다란 창문 앞에 서 있었고, 창문 아래에는 낡은 라디에이터 하나가 달려 있었다. 두 사람 다 해가 드는 넓은 창턱에 기대어 서 있었는데, 교실 안에서 웅성대는 소리가 멀리서 들려왔다. 문 하나가 삐걱 소리를 내며 열리더니 곧 다시 닫혔고, 계단 쪽으로 서둘러 걸어가는 발소리가 들렸다.

"우리들 부모님에 대해서는 더 이상 말하고 싶지 않아요." 불쑥 입을 연 그레타는 갑자기 자신감이 생긴 것 같았다.

"왜 갑자기 마음이 변한 거야?"

"저희 부모님은 저를 사랑해요. 다른 부모님들이 그러는 것보다 더요."

"좀 전에는 '우리들 부모님'이라고 말했잖아."

"제가요?"

"모르는 척하지 말고."

"직접 물어보세요." 그레타는 굳은 표정으로 율리아를 빤히 쳐다보았다. 그러고는 팔짱을 꼈다. "어쨌든 그건 에바가 없어진 거랑은 아무 상관없어요." 그녀는 눈길을 저 멀리로 돌렸다. 잠시 후 그녀는 들릴 듯 말 듯한 목소리로 속삭였다. "만약 그랬다면 저도 없어져버렸을 거예요."

그레타는 무슨 말을 더 하고 싶어 하는 듯 보였지만 결국 입을 열지 않았다.

그녀가 막 교정을 나서려는데 안드레아 지버스 박사가 휴대전화로 연락을 해왔다. 두 형사는 버스정류장 그늘에 멈춰 섰고, 율리아는 스피커폰 기능을 켰다.

지버스 박사는 곧장 본론으로 들어갔다. "이건 비장의 일부예요. 사람의 비장이요. 현재까지 알아낸 건 이 정도네요."

율리아는 침을 꿀꺽 삼켰다. 목구멍이 따끔거리고 메스꺼운 느낌이 들었다. 누가, 왜 그녀한테 비장 조각을 보냈을까? 그것도 직접?

"나이나 성별, 출신도 알아낼 수 있어요?" 율리아는 사무적으로 물었다.

"DNA로 알아볼 수 있죠. 시간이 좀 필요한데, 이미 필요한 절차를 밟는 중이에요. 짐작 가는 거라도 있어요?"

"전혀요." 율리아는 현재 그녀 앞에 놓여있는 미결 사건들을 떠올려보았다. 실종 및 살인사건 외에도 교착 상태에 빠진 사건들이 몇 건 더 있었다. 하지만 사람의 내장이 사라졌다거나 하는 엄청난 일은 아니었다.

프랑크는 헛기침을 한 번 하고는 휴대전화에다 얼굴을 들이댔다. "그 비장이 잘린 지 이틀이 안 됐을 가능성도 있습니까?" 이렇게 물은 그는 곧바로 다시 고쳐 말했다. "아, 아닙니다. 그럴 리가 없죠, 신경 쓰지 마세요." 그는 율리아가 경찰청에 돌아오기 전부

터 그 봉투가 책상에 놓여 있었던 것 같다고 보고했던 걸 기억해
낸 터였다.

"동결건조 방식을 이용했다면 사실상 가능한 일이죠." 지버스
박사는 프랑크의 말에 아랑곳하지 않고 그 질문에 대답했다. "최
대한 많은 걸 알아내보도록 할게요. 아까 말씀드렸듯이 시간은
좀 걸리겠지만요."

"누군가의 시간은 이미 다 되어가고 있어요." 프랑크는 종료 버
튼을 누르기 직전에 이렇게 중얼거렸다. 그것이 에바 스티븐스를
염두에 둔 말이라는 걸 아는 율리아는 그 말에 동감했다.

오전 10시 35분

둘은 적중, 하나는 헛방이었다. 페터와 도리스는 베르거에게, 세
대의 흰색 오펠 아스트라 중 조건에 맞는 건 두 대뿐이라고 보고
했다. 나머지 한 대는 본래 파란색으로, 언제 흰색으로 도색되었
는지는 알 수 없다고 했다. 그리고 그중에 운행이 가능한 건 한 대
뿐이었다. 바로 젊은 여교사의 차.

"그래도 과학수사반에는 세 대 모두 꼼꼼히 검사해보라고 해."
베르거가 지시했다. "트렁크, 뒷좌석, 조수석, 다. 그 차량들을 운
전할 수 있는 사람들이 누구였는지, 그중 한 대를 범행 당시 누가
빌려 타지는 않았는지 등에 대해서도 알아보고. 머뭇거릴 필요
없이 당장 실행해! 세 명의 차주들과도 직접 만나봐."

"그렇게 하겠습니다." 페터는 고개를 끄덕였고, 그때 전화벨이
울렸다. 페터는 아직 할 말이 남아 있었지만, 베르거는 그 전화를
기다렸다는 듯 페터와 도리스에게 잠시 앉아 있으라고 한 뒤 스

피커폰을 켰다.

"슈렉 반장." 베르거가 말문을 열었다.

"제가 그 드루이드(고대 켈트 사회에서 주술적 지도자 역할을 했던 사람을 일컬음 —역주)를 잡았습니다." 쇳소리가 섞인 미햐엘의 목소리가 방 안에 울려퍼졌다. 페터와 도리스는 무슨 말인지 모르겠다는 듯 서로를 쳐다보았다. 미햐엘은 다시 입을 열었다. "다들 아시는 이름이에요."

"누굽니까?"

"루이스 피셔요."

"잘 모르겠소만."

그 IT 전문가는 웃음을 터뜨렸다. "이것 참, 컴퓨터는 모든 걸 기억합니다. 피셔는 수년 전 로제마리 슈탈만 사건 때 우리 쪽에 연락을 해왔던 사람이에요. 자기가 영매라고 하지 않나, 허무맹랑한 접근법들을 내놓질 않나, 아무튼 이상한 남자였죠."

그는 그 밖에 자기가 조사한 내용을 요약해서 보고한 뒤 마지막으로 이렇게 말했다. "근데 최근에 포스팅한 걸 보면 그냥 무시할 수 있는 정도는 아니더군요. 그는 이 포럼을 제 장광설을 풀어놓는 무대로 여기는지, 아직도 범인을 못 잡고 실종된 소녀도 못 구했다며 수사당국을 비난하고 있습니다."

"프랑크와 율리아를 그리로 보내도록 하죠." 베르거가 말했다.

"알아낸 정보를 전부 나한테 보내줘요."

초인종이 세 번 울리고 나서야 루이스 피셔는 문을 열었다. 율리아는 이미 여러 대의 카메라를 발견했고, 그는 그중 한 대로 율리아와 프랑크를 보고 있었을 게 뻔했다. 과민성 안전주의자, 혹은 지배광이 틀림없었다. 율리아는 긴장했다. 그들은 신분증을 내보인 뒤 루이스를 따라 안으로 들어갔다. 높은 천장, 환하게 켜진 조명. 적막감. 카펫이 깔린 바닥 덕분에 발소리조차 들리지 않았고 음악도 없었다. 예술품이나 장식품이 거의 없어 소박하다 못해 초라해 보였다. 복도에는 두 대의 평면 화면이 서로 마주보고 달려 있었고, 두 대 모두 꺼져 있었다. 반면에 루이스의 사무실은 다른 공간들과는 전혀 달랐다. 뭔가 비밀스러운 분위기가 곳곳에서 풍겼고, 심지어 동양적인 향기까지 났다. 묵직하면서도 달콤한, 유향과 계피 냄새.

"갑자기 오신다기에 상담 한 건을 취소했습니다." 두 형사에게 자리를 권한 루이스는 책상 앞에 앉아 언짢은 듯 말했다. 천을 씌운 편안해 보이는 소파를 일부러 한쪽으로 치워놓은 탓에 두 형사는 꼭 뭘 부탁하러 온 사람들처럼 불편한 자세로 앉아 있어야 했다. '역시 지배광답군.' 율리아는 생각했다.

"어떤 상담이요?" 율리아가 물었다.

"그건 비밀입니다. 제 고객들은 제가 화나게 하는 걸 그리 좋아하지 않을 테니까요."

"그건 저희 쪽도 마찬가지입니다." 프랑크는 냉소적인 목소리로 대답했다.

그냥 잠자코 있기로 마음먹은 율리아는 방 안을 빙 둘러본 뒤 다시 루이스를 쳐다보았다. "하시는 일이 뭔가요? 집에서 일하시는 거예요?"

"직접 고객을 찾아가기도 합니다만, 제 공간에서 상담하기를 선호합니다." 그는 앉은 채로 기지개를 켜고는 잘 손질된 손을 쳐다보았다. "저는 코치, 개인 상담사, 영적 동반자로 일합니다. 어떻게 부르셔도 좋아요. 혹시 이런 데 관심 있으십니까?"

그가 활짝 웃어보이자 새하얗고 고른 이가 반짝거렸다. 율리아는 그의 거만한 태도를 무시하며 냉정하게 물었다.

"돈 많은 고객들을 상대하시겠군요."

"제 고객들은 주로 경영자, 정치인들이고, 한 번은 전 총리 후보자를 상담한 적도 있어요. 물론 그 경우에는 제가 직접 방문을 했고요."

율리아는 더 묻고 싶은 걸 겨우 참았다.

프랑크는 헛기침을 했다. "그런데도 druide_666이라는 아이디로 그 수상한 포럼에 접속하실 시간은 있었나 보군요?"

루이스는 침을 꿀꺽 삼켰다. "그것 때문에 오신 겁니까?"

"그럼 뭐 때문이라고 생각하셨습니까?"

"그게, 그 소녀 때문인가 했죠. 제가 가끔씩 영매 역할도 하니까요. 기억하실지 모르겠지만……"

"좋습니다." 율리아는 그의 말을 가로막았다. "그럼 에바를 찾는데 도움이 될 만한 게 있다면 말씀해주시죠."

"구체적인 위임도 없이요? 아뇨, 그럴 수는 없습니다." 루이스는 체념한 얼굴로 고개를 가로저었다. "차 한 잔 드릴까요?"

율리아와 프랑크 모두 괜찮다고 말했다. 천장에 난 창으로 뿌연 햇빛이 내리쬈다. 루이스가 어떤 버튼을 누르자 천으로 된 블라인드가 윙 소리를 내며 펼쳐졌다. "괜찮으시죠?" 그는 팔을 긁으며 물었다. "햇빛을 별로 안 좋아해서요."

"괜찮습니다." 율리아는 그의 주근깨가 난 하얀 피부를 쳐다보았다. 알레르기가 있나?

루이스는 찻잔에 입을 대고 홀짝거렸다. "그래, 제가 인터넷에 올린 글들은 읽어보셨습니까?"

베르거는 경찰이 그의 포럼 활동에 관심을 갖고 있다고 말한 모양이었다.

"잠언과 간음에 관한 구절까지만 읽다 말았습니다." 율리아는 거짓말을 했다. 지금까지 알아낸 바에 따르면 HURE가 차량번호판을 나타낸다는 사실을, 루이스가 알아서는 안 되었다.

"저를 기억 못 하시는군요, 그렇죠?" 루이스가 조용히 물었다.

율리아는 눈을 가늘게 뜨고 그를 쳐다보았다. "네?"

"<서류번호 XY>에 나왔던 로제마리 슈탈만 사건. 유타 프랄 사건. 베아테 쉬르만."

"베아테 쉬르만이요?" 프랑크와 율리아는 동시에 깜짝 놀라 소리쳤다. 고속도로 인근 숲의 그늘진 곳에서 해골을 발견했던 당시를 떠올리다 보니, 다른 우울한 기억들도 함께 떠올랐다. 때는 2006년, 프랑크가 술독에 빠져 살고 율리아가 개인적인 일들을 제대로 돌보지 못하던 시기였다. 두 사람은 모든 걸 바쳐가며 사건 해결에만 매진했고, 때문에 기력을 다 소진한 상태였다. 베아테의 부모는 결국 니더엘렌바흐를 떠났다. 수년간 결정을 내리지 못하고 지내던 끝에 이사를 결심했던 것이다. 때때로 그들은 어느 웹사이트를 통해 자신들의 딸을 죽인 범인이 아직도 잡히지 않고 있다는 사실을 사람들에게 상기시키곤 했다.

"당시 이미 저는 경찰이 수사 방향을 잘못 잡고 있다고 말씀드렸습니다." 루이스는 이마를 쓰다듬으며 말했다. 그의 눈가가 신경질적으로 실룩거렸다. "아무도 제 말에 귀를 기울이지 않았죠. 형사님들도 분명 기억조차 못하실 테고요."

율리아는 열심히 기억을 더듬어보았지만 아무것도 떠오르지 않았다. 결국 프랑크가 대신 나섰다.

"대중의 관심을 받는 사건인 경우에는 목격자들의 신고가 끊이질 않습니다. 그중에는 허황된 가설들도 많기 때문에 그런 것들을 걸러내고 나서야 저희한테 보고가 되는 거죠. 그때 뭐라고 말씀하셨습니까?"

"저는 범인을 봤습니다."

"봤다고요?" 율리아의 눈이 휘둥그레졌다. 정말 범행을 저지르는 걸 목격했다고? 아니면 혹시 그저 명예욕에 눈이 먼 남자의 필사적인 외침은 아니었을까? 그녀는 순간적으로 정신이 번쩍 들었다.

"환영을 봤어요." 루이스는 자부심에 가득 차 열정적으로 말했다. "베아테가 죽는 걸 봤는데, 그 악마가 베아테 위로 몸을 숙이고 있었어요."

"바로 그런 신고가 걸러진다는 겁니다." 프랑크는 눈에 띄게 실망한 표정으로 중얼거렸지만 루이스는 그에 아랑곳하지 않았다.

"당시 제 신고 내용을 한 번 확인해보시죠. 저는 제가 아는 모든 걸 조서에 기록될 수 있도록 제대로 전달했지만, 돌아온 건 비웃음뿐이었죠. 조서 내용과 소녀들의 사망 시각을 비교해보세요. 그럼 확인하실 수……."

"그래서 그게 우리한테 무슨 도움이 된다는 거죠?" 율리아는 짜증스러운 듯 물었다. "에바한테 무슨 도움이 되냐고요?"

"그건 하나의 도식이에요. 잠깐 기다려보세요." 루이스는 여러 개의 서랍들 중 하나를 열어 종이뭉치를 꺼냈다. 신문을 스크랩한 것들, 종잇조각들, 로제마리 슈탈만의 사진 한 장이 보였다. 대

중이 쉽게 구할 수 있었던 자료들. 율리아는 그중에 혹시 공개되지 않았던 자료도 있는지 눈에 불을 켜고 찾아보았다. 누렇게 색이 바랜 종이 몇 장을 넘겨보던 루이스는 들릴 듯 말 듯한 소리로 욕설을 내뱉었다. 찾는 게 없는 모양이었다.

"뭐, 괜찮습니다." 그는 중얼거렸다. "그럼 이 방법으로 하죠."

그는 종이에다 네 명의 이름을 적고는 그것을 율리아 앞으로 밀었다. 앞서 언급했던 세 명의 소녀와 마티아스의 이름이었고, 에바의 이름은 맨 뒤에 괄호 안에 따로 적혀 있었다. 루이스는 컴퓨터 마우스를 움직여 거리 지도를 불러낸 뒤, 헤센 중부를 확대했다. 잠시 후 윙 소리를 내며 프린터가 돌아갔고, 인쇄된 종이 한 장이 나왔다.

"실례지만 저것 좀." 루이스는 프랑크 쪽을 가리키며 말했다. 뚱한 얼굴로 자리에서 일어난 프랑크는 프린터 쪽으로 터벅터벅 걸어갔다. 빨간색 토너 카트리지가 비었는지, 인쇄된 이미지의 색이 이상했다.

"개방형 지도라, 대단히 감명 깊군요." 프랑크는 그 종이를 책상 위에 내려놓으며 빈정대는 말투로 말했다.

루이스는 빙긋 웃었다. "베아테 쉬르만은 뮌첸베르크. 베터라우 북쪽이죠." 그는 볼펜으로 그 장소에 X 표시를 했다. "유타 프랄은 하셀로트. 랑엔젤볼트에서 몇 킬로미터 떨어진 곳이었습니다." 또다시 X 표시. "그리고 가장 최근에 일어난 살인사건은 여기죠." 그는 마인 강이 S자 형태를 그리는 지점 어딘가에 표시를 했다.

"로제마리 슈탈만이 빠졌는데요." 아직 루이스의 의도를 모르는 율리아가 고개를 끄덕이며 말했다. 하지만 곧 루이스의 열정 넘치는 눈빛을 본 그녀는 그가 실수를 한 게 아니라 일부러 그랬다

232

는 걸 알 수 있었다. 루이스는 드디어 자기 말에 귀를 기울여주는 사람이 생겼다는 데 감사했다. 가상의 공간에서 활동하는 정체를 알 수 없는 음모론가가 아닌, 실재하는 사람이. 그가 로제마리 슈탈만을 X 표가 아닌 O 표로 표시하자, 율리아는 즉각 반응했다.

"왜 X 표가 아니죠?" 그녀가 물었다.

"잠깐 기다려보세요. 저는 수년을 기다렸습니다." 순간 그의 표정이 살짝 어두워졌다. "가지고 계신 파일들을 한 번 살펴보세요. 1989년 히르첸하인, 어느 가족의 비극." 그가 비웃었다. "쾨퍼른, 어느 떠돌이 여성이 살해된 사건. 숲병원에 입원해 있던 어느 정신병자의 짓이었죠. 시신은 여기쯤에서 발견되었습니다." 그는 손을 휙 움직여 그 지도 위에 또 다른 지점을 표시한 뒤, 볼펜을 오른쪽으로 움직였다. B275 국도. 히르첸하인. 다섯 번째 X 표. 그런 다음 루이스는 종이를 형사들 쪽으로 들어보였다.

"자, 어떻습니까?"

"뭐가요?"

"정말 모르시겠어요?"

"점 다섯 개, O 표 하나." 프랑크가 말했다. "이런 건 내 딸이 네 살이었을 적에나 그리던 건데."

루이스 피셔는 무식 어쩌고 하는 말을 중얼거리고는 다시 종이를 내려놓았다. 그러고는 그 위에 자를 대고 빨간색 사인펜으로 서둘러, 하지만 세심하게 선을 몇 개 그었다. 그가 채 마치기도 전에 율리아는 그 그림이 뭔지 알아볼 수 있었다. 그녀는 마치 명치를 찔린 듯 기분이 좋지 않았다.

"젠장." 그녀가 속삭였다. 다섯 개의 점을 이으니 정확히 별 모양이 되었던 것이다. 프랑크도 그것을 알아보고는, 손으로 유일하게 O 표시가 된 곳을 가리켰다.

"그럼 여기 이건요?"

"컴퍼스가 없어서 안타깝군요." 루이스가 웃었다. "하지만 예전에 베아테가 살던 곳과 로제마리의 시신이 발견된 곳 역시 이 점들을 연결한 원 안에 있습니다. 어쩌면 이제 제 보수를 협의하기에 적절한 시점이 된 걸지도 모르겠군요."

뮌첸베르크, 베아테 S.의 시신 발견

1989년 히르첸하인, 사망자 세 명, 비운의 가족

랑엔젤볼트, 유타 P.

페켄하임, 마티아스 W, 에바 S.는 실종(둘은 아주 가까운 곳에 살고 있었음)

프랑크푸르트

베아테 S.의 거주지(마지막으로 목격된 곳)

로제마리 슈탈만

쾨퍼른, 숲에서 사망한 채 발견된 여성

*

율리아와 프랑크가 돌아가고 나자 루이스는 한숨을 푹 내쉬었다. 그는 자기 자신을 변호하는 데 익숙지가 않은 사람이었다. 이제 뭘 써 보이고, 설명하지 않아도 되었으니 완전 그의 세상이었다. 다만 단 한 가지 그를 자유롭지 못하게 하는 것은 그의 내면에서 느껴지는 압박감이었다. 비록 모든 약속들이 그의 머릿속에 저장되어 있었지만, 그는 다시 한 번 일정표를 확인했다. 아직 시간이 좀 있었다. 그에게 지금 당장 필요한 시간.

오디오 앞으로 걸어간 그는 라디오의 클래식 채널을 틀었다. 제목을 알 수는 없었지만 그는 그제야 마음이 진정되는 느낌이었다. 그는 밖에서는 거의 안 보이는, 벽 패널 안에 있는 창문을 열었다. 전구 하나가 깜빡대기만 할 뿐 켜지지 않고 있었다. 루이스가 2미터 높이의 냉장고 문을 열자 윙 하는 소리가 났고, 평평한 벽 선반에 놓인 각종 유리병들이 그 소리에 진동했다. 냉장고 문이 휙 열리자, 안에는 빨간색 액체가 담긴 용기들이 더 있었다. 그는 떨리는 젖은 손으로 자신이 '감미로운 음료'라 부르는 그 액체를 한 병 꺼냈다. 그러고는 딱 소리가 나게 뚜껑을 돌려 연 뒤 그 걸쭉한 음료를 단숨에 마셔버렸다.

자그마한 싱크대에서 빈 병을 씻은 그는 선반의 다른 병들 위에다 그 병을 쌓아놓았다. 냉장고를 닫으며 그는 온도를 확인해보았다. 2도. 안에 든 병의 개수가 얼마 안 되므로 빨리 보충을 해놓아야 했다. 시간이 얼마 없었다. 옷소매로 대충 입을 훔친 그는 격실을 다시 잠근 뒤 쿠션이 있는 소파 쪽으로 성큼성큼 걸어갔다. 거기 털썩 주저앉아 잠시 휴식을 취하며 방금 마신 '생명의 주스' 덕분에 몸에서 새 힘이 솟아나는 걸 느꼈다. 얼마 후 그는 서둘러 위층으로 올라갔다. 음악을 끈 뒤 컴퓨터 앞에 앉아 감시카메라를 켰다. 흑백으로 깜빡이는 화면 속에서 그 소녀를 발견한 순간, 그의 눈이 반짝반짝 빛났다. 어린 여자애. 컴퓨터를 끈 그는 자리에서 일어났다.

그는 그 소녀에게로 가야했다.

지금 당장.

오후 12시 32분

그녀는 그가 보는 앞에서 편안히 잠들어 있었다. 눈꺼풀 안으로 눈동자가 이리저리 움직이는 게 보였다. 혼란스러운 꿈이라도 꾸는 것처럼. 진정제를 맞은 그녀는 몸은 마치 휴식을 취하고 있는 듯 보였지만 잠재의식 속의 스트레스 레벨은 여전히 높았고, 이는 막을 수 없는 현실이었다. 시간은 자꾸 가는데 그는 도저히 그녀를 정신적으로 굴복시킬 수가 없었다. 그런 문제는 열흘 정도면 충분히 해결되겠지만, 그는 그렇게 오래 기다릴 수가 없었다. 얇은 칼날이 불빛을 받아 반짝 빛났다.

"자, 착하지." 그는 칼날을 그녀의 옷 속에 밀어 넣으며 말했다. 먼저 셔츠를 깃 부분까지 조심스럽게 뜯은 그는 칼을 잠시 옆에다 내려놓았다. 그러고는 그녀의 속옷에 묻은 실밥을 털어내고 소매를 어깨 쪽으로 잡아당겼다. 그녀는 깃털처럼 가벼웠다. 그는 그녀의 몸을 살짝 들어 그 밑으로 옷을 빼낸 뒤, 속옷도 그와 같은 방법으로 벗겼다. 손등에 그녀의 가슴이 스치는 것을 느끼면서. 그는 손가락으로 그녀의 몸을 쓰다듬었다. 부드럽고 매끈한 피부. 작은 유두와 분홍빛 갈색을 띠는 유륜. 브래지어는 보이지 않았다. 곧 이어 그녀의 바지를 자른 그는 팬티(그가 사줬던)에 코를 대고 냄새를 맡았다. 그러자 허벅지 사이가 시큰거리는 느낌에 신음이 절로 나왔다. 온몸에 정욕이 일었다. 갑자기 일어난 정욕이 그의 숙달된 움직임을 마비시키는 듯했다. 부드럽게 오르락내리락하는 아랫배. 고른 호흡. 그는 그녀의 머리를 매만졌다.

"내 작은 천사, 이제 때가 됐어. 너무 빨리 이렇게 되어버려서 서로 제대로 알 시간도 없었지. 하지만 우리는 곧 하나가 될 거야. 오직 너랑 나만. 네 속엔 내가, 내 속엔 네가 있게 될 거야."

불현듯 그의 귀에 페터 마파이(Peter Maffay, 루마니아 출신 가수 —역주)의 예전 히트곡이 울려 퍼졌다. 당황한 그는 그 노래를 떠올리지 않으려 안간힘을 썼다. 아무도 그를 방해해서는 안 되었다. 지금 이 순간은 오직 그와 그의 소녀의 것일 뿐, 제3자가 끼어들 자리는 없었다. 그는 몸을 앞으로 숙이며 혀를 내밀었다. 그러고는 그녀가 입고 있는 팬티의 선을 따라 배를 핥으며 솔기를 혀로 가지고 놀았다. 그의 혀는 점차 배꼽, 흉곽 쪽으로 미끄러져 갔다. 그는 혹시 자기가 그녀의 성감대를 건드리지는 않는지, 그래서 그녀의 호흡이 가빠지거나 몸이 움찔하지는 않는지 신경을 쓰고 있었다. 그러나 그녀에게서는 아무런 반응도 없었다. 그는 욕구가 만족될 때까지 그녀의 몸을 탐닉했다. 그런 다음 또 다른 칼 하나를 꺼냈다.

순간 그의 머릿속에 첫 경험의 기억이 떠올랐다. 벌써 여러 해가 흘렀지만 그 소녀들은 전혀 나이를 먹는 것 같지 않았다. 칼을 복강에 찔러 넣을 때마다 그는 소리가 나기를 초조한 마음으로 기대했다. 그가 찌른 칼날이 살과 힘줄을 관통하는, 그 뭐라 형용할 수 없는 순간에 살코기를 썰 때와 같은 소리가 나기를 자기도 모르게 기대했던 것이다. 하지만 아직까지는 그 어떤 소리도 들을 수 없었다. 지금 그의 앞에는 어리고도 가녀린 소녀가 축 늘어진 채 누워 있었다. 그녀의 가슴은 일정한 속도로 오르락내리락했다. 칼날이 에바의 복강을 찌르는 순간, 최후의 한숨 외에는 아무 소리도 들리지 않았다.

오후 1시 10분

루이스 피셔는 눈을 바삐 움직여 카메라 녹화 화면과 받은 메일함을 번갈아 쳐다보았다. 지금 그의 집 대기실에 앉아 있는 요한 나에게서 눈을 뗄 수가 없었다. 그녀를 기다리게 하는 건 그가 평소에는 하지 않는 일이었다. 그녀에게는 가까이가고 싶게 만드는 마력이 있었으니까. 하지만 그녀도 똑같이 그를 기다리게 했었다. 그는 이메일을 다시 한 번 읽었다. 여느 때와 다름없이 냉정한 말투였다.

안녕하세요. 오늘 낮 1시쯤 시간 어떠세요? 가능하시면 좋겠는데. 요한나가.

그 메일은 스마트폰에서 보낸 걸로 표시되어 있었다.

목요일 약속 시간에 나타나지 않은 데 대한 사과나 해명 같은 건 없었다. 그녀는 마치 그가 두 시간 내로 메일을 읽을 것이며, 시간이 있을 거라고 확신하는 것 같았다. 아무튼 그가 그녀를 아는 것보다 그녀가 그를 더 잘 아는 건 확실해 보였다. 그녀를 맞이하기 위해서라면 그가 어떤 수단과 방법도 가리지 않을 것임을, 그녀는 알고 있는 게 분명했다. 루이스는 자기만의 방식으로 요한나를 흠모했다. 그녀를 성적 대상으로 보는 게 아니라, 그 흠 잡을 데 없는 몸매 뒤에 숨겨진 무언가를 보았다.

요한나의 태도는 그를 매료시켰다. 비록 그녀의 쾌활한 웃음은 이미 오래전부터 볼 수 없었지만, 그 시니컬하고 때로는 무미건조한 태도와 그 밖의 모든 행동들이 그의 마음에 들었다. 그러다가도 그녀는 힘없는 아이처럼 연약한 모습을 보이기도 했다. 그녀는 철저히 혼자였고 프랑크푸르트 내에서 그녀를 신경 쓰는 사람은 아무도 없었다. 그녀를 찾아오는 남자들도 단지 그녀의 몸에만 관심을 둘 뿐이었다. 금발머리에 순진한 얼굴, 어린 육체. 그녀는 딸을 가진 아빠들이 감히 실행할 엄두를 못 내는 욕구를 충족시켜주었다. 냉소적으로 보면 그건 사회적으로 오히려 좋은 일을 하는 건지도 몰랐다.

요한나의 딱딱하면서도 냉소적인 태도는 루이스가 감탄해마지 않는 또 한 가지 특징이었다. 그녀는 연약한 면은 보이지 않으려 애쓰며 완벽한 실리주의자처럼 행동했다. 그녀에게 말한 적은 없었지만, 그는 어떤 날에는 그녀가 자기와 비슷하다는 생각이 들곤 했다. 요한나 멜처와 마찬가지로 그 역시 다른 사람들을 속여서 먹고살았기 때문이다. 이해, 충고, 관심. 때로는 그보다 더한 것도 했다. 그에게는 한 가지 신조가 있었는데, 인생에 지루함을 느끼는 사십 대 후반의 돈 많은 여자들(그의 일정표 대부분을 차지하고 있는)과는 잠자리를 하지 않는다는 것이었다. 그 여자들은 남편이 루이스의 고객이었기 때문에 그를 찾아왔다. 남편이 딴 여자와 바람을 피우기 전이나 혹은 그 후에.

루이스는 화면을 통해 요한나를 관찰했다. 그녀는 안락의자에 편안한 자세로 앉아 스카프 끝부분을 매만지고 있었다. '이 더운 날씨에 웬 스카프?' 그는 생각했다. 티셔츠 아래로 가슴의 형태가 드러났다. 집안 온도가 16도밖에 되지 않아 그녀의 유두는 단단하게 곤두서 있었다. 하지만 요한나의 경우 그가 지키는 원칙이 있었다. '손대지 않기.' 지난밤 그녀가 얼마나 많은 남자 위에 올라탔을지 누가 알겠는가. 불결함은 그가 세상에서 가장 혐오하는 것이었다.

2년 전 첫 만남에서 그는 그녀에게 왜 그런 일을 하느냐고 물었다. 보나마나 뻔한 대답을 할 거라 생각했으니 어찌나 순진했는지. 그녀의 대답은 그야말로 충격적이었다. 그중 가장 놀라웠던 건 요한나의 엄청난 솔직함이었다. 그때까지는 그녀가 아무에게도 말하지 않았던 일들. 어린 시절의 기억, 트라우마. 아무도, 자기 어머니조차도 믿지 않았던 이야기들. 요한나는 소위 좋은 집안에서 태어났다. 부모가 이혼을 하지도 않았으며, 언니와 오빠도 있었다. 브루흐쾨벨 인근의 평화로운 마을에서 살았는데, 아버지는 오랫동안 그 마을의 이장이었고 헌신적인 주부였던 어머니는 대여섯 개의 단체에 소속되어 열심히 활동했다. 모두에게 호평을 받으며, 아이들은 그 마을의 유치원과 초등학교에 다녔다. 누구든 서로 다 아는 사이였다.

　하지만 그 두 소녀가 남자형제와는 달리 해쓱하고, 말이 없고, 내성적인 걸 이상하게 생각하는 사람은 아무도 없었다. 완고한 성격의 노처녀였던 여교사는 아이들이 믿고 마음을 터놓을만한 사람은 아니었다. 게다가 소아과 의사는 어머니의 사촌이었다. 그 누구도 두 소녀에게 뭔가 문제가 있다는 사실을 알지 못했다. 그 어리고 여린 소녀들이 다섯 살 때부터 잔인하게 성폭행을 당했으며, 그로 인해 장기에 회복 불가능한 손상까지 입었다는 사실을. 또 그들이 정신적으로도 쇠약해졌다는 것을.

　더 이상 참을 수 없었던 요한나의 언니는 열네 살 때 동맥을 그었다. 아버지는 자신의 영향력을 이용해 큰 딸을 먼 곳에 있는 요양원으로 보냈다. 마을 사람들은 잠깐 놀랐을 뿐, 다들 그녀가 사립학교로 전학을 간 줄로 알았다. 아버지가 가장 사랑했던 첫째 딸, 아주 특별한 보물. 아버지는 그런 큰 딸을 위해 최고의 후원을 해주었고, 때문에 의심의 눈초리로 쳐다보는 사람은 아무도 없었다. 요한나는 아버지의 고문을 열여덟 살 때까지 견뎠다. 그 이후 이사를 간 그녀는 다시는 고향으로 돌아가지 않았다. 도움이 필요했을 때 자신을 보호하지 않았던 어머니와도 연락을 끊었다. 또 그녀의 고발로 이상적인 가족의 이미지가 파괴될까 봐 걱정하며 그녀를 외면했던 오빠와도 더 이상 연락을 하지 않았다.

　그녀가 믿을 사람은 아무도 없었다. 건강한 관계를 맺을 수 있으리라 믿었던 사람들은 모두가 그녀를 실망시켰다. 루이스 피셔는 그녀에게 돈을 받았고, 성관계를 요구하지도 않았으며, 둘은 친하지도 않았다. 어쩌면 그래서 그녀가 마음 놓고 그런 얘기를 털어놓았는지도 몰랐다. 루이스는 그녀가 왜 매춘이라는 세계로 들어가게 되었는지 이해했다. 그건 그녀가 자기 몸에 아무런 가치도 두지 않았기 때문이다. 그 가치는 이미 오래전에 파괴되어버렸으니까. 지치도록 일을 해도 그녀는 그 어떤 사랑이나 혐오의 감정도 느끼지 못했다. 다만 그녀의 몸속에서는 사람들이 세상에서 가장 기분 좋은 것이라고 하는 열기와 충격이 느껴졌다. 수년의 세월을 지나 이제야 그녀는 그 느낌을 두려워하지 않게 되었고, 오히려 그 덕분에 자신에게 성적 매력이 있다는 환상을 갖게 되었다. 그녀에게서 오래전에 헤어진 누군가의 모습을 찾는 다리우스 역시 그런 이유로 그녀를 찾는 것일 터였다.

루이스는 요한나가 처음으로 자기 속내를 숨김없이 털어놓은 사람이었다. 덕분에 요한나의 마음은 홀가분해졌지만, 그녀는 루이스에게 자신의 약점을 무방비상태로 드러내놓은 꼴이 되었다. 만약 그가 늑대 같은 남자였다면 그걸 덥석 물었을 테지만, 그녀의 운명은 그의 마음 깊은 곳을 동요시켰다. 그녀는 그를 찾아오는 다른 여자들(우울증 환자를 가장한, 그러나 실제로는 그저 일상에 지루함을 느끼는 여자들)과는 달랐다. 또 생각보다 많은 사업가들이 그러하듯, 과거에 자기가 저질렀던 무분별한 행동을 면죄 받고자 그를 찾아오는 것도 아니었다. 전에는 신부들이 무료로 했던 그런 일을 루이스는 어마어마한 보수를 받고 해주는 셈이었는데, 그는 그런 생각을 하면 기분이 좋았다. 또 요한나 멜처를 만날 때도.

"당신을 찾아오는 남자들은 당신이 갈망하는 걸 이루어주나요?" 루이스는 자기가 예전에 했던 이 어색한 질문을 떠올리자 부끄러워졌다.

"고객들이죠. 난 그 사람들이 낸 돈에 맞게 서비스해주는 것뿐이에요." 요한나는 조롱하듯 그를 노려보았다. "선생님도 결국 선생님이 가진 뭔가를 파는 거 아닌가요?"

"조언, 의견……." 그가 말했다.

"난 내 보지를 팔아요. 무슨 차이가 있죠?" 그녀는 재치 있게 말했다. "난 샤워를 하고, 옷을 갈아입고, 집으로 가요. 선생님은 그 많은 고민들을 다 어떻게 하세요? 하루 일을 끝내고 나서도 고민에 시달리지 않나요?"

몇 달 뒤 루이스는 요한나에게 고백했다. 그의 마음을 정말로 아프게 하는 일은 얼마 없는데, 그녀의 이야기가 바로 거기에 속한다고. 그는 그녀에게 매료되었다. 지금까지도 그녀의 직업은 그로서는 받아들일 수 없는 것이라 불결하다고 생각하기도 했지만. 루이스는 요한나에게서 벗어날 수가 없었다.

루이스는 너무 오랫동안 흥분한 채로 화면을 응시하고 있었다. 그녀가 그와 마주앉아 있을 때는 그렇게 마음대로 볼 수 없었으니까. 그런데 스카프는 왜 하고 온 걸까?

요한나는 피곤함이 묻어나는 엷은 미소를 지으며 그에게 인사했다. 힘이 없어 보였고, 안색은 창백했다.

"어제는 어디 갔었어?" 루이스는 의도했던 것보다 더 퉁명스러운 말투로 물었다.

"아팠어요."

'그게 다야?' 그는 생각했다. "전화 한 통 해줬으면 좋았잖아."

"그래서 이렇게 왔잖아요. 오늘 약속은 비용을 좀 더 쳐드릴게요." 그녀는 자리에서 일어났다. 하대하는 듯한 그녀의 태도에 루이스는 의외로 기분이 많이 언짢았다.

"그게 중요한 게 아니야."

"그럼 뭐가 중요한데요? 무슨 일이 좀 있었어요. 죄송해요."

그녀는 당당한 걸음걸이로 이리저리 걸어 다녔지만 머리가 뭔가 부자연스러웠다. 마치 스카프가 흘러내리지 않게 힘을 주고 있는 것 같았다.

"아까 아팠다고 했지." 루이스는 목을 가리켰다. "혹시 편도선염이야?"

요한나는 몸을 움찔했다. "심한 건 아니에요." 거리를 두려는 듯한 대답.

"왜 오늘 약속을 잡은 거지? 알다시피 금요일에는 내가……."

"습격을 당했어요." 그녀가 불쑥 말했다. 루이스의 눈이 휘둥그레졌다.

"그렇게 보지 마세요. 그게, 음, 내가 하는 일하고 상관 있는 건 아니니까." 그녀는 그에게 가까이 다가가 스카프를 한쪽으로 잡아당겼다. 멍이 들어 있었다. 다리우스의 엄지와 검지에 눌린 타원형 자국. 루이스는 놀란 얼굴로 그녀를 쳐다보았다. 그가 알기로 사도마조적인 성관계는 그녀의 서비스 분야가 아니었다.

"누가 이런 거야?" 그는 고개를 갸우뚱하며 속삭였다.

"어떤 고객이요. 하지만 하는 도중에 이런 건 아니에요. 숨어 있다가 덮쳤어요."

"어떤 고객이?"

"네, 맙소사, 말 좀 끊지 마세요."

요한나는 사건의 전말을 요약해서 이야기했다. 아마 자기가 그 남자의 화를 돋운 것 같다며, 그가 갑자기 그녀를 붙잡고 목을 조르다가 금세 다시 그녀를 홱 밀쳐냈다고 했다. 그러고는 지나가는 자동차의 경적 소리 때문에 잘 들리지는 않았지만, 대충 '미안해'라고 말하더니 도망갔다고. 그녀는 어쩌면 그 두 가지 소리 모두 그저 자신의 상상인지도 모른다고 말했다. 멍한 상태로 있던 그녀는 겨우 정신을 차리고 비틀거리며 집으로 돌아갔다. 그 밖에 뭘 할 수 있었을까? 밤을 지새운 창녀. 그런 그녀에게 관심을 두는 사람은 아무도 없었다.

"이제 때가 됐어." 루이스는 그녀의 말을 다 듣고 나서 몇 분 뒤에 말했다. 두 사람은 나란히 서서 대기실 벽에 걸린 추상화를 바라보고 있었다. 루이스의 어깨가 그녀의 어깨를 스쳤지만, 그는 그대로 서 있었다. 처음으로 그녀가 불결하다고 느껴지지 않았다. 그녀의 말에 따르면, 수요일 저녁 이후로 손님을 받지 않았다고 했다.

"때가 되다뇨?" 그녀가 물었다. 저녁 전까지는 그녀가 서두를 일은 없었다.

"그 지저분한 일을 그만 둘 때라고. 그 자식을 신고하고 짐을 싸서 나올 때야."

하지만 요한나는 고개를 가로저었다. "조금 더 하나 덜 하나 그게 중요한 게 아니에요."

"하루하루가 중요해, 유일하다고. 내 말 들어."

루이스는 자기가 말도 안 되는 소리를 한 것 같아 더 이상 입을 열지 않았다.

"질투하시는 거예요?" 요한나가 그를 놀렸다.

"질투는 무슨."

"에이. 첫날부터 제가 어떻게 돈을 버는지 알고는 불쾌해했잖아요." 그녀는 조롱하듯 웃었다. "이 비싼 상담 비용도 다 그 돈에서 나오는 걸요."

"네가 날 찾아왔잖아." 그가 중얼거렸다.

요한나는 뭐라고 말하려다 말고 재채기를 세 번이나 심하게 했다. 그러고는 멍한 얼굴로 코를 문지르자 새빨간 줄이 손가락에 묻어났다.

"젠장." 그녀는 조용히 말한 뒤 코를 틀어 막았다. "손수건 있으세요?"

루이스는 방 안을 뒤져보았지만 손수건 같은 건 찾을 수 없었다. 요한나는 코를 막고 있었지만 핏방울 하나가 바닥에 똑 떨어지더니, 부드러운 천 위에도 떨어졌다. 그 천은 피를 싹 빨아들였고 요한나의 손끝은 빨갛게 물들었다. 새하얀 색으로 둘러싸인 타는 듯한 빨강. 루이스는 머리가 어지러웠다. 관자놀이를 문지르며 눈길을 아래로 돌린 뒤에야 비로소 그는 마음을 진정시킬 수 있었다. 하지만 바닥에는 아까 떨어진 핏방울이 있었다. 요한나가 뭐라고 말했지만 그건 마치 멀리서 들려오는 소리 같아서 하나도 알아들을 수가 없었다.

루이스는 피를 보아서는 안 되었다. 요한나의 피를 그런 식으로 보게 되다니. 그것도 그의 집 마루에서. 그는 신음을 하며 소파에 털썩 주저앉았다.

오후 6시 37분

근무시간이 시작되는 6시는 허기진 손님들이 한창 몰려들 때였다. 30분가량 바삐 움직이다 보면 어느새 그 리듬에 익숙해졌다. 조급하게 자기 차례를 기다리며 길게 줄 서 있던 손님들의 주문을 이제 막 다 처리한 글로리아는, 잠시 숨을 돌리며 물 한 모금을 마시려하고 있었다. 그런데 그때 그가 나타났다. 글로리아는 손에 들고 있던 종이컵을 구겨버렸다. 그는 무소부재했다. 어디에

나, 언제나 그가 있었다. 그가 유리문을 열고 들어오는 모습을 본 글로리아는 숨이 턱 막혔고 식은땀이 맺혔다. 보이지 않는 힘이 그녀의 목을 죄고 있는 것만 같았다. 도움을 청하려는 듯 주위를 둘러봤지만 근처에는 동료가 한 명도 없었다. 색을 입힌 유리창 뒤로 방 안에 있는 상관의 머리가 움직이는 게 보였지만, 그에게 는 아무 도움도 기대할 수 없었다.

"손님은 손님이야. 그리고 손님은 왕이지."

그는 그 이상은 아무 말도 하지 않았다.

다리우스는 일부러 느긋하게 열쇠꾸러미를 손으로 만지작거렸 다. 사실 그는 꽤 괜찮은 외모의 소유자였다. '왜 날 괴롭히는 걸 까?' 글로리아는 절망감을 느끼며 떨리는 손으로 셔츠 깃에 달린 단추 하나를 더 잠갔다. 가슴 위로 주름이 잡히게끔 달린 단추들 사이로 가슴이 엿보이도록 한 건 회사가 의도했던 걸까? 브래지 어와 가슴선이 다 보이도록? 글로리아는 지금 기분 같아서는 아 무라도 믿고 의지할 수 있을 것만 같았지만, 현실은 그녀 스스로 가 자신을 최대한 잘 지켜야만 했다. 비록 그가 그녀를 속속들이 다 알고 있다는 사실을 잘 알았지만, 그녀는 그의 눈빛을 피하려 고 애썼다. 그가 이미 오래전에 그녀의 벗은 몸(손바닥만 한 비키니라 인을 제외한)을 다 봤다는 생각만 하면 역겨워 죽을 지경이었다. 하 드드라이브에 저장해두고 언제든지 꺼내보겠지. 사람들이 부주 의하게 인터넷에 개인적인 정보를 노출했다가 그런 실수를 저지 르는 경우는 흔했다. 인터넷은 정신병자와 변태들이 마음껏 활동 하는 가상의 암흑세계였다.

"클라우디아는 지금 없어요." 글로리아는 차갑게 말하며 뚫어져 라 쳐다보는 그의 눈빛을 마주치지 않으려고 안간힘을 썼다.

"클라우디아 때문에 온 거 아닌 거 알잖아." 그가 대답했다.

글로리아는 온몸이 벌벌 떨렸다. 그의 한 마디 한 마디가 그녀를 두렵게 만들었다. 그 말 속에 숨겨진 냉정한 단호함이 그녀를 압도했다.

"젠장, 뭘 원하는 거예요?" 그녀가 물었다.

"항상 먹던 거. 단골손님이 뭘 주문하는지 정도는 알고 있어야지. 당신 상관한테 항의라도 해야 하나?"

"꼭 먹으러 온 것처럼 말하네요." 글로리아는 조용히 중얼거리며 계산대 쪽으로 향했다. 그녀는 다리우스가 가게를 나설 때 음식을 쓰레기통에 버리고, 음료수만 들고 가는 걸 자주 목격했었다. 이 정신 나간 놈은 먹으러 오는 게 아니라 그녀를 괴롭히러 오는 게 분명했다. 그녀는 딱딱한 말투로 금액을 말한 뒤 주문을 넣었다. 그러고는 더 이상 그에게는 눈길도 주지 않고 음료를 따랐다. 그가 계속 쳐다보고 있는 게 다 느껴졌다.

"이번 주는 정말 길었지, 내가 다 알아." 그가 조용한 목소리로 말했다. "저녁근무를 하고 밤늦게야 집에 돌아갔으니, 너무 피곤해서 춤추러 가기도 힘들었겠지. 당신이 원한다면, 난 언제든 준비가 되어 있어. 난 매일같이 당신을 기다린다고."

"그럼 죽을 때까지 기다리시죠!" 글로리아는 언성을 높였다. 그러고는 화들짝 놀라 주위를 확인했지만 그녀를 보는 사람은 아무도 없었다.

"그럴 필요 없어." 다리우스는 거만하게 대답했다. "당신도 곧 보게 될 거야. 당신이 내 것이 되는 걸. 그럼 우리 둘을 갉아먹는 그 외로움도 끝이지. 매일 밤 난 당신의 그 따뜻한 몸을 기다리며……."

"여기 주문하신 것 나왔습니다." 글로리아는 그의 말을 끊고 과장되게 친절한 목소리로 크게 말했다. 그의 손에 휙 건네진 종이

봉투에서 바스락거리는 소리가 났다. "맛있게 드시고 좋은 하루 되세요."

획 뒤돌아선 글로리아는 서랍을 여닫았다. 기다리는 손님은 없었고, 그녀는 다리우스가 입을 헤벌린 채 그녀의 허리와 엉덩이를 눈으로 더듬는 걸 가만히 참고 있었다. 어쨌든 잠시 후 드디어 그는 떠났다. 그녀는 그를 증오했다. 그가 쳐다볼 때면 속이 메스꺼울 지경이었다. 순간 그녀는 다리에 힘이 쭉 빠져 뭔가를 붙잡아야만 했다. 그는 스토커였고, 마치 그녀의 살에 박힌 갈고리 모양의 독침처럼 떨어져나갈 생각을 하지 않았다. 그녀를 숨 막히게 하는 존재. 그녀는 경찰을 개입시키려던 시도를 두 번이나 실패했다. 형법상으로 볼 때 사실상 다리우스가 잘못한 건 없었다. 전부 다 남자인 그 경찰들이 보기에는, 정기적으로 패스트푸드점을 찾아가거나 페이스북을 통해 연락을 하는 일 따위가 문제 될 건 전혀 없었다. 누가 그녀한테 페이스북 프로필에 그런 걸 올리라고 강요한 것도 아니요, 일터가 마음에 안 들면 그만둬버리면 된다는 것이었다.

글로리아는 그런 무관심한 태도에 모멸감이 들었다. 그건 성폭행 피해자에게 옷을 그렇게 야하게 입고 다니지 않았다면 그런 일을 당하지 않았을 거라고 조롱하는 것과 마찬가지였다. 글로리아는 자신의 절망적인 심정을 그 경찰들의 얼굴에다 고래고래 내지르고 싶었지만, 결국에는 경찰들도 포기한 상태였다는 걸 알게 되었다. 스토킹 관련 조항, 개정된 법, 새로운 원칙. 피해자 개인의 자유를 침해하는 구체적인 행위 없이는 경찰도 손 쓸 방법이 거의 없었던 것이다. 그래서 글로리아는 더 이상 시도를 하지 못했다. 결국, 이 일은 그녀 스스로 해결하는 수밖에 없었다.

"누구신지는 모르지만, 제발 우리 딸을 돌려보내주세요."

율리아는 비디오 메시지를 재생하던 브라우저 창을 닫았다. 에바의 부모는 오후에 언론사에 연락을 취했고, 이제 이 사건은 아무런 진척도 없이 도시 전체로 퍼진 상태였다. 텔레비전을 통해 포상금 2만5천유로가 걸겠다는 성명도 나왔다. 수사당국에서는 1만 유로로 계획하고 있었으니, 그들이 베르거를 선수 친 거나 마찬가지였다. 스티븐스 가족은 이런 조치로 에바가 무사히 돌아올 수 있기를 바라고 있었다.

경찰청 회의실에 모두 모여 있었다. 페터, 프랑크, 도리스, 율리아, 그리고 베르거.

"반응이 있나?" 베르거가 물었다.

"주로 헛소리 하는 사람들이죠. 몇 가지 그렇다 할 진술들은 조사 중이고요." 도리스는 짧게 요점만 말했다. "대단한 건 없어요. 안타깝게도."

"저는 그 아이들을 한 명씩 불러다 조사해봤으면 해요." 율리아가 말했다. "보상을 해준다고 꾀든, 압력을 가하든 해서요. 아무도 아는 게 없다는 건 말이 안 돼요."

청소년 패거리의 경우 주모자에 대한 두려움 때문에 입을 꾹 닫아버리는 일은 흔했다. 하지만 어느 정도 시간을 두고 그 아이들을 따로 떨어뜨려 놓으면, 대부분의 경우 그런 결속력은 깨져버리곤 했다. 불법적 협박과 합법적 협박은 한 끗 차이였고, 게다가 그 아이들은 거의 다 미성년자였다. 율리아는 누구네 집에 포상금이 가장 필요할지를 생각해보았다.

"제가 한나와 게오르크를 맡을게요." 잠시 후 그녀가 말했다. 그러자 도리스는 뭔가 할 말이 있는 것처럼 하다가 결국 고개만 끄덕였다. 그때 율리아는 도리스가 전에 한나를 심문하던 중에 게오르크가 마약을 한다는 사실을 알아냈던 걸 떠올렸다. "당신이 한나를 맡아요." 율리아는 웃으면서 말했다. "난 대신 팀을 맡을 테니."

10분 뒤 율리아는 게오르크 노이만과 마주앉아 있었다. 그러기 직전에 프랑크는 그녀에게 할 말이 있다는 신호를 보냈고, 그녀는 그에게서 들은 정보에 아주 만족하고 있는 참이었다.

서늘한 기운이 감도는 심문실 안에는 책상 하나, 녹음기 하나, 물병 한 개가 놓여 있었다. 게오르크는 꾸부정한 자세로 의자에 앉아 지루하다는 듯 담뱃갑을 손으로 가지고 놀았다. 털모자 밑으로 기름진 머리카락이 삐져나와 있었고, 턱수염이 까칠하게 돋아나 있어 실제 나이보다 더 많아 보이고, 더 강해 보였다. 마치 패거리의 두목임을 증명하는 듯한 모습이라고나 할까. 그에 비하면 다른 아이들은 꼬마들 같았다.

"정확한 이름을 말해봐." 율리아가 입을 열었다.

"기록에 남나요?" 게오르크는 불손하게 씩 웃으며 대답했다. 율리아는 말없이 그를 빤히 응시했다. 누가 먼저 접고 들어가는지를 결정하는 성가신 힘겨루기가 시작될 조짐이 보였다.

"게오르크 노이만." 잠시 후 그가 생각보다 빨리 대답했다.

"직업?"

그는 음흉한 미소와 함께 고개를 가로저었다. "무직이고 그걸 즐기고 있죠."

"주소?"

그는 자기 부모 집의 주소를 불렀다.

"가장 자주 머무는 곳의 주소도 말해봐."

게오르크는 멈칫했다. "부모님 집에 내 방이 있는데요." 그는 고집을 부렸다.

"그럼 오펜바흐에 있는 공동주거시설은?"

그는 화가 난 듯 언짢은 말투로 대답했다. "아, 그거요." 결국 그는 주소를 불렀다.

"흰색 오펠 아스트라를 목격했다고 했지. 다른 일들은 기억나는 거 없어?"

"그랬으면 벌써 말했겠죠, 안 그래요?"

"2만5천유로 정도면 기억을 떠올려 볼만도 하지 않아?"

"지어내기라도 하고 싶지만 정말 생각나는 게 없어요. 담배 태워도 돼요?" 그는 담뱃갑을 손가락으로 두드렸다.

"글 읽을 줄 알지?" 율리아는 왼쪽으로 고갯짓을 했다. '금연'이라고 적힌 표시판이 잘 보이게 걸려 있었다. "목 조르기에 대해서 아는 거나 말해줘."

"네?"

"벨트로 목 조르기. 자극제. 마약 없는 환각 상태." 율리아는 혐오감을 억누르며 최대한 순화시켜 말하려고 애썼다.

"난 필요 없어요." 게오르크가 웃었다. "소변검사 결과 못 보셨어요?"

"그래, 넌 그런 것 말고 제대로 된 걸 하지, 알고 있어. 그럼 다른 애들은? 네가 한 번 해보라고 권했는데 통하지 않았겠지. 돈도 없고, 겁도 나고. 내 말 맞지?"

"말도 안 돼요. 난 거래는 안 한다고요."

"그럼 대체 마인 강에 던져버린 건 뭐야?"

게오르크는 화들짝 놀랐다. 프랑크가 전해준 정보가 적중했던 것이다. 율리아는 씩 웃었다가 눈썹을 치켜떴다. "누군가가 칼―

251

울리히 다리에서 뭔가를 던지는 걸 봤다고 진술한 목격자가 있어. 언론에서 살인과 납치에 대해 떠들어대면 꼭 사람들은 평소때보다 주의 깊게 행동한다니까."

율리아는, 빈병 수집가의 인물 묘사가 무척이나 불확실했다는 사실에 대해서는 일부러 입을 닫고 있었다.

"난 아니에요."

"알겠어. 마약 거래는 안 한다는 거지. 너희 아버지께서 확인해 주시겠지, 뭐."

게오르크는 아무 말 없이 율리아를 응시하며 버텼다.

"좋아, 그럼 다음으로 넘어가지. 너희 패거리 중 적어도 한 명은 목이 졸린 자국이 있었어. 돈이나 마약 없이도 환각을 경험할 수 있는 방법이지. 모르는 척하지 마. 그 애들한테 아무것도 안 팔았는지는 몰라도, 그 자리에 같이 있었잖아."

"걔네가 무슨 짓을 하든 내 알 바 아니에요. 애들 장난이죠."

"하지만 에바는 달랐지." 율리아는 재빨리 주제를 전환했다. 그러고는 눈도 한 번 깜빡이지 않고 그를 바라봤다. 에바의 이름이 나오자 그의 눈이 휘둥그레졌지만, 이내 그는 방 안을 둘러보는 듯 고개를 한쪽으로 돌려버렸다. 침착하게 행동하려고 애쓰는 모습이 역력했다.

"그거 질문이에요?" 몇 초간의 괴로운 침묵이 흐른 뒤 결국 그가 입을 열었다.

"내 말이 맞아?"

그는 어깨를 으쓱했다. "걔도 그 애들 중 한 명일 뿐이에요."

"에바한테 눈독을 들이고 있었잖아."

"그 새끼들 중에 한 놈이 그런 말을 했어요?" 게오르크는 화를 내며 소리쳤다. 눈살을 잔뜩 찌푸린 채.

"난 그저 네 몸짓을 보고 안 것뿐이야." 율리아는 웃으면서 대답했다. "그렇게 부끄러워하지 않아도 돼. 에바는 매력적인 아이잖아. 나이에 비해 성숙하기도 하고."

"에바는 마티아스랑 어울렸어요." 게오르크는 으르렁거리듯이 말했다.

"이젠 아니지. 마티아스는 죽었잖아."

"에바도 아마 그렇겠죠, 아니에요?" 순간 그는 예상치 못했던 모습을 보여주었다. 비록 아주 조금이었지만 그의 목소리가 떨렸고, 눈에는 어떤 감정이 담겨 있었다. 혹시 두려움일까?

"그 일에 대해 뭐 아는 거 있니?" 율리아는 맨 처음에 했던 질문을 되풀이했다. "만약 있다면 지금이 말하기 가장 좋은 기회야. 잠깐만!" 그녀는 녹음기의 정지 버튼을 눌렀다. "이제 우리 둘 뿐이야, 아무도 엿듣지 않아. 이것저것 재지 말고 에바만 생각해. 에바는 이제 겨우 열다섯 살이고 살 날이 많이 남았잖아. 언젠가 에바가 너를 사랑하게 될지 누가 아니? 설령 그렇지 않더라도 살 권리는 있어. 정말 에바를 아끼는 마음이 조금이라도 있다면, 바로 지금이 그걸 보여줄 수 있는 기회야."

율리아가 이렇게까지 구슬렸는데도 그녀의 방법은 통하지 않았다. 게오르크는 굳은 표정으로 자리에서 일어났다.

"더 이상 할 말 없어요." 그는 이렇게 말하고는 그대로 빙 돌아서 문을 열고 나가버렸다. 홀로 남은 율리아는 욕설을 내뱉으며 책상을 쾅 내리쳤고, 그러자 그 위에 있던 물병이 진동했다. 금연 표시판을 흘긋 본 그녀는 침을 꿀꺽 삼켰다. 갑자기 목구멍에서 전에 잘못 삼켰던 연기의 맛이 올라왔다. 시큼하고 변질된 맛. 그녀는 물병을 열고 단숨에 절반을 들이켰다. 그런 뒤 팀 프랑케를 심문실로 불러들였다.

오후 8시 37분

모든 아이들의 심문이 끝났다. 무거운 침묵. 입을 연 아이는 단한 명도 없었다. 두 가지 가능성이 논의되었는데, 하나는 그 아이들이 정말 아무것도 모르는 것이었고, 다른 하나는 그저 발설하기를 꺼리는 것이었다. 이중 후자일 거라 믿는 율리아는 게오르크에게 화가 났다. 그의 오른팔로 보이는 팀 프랑케는 적어도 그처럼 거만하게 굴지는 않았으며, 오히려 협조적이기까지 했다. 하지만 율리아가 다른 아이들에 관한 질문을 할 때면 즉시 태도를 바꾸곤 했다. 무조건적인 충성심. '게오르크가 마티아스를 질투했을 텐데, 어떻게 대했니?' 침묵. '게오르크가 너희 패거리에 마약을 조달했니?' 노코멘트. 팀은 눈 하나 깜짝하지 않았다.

베르거가 침묵을 깨고 말했다. "아무튼 조사가 필요한 차 두 대가 더 있네."

프랑크와 페터가 알아낸 정보였다. 아우디 혹은 BMW의 스테이션왜건 한 대가 마인 강가로부터 도심쪽으로 달려가다가 다른차를 휙 피해갔다는 것이었다.

"아무 도움도 안 되는 정보인데요, 뭘." 프랑크가 중얼거렸다.

"다시 한 번 이웃집들을 싹 돌아야겠어. 아무도 다니지 않는 길은 없으니까 말이야. 어쩌면 창밖을 내다보고 있던 노파나, 정원에서 놀고 있던 아이가 있을 가능성도 있잖아. 포상금을 기억하라고."

"한나는 어쩌죠?" 도리스가 말했다. 그녀의 보고에 따르면 한나는 게오르크가 무서워 벌벌 떨고 있다고 했다. 자세하게 설명하지는 않았지만 게오르크가 에바를 마음에 두고 있다는 말을 한이후로 스스로를 배신자로 여긴다는 것이었다.

"게오르크가 위협적인가?" 베르거는 율리아를 쳐다보았다.

"글쎄요. 교활하고 다루기 힘들긴 했지만, 위협적인지는 저도 잘 모르겠는데요."

"그를 잘 감시하도록 해." 베르거는 곧장 명령했다. "결코 어떤 실수도 일어나서는 안 돼. 한나의 집에도 정기적으로 순찰차를 보내고."

페켄하임의 경찰 병력은 평균 이상으로 강한 편이었다. 베르거는 문득 딸이 열다섯 살이던 때를 떠올려보았다. 그의 인생의 암흑기. 운명이 그에게서는 딸이 아니라, 사랑했던 아내를 빼앗아 갔다. 한참을 그 소용돌이에 빠져 허우적대던 그는 수년이 지나고 나서야 겨우 헤어나올 수 있었다. 스티븐스 부부는 바로 이 시간에 그와 비슷한 일을 겪고 있을 터였다. 우물쭈물하고 있을 때가 아니었다. 미스터리한 연쇄살인범이 이 지역에서 나쁜 짓을 저지르고 다닌다는 가설이 사실로 확인된다면……. 베르거는 그런 일은 생각조차 하기 싫었다. 그리고 그게 아니더라도 언론사들은 이 모든 일을 상황에 따라 잔뜩 부풀려 보도할 게 뻔했다. 범인이 어디에 숨어 있든 간에, 그는 현재로서는 어둠 속을 헤매고 있는 거나 마찬가지인 경찰의 수사 상황을 쭉 지켜보고 있을 터였다. 그리고 속으로 맘껏 비웃으며 범행을 계속할 터였다.

*

율리아는 책상 의자에 힘없이 털썩 주저앉았다. 마티아스의 죽음과 에바의 실종 뒤에 어떤 동기가 숨어 있는지 고민하고 머리를 굴리느라 진이 다 빠질 지경이었다. 아무 결실도 없이 겨우 생각해낸 가설마다 새로운 질문만 쌓여갔고, 이제는 스스로가 멍청하게 느껴지기까지 했다. 그녀는 포럼에 접속했다. 대부분 이미 읽었던 글이었지만, 새로 올라온 글도 몇 개 보였다. 그녀 맞은편

255

에 앉은 프랑크는 타자를 치는 중이었다. 그때 휴대전화가 울렸고, 그는 화면을 흘긋 보더니 미소를 지었다. 수사반에 감도는 암담한 분위기에 어울리지 않는, 부드러운 기쁨의 미소였다.

"슈테파니가 문자를 보냈어요." 그가 설명했다. "내가 교실에 찾아갔던 걸 누구한테 들었나봐요."

"뭐라고 썼어요?"

프랑크는 율리아가 직접 읽을 수 있게 휴대전화를 들어서 보여주었다.

고마워요, 아빠.
사랑해요

짧지만 강렬한 문자였다. 율리아의 팔에 순간적으로 닭살이 돋았다. 그녀는 마른침을 삼키고는 빙긋 웃었다.

"좋네요." 그때 그녀의 볼 위로 눈물이 흘러내렸다.

"이봐요, 울 사람은 나라고요." 프랑크가 말했다. 하지만 곧 그는 율리아가 아버지 생각에 눈물을 흘렸다는 걸 알아차렸다. 그녀는 클라우스와 잠시 통화를 했었는데, 그쪽 상황은 달라진 게 없었다. 그녀의 아버지는 여전히 휴식이 필요하다고 했고, 이는 기다리는 사람들의 인내심을 좀먹는 일이었다. '고마워요, 아빠.' 아버지의 침대 곁을 지키지 않고 프랑크푸르트에 와서 일을 하고 있는 그녀는 아버지한테 고맙지 않았던 걸까? 자리에서 일어나 율리아에게로 다가간 프랑크는 그녀의 어깨에 손을 얹었다.

"우린 이 망할 사건을 해결하고 말 거예요." 그가 속삭였다. 율리아 역시 그의 손을 잡으며 심호흡을 크게 했다. 그러고는 두 눈을 감고 고개를 끄덕였다.

"그래요, 프랑크, 꼭 그럴 거예요. 항상 그랬듯이. 차근차근 해나가야죠. 방금 뭐하고 있었어요?"

"포럼 글을 읽었어요. 그 루이스란 남자, 우리가 나간 뒤로 바빴겠는데요."

"왜요?"

"사진을 올렸더라고요." 프랑크가 한숨을 내쉬었다. "직접 보는 게 나을 거예요."

율리아는 프랑크의 자리로 가서 화면을 보았다. 포럼 창 뒤로 파일 폴더가 열려 있는 게 보였다. 프랑크는 그 폴더 안으로 마우스를 움직여 아이콘 하나를 클릭했다.

에바 스티븐스. 금발. 천사 같은 모습. 호수 같은 눈. 언론에 공개된, 수색작업에 쓰인 것과 같은 사진이었다. 몇 초 뒤 다음 사진이 열렸고, 순간 율리아는 몸이 떨렸다. 로제마리 슈탈만. 쾌활한 표정. 금발. 예쁘장한 얼굴. 그 사진은 누렇게 바랜 데다 붉은 빛을 띠었다. 다음은 이름 모를 여성. 금색 머리카락. 파란 눈. 1990년대, 스웨터를 입을 계절. 베아테 쉬르만. 그리고 유타 프랄.

율리아의 입에서 탄성이 터져 나왔다. 어떻게 이걸 몰랐을 수가 있지? 살해당한 여성들은 모두 금발이었다. 비슷한 얼굴, 같은 헤어스타일. 정해진 틀이라도 있는 걸까?

"하지만 이 사건들이 다 서로 관련된 건 아닐 수도 있잖아요." 율리아는 가망 없는 말인 줄 알면서도 이렇게 말했다.

프랑크는 헛기침을 하며 슬라이드쇼를 정지시켰다. "수사종결된 사건들을 제외하면 그럴 지도 모르죠. 아무리 그렇다고 해도 이 가설을 간단히 무시해버릴 수 있겠어요?"

"제길, 그렇게는 못 하겠죠!" 율리아는 시계를 흘긋 보았다. "당장 그 루이스 피셔란 인간을 잡아넣고 싶네요."

"지금은 안 돼요. 그 사람, 꽤나 협조적인 데다 예전에 자기가 도와주려 했다잖아요. 조심스럽게 다룰 필요가 있다고요."

"그럼 내일 약속을 잡고 가기로 해요." 율리아는 한 걸음 물러났다. "수색영장을 가지고 말이에요. 반장님이 그를 상대로 그 정도는 해주실 수 있겠죠."

"두고 보자고요. 그럼 이만 퇴근할까요?"

"난 우편물들 좀 확인해봐야 하니까 먼저 가요. 슈테파니가 문자를 통해 마음의 문을 연 것 같으니, 그 기회를 잘 이용해 봐요. 너무 서두르지는 말고요."

프랑크는 율리아의 이마에 살짝 입을 맞춘 뒤 "고마워요"라는 말을 남기고 나갔다.

율리아는 벌써 열 번도 넘게 우편함 쪽을 쳐다보았지만 안은 텅 비어 있었다. 그녀는 책상 위에 있던 봉투들을 전부 열어 쓸데없는 것들을 추려냈다. 그러고는 혼자 뭐라고 중얼거리더니 그녀의 개인 우편물을 보관해주곤 하는 이웃집 여자에게 전화를 걸었다. 하지만 율리아가 기다리고 있던 도서 택배 외에는 특별히 눈에 띄는 우편물은 없는 모양이었다. 다음으로 이메일을 살펴보기로 마음먹은 율리아는 우선 메일 계정에 로그인을 했다. 수잔네 톰린으로부터 아버지의 안부를 묻는 메일이 와 있었다. 그 전에도 문자를 세 건이나 보냈던 그녀에게 이제껏 답장을 못했던 터라, 율리아는 잠시 짬을 내어 몇 줄 적어 보냈다. 친구인 알리나 코르넬리우스에게도 마찬가지로 답장을 썼다.

다음은 업무 관련 메일들. 안드레아 지버스 박사의 메일은 율리아가 기대했던 것보다 훨씬 간략했다. 자세한 결과는 빨라야 내일 아침에 나온다는 내용이었다. 혈액형은 확인되었으며, 비장 조각은 몇 년이나 된 거라고 했다. 생물학적인 나이가 그렇다는

258

게 아니라, 사람 몸 밖에 있은 지 몇 년이 지났다고. 성별은 여자. 지문 감식이 끝나야 누군지 밝혀지리라. 다음 메일은 플라첵이 보낸 것이었다. 제목을 읽고 추측하건데, 약 10년 전의 신문기사들이 첨부되어 있었다. '호르스트 쾰러, 독일 대통령 당선' '게르하르트 슈뢰더 당수직에서 물러나다.'

2004년. 베아테 쉬르만이 실종되었던 해였다. 그건 단지 우연이었을까?

율리아는 몇 가지 자료들을 살펴보았다. 성급히 결론을 내려서는 안 된다는 걸 그녀는 잘 알고 있었다. 호르스트 쾰러의 당선일은 5월 23일이었고, 베아테 쉬르만이 실종된 건 그보다 열흘 전이었다. 하지만 그 밖에 다른 사건들도 많았다. 인근지역에서 일어난 사건 파일들 가운데 율리아의 눈길을 끄는 게 하나 있었다. 클라라, 호프하임 출신. 1998년에 달걀을 사러 나갔다가 실종됨. 2007년에 유골 발견. 클라라 역시 금발인 데다 활달했고, 당시 열세 살 밖에 안 된 소녀였다. 율리아는 관자놀이 부근이 시큰거리고 쿵쿵대는 것을 느끼며 루이스 피셔가 줬던 종이를 찾아 꺼냈다. 하지만 호프하임은 그가 그려준 별 모양 도식에는 포함되지 않았다.

'내일 계속하자.' 그녀는 속으로 말하며 청재킷을 집어 들고 컴퓨터 전원을 껐다. 주말에 쉬는 건 이미 포기한 지 오래였다.

2013년 8월 31일, 토요일

오전 7시 50분

슈테파니 헬머는 부엌에 서 있었다. 긴 티셔츠 아래로 회색 레깅스를 입은 다리가 쭉 뻗어 있었다. 율리아는 문득 슈테파니의 다리가 너무 말랐다는 생각이 들었다. '하긴, 요즘 저런 여자애들 흔하지.' 그녀는 생각했다. 지난 밤 잠을 제대로 못 잔 그녀는 자기 집 침대가 그리웠다. '코트다쥐르에 있던 내가 이곳 오크리프텔까지 오게 될 줄이야.' 수잔네의 집 매트리스는 너무 푹신했던 반면, 프랑크네 집 것은 너무 딱딱했다. 하지만 과연 그녀가 자기 집에 혼자 있었다고 해서 마음이 편했을까?

손님용 화장실 안 수납장에서 아스피린을 발견한 율리아는 그중 두 알을 양치용 컵에 넣고 녹인 뒤, 그 알알한 액체를 꿀꺽 삼켰다. 약효가 빨리 나타나 목덜미에 느껴지는 통증을 가라앉혀주길 바라며. 클라우스와 통화를 했지만 새로운 소식은 없었다. 나흘째. 지금 이 순간 평화롭게 휴식을 취하고 있는 유일한 사람은 바로 그녀의 아버지일 터였다. 율리아는 단 몇 분이라도 아버지의 손을 잡고 있을 수 있다면 무엇이든 할 수 있을 것만 같았다. 지난 밤 그녀는 그냥 차를 타고 뮌헨으로 가야겠다는 결심을 하고는 세 번이나 침대에서 벌떡 일어났다. 그러나 그때마다 에바 스티븐스의 얼굴이 눈앞에 아른거려 다시 베개 속에 얼굴을 파묻곤 했다. 아버지의 손을 잡고 싶은 마음은 여전히 남아 있었다. 어쩌면 아버지도 느낄지 몰랐다. 혼수상태에 빠진 사람은 잠재의식 속에서나마 주변의 일을 감지한다고 하지 않았던가. 그리고 삶의 의지를 결정짓는 건 의식이었다.

'늙으면 죽어야지.' 그건 아버지가 즐겨 하시던 말씀 중 하나였다. 아버지의 과거 동창들 중 아버지가 마지막 가는 길을 곁에서 지켜주었던 사람의 수가 아직 살아 있는 사람 수보다 많았다. '젊은이들에게 자리를 양보해줘야 해.' 아버지는 계속 말씀하셨다. 만족스러운 삶을 살아온 그는 이미 오래전부터 하나님 앞에 나아갈 마음의 준비가 되어 있었다. 하지만 율리아는 그렇지 않았다. 그녀에게는 아버지가 필요했다. 율리아는 조용히 훌쩍거렸다. 그러고는 잠시 후 헛기침과 함께 그런 생각들을 날려버리려 애썼다. 그녀는 샤워를 하고, 파우더를 바르고, 립스틱을 칠한 뒤 부엌으로 향했다. '오늘에 집중해.' 그녀는 자신에게 경고했다. 오늘 하루도 힘든 날이 될 터였다.

슈테파니는 율리아를 보고는 미소를 지었다. 악의라고는 전혀 찾아볼 수 없는 따뜻하고 친절한 눈빛. 좌절감을 감추려는 걸까? 반라인 상태로 풀밭에 눕혀져 소위 친구라는 아이들, 혹은 모르는 사람들 앞에서(둘 중 어느 쪽이 더 나쁜지는 알 수 없지만) 웃음거리가 된 데 대한 엄청난 수치심을 숨기고 싶은 걸까? 율리아는 역시 미소를 지어보이며 아침 인사를 건넸다. 프랑크는 보이지 않지만

261

소리를 들어보니 샤워를 하고 있는 모양이었다.

"기분은 좀 어때?" 율리아가 물었다.

"좋아요. 아줌마도 아시겠지만 전 정말 멋진 아빠를 뒀거든요."

"그렇지만 아빠가 너희 반에 갔었다고 해서 모든 문제가 해결되는 건 아니야." 율리아는 조심스럽게 대답했다.

슈테파니의 눈빛이 순간적으로 어두워졌다. "알아요, 물론 그렇겠죠. 사실 이제 시작이나 마찬가진데요, 뭐."

"아빠가 우리 쪽 전문가를 투입하겠다고 말한 건 빈말이 아니야. 한 번만 더 그 사진이 떠돌아다니는 게 포착되면……."

"상관없어요. 프로필을 아예 지워버렸거든요. 그런 친구들이라면 없어도 그만이에요."

슈테파니는 착각에 빠져 있는 걸까, 아니면 아직 뭔가 하지 않은 말이 남아 있는 걸까? 율리아는 뮈즐리를 섞던 손을 멈추고 의심어린 눈초리로 슈테파니를 바라보았다.

"나한테 뭐 하고 싶은 말 있니?" 잠시 후 그녀가 물었다. 현대적인 통신 매체와 전혀 친하지 않은 그녀도 한 가지만은 알고 있었다. 슈테파니 또래 여자애들은 절대로 쉽게 온라인 활동을 포기하지 않는다는 것. 그건 마치 자발적으로 휴대전화와 MP3플레이어를 포기하는 것과 마찬가지였다.

"엄마는 언제 와요?"

"월요일 오전, 아마 정오경에 오실 거야. 자세한 시간은 아빠한테 여쭤보렴. 할 말이 있으면 아줌마한테 해도 돼. 난 입이 아주 무거운 사람이거든." 율리아는 슈테파니에게 윙크를 해보였다.

"잘 모르겠어요." 잠시 주저하는 듯 보였던 슈테파니는 곧 목소리를 낮추며 말했다. "어쩌면 아줌마랑 얘기하는 것도 그리 나쁠 것 같지는 않네요. 적어도 연습하는 기회가 될 테니까요. 엄마랑 아빠는 펄펄 뛰실 걸요."

"그러게 말해보라니까." 율리아는 용기를 북돋우듯 슈테파니를 톡 치며 말했다. 그들은 나란히 서서 토스트에 버터를 바르는 중이었다. 땅콩버터, 누텔라. 슈테파니는 이 두 가지 모두를 두께가 1센티는 되도록 바를 심산인 듯 했다.

"저 기숙학교로 전학가고 싶어요."

율리아가 들고 있던 나이프가 쨍그랑 소리를 내며 작업대 위로 떨어졌다. 그녀의 입이 떡 벌어졌다. '슈테파니 헬머, 전에는 한 손에 안은 적도 있는 이 어린 것이. 맙소사, 이런 날이 올 줄이야.' 그녀는 생각했다.

"기숙학교?" 율리아는 마치 슈테파니의 말을 메아리치듯 속삭였다.

"네, 안 될 건 뭐예요?" 슈테파니는 이렇게 대답하며 반항적인 눈빛으로 율리아를 쳐다보았다. "인터넷에서 검색해봤어요. 이런 일을 겪은 이상, 그 학교에서는 저도 절대 물러서지 않을 거예요. 대입시험을 보고 싶은데, 앞으로 몇 년 동안 그런 애들이랑 한 반에서 지내야 한다는 생각을 하면……." 그녀는 잠시 말을 멈추었다. "이해 못하시겠어요?"

율리아는 잠시 생각하며 떨어진 칼을 주워 손에 쥐고 흔들었다. 과연 지금 슈테파니를 비난할 수 있을까? 따돌림 때문에 전학을 하는 학생 수는 매년 증가하는 추세였다. 그런데 문제는 학교에 있는 게 아니라 이 빌어먹을 '커뮤니케이션 시대'에 있는 것이었다. 그런 일이 또 발생하지 않으리라고 누가 장담할 수 있을까? 결국 슈테파니가 술 같은 데 손을 대는 일이 생길 수도 있지 않을까? 율리아는 머릿속이 핑핑 돌았다. 하필 지금 같은 때에.

"기숙학교에 간다고 해서 문제가 다 잘 해결되는 건 아니야."

그녀는 조심스레 입을 열었다.

"여기 남아 있는 게 더 견디기 힘들다고요." 슈테파니는 단호하게 되받아쳤다. "학기가 시작한 지 얼마 안 된 지금 바로 옮겨야 해요. 중간에 들어가는 것보다 훨씬 나을 거예요."

"옮기다니 어디로?" 갑자기 들려온 프랑크의 목소리에 율리아와 슈테파니는 소스라치게 놀랐다. 애원하는 것 같은 슈테파니의 눈빛이 율리아의 눈과 마주쳤다. 이에 율리아는 아무 걱정 말라는 듯 믿음직스러운 표정을 지어 보였다.

"나중에요, 프랑크." 그녀는 대답을 피하며 그를 향해 의미심장한 미소를 지었다. "여자들 일이에요."

그 어떤 남자라도 더 이상 아무 말 못하게 만드는 변명. 율리아로서도 매번 그렇게 프랑크를 저지시키고 체면을 구겨놓는 게 기분 좋은 일은 아니었지만, 다른 방도가 없었다. 슈테파니는 안도한 얼굴로 토스트를 한 입 베어 물었다.

"아무튼, 좋은 아침이에요, 아빠." 그녀는 토스트를 씹으며 웅얼웅얼 말했다.

"그래, 좋은 아침이네요, 숙녀분들." 프랑크는 웃었다. 의심하는 것 같은 기색은 보이지 않았다. 하지만 언젠가는 그도 알게 될 게 분명했다. 그것도 나딘이 돌아오기 전에.

"어서 아침 먹고 경찰청에 가자고요." 율리아가 재빨리 말했다. 토스트는 이미 식었고, 누텔라는 다 흘러내려 있었다. 그녀는 커피로 입가심을 한 뒤 살라미 한 쪽을 집어 들었다.

오전 8시 35분

아침 해는 뿌연 안개 뒤로 몸을 숨기고 있었다. 느리지만 매일 조금씩, 계절은 가을의 문턱으로 다가가고 있었다. 프랑크는 창밖으로 담배 연기를 뿜었고, 율리아로서는 별 신경이 쓰이지 않았다. 이를 닦고 난 뒤로 잘못 삼켰던 담배 연기 맛이 완전히 사라진 것 같았다. 두 사람은 뻥 뚫린 고속도로 위를 질주하다가(프랑크는 그걸 즐기는 기색이 역력했다) 미크벨 가를 지나 시내로 향했다. 그때 전화벨이 울렸다. 안드레아 지버스 박사였다.

"블루투스를 켜지 그래요."

프랑크는 서둘러 새로 단 지 얼마 안 된 카 오디오를 가리켰다. 율리아는 어이없는 눈빛으로 그를 보며, 생각 좀 하라는 듯 손가락으로 자기 관자놀이를 톡톡 쳤다. 그리고 비웃듯이 "블루투스는 무슨"이라고 중얼대고는 전화기를 귀에 댔다.

"앉아 있어요?" 지버스 박사는 성격에 걸맞게 단도직입적으로 물었다. 율리아는 그렇다고 대답했다.

"내가 내 사생활에 그리 만족하는 편은 아니지만," 지버스 박사는 속에 담아둔 이야기를 끄집어냈다. "휴일인 토요일에 나는 오로지 당신한테 결과를 알려주기 위해서 이렇게 연구소에 나와 있네요."

"당신은 천사예요." 율리아는 웃으면서 대답했다. "그래, 결과는 나왔어요?"

"네. 앉아 있다고 했으니까 일단 듣고 어디 한 번 놀라 봐요. 그 DNA가 거의 10년이나 된 사건에서 나온 것과 일치해요. 그것도 완전히 말이에요."

"베아테 쉬르만." 율리아는 깜짝 놀라 속삭였다. 어느 정도 예감은 하고 있었지만 놀랍기는 마찬가지였다.

"이런, 이런." 지버스 박사가 투덜댔다. "당신 지금 내가 폼 잡을 수 있는 15분의 시간을 앗아간 거예요. 15초도 안 됐겠네."

"의심의 여지는 전혀 없나요?" 율리아는 그녀의 말에 아랑곳하지 않고 다시 확인했다. 지버스 박사는 그렇다고 대답했다.

"당신은 우리의 영웅이에요. 비록 그 결과가 어떤 해답보다는 물음을 더 많이 야기하긴 하지만요. 이 신세는 꼭 갚을게요."

"흠, 좋아요. 난 이제 신발이나 사러 가야겠어요."

율리아는 프랑크를 바라보았다.

"이해했어요?"

"네. 당신이 하는 말들을 조합해보니 알겠더군요. 베아테 쉬르만이라는 거잖아요." 프랑크는 입술을 삐죽 내밀었다. "근데 그게 무슨 의미죠? 그 비장 조각은 어디서 온 걸까요? 누가 그걸 갖고 있었던 거죠? 왜 그걸 당신한테 보내요?"

율리아로서도 이제부터 답을 찾아봐야 할 질문들이었다. 그녀는 창밖으로 휙휙 지나가는 집들을 바라보았다. 화려한 커튼들, 창문 앞의 꽃들, 하지만 어쩐지 지루해보였다. 또 다른 답이 없는 질문들이 그녀의 머릿속을 스쳐지나갔다.

누가? 어째서? 그리고 왜 하필 지금?

오전 8시 45분

그녀는 15분 전에 일어났다. 금요일 밤은 일주일 중 가장 바쁠 때라 피곤하고 기진맥진했다. 평일의 끝, 주말의 시작점. 어떤 이는 압박감에서 벗어나고자, 또 어떤 이들은 고개를 쳐드는 외로

움 때문에 그녀를 찾았다. 마지막 손님은 새벽 2시경에 떠났다. 그녀의 목에 뚜렷이 나 있는 초록빛을 띤 자주색 자국을 보고 어쩌다 생긴 거냐고 묻는 사람은 아무도 없었다. 그녀는 그저 남자들이 정욕 혹은 좌절감을 해소하도록 빚어진 예쁘장하게 생긴 육체일 뿐, 그녀의 감정 따위는 중요치 않았다.

요한나는 새벽에도 샤워를 했지만 다시 한 번 몸을 씻었다. 변한 건 아무것도 없는데도, 왠지 자기 자신이 더럽고 지저분한 기분이었다. 항문성교도, 콘돔 없이 한 섹스도 없었다. 그녀는 싸구려 창녀가 아니었다. 자기가 하는 일에 대해 제대로 주도권을 쥐고 있다고 믿었다. 원한다면 언제든 그만둘 수 있다고. 하지만 루이스 피셔의 말이 자꾸만 생각나 가슴이 아팠다.

그 지저분한 일을 그만 둘 때라고.
그 자식을 신고하고 짐을 싸서 나올 때야.

요한나는 이를 닦으며 뿌옇게 된 거울을 손바닥으로 닦았다. 그러고는 자기 모습을 보았다. 그는 그녀를 겁주었다. 또 아프게 했다. 물론 그녀를 아프게 할 수는 있었다. 돈을 낸다면. 양초 놀이, 목 조르기 놀이, 수갑 놀이 등. 하지만 다리우스는 그녀의 뒤를 쫓아왔거나, 아니면 더 끔찍하게도 어딘가에 숨어서 그녀를 기다리고 있었던 게 틀림없었다. 그녀를 궁지에 몰아넣고 목을 졸랐다. 그래, 그는 그런 행동에 대해 대가를 치러야만 했다.

본래 아침을 먹지 않는 그녀는 오늘도 그냥 집을 나섰다. 스카프를 목에 두르고 밖으로 나오자, 서늘한 바람이 불고 있었다. 선박 기름과 타르 냄새가 살짝 풍겨왔다. 그녀는 힘겹게 고개를 들어 여전히 안개 속에 숨어서 나올 줄 모르는 해를 흘긋 쳐다보았다. 거기서 몇 분만 더 걸어가면 경찰서가 있었다. 잠시 망설이던 그녀는 아까 거울 앞에서 느꼈던 감정을 떠올리며 용기를 냈다. 그리고 자기가 다리우스에 대해 뭘 알고 있는지를 생각해보았다. 그녀는 경찰에게 모든 걸 말하리라 마음먹었다. 필요하다면 그의 성적 성향까지도. 만약 그가 다른 여자한테도 그녀한테 하듯이 한다면, 그 어떤 여자도 만족시킬 수 없을 터였다. 혹시 이 도시 전체에서 악명 높은 성폭행범은 아닐까? 경찰서와 가까워질수록 요한나의 결심은 굳어져만 갔다.

신고를 한 뒤에 그녀는 일을 그만둘 생각이었다. 어쩌면 내일이 될지도 모르지만. 보통 토요일은 제법 소득을 올릴 수 있는 날이 기 때문이다. 이제 와 하루 더 하고 덜 하고는 사실 그리 중요한 문제가 아니었다.

오전 9시 14분

경찰청, 수사반 회의.
페터 브란트는 휴일을 뺏겼다는 생각에 언짢은 마음으로 복도 를 걸어가고 있었다. 회색빛 바닥은 그의 정신만큼이나 우울해보 였다. 어젯밤 그는 오래전부터 사귀어온 검사, 엘비라 클라인을 위해 요리를 해주었다. 그가 입버릇처럼 말하듯, 그녀는 프랑크 푸르트가 배출한 유일한 '좋은 것'이었다. 오펜바흐 사람인 그는 프랑크푸르트에서 일어나는 일들에 대해서는 그다지 잘 알지 못 했다. 그와 엘비라는 로맨틱한 저녁 시간을 보내는 대신에 파일 들을 넘겨보기에 바빴다. 유타 프랄. 너무 오래전 일이라 엘비라 는 기억을 못하고 있었다. 그러나 판결이 좀 이상했다는 것만큼은 그녀도 느끼고 있었던 모양이었다. 여러 정황상 당시에 유죄 판결이 너무 성급하게 내려졌던 것이다. 증거가 분실되거나 사람들의 진술을 그냥 무시해버리는 일도 있었다.

"대체 당신들 무슨 생각을 했던 거예요?"

엘비라의 질문이 브란트의 가슴에 비수처럼 꽂혔다. 그 당시 그는 활기 넘치는 젊은 경찰이었고, 그의 롤모델이었던 아버지는 그 바닥에서 잔뼈가 굵은 베테랑이었다.

"경찰 측에서는 잘못한 거 없어요." 기분이 잔뜩 상한 그의 입에서 튀어나온 대답이었다. 어젯밤 그들이 검찰과 경찰 간의 근본적인 갈등까지 논하게 된 데 대해 그는 율리아와 베르거를 탓했다. 검경 간에는 끊임없는 알력 다툼이 존재했으며, 이는 당연히 그와 엘비라의 관계에도 영향을 미쳤다. 하지만 결국 어젯밤에는 엘비라의 승리로 끝났다. 유타 프랄 사건을 해결하는 과정에서 분명히 실수가 있었다는 걸 알게 되었던 것이다.

이미 그를 기다리고 있던 사람들이 상냥하게 인사를 건네자, 그는 꼭 양의 탈을 쓴 늑대들 앞에 서 있는 것 같은 기분이 들었다.

율리아가 커피를 갖다 주자 브란트는 애써 미소를 지어 보였다. 그는 율리아를 괜찮은 사람이라 생각했고, 더 나아가 그녀를 좋아했다. 그런 그녀 역시 프랑크푸르트 출신은 아니었다. 페터는 주요 정보들을 종합해서 발표했고, 아이들을 심문한 것과 흰색 아스트라를 찾고 있는 것도 언급했다. 그러고는 마티아스의 살인범이 여전히 나타나지 않고 있고, 에바의 소재도 파악되지 않았다는 김빠지는 말로 끝을 맺었다. 브란트도 그런 일에 관해서는 너무 잘 알고 있었던 터라 불안한 기분이 들었다. 다음으로는 율리아가 나섰다.

"제 앞으로 어떤 여성의 비장 조각이 배달되었어요." 그녀는 곧장 본론으로 들어갔다. "익명의 발신자, 게나가 몇 년은 된 거더군요. 검사 결과 그건 베아테 쉬르만의 것이었습니다. 그녀는 2004년 5월에 실종되어 2년 뒤에 죽은 채로 발견되었죠."

"당신한테 사람 내장이 배달되었다고요?" 브란트는 회의적으로 물었다. "대체 그게 뭡니까? 범인이 보낸 거예요? 당시에 구속되었을 거 아닙니까?"

"베아테 쉬르만 사망 사건은 미결로 남아 있어요." 베르거가 설명했다. "수배에 온 힘을 쏟았는데도. 수많은 지문을 대조해보고, 수백 대의 차량을 조사했습니다. 파일을 읽다 보니 흰색 오펠 아스트라를 목격했다는 진술이 눈에 띄길래 조사를 지시해놓은 상태인데, 아직까지는 알아낸 게 없군요. 뒤랑 형사, 그 지도를 좀 보여드리게."

율리아는 앞으로 나가 마티아스 친구들의 이름과 몇 가지 내용들이 적힌 차트를 넘겼다. 그러자 화려한 색상으로 인쇄된 종이 한 장이 모습을 드러냈다. 왼쪽 아래를 시작점으로 하는 새빨간 별 모양이 헤센 중부 지역 지도에 떡하니 그려져 있었다. 루이스 피셔가 그려준 그림을 확대해서 복사한 데다 빨간 선들을 정확히 그려 넣은 것이었다. 브란트는 마인 강과 고속도로들을 알아볼 수 있었다. 별 테두리에는 원 하나가 둘러싸여 있었고, 그 꼭짓점들은 다시 오각형으로 연결되었다. 그리고 그 오각형의 선들에 접하는 작은 원 하나가 가운데 그려져 있었다. 여기저기 붙어 있는 화살표 모양의 접착식 메모지들은 마치 축제 때 뿌리는 색종이 조각들을 연상시켰다.

브란트는 눈을 가늘게 떴다. 마인 강가 인근에 있는 꼭짓점을 가리키는 노란색 화살표. 페켄하임. 마티아스 볼너. 에바 스티븐스. 현재 진행 중인 사건. 다음으로 그는 지도에 표시된 또 다른 지점으로 눈을 돌렸다. 유타 프랄.

"제길, 이게 다 뭡니까?" 그는 어안이 벙벙한 듯 물었다.

"빌트지(독일의 대중신문 —역주)에서 이 사실을 안다면 우린 곧 신문 1면에서 범인의 얼굴을 보게 될 겁니다. 금발의 소녀만 노리는 연쇄살인범을." 베르거는 퉁명스럽게 말했다.

"그리 새삼스러운 일도 아니군요." 브란트는 눈으로 다른 지점들을 바라보며 대충 중얼거렸다. '많군, 정말 많아.' 그는 생각했다. "전부 사망한 여자애들인가요?"

"여자애들도 있고, 갓 성년을 지난 여성들도 있어요. 전부 지난 20년 이내에 일어난 사건들이고요." 율리아가 설명했다. "형사님 쪽 사건처럼 초록색으로 표시된 것은 공식적으로는 종결된 사건들이에요." 브란트는 그녀가 '공식적으로는'이라고 강조하는 게 탐탁지 않았다.

"지금 우리가 일을 대충 했다는 거요?"

그가 속한 살인사건전담반의 업무처리 방식에 대해 그 스스로가 의심을 품는 것과, 다른 사람들이 비난을 하는 것에는 엄청난 차이가 있었다.

"그게 아닙니다. 그냥 보아 넘길 수 없는 사건들이 있어서죠." 베르거가 다시 입을 열었다. "여기 위쪽을 보십시오." 그는 별 모양의 오른쪽 위 꼭짓점을 가리켰다.

"히르첸하인, 어느 가족의 비극. 베터라우 지역, 그중에서도 포겔스베르크 산 근처죠. 누가 이런 데에서 범죄가 일어나리라고 상상이나 했겠습니까. 한 남자가 자기 가족들을 살해한 뒤 자살했습니다. 사건은 종결되었고요. 하지만 파일을 살펴보면 모순점들이 드러납니다. 이 위쪽에서 일하는 동료들을 비난하려는 건 아니지만, 실수라는 게 있을 수 있다는 말입니다. 그 남자는 왼손잡이였는데, 당시 경찰은 그의 몸에 남은 발사잔여물을 검사하지도 않았습니다. 총에서는 왼손잡이로서는 취할 수 없는 자세로 그것을 잡았음을 알려주는 지문들이 나왔고요. 그런데도 그가 범인이라고 결론을 내리다니요? 집안에 있던 신발 자국들 역시 그의 신발과 일치하는 건 하나도 없었습니다. 수년 만에 수사를 재개하는 데 이 정도면 충분할까요?"

"흠. 유타 프랄 사건에서도 그와 같은 모순점들이 드러났습니다. 클라인 검사와 함께 파일을 확인해봤어요. 실수가 있었던 건 확실한데 그 트럭 운전사는 이미 죽었단 말입니다. 그러니 그에게 물어볼 수도 없는 노릇이고요. 게다가 그는 성폭행 혐의를 아무 이의 없이 인정했습니다."

"하지만 살인을 자백하지는 않았죠." 율리아가 말했다.

"맞아요. 하지만 지금 생각하고 있는 목표가 뭡니까? 연쇄살인범이라는 가설은 너무 멀리 간 것 아닌가요?"

"미결 사건이 열네 건." 율리아는 말을 이었다. "그중에 실종된 지 몇 년이 지난 뒤에 시신이 발견된 게 여덟 건이고, 나머지 여섯 건은 아무런 증거도 발견되지 않았어요. 판결이 내려진 사건들까지 더하면 모두 스물세 건인데, 이 중 거의 전부가 이 악마의 표시로 그려진 영역 내에서 일어났어요. 과연 우연일까요?"

브란트가 뭐라고 대답하려던 찰나에 한 젊은 여자가 방 안으로 들어왔다.

"뒤랑 형사님?" 여자가 물었다. 그 비쩍 마른 갈색 머리의 여자는 자기 몸에 잘 안 어울리는 옷을 입고 있었다. 당황한 표정으로 그쪽을 휙 돌아다 본 율리아는 잠시 실례하겠다고 말하고는 서둘러 걸어 나갔다.

베르거는 브란트의 곁으로 갔다. "당신 관할지역에서 일어났던 사건들 가운데 실수의 가능성이 있는 것들을 다시 한 번 조사해 봐줘요."

"솔직히 나로서는 아직 확신이 안 섭니다." 브란트는 턱을 긁적였다. "그래도 물론 조사는 해보겠습니다. 나도 직접 참여해서 말이죠. 당시 수사관들은 대부분 이미 은퇴했으니 우리 아버지한테 한 번 여쭤봐야겠군요. 기적을 기대하지는 말아요."

바로 그때 율리아가 돌아왔다. 새하얗게 질린 얼굴. 그녀의 손에는 뭔가가 들려있었고, 브란트는 재차 보고 나서야 그게 뭔지 알 수 있었다.

"그 자식, 벌써 이걸 또 보냈어요." 그녀는 떨리는 목소리로 알린 뒤 손가락 끝으로 잡고 있던 갈색 봉투를 높이 들어보였다. 브란트는 마른 침을 꿀꺽 삼켰다.

*

플라첵은 신호음이 울리자마자 전화를 받았다. 그는 범행 현장으로 추정되는 곳에 가 있다고 했다. 한때 수문으로 이용되었던 인공 반도에 자리 잡은 니더라트 일광욕 및 풍욕장. 주말을 맞아 놀러온 사람들 때문에 보나마나 일이 쉽지 않을 터였다. 그는 제방 근처에서 어떤 여성의 사체가 발견되어서 동료들과 조사 중이라며, 다른 사람을 대신 보내겠다고 했다. 20분 뒤 젊은 남자 두 명이 도착했고, 그 익명의 우편물을 조사하기 시작했다.

신문지는 최근 것이라 에바의 이름과 사진도 보였다. 그 안에 든 한 장의 지퍼백에는 부드러운 덩어리 같은 것이 찐득찐득한 액체 속에 떠다니고 있었다. 무의식중에 수축포장한 돼지 간을 떠올린 율리아는 메스꺼움을 느끼며 그것을 두 남자에게 넘겨주었다. 당장 그것을 법의학연구소로 가져가달라는 그녀의 지시에 그들은 그러겠다고 약속했다. 곧 이어 율리아는 안드레아 지버스 박사에게 전화를 걸었다. 아무래도 오늘 신발 사러 가기는 힘들 겠다는 말을 해줘야 했으니까.

다음으로 율리아는 이메일 계정에 접속해 받은 메일함을 확인 했다. 잠시나마 조용한 자기 자리에 앉아 머리를 좀 식힐 생각이 었다. 그러나 어느 이상한 발신인이 그녀의 이런 계획을 다 망쳐 버렸다. 율리아는 의심을 가득 품고 그 발신인의 이름을 클릭했 다. hyena_kills. 딱 봐도 누군가 임시로 쓰려고 만든 메일 주소가 틀림없었다. 율리아는 왜 이것이 스팸메일로 구분되지 않았는지 의아했다. '필터링이 되긴 되는 거야?' 그녀는 이 분야에 대해서 자신이 얼마나 아는 게 없는지 다시 한 번 깨달았다. '그때 미햐 엘과 데이트라도 했어야 했나.' 그녀는 문득 이런 생각을 하며 메 일을 읽기 시작했다.

비장이 없으면 살 수 없습니다.

앞으로 얼마나 더 남았을까요?

그래, 이제 내가 좀 신경 쓰이기 시작했나요?

기자들한테 사정없이 당하기 전에 사건을 해결하세요.

하하, 언론이란. 마치 문명의 하이에나죠. 정말 잘 어울리는 비교 아 닙니까?

자, 뒤랑 형사님. 시간은 계속 흘러가고 있습니다. 똑딱. 똑딱.

한밤중의 그 웃음소리를 들으셨나요?

글은 여기에서 끝났고, 서명 같은 건 없었다.

율리아는 머리카락을 쥐어뜯으며 잠시 눈을 감았다. 빌어먹을. 메일을 인쇄한 그녀는 다들 모여 있는 곳으로 돌아갔다.

"이 망할 건 또 뭐야?" 웬만해서는 흥분하지 않는 베르거가 불쑥

274

내뱉었다.

"어쨌든 루이스 피셔처럼 정신없는 사람은 아닐 겁니다." 페터가 끼어들었다. "이 메일을 쓴 사람이 그 신체조직들을 보낸 거겠죠. 그건 이 놈이 베아테 쉬르만의 신체 일부를 가지고 있다는 말입니다. 나머지 시신은 수년간 해골이 되어버렸고요."

"왜 루이스 피셔를 제외시키는 거죠?"

율리아는 페터뿐만이 아니라 모두에게 물었다. 남의 관심을 받고 싶어 하는 범인의 경우에는 특히 여러 가지 가능성이 있을 수 있었으니까. 그러나 정말 이걸 보낸 사람이 루이스라면 그는 율리아가 생각했던 것보다 훨씬 더 뻔뻔스러운 놈임이 틀림없었다. "프로파일을 작성해야겠어요." 그녀는 베르거에게 말했다. "인터넷에서 뭐라고 떠들어대든 상관없어요. 내장 조각이 두 개나 배달됐으면 그걸로 충분해요. 알리나 코르넬리우스한테 연락해볼게요."

"기분 나빠하지 말고 듣게." 베르거가 그녀를 막고 나섰다. "난 웬만하면 이 일을 내부적으로 처리하고 싶어. 미국에서 가장 악랄한 사건들을 해결했던 전문가들도 있잖은가."

율리아는 베르거가 누구를 말하는지 잘 알았다. 안드레아 베르거. 순간 율리아의 표정이 밝아졌다. 베르거의 딸을 무시하려던 의도는 전혀 없었다. 그녀가 가까운 데 있는 사람들을 고려하지 못했던 건 아마도 과거의 일 때문일 터였다. 전에 그녀와 친했던 프로파일러가 실은 잔인한 살인범이었던 게 밝혀졌고, 그녀마저도 지하실에서 고문을 당하다가 가까스로 도망쳐 나온 적이 있었으니까.

베르거는 잠시 통화를 하다가 끊었다.

"두 시간 내로 그 일에 착수할 수 있겠어." 그가 말했다. "브란트

형사, 원한다면 참석해도 좋습니다. 그렇지 않으면 우리가 연락해서 알려드리도록 하고요."

브란트는 사양했다. 아직 읽어봐야 할 자료가 두 상자는 된다는 이유를 대며. 율리아는 그와 좀 더 이야기를 나누고 싶었지만 그럴 만한 여유가 없었다. 베르거가 그녀에게 급히 할 말이 있는 것처럼 보였기 때문이다.

"여기 이것에 대해서 얘기 좀 해봐야겠네." 그는 어두운 표정으로 신문을 톡톡 두드렸다. 율리아는 며칠 전부터 신문을 읽지 못했지만, 베르거가 매일 신문을 본다는 건 잘 알고 있었다.

그녀는 한숨을 지으며 머리를 쓸어 넘겼다. "죄송하지만……."

"아니, 지금 봐야 해." 베르거는 강압적으로 말하며 어떤 기사를 끄집어냈다. 그는 검지로 어떤 부분을 찾는가 싶더니, 곧 소리 내어 읽기 시작했다.

그는 자신을 '하이에나'라 불렀다. 생각해보면 뛰어난 선택이 아닐 수 없다. 그 흉측한 동물은 사람이 잠들 때까지 참을성 있게 숨어서 기다리다가 아이들을 물어가기도 하고, 묘지에서 시체를 파내기도 한다. 아프리카인들은 하이에나가 자웅동체라 성별을 마음대로 바꾼다고 믿기도 한다. 바로 이러한 괴물이 프랑크푸르트와 그 인근지역에 출몰하여 악행을 저지르고 있는 것이다. 믿을만한 소식통에 따르면 이미 수년전부터 그랬다고 한다. 헌데 경찰들은 과연 우리를 보호하기 위해 무엇을 하고 있나? 헤센 주에서 가장 큰, 또 무엇보다도 가장 비싼 경찰청에서 일하는 그들은 대체 뭘 하고 있는 것인가? 공식적인 성명은 아직도 나오지 않고 있다. 어떤 조치가 취해지기 전까지는 모든 부모들이 잠을 자서는 안 될 것이다. 그 하이에나로부터 그들의 자녀를 지켜줄 수 있는 사람은 아무도 없으니까.

276

"한 방 제대로 먹었어! '하이에나'라니. 어디서 이런 정보를 얻은 거지? 이런 건 본인밖에 모를 텐데 말이야. 정말이지 환장할 노릇이군!"

"어느 신문이에요?" 율리아가 물었다.

"말 안 해도 잘 알텐데." 베르거는 그 신문을 구겨 한쪽 구석으로 집어던져 버렸다. "이 다음 단락에는 비장에 관해 상세하게 써놨더군. 더러운 놈들, 지들이 어느 선까지 갈 수 있는지를 정확히 알고 있다니까. 독자가 십만 명이나 되니 파기도 불가능하고. 참 대단한 언론의 자유지."

도리스가 한숨지었다. "에바와 마티아스의 가족들이 제일 마음에 걸리네요. 오늘 아침에 저한테 전화했길래 정말 당황했지 뭐예요."

"이 기사 때문에?"

도리스의 눈빛이 어두워졌다. 그녀는 고개를 가로저었다. "볼너 부인한테서는 매일 전화가 와요." 그녀는 조용히 말했다. "그때마다 저는 아직 별 다른 소식이 없다는 얘기를 해줄 수밖에 없고요. 스티븐스 씨도 마찬가지예요."

"이해가 안 되는 점은," 율리아가 못 참겠다는 듯 입을 열었다. "이런 짓을 '왜' 하느냐는 거예요." 그녀는 자기 가슴을 탁탁 쳤다. "그 내장 조각들과 이메일은 나한테 보내놓고, 왜 또 언론사에까지 연락을 취했을까요?"

"아마도, 아무 일도 안 생겨서겠지." 베르거는 자신의 생각을 이야기했다. "우리가 아무런 정보도 흘리지 않고, 또 첫 번째로 보낸 비장은 며칠이나 자네 책상에 그냥 방치되어 있지 않았나."

순간 율리아는 귀를 쫑긋 세웠다. 그러나 베르거의 말에는 그녀를 비난할 의도는 전혀 없었다. 사이코패스 어쩌고 하며 중얼거리던 율리아는, 헛기침을 하는 베르거에게 발언권을 넘겼다.

"그 놈은 다들 자기를 주목해주기를 바라고 있네." 그가 말했다.

"그 점은 충분히 성공했네요." 율리아가 불쑥 대답했다.

"딸아이와 이 일에 대해서 자세히 얘기를 나눠봐야겠어." 베르거는 말을 이었다. "하지만 한 가지는 확실해. 이건 지극히 의도적이고 시간 계산이 정확히 된 일이네. 그 놈은 우리 부서와 발행 부수가 가장 많은 신문사를 선택했고, 그건 숨어서 행동하려는 사람이 할 짓은 아니야. 언제 무슨 말을 할지를 정해놓고 그에 따라 행동하는, 지배욕이 강한 놈이지. 또 금세 사람들 입에 오르내리게 될 줄 뻔히 알면서도 이런 짓을 했으니 자기현시욕도 엄청날 거야. 게다가 아무도 자기 정체를 모르니 자기가 능력 있다고 느낄 테고. 이 모든 게 합쳐져 그 놈은 아주 강인한 정신력을 지니게 되는 거지. 그 놈에게는 그 일 말고는 아무것도 눈에 안 들어올 거야. 그런 인간들은……."

"꼭 한니발 렉터 같은데요." 도리스가 얼굴을 찡그리며 끼어들었다.

"한니발이라면 비장을 보내지 않고 먹었을 걸." 페터가 말했다.

"그런 인간들은 어떻게 행동할지 도무지 계산을 할 수가 없어." 베르거는 이마를 찌푸리며 말을 끝까지 마쳤다. 율리아는 베르거와 같은 생각이었다. 그녀가 보기에, 그는 딸과 이 일에 대해 이미 대화를 나눴던 게 분명했다.

"그런 인간들은 모든 상황을 다 고려해 자기 행동을 철저하게 계획해요." 율리아는 베르거의 말에 덧붙여 말했다. "아주 세세한 사항들까지 말이에요. 자꾸만 루이스 피셔를 떠올리게 되는 건 정말 나 하나뿐인가요? 그의 집, 그 많은 카메라들, 인터넷 활동. 게다가 베아테 쉬르만과도 관련이 있어요. 당시 그 일에 관해 경찰에 진술을 했었다고 우리한테 직접 말했잖아요."

"진술이라기보다는 모호하고 쓸데없는 소리지." 베르거가 그녀의 말을 수정했다.

"그것도 진술은 진술이죠. 그의 목적이 뭐였겠어요?"

"게임에 한 몫 하고 싶어서였겠지. 그럴 일은 전혀 없다고 보네만, 만일 그가 범인이라면 적어도 지금보다는 더 교활하게 행동했을 거야. 우리가 자기를 의심한다는 걸 알고 있고, 그런데도 우리가 아무런 입증도 못하는 걸 보고 한심해 하겠지. 매일 기분 좋게 그걸 즐기며 지낼 테고."

"정신 나간 변태 새끼." 율리아가 결론을 내리듯 말했다.

"하지만 루이스가 범인일 리는 없습니다." 페터가 입을 열었다.

"적어도 혼자 했을 리는 없어요. 알리바이도 있는 걸요."

베르거는 기지개를 켰고, 그러자 척추에서 딱 소리가 났다. "그럼 일단 알리바이를 다 다시 한 번 조사해보도록. 루이스 피셔를 특히 주의해서 보고."

"루이스한테 가는 건 페터와 프랑크에게 맡겨도 될까요?" 나가는 길에 도리스는 율리아에게 말했다. "당신한테 보여주고 싶은 게 있어요."

그제야 율리아는 도리스가 회의시간 내내 정신이 딴 데 가 있는 것처럼 보였던 이유를 알 것 같았다. 도리스는 회의 내용을 다 듣고는 있었지만 질문도 하지 않고, 제대로 참여하지 않았던 것이다. 또 끊임없이 다리를 바꿔가며 꼬거나 조급하게 앉아 있는 의자를 앞뒤로 흔들기도 했다.

"루이스 피셔를 경찰청으로 데려와요." 율리아는 단호하게 지시를 내렸다. "그의 집 밖에서 심문하고 싶으니까. 무슨 일이에요, 도리스?"

"전부터 말하려고 했는데." 도리스는 머뭇거렸다. "하필 그때 비장 사건이 터져버렸지 뭐예요. 내 컴퓨터 앞으로 가서 얘기해요. 한나의 심문을 녹화한 비디오를 봐야 해요."

율리아는 고개를 끄덕이며 그녀를 따라갔다.

"우린 휴대전화를 전부 압수했는데," 도리스가 다시 입을 열었다. "한나 것만 못했어요. 그 일에 대해서는 좀 이따 얘기할게요. 아무튼 목 조르기에 관한 사진이나 동영상이 있는 휴대전화는 한 대도 없더군요. 정확히 말하자면, 대부분의 휴대전화에 사진, 동영상, 문자가 아예 없었어요."

"이상하네요. 그 또래 애들은 일거수일투족이 휴대전화에 다 저장되어 있기 마련인데. 일부러 데이터를 지워버린 걸까요?"

"그럴 수도 있죠. 하지만 더 자세히 조사하려면 법원의 결정이 필요해요. 미하엘 말로는, 그런 경우라도 뭐가 나올지는 장담 못한대요."

"젠장. 근데 한나에 관해 무슨 말을 하려는 거예요?"

"한나는 휴대전화를 잃어버렸다고 했어요. 그 말부터가 의심스러웠지만 진상이 뭔지는 결국 알아내지 못했어요. 그러다 어느 시점부터 뭔가 중요한 걸 숨기고 있다는 걸 확신하게 됐죠."

도리스는 비디오를 틀었고, 율리아는 책상 앞에 태연하고 침착하게 앉아 있는 한나를 보았다. 두 손은 다리 위에 올려놓은 듯, 책상 밑으로 내린 채였다. 혹은 긴장감을 숨기기 위해 손을 만지작거리고 있었던 것인지도. 한나는 건방지게 대답을 한다거나 말이 안 되는 소리를 하지는 않았고, 다만 생각을 해내려고 중간 중간 말을 멈추곤 했다. 그리고 질문에 대답하는 것 외에 다른 말은 일절 하지 않았다. 표정의 변화는 없었지만 뭔가 고민하는 것처럼 보이기도 했다. 거만한 태도를 보였던 게오르크 노이만과는 완전히 딴판이었다.

"어때요?"

"평정을 잘 유지하고 있네요. 좀 부자연스럽긴 하지만, 이런 상황에서 그러지 않을 사람이 누가 있겠어요?"

율리아는 잠시 생각했다. "자세가 굳어 있고 표정도 그렇고. 근데 뭘 보고 그러는 거예요?"

"잠깐만요." 도리스는 커서를 이용해 비디오를 심문이 끝나기 직전 시점으로 되감았다. 한나가 자리에서 일어나 잠깐 멍하니 있다가 서둘러 방을 나가는 모습이 보였다. 그 장면을 다시 한 번 재생한 도리스는 눈썹을 치켜뜨고는 화면을 뚫어져라 쳐다보았다. 그녀는 마치 먹잇감 주위를 맴도는 한 마리 매처럼 말도 없이 가만히 있다가, 잠시 후 손가락을 쏜살같이 마우스 위로 내리꽂았다. 화면은 한나가 막 자리에서 일어난 시점에서 멈췄다. 율리아는 눈을 가늘게 뜨고는 화면 쪽으로 상체를 숙였다.

열심히 눈을 굴려 찾아봐도 아무것도 보이지 않아 참지 못하고 물어보려던 찰나, 율리아는 그것을 발견하고 말았다. 한나의 바지에 손바닥 크기만 한 자국 두 개가 나 있었던 것이다. 그녀가 손을 올리고 있었던 양쪽 허벅지 부위가 다른 곳에 비해 확실히 더 어두웠다. "맙소사." 율리아가 속삭였다.

"15분만에 바지를 다 적실 정도로 이 어린 애는 압박감을 느꼈던 거예요." 도리스가 말했다. "심문이 끝난 지 한참 후에야 알게 된 거지만, 저러는 데는 어떤 이유가 있을 거라는 확신이 들어요. 내 생각에는 한나가 뭔가를 두려워하는 것 같아요. 그것도 아주 많이."

율리아는 도리스의 의견에 동의했다. 그레타 라이볼트의 경우와 마찬가지로 한나 역시 뭔가를 숨기고 있었다. 그러나 한나가 느끼는 두려움은 다른 성격의 것이 있다.

"우리가 이 일을 가지고 추궁한다면 한나가 어떻게 나올 것 같아요?" 율리아가 물었다. "과연 입을 열까요? 뭔가 숨기고 있는 거 다 안다고 하면서 밀어붙인다면요?"

도리스는 어깨를 으쓱했다. "50대50일 것 같은데요."

지금은 확률이 그 정도밖에 안 된다며 포기하는 여유를 부릴 상황이 아니었다.

오전 11시 25분

한나는 강가에 앉아 마인 강을 길게 가르며 지나가는 화물선 한 척을 바라보고 있었다. 꿀렁꿀렁 소리를 내며 움직이는 강물이 불과 몇 센티미터 위, 제방 위로 흔들거리는 그녀의 발에 와 닿았다. 그녀의 눈은 아까 운 것 때문에 통통 부어 있었다. 심문으로 인한 압박감은 바로 지금 그녀가 느끼는 그것에 비하면 별것도 아니었다. 그때 덤불에서 딱 소리가 났고, 그녀는 화들짝 놀랐다.

"게오르크." 그녀는 짜증난 얼굴로 한숨을 내쉬었다.

"나 아니면 누구겠냐." 그는 입가에 담배를 문 채 중얼거렸다. 한나가 일어나려 하자, 그는 그녀의 어깨를 잡아 내렸다. "그냥 있어." 그러고는 자기도 그녀 옆에 앉았다.

"집에 가봐야 해. 점심때잖아. 아빠, 엄마가……."

"시끄러. 우리 할 얘기 있잖아."

한나는 눈알을 굴렸다. "얘기, 얘기. 대체 무슨 얘기?"

"그건 너도 잘 알 텐데." 게오르크는 야비한 미소를 지으며 청재 킷 주머니에서 반짝이는 흰색 휴대전화를 살짝 꺼냈다. 한나가

볼 수 있을 만큼만. 반짝거리는 케이스를 보니 그녀의 휴대전화가 틀림없었다. 그녀는 반사적으로 손을 뻗었지만, 그는 그녀의 팔을 붙잡으며 휴대전화를 다시 집어넣어버렸다.

"안 돼."

"휴대전화가 없어진 걸 알면 아빠, 엄마가 난리 칠 거란 말이야." 한나는 우는 소리를 했다.

"내가 그러는 것보단 너네 아빠가 그러는 게 낫잖아." 게오르크는 가소롭다는 듯 대답했다. "짭새들한테 무슨 말 했어?"

"말도 안 돼."

"그래, 잘했어. 네가 계속 그렇게 하도록 이걸 담보로 갖고 있어야겠어."

"언제까지?"

"글쎄. 짭새들이 누군가를 체포할 때까지."

한나는 한숨을 푹 내쉬었다. "그걸 언제 기다려. 경찰이 무슨 수로 잡겠어? 만일……."

"쉿!" 게오르크가 그녀의 말을 끊고 나섰다. 그는 검지를 입술 위에 대고 심각한 표정을 지었다. "더 이상 말하지 마."

"난 두려워."

"괜찮아. 두려움은 멍청한 짓을 하지 못하게 해주니까. 곧 익숙해질 거야."

그는 한나 쪽으로 더욱 가까이 다가가 그녀를 만지려 했고, 한나는 역겹다는 듯 몸을 뒤로 뺐다.

"왜 이래!" 그가 으르렁댔다. "너 원래 우울해하고 그러는 애 아니잖아."

"누가 그래?"

"그냥 내 생각이야. 아니면 너 뭔가 갖고 싶을 때만 그렇게 아양

떠는 거야? 갖고 나면 차버리고? 쪼그만 년이 비싸게 굴기는."

"날 따먹을 생각이라면, 그렇게는 안 될 걸." 한나는 식식거리며 벌떡 일어섰다. 그러자 게오르크가 달려들어 그녀의 손목을 꽉 붙들었고, 그대로 몸을 일으켰다. 속목을 쥐는 힘이 어찌나 센지, 마치 그의 엄지가 그녀의 뼈 사이를 뚫고 들어오는 것처럼 아팠다. "이거 놔!"

게오르크는 한나의 가슴이 그의 몸에 밀착되도록 그녀를 획 끌어당겼다. 그러고는 근육질 팔로 그녀를 꽉 붙들었다. 무성한 덤불 때문에 그들이 있는 곳에서는 도로가 보이지 않았고, 한나는 두려운 마음에 소리를 지를까 생각했다. 그러나 꼭 뱀 앞의 토끼마냥 몸이 마비된 것 같았다. 게다가 게오르크는 그녀의 휴대전화도 가지고 있었다. 즉, 모든 면에서 그녀보다 우세했다.

그녀의 아이폰에는 그녀를 비롯해 에바, 마티아스, 찰리가 등장하는 동영상이 저장되어 있었다. 때는 방학 중, 장소는 학교 운동장, 탁구대 근처. 흑백 체크무늬 수건을 목에 감고 있던 찰리가 천천히 그것을 죄기 시작한다. 잠시 후 그의 무릎이 푹 꺾이자, 마티아스와 에바가 그에게 달려든다. 또 다른 동영상에는 한나 자신이 등장하는데, 그녀는 콘크리트 벽에 가슴을 대고 서 있다. 그녀의 뒤에는 찰리가 서 있고, 어디선가 에바의 목소리가 들린다. "더세게! 더!"

마티아스의 머리가 보인다. 찰리가 소리친다. "아무 변화도 없는데."

서둘러 달려온 마티아스가 찰리를 옆으로 밀치고는 있는 힘껏 한나의 몸을 누른다 (한나는 그 순간을 생각만 해도 숨이 턱 막히는 기분이었다).

"제대로 눌렀어야지." 마티아스는 웃고, 카메라는 한나의 겁에 질린 얼굴을 줌인한다. 볼은 차디찬 콘크리트에 눌려있고, 혀는 아랫입술 위로 내민 모습. 다음 순간 어떤 일이 있었는지 그녀는 정확히 기억나지 않았다. 그저 별만 보였을 뿐. 아드레날린이 순간적으로 솟구치는가 싶더니, 그 후로 몇 분간 정신을 잃었다. 동영상의 마지막 장면에서 그녀는 마티아스의 품에 안긴 채 비틀거린다. 찰리가 다가온다. 네 개의 손, 그중 두 개는 그녀의 가슴을 움켜쥔 듯 보인다. 곧 이어 잡초가 튀어나온 운동장의 아스팔트 바닥이 보인다. 암흑. 그 누구도 보아서는 안 될 동영상이었다.

"짭새들이 그 동영상을 보면 어떻게 될까?" 게오르크의 목소리가 과거의 기억 속에 잠겨있던 한나를 현실로 돌아오게 했다. "네가 마티아스한테 복수했다고 생각할 걸."

"그럼 에바는?" 한나는 서서히 다시 통제력을 되찾고 있었다. 그녀는 이글대는 눈빛으로 그를 뚫어져라 쳐다보았다.

"상관없어. 살인사건만 처리되면 그만이야."

"에바에 대해 말해보라고!" 한나는 고집스럽게 따졌다. 전부터 섬뜩한 의심을 품고 있던 터였다. 게오르크는 아무 말 없이 노려보기만 했고, 한나는 다시 입을 열었다. "넌 예전부터 항상 에바를 음흉하게 쳐다봤어. 하지만 너에 비하면 에바가 너무 아까워. 넌 절대로 그 애를 네 침대로 끌어들이지 못할 거라고!"

그녀의 목소리는 분노에 가득 차 있었다. 마치 궁지에 몰린 동물이 마지막 정면 돌파를 감행하는 듯한 모습이었다. 쌓였던 한이 터져 나오듯 침이 마구 튀었다. 그녀가 자기 얼굴로 다가오는 그림자를 겨우 목격한 찰나, 게오르크의 손등이 그녀의 관자놀이를 있는 힘껏 내리쳤다. 먹먹하게 들려오는 착 소리와 함께 그녀의 고개가 옆으로 홱 돌아갔다. 다시 전처럼 눈앞에 별이 보였다.

루이스 피셔가 경찰청에 모습을 드러냈다. 어둑어둑했던 그의 집에서는 삼십 대 중반 정도로 밖에 안 보이던 그는 사실 53세였다. 인정사정없이 내리쬐는 심문실의 형광등 불빛 아래서는 숨길 수 없는 주름들과 희끗희끗한 옆머리가 적나라하게 드러날 터였다. 루이스는 신사답고 솔직하게 행동했다. 베르거와 다른 형사들에게, 자기는 이미 수년 전부터 도울 준비가 되어 있었는데 이제야 다들 자기를 믿어주는 것 같다고 다시금 강조했다.

율리아는 눈알을 굴리며 그를 심문실로 안내했다. 조서 작성을 위한 의례적인 질문을 마친 그녀는 곧장 본론으로 들어갔다.

"베아테 쉬르만이 살해된 사건과 무슨 관련이 있으신가요?"

루이스는 화들짝 놀랐다.

"네? 뭐라고요?" 그는 목덜미를 움켜쥐며 앉은 채로 몸을 비틀었다. 이마에는 땀이 송골송골 맺혀 있었다.

"관련이 있으신가요, 없으신가요?" 율리아는 일부러 아무렇지 않게 행동하며 재차 물었다.

"당연히 없죠. 아무튼 범인으로서 관련이 있는 건 절대 아닙니다." 루이스는 마음을 진정시키려 애썼다.

"그럼 그 밖에 다른 식으로는 관련이 있다는 말인가요?"

"글쎄요, 목격자라고 할 수는 있죠."

"그 별 그림에 관한 공상을 가지고요?"

루이스는 쓴 웃음을 지었다. "공상이 아닙니다. 이미 다 확인해 보지 않으셨나요?"

"물론 확인해봤어요. 덕분에 그게 사탄주의를 나타낼 수도 있다는 걸 알게 되었죠."

"펜타그람(별 모양과, 그 별의 각 꼭짓점을 연결한 원이 합쳐진 모양으로 이 교도의 상징으로 여겨지기도 한다 —역주)과 성경구절이 어울리기나 합니까? 이것 보세요……."

"성경구절 같은 건 없어요." 율리아가 털어놓자, 루이스는 당황한 듯 고개를 갸우뚱했다.

"그게 그냥 무시해버린다고 없는 것처럼 되는 게 아닙니다." 그가 말했다.

율리아는 씩 웃으며 고개를 가로저었다.

"HU-RE. 이건 단순히 차 번호판을 나타내는 거예요. 어떤 차를 타시죠?"

"지금은 자가용이 없습니다."

"화요일에는 어디 계셨나요?"

"라이프치히에 갔었어요. 거기서 잤고요."

"그럼 2004년 5월 13일, 베아테 쉬르만이 실종되었을 때는요?"

"이런 말도 안 되는 대화는 그만 하죠."

"제 질문에 대답하세요."

루이스는 화가 잔뜩 난 모습으로 자리에서 벌떡 일어났다. "그걸 이제 와서 어떻게 기억합니까!" 그는 식식대며 왔다 갔다 하다가, 이내 팔짱을 낀 채 멈춰 섰다.

"앉으시죠." 율리아는 무심하게 말했다. "그렇게 많이 알고 계신 것처럼 해놓고, 그런 질문에 놀라시면 안 되죠."

"그건 벌써 10년 전입니다!"

"9년이에요. 베아테가 사망했던 날에 대해서는 기억하고 계셨잖아요." 그녀는 계속 캐물었다. "그와 관련된 꿈을 꾸셨다면서요. 제가 뭘 믿어야 하는 거죠?"

"이제 그만 가봐야겠습니다." 루이스는 문 쪽으로 다가갔다.

"날 체포할 겁니까? 그럼 변호사한테 연락하고요. 그게 아니라면 택시를 부르겠습니다."

율리아는 동요하지 않았다. "화요일의 알리바이를 증명하실 수 있나요? 증인이 있어요?"

율리아의 예상과는 다르게 루이스는 한층 수그러진 태도로 그녀를 향해 돌아섰다. 그러고는 자신감 있는 말투로 조용조용 말했다. "난 현재 가명으로 안내서를 집필 중입니다. 내 세 번째 책이죠. 그날 대리인을 만났으니 그의 전화번호를 드리겠소. 도장 찍힌 기차표와 호텔 영수증도요. 이 정도면 충분합니까?"

"확인해보도록 하죠, 감사합니다."

율리아는 당혹스러웠다. 그의 알리바이가 확실하다면, 그는 마티아스 볼너를 죽인 범인일 리가 없었다. 물론 확인해봐야 알겠지만. 율리아는 뭔가를 메모했다. 그러고는 루이스에게 다 끝났다는 신호를 보냈다. 녹음기를 끈 뒤 돌아보자, 그는 자신의 밝은색 리넨재킷을 입고 있었다. 그가 막 문 손잡이를 내리려던 찰나, 율리아는 지나가는 말처럼 물었다.

"그 사건에 대해 뭘 그리 열심히 관여하세요? 인터넷에 그 가설들은 왜 올리시는 거죠?"

"경찰이 수사가 필요한 모든 영역을 다 수사하지는 못하고 있기 때문이죠. 주요 사실들이 간과되는 일은 이번이 처음은 아닐 겁니다." 루이스는 머리를 쓸어 넘겼다. "포럼에 올라온 글을 조금만 읽어보시면 제 말이 무슨 뜻인지 아실 겁니다."

"정보만 수집하시는 건가요?" 율리아가 집요하게 물었다.

"네?"

"기념품도 수집하시나 해서요. 예를 들면 저희한테 보내신 것 같은 신체 부분 같은."

문은 쾅 소리를 내며 닫혔다. 율리아는 실망한 채로 루이스가 앉았던 의자로 다가갔다. 의자는 뒤로 넘어진 채 덜거덕거리고 있었다. 그녀는 2분 정도 몸을 웅크리고 가만히 앉아 있다가, 결국 방을 나섰다.

오후 12시 28분

율리아는 경찰청 안마당에 앉아 정오의 햇볕을 쬐고 있었다. 하지만 하나도 따뜻하지 않았다. 휴대전화는 울릴 줄을 몰랐고, 꼭 그녀와 아버지 사이에 깊은 골이 패인 것 같은 기분이 들었다. 너무 깊어 그녀로서는 도저히 극복할 수 없는. 뮌헨에서는 아버지의 상태가 그대로인 한 그녀가 별 쓸모가 없었는데, 그건 프랑크푸르트에서도 마찬가지였다. 그녀에게 내장 조각을 보내온 사람, 바로 그가 통제권을 쥐고 있었다. 루이스였을까? 만약 그렇다면 그는 아무것도 입증될 수 없도록 만반의 준비를 해놓았을 터였다. 아니면 혹시 그는 그저 범인인 척하는 것뿐일까? 대체 무슨 이유로?

율리아를 가장 몸서리치게 만드는 생각은 간악한 연쇄살인이 일어나고 있다는 사실이었다. 수년 전부터, 바로 그녀의 눈앞에서, 게다가 아무도 눈치 채지 못하게. 교활한 범인은 총 4개 경찰청의 관할 영역 내에서 살인을 저질렀으며 충분한 시간 간격을 두었다. 즉, 살인의 충동을 억제할 줄 아는 연쇄살인범이었다. 통제력을 가진 사람. 마치 루이스처럼. 그러나 정말 그렇다면 왜 그는 인터넷상에서 남의 눈에 띄게 활동하는 걸까? 나르시즘? 율리아는 한숨을 내쉬었다. 그러고는 자기도 모르게 청재킷 가슴에 달린 주머니를 손으로 더듬었다. 제길. 거기에 골루아는 없었다. 이미 한참 전부터. 하지만 그런 사실을 잊어버리는 날이 종종 있었다. 최근의 실수로 한동안 속이 메스꺼운 경험을 했는데도, 지금은 한 개비만 피웠으면 좋겠다는 생각이 들었다.

"여기 있었군요."

율리아는 깜짝 놀라 꼬고 있던 다리를 홱 풀었다. 혈관의 피가 세차게 흘렀다. 프랑크가 다가오는 소리를 못 들었던 것이다. 그는 마치 쫓기는 사람처럼 급히 그녀 앞으로 다가왔다. "일이 생겼어요. 믿기 힘들 걸요."

"뭔지 어서 말해봐요."

"한나의 부모한테서 전화가 왔어요. 그 엄마는 지금 제정신이 아니라 아빠가 했더군요."

율리아는 핏기가 싹 사라진 얼굴로 벌떡 일어섰다. 머릿속이 바삐 돌아갔다. '한나는 안 돼. 맙소사, 그 애까지 실종되어서는 안된다고!' 그녀는 애원하듯 생각했다.

그녀는 프랑크의 말을 제대로 알아들을 수 없었지만 결국 무슨 뜻인지는 이해했다.

"한나는 무사해요. 도리스와 만나고 싶대요."

"무슨 일이래요?"

"가면서 얘기해줄게요." 프랑크가 리모컨 키를 여러 번 누르고 나서야 포르셰의 잠금장치가 저음의 딸깍 소리를 내며 열렸다.

"도리스를 만나고 싶다고 했다면서요?"

"지금은 안 돼요." 프랑크는 어깨를 으쓱했다. "엘리자 문제인가 봐요. 보모 때문인지 뭔지, 아무튼 그래서 가봐야 한댔어요. 결국 우리가 대신 이 일을 맡게 됐고요."

율리아는 힘없이 웃었다. 어쨌든 그 한나라는 아이와 안면을 틀

290

수 있는 좋은 기회였다. 그들은 니벨룽엔 가를 달려 프랑크푸르트 응용과학대학 앞, 녹지대 한가운데 있는 체펠린 비행선 모양의 무광 금속 소재 구조물을 지났다. 그 구조물은 2년마다 열리는 빛의 축제, 루미날레의 잔존물이었다. 길에 차가 많지 않은 덕분에 속도를 낼 수 있었다. 프랑크는 담배 한 개비를 입가에 꼭 문채 간단히 설명했다.

"한나가 점심시간에 늦었대요. 그래서 우리한테 전화한 건 아니지만, 그 애가 행동하는 게 이상했나 봐요. 훌쩍거리며 서둘러 제 방으로 올라가더니 입맛이 없다며 문을 쾅 닫았다네요. 어디서 많이 봤던 행동이죠."

율리아는 프랑크의 마음을 충분히 이해했지만 지금만큼은 그의 냉소적인 마지막 말을 무시해버렸다. 프랑크는 창밖으로 재를 털고는 말을 이었다. 율리아는 잠자코 듣고 있었다.

"한나의 아버지는 한나더러 당장 식탁 앞에 와서 앉으라고 말했대요. 10분 뒤에 한나는 화장을 떡칠한 모습으로 나타났고요. 하지만 피부가 터진 상처는 감출 수가 없었고, 어머니는 소리를 지르기 시작했어요. 아버지는 한나한테 무슨 일이냐고 다그쳤다더군요. 한나는 처음에는 넘어졌다고 말했지만 아버지가 믿지 않자 결국 포기했고요. 맞았다고 했답니다. 성폭행당한 건 아니라고 그 애 아버지는 몇 번이나 강조하더군요. 자기 딸이 그랬다면서. 그냥 다툼이 있었대요. 난 끝까지 딸에게 캐묻는 그 아버지 심정 충분히 이해합니다."

프랑크의 눈빛이 매서워졌다. 그는 슈테파니를 생각하는 게 틀림없었다. 아무도 체포할 수 없는 데 대해 답답함을 느끼며. 이름을 정확히 댈 수 없는, 그냥 한 무리의 아이들. 그리고 아무 말도 하지 않는 한 반.

"계속해봐요." 율리아가 재촉했다.

"한나는 범인이 누군지 말하겠다고 했대요. 단 경찰이 있는 자리에서만요. 아버지도 그렇게 하라고 했고요."

"당신 같으면 동의했겠어요?"

"흠. 억지로 그랬을 수는 있겠죠." 프랑크가 말했다. "솔직히 말해, 나라면 차라리 내 딸을 때린 놈을 직접 만나겠어요. 그 순간 난 경찰이 아닌 거죠. 딸을 둔 아빠가 못 할게 뭐가……."

"잘 알겠어요." 율리아가 대답했다. "당신 마음 이해해요. 그러니 혹시 한나의 아버지가 그 범인의 이름을 알고 있는 건 아닌지 잘 살펴보도록 해요. 만약 그렇다면 우리가 그를 조심시켜야 하니까요. 그리고 한나는 병원에 가서 검사를 받도록 하는 게 좋겠어요. 만일의 경우를 대비해서요."

"이미 다 손을 써놨어요." 프랑크는 웃으며 고개를 절레절레 흔들었다. "당신 없이도 우리가 일을 제대로 할 때도 있다고요."

물끄러미 그를 보던 율리아는 웃을 수밖에 없었다. "농담은."

한나 볼프는 지붕 바로 아래에 있는 자그마한 자기 방에서 기다리고 있었다. 비스듬한 창문의 블라인드 사이로 들이치는 햇빛 때문에 방 안은 더웠다. <브라보 포스터(독일의 유명 청소년 잡지 —역주)>, 컴퓨터, 교과서들. 침대 위에는 다 헤진 커다란 테디베어가 놓여 있었다. 영화 <트와일라잇>과 로버트 패틴슨 포스터. 전형적인 십 대의 방이었다. 율리아는 잠시 눈길을 멈추었다. 로버트 패틴슨의 포스터를 보니 순간적으로 마티아스 볼너의 얼굴이 떠올랐기 때문이다. 그러나 재차 봤을 때는 둘이 닮은 점이 거의 없었고, 그녀는 고개를 가로저었다.

"도리스 자이델 형사님은 안 오세요?" 한나는 나직한 목소리로 물었다. 쿠션을 품에 안은 채 책상다리를 하고 있었다. 율리아는 그녀를 주시했다. 자신을 보호하려는 태도, 하지만 책상다리는 성폭행 피해자라면 취하지 않았을 자세였다. 한나 옆에는 파란색 아이스팩이 놓여 있었다.

"자이델 형사는 집에 일이 생겨서 못 왔어." 율리아가 다정하게 대답했다. "어린 딸이 있거든. 그러니 나한테 대신 얘기해줬으면 하는데."

프랑크는 율리아와 함께 올라가지 않고 아래층에서 한나의 부모와 대화를 나눴다. 아버지는 어느 국제기업에서 트럭 운전을 하는데 마침 나흘째 휴가 중이었다. 크고 억세 보이는 손, 긴장한 듯한 태도, 그리고 아마도 요통이 있는 것 같았다. 집안에는 십자가상들과 성모마리아 그림들이 여기저기 걸려 있었다. 한나의 어머니는 수수했고 눈은 울어서 퉁퉁 부어 있었다. 프랑크가 그들과 얘기를 나누는 게 어쩌면 더 적절한 일일 수도 있었다. 지금 그들의 심리 상태를 가장 잘 파악할만한 사람이 바로 그였으니까.

한나는 불안한 사람처럼 몸을 이리저리 움직였다. 방 안을 둘러보던 율리아는 잠시 후 먼저 침묵을 깨고 말했다. "무슨 일이 있었니?"

"게오르크요." 한나는 고개를 푹 숙인 채 우물쭈물하며 말했다. 율리아는 귀를 쫑긋 세웠다.

"게오르크 노이만?" 율리아가 확인하듯 물었다.

"네."

"그 애가 너희한테 뭘 강요했니?"

한나는 어깨를 으쓱했다. "걔가 짱인 걸요."

"그래서 그 힘을 이용해서 너를……."

"아니, 아니에요." 한나는 고개를 가로저으며 짜증 섞인 한숨을 내쉬었다. 그러고는 고개를 들어 율리아의 눈을 쳐다보았다.

293

"제가 하는 말을 비밀로 해주실 수 있으세요?"

율리아는 그 말의 의미를 바로 알아들었다. "부모님한테 말이지? 날 믿어도 돼, 알았지? 그건 네가 어떤 얘기를 하느냐에 달려 있단다."

"우리 부모님은 벌써부터 저렇게 난리이신데 휴대전화에 관한 일까지 알게 되면⋯⋯."

"휴대전화에 관한 일이라니?"

"게오르크가 제 휴대전화를 가지고 있어요. 크리스마스 선물로 받았던 신형 아이폰이에요. 우리 집은 돈이 별로 없지만, 제 성적이 잘 나와서 받을 수 있었죠. 아빠는 그걸 사려고 추가 근무까지 하셨고요. 사흘이나 보이지 않으면 곧바로 어디 갔냐고 물어보실 걸요."

"네가 그걸 게오르크한테 준 거야?"

한나는 그녀의 말을 비웃었다. "주고 싶어서 준 건 아니죠."

"언제?"

"월요일. 아니, 화요일이요."

"마티아스 뵐너가 사망한 날이구나."

한나는 텅 빈 눈빛을 하고 있었다. "그럴 거예요."

"왜 하필 네 걸 가져갔어?"

"비밀로 해주실 수 있어요, 아니에요?"

율리아는 고개를 갸우뚱하며 눈살을 찌푸렸다. "그 안에 너희 부모님이 보시면 안 되는 거라도 들어 있어?"

"네. 동영상이요." 한나는 다시 우물쭈물거렸다.

"무슨 동영상인데?"

"그 목 조르기요, 전에 저희한테 물어보셨던."

"좀 더 자세히 말해보렴." 한나는 마지못해 그 동영상에 관해 설명했다. 에바. 마티아스. 그녀는 말하는 중간에도 여러 번 그 일을 비밀로 해줄 수 있냐고 물었다.

"그 동영상에 관해서는 아무 말도 안 할 거야." 율리아는 약속했다. "또 휴대전화에 대해서도 굳이 말할 필요 없지. 너 스스로 해결하는 편이 나을 것 같으니까."

"되돌려 받을 수 없어요? 형사님이 게오르크한테서 그걸 빼앗아주실 수 있잖아요, 만약……." 한나는 말하다 말고 입을 꾹 다물었다.

"만약 뭐?"

"만약 게오르크가 그걸 가지고 저를 협박했다면요. 그거 유죄 아닌가요?"

"무슨 협박을 했는데?"

"그건 말씀드릴 수 없어요." 순간 한나의 호흡이 가빠졌고, 눈빛은 겁에 잔뜩 질렸다. "게오르크가 말하지 말랬어요. 그 동영상이라면 훌륭한 살인동기가 될 수 있다고 말이에요."

"그 동영상, 네 컴퓨터에 저장되어 있니?" 율리아는 컴퓨터를 손으로 가리키며 물었다.

"아뇨. 아직 다운받지 못했어요. 엄마랑 같이 쓰는 컴퓨터라 보실 수도 있거든요."

"게오르크는 뭘 두려워하는 거야?"

"모르겠어요." 한나는 정말 모르는 것 같았다. "자기가 주목받는 게 싫은가 봐요. 마약 같은 것 때문에 전과가 있거든요."

"게오르크가 마티아스가 살해된 일이나 에바의 실종과 무슨 연관이 있니?"

한나는 다시 어깨를 으쓱했다. 침묵. 이에 율리아는 다른 식으로 접근하기로 마음먹었다. "네 의견이 있을 거 아냐, 없어?"

"이거 보이세요?" 한나는 애써 태연한 척 하며 부어오른 자신의 볼을 가리켰다. "제 의견을 말했다가 이렇게 된 거라고요."

"나한테 말해봐."

한나는 잠시 고개를 한쪽으로 돌린 채 아무 말이 없었다. 결국 그녀는 율리아의 눈을 바라보지 않고 엄숙한 태도로 다시 입을 열었다.

"게오르크는 정말 역겨운 놈이에요. 항상 저희를 쳐다보고, 몸을 더듬기도 해요. 하지만 그 애가 주유소에서 술과 담배를 사다주니까, 애들은 그런 행동을 그냥 보고 넘기죠. 대마초도 항상 가지고 다녀요. 다른 패거리들 근처에도 얼쩡거리곤 하지만, 그 애를 좋아하는 사람은 아무도 없어요. 에바의 경우에는." 한나는 잠시 멈추었다가 곧 말을 이었다. "게오르크가 완전히 집착하다시피 했어요. 에바가 대마초가 좀 필요해서 잠깐 그 애한테 잘해준 적이 있는데 그 이후로……. 아니, 이 얘긴 됐고요. 아무튼 한 번은 게오르크가 에바를 제 마음대로 해보려고 일부러 약을 하게 해서 제가 따진 적이 있어요. 에바가 제정신일 때는 절대 그럴 수 없다는 걸 자기도 알았겠죠. 그때 결국 저는 한 대 맞고 도망쳤고요."

율리아는 잠시 생각을 한 뒤 말했다. "그래서 게오르크를 의심하는 거야?"

한나는 어깨를 으쓱해 보였다. "어찌되었든 저는 에바가 무사하기만 바랄 뿐이에요. 게오르크의 손아귀에 붙잡힌 게 아니길. 게오르크는 정말 인간 쓰레기이거든요. 만나는 족족 다 추잡한 사람들뿐이고요."

"게오르크가 마티아스가 살해된 일과 관련이 있을 수도 있다고 생각하니?"

한나는 다시 율리아 쪽으로 눈길을 돌렸다. 그리고는 단호하고도 냉정한 말투로 대답했다. "게오르크 노이만은 무슨 짓이든 할 수 있는 놈이에요."

오후 2시 57분

게오르크 노이만은 오펜바흐에 살고 있었다. 마인 가의 어느 허름한 고층아파트. 그 공동주거시설의 발코니에서는 마인 강의 경치가 한 눈에 내려다보였던 반면, 직선 거리로는 몇 백 미터밖에 안 떨어진 지점에는 범죄의 현장이라 할 수 있는 그의 지저분한 소파가 놓여 있었다. 페터 브란트는 이 일에 참여하고픈 생각이 없어보였다. 살인용의자 심문, 가택수색, 못 해도 몇 시간은 걸릴 일이었으니까. 그는 시큰둥한 태도로 율리아에게 감사 인사를 전했고, 토요일을 애인과 함께 보내고 싶어 하는 그의 마음을 충분히 이해하는 율리아는 기꺼이 그를 보내주었다.

현관문의 작은 구멍 안으로 움직임이 느껴졌고, 소리도 들렸다. 아무도 문을 열지 않자, 프랑크가 소리쳤다. "경찰에서 나왔습니다. 문을 열지 않으면 강제로 열겠습니다!"

유리가 부딪치는 소리. 먹먹한 발걸음 소리가 점차 가깝게 들리더니, 퉁명스러운 목소리가 들려왔다. "진정해요, 거 참. 나간다고요." 쇠사슬이 옆으로 밀리더니, 철컥 소리와 함께 문이 손바닥 두 뼘 정도 너비로 열렸다.

"게오르크 노이만, 우리랑 얘기 좀 하지."

맨발에 반바지와 민소매 속옷을 입고 있던 그는 텔레비전 쪽으로 서둘러 걸어 들어갔다. 그러고는 아무렇지 않은 표정으로 옆솔기가 터진 빈백 소파에 털썩 주저앉았다.

"또 당신이에요?" 그는 빙긋 웃었다. "혹시 나 좋아해요?"

하지만 율리아는 그의 이런 자신감이 다 눈속임일 뿐이란 걸 느낄 수 있었다.

"가택수색 영장을 가져왔어."

게오르크는 움찔했다. "어디 보여주시죠."

율리아는 팩스로 인쇄된 종이를 꺼내보였다. 베르거가 어떤 수를 썼기에 이렇게 빨리 영장을 받아냈는가 하는 것은 알고 싶지도 않았고, 사실 별 관심도 없었다. 게오르크는 코웃음을 치며 그 종이를 홱 던져버렸다. 그는 집안으로 들어오고 있던 제복을 입은 경찰들을 경멸하듯 보았다.

"혼자 있어?" 율리아가 물었다.

"누가 또 보여요?"

"여기 머물고 있었다니, 좀 놀랐는걸. 조서에는 페켄하임의 집 주소를 불렀잖아······. 어쨌든. 조용히 얘기 좀 할 수 있을까?"

"발코니요." 그는 짧게 대답했다. "담배가 거기 있거든요."

게오르크는 빨랫줄에 걸려 있던 파란색 아디다스 재킷을 휙 낚아챘다. 담배에 불을 붙인 그는 눈을 감고 연기를 빨아들였다. 짜증난 표정. 그는 발밑을, 그리고 마인 강을 차례로 바라보았다. 율리아는 그의 곁으로 다가섰다.

"경치 좋네. 여기서 망원경을 들고 내다보는 거야?"

"뭐라고요?"

"그냥. 에바네 패거리가 자주 시간을 보내는 벤치들도 보이길래. 마티아스가 도망치기 시작했던 지점도 보이고."

"쳇."

게오르크가 담배꽁초를 너무 세게 누른 나머지, 필터가 부러져버렸다. 그는 욕설을 내뱉으며 5층인 그의 집 난간 위로 그걸 던져버렸다.

"에바 스티븐스는 어디 있어?"

"그걸 내가 어떻게 알아요?"

"네가 에바를 노리고 있었다는 건 다 아는 사실이야. 그러니 마티아스가 눈엣가시였겠지. 이 역시도 이미 알던 거고. 어때?"

"난 에바한테 아무 짓도 안 했어요." 화가 나서 씩씩대던 그는 갑자기 놀란 얼굴로 말을 멈췄다. 그러고는 서둘러, 하지만 한 템포 늦게 덧붙였다. "마티아스한테도요."

"장담하는데, 이 집의 수색이 끝나고 나면 널 곤란하게 할 만한 증거를 대여섯 가지는 확보할 수 있을 걸."

"뻥치지 마요!" 그는 으르렁댔지만 그의 눈빛에서는 두려움이 느껴졌다. 그는 가슴이 오르내리는 게 보일 정도로 숨을 헐떡였고, 이마에는 땀이 맺혀 있었다.

"칼은 어디 숨겨놨던 거야? 마인 강에 던져버린 그 봉투 속에?"

게오르크는 침묵했다. 속이 부글부글 끓는지, 입었던 재킷을 다시 벗어버렸다. 율리아는 방향을 제대로 잡았다는 확신을 가지고 다시 입을 열었다.

"마티아스 볼너는 너에게서 에바를 빼앗아갔어, 적어도 넌 그렇게 생각했겠지. 그래서 너는 잠복해 있다가 마티아스를 쫓아가서 죽인 거야. 범행 정황을 보면 엄청난 분노와 증오가 느껴지는데, 네가 마티아스에게 화풀이를 했던 거지. 마티아스를 칼로 찔러 죽인 다음 넌 부모님 집으로 갔어. 대마초도 한 대 피우고 옷도 갈아입었지. 그리고는 오펜바흐까지 걸어와 강에다 칼을 던졌고. 피 묻은 셔츠로 돌돌 말아 던졌으려나? 정말 완벽하게 맞아떨어지네, 안 그래?"

"난……." 게오르크가 뭔가 반항을 해보려 했지만, 율리아는 통명스럽게 그의 말을 막았다.

"이봐, 우린 확실히 믿을 만한 증인의 진술을 확보했어. 강을 막고 잠수부들을 투입하면 두세 시간 만에 칼도 찾을 수 있다고. 내기 할까? 그럼 어디 한 번 마음대로 지껄여보시지."

게오르크는 덜덜 떨리는 몸을 지탱하려는 듯 팔짱을 끼었다. 그의 손가락들이 양쪽 팔뚝을 꾹 누르고 있었다.

"변호사랑 얘기할래요."

"이중 살인이면." 율리아는 냉정하게 중얼거리며 고개를 끄덕였다. "그래, 변호사를 부르는 게 낫겠네."

"에바가 죽었어요?" 게오르크는 눈을 커다랗게 뜨고 율리아를 보았다.

율리아는 살얼음판 위를 걷는 듯 조심스러웠다. 그녀는 다른 말 없이 이렇게만 물었다. "그게 그렇게 놀랄 일이니?"

"난 그 일과 아무 관련 없다고 했잖아요." 게오르크가 애원하듯 말했다.

율리아는 눈을 가늘게 떴다. "그럼 마티아스 뵐너 일은? 에바를 그렇게 좋아했으면 마티아스가 엄청 미웠을 텐데. 어서 털어봐. 누가 아니?" 그녀는 허스키한 목소리로 웃었다. "네 친구들 중 하나가 선수를 칠지."

"그럴 놈은 아무도 없어요." 게오르크는 으르렁댔지만, 그건 필사적인 연기로밖에 보이지 않았다.

"착각하지 마. 네 왕국은 다 분열되었어. 권력을 빼앗기는 건 시간문제. 본래 아랫것들은 기회만 있으면 뒤통수를 치게 마련이거든. 역사적으로 그런 일이 얼마나 흔했는지 몰라?"

게오르크는 다시 마인 강 쪽으로 눈을 돌린 채 얼어버린 듯 가만히 서 있었다. 갈매기들이 물 위를 빙빙 돌며 날고 있었다. 그는 담배에 불을 붙이고는 아무 말 없이 들이마셨던 연기를 내뱉었다. 난간에 기대어 서 있는 그의 모습을 보고 있자니 율리아는 수상한 기분이 들었고, 이에 지나가던 동료를 눈짓으로 불렀다.

"게오르크 노이만, 마티아스 볼너 살해 혐의로 잠정 체포한다."

그는 아무 저항 없이, 마치 될 대로 되라는 듯 모든 절차에 순응했다. 경찰차 뒷좌석에 앉고 난 뒤에야 그는 다시 한 번 몸을 숙여 율리아를 쳐다보았다. 그러고는 들릴 듯 말 듯한 떨리는 목소리로 더듬거리며 말했다.

"에바를 찾아줘요. 제발. 그 애를 찾아달라고요. 난 에바를 사랑해요. 이제 그 애한테는 아무도 없잖아요. 그 애한테 아무 일도 없어야 해요."

율리아는 말없이 그를 바라보았다. 굳은 표정. 몇 분 전에 안드레아 지버스 박사로부터 전화가 걸려왔다. 혈액 검사를 통해 이미 예감하고 있던 것이, 이제 가슴 아픈 사실이 되어버렸다. 두 번째로 배달된 비장이 에바 스티븐스의 것으로 판명 났던 것. 검사 결과가 잘못됐을 리는 거의 없었고, 에바가 아직 살아 있을 가능성도 제로에 가까웠다. 하지만 율리아는 아직 게오르크에게 그런 말을 할 준비가 안 되어 있었다. 해서도 안 되었고. 그녀는 담당 경찰들에게 출발하라고 말한 뒤, 돌아서서 휴대전화를 꺼냈다. 지버스 박사는 금방 전화를 받았다.

"아까 그렇게 끊어서 미안해요." 율리아는 인사 같은 건 생략하고 말했다. "용의자 검거 중이었거든요."

"혹시 에바 살해범인가요?" 지버스 박사가 물었다.

"그건 아닐 걸요." 율리아는 뚱한 말투로 고백하듯 말했다. "근데 에바는 정말 사망한 걸로 봐야 할까요?"

"아시다시피 나 역시 오늘 오전이 되어서야 1백 퍼센트 확신하게 되었어요. DNA 검사는 혈액 검사보다 복잡하잖아요. 하지만 장기의 주인이 누구든 간에, 비장 적출은 엄청 까다로운 수술이에요. 비장을 찾으려면 복강을 칼로 자를 수밖에 없어요. 민감한 장기들과 붙어 있으니 아주 위생적이어야 하고, 자르는 부위도 정확해야 하고, 마취도 필요하죠. 당신한테 배달된 비장이 이런 상황에서 적출되었을 가능성이 과연 얼마나 되는지는 당신도 대충 짐작할 수 있을 거예요."

"하지만 비장은 사는 데 반드시 필요한 장기는 아니잖아요, 안 그런가요?"

"내 말을 잘 안 들었나보군요." 지버스 박사는 투덜거렸다. "비장 없이도 살 수는 있죠, 맞아요. 그렇지만 적출술 자체가 생명을 위협할 정도로 위험하다고요. 수술실 밖에서 이뤄졌다는 걸 가정한다면 더더욱 말이에요. 비장을 무슨 피시앤칩스 포장하듯 신문지에 둘둘 말아서 보냈으니……."

"됐어요, 알아들었어요. 그럼 범인은 희생자가 살아남을 가능성이 가장 적기 때문에 비장을 제거한 거군요?"

"손가락이나 귀를 잘랐을 수도 있죠."

율리아는 지버스 박사의 반론에 대해서는 좀 이따가 대답하기로 하고, 잠시 뭔가를 생각했다. "비장이 왜 특별한 거죠?"

"먹을 수가 없잖아요." 지버스 박사는 재빨리 대답했다. "적어도 흔하진 않죠."

"에이, 이봐요……."

"아니, 진심이에요. 한 번 생각해봐요. 범인은 희생자의 배를 갈랐어요. 그러니 귓불, 손가락이나 발가락은 수집 대상에서 아예 제외시킨 거죠. 간, 폐, 심장은 먹을 수 있어요. 요즘 비장을 먹는 사람은 내가 알기론 거의 없을 걸요."

지버스 박사의 말이 도무지 믿기지 않았던 율리아가 항변을 하려던 찰나, 지버스 박사는 또다시 입을 열었다. "그냥 생각일 뿐이에요. 얼마 전에 구내식당에서 카니발리즘(식인 풍습 —역주)에 관해 토론을 했거든요."

"식욕이 확 당겼겠네요."

"휴, 제가 하는 일이 이렇죠. 하지만 한 번 까놓고 말해보자고요. 꼭 비장이 아니더라도, 내장은 저장하기가 아주 쉬워요. 말리든, 절이든 간에요. 부패가 진행되더라도 연골 같은 걸 긁어내는 경우와는 다르게 비장 한 조각이 없어진 건 티도 안 날 걸요. 눈알이나 손가락 같은 걸 기념품으로 남겼던 사건들은 꽤 있었어요. 하지만 비장은 저도 처음이고, 저 같으면 그런 쪽으로 생각해보겠다, 뭐 그런 말이었어요. 안타깝게도 그 실종된 소녀에 대해서는 희망을 갖기가 힘들겠네요."

율리아는 포기하고 싶지 않았다. 또 포기해서는 안 되었다. 희망이 없다면 그녀의 직업이, 나아가 이 세상이 뭐가 되겠는가. 그리고 그녀의 아버지는? 서둘러 전화를 끊은 그녀는 프랑크를 찾았다. 그리고는 게오르크를 확실히 체포하기 위해 당장 해야 할 일들에 관해 이야기를 나눴다. 그러나 그녀의 머릿속은 온통 에바와, 루이스가 언급했던 다른 소녀들에 대한 생각뿐이었다. 루이스 피셔. 그녀는 갑자기 두통이 밀려오는 기분이었다.

오후 4시 10분

율리아는 제복경찰들에게 게오르크가 체포된 사실을 외부에 알리지 말라고 지시했다. 또 무엇보다도 게오르크 본인이 사적인 통화나 문자를 하지 못하도록 해야 한다고도 했다. 형사들은 동시에 흩어져 찰리 브뤼크너, 팀 프랑케, 그리고 렌나르트 크라머를 찾기 시작했다. 그 패거리가 서로 말을 맞추는 걸 막아야 했기 때문이다. 한나 곁에 남아 있던 한 여성 경찰관은, 한나 역시 메일이나 전화통화를 하지 않았다고 확인해주었다. 그 아이들은 게오르크의 체포 사실을 알게 되었다. 형사들은 아이들에게 그간 힘들게 마음에 담아두었던 이야기를 털어놓으라고 재촉했다. 게오르크는 더 이상 힘을 쓸 수 없게 됐으니, 그를 보호해줄 이유가 없다고.

얻어낸 정보는 기대했던 것보다는 적었지만, 어쨌든 좀 더 명확한 그림을 그려볼 수는 있게 되었다. 게오르크는 마티아스를 아주 많이 증오했으며 그런 감정을 숨김없이 드러냈다. 때문에 다들 하기 싫어하는 일이나 심부름 같은 건 항상 마티아스에게 시키곤 했다. 또 6병들이 맥주를 가져오면 한 병을 더 마셔서 마티아스는 못 마시게 하기도 했다. 목 조르기를 할 때면 마티아스의 차례에만 벨트를 더 세게 잡아당기라고 시키기도 했으며, 지난 주말에는 마티아스의 목에다 접이식 칼을 들이대기도 했다는 것이었다. 모든 진술이 예상과 맞아떨어졌지만, 그 사실들을 종합하는 건 꽤나 힘든 일이었다.

*

율리아는 경찰청으로 돌아가기 전에 리더발트에 잠시 들렀다. 그레타 라이볼트도 분명 게오르크 노이만을 알고 있을 것이고, 그건 그레타를 다시 한 번 만날 수 있는 훌륭한 핑곗거리가 되었다. 율리아는 마음을 가다듬고 그 집으로 들어갔다. 그리고는 집안의 모든 것들을 하나도 빠짐없이 신중히 살펴보았다. 마치 그 중 무언가가 그 가족의 비밀을 말해주기를 기대하는 것처럼. 교외의 집 하면 떠오르는 소박하고도 이상적인 집. 그림들, 나란히 줄지어 놓여있는 장식품들. 개인적인 물건은 거의 없었고, 가족 사진도 보이지 않았다. 하지만 율리아 본인의 집에도 가족사진은 몇 장 없었다. 오래된 어머니 사진 한 장, 그리고 아버지 사진 한 장. 그 밖에 어린 시절 사진들을 모아둔 앨범도 한 권 있었다. 그런데 라이볼트 부부는 딸도 있으면서 입학식, 견진성사나 입교 같은 행사 때 찍은 사진은 다 어디 있을까? 휴가지에서 찍은 건?

"뭘 찾고 계세요?" 그레타는 거실 입구에 서서 율리아를 기다리고 있었다. 율리아에게 문을 열어준 그녀는 언제나처럼 눈에 잘 띄지 않고 기가 죽은 듯한 모습이었다.

"사진이 너무 없어서 좀 놀랐을 뿐이야." 율리아는 이렇게 대답하며 그레타에게로 다가갔다. 그레타는 어깨를 으쓱했다. 그녀의 아버지는 출장을 갔고, 어머니는 필라테스를 하는 중이라고 했다. 그레타가 그 말을 할 때 태도가 율리아가 보기에는 좀 이상했다. 혐오와 거부감으로 가득 찬 태도.

"너희 어머니랑 너는 서로 그리 친한 것 같지는 않던데, 내 말이 맞지?"

"네. 그게 뭐 어때서요. 에바한테 무슨 소식이라도 있어요?"

"안타깝지만 아니야." 율리아는 비장에 관한 얘기는 하지 않기로 마음먹었다. 그레타의 표정이 어두워졌다. "그럼 왜 또 절 찾아오신 거예요?"

"에바의 주변 인물들에 대해 좀 더 잘 알고 싶어서. 우린 게오르크 노이만을 체포했어. 그 이름 들어봤니?"

"아주 나쁜 놈이에요. 잘 알지는 못하지만. 그 애가 에바를 납치했어요?"

"그랬을 것 같니?"

305

"저는 잘 모르는 애라고 했잖아요." 그레타는 어깨를 으쓱했다.

"에바의 실종과 마티아스의 사망은 서로 연관된 걸로 보여. 신문에서 뭐라고 떠들어대든 말이야. 네 친구가 사라진 데에는 뭔가 개인적인 배경이 작용한 것 같아. 너희는 서로 많이 친했다고 했었지."

"네, 전에는요." 그레타는 갑자기 무척 우울해보였다.

"무슨 일이 있었던 거니? 제발 나한테 말해봐. 네가 말하는 모든 건 비밀로 해줄게. 정말이야."

그레타가 마음속으로 얼마나 고민을 하고 있는지 얼굴 표정에 다 드러났다. 친구에 대한 충성을 지킬 것인지, 아니면 그냥 개입하지 않고 가만히 있을 것인지를 두고 갈등 중이었다. 그건 율리아가 전에도 다른 사람들에게서 여러 번 봐왔던 모습이었다.

"에바는 죽었죠, 아니에요?" 잠시 후 그레타가 입을 열었다.

"거짓말은 하고 싶지 않구나." 율리아는 대답을 회피했다. "상황이 좋지 않아."

순간 그레타의 얼굴은 새하얗게 질려버렸다.

"역겨운 것들." 그녀가 속삭였다. "변태 같은 것들."

눈물도, 몸의 떨림도 없었다. 그저 먼 곳을 응시하고 있을 뿐.

"무슨 일이 있었니?" 모든 것이 마비된 듯한 1분 여의 정적을 깨며 율리아가 물었다.

"우리 부모님들이요." 그레타는 마치 악마에 관해 말하고 있는 양 울분을 토했다. "구역질 나 죽겠어요. 전부 다요. 저 좀 데려가 주실 수 있어요?"

"데려가다니?" 즉시 말뜻을 이해하지 못한 율리아는 고개를 갸우뚱했다.

"더 이상 여기 있고 싶지 않아요. 단 하루도요."

율리아는 생각했다. 이번에도 가장 먼저 떠오른 사람은 알리나 코르넬리우스였다. 하지만 율리아와 마찬가지로 그녀 역시도 청소년에 관한 일은 거의 맡아본 적이 없었다.

"이미 말했듯이, 내가 도울 수 있는 부분은 기꺼이 도울 거야. 물론 널 데려갈 수도 있지만, 그건 완전한 해결책이 되진 못해. 복지국에 연락을 취하기 전에, 먼저 나한테 진실을 얘기해줘야 해. 알겠지?"

"그렇지만 에바와 직접적인 연관이 있는 건 아닌 걸요." 그레타는 망설였다.

"그래도 말해줘."

그레타는 자리에서 일어나 창가로 걸어갔다. 잠시 말없이 서 있던 그녀는 결국 조용한 목소리로 이야기를 시작했다. "에바네 엄마와는 만난 적 있으시죠?"

율리아는 그렇다고 대답했다.

"에바네 엄마랑 우리 엄마는……." 그레타는 몸을 벌벌 떨었다.

"제가 인터넷에서 찾아봤어요." 그녀는 율리아 쪽을 돌아다보았다. "색광녀라고 하더군요. 정말 그런 게 있어요?"

율리아는 코를 찡그렸다. "나는 있다고 봐."

율리아로서는 이미 그 명칭에 어울리는 사람들을 여러 번 만나봤던 터였다. 하지만 그런 부연설명을 하느라 그레타의 말을 끊고 싶지는 않았다.

"우린 그걸 봐야만 했어요. 다함께 그 짓을 하는 걸요. 이해하시겠어요? 넷이서 말이에요." 그레타는 역겹다는 듯 몸을 부르르 떨었다. "우리 집에서 에바랑 같이 잤던 날이었어요. 에바네 엄마는 친구 데려와서 자는 걸 허락하지 않기 때문에 그 집에서는 못 자요. 어느 날은 에바가 뭘 까먹고 안 가져오는 바람에 우린 한밤

중에 걔네 집에 숨어 들어갔어요. 그때 그 소리를 들었던 거예요. 소리치고, 신음하는 소리."

그레타는 여전히 불쾌한 표정으로 고개를 절레절레 흔들었다. 율리아는 놀란 나머지 휘파람이 나오려는 걸 간신히 참으며 물었다. "그래서 어떻게 됐어?"

"우린 소리가 나는 곳으로 가봤어요. 설마 그런 광경을 보리라고는 상상도 못한 채 말이에요." 그레타는 머리를 쥐어뜯으며 고개를 가로저었다. "엄마가 문틈으로 제 얼굴을 목격한 순간 얼굴이 하얗게 질렸지만, 그건 정말 잠깐이었어요. 엎드려 있는 엄마 몸 위로 에바의 아빠가 앉는 거예요. 전 그 광경을 평생 못 잊을 거예요. 그런데 잠시 후 에바네 엄마가 우리더러 안으로 들어오라더군요. 앉아서 보라고요. 확실한 건, 그게 그 여자를 흥분시켰다는 거예요."

"보기만 했니?" 율리아는 어떤 대답이 나올까 두려워하며 조심스럽게 물었다.

"네, 보기만요." 그레타는 긴장한 듯 대답했다. '정말일까?' 율리아는 생각했다.

"그게 언제야?"

"우리가 이사 오기 전이요. 물어보실 것 같아 미리 말씀드리는데, 이사 온 것도 바로 그 일 때문이었어요. 다른 건 전부 거짓말이에요. 아빠 일 때문이다 뭐다, 다른 이유들도 있었겠지만……."

그레타는 말을 하다 말고 갑자기 멈추었다. 율리아는 잠시 기다리다가 그녀에게 물었다. "그러니까 너희 부모님들이 너희에게 강요를 했다는 거구나. 다른 일로도 그랬니?"

"아뇨, 아니라고 이미 말씀드렸잖아요."

"그럼 그런 일이 있었던 건 그 날 하루뿐이었어?"

"하루뿐이라고요?" 그레타는 앙칼진 소리로 웃어댔다. "그 하루로도 충분했어요! 자기 부모가 섹스하는 모습을 보고 싶은 사람은 아무도 없을 거예요. 게다가 그런 방식으로 말이에요. 우리 엄마 아시죠. 눈에 들어오면 아무한테나 꼬리친다고요. 지난번에 남자 형사님한테도 그랬잖아요."

율리아는 순간적으로 웃음이 나오려는 걸 애써 참았다. 하필 그게 수년 전 경찰청 내에서 국보적 마초로 유명했던 페터 쿨머라니. 당시 그는 보이는 여자마다 작업을 걸었고, 그중 성공했던 경우도 적지 않았다. 페터, 항상 멋 부리는 데 관심이 많았던 그. 율리아는 페터와 라이볼트 부인에 대한 생각을 재빨리 머릿속에서 지워버렸다.

"에바 말고 다른 사람한테 이런 얘기를 한 적 있니?" 그녀가 묻자, 그레타는 눈을 동그랗게 뜨고 고개를 세차게 흔들었다.

"아빠는 그게 다 두 엄마들 잘못이랬어요. 에바네 엄마는 아프고, 우리 엄마는 아빠 하나로는 만족을 못한다면서. 그리고는 제가 전혀 듣고 싶지 않았던 얘기들을 털어놨어요. 단지 자기 자신을 변호하려고 말이에요. 또 제 입을 막기 위해서요."

"아버지가…… 혹시 너한테 추근대거나 하시진 않았어?"

"아빠가요?" 그레타의 목소리가 날카롭게 들렸다. 그녀는 언짢은 눈빛으로 서둘러 손을 내저었다. "전혀요! 정말 안 그랬어요. 이사를 가자고 했던 것도 아빠였어요. 아빠한테는 그게 불편했던 거죠. 엄마는 그 일에 대해 단 한 마디도 안 했고요."

"에바네 부모님도 마찬가지였니?"

"그랬을 거예요. 에바는 저보다는 잘 이겨냈어요."

"에바도 집에서 나오고 싶어 했어?"

"아뇨. 에바는 아빠한테는 아주 착한 딸이었어요. 아니, 지금도 착한 딸이죠……. 젠장!" 그레타는 훌쩍이더니 양손에 얼굴을 파묻은 채 엉엉 울기 시작했다. 자리에서 일어난 율리아는 그녀 곁으로 가서 앉았다. 그리고는 팔로 그녀의 등을 부드럽게 감싸 안았다. 그때 대문이 철컥 하고 열리는 소리에 두 사람 모두 깜짝 놀랐다. 여자 기침 소리가 들렸다. '엄마예요.' 그레타는 소리 없이 입만 움직여서 말했다. "아무 말도 하지 마세요." 그녀는 간절히 애원했다.

"여기서 뭣들 하는 거예요?" 두 사람 앞에 선 라이볼트 부인은 양손을 엉덩이에 받친 채 물었다. 그녀가 입고 있는 트레이닝복은 몸에 지나치게 딱 붙었는데, 아마 일부러 그런 걸 골랐으리라. 그레타는 코를 훌쩍거렸고, 율리아는 침착하게 대답했다.

"에바 일 때문에 이렇게 다시 왔습니다."

"부모도 옆에 없는데 이러셔도 되는 건가요?" 그녀의 말투에는 비난과 거부의 감정이 숨김없이 드러났다. "제 딸이 얼마나 힘들어 할지 알기나 하세요?"

율리아는 뭐라고 반격을 하려다가 간신히 참았다. 그레타는 얻어맞은 개 마냥 소파 위에 웅크리고 앉아 두려움이 가득한 눈으로 그녀를 쳐다보고 있었다. 그 모습을 본 율리아가 말했다.

"그레타만 괜찮다면 경찰청에 가서 몇 가지 질문을 좀 하고 싶은데요. 그게 아니라면 여기 제 명함을 놓고 가죠." 그녀는 그레타가 이미 그녀의 명함을 갖고 있다는 걸 알면서도 그레타 쪽으로 몸을 숙여 명함을 건넸다. 그레타는 그녀의 뜻을 알아차린 것 같았다. 그녀와 같이 가든지, 여기 남아 있든지. 그건 그레타의 선택에 달려 있었다.

"혼자 있고 싶어요." 그레타는 잘 들리지 않는 목소리로 대답했다. 그리고는 몸을 일으켜 엄마한테 물러가도 되냐고 허락을 받았다. 잠시 후 율리아는 후회 막심한 얼굴로 그 집에서 나왔다. 여느 때와 마찬가지로 이번에도 그녀는 아무것도 할 수가 없었다. 그리고 그것이 그녀를 점점 지치게 만들고 있었다.

오후 6시 10분

베르거는 이마를 찌푸린 채 종이를 들여다보았다. "이 게오르크 노이만이라는 놈 일은 일사천리로 진행되는군." 그건 율리아나 프랑크에게 말하는 거라기보다는 그 자신에게 하는 소리 같았다.

율리아는 불만스러운 표정으로 고개를 끄덕였다. "차라리 에바에 관한 단서나 찾았다면 더 좋았을 텐데 말이죠."

법의학연구소의 검사 결과에 관해 들었던 베르거는 율리아의 말에 동의했다. 그들은 펜타그람 그림 앞에 서 있었다. 안드레아 베르거도 그들과 함께 회의실에 있었고, 페터와 도리스는 보이지 않았다. 베르거는 미햐엘 슈렉까지 부른 상태였다. 율리아는 속으로, 미햐엘은 도대체 언제 쉴까 생각했다. 분명 그에게도 사생활이란 게 있을 텐데. 미햐엘은 노트북을 팔 아래 낀 채 헐레벌떡 달려왔다. 딸에게 시작하라는 신호를 보내는 베르거의 얼굴에는 자부심이 가득했다.

안드레아 베르거, 무엇보다도 연쇄살인범의 심리를 알아내는 데 주력하는 뛰어난 심리학자. 그녀가 펜으로 화이트보드에 뭔가를 쓰자 찍찍 소리가 났다. 잠시 후 그녀의 편안한 목소리가 방 안에 울려 퍼졌다.

"피살자들의 프로파일은 아주 명확해 보여요. 어린 소녀들, 금발

머리, 상냥하고 한편으로는 순진한 성격. 아무 의심 없이 모르는 사람 차에도 올라탈 수 있는 여성들이죠."

"요즘 세상에 그런 여자가 어디 있다고." 프랑크가 중얼거렸다.

안드레아는 한숨을 내쉬며 뒤를 돌아다보았다. "제가 잘 아는데, 생각보다 많답니다. 여성 피살 사건들 중 약 30퍼센트는, 여성들이 의심하는 마음을 좀 더 가진다면 일어나지 않을 거예요."

"어림잡은 건가?" 율리아가 물었다.

"신뢰 가능한 수치입니다." 안드레아는 냉정하게 대답했다. "그럼 계속하죠. 피살자 프로파일은 아마 정리가 된 걸로 보이니, 범인으로 넘어갈게요. 괜찮으시죠?"

이의를 제기하는 사람은 아무도 없었다.

"수년의 간격을 두고 적출된 비장 두 개. 뒤랑 형사님한테 개인적으로 연락을 취함. 베아테 쉬르만의 경우 성폭행 여부는 더 이상 입증이 불가능해요. 이 가혹한 사실들을 종합해볼 때 범인은 남자이며 변태적 기질이 있는 통제광일 겁니다. 그는 기념품을 모으죠. 충동에 이끌려서든 아니든 간에, 그는 그 기념품을 얻기 위해 내장을 끄집어냅니다. 그저 장신구나 쉽게 잘라낼 수 있는 손발을 모으는 것보다는 더 많은 시간과 노력이 들죠. 그 밖에 다른 것들은 아직 불분명한 상태예요. 먼저 연락을 취해온 건 도와달라는 외침일 수도 있지만, 통제욕구가 넘쳐서 그러는 걸지도 몰라요. 인정받고 싶고, 자기가 한 일을 보여주고 싶은 거죠. 통계적으로 볼 때 범인은 자녀를 둔 기혼 남성일 가능성이 큽니다. 아니면 철저히 혼자 행동하는 소시오패스거나요. 연쇄살인범이라고 해서 무조건 성적 성향이 특이한 독신 남자를 떠올리는 건 벌써 옛날 일이 되어버렸어요."

"그럼 적어도 10년 전부터 눈에 안 띄게 행동하는 연쇄살인범이란 말이야?" 베르거는 얼굴을 찡그렸다. 그가 무슨 생각을 하고 있는지는 몰라도, 아주 기분 나쁜 생각인 것만은 틀림 없었다.

"왜 하필 10년이죠?" 그의 딸이 되물었다.

"베아테 쉬르만은 약 10년 전에 납치되었어. 정확히 말하자면 9년인데, 중요한 건 그게 아니야. 범인은 자신의 범행에 관해 보도한 신문기사들을 모았던 게 분명해. 베아테의 비장 조각도 오래된 신문에 싸여 있었잖아. 그 역시 그녀의 실종에 관한 기사더군. 특별한 이유 없이 그런 걸 모을 리는 없어."

"문서보관실에서 가져왔을 수도 있죠." 안드레아가 말했다.

"아냐, 안드레아, 내 말을 믿어. 범인이 그런 위험을 감수하진 않았을 거야. 게다가 비장도 오랜 시간동안 보관해뒀잖아. 왜 그 놈은 이제 와 그걸 다 까발리는 거지? 왜 하필 뒤랑 형사한테?"

"뭐 하나 여쭤 봐도 될까요?" 안드레아는 보드를, 그리고 모여 있는 사람들을 차례로 쳐다보았다. "혹시 용의자들 가운데 여성도 있나요? 아니면 범인이 여성일 수 있다는 가능성은 아예 배제되었나요?"

율리아는 침을 꿀꺽 삼켰다. 잠시 생각에 잠겼던 그녀는 곧 고개를 가로저으며 말했다.

"방금 너도 남자일 거라고 말했잖아."

"수치와 사실을 따져보면 그렇죠." 안드레아는 주장했다. "우리가 용의자의 범위를 좁히지 못했다는 걸 확인하기 위해서 여쭤본 거예요."

"아직 특별히 주시하고 있는 사람은 없어."

"네가 말해보렴." 베르거는 피곤한 얼굴로 미소를 지었다. "범죄심리학자는 너잖아."

안드레아는 아버지의 말을 저지했다. "통계적으로는 가능성이 별로 없지만 아예 배제할 수는 없어요. 대부분의 연쇄살인범은 남자죠. 최근부터 거슬러 올라가면 서른다섯 명 모두 남자였어요. 다만 통계만 가지고 용의자 범위를 좁힐 수는 없어서 질문을 드렸던 거예요."

"어쨌든." 율리아는 점차 마음이 조급해졌다. "그걸 보낸 사람은 베아테만 살해한 걸 수도 있어. 그 이메일 주소에 대해서는 뭐 좀 알아냈나요?"

베르거는 고개를 저었다. "혹시 또 메일이 올 걸 대비해서 슈렉 반장이 자네 메일 계정의 받은메일함을 확인해보고 있네." 그는 작업 중인 미햐엘을 흘긋 보았다.

"제가 그 이메일을 추적해봤어요. IP주소에 따르면 프랑크푸르트 동부 지역이군요. 좀 더 자세히 알아본 뒤에, 이따가 다시 말씀드리겠습니다."

"고마워요." 율리아는 화가 난 얼굴로 고개를 끄덕였다. "그 우편물 때문에 개인 이메일까지 검사를 받게 되었군요."

"그 도면에 있는 다른 살인사건들은 어때?"

베르거가 입을 열었다.

"천천히요, 아빠." 그의 딸은 이렇게 대답했지만 뭔가 망설이는 표정이었다. "이 펜타그람을 중심으로 본다면, 눈에 띄는 점들이 몇 가지 있어요. 첫 번째로, 범인은 고속도로와 국도를 따라 이동해요. 그러면 빠르면서도 남의 눈에 안 띄게 움직일 수 있죠. 베아테 쉬르만을 예로 들어볼게요. 범인은 시신을 그녀의 집에서 멀리 떨어진 곳에 버렸어요. 오버엘렌바흐와 니더엘렌바흐 사이에도 버릴 만한 장소가 충분히 있었을 텐데 말이에요. 두 번째는, 범인의 거주지가 사실상 이 도면상의 어디든 될 수 있다는 거예요. 강간범들은 눈에 안 띄기 위해 넓은 지역에서 활동하는 경향이 있어요. 첫 범행은 주로 거주지 인근에서 이루어지는 경우가 많지만요."

"그럼 베아테 쉬르만이 첫 범행이었다는 건가?"

"우리가 또다시 이런 가설을 가지고 접근하면 니더엘렌바흐 주민들이 들고 일어날 걸." 베르거가 말했다. 베아테가 실종된 뒤 그녀의 부모는, 베아테의 납치범이 베아테가 알고 있던 사람인 것 같다는 의심을 피력했었다. 딸이 낯선 사람의 차에 올라탔을 거라고 상상할 수도 없었고, 또 상상하고 싶지도 않았으니까. 그에 대해 동네 주민들은 말도 안 되는 무고라며 격렬한 적대감을 드러냈다.

안드레아 베르거는 양손을 들어올렸다. "말씀드렸다시피, 이건 전부 확실치 않은 가설일 뿐입니다. 세 번째는, 범인이 피살자 전부를 알고 있었다는 거예요. 하지만 여기 적혀있는 사람들을 보면 그건 거의 불가능해보이네요. 범인이 공무원 아닌 이상은요."

"경찰공무원?" 율리아는 순간적으로 격분하여 벌떡 일어설 뻔했다. 안드레아가 아무런 감정 없이 사람들에게 툭 던진 그 말을 도저히 믿고 싶지 않았다. 하지만 이내 그녀는 이성적으로 행동하자고 마음먹었다. 미하엘 슈렉 역시 인터넷 포럼에서 활동하는 사람이 경찰청 내부인일지도 모른다는 의심을 하지 않았던가.

"어쨌든 내부 정보가 밖으로 새어나간 건 분명합니다." 안드레아가 지체 없이 대답했다. "저 개인적으로도 그럴 리는 없다고 생각하지만요."

"내부인이었다면 뒤랑 형사가 휴가라는 걸 알았겠지." 베르거가 말했다. "뭐, 알면서도 일부러 그 우편물을 보냈을 수도 있지만……." 말을 멈춘 그는 고개를 절레절레 흔들었다. "이 얘긴 이

쯤에서 그만 하지."

"이제 제가 좀 끼어들어도 될까요?" 다들 조용히 있던 틈을 타 미햐엘이 물었다.

"그러시죠."

미햐엘이 노트북을 열자, 화면에 어떤 표 하나가 보였다.

"좋아하는 도시를 두 군데만 말씀해보시죠." 그는 다짜고짜 말했다. 눈은 화면에 고정한 채로.

프랑크가 가장 먼저 입을 열었다. "하터스하임."

짧은 타자 소리.

베르거가 망설이고 있는 동안, 자기 고향을 떠올린 율리아는 뮌헨 근처의 작은 마을의 이름을 댔다. "그냥 뮌헨이라고 해도 되고요." 그녀는 이렇게 덧붙였다.

"됐습니다." 타자 소리. "그럼 이제 연도를 말씀해보세요."

"1994년."

"1994년."

프랑크는 율리아를, 율리아는 프랑크를 바라보았다. 동시에 같은 해를 말한 두 사람은 웃을 수밖에 없었다. 이유도 같았다. 1994년, 프랑크푸르트에서 두 사람이 처음으로 함께 사건을 수사했던 해. 그러나 사건 자체는 그렇게 기뻐할 만한 성격의 것이 아니었다. 젊은 금발의 여성들이 강간 당한 뒤 살해되었던 사건. 슬픈 아이러니가 아닐 수 없었다.

"이제 몇 가지 속성을 넣어볼까요. 성별, 별자리, 머리색, 아무 거나 좋습니다." 미햐엘이 말했다.

"전갈자리." 프랑크가 재빨리 말했다. "밤색 머리."

"그만둬요." 율리아가 말했다. "빨간 머리, 양자리, 여자."

"두 분이 일을 어렵게 만드시네요." 미햐엘은 입을 삐죽대며 말했다.

"도대체 지금 뭐하는 겁니까?" 베르거가 참지 못하고 물었다. 그리고 그 컴퓨터 전문가가 그의 질문에 대답하기까지는 그리 오래 걸리지 않았다. 화면에는 지도 하나가 보였고, 그 위에는 두꺼운 노란색 선으로 꼭짓점이 다섯 개인 별 하나가 그려져 있었다. 미하엘은 동료들이 자신의 주위에 둘러설 때까지 잠시 기다렸다. 그들이 이게 뭐냐는 표정으로 그의 작품을 쳐다보는 걸 은근히 즐기는 눈치였다. 아무도 먼저 말을 꺼낼 생각을 하지 않았다. 서로 맞은편에 있는 두 개의 점은 각각 뮌헨과 하터스하임에 찍혀 있었고, 나머지 점들은 별 모양에 맞춰 그린 것이었다. 각각의 꼭짓점 근처에는 빨간 색으로 표시가 되어 있었다.

"여자 다섯 명, 4월생, 어두운 머리색. 1994년 뮌헨, 나머지는 1983년부터 2011년 사이. 뭔지 아시겠어요?"

율리아는 그 나머지 장소들을 살펴보았다. 콘스탄츠, 라슈타트, 슈바인푸르트. 전부 다섯 개의 점과 가까운 곳들이었다. 펜타그람만 없었다면 별 다른 공통점을 찾을 수 없는 곳들.

"함부르크, 뉴욕, 팀북투 등을 기점으로 해서 똑같은 정보를 적용해보세요." 미하엘이 설명했다. "살인사건은 어디서나 일어납니다. 장소, 시간, 유형 같은 요소들은 헤아릴 수 없을 만큼 다양하죠." 그가 분주하게 무언가를 클릭하자 어떤 목록이 열렸다. "여기, 읽어보세요. 기센, 바트 오르프, 풀다, 프리드베르크, 니다. 1979년부터 1992년까지. 이 장소들에 무슨 공통점이 있나요? 살해된 젊은 여성들. 나이 대를 삼십 대 후반까지 올려보면 여덟 건이 더 추가됩니다. 라우터바흐, 쇼텐, 그리넬. 머리색을 기준으로 해봐도 결과는 이와 같아요." 미하엘은 피식거리며 노트북을 닫았다.

율리아는 이해가 간다는 듯 천천히 고개를 끄덕였다. 뭐라고 부인할 말이 없었다. 미햐엘의 말이 그럴듯하게 들렸기 때문이다.

"그럼 루이스 피셔는 있지도 않은 연관 관계를 있다고 말하는 건가요?"

"증명은 끝났잖아요. 그는 주목받고 싶어 하는 정신병자일 뿐, 그 이상도 그 이하도 아니에요."

"이의 있습니다." 안드레아가 웃으며 말했다. "베아테와 에바 사건의 경우에는 실제로 장기(臟器)적인 연관 관계가 있잖아요."

그녀는 자기가 한 농담에 키득대며 웃었다. 그러나 아무도 호응하지 않자 재빨리 다시 말을 이었다. "저는 루이스 피셔를 정신병자로만 볼 건 아니라고 생각해요. 범인 프로파일의 몇 가지 기준이 그의 생각과 딱 들어맞거든요."

"그 말에 반대하려는 건 아니지만," 미햐엘이 입을 열었다. "저는 여태껏 포함되지 않았던 다른 요소들을 고려해 수배 목록을 뒤져봤습니다."

율리아는 미햐엘 쪽으로 홱 고개를 돌렸다. "그런데요?"

"피살자들의 원형 말이에요. 15세부터 25세 사이 여성, 금발, 천사 같은 얼굴. 살인까지는 가지 않은 습격. 오늘 오전에 작센하우젠 경찰서에 신고 한 건이 들어왔대요. 이름은 요한나 멜처. 누군가 잠복해 있다가 목을 졸랐답니다."

"사진 가지고 있어요?"

"네. 목 졸린 자국을 찍어두려고 했나 봐요. 얼굴도 잘 보입니다." 미햐엘은 다시 노트북을 열고 마우스를 몇 번 클릭했다. 율리아는 몸이 부르르 떨렸다.

"유타 프랄이랑 완전히 쌍둥이네." 프랑크가 불쑥 말했다.

"아니에요." 율리아가 반대하고 나섰다. "베아테의 성인 버전처럼 보이는 걸요."

베르거는 헛기침을 했다. "다들 비슷하게 생겼다고 보면 되겠구면. 슈렉 반장, 이의 없으시오? 여기에는 어떤 정해진 틀이 있는 것 같소만."

"외모로 보면 그렇죠." 미하엘은 냉정하게 대답했다. "하지만 다른 사람들과는 다르게 요한나 멜처는 경찰에 범인의 이름을 말했답니다. 다리우스. 멜처는 매춘부인데, 그녀의 고객이었대요."

"다리우스, 성은요?"

"다리우스란 이름은 인물 묘사만 가지고도 찾을 수 있을 겁니다." 미하엘은 씩 웃었다. "컴퓨터 전문가가 없어도요."

오후 8시

타게샤우(독일의 TV 뉴스 프로그램 —역주)의 로고가 화면에 떴다. 익숙한 멜로디가 율리아의 머릿속에 울려퍼졌다. 텔레비전에 눈길을 주는 사람은 아무도 없었고, 차가운 침묵만이 흘렀다. 그때 프랑크가 찻잔을 엎었고, 갈색 액체가 식탁 위로 흘렀다.

"젠장!" 그는 바지를 붙잡으며 자리에서 벌떡 일어섰다.

슈테파니는 재빨리 키친타올을 뜯어 식탁 위에 놓았다. 1분 전 그녀는 전학 가고 싶다는 말을 꺼냈다. 집에서 수백 킬로미터는 떨어진 곳에 있는 기숙 학교로 가겠다고. 프랑크는 마치 슬로모션 영상에서처럼 천천히 찻잔을 식탁에 내려놓았다. 그는 기운이 다 빠진 듯 보였고 얼굴도 창백했다. 폭풍 전야의 고요함이라고나 할까.

"빌어먹을, 빌어먹을!" 그 뜨거운 액체가 민감한 부위에 닿았는지, 그는 제자리에서 강중강중 뛰었다. 그의 얼굴은 갑자기 빨갛게 달아올랐다.

슈테파니가 가족과 함께 기분 좋은 저녁식사를 하기 위해 차린 상이었다. 직접 장도 봤고, 심지어 빵, 치즈와 소시지 전에 먹을 전채요리까지 준비했다. 비계가 잔뜩 긴 두툼한 간 소시지는 프랑크가 나딘이 있을 때는 좀처럼 얻어먹을 수 없는 음식이었다. 그에게는 독이나 마찬가지였으니까.

"왜 그런 말도 안 되는 생각을 하게 된 거냐?" 프랑크는 바지의 다리 부분을 툭툭 쳐서 말리며 다시 자리에 앉았다.

"아빠도 우리 반 애들을 직접 보셨잖아요." 슈테파니가 조용히 말했다.

"내가 으름장을 놓고 왔다니까." 프랑크가 화난 듯 말했다. "그 사진이 또 한 번 떴다가는 부서 전체가 추적할 거라고 분명히 말했어."

"그걸로 해결된 게 아니에요." 슈테파니는 아빠한테 맞섰다.

"그 사진은 모든 아이들의 머릿속에 들어 있다고요. 전부 다 그것에 대해 이야기하고, 웃고, 그런 일이 앞으로 1년은 더 지속될걸요." 그녀는 도움을 청하듯 율리아를 쳐다보았지만, 율리아는 천천히 고개를 저을 뿐이었다.

"프랑크, 슈테파니의 말에도 일리가 있어요. 게다가 누가 그 사진을 올렸는가 하는 의심도 계속 남아 있을 거고요. 견디기 힘든 일이에요."

"그만 둬요." 프랑크는 으르렁댔다. "그 못된 놈을 잡고 말 거예요. 나랑 볼일이 끝난 다음에는 그 놈이 떠나야죠."

"스벤 아저씨는 아빠한테 언제든지 전화해도 좋다고 전하랬어요. 아저씨가……."

"스벤? 그 사회복지사라는 놈? 그 놈이 무슨 상관이야?"

"우리 학교 사회복지사잖아요." 슈테파니가 차갑게 말했다. "좋은 분이에요. 전학 문제 때문에 상담했었어요."

"내가 아니라 그 멍청한 놈하고 상의를 했다고? 맙소사, 내가 뭘 어떻게 더 참아야겠냐?" 프랑크는 손으로 머리를 때리며 부엌에서 뛰쳐나갔다. 문이 쾅 닫히는 소리가 들렸다. 율리아는 슈테파니의 손을 잡았다. 그녀가 훌쩍거리는 게 느껴졌다.

"아빠한테 시간을 좀 줘봐." 율리아는 슈테파니를 달랬지만 이미 그녀의 눈에서는 눈물이 흘러내리고 있었다.

"절대 허락하지 않으실 거예요." 슈테파니는 절망한 듯이 말했다. "하지만 저는 숄남매학교로 다시 돌아가진 않을 거예요. 절대로요."

"아빠한테 시간을 줘보라니까." 율리아는 같은 말을 되풀이하고는 슈테파니의 등을 부드럽게 쓸어내렸다. 그리고는 생각해보았다. 그녀가 납치당했던 일에 관해 숙덕이던 동료들. 6년이 지난 지금까지도 가끔씩 그런 일이 있곤 했다. "난 네 편이야." 그녀는 중얼거렸다.

*

30분 뒤 율리아는 욕조에 몸을 담갔다. 프랑크와 슈테파니는 거실에 앉아 대화를 나누는 중이었다. 프랑크가 화를 내며 뛰쳐나간 뒤로 폭풍은 어느 정도 잠잠해진 듯했다. 그가 실망하는 것도 충분히 이해가 되었기에 율리아는 잠시 그에게 혼자 있을 시간을 주었다. 슈테파니가 울음을 그치고 어느 정도 진정한 뒤에야 율리아는 그를 찾아 나섰고, 지하에서 그를 만날 수 있었다.

그는 기분을 풀기 위해 수영장 레인을 왕복하고 있었다. 수영장과 샌드백. 얼마나 많은 남자들이 아내나 아이들에 대한 화풀이를 샌드백에다 대신 하고 있을까? 율리아는 지금 이 순간만큼은 아이가 없다는 사실이 전혀 섭섭하게 느껴지지 않았다. 그녀는 속으로 프랑크에게 감탄하는 중이었다. 이토록 다혈질인 남자인데 단 한 번도 사람한테 공격적인 행동을 한 적이 없다니. 게다가 그는 이제 술도 멀리하고 있었다(율리아는 그새 이 사실을 확신하게 되었다). 알코올중독은 잠행성이라 언제 다시 도질지 아무도 몰랐지만, 그래도 그녀는 그를 의심했던 게 부끄러웠다.

율리아는 조명을 어둡게 한 뒤 달콤하면서도 묵직한 향이 나는 입욕제를 물에 풀었다. 바닐라와 파출리. 진한 향기가 그녀의 주위를 감쌌고, 쏟아지는 물줄기 주위로 거품이 일었다. 딱 한 시간만 머릿속의 스위치를 끄고 사건에 대해서도 생각하지 않으려 했다. 그러나 그 대신 편찮으신 아버지에 대한 생각이 그녀의 의식 속으로 잽싸게 밀려들었다. 율리아는 겉옷을 벗어 한쪽에 쌓아놓고, 팬티도 벗었다. 유두가 단단하게 곤두섰고, 그녀는 주기적으로 그러하듯 유방을 이리저리 눌러보았다. 혹 같은 건 만져지지 않았다. 그녀의 어머니는 암으로 돌아가셨다(유방암이 아닌 폐암이었지만). 유전적인 요인 때문이 아니라 자기 잘못에서 비롯된 죽음. 하지만 율리아 역시 여러 해 동안 흡연을 했었기 때문에 안심하고 있을 수만은 없었다.

물속에 몸을 담갔다가 물이 너무 뜨거워 화들짝 놀란 그녀는, 물 온도를 낮춘 뒤 눈을 감고 거품이 보글대는 소리에 귀를 기울였다. 루이스 피셔. 10초도 되지 않아 또다시 그 생각이 스멀스멀 떠올랐지만, 율리아로서는 어찌 할 방도가 없었다. 결국 눈을 번쩍 뜬 그녀는 벽 선반 위에 놓인 병들을 쳐다보았다. 향수 샘플들과 보디워시들. 전부 비싼 것들이었다.

루이스 피셔. 주의를 다른 쪽으로 돌려보려던 시도는 아무 효과가 없었다. 경찰청에서는 다리우스라는 남자에 대한 수배 절차가 진행 중이었다. 정보 조회, 주민등록부, 전과 조회 등. '토요일 밤에 이게 무슨 일이람.' 율리아는 생각했다.

그녀의 휴대전화는 손이 닿는 곳에 놓여 있었다. 무슨 소식이 들어오면 당장 연락 달라고 말해두었기 때문이다. 루이스 피셔. 왜 그에 대한 생각이 뇌리에서 사라지지 않는 걸까? 알리바이는 완벽했다. 그의 대리인은 무례한 성격의 소유자로, 마지못해 명함을 확인하고는 라이프치히에서 루이스를 만났다고 확인해주었다. 그가 팩스로 보내온 레스토랑 영수증에는 루이스의 서명이 되어 있었다. 기차표 두 장은 세금 관련 서류철에 깔끔하게 철해둔 상태였으며 두 장 모두 검표원의 도장이 찍혀 있었다. 호텔 관계자 역시 루이스의 얼굴을 알아보았다. 그가 그 사건들과 어떤 식으로 관계가 되었든 간에, 그에게는 알리바이가 있었다. 혹시 파트너가 있었던 걸까? 율리아는 그 가능성을 고려해보았다. 그처럼 자기를 내세우고 싶어 하는 사람? 그럴 리는 없어보였다. 하지만 그가 뭔가를 숨기고 있다는 것만은 확실했다. 율리아는 그게 뭔지 알아내야만 했다.

2013년 9월 1일, 일요일

오전 9시 50분

"슈테파니가 그 사회복지사랑 얘기했다는 게 열 받아 죽겠어요." 프랑크가 투덜댔다. 그의 포르셰는 여름 햇살을 받으며 미끄러지듯 달렸다. 그는 어제 세차를 했는데, 그건 격주 토요일마다 이루어지는 하나의 의식과 같았다. 얼음처럼 차가운 바람이 에어컨에서 뿜어져 나왔다. 율리아는 몸을 떨며 온도를 높였다. 그러고는 옆에 앉아 있는 프랑크를 바라보았다.

"그 남자가 사회복지사라서요, 아니면 슈테파니가 그 사람을 먼저 찾아가서요?" 율리아는 이미 대답을 알고 있었다. 자식이 남을 그렇게 믿는다면 세상 어떤 아버지라도 프랑크와 마찬가지로 반응할 터였다.

"스벤." 프랑크는 그게 마치 바이러스의 이름이라도 되는 것처럼 입을 찡그렸다. 그 이상 아무 말도 하지 않았지만, 그걸로도 충분했다.

"에이, 이봐요. 오히려 이게 나은 걸지도 몰라요. 우리 때에는 상담교사 밖에 없었잖아요. 생각해보면 전부 무능한 사람들뿐이었다고요. 요즘에는 학생들이 무슨 문제가 있다고 해서 선생님을 찾아가지는 않죠."

"그래도 마음에 안 들어요. 그 자식 때문에 슈테파니가 기숙 학교로 전학 가겠다는 그런 허튼 생각을 하게 된 거라면요? 결국 교사나 사회복지사만 있을 뿐이군요. 우리 부모들은 그저 보고만 있어야 하고."

율리아는 용기를 내어 말했다. "전학이 좋은 방법일 수도 있어요. 그 사진 때문에 따돌림 같은 일이 생길 수도 있다고요. 우리 경찰이 어떤 조치를 취하든, 아버지인 당신이 아무리 야단을 하든 상관없이 말이에요."

율리아는 프랑크에게 윙크했고, 그는 여전히 화가 난 눈빛으로 콧방귀를 뀌었을 뿐이었다. 그러나 그가 더 이상 아무 말도 하지 않는다는 것 자체가 좋은 신호였다. 프랑크는 슈테파니를 사랑했다. 그녀에게 득이 되는 일이라면 결국에는 지지할 것이다.

"근데 반장님 딸에 대해서는 어떻게 생각해요?" 율리아는 주제를 바꿨다.

"아주 잘 하던데요." 프랑크는 씩 웃으며 장난하듯 눈썹을 치켜떴다. "박수라도 쳐줘야겠어요."

"내 눈에는 뭔가 좀 시큰둥해 보였어요. 말도 꼭 존칭을 써서 하고. 그냥 내 생각인지도 모르죠. 하지만 우린 그 애가 어렸을 적부터 보다가 중간에 못 보게 된 거잖아요. 어쨌든 뭔가 분명 변하긴 했어요."

"그건 우리도 마찬가지예요." 프랑크는 멍한 얼굴로 중얼거렸다. 모든 건 변하게 마련이라는 듯. 그는 운전에 집중했고, 그들은 시 경계를 넘어가고 있었다. 날씨가 화창해서인지 교외로 나가는 차들이 많았다. 오픈카들은 지붕을 열고 달렸고, 오토바이들도 보였다. 내근하러 가는 사람은 두 사람뿐인 것 같았다.

게오르크 노이만을 심문했던 페터가 율리아에게 비디오 녹화본을 보여주었다.

"앉아 있는 자세 보이죠? 꼭 자기 일이 아닌 것처럼 무관심한 모습이에요." 페터는 영상을 멈췄다. 그 시점 전까지 게오르크는 움직임이 거의 없었다. 자세도 변하지 않았고, 눈빛이나 몸짓, 반응도 거의 그대로였다. 율리아는 마치 다른 사람을 보고 있는 것 같았다.

"언제부터 이런 행동을 보였죠?"

페터는 뜨끔한 듯 보였다. 잠시 아무 말도 못하던 그는 결국 대답했다. "내가 에바가 죽었다고 대놓고 말했거든요. 좀 조심성 없이 말하긴 했죠, 나도 알아요."

"괜찮아요." 율리아는 손을 내저으며 말했다. "게오르크 노이만은 살인자예요. 난 그를 전혀 동정하지 않아요."

"그게 다가 아니에요." 페터는 조용히 말했다. "정확하게 말하면, 난 네 놈에게도 잘못이 있다고 하며 혼을 냈다고요."

그를 의아하게 쳐다보던 율리아는 곧 이해했다는 듯 말했다.

"우릴 돕지 않아서요? 좀 더 일찍 자백했더라면 수사의 우선순위가 바뀌었을 수도 있으니까요?" 율리아는 단호한 표정을 하고는 씩 웃었다. "비디오에는 그 장면이 없길 바라요."

페터는 고개를 가로저었다.

"됐어요. 다른 건요?"

페터는 커서를 눌러 비디오를 재생했다.

＊

정확히 무슨 일이 있었어?

─내가 말했던 대로예요.

다시 한 번 순서대로 말해봐.

─마티아스랑 에바가 슬그머니 무리에서 빠지려고 했어요. 난 그 애들을 따라갔고요. 마티아스가 뒤를 돌아봤고, 나랑 에바 사이에 섰어요. 에바랑 말하려고 했는데, 마티아스가 막았어요. 그 콩알만 한 새끼가. 땅에 붙어 다니는 주제에……

딴 데로 새지 말고 계속 말해봐.

─내가 한 대 쳤더니 소리를 질렀어요. 에바는 날 진정시키려고 했지만 그 새끼가 에바를 보내버리더라고요. 집에 가서 자기를 기다리라나. 아마 벤치 두 개가 있는 곳쯤이었을 거예요. 에바는 망설이다가 뛰어갔고, 마티아스는 어쩔 줄 몰라 왔다갔다 거렸어요. 난 그 자식한테 헤드락을 걸었고, 우린 서로 치고 박고 싸웠죠. 그 자식, 신발을 잃어버린 뒤로 잔뜩 겁에 질렸어요. 그런데 내가 손에 힘을 풀자마자 다시 소리를 지르는 거예요. '넌 절대 에바랑 사귈 수 없어. 너처럼 대마초나 피우는 애는'이라고. 난 화가 치밀어 올라서 칼을 꺼내들었어요. 그 자식이 도망치길래 계속 쫓아갔고요. 근데 그 놈이 갑자기 멈춰 서서 저 멀리 어딘가를 바라보는데, 그게 뭔지는 나도 몰랐어요. 뭘 봤는지 모르지만 다시 되돌아오더라고요. 또 소리를 지르면서 내 칼 쪽으로 뛰어들다시피 했어요. 난 그 자식이 조용해질 때까지 찔렀고요. 이게 다예요.

그럼 흰색 오펠에 대한 얘기는 왜 꺼냈던 거야? 네 이야기 속 어디에도 그에 대한 언급은 없던데.

─왜 꺼내다뇨? 흰색 오펠을 봤다는 건 사실이에요. 다들 날 너

무 주목하고 있길래 주의를 돌리려고 얘기했던 거고, 이세 그린 건 하나도 중요하지 않다고요.

*

비디오가 멈췄다. 율리아는 허공을 바라보고 있었다.

"마티아스는 왜 돌아왔을까요? 게오르크가 쫓아오고 있는 걸 알았을 텐데 말이에요."

페터는 어깨를 으쓱했다. "나도 그걸 고민하느라 머리가 깨질 지경이에요. 혹시 나랑 같은 생각 하는 거예요?"

"마티아스는 에바가 납치당하는 걸 본 거예요." 율리아는 고개를 끄덕이며 말했다. "본능적으로 자기 목숨보다 에바의 목숨을 더 생각했던 거죠. 에바를 구하려다 혹독한 대가를 치른 거예요." 그녀의 눈빛은 슬퍼보였다. "그렇게 헛되이 죽다니."

"어쨌든 그렇게 안간힘을 써서 결국 우리한테 그 차량번호판 번호를 알려주고 갔잖아요." 페터가 말했지만 율리아는 더 이상 거기에 그걸 그리 중요하게 여기지 않았다.

실제로는 없는 번호.

찾을 수 없는 차.

*

심문실에는 다리우스가 불안한 듯 의자를 앞뒤로 움직이며 기다리고 있었다. 조서에 기록된 바에 따르면 그의 이름은 다리우스 몰, 37세, 하지만 첫인상은 그보다 어려 보였다. 그는 외모에 신경을 쓴 것처럼 보였으며 잘 생겼다고 하기에는 입술이 너무 컸다. 그러나 지금처럼 심문실의 차가운 조명 아래 앉아 언짢은 듯 얼굴을 찡그리고 있지만 않는다면, 전체적으로 매력적이라고 할 수 있는 남자였다.

"살인사건전담반의 율리아 뒤랑, 프랑크 헬머입니다." 율리아가 그에게 자신과 프랑크를 소개했다. "왜 여기 오시게 됐는지는 알고 계시죠?"

다리우스는 비웃는 듯한 표정을 지었다. "내가 하이에나라서요?" 그는 웃었다. 그리고 둔탁하게 울려 퍼지는 자신의 웃음소리에 화들짝 놀랐다. 하이에나에 관해 아는 것이 거의 없더라도, 그 기분 나쁜 웃음소리에 대해서만큼은 알고 있었던 터였다. 그건 율리아도 마찬가지였다. 그녀는 온몸이 감전된 듯 놀랐지만, 곧 '하이에나'라는 표현을 이미 많은 사람들이 알고 있다는 데 생각이 미쳤다.

"일부러 그러신 건가요?" 그녀는 빙긋 웃으며 팔짱을 꼈다.

"아뇨. 저기요⋯⋯."

"저희가 먼저 하겠습니다." 프랑크는 그의 말을 끊었다. "당신은 요한나 멜처라는 젊은 여성을 폭력적으로 습격했기에 이 자리에 오게 된 겁니다. 뭐 하실 말씀 있으신가요?"

다리우스의 안면 근육이 씰룩였다. 곧 이어 그는 손을 내저으며 말했다. "요한나는 매춘부예요. 대체 나한테 무슨 죄가 있다는 겁니까?"

율리아는 가지고 있던 서류에서 사진 두 장을 꺼냈다. 목 졸린 자국을 찍은 사진.

"당신이 이런 건가요?"

"이 여자는 매춘부라고 말했잖습니까. 누구라도 이렇게 했을 수 있죠."

"사도마조는 자기 서비스 분야가 아니라던데요." 프랑크가 끼어들었다.

"말씀드렸다시피." 다리우스가 거만한 태도로 입을 열자, 율리아는 손으로 책상 위를 탁 쳤다.

"멜처 씨는 당신을 신고했어요. 당신은 그녀의 목을 조르려고 했고, 우린 그에 대한 상황 증거도 확보한 상태입니다. 그러니까 어떻게 행동해야 할지 잘 생각해보시죠."

"살짝 조른 것 가지고." 그는 툭 내뱉듯 말했지만, 두 형사는 충분히 알아들을 수 있었다.

"협조하시는 편이 나을 걸요." 율리아는 냉정하게 말했다. "안 그랬다간 살짝 조른 게 살인미수가 될 수도 있어요. 그럼 최소 5년형이고요."

다리우스는 놀란 나머지 잠시 아무 말도 못했다. 율리아는 그가 열심히 머리를 굴리기 시작했음을 알 수 있었다. 잠시 후 그는 변호사를 요구했고, 승리를 확신하는 듯한 거만한 태도로 의자에 떡하니 기대어 더 이상 입을 열지 않았다. 프랑크는 이를 갈며 분해하는 율리아를 심문실 밖으로 끌어내다시피 했다.

율리아는 커피 자동판매기를 치며 화풀이를 했다. 다리우스에 대한 장광설을 늘어놓고 나서야 그녀는 다시 진정이 된 듯 보였다. 프랑크는 연기 탐지기가 없는 한쪽 구석에서 창문을 열고 담배에 불을 붙였다. 특별한 일 없는 일요일이면 그가 종종 하는 행동이었다.

"나이를 따져보면 베아테 쉬르만 사건과 연관시키기에는 너무 어린 것 같아요." 그가 말했다. 율리아는 계산해보았다.

"열일곱, 아니면 열여덟. 가능하긴 하죠."

"열여덟, 당신 말이 맞네요. 범인은 운전면허증을 가지고 있었을 테니까."

"면허증 없이도 운전은 할 수 있어요." 율리아가 말했다.

"그래요, 하지만 당시 용의차량은 흰색 아스트라였잖아요. 실제로 여러 대를 조사했었고. 그 차는 초보들이라면 잘 타지 않는 차거든요."

"그것도 조사가 됐나요?"

"네. 근데 꽝이에요. 다리우스는 유복한 집에서 태어났더라고요. 첫 자가용이 BMW Z3였어요."

"항상 사는 집 자식들이 문제죠." 율리아는 농담할 기분이 아니었는데도 빙긋 웃으며 말했다. 그녀는 눈썹을 찌푸리는 프랑크를 팔꿈치로 슬쩍 밀쳤다.

"이상한 소리 말아요." 그가 말했다. "아직 한참 더 있어야겠지만, 슈테파니는 나중에 괜찮은 중고차로 뽑아 줄 거라고요."

그는 한숨을 푹 내쉬었고, 율리아는 방금 했던 말을 후회했다. 그렇게 옥신각신하고 있는데, 누군가 또각또각 구둣발 소리를 내며 그들 쪽으로 서둘러 다가오고 있었다. 프랑크는 태우던 담배를 커피잔에 빠뜨렸고, 담뱃불이 치익 소리를 내며 꺼졌다. 그는 연기를 창밖으로 후후 불어낸 뒤 창문을 닫았다. 안드레아 베르거가 모퉁이를 돌아왔다.

"제가 제대로 들었네요." 그녀가 말했다. "이 목소리들은 정말 친숙하다니까요." 여전히 담배 냄새가 풍겼지만 안드레아는 그에 대해서는 아무 말도 하지 않았다. "어제 그렇게 서툴게 행동했던 걸 사과드리고 싶었어요. 아빠 때문에 준비도 잘 못하고 갑작스럽게 그런 일을 맡게 됐지 뭐예요. 그 전에 인사를 못해서 마음이 좀 불편하더라고요."

율리아가 뭔가 생각하는 동안 프랑크가 먼저 입을 열었다. "마지막으로 봤을 때는 집에서 일했었죠. 아직도 기억나요, 예전에는 이만했는데." 15년 전 안드레아의 키가 어느 정도였는지 손으로 가늠하는 그의 모습은 다소 어색해 보였다.

"존댓말 쓰지 마세요. 꼭 제가 다 늙은 사람 같잖아요."

율리아는 그제야 웃었다. "그래. 어제는 나도 좀 이상하더라고. 사실 나는……. 에이, 아니다. 자, 안드레아, 돌아온 걸 환영해."

"실습기간 이후로 한참 지났네요. 아빠한테 들었는데, 형사님 아버지가 편찮으시다면서요?"

율리아의 표정이 어두워졌다. "연락이 오기만을 기다리고 있어. 며칠간 상태가 호전되지 않고 있거든. 의사들은 희망을 가지라고 하지만, 현실적으로는 벌써 여든이 넘으셨잖아."

"마음이 아프네요."

"괜찮아. 그럼 이제 또 열심히 사건에 매달리러 가볼까?"

그들은 사무실로 갔다. 컴퓨터를 켠 율리아는 불안한 듯한 눈빛으로 우편함을 확인했지만 텅 비어 있었다. 일요일이니 당연한 일이었다.

"이제 뭘 할까요?" 프랑크가 물었다. "다리우스 몰의 조서 작성, 아니면 또 루이스 피셔 반박하기?"

"둘이서 다리우스 몰을 맡아줄 수 있어요?" 율리아가 부탁했다. 다른 때 같으면 단 한 명의 사이코그램(다양한 척도로 수행된 심리검사 결과를 원형 그래프 상에 한 눈에 볼 수 있도록 표시한 것 —역주)조차 소홀히 하지 않던 그녀였다. 하지만 지금은 루이스 피셔 일을 해결해야만 했다. 뭘 알아내든, 의심을 버리든. 프랑크도 율리아의 말에 놀란 듯하더니 곧 안드레아와 함께 물러갔다.

율리아는 이메일을 읽었다. 안드레아 지버스 박사가 이른 아침에 보낸 메일에 따르면, 그 비장 조각은 에바 스티븐스의 DNA와 의심할 여지없이 일치한다고 했다. 율리아는 그게 뭘 의미하는지 알고 있었다. 스티븐스 가족에게 비보를 전하러 가야 한다는 것. 보나마나 대답하기 힘든 질문들이 쏟아질 터였다. '누가 에바한테 그런 짓을 했나요? 왜요? 에바는 어디 있죠? 정말 죽었다는 게 확실한가요?' 율리아는 루이스 피셔의 이력과 관련된 모든 자료들을 불러냈다. 알리바이를 증명하는 자료들도 함께. 흠 잡을 데 없이 깨끗했다. 루이스 같은 프리랜서들은 여행과 관련된 증빙서류들을 전부 모아두어야만 했다. 경비에 포함되는 것이니까.

율리아는 라이프치히에 있는 에이전시에 전화를 걸었으나 자동응답기로 넘어갔다. 다음으로는 인터넷에서 루이스의 대리인을 검색해보았다. 그가 대리인을 맡아 출간된 책들 중에는 흥미 위주의 이상한 제목들도 눈에 띄었고, 일부는 초심리학에 관한 것이었으며, 대부분은 미국 시장에 대한 것들이었다. 루이스의 책 제목은 찾을 수가 없었는데, 그가 자신의 가명을 말해주지 않았기 때문이다. 몇 가지를 메모한 율리아는 동료들에게, 루이스의 라이프치히 여행 행적을 하나도 빠짐없이 재구성해볼 것을 부탁했다. 필요하다면 음료 티켓에 찍힌 열차 승무원의 지문까지 수집해오라고.

그때 베르거가 나타나 그녀에게 뭐하고 있냐고 물었다.

"그 루이스란 놈에게서 도무지 떨어질 줄을 모르는군 그래?"

율리아는 고개를 끄덕였다.

"좋아, 하지만 너무 오버하지는 말라고. 그에게 알리바이가 있다면 다른 놈들을 조사해야지. 게오르크는 어떻게 됐나?"

"자긴 에바의 실종과 아무런 관련이 없다고 맹세까지 하던데요. 에바를 아주 많이 사랑하나 봐요. 저는 그 말을 믿어요. 그 애가 우리한테 에바의 비장을 보냈을 리는 없잖아요?"

베르거는 더 이상 아무것도 묻지 않았다. 그 역시 법의학연구소에서 온 메일을 읽었던 터였다.

"페터랑 도리스가 에바 스티븐스의 집에 갔네." 율리아는 심장이 쿵 내려앉는 기분이었고, 베르거는 계속 말을 이었다. "이제 뭐라도 알아내는 게 얼마나 시급한지 자네도 잘 알겠지. 범인이 잡히기를 간절히 바라는 건 기자들뿐만이 아니야. 절망에 빠진 부모들도 사건의 답을 찾고 있다고. 자식 장례는 치러줘야 하지 않겠나."

율리아는 관자놀이 부근을 긁적이며 궁금하다는 듯 턱을 치켜들었다.

"반장님도 에바가 죽었다고 생각하세요?"

"자네는 안 그런가?"

"비장 적출을 하면 살아남을 확률은 별로 없다더군요. 안드레아 지버스 박사의 말이에요." 그녀는 재빨리 덧붙였다.

"흠." 베르거는 자신의 생각을 그저 속으로만 품은 채 다시 밖으로 나가버렸다.

율리아는 프랑크와 안드레아에게로 가서 다리우스 몰에 대해 물었다.

"전형적인 강간범이에요." 안드레아가 입을 열었다. "여성과 관계를 맺는 데 장애가 있고, 여성을 강압적으로 통제하려고 하죠. 그런 행동을 통해 자신의 자질을 인정받길 기대하고요. '행복에의 강요'가 알맞은 비유겠네요."

"뭘 근거로 그런 평가를 내린 거야?" 율리아는 이렇게 묻고는 앞에 놓인 서류 더미로 눈길을 돌렸다.

"다리우스 몰은 아주 깨끗한 놈은 아니에요." 프랑크가 설명했다. "전과는 없지만 과거에 이름이 언급된 적이 자주 있더군요."

"무슨 일로요?"

"1998년 8월. 어느 호수 수영장에서 남들을 훔쳐보다가 퇴장을 당했어요. 수영장 주인이 경찰을 불러서 기록에 남았고요. 그로부터 며칠 전에 성폭행 사건이 일어났었는데 그것과는 서로 관련

334

이 없어요. 나중에 밝혀진 바에 따르면 범인은 그 지역에 상주하는 캠프 생활자였다네요.

2006년 5월. 한 여성 도보여행자가 교통 단속 중에 그의 차에서 내렸어요. 신고는 안 했지만 '역겨운 새끼' 라고 소리쳤답니다. 사소한 일이라 흐지부지 되었고요.

2010년 12월. 어느 젊은 여성이 괴롭힘을 당했습니다. 그가 그 여성의 집 앞을 서성거렸대요. 마침 그곳이 공영 주차장이라 신고까지 가진 않았고요. 그는 노트북으로 일을 했을 뿐이라고 했답니다.

2012년 6월. 이번에는 신고를 당했어요. 2010년과 같은 여성이 그가 이메일이나 전화로 자기를 괴롭힌다고 했습니다. 숨어서 기다리기도 했다는군요. 하지만 이 일에 대해서는 그 이상 조사된 게 없네요."

"어떻게 그럴 수 있죠?" 율리아는 화를 냈다.

"다리우스 몰이 그 일로 심문을 받긴 했어요." 프랑크가 말했다. "어쨌든 그 사건은 더 이상 조사되지 않았고, 공식적으로 그는 여전히 알 수 없는 사람이지만."

스토킹. 피해자를 집요하게 쫓아다니는 일. 2007년 이후 처음으로 불법 행위로 인정되었으나, 입증 책임은 피해자에게 있었다. 피해자는 주로 여성들이었고, 그들은 수달 동안 괴롭힘을 당한 나머지 정신적으로 완전히 피폐해져 있곤 했다. '생활방식의 중대한 침해'를 당했다는 걸 어떻게 증명한단 말인가? 자살시도라도 한 뒤에야, 혹은 성폭행을 당하고 나서야 증명이 될까?

"정말 혐오스럽기 짝이 없군요." 율리아는 격분하여 말했다. "사건 담당자가 누구였죠?"

"형사 사건으로 넘어가지도 않았는 걸요."

"빌어먹을." 율리아는 안드레아를 쳐다보았다. "습격해서 목을 조른 건 어때?"

"모든 걸 다 고려해볼 때, 다리우스 몰을 스토커로 분류하는 건 아직 시기상조예요. 충동적으로 행동하는 데다 색광인 듯 보이지만요. 성적인 면에서 뭔가 잘못된 것 같기도 한데, 그게 신체적인 것인지 정신적인 것인지는 아직 알 수가 없네요. 하지만 여자 꽁무니를 쫓아다니기를 즐기면서, 매춘부를 통해 신체적 욕구를 충족시킨다니⋯⋯. 흠. 어렵네요. 가능성이 너무 많아요. 멜처 씨와 애기를 좀 나눠보고 싶은데, 자리를 한 번 마련해볼까요?"

율리아는 그렇게 하라고 말했다. 그녀 역시도 요한나 멜처를 만나보고 싶던 터였다.

프랑크는 잠시 화장실 좀 다녀오겠다며 나갔다. 율리아와 안드레아는 말없이 앞에 놓인 서류들만 바라보았다.

율리아는 어제부터 머릿속을 맴돌던 생각을 다시 떠올렸다. "요한나 멜처는 다른 소녀들과 비슷하게 생겼어. 그게 무슨 의미가 있을까?"

"투영 말씀이세요?" 안드레아는 어떤 동요를 흥얼거렸다. 생각에 잠긴 듯한 모습. "스토커들한테 흔히 있는 일이에요. 하지만 투영은 짝사랑의 감정에 기인하는 경우가 대부분이에요. 즉, 사랑을 거절당했지만 거절당한 사람이 그걸 믿으려하지 않는 거죠. 상대방에게 '너도 나를 사랑해'라고 설득시키기만 하면 된다고 믿는 거예요. 계속 연락을 시도하면서 말이에요. 그런 행동으로 거부감은 더욱 심화될 테니, 일종의 악순환이라 할 수 있죠."

"아니면 그녀를 대신할 여자를 찾든가." 율리아는 계속 생각했다. 그건 그녀가 형사 생활을 하는 동안 처음 있는 일이 아니었다. 그녀는 미하엘이 그렸던 펜타그람을 떠올렸다. 순간 등골이 오싹

했다. 그 오랜 세월 동안 그 정도로 넓은 반경에서 여자들을 '사냥' 했다면, 수색은 사실상 가망 없는 일이었다. 희생자의 수부터도 가늠하기 힘들 테니까.

"요한나 멜처를 만나봐야 해요." 안드레아는 고개를 가로저으며 다시 한 번 말했다.

오전 10시 3분

(1) 새 메시지

그는 믿을 수 없다는 표정으로 커피잔을 책상에 내려놓았다. 키보드와 마우스를 자유롭게 사용하기 위해 서둘러 종이들을 옆으로 치웠다. 심장이 터질 듯 쿵쿵댔다. 거의 매일 그렇듯, 오늘도 그는 자위로 하루를 시작했다. 침대 위, 얇은 블라인드를 통과해 들어온 뿌연 빛 아래에서. 이불은 옆으로 치워버렸다. 그는 눈을 가늘게 뜨고 글로리아를 떠올렸다. 그녀는 그의 정신 속에 항상 존재했고, 그의 행동은 온전히 그녀의 존재에 의존하고 있었다. 사정을 한 그는 손에 묻은 정액을 핥았다. 그런 다음 샤워를 하고 카페오레 한 잔을 따라왔다. 와서 보니, 오직 글로리아와 연락할 때만 쓰는 Twink라는 사용자 계정에 새 메시지 알림이 떠 있는 것이었다. 즉, 그건 글로리아가 보낸 것일 수밖에 없었다.

그는 임시 ID에는 친구 목록을 만들어두지 않았다. 글로리아는 계속해서 그를 차단했지만, 그때마다 그는 새로운 이름으로 그녀에게 메시지를 보내곤 했다. 그런데 오늘은 그녀가 대답을 해온 것이었다. 기분 좋은 전율이 그의 몸에 흘렀다. 전에 자주 그랬듯

337

이번에도 증오의 말들을 쏟아낸 것일까? 그녀 속에 얼마나 큰 열정이 숨어 있는지를 증명하는 감정의 폭발. 그 열정은 오직 그만이 해소해줄 수 있는 것이었다. 언젠가는 그녀도 그 감정이 사랑임을 깨닫게 되겠지. 하지만 그리로 향하는 길은 멀고도 험했다.

오늘 내 근무시간 이후에 만나요.
일은 9시에 끝나요. 늦지 않게 오면 좋겠어요.
시간 돼요?

그는 목구멍에 주먹만 한 덩어리가 걸린 것처럼 울컥했다. 맞춤법도 정확했고, 소문자로만 쓴 것도 아니었다. 완벽하게 쓰인 문장들. 공을 들인 티가 나는 글줄들.
물론 그는 시간이 있었다.
글로리아는 곧 그의 세계였고, 우주는 그녀를 중심으로 돌고 있었으니까. 글로리아가 온라인 상태인지는 알 수가 없었다. 점차 그녀도 계정 관리에 더 신경을 쓰는 것 같았다. 메시지를 보낸 시각은 자정이 되기 조금 전이었다. 어쨌든 키보드 위에 놓인 그의 손가락들은 재빨리 움직였다.

당신에게 내줄 시간은 항상 있지, 잘 알면서.

'이 멍청아.' 다리우스는 그 줄을 다시 지워버렸다. '너무 적극적이잖아.' 게다가 그는 왜 갑자기 그녀의 태도가 변했는지 알고 싶어 죽을 지경이었다. '분명 사랑 때문일 거야. 마음이 가는 길은 도무지 예측할 수가 없으니까.' 다른 설명은 있을 수가 없었다.

좋지!

9시까지 갈게.

기대되는 걸 :-)

　그는 메시지를 보냈다. 혹시 그녀가 바로 읽는지 보려고 잠시 메시지 창에 있는 수신확인 표시를 바라보았지만, 아무 변화도 없었다. 몇 분 뒤 결국 그는 로그아웃을 한 뒤 실명으로 된 계정에 접속했다. 거기에는 마음이 조급해진 클라우디아가 그를 기다리고 있었다. 그녀는 그의 게시판에 무슨 일 있느냐는 글도 남겼다. 왜 연락이 되지 않는 거냐고. 그는 그 글을 지워버렸다. 그리고는 메시지 창을 열어 갑자기 일이 생겼다고 대충 둘러댔다. 정확한 설명 없이. 두통 때문에 컴퓨터를 거의 하지 않는다고. 거짓말이라면 수년 전에 이미 통달했던 그였다.

　클라우디아에게서 곧장 답이 왔다. 그는 채팅 기능을 차단해두지 않은 걸 뼈저리게 후회했다. 그가 온라인 상태인 것을 본 클라우디아는 몸은 좀 괜찮냐고 물었다. 오늘 근무는 밤 9시나 되어야 시작한다며, 시간이 있느냐고도 물었다.

　'아니, 젠장!' 그는 속으로 소리쳤다.

이틀만 더 있다가요, 괜찮죠?

오늘은 좀 누워 있어야겠어요.

　다리우스는 서둘러 로그아웃을 해버렸다. 속이 울렁대는 기분이었다. 클라우디아는 글로리아와 교대를 해야 하니까 둘이 마주칠 게 분명했다. 글로리아가 오늘 만남에 대해 말을 할까? 만약 클라우디아가 그 패스트푸드점 앞에 그의 Z4가 서 있는 걸 본다면 어떤 반응을 보일까?

그는 컴퓨터 전원을 껐다. 10시 15분. 할 일이 많았다. 그는 손으로는 집안일을 하면서도 쉴 새 없이 머리를 굴렸다. '청소, 준비, 장소 확보. 짭새들. 하필 지금 끼어들다니.' 하지만 그는 그런 생각을 금세 몰아내버렸다. 이제 그의 머릿속에는 오직 글로리아뿐이었다. 오늘 만남에 적합한 옷, 완벽한 옷을 골라야만 했다. 차에서 광이 나도록 세차도 할 생각이었다. 자동차. 머리가 터질 듯 고민하던 다리우스는 결국 한 가지 결론에 도달했다.

오전 10시 37분

성당의 종소리. 미사는 10시에 새로 시작했다. 종은 성체 축성이 끝날 시간인 매시 30분경마다 울렸는데, 늙고 힘없는 사제가 그 예식을 얼마나 빨리 진행하느냐에 따라 약간의 시간 차이가 나기도 했다. 그로부터 멀지 않은 어느 언덕 위에 무성하게 자란 풀들로 둘러싸인 작업장 하나가 서 있었다. 건물 앞면은 그라피티로, 옆면은 블랙베리 덩굴로 뒤덮여 있었다. 그는 먼지가 쌓인 길을 따라 건물을 빙 돌아갔다. 뒷면에는 잿빛 목재를 사용해 건물과 잇대어 지은 헛간이 있었는데, 가로세로 4미터, 6미터 정도의 크기에 비스듬한 양철 지붕이 덮여 있었다. 안으로 들어가는 통로는 보이지 않았다. 뒷벽에는 트랙터 한 대가 속 빈 콘크리트 블록 위에 얹혀져 있었다.

그는 이곳에서 유일한 현대식 물건이라 할 수 있는 자물쇠를 부드럽게 돌려 열었고, 그러자 문이 삐걱대며 한쪽으로 열렸다. 방수포 하나를 걷으니 흰색 오펠 아스트라가 모습을 드러냈다. 번호판은 없었고 라디에이터 아래쪽에는 골판지가 대어져 있었다. 골판지를 꺼내 얼룩을 살펴본 그는 아무 이상이 없음을 확인했다. 묵직한 방수포를 세 번 접다가 먼지를 들이마시는 바람에 기침이 나왔다. 그가 운전석 문을 열자 모든 문의 잠금이 해제되었다. 차에 탄 그는 시동을 걸고 계기판을 보았다. 기름은 가득 차 있었고 엔진도 아무 문제없이 잘 돌아갔다. 배기구가 살짝 떨렸지만 그 정도면 정상이었다. 잠시 후 그는 시동을 껐고, 공기 중에는 배기가스 냄새가 감돌았다.

차에서 빠져나온 그는 바지를 툭툭 털고는 뒤쪽으로 갔다. 그리고는 트렁크를 열고 손전등으로 안을 비췄다. 트렁크 선반이 보이지 않자 그는 주위를 둘러보았고, 전선 뭉치가 휘감겨 있는 어느 나무 기둥에 비스듬히 세워져 있는 선반을 발견했다. 그는 그걸 들고 밖으로 나가 먼지를 털어 와서는 트렁크에 설치했다. 그런 다음 바닥 고무매트의 상태는 괜찮은지 손으로 한 번 슥 훑어보았다. 예상대로 아무 문제도 없었다. 그는 만족한 듯 비발디의 〈사계〉를 흥얼거렸다. 그가 이렇게 즐거워하는 데는 충분한 이유가 있었다. 몇 시간만 있으면 그의 업적이 완성되는 거나 다름없었기 때문이다. 그때까지 처리할 일이 많았지만, 전부 그가 쉽게 할 수 있는 것들이었다. 오랜 시간 동안 노력을 쏟아부었던 일이었으니까.

10분 뒤 아스트라는 지하 차고 입구로 들어섰다. 그는 열쇠를 꽂은 채로 차를 세워두고는 오던 방향으로 달려 집의 출입문 앞에 다다랐다. 지하실을 가로질러 설비실로 들어간 그는 퀴퀴한 냄새가 나는 긴 복도를 지나 맨 끝에 있는 환기 조절구까지 갔다. 그건 잠수함에 사용되는 수문과 비슷한 것이었다. 공기조화실로 올라간 그는 바지에 붙은 거미줄을 털어내고는 버건디 색 방화문을 열었다. 그리고는 자동으로 닫히는 그 묵직한 금속문을 몇 년 전에 벽에 달아놓은 고리에다 고무줄로 고정시켰다.

베아테. 그는 잠시 행동을 멈췄다. 예전 일들이 머릿속을 스쳐갔다. 파란색 쓰레기봉투에 싸인 채 그의 팔 위에 놓여 있던 힘없이 축 늘어진 그녀의 몸. 그는 문을 열기 위해 그녀를 내려놓아야 했었다. 그때 봉투 안에서 쉬익 소리가 나더니 썩은 내가 진동했다. 위장에서 나온 가스. 그는 발로 문을 지탱한 채 시신을 문틀 위로 끌어당겨야만 했다. 시신에서 풍기는 악취 때문에 속이 메스꺼웠고, 힘이 들어서 신음이 절로 나왔다. 바로 다음 날 그는 벽에 고리를 박고 문에 고무줄을 묶어두었다.

기온이 15도인데도 그는 오한이 났다. 그건 그의 앞에 축 늘어진 채 누워 있는 시신 때문은 아니었다. 어제 나가기 전에 봤을 때와 똑같은 모습. 미묘한 차이가 있다면, 오늘은 화장실 냄새에 달착지근한 냄새가 섞여 난다는 것뿐이었다. 그는 서둘러 다시 밖으로 나가 방 안의 환기를 조절한 뒤 되돌아왔다.

"여기 누워 있었네, 나의 금발 천사." 그는 속삭였다. "정말 아름다워. 이렇게 텅 빈 눈을 하고. 몽땅 텅 비었어."

그는 바스락 소리를 내며 대형 비닐을 펼쳤다. 쓰레기봉투는 안 쓴 지 이미 오래였다. 아무리 요즘 여자애들이 말랐다고 해도 쓰레기봉투 한 장에 다 들어가지는 않았기 때문이다. 그렇다고 두 장을 포개서 쓰면 자꾸만 가운데가 벌어졌다. 접착테이프를 4미터나 써도 완전히 봉해지리라는 보장도 없었다. 그는 조금도 서두르지 않고 12평방미터짜리 다용도 비닐을 바닥에 펼쳤다. 능숙한 손놀림이 이어지더니, 곧 비닐이 반듯하게 깔렸다. 그는 비닐 바깥쪽으로 빙 한 바퀴 돌았다. 그런 다음 양손을 에바의 몸 아래로 집어넣었다. 목이 뒤로 젖혀지면 목에서 꼬르륵 소리가 날까?

그는 조용한 목소리로 다시 입을 열었다.

"곧 끝날 거야, 나의 소녀. 벌써 가야 하다니, 안 됐네. 하지만 우리는 시간이 얼마 없어. 네 경우는 이제 '없어'가 아니라 '없었어'라고 말하는 게 맞으려나."

그는 또다시 <사계>의 한 소절을 흥얼댔다. 끙 하는 소리를 내며 쪼그려 앉은 그가 에바의 시신을 바닥에 툭 내려놓자, 비닐의 모서리 부분이 펄럭였다. 그러던 중 그의 한쪽 팔이 에바의 몸 아래에 끼었고, 그는 몸을 쭉 뻗어 팔을 빼냈다. 그리고 그녀를 똑바로 눕힌 뒤 비닐 한쪽 끝으로 그녀의 몸을 한 번 감싸고는 둘둘 말기 시작했다. 그는 순간 다진 양고기나 밥을 포도잎으로 싼 음식인 돌마다키아가 연상되어 웃음이 나왔다. 에바의 몸은 너무나 가볍고 부드러웠다. 그리고 살은 너무도 차가웠다.

그는 덕테이프 세 줄로 끝부분을 봉한 뒤, 카펫을 운반할 때처럼 시신을 어깨에 짊어지고 왔던 길로 되돌아나갔다. 그의 집과 지하 감옥을 연결해주는 그 곰팡내 나는 복도를 지나며, 그는 걸음을 세어보았다. 항상 그렇듯 이번에도 다른 수가 나왔다. 그는 에바의 허리를 접어 아스트라의 트렁크에 눕히고는 접힌 부분을 살짝 만져보았다. 아직 사후강직이 완전히 이루어진 상태는 아니었으나 그래도 서둘러야 했다. 그의 몸에서 흐른 땀방울이 비닐 위에 떨어졌지만, 그는 신경 쓰지 않았다. 트렁크 문을 닫으려고 눌렀더니 문이 튕겨 올랐다. 그는 다시 한 번 꽉 눌렀고, 이번에는 탁 소리와 함께 문이 닫혔다.

그는 시계를 보았다. 일요일 대낮은 평소 그가 활동하는 시간은 아니었다. 본래는 <범죄현장>(매주 일요일 방영되는 인기 범죄 시리즈물—역주)이 방송되는 시간에 처리하려고 했지만 점심시간도 나쁘지는 않았다. 햇살이 내리쬐는 쪽으로 차를 몰고 간 그는 눈을 찌푸리며 차양을 내렸다. 라디오를 켜자 카세트테이프가 돌아가기 시작했다. 단조로운, 지나치게 낮은 저음의 목소리. 비발디가 아니었다. 그룹 디오(Dio)의 〈늑대를 가둬라(Lock up the Wolves)〉라는 앨범. 장르는 헤비메탈이었다. 롤링스톤지는 매번 혹평을 해 댔지만 그는 이 그룹을 좋아했다. 아니, 어쩌면 그런 혹평을 받아서 더 좋아진 건지도 몰랐다. 그 차의 라디오에서 다른 카세트테이프가 돌아간 적은 단 한 번도 없을 정도로. 홈부르거 인터체인지를 거쳐 보나메스까지 간 그는 다시 니더엘렌바흐 방향으로 차를 몰았다. 얼마 후 논길로 접어든 그는 무성하게 우거진 수풀 쪽으로 가서 그 뒤에다 차를 숨기듯 세웠다. 그리고는 주위에 아무도 없는 걸 확인한 뒤 수풀이 좀 성기게 난 곳을 통해 몸을 숙이고 성큼성큼 걸어 들어갔다. 훼방꾼의 등장에 벌레들이 윙윙거렸다. 그는 서늘하고 신선한 공기가 콧속으로 밀려드는 걸 느끼며 좁고 가파른 내리막길을 따라 걸었다.

물살이 빠른 시냇가에 도달해 잠시 방향을 가늠하다가 왼쪽으로 발길을 돌렸다. 커다란 나무 두 그루를 지나고, 툭 튀어나온 어느 가지 밑을 지나 크게 열 발자국 더 걸어갔다. 그는 손으로 축축한 낙엽을 헤치며 뭔가를 찾는가 싶더니, 곧 금속으로 된 뭔가를 붙잡았다. 그것은 제방 아래에 설치된 녹 슨 스프링틀이었다. 그리고 그 밑에는 깊이가 수 미터는 되는 깊은 무덤이 자리하고 있었다.

차로 돌아가 에바의 시신을 꺼낸 그는 숨을 헐떡이며 수풀 속으로 그것을 질질 끌었다. 발밑에서 나뭇가지들이 딱딱 소리를 냈고, 어치 울음소리도 들렸다. 그가 비닐에 감싼 시신을 땅에 내려놓는 순간을 끝으로 바스락 소리는 더 이상 들리지 않았다. 에바의 상체는 꺾여 있었고, 두 발이 다 밖으로 삐져나와 있었다. 그는 나지막하게 욕설을 내뱉으며 시신을 발로 찼고, 결국 원하는 모습대로 만들었다. 그리고는 양손으로 주위에 쌓여 있는 흙과 나뭇잎을 긁어모아 무덤 위를 덮었다. 가로 세로 높이가 각 1미터도 되지 않았다. 전 같았으면 이렇게 대충 하지 않겠지만, 이제 그는 목표를 달성한 거나 다름없었다. 그는 마지막으로 낙엽, 이끼, 나무껍질 등을 발로 툭툭 차서 자연스러워보이게 만들었다. 녹슨 스프링틀은 20미터쯤 끌고 가서 죽은 나무들 사이에 버렸다. '아듀, 에바 스티븐스.' 그는 그늘진 곳에다 숨겨둔 오펠 아스트라에서 카세트테이프를 빼며 생각했다.

오전 11시 45분

그녀는 혼자 살았다. 실용적으로 꾸며놓은 햇빛이 잘 드는 아파트. 초인종 옆이나 우편함에 문패는 달려 있지 않았다. 요한나 멜처는 적어도 약속 없이 찾아오는 손님은 받지 않았으니까. 율리아는 그녀를 따라 집으로 들어갔다. 고양이 한 마리가 캣트리 위에서 늘어지게 기지개를 켰고, 또 한 마리는 소파 밑으로 쏙 숨어버렸다. 천장까지 닿는 책장에는 어마어마한 양의 책들이 꽂혀 있었고, 그 한가운데에 액정 TV가 보였다. '40인치는 되겠네.' 율리아는 생각했다. 그녀는 마침 새 TV를 사려고 둘러보고 있던 참이었는데, 기술적인 것에 대한 관심 부족으로 결정을 미루고 있었다. 먼지 하나 쌓이지 않은 그 양장본 책들은 엄청난 돈과 노력을 쏟아부어 수집한 것 같았다. 제목만 봐도 참혹한 사이코스릴러, 그 옆에는 아가사 크리스티의 소설들. 영국 범죄소설. 역사소설. '인간의 심리에 관심이 많은 다재다능한 여자인가 보군.'

율리아는 생각했다. 그녀 자신은 책은 잘 읽지 않았지만 인간 심리에 관해서는 잘 알고 있었다. 동물을 사랑하는 여자. 책 속 세계에 심취하고, 내적 공허함을 동물에 대한 사랑으로 채우는 외로운 여자. 너무 성급한 판단일까?

"형사님들이 오실 줄은 생각도 못했어요." 요한나가 말했다. 소파 앞에 무릎을 꿇고 앉아 고양이를 유인하고 있었다. 그러나 고양이가 싹싹거리자 그녀는 어깨를 으쓱하며 자리에 앉았다. 목에는 스카프를 두르고 있었다. 맨 얼굴에, 밤을 샌 피곤한 기색이 엿보였다. "에르퀼이 겁을 먹었나 봐요, 신경 쓰지 마세요."

"에르퀼이요?"

"방금 전까지 여기 앉아 있던 회색 샤트룩스 말이에요. 동물보호소에서는 '쿠어티'라고 불렸는데, 아가사 크리스티 소설에 나오는 푸아로의 이름으로 개명했어요. 본래 낯을 좀 많이 가려요."

그녀는 쿠션에 묻은 털을 툭툭 털고는 두 여자에게 앉으라고 했다. 율리아 뒤랑과 안드레아 베르거가 자리에 앉기가 무섭게, 어느 그림자 하나가 율리아 쪽으로 미끄러지듯 다가갔다.

"자기 좀 쓰다듬어 달라는 거예요." 그르렁거리며 율리아의 어깨를 쓸고 지나가는 고양이를 보며 요한나가 웃었다. "트릭시는 에르퀼과는 성격이 정반대거든요."

율리아는 다소 어색한 자세로 흰색, 빨간색, 검은색이 섞인 고양이의 목을 어루만졌다. 고양이는 아까보다 더 크게 그르렁댔다.

"그 습격 사건 때문에 왔습니다." 결국 율리아가 말문을 열었다. 트릭시는 이제 그녀의 무릎 위에서 몸을 쭉 뻗고 편안한 듯 누워 있었다.

"제가 인물 기술했던 걸 토대로 뭔가 진척이 있었나요?"

율리아는 고개를 끄덕였다. "제가 의아한 건, 왜 사흘이나 기다리셨나 하는 거예요. 수요일 밤에 일어난 일이잖아요."

"저 스스로 좀 생각할 시간이 필요했어요." 요한나는 조용히 대답하며 스카프를 풀었다. "이제야 멍 자국이 조금씩 사라지고 있네요."

'혈종이 있었군.' 율리아의 엄지로 누른 자국이 엷은 자주색으로 뚜렷이 나 있었다.

"그 다리우스라는 사람에 대해 해주실 말씀 있나요?"

"신고하러 갔을 때 말씀드렸던 것 말고는 없어요."

"멜처 씨, 우린…… 하시는 일이 뭔지 알고 있습니다." 율리아가 말했다.

"그의 정신 상태를 말하는 거예요." 안드레아가 끼어들었다. "성관계를 통해 내적인 그리움과 심리 상태가 표출될 수 있으니까요."

"맞는 말씀이네요." 요한나는 냉소적으로 대답했다.

"그럼 하실 말씀이 있다는 건가요?"

요한나는 생각에 잠겼다. 두 여자 앞에서 자기가 몸을 팔아 돈을 번다는 걸 고백하기가 부끄러운 건 아니었다. 그녀가 일하는 업소는 시내에서 거의 찾아볼 수 없는 합법적인 곳이라 '마사지숍' '사우나클럽' 같은 가짜 간판을 달아놓을 필요도 없었다. 조직폭력배나 마피아와는 아무 관련이 없는 곳. 적어도 밖에서 보면 그랬다. 요한나는 다리우스에 대해 이야기했다. 어떤 규칙을 찾을 수는 없지만 정기적으로 그녀를 찾아왔다고. 대부분 지치고 긴장한 듯 보였고 압박감에 시달리는 걸 느낄 수 있었는데, 성교 중에 그런 모습이 드러나기도 했다고. 또 행위를 마치는 데까지 몇 분 안 걸렸다는 말도 했다.

안드레아는 메모를 하며 중간 중간 질문했다.

"성교의 지속 시간이 다른 남자들과 차이가 났나요?"

"그럼요. 그는 참지 못하는 것처럼 보였어요. 방법을 아예 모르는 거겠죠." 요한나는 잠시 천장 쪽을 쳐다보다가 덧붙여 말했다. "어떤 때에는 그 일로 창피해하는 것 같기도 했는데, 그래도 아무 말 안 하더라고요."

"수치심은 매춘업소를 찾는 남자들에게서 자주 나타나는 감정이에요." 안드레아가 말했다. 사랑을 하기 위해 돈을 내야 한다는 데 대한 수치심. 자기 몸에 대한 수치심. 순간적으로 분노로 바뀌어버릴 수 있는 감정.

"그 수치심이 습격 사건과 관계가 있을지도 모른다고 생각하시는 건가요?"

"어쩌면요." 요한나는 어깨를 으쓱했다. 그리고는 율리아의 무릎에서 잠이 든 고양이를 보며 미소를 지었다. "다툼이 있었어요. 별 의미 없는 걸 수도 있지만, 그때 누군가의 이름이 언급되었어요. 마를렌. 이제야 생각나네요. 목을 조르기 직전의 일이라 아직도 가물가물하긴 하지만요."

"마를렌이요?" 율리아의 귀가 쫑긋해졌다. "누가 그 이름을 말했어요?"

"우리 둘 다요. 적어도 제 생각에는 그래요. 근데 그가 그 이름을 언급한 건 그때가 처음이 아니었어요."

"그럼요?"

요한나는 이번에는 좀 부끄러워하는 눈치였다. 그녀는 자신을 향해 고정되어 있는 두 여자의 눈길을 피하며 머뭇거리듯 말했다. "오르가즘 직전에 가끔 그 이름을 부르곤 했어요."

"혹시 그에게 호감을 갖고 계신가요?" 율리아 자신도 왜 그런 의심이 드는지 잘 알 수가 없었다. 어쩌면 동물한테 사랑을 쏟는 요한나의 모습이 눈에 띄게 외로워보였기 때문인지도 몰랐다. 애정에 목마른 여자. 하지만 요한나의 표정은 다른 말을 하고 있었다.

"아뇨, 말도 안 돼요." 그건 거의 역겹다는 투로 들렸다.

"그럼 왜 망설이신 거죠? 목을 조른 사람이 바로 그라는 사실을 어제 처음 알게 된 것도 아니잖아요."

"전 법체계를 그다지 신뢰하지 않아요." 요한나는 투덜대듯 말했다. '법체계'란 단어가 나왔을 때는 손으로 따옴표까지 그려가며. "부디 왜냐고는 묻지 마세요."

"그래도 어쨌든 신고는 하셨잖아요." 율리아는 지지 않고 캐물었다.

요한나는 깔깔대며 웃었다. "제 치료사를 위해서라고 해두죠. 꼭 신고하라고 했거든요."

안드레아 베르거가 그녀의 말에 귀를 기울였다. "치료를 받고 계신가요?"

"상담이라고 하는 편이 더 맞을 거예요. 개인적으로 힘든 일이 있었거든요. 하지만 말씀드렸다시피 그건 제 인생의 또 다른 면이고, 이 사건과는 관계가 없어요."

율리아는 그녀가 마음의 문을 꼭 닫고 있음을 느꼈다. 마치 껍질 속으로 파고드는 달팽이처럼. 한두 번 더 시도해본 율리아는 결국 심문을 마칠 수밖에 없었다. 그녀가 트릭시를 들어 옆에다 내려놓자, 트릭시는 그녀를 흘겨보았다. 다들 자리에서 일어났다. 안드레아가 무언가를 말하려던 와중에 요한나가 먼저 입을 열었다.

"그럼 다리우스는 이제 형을 선고받는 건가요?"

율리아는 체념한 듯한 얼굴로 입을 삐죽 내밀었다. "그러길 바라야죠."

"하여튼 법체계란." 요한나는 비아냥거리며 말했다.

"혹시 더 하실 말씀이 있으시면." 안드레아는 명함을 건네며 말했다. "언제든 연락주세요. 휴대전화, 메일, 거기 다 적혀 있어요." 그녀는 윙크를 했다. "때로는 다른 관점에서 보는 게 도움이 될 수도 있거든요."

"루이스가 좋아하겠네요." 신랄한 반응을 보였다. 율리아는 순간 정신이 번쩍 들었다.

'루이스?' 나중에서야 그녀는 아까 '상담'이란 말이 나왔을 때 이미 의심을 해봤어야 했다는 생각이 들었다. 하지만 그 말 한 마디로만 추측하기엔 상담가, 교육자, 컨설턴트 등 가능성이 너무 많았고……. 이름을 듣고 나서야 다시 의심의 불이 붙은 터였다.

요한나는 헛기침을 했다. "피셔 씨 말이에요."

*

잠시 후 율리아는 안드레아 베르거와 나란히 차 안에 앉아 있었다. 안드레아는 푸조 카브리오의 전동식 지붕을 열고, 소리가 나는 라디오를 꺼버렸다.

율리아는 생각에 잠긴 채 혼잣말을 중얼거렸다. "빌어먹을. 피셔. 매번 피셔의 이름이 나온단 말이야."

"우연일까요?" 안드레아가 의심스러운 듯 묻자 율리아는 세차게 고개를 가로저었다. "아니!" 그녀의 머리카락이 물결쳤다. "요한나 멜처는 피살자 프로파일과 정확히 맞아떨어지잖아, 안 그래? 베아테, 에바. 이건 우연일 리가 없다고."

"요한나는 살아 있잖아요." 안드레아가 지적했다. "달려들어 목을 조른 건 그 순간에 충동적으로 일어난 일이에요. 그게 어떻게 그 신문기사들이나 비장 조각 등과 어울린다는 거죠?"

"나도 모르겠어. 하지만 다리우스는 숨어서 요한나를 기다리고 있었어. 난 그게 충동적인 행동이라고 생각지 않아."

"마를렌이라는 이름은요?" 안드레아가 계속 물었다.

율리아는 기억을 더듬어보았다. 그 어떤 사건에서도 그런 이름이 언급된 적은 없었다. 이게 좋은 걸까, 나쁜 걸까? 그녀는 프랑크에게 전화를 걸어 다리우스 몰의 과거 행적에서 마를렌이라는 이름이 어디 등장하는지 샅샅이 조사해달라고 부탁했다.

"어떤 내용이라도 좋아요. 애매한 거라도 상관없고요." 그녀는 전화를 끊기 전에 한 번 더 강조했다.

"그럼 루이스 피셔한테 갈까요?"

안드레아의 수사에 대한 열의가 불타오르는 걸 본 율리아는 웃을 수밖에 없었다.

"아니, 나한테 더 좋은 생각이 있어."

오후 12시 18분

루이스 피셔는 불쾌한 얼굴로 팔짱을 낀 채 율리아의 사무실에 앉아 있었다. 율리아는 비장 조각을 찍은 사진들을 그에게 보여주며, 그의 '펜타그람 가설'에 관해 이야기했다. 그녀는 정보들 가운데 공개해도 될 것만 정확히 추려내어 마치 사소한 것인 양 그에게 늘어놓았다.

"이런 내용을 포스팅하지는 않으실 거죠?" 율리아는 중간 중간 확인하듯 물었다.

"우린 자유 국가에 살고 있습니다." 그가 대꾸했다. "그런데, 지금 저를 여기다 구금해 놓으신 겁니까?"

"그럴 만한 이유가 있나요?"

"아뇨, 그냥 묻는 겁니다. 제 도움이 필요하신가요?"

율리아는 피식 웃으며 펜타그람이 그려진 지도를 가리켰다. "감사하지만 사양하죠. 저희 수사는 다른 방향으로 가고 있거든요."

"그러시다면야."

율리아는 종이뭉치를 뒤적거리다가 마치 우연인 듯 게오르크 노이만의 사진을 위로 툭 밀었다. 루이스를 몰래 살폈지만, 그의 표정에는 아무런 변화도 없었다. 다음은 다리우스 몰의 사진. 이번에도 그의 표정은 그대로였다.

"두 젊은 남자." 율리아가 말했다. "한 명은 성범죄 용의자로 여성들을 스토킹하고, 목을 졸랐습니다. 정말 역겨운 일이죠."

'지금 움찔한 건가?' 율리아는 생각했다.

"다른 한 명은 마티아스 볼너의 살인 용의자예요. 당신이 그린 펜타그람의 남쪽 끝. 기억하시나요?"

"그런데요?"

"유타 프랄과 로제마리 슈탈만 사건과 연관 짓기에는 둘 다 너무 어려요. 게다가 히르첸하인의 가족은, 흠, 글쎄요. 그건 성범죄가 아니라서. 당신의 펜타그람은 점차 신빙성을 잃어가고 있어요."

루이스 피셔는 아니꼽다는 듯 흥 하는 콧소리를 냈다.

율리아는 그에 아랑곳하지 않고 한 마디를 더 보탰다. "게다가 히르첸하인과 랑엔젤볼트의 경우에는 이미 판결이 난 사건들이에요. 마티아스 볼너 사건은 곧 종결될 예정이고요. 그러니 당신이 우리를 위해서 해줄 수 있는 건 정말이지 아무것도 없네요."

루이스의 창백한 얼굴이 시뻘겋게 물들었다. "그럼 그만 두시죠." 자리에서 일어난 그는 분노를 삭이려 애쓰는 듯 보였다. "하지만 내가 장담하는데, 당신들이 틀린 겁니다. 내가 본 환영

은 아주 분명했어요. 게다가 그렇게 생각한 사람이 나 혼자인 것
도 아닙니다."

율리아는 웃으면서 그의 눈에 띄지 않게 휴대전화를 손에 쥐고
프랑크의 번호를 눌렀다.

"그럼 포럼에서 또 만나요." 그녀는 복도로 저벅저벅 걸어 나가
는 루이스의 뒤에다 대고 소리쳤다.

프랑크는 심문실 문을 열고 다리우스를 밖으로 내보냈다. 그는
요한나의 진술을 토대로 다리우스를 심문하던 중이었다. 고소당
할 준비나 하라고 겁주면서. 다리우스를 계속 붙잡아둘 수 있는
상황이었지만, 율리아가 베르거에게 뭔가 다른 계획을 이야기한
모양이었다. 보통은 율리아의 독단적인 행동을 골치 아파하는 베
르거가 이번만큼은 마지못해 승낙했다. 과거 경험들로 미루어 볼
때 그녀의 직관을 믿어볼 만하다는 생각에서였다.

다리우스는 밖으로 나오다가 루이스와 거의 부딪힐 뻔했다. "미
안합니다"라고 우물거린 그는 루이스의 뒤를 따라 엘리베이터
쪽으로 걸어갔다. 그는 엘리베이터 버튼을 누른 반면, 루이스는
계단을 택했다. 서로 정말 모르는 사이이거나, 아는 사이라는 걸
알리고 싶지 않은 두 남자. 몇 분 전에 프랑크는 율리아와 똑같은
게임을 했다. 다리우스 앞에서 요한나가 다행스럽게도 좋은 치료
사를 둔 것 같다고 말했던 것이다.

"거의 죽음에 가까운 경험이었겠죠." 프랑크는 웃음이 나오려는
걸 참느라 안간힘을 썼다. "그런 일을 극복하려면 여러 번 상담을
받아야 할 겁니다."

"왜 나한테 그런 얘기를 하는 겁니까?"

"아무래도 이상해서요. 그는 멜처 씨가 신고를 하게끔 거의 내몰
다시피 했습니다. 어제 왜 멜처 씨가 경찰서에 갔다고 생각하십

니까?"

"그 일에 대해서는 할 말 없습니다."

"안 하셔도 됩니다. 하지만 그는 멜처 씨의 트라우마를 없애주려고 했습니다. 참 이상하죠. 그 둘이 아주 가까운 사이인가 봐요. 얼마나 가까운지는 하늘만이 알겠죠." 프랑크는 아무렇지 않게 루이스 피셔의 사진을 손에 들었다. 그리고는 고개를 절레절레 흔들며 그것을 쳐다보았다. "나이는 남자가 한참 많은데. 이거 참." 사진은 책상 위에 놓았다. "사랑이란 정말 모를 일이군요."

다리우스는 속이 부글부글 끓는 모양이었다. 휴대전화가 울리자, 프랑크는 마지막으로 말했다. "뭐, 장점도 있을 겁니다. 요한나 멜처 씨의 심리 상태가 안정적일수록 고소 내용도 덜 세질 테니까요. 그녀 곁을 지키는 루이스 씨한테 오히려 고마워하셔야겠는 걸요. 참 예쁜 여자던데. 또 연락드릴 테니까 기다리시고요."

두 남자의 눈빛이 마주친 시간은 1초도 채 안 되었다. 둘 사이의 공기는 얼어붙었고, 복도 전체에 전기가 통하는 것만 같았다. 결국 아무 일도 없이 끝나버렸지만.

"잠복근무조를 붙여요." 율리아가 지시했다. "두 사람 다. 하루 종일 말이에요."

베르거는 그저 잠자코 있을 뿐이었다.

오후 1시 55분

오후 3시부터 9시까지의 시간은 '짧은 일요일'이라 불렸다. 대부분의 동료들은 그 시간대에 근무하기를 선호했는데, 점심 장사는 이미 끝난 데다 저녁에는 금요일이나 토요일에 비해 손님이 훨씬 적었기 때문이다. 여섯 시간, 그 전에는 늦잠도 잘 수 있었고 근무 후에는 그리 늦지 않게 귀가할 수도 있었다. 그러나 글로리아는 자신의 근무시간이 하나도 마음에 들지 않았다. 아니, 그 일 자체가 증오스러웠다. 처음에는 그녀도 즐겁게 일했지만 다리우스가 그녀의 삶에 끼어든 이후로는 온 세상이 그녀의 뜻과는 반대로 돌아가는 것만 같았다. 그녀의 상사도, 심지어 클라우디아까지도. 글로리아는 혼자였다. 거의 혼자. 휴대전화 위에서 그녀의 손가락이 떨리고 있었다. 문자를 세 번이나 다시 읽어본 뒤에야 전송 버튼을 눌렀다. 수신인은 어제 다리우스한테 메시지를 보내기 전에 연락했던 어느 지인이었다.

"어머나, 정말 오랜만이네." 수화기 너머의 목소리는 피곤하게 들렸다. 글로리아는 즉시 무슨 일 있냐고 물었지만, 상대방은 대답을 피했다.

"힘든 한 주였어. 날씨도 너무 덥고."

"방해가 된 건 아닌지 모르겠네." 글로리아는 머뭇거렸다. 하지만 달리 물어볼 만한 사람도 없었던 터였다.

"괜찮아."

글로리아는 자신의 스토커에 대해 이름은 밝히지 않은 채 이야기했다. 그제야 자기가 얼마나 남한테 휘둘리고 있는지를 느끼게 된 그녀는 수치심이 들었다. 그리고 아무 조치도 취해주지 않던 경찰에 대한 분노가 다시금 속에서 끓어올랐다.

"넌 그런 문제에 대해 잘 아니까 조언을 좀 받고 싶어서."

두 여자는 우연히 만난 사이였다. 몇 달 전, 겨울. 그날의 마지막 손님인 어느 젊은 여성을 상대하고 난 글로리아는 옷을 갈아입은 뒤 그 여자와 함께 음식점을 나섰다. 착한 사람인 듯 보였고, 서로 닮은 구석이 많았다. 그때 두 남자가 서로 큰 소리로 장난을 치며 입구로 불쑥 들어왔다. 젊은 여자 둘, 젊은 남자 둘이 말 그대로 충돌했던 것이다. 아직 이른 저녁 시간, 그들은 근처 바에서 다시 만나게 되었고, 함께 칵테일을 마셨다. 얼마 후 남자들이 '사냥 본능'을 드러내며 끈질기게 두 여자에게 구애하기 시작했고, 두 여자는 겨우 그들을 뿌리칠 수 있었다. 결국 다시 마주 앉은 두 여자는 휴대전화 번호를 교환했다.

"남자들한테는 선을 확실히 그어야 한다니까." 그녀의 이런 말과 단호한 눈빛에 글로리아는 감명을 받았다. 그 이후로 몇 번이나 그녀처럼 될 수 있기를 바랐을 만큼 말이다. 접이식 칼과 후추 스프레이, 그리고 기본적인 호신술까지. "이 정도는 꼭 갖추고 다녀야 해."

그 이후 그들은 가끔 별 내용 없는 문자나 주고받았을 뿐 다른 연락은 하지 않고 지냈다. 글로리아에게는 친구 관리를 하는 것 외에 다른 문제들이 많았으니까. 하지만 그녀는 전에 만났던 그 여자가 어떤 능력과 경험을 지니고 있었는지를 잘 기억해냈다.

문자에 답이 오기까지는 그리 오래 걸리지 않았다.

휴대전화가 진동하기 시작하더니, 핑크의 <블로우 미>가 울려 퍼졌다. 글로리아는 웃으면서 전화를 받았다.

"오늘 밤에 다리우스를 만나기로 했어." 상황을 요약해 설명한 뒤 그녀가 말했다. 그 즉시 그녀의 지인은 귀를 쫑긋 세우고 긴장하는 듯했다. 그리고는 잘 알아들을 수 없는 소리로 뭐라고 말하더니 잠시 후 다시 전화해도 되냐고 물었다. 몇 가지 할 일이 있다면서.

"나 일하러 가봐야 하는데." 글로리아가 재촉하듯 말했다.

"아, 그렇구나. 언제?"

"3시부터 9시까지. 이렇게 급하게 연락해서 미안해. 달리 물어볼

356

만한 사람이 없어서……."

"괜찮아. 특별한 상황이잖아. 내가 잠시 들를게. 시간 맞춰서. 주소는 알고 있어."

"고마워."

글로리아는 안도의 한숨을 내쉬었다. 그녀는 다리우스에게 평생 잊지 못할 밤을 선사할 터였다. 그리고 그녀의 삶을 불쾌하게 만드는 나머지 것들도 손 볼 계획이었다. 집 주인. 직장 상사. 한 번에 한 명씩. 이제 다시 그녀가 통제권을 되찾을 시간이었다.

오후 6시 57분

페터는 격분한 상태였다. 그는 숨을 헐떡이며, 스티븐스 부부와 라이볼트 가족에게 다리우스 몰과 루이스 피셔의 사진을 보여주고 온 일에 대해 이야기했다.

"게오르크 노이만의 사진도 보여줬어요?" 율리아가 그의 말을 끊었다.

"그럼요, 근데 지금 그게 중요한 게 아니에요. 들어봐요." 페터가 재촉했다. "우린 가장 먼저 라이볼트 부부를 만났어요. 꽝이었죠. 라이볼트는 둘 다 모른다고 했고, 그의 부인은 다행히도 집에 없더군요. 그레타 역시 아무것도 모르고요."

"그 애는 좀 어때요?"

"그레타요? 괜찮아보였어요. 이제 내 얘기를 끝마쳐도 되겠습니까?" 페터는 성난 목소리로 말했다.

"그래요. 듣고 있어요."

"스티븐스 부부 역시 모르쇠로 일관했어요. 그런데 왠지 그 부인이 그들 중 누군가를 알아본 것 같다는 인상을 지울 수가 없더라고요. 그래서 집요하게 캐물었는데, 나 원 참. 그 집 책장에 루이스 피셔의 책이 두 권 꽂혀 있는 거예요. 그중 한 권에는 루이스가 머리를 길게 기른 사진이 있더군요. 영혼에 관한 장광설을 늘어놓은 책인가 본데, 문제는 그게 아니에요. 사실은 그 부인이 루이스를 알고 있었던 거죠, 그것도 오래전부터. 부인은 그를 '피셔'라고 불렀는데 그 책들에는 그의 가명만이 적혀 있었거든요."

율리아는 잠시 자신의 책장을 떠올려보았다. 거기 꽂힌 책들의 저자들 중 그녀가 얼굴을 아는 사람은 한 명도 없었다. 관심도 없었고. 이상한 일임이 틀림없었다.

"뭐 또 다른 건요?" 잠시 후 그녀가 물었다.

"물론 있죠. 루이스는 라이볼트 부인과 그렇고 그런 사이였답니다. 그것도 정확히 15년 전에요. 이런 일을 우리한테 알리지 않다니, 이건 우연일 리가 없어요."

"이런 나쁜 것들." 율리아는 어안이 벙벙한 듯 책상 모서리를 탁치며 중얼거렸다. 만일 그게 사실이라면, 또 뭘 숨기고 있을지 어찌 알겠는가? 하지만 그 순간 그녀의 머릿속에는 전혀 다른 생각하나가 스쳐갔다.

"15년 전이라고 했죠? 이런 말 하면 미쳤다고 생각할지도 모르지만, 그럼 혹시……."

페터는 그녀의 생각을 곧장 읽었다. "그레타가 루이스의 딸일리는 없냐고요?" 그는 피식 웃었다. "그 여자라면 무엇이든 가능하죠."

"알겠어요, 잘 했어요. 고마워요." 율리아는 전화를 끊었다. 생각을 좀 해봐야 했지만 그럴 만한 시간이 없었다. 다시 수화기를 든그녀는 스티븐스 가족의 집 전화번호를 눌렀다. 한참 신호가 가더니 결국 에바의 아버지가 전화를 받았다.

"부인과 통화할 수 있을까요?" '당연히 할 수 있고 말고.' 율리아는 생각했다. 집 밖으로 한 발자국도 안 나가는 사람이니 언제든 전화를 받을 수 있을 터였다. 하지만 그녀는 안 된다는 대답을 듣고 말았다. 부인이 누워 있다는 것이었다.

"죄송합니다만 좀 깨워주셔야겠는데요." 율리아는 힘을 주어 말했고, 스티븐스는 마지못해 수화기를 아내에게 가져다주었다. 손으로 마이크를 막고 있는 듯 잠시 부스럭대는 소리가 들렸다.

"여보세요?" 허스키한 목소리.

"스티븐스 부인, 율리아 뒤랑입니다. 루이스 피셔 씨에 관해 한 가지 더 여쭤볼 게 있어서요."

"네?"

"혹시 그레타 라이볼트가 그 사람의 딸일 가능성이 있을까요?"

"그걸 제가 어떻게 알겠어요?" 스티븐스 부인의 목소리에 깃든 냉담함에 율리아는 깜짝 놀라고 말았다. 그러나 한편으로는 지금 힘든 시간을 보내고 있으니 그럴 만하다는 생각도 들었다. 율리아는 좀 더 조심스럽게 접근하기로 마음먹었다.

"저희한테는 굉장히 중요한 문제입니다. 그 당시 라이볼트 부인과 가깝게 지냈던 사람들만이 그 일에 관해 알고 있을 테고, 부인께서는 라이볼트 부인과 친한 사이였다고 하셨잖아요."

"그건 이미 오래전 얘기예요."

"그러니까요." 율리아는 고집을 꺾지 않았다. "정확히는 15년 전 일이죠."

"저는 모르는 일이에요. 정말로요."

"그럼 에바는요?"

"에바가 왜요?"

"에바는 그 일에 대해 알았을까요? 제 질문에 대답해주시죠."

"아뇨. 맙소사, 아니에요." 그녀는 울음을 터뜨리며 수화기를 떨어뜨렸다. 잠시 후 그녀의 남편이 전화를 받았다.

"이 정도면 충분한 것 같군요." 그가 으르렁댔다. "도대체 어떻게……."

율리아는 전화를 끊었다. 당장은 그 일에 관해 더 알아낼 수는 없을 것 같았다. 의문점은 여전히 줄어들지 않고 있었다. 루이스 피셔에게는 알리바이가 있다. 그는 그레타의 아버지일 가능성이 있고, 어쩌면 에바 역시 그의 딸일지도 모른다. 하지만 그렇다고 해서 그에 대한 혐의가 더 짙어질까? 아니면 그 반대일까?

율리아는 이번에는 라이볼트 가족의 전화번호를 눌렀다. 아무도 받지 않았고, 그녀는 걱정되었다. 그레타의 얼굴이 머릿속에 떠올랐다.

그때 누군가 그녀 쪽으로 재빨리 걸어오는 소리가 들렸다. 그리고 몇 초 후 베르거가 휙 들어왔다. 그는 걸음을 멈추고 숨을 헐떡이며 문틀을 붙잡았다. 율리아가 무슨 일이냐는 듯 쳐다보며 막 입을 열려던 찰나, 그가 불쑥 말했다.

"에바의 시신이 발견됐네."

*

20분 뒤. 율리아는 이미 도착한 여러 대의 차량 뒤에 차를 세웠다. 이슬비가 내리고 있었고, 진흙 위로 발자국들이 논길 건너까지 나 있었다. 그녀는 푸조의 조수석 쪽 차체가 축축한 논두렁에 빠지는 건 아닐까 걱정이 되었지만, 지금은 그런 고민을 할 때가 아니었다. 굵은 나뭇가지들은 무릎까지 올라오는 풀들보다 더 높이 무성하게 자라 있었고, 여기저기 발로 밟힌 자국이 보였다. 흰색 차 한 대가, 차체의 4분의 3가량은 커튼처럼 드리워진 나뭇잎들로 가려진 채 세워져 있었다.

한 산림공무원이, 아니, 엄밀히 말하자면 그가 데리고 있던 경찰견이 그 소름끼치는 현장을 발견했는데, 그의 짙은 황록색 닛산 패트롤은 다른 곳에 주차되어 있었다. 좀 더 가까이 다가가 보니 그 차가 아스트라임을 알 수 있었다. 구형 모델. 차량번호는 HU-YE 1365였다. 율리아는 나지막한 소리로 욕설을 내뱉었다. 그 옆을 지나던 그녀는 뒷창의 유리를 통해 안을 들여다보았다. 내부는 지나칠 정도로 깨끗했다. 개인 소지품도, 스티커도 없이 오직 색이 바랜 바닐라향 나무 모양 방향제밖에 보이지 않았다. 수풀쪽에서 웅성거리는 소리가 들려왔다.

"이번 주는 시작부터 완벽하네요." 안드레아 지버스 박사가 몸을 숙인 채 공터로 나왔다. 그녀는 위아래가 붙은 작업복에 묻은 나뭇가지와 이끼를 털고 그것을 벗기 시작했다.

"에바 스티븐스." 율리아는 고개를 끄덕였다. "정말 그 애가 확실한가요?"

"1백 퍼센트요." 지버스 박사는 작업복과 덧신을 벗었다. 그녀의 가죽 가방은 풀 위에 세워져 있었다. 장갑을 벗자 찍찍 소리가 났다. "가서 보시죠, '냉혈한'들이 데려가기 전에. 시신인데도 정말 아름다워요. 프랑크가 이미 운반을 허락한 것 같던데요."

"프랑크가 왔어요?" 율리아는 순간 귀를 쫑긋 세웠다. '벌써 집에 갔을 시간 아닌가?' 그때 바지직거리는 소리가 들리더니 과학수사반의 플라첵이 나타났다.

"아하, 당신도 왔군요?" 그는 머리 쓰개를 벗고는 머리를 쓸어넘겼다.

'젠장, 내가 지휘를 맡은 수사관이라고.' 율리아는 속으로 불쾌해하며 아무 말 없이 그의 곁을 지나 수풀 속으로 들어갔다.

함석 관이 이미 놓여 있는 걸 본 그녀는, 문득 그것이 마티아스 볼너가 뉘였던 것과 같은 관인지 궁금해졌다. 에바의 남자친구. 어떻게 이런 일이 생겼단 말인가. 율리아는 그 닳고 닳은 길을 조심스럽게 걸어내려 갔다. 진흙이 미끄러워서 균형을 잘 잡아야만 했다. 조용한 목소리들과 비닐이 바람에 나부껴 바스락대는 소리에 율리아는 고개를 돌렸다. 바로 거기에 그녀가 누워 있었다. 에바 스티븐스. 사진을 꺼내볼 필요도 없이, 그녀의 얼굴은 숨이 끊어진 지금도 아름다웠다. 마치 천사처럼. 그녀는 몸의 반만 가려진 채 고개를 한쪽으로 돌리고 엎드려 누워 있었다. 아직은 분홍빛을 잃지 않은 잿빛 피부, 엉덩이에 난 점, 그 외에는 흠 잡을 데가 없었다. 프랑크가 율리아의 곁으로 다가왔다.

"다시 뒤집어볼까요?" 율리아로부터 2미터쯤 떨어진 지점에 멈춰 선 프랑크가 물었다. 율리아로부터 아무 대답이 없자, 그는 한번 더 물었다. 화들짝 놀란 율리아는 손을 내저었다.

"아뇨, 그럴 필요 없어요. 근데 대체 당신은 여기서 뭐하는 거예요? 벌써 슈테파니한테 가봤어야 하는 거 아니에요?"

프랑크는 어깨를 으쓱했다. "노르트베스트 인터체인지에 거의 다 와갈 때쯤 신고가 들어왔지 뭐예요. 난 괜찮으니 신경 쓰지 말아요. 별로 보기 좋은 광경은 아니군요. 알아낸 걸 말해볼까요?"

"어서 해봐요."

프랑크는 담배에 불을 붙였다.

"신고는 프리드베르크에서 들어왔어요. 여기 어딘가에서부터 그쪽 관할구역이 시작되거든요. 우리가 그렇게 여러 갈래로 연락을 받게 된 것도 아마 그 때문이겠죠. 도착해보니 지버스 박사와 플라첵이 이미 작업 중이더라고요. 뭐, 아무려면 어때요. 그 산림 공무원은 개를 데리고 산책 중이었대요. 갑자기 개가 짖기 시작하더니 도무지 멈추지를 않고, 낙엽과 흙을 파헤치길래 뭔가 수상하다는 생각을 했고요. 결국 그는 비닐을 발견했고 그 안에 사람 시신이 들어 있다는 걸 알게 되었죠. 그 이후로는 관례대로 진행되었어요. 비닐을 풀고, 신원 확인을 하고, 과학수사와 검시가 이루어지고. 시신에서 뭐 눈에 띄는 거라도 있어요?"

율리아는 생각에 잠겼다. 함석 관을 끌고 내려온 '냉혈한'들은 플라첵이 고개를 끄덕이자 에바를 관 속에 집어넣었다. 쿵 부딪히는 소리, 인정이라고는 찾아볼 수 없는 대화.

"좀 조심히 다뤄주시죠." 율리아는 화를 내며 소리쳤다. 프랑크가 무슨 생각으로 그런 질문을 한 건지는 몰랐지만 그녀는 불쑥 이런 생각이 들었다. "시신이 깨끗해요. 피도 안 묻어 있고, 비닐에도 거의 없네요."

"지버스 박사의 말마따나 매번 '슐라흐트플라테(한 접시에 담긴 고기 요리로, 슐라흐트Schlacht는 '도살, 학살'의 의미를 지니고 있다 —역주)'만 찾으란 법은 없죠."

"그렇지만 범인은 에바의 비장을 빼냈잖아요." 율리아가 반기를 들고 나섰다. 그녀는 에바의 시신 앞쪽을 한 번 보려고 했지만 관을 든 사람들은 이미 사라지고 없었다. 결국 그녀는 마음을 바꿔, 나중에 케네디 가(법의학연구소가 있는 거리 —역주)에서 지버스 박사가 옆에 있을 때 확인해보기로 마음먹었다.

"그뿐만이 아니에요." 프랑크가 간결하게 말했다. "범인은 적어도 에바를 성폭행하지는 않은 것 같아요. 상처가 없었거든요."

"뒤랑 형사님?"

율리아가 소리가 나는 쪽을 돌아보자, 제복을 입은 경찰 한 명이 서둘러 다가오고 있었다. 율리아는 그와 잠시 얘기를 나눈 뒤 프랑크를 보고 말했다. "여긴 내가 맡을게요. 당신은 집에 가서

잠 좀 자둬요. 나딘이 지금 당신 몰골을 보면 심장마비에 걸리고
말 걸요."

너무도 아무렇지 않게 나온 그 경솔한 말에, 율리아는 제 손에
한 대 맞은 기분이었다. 심장마비라니. 아빠. 그녀는 몇 초간 말이
없었다. 잠시 후 마음을 추스른 그녀는 결국 입을 열었다. "뭐, 어
쨌든. 난 내일 아침 일찍 연구소로 먼저 갈 거예요. 그 전에 라이
볼트 가족을 좀 만나보고요. 확인해볼 게 있어요."

프랑크는 천천히 고개를 끄덕였다.

"참, 당신 차는 어디 있는지 안 보이던데." 율리아가 그제야 생각
났다는 듯 말했다.

"저 뒤쪽에 세워놨어요." 프랑크가 말했다. 그쪽 길은 좀 덜 엉망
인 모양이었다. 하지만 덕분에 그의 바지는 무릎까지 더러워져
있었다.

"그럼 어서 가 봐요. 에바네 집에 도리스와 페터를 보낼 생각인
데, 당신이 여기서 미적거리면 내 마음이 바뀔지도 몰라요."

"그러지 마요." 프랑크는 중얼거리며 시계를 보더니 서둘러 그
곳을 떠났다.

오후 8시 55분

그녀는 그에게 기계적인 미소를 지어 보였다. 벌써 스무 번도
더 벽시계 쪽으로 눈길이 갔다. 시간은 괴로우리만치 느리게 가
고 있었다.

"이건 콜라 라이트가 아니잖아요." 한 남자가 투덜거렸다. 뿌루
퉁한 얼굴을 한 어린아이가 장난감을 달라며 그의 다리를 붙잡고

칭얼대고 있었다.

"아뇨, 맞습니다." 그녀는 다시 확인해주었다.

"그리고 난 큰 사이즈를 시켰어요."

젠장. 그 말은 맞네⋯⋯.

그는 훤칠한 키에 늘씬하고 잘생긴 남자였다. '왜 이런 남자들은 꼭 애인이 있거나 나쁜 놈이거나, 둘 중 하나일까?' 그녀는 새 컵을 꺼내며 생각했다.

"얼음 넣어드릴까요?" 그녀는 확인 차 다시 한 번 물었다.

"이미 빼달라고 했는데요, 고맙군요." 그는 쌀쌀맞게 대답했다. 그리고는 다섯 살짜리 빨강머리 아이에게 호통을 쳤다.

"이제 내가 할까?" 클라우디아가 불쑥 나타나 물었고, 글로리아는 소스라치게 놀랐다. 그 바람에 들고 있던 컵이 세게 흔들렸고, 글로리아는 컵을 꽉 붙들었다. '하필 지금 나타날 건 뭐람.' 그녀는 생각했다.

"왜 그리 멍하니 서 있어?" 클라우디아는 의미심장한 윙크를 보냈다. "데이트라도 있는 거야?"

글로리아는 고개를 가로저었다. "다 돼 가."

그녀는 클라우디아에게는 아무 말도 하지 않기로 마음먹었다. 클라우디아가 다리우스에게 눈독들이고 있는 걸 모르지 않기 때문이다. 그를 멀리 하라고 아무리 말해 봐도 소용없었다. 클라우디아는 어디서나 위협을 느끼는 타입의 여성에 속했다. 특히 글로리아와 같은 금발 여성을 상대할 때는 더욱더 그랬다. 클라우디아는 끊임없이 글로리아를 말도 안 되게 의심했다. 원하면 어떤 남자든 만날 수 있으면서 다리우스한테 관심을 보이고 있다고. 하지만 글로리아로서는 논쟁을 벌이고 싶은 마음이 전혀 없었고, 더 이상의 분란이 일어나지 않았으면 하는 바람이었다. 오늘 밤만 지나면⋯⋯.

"음식 다 식겠네." 그때 그 짜증나는 남자가 끼어들었고, 글로리아는 그저 미소만 지었을 뿐이었다. 시계의 분침이 정확히 12를 가리키던 순간, 그녀는 그 소음 속에서도 똑딱 소리가 들리는 것만 같았다.

"제 동료가 다시 데워 드릴 거예요." 그녀는 중얼거린 뒤 클라우디아를 향해 고개를 까딱했다. '어서 나가자.' 그녀는 뒤편으로 걸어가며 생각했다. 기름에 찌든 냄새가 나는 상의를 벗은 그녀는 딱 붙는 셔츠로 갈아입었다. 지난 며칠 간 그랬듯 오늘밤도 더울 터였다. 핸드백을 집어 든 그녀는 안을 확인해보았다. 그리고는 뒤도 돌아보지 않고 음식점을 나섰다.

타는 듯한 빨간 불빛이 주차장을 비현실적인 공간처럼 보이게 만들고 있었다. 지붕이 열린 Z4는 음식점으로부터 조금 떨어진 곳에 세워져 있었다. 각도 상 건물 안에서는 보이지 않는 곳이었다. 선팅된 유리 위에는 밤 비행기들이 지나간 흔적이 남아 있는 하늘이 아른거렸다.

문을 열고 나온 글로리아는 잠시 멈춰 서서 주위를 둘러보았다.

다리우스는 차 문을 열고 나와 기지개를 켰다. 글로리아가 자신을 발견하자 그는 윙크를 하고는, 얼굴이 일그러져 보이지 않도록 입을 오므리며 미소를 지었다. 역광이라 그녀의 얼굴은 잘 보이지 않았지만 바람에 나부끼는 금발머리는 또렷이 보였다. 사실 얼굴은 볼 필요도 없었다. 항상 그의 마음속에 존재했으니까. 마를렌. 글로리아. 이름조차도 절반은 같았다(Marlen과 Gloria 모두 철자에 a, r, l이 포함된다 —역주).

"안녕." 그녀는 미소를 지었다. 잘 알아볼 수 없는 불완전한 미소. 긴 시간 일을 하고 난 뒤였으니 그럴 만도 했다.

"피곤해 보이네." 그는 걱정스럽게 말하며 서둘러 차를 빙 돌아 걸어갔다. 그리고는 조수석 문을 열어주었다. "힘든 하루였어?"

그녀는 고개를 끄덕였다. 마치 영원처럼 느껴지는 몇 초가 지난 뒤, 그녀가 입을 열었다. "못된 손님들 때문에요. 하지만 이제 다 지난 일이에요. 일 얘기는 그만 해요."

'네가 원한다면야.' 다리우스는 이렇게 생각하며 다시 차에 올라 탔다. 그는 다시금 글로리아 쪽을 쳐다보았다. 완벽한 존재. 바로 이 순간 그녀가 옆에 앉아 있다는 게 도무지 믿어지지가 않았다. 오늘밤은 분명 완벽한 밤이 될 터였다.

그로부터 30미터 떨어진 곳에서 마크 없는 위장 경찰차에 타고 있던 경찰관들은 다리우스 몰이 금발의 여성을 만나고 있다고 보 고했다. 그들은 윙 소리를 내며 고속도로 방향으로 달려가는 그 BMW 오픈카를 뒤쫓기 시작했다.

"거리를 좀 두고 따라가도록 하게." 베르거가 경고하자, 그들은 잠복근무가 처음도 아닌데 왜 그러냐는 대답을 할 뿐이었다.

'그렇게 자만하다 큰 코 다치지, 멍청이들.' 베르거는 생각했다. 몇 분도 채 지나지 않아 그들에게서 다시 연락이 왔다. 다리우스 가 그들을 따돌렸다는 것이었다. 트럭한테 추월당했고, 2차선 도 로에서 트럭 두 대가 앞을 막아섰으며, 마침 갓길이 공사 중이라 앞지를 수 없었다고. 격분한 베르거는 변명 따위는 집어치우라며 소리를 질렀다.

"Z4 같은 차는 다시 찾기가 그리 어렵지 않을 겁니다!"

'전문가 나셨군. 감시가 처음이 아니라더니, 전에도 일을 망친 적 이 있었나 보지.' 베르거는 생각했다. 그들이 하는 짓을 보고 있 자니 역겨울 따름이었다. 하지만 아무리 화내고 그 BMW를 다시 찾기 위해 노력해 봐도, 꺼림칙한 현실을 변화시킬 수는 없었다.

다리우스 몰과 금발의 여성은 여전히 실종상태였다.

오후 9시 5분

"이런 음식을 돈 주고 사서 먹는 거야?"

루이스 피셔는 코를 찡그린 채 몸을 앞으로 숙이고 앉아 그녀를 쳐다보았다. 그녀가 속이 꽉 찬 샌드위치를 베어 물자, 소스가 밖으로 흘러나왔다.

"전 요리를 즐겨 하지 않거든요." 그녀는 칠칠치 못하게 쩝쩝 소리를 내며 빙긋 웃고는 계속 씹어댔다.

"흠." 뭐라고 해봤자 소용없을 게 뻔했기에 루이스는 입을 꾹 닫아버렸다.

"왜 하필 여기야?" 그가 물었다. "시내를 반은 돈 것 같네."

"그게 바로 이유예요." 요한나가 히죽 웃었다. "여기서는 아무도 날 알아볼 리가 없잖아요. 중앙역 같은 데에서는 이렇게 편안히 앉아 있을 수 없다고요. 증권거래소 부근도 마찬가지고."

"뭐, 어쨌든." 그는 웬일인지 마음이 불쾌했다. 그 짜증나는 율리아 뒤랑이란 여자 때문인가? 도무지 알 수가 없었다. "하고 싶다는 말이 대체 뭐야?"

요한나 멜처는 그가 경찰청에 앉아 있던 시간에 그에게 이메일을 보냈었다. 급히 좀 만났으면 한다고.

"저 그만뒀어요." 그녀는 씩 미소를 지었다. 음식을 먹던 손을 멈추고 그의 표정 변화를 살피며.

"뭘?" 그는 그녀가 무슨 말을 하는지 예감했지만, 그녀의 입으로 직접 듣고 싶었다.

"어젯밤에요. 이제 거기 안 가도 돼요. 뭔가 좀 낯설긴 하지만 괜찮은 것 같아요."

"무슨 문제가 있는 건 아니고?"

"처음부터 말했잖아요, 난 독립적으로 일한다고. 빚도, 정해진 기한도, 의무도 없어요." 그녀는 태연하게 어깨를 으쓱해보였다. "문제가 있을 게 없죠."

그녀는 사실을 말하고 있는 것 같았다. 확인하기도 쉽지 않으니, 그로서는 좋으나 싫으나 그녀의 말을 믿을 수밖에 없었다.

"왜 하필 지금이야?" 그는 몇 달 전부터 그녀를 설득해온 터였다. 때로는 직설적으로, 때로는 조심스럽게, 생각할 수 있는 방법은 모조리 다 동원해서. 하지만 그녀의 결정은 그의 설득과는 전혀 상관없이 이루어진 듯했다. 요한나는 헛기침을 하며 짜증난다는 듯 입술을 찡그렸다.

"귀찮게 묻지 좀 말아요! 그냥 기뻐하라고요. 예전부터 내가 그만두길 바래왔으면서."

"네가 바란 거지." 루이스가 대답했다. "완전한 순결함은 내면으로부터 나오는 거야."

요한나는 비웃으며 됐다는 듯한 손을 들어올렸다. "고리타분한 설교는 그만 해요. 난 더 이상 다리 벌려 돈 버는 일은 안 한다고요. 끝."

순간 옆 테이블에 앉은 사람들이 잠시 멈칫하는 것 같았다. 루이스는 눈을 내리깔며 한숨을 내쉬었다.

"돈은 있고?" 그는 거의 속삭이듯 작은 소리로 물었다.

"충분히요."

"이제 어쩌려고?"

"그건 내일 생각해보려고요." 그녀는 몸을 뒤로 기대고는 자신감 넘치는 미소를 지었다. 그리고는 마지막으로 남은 음식을 꿀꺽 삼켰다.

"우리 집에 언제든지 와서 자도 돼. 너도 알다시피 우리 집이 크니까."

"바빌론의 창녀(성경 요한계시록에 등장하는 세상의 모든 죄와 악의 상징—역주)가 이제 선생님 집에까지 진출하는 건가요?" 그녀는 그보다 더 냉소적일 수 없는 말투로 말했다. 교태를 부리듯 깜빡이는 그녀의 눈은 뭐든 다 할 준비가 되어 있다고 말하는 것만 같았다. 아까 전화 통화를 했을 때부터 이미 그녀는 그런 속내를 다 드러냈었다. 이제는 몸짓으로도. 지난 수년간 그에게 대놓고 표를 냈던 것처럼. 그는 그저 그 기회를 덥석 잡기만 하면 되었다.

"그건 알았다는 뜻인가?" 그는 조용한 목소리로 물었다.

그녀는 눈썹을 치켜뜨며 도발적으로 윗입술을 핥았다. "지금 가죠."

2013년 9월 2일, 월요일

오전 9시 35분

안드레아 지버스 박사는 넘칠 듯 꽉 찬 재떨이의 모래에다 담배를 비볐다. 재떨이를 제때 비우지 않는 데 화가 난 그녀는 잘 알아들을 수 없는 말을 중얼거렸다. 그녀가 앞장을 서자 율리아가 따라나섰다. 율리아는 러시아워에 딱 걸리는 바람에, 비스바덴에서 시내로 진입하려는 끝없는 차량의 행렬 속에서 고생을 해야만 했다. 이런 일은 오늘 한 번 뿐이라는 걸 다행으로 여기며. 그녀의 은색 푸조 트렁크에는 여행 가방이 들어 있었다. 이제 몇 시간 뒤면 나딘이 귀국할 터였고, 율리아는 과제를 (적어도 한 가지는) 잘 마친 셈이었다.

그녀는 무거운 발걸음으로 타일이 깔린 방 안에 들어섰다. 조명 때문에 차디찬 분위기가 감도는 방. 금속 테이블 위에 한 소녀의 시신이 누워 있었다. 에바 스티븐스. 이 과제에서 율리아는 비참하게 패배하고 말았다. 도저히 당해낼 수가 없었다. 그녀는 어젯밤 거의 절반을 뜬 눈으로 지새우며, 과연 에바의 죽음을 막을 수 있었을지 자문했다. 열과 성을 다해 그 일에만 전념했다면 어땠을까. 프랭크 역시 같은 질문을 했으리라는 것을 그녀는 잘 알고 있었다.

"뭘 보고 싶어요?" 지버스 박사 역시 잠을 제대로 못 잔 듯, 낮게 깔린 목소리로 말했다.

"전체적으로 다시 한 번 훑어보죠." 율리아가 부탁하자 지버스 박사는 말없이 고개를 끄덕였다. 그리고는 시신 위에 덮인 천을 걷어냈다. 몇 초간 가만히 서 있던 율리아는 그리로 가까이 다가갔다. 젊고, 아무 죄도 없는 아이. 머리는 방금 빗은 듯 귀 위로 가지런히 내려와 있었다. 편안히 잠을 자는 것처럼 감겨 있는 눈꺼풀. 양손은 손바닥을 아래로 향한 채 몸 옆에 놓여 있었다. 그런데 그때 시신의 복벽이 율리아의 눈길을 사로잡았다. 배 위에 부검 시 생긴 칼자국 옆으로 구멍 하나가 나 있었던 것이다. 지버스 박사는 금속 주걱으로 그 조직을 들어올렸다.

"장기는 전부 다 그대로 있어요. 온전히요." 그녀가 말했다. "비장은 당신이 받은 그 조각만 잘려나갔을 뿐이고요."

"그럼 그건……. 그러니까 내 말은……." 율리아는 도저히 그 질문을 입에 올릴 수가 없었다. 에바 스티븐스는 죽었다. 납치 후 살해당했고, 성폭행 당했을 가능성도 있었다. 6일이라는 시간 동안 그 나쁜 놈이 에바한테 무슨 짓을 했을지는 차마 상상할 수도 없었다. 60년, 아니 70년은 족히 더 살 수 있었을 생명. 그런 그녀를 쓰레기마냥 아무렇게나 수풀 속에 묻어놓다니. 게다가 설상가상으로 범인은 그녀의 내장 조각까지 보냈다. '빌어먹을.' 율리아는 자책감마저 들었다. 범인이 원한 게 이런 것이었을까. 지버스 박사의 대답이 그녀를 우울한 상념의 소용돌이 속에서 구해냈다.

"안타깝지만 아니에요. 아무래도 그 비장 끝부분은 살아 있는 몸에서 적출된 걸로 보여요."

율리아는 관자놀이 부근을 손으로 누르며 신음했다.

"쉿, 아직 안 끝났어요." 지버스 박사가 다시 입을 열었다. "에바는 진정제를 맞은 상태였어요. 그것도 아주 제대로요. 아마 그 수술이 이루어지는 동안 거의 아무것도 못 느꼈을 거예요."

"거의 못 느낀 거예요, 전혀 못 느낀 거예요?" 율리아가 캐물었다. "그건 하늘과 땅 차이라고요."

"목에 졸린 자국과 바늘에 찔린 자국이 있어요." 지버스 박사가 에바의 목을 한쪽으로 돌리려고 손으로 붙들자, 율리아는 그럴 필요 없다고 손사래를 쳤다.

"기다려 봐요." 지버스 박사는 고집을 부렸다. 그녀는 초록색 라텍스 장갑을 낀 손으로 에바의 목을 더듬다가 어느 지점을 가리켰다. 율리아는 화들짝 놀랐다. 턱 아래에서부터 목 아래쪽까지가 칼로 깊게 베여 있었던 것이다. 도살된 동물의 사진에서나 볼 수 있었던 상처.

"범인이 비장을 가지고 뭘 어쨌든 간에," 지버스 박사가 말했다. "그 시점에는 이미 에바가 몸속의 피를 다 흘려버리고 난 뒤였을 거예요."

"다 흘려버렸다고요?"

"그래요. 목 속으로 깊게 찔려서 기관과 목동맥이 잘라진 거죠. 혹시 뭐 떠오르는 거 없어요?"

"정말 역겹군요." 율리아는 언짢은 표정으로 대답했다. "근데 뭐가 떠오르다뇨?"

"아르테리아 카로티스(Arteria carotis, 목동맥 —역주). 카로티스는 '머리'와 '마비'의 의미를 지닌 그리스어에서 파생된 단어예요.

목을 조른 자국과 동맥. 설명이 더 필요한가요?"

"젠장!" 율리아의 머릿속에서 불쾌한 영상이 스쳐지나갔다. 뇌에 혈액이 공급되는 걸 막아 환각을 경험하려는 아이들. 그들 중 한 명이었던 에바는 이제 율리아의 눈앞에 누워 있었다. 하지만 마티아스의 살해범은 이미 자백했는데.

"더 해봐요." 율리아는 절망적인 심정으로 재촉했다. "뭐라도 좀 얘기해 달라고요."

"에바의 복강에는 사실상 피가 거의 남아 있지 않았어요. 폐에는 있었지만. 내가 추측하기로는 이렇게 된 것 같아요. 곧 분석 자료를 주겠지만, 에바는 진정제를 맞았어요. 그런 다음 목이 잘렸고요. 그 둘 사이의 시간차가 얼마나 되는지는 알아내기 힘들어요. 진정제의 농도는 꽤 낮은 편이었어요. 범인이 시간적인 여유를 가질 수 있을 만큼은 됐겠죠."

"그 시간동안 그는 에바한테 무슨 짓을 했을까요?"

"미리 말해두는데, 에바는 처녀는 아니었어요. 성폭행의 흔적은 찾을 수 없었고요. 그런데 질 속에서 섬유소 입자를 발견했어요. 탐폰에 쓰이는 것과 같은 거요."

"생리 중이었다는 건가요?"

"맞아요. 하지만 내가 말하고자 하는 건 그게 아니에요. 에바는 목이 잘린 뒤 족히 2~3리터는 되는 피를 흘렸어요. 그중 일부는 기도로 들어갔고요. 내가 볼 때 에바는 옆으로 혹은 등을 대고 누워 있었던 것 같아요. 도살을 염두에 둔다면 그다지 효율적인 자세는 아니지만 그래도 충분히 치명적이죠. 그 현장은 정말이지 엉망진창이었을 거예요."

"계속해봐요." 율리아가 재촉했다.

"그런 다음 비장이 적출되었고, 그걸로 끝난 거죠."

율리아의 두개골 안에서 몇몇 단어들이 쿵쾅대고 있었다. '엉망진창', '도살', '피 2~3리터'. 그러나 에바의 시신은 부검 전부터 너무 깨끗했다. 발견 당시 몸에 씌워져 있던 비닐에서 꺼냈을 때도 피는 거의 보이지 않았다. 적어도 목 주변에는.

"범인이 에바를 씻긴 건가요?"

"그것보다 더해요." 지버스 박사는 혐오감을 참을 수 없다는 듯 얼굴을 찡그렸다. "머리부터 발끝까지 혀로 핥았어요."

율리아는 숨이 턱 막혔다. 자기가 제대로 들은 게 맞냐는 듯 지버스 박사를 쳐다봤지만, 그녀는 어깨만 으쓱할 뿐이었다.

"도착증은 당신 전문이잖아요, 율리아. 난 그에 관한 한 아무 도움도 못 된다고요. 난 그저 시신이 너무 깨끗한 걸 이상하다고 느꼈을 뿐이에요. 이상한 냄새도 났고요. 뭐라 설명할 수는 없지만, 사람 침에서 나는 그 특유의 시큼한 냄새 있잖아요. 어쨌든 부패할 때 나는 냄새는 아니었어요." 그녀는 피식 웃었다. "레몬스프레이 냄새도 아니었고요."

율리아는 믿을 수 없다는 듯 고개를 갸우뚱했다. "잠깐만요, 그럼 범인의 침이 아직 시신에 묻어 있다는 거네요?" 그녀는 엄지손톱을 물어뜯었다. 안드레아는 그렇다고 말했다.

"머리부터 발끝까지 그렇죠. 비닐로 싸여 있었으니 다른 동물들의 침이 묻었을 리도 없고요. 범인이 애완동물을 에바 몸 위에 풀어놓은 게 아니라면요. 지금 채취해서 분석 중이에요. 내일이면 결과가 나올 거예요."

"내일, 내일." 율리아는 신음소리를 냈다.

"내가 드라마에 나오는 사람들처럼 빠릿빠릿하지 못해서 유감이네요." 지버스 박사는 빙긋 웃으며 메모용 노트를 쳐다보았다. "그럼 당신 수고도 덜어주고 나도 편할 텐데 말이에요."

리더발트에 도착한 율리아는 머뭇거리며 잠시 차 안에 그대로 앉아 있었다. 넓은 가로수길, 노동자들의 거주지. 이 안으로 들어오니 곡선의 진입로 바깥에 대규모 건설 현장이 있었던 건 기억조차 나지 않았다. 이 도시를 양분하게 될 거대 프로젝트. 고속도로 개조 및 대형 터널 건설이 그 목표였다. 정말 약속대로 만성적인 교통 체증이 해소될 수 있을까? 혹시 라인―마인 지역으로 진입하려는 차량이 더 몰려서 병목 현상이 유발되는 건 아닐까? 율리아는 문득 공원 근처 빌라에 살고 있어서 다행이라는 생각이 들었다.

그녀는 그레타를 어떻게 할지에 대해 안드레아 베르거와 상의했었다. 복지국에 연락을 해야 하는 것일까?

"그 애가 어떻게 할 것 같아요?" 안드레아가 말했다. "도움을 받으려고 할 것 같나요? 아니면 아직도 부모에 대한 순종과의 사이에서 갈등 중인가요?"

율리아는 잘 모르겠다고 솔직하게 말할 수밖에 없었다. "그런 갈등은 항상 있는 거 아닌가?"

"그렇긴 하죠. 하지만 어쨌든 그 애는 형사님한테 마음속에 있는 얘기를 조금은 털어놓았잖아요. 그건 좋은 징조예요. 당장은 그걸로 충분할 수도 있고요."

"그럼 더 이상 상관하지 말라는 얘기야?" 율리아는 다소 불만족스러운 표정이었다.

"지금 복지국을 개입시켰다가는 그 애가 마음의 문을 닫아버릴지도 몰라요. 현재 학대를 당하고 있는 것도 아니잖아요, 안 그래요? 또 매일 방과 후에 제 발로 집에 돌아가고 있고요."

"대단한 이유네." 율리아는 언짢은 듯 대답했다. 안드레아의 말은 왠지 그레타가 불행한 게 그레타 자신의 책임이라는 것처럼 들렸기 때문이다.

"너무 서두르지 마시라는 거예요." 안드레아가 강조했다.

차 문을 닫은 율리아는 계단을 성큼성큼 걸어 올라가 초인종을 눌렀다. 어디선가 음악 소리가 들렸다. 고개를 돌려보니 문이 활짝 열려 있는 차고 안에 검은색 스마트 한 대가 벽에 딱 붙어 세워져 있었다. 곧 대문이 열렸고, 라이볼트 부인이 문틀에 기대어 섰다. 표정을 보아하니 율리아가 다시 찾아온 게 그리 놀랍지 않은 모양이었다.

"왜 오셨죠?" 퉁명스러운 인사.

"혼자 계신가요?"

카트린 라이볼트는 고개를 끄덕였다. 그녀는 율리아를 거실로 안내도 하지 않은 채 현관문만 살짝 닫았다. 율리아는 헛기침을 했다.

"좋습니다, 그럼 제가 지금부터 드릴 질문을 엿들을 사람은 아무도 없겠네요. 부인께서는 루이스 피셔와 관계를 맺으신 적이 있더군요."

순간 카트린의 얼굴에서 핏기가 싹 가셨다. 그녀가 더듬거리며 뭔가 말하려던 찰나, 율리아가 또다시 입을 열었다.

"어제 우리는 흙구덩이 속에 누워 있던 에바의 시신을 꺼냈습니다. 이따 에바 부모님을 만나러 갈 일만 떠올리면 가슴이 아파 죽을 지경이에요. 그러니까 시간 낭비는 하지 말자고요. 저는 두 가지를 알아내려고 왔습니다. 첫 번째는 부인께서 피셔 씨에 관해 알고 계신 모든 것. 그리고 두 번째는 그레타가 부인과 피셔 씨 사이에서 태어난 딸인가 하는 겁니다."

율리아는 냉정한 표정이었고, 카트린의 얼굴은 이미 창백해질 대로 창백해져 있었다.

비틀거리던 카트린은 벽을 붙잡았다.

"그런 건 다 어떻게 아신 거죠?" 그녀는 힘겹게 속삭였다.

"제 말이 맞다는 뜻인가요?"

"일단 거실로 가서 얘기하죠. 좀 앉아야겠어요."

율리아는 카트린에게서 눈을 떼지 않은 채 그녀의 뒤를 따랐다. 카트린은 다른 재능 못지않게 남 앞에서 연기하는 것도 수준급이었으므로, 그녀의 대답을 곧이곧대로 믿어서는 안 될 일이었다.

"그레타는 루이스의 딸이 아니에요."

"그 말을 증명하기 위해 친자 확인 검사를 해봐도 될까요?"

"마음대로 하세요." 카트린은 힘없이 고개를 끄덕였다. "그럼 적어도 누가 아빠인지는 알게 되겠군요."

"네?" 율리아는 귓가를 긁적였다. "그 말은 피셔 씨가 친부일 수도 있다는 거 아닌가요?"

카트린은 고개를 세차게 흔들었다. "도대체 왜 루이스한테 그렇게 관심을 가지시는 거죠? 신문에는 온통 성범죄자에 관한 기사뿐이던데."

율리아는 그녀의 그런 비약적인 암시를 도무지 해석할 수가 없었기에 일단 물어보기로 마음먹었다.

"왜 피셔 씨는 범인이 아니라고 단정하시는 거죠?"

라이볼트 부인은 긴장한 듯 몸을 비틀며 손가락으로 턱을 탁탁 두드렸다. "그 점과 관련해서 루이스는 좀, 음, 특별해요."

"기호가 특별하다고요?"

"아뇨. 특별한 걸 갖추고 있다고요." 카트린은 이런 주제에 관해 말하기가 고통스러운 듯 보였다.

"정확히 뭐가 어떻게요?" 율리아는 그녀를 풀어 줄 생각이 전혀 없었다. "어서 말씀해보세요, 중요한 일일 수도 있어요."

"그는 이 아래쪽이," 카트린은 성기 쪽을 대충 가리켰다. "기형이에요. 오, 맙소사, 내가 지금 무슨 말을." 그녀는 머리를 쓸어 넘겼다. 그리고는 괜스레 서둘러 앞에 놓인 텔레비전 잡지 두 권을 겹쳐놓으며 잔기침을 했다. "루이스의 성기는 퇴화되었어요. 남녀추니(Hermaphrodit)라 할 수 있죠."

율리아는 침을 꿀꺽 삼켰다. "성기가 퇴화되었다고 해서 꼭 양성인이라고 할 수는 없어요." 그녀는 머뭇거리며 항변했다.

"전 의사는 아니에요." 라이볼트 부인은 어느 정도 마음을 추스른 듯 고집스럽게 말했다. "그를 잘 아세요? 몸에 털이 거의 없고 가슴이 살짝 나와 있는 걸 보셨나요?"

'속임수야.' 율리아는 이런 생각에 고개를 가로저었다. 루이스는 매번 헐렁한 셔츠를 입었고 새하얀 피부를 잘 드러내지 않았으니까. 하지만 이런 사실들만 가지고 라이볼트 부인의 말이 틀리다고 할 수는 없었다.

"두 분은 15년 전에 성관계를 하셨습니까?"

"우린 연인 사이였어요. 섹스는……." 그녀는 잠시 말을 멈췄다. "아무래도 안 되겠어요. 너무 사적인 일이라."

"무슨 일이 있었나요?"

카트린은 우울한 표정으로 바닥을 내려다 보았다. "말하자면, 언제부터인가 제가 더 많은 걸 원하게 되었어요. 평범한 남자와 만나면 좋겠다는 생각을 했고요." 그녀는 한숨지었다. "이미 오래 전부터 칼이 제게 관심을 가져왔다는 걸 알고 있었고, 결국 저는 짐을 싸서 루이스의 곁을 떠났던 거예요. 그 이후로 다시는 그의 소식을 들을 수 없었고요."

"그게 다인가요?" 율리아는 이상하다는 듯 물었다.

"루이스는 그 일을 담담히 받아들이는 것 같았어요." 카트린은 중얼거렸다. "불과 얼마 지나지 않아 제 남편이 얼마나 무정한 사람인지 알게 된 저는 땅을 치고 후회했죠. 하지만 그때 제 뱃속에는 이미 아이가 있는 상황이었어요. 이게 다예요."

그녀의 목소리는 감정적이지 않고 냉정했다. 차디찬 체념. 최근에 마주쳤을 때만 해도 율리아는 그녀에게 그런 면이 있을 줄은 꿈에도 몰랐다. 율리아가 생각하는 그녀는 연기자였다. 그것도 아주 뛰어난. 그러나 지금 이 순간 카트린 라이볼트는 진실된 자신의 모습을 내보이고 있었다.

"왜 그런 걸 묻는 거죠?" 마치 저 먼 곳으로부터 들려오는 것 같은 목소리.

"피셔 씨는 수상한 행동을 보였습니다." 율리아는 두루뭉술하게 대답했다. "피셔 씨는 스티븐스 씨 가족과도 아는 사이였나요?"

카트린은 고개를 끄덕였다. "멜라니와는 당연히 알았죠. 한때 저랑 친한 사이였으니까요."

율리아는 그 말에 대해 신랄한 논평을 해주려다가 꾹 참고는, 그냥 조용히 고개만 끄덕이며 뭔가를 메모했다.

"아직도 루이스를 의심하세요?" 카트린은 히스테리적으로 웃음을 터뜨렸다.

"그게 그렇게 말이 안 되는 일인가요? 본인은 알리바이가 있다고 말하긴 했지만……."

"대체 왜죠? 제가 다 궁금하네요! 단지 그가 기형이라서요?"

카트린은 격분해 말했다. 아직도 루이스한테 감정이 남아 있는 게 틀림없었다. 그녀는 자신의 결정을 후회하고 있는 것처럼 보였다. 15년 전부터 계속.

다시 차에 탄지 한참이 지났을 때까지도 율리아는 여전히 머릿속으로 뭔가를 열심히 계산 중이었다. 1990년대 후반. 1998년. 그녀의 서른다섯 번째 생일. 어느 살인범은 전갈자리에 태어난 여성들을 목표물로 삼았었다. 헬무트 콜이 총리직에서 물러나고 게르하르트 슈뢰더가 총리가 되었다. '또 슈뢰더야?' 율리아는 그우연에 대해 이마를 찌푸리며 생각하다가 이내 무시해버렸다. 유타 프랄. 그녀의 죽음도 같은 해가 아니었던가? 율리아는 브란트에게 전화를 걸었고, 그는 그녀의 추측이 맞음을 확인해주었다. 1998년 9월. 루이스가 그린 펜타그램 안에서 일어난 살인. 율리아는 다시 차에서 내려 초인종을 또 눌렀다. 카트린 라이볼트는 목욕 가운을 걸치고 있었고, 머리가 젖어 있었다. 눈물 때문인지 샤워를 해서인지 몰라도 화장은 지워져 있었다.

"또 무슨 일이세요?" 그녀는 낮은 목소리로 속삭였다.

"부인께서 피셔 씨와 헤어진 게 정확히 언제였나요?" 율리아가 물었다.

대답은 쏜살같이 빨랐고, 율리아는 그리 놀라지 않았다. 대개 감정적으로 중요한 의미를 지니는 날짜는 기억 속에 각인되기 마련인데, 지금 그녀 앞에 서 있는 여인은 아직까지도 그 이별의 아픔을 극복하지 못한 모양이었다.

"1998년 8월 27일이에요."

율리아는 속으로 휘파람을 불며 자신의 놀란 마음을 카트린에게 들키지 않으려 애썼다. 우연이라고 하기에는 시간 간격이 너무 잘 맞았다. 카트린 라이볼트가 루이스 피셔 곁을 떠난 건 8월, 유타 프랄이 사망한 건 9월. 그리고 또 하나가 더 있었다. 바로 2013년 8월 27일에 마티아스 볼너가 사망하고 에바 스티븐스가 사라진 것이었다. 여러 모로 유타 프랄과 닮은 금발의 소녀. 율리

381

아는 눈을 가늘게 떴다. 카트린 라이볼트의 머리색은 어두웠고, 반면에 눈은 파란색이었다.

"혹시 염색하셨나요?"

카트린과 눈이 마주친 율리아는, 그녀가 자신의 질문을 얼마나 갑작스럽게 느끼는지를 알 수 있었다.

"아, 네. 안 그러면 흰머리가 보여서요. 근데 그건 왜 물으시죠?" 그녀는 애써 미소를 지으며 고개를 갸우뚱했다. 그러고는 율리아의 귓가에 난 밤색 머리카락을 쳐다보았다. "형사님도 하신 것 같은데요."

"본래 머리색이 무슨 색이시죠?"

"밝은 갈색이요. 시간이 갈수록 점점 더 어두워지더라고요. 하지만 저는 주로 빨간색으로 염색을 해요. 대체 그게 왜 궁금하신 거예요? 몸이 젖어서 추운데……."

율리아는 그저 그녀의 말을 대충 듣고 있을 뿐이었다. '갈색. 꽝이네.'

"알겠습니다, 감사해요. 제가 머리색에 좀 집착하는 성향이 있어서요."

"그럼 이만 실례할게요." 카트린은 흘러내린 머리카락을 매만지며 율리아를 쳐다보았다. "또 염색할 때가 다 됐네요." 그녀는 생각에 잠긴 듯 보였다. "매년 자꾸 빨라지는 거 있죠. 마치 제가 어렸을 때 끊임없이 금발로 염색했던 데 대해 복수라도 하는 것처럼요."

염색을 했어도 금발은 금발이었다. 그리고 에바의 질에서는 성폭행의 흔적이 발견되지 않았다. 율리아는 순간 등골이 오싹해지는 걸 느꼈다.

도리스 자이델은 보고 있던 책을 책상 위에 내려놓았다.

"역겨워." 그녀가 말했다.

"뭐가?" 페터가 물었다. 그는 생각에 잠긴 채 전화선을 만지작거리며 사이버수사반의 이메일을 기다리던 중이었다.

"루이스 피셔가 가명으로 쓴 책 한 권을 빌렸는데, 뭐 이런 정신병자가 다 있나 싶어."

"그 사람 책은 왜?"

"안드레아 베르거가 책을 몇 권 가져왔더라고. 사이코그램 때문이라나."

"음." 페터가 시큰둥한 반응을 보이자 도리스는 화가 났다. "루이스와 다리우스 중에 누구라고 생각해?" 그녀는 나긋나긋한 말투로 되물었다.

"잠복근무조가 일만 제대로 했다면 당신이 그런 질문을 할 필요조차 없었을 텐데." 페터는 언짢은 듯 대답하고는 손톱을 깨물기 시작했다. 그는 도무지 그 생각에서 벗어나지 못하는 것 같았다. 그와 도리스는 스티븐스 가족의 집을 몇 번이나 방문했었고, 마지막에는 사망소식을 알리기 위해 갔었다. 에바의 어머니는 실신했고, 아버지는 허공만 바라볼 뿐이었다. 자식이 보는 앞에서 그룹섹스를 벌였던 호색가의 모습은 전혀 찾아볼 수 없었다.

유일한 자식을 잃는다는 것. 페터는 상상만으로도 고통스러웠다. 만약 어느 날 엘리자가 살인사건의 희생양이 된다면 어떨까. 경찰의 자녀들에게 보호막이라고는 없었다. 프랑크의 딸한테 생겼던 일을 그들 부부도 대충은 들은 터였다. 그때 도리스가 자리에서 일어나 페터 뒤로 가서 섰다. 그의 어깨를 주무른 그녀는 이마에 키스했다.

"힘들어서 그러지?" 그녀가 속삭이자, 그는 고개를 끄덕였다.

"나도 그래." 그녀는 고백하듯이 말했다. 하지만 곧장 단호한 말투로 덧붙였다. "그래도 그 자식을 체포하고 싶은 마음이 훨씬 더 커."

페터는 입을 삐죽댔다. "율리아는 루이스 피셔를 집중 공략하고 있는 것 같던데."

"율리아가 이걸 읽었다면 그러는 것도 당연하지."

"무슨 내용인데 그래?" 그제야 페터가 물었다.

"피의 의식. 안드레아가 그 부분을 표시해줬어. 에바 스티븐스의 몸에 피가 거의 남아 있지 않았던 거, 당신도 알잖아."

페터는 얼굴을 찡그리며 그녀를 쳐다보았다. "이제 얘기가 브램 스토커나 <트와일라잇> 쪽으로 흘러가는 건가?"

"아니, 말도 안 돼. 루이스는 샤머니즘에 관해 집중적으로 썼어. 그의 책을 보면 인간의 피가 지니는 치유 효과에 대해서만 한 장(章)을 할애했다니까. 어떤 문화권에서는 그걸 치유의 영약으로 여긴다면서."

"중세시대나 원시림 같은 곳에서는 그럴 지도 모르지."

"어쨌든 트란실바니아는 아니네요." 도리스는 화가 나서 맞섰다. "이제 계속 얘기해도 될까?"

"미안."

"동물의 피는 수백 년 전부터 일종의 전리품으로 여겨졌대. 사냥꾼은 원기를 보강하기 위해 그 피를 마셨고. 또 이와 같은 이유로 전투 종족들은 적의 피를 마셨다는 거야. 식인 풍습과는 다르다는 거지."

"그래서 요점이 뭐야?"

"만약 루이스 피셔가 그 소녀들의 피를 마신 거라면? 그는 치유와 보양을 목적으로 피를 마시는 일을 옹호하고 있잖아. 그는 수혈과 피를 마시는 일에는 윤리적 차이가 없다고 주장했어. 둘 다 우리 몸에 새로운 피를 공급해주는 건데 입으로 마시는 것만 낙인을 찍힌 거래."

페터는 머뭇거렸다. "안드레아는 뭐래?"

"이제 알아봐야지." 도리스는 웃으며 시계를 보았다. "30분 후면 회의가 시작되니 그때까진 율리아랑 안드레아 베르거 둘 다 올 거야."

오후 12시 3분

베르거의 사무실에서 열린 상황보고 회의. 프랑크만 빠져 있었다. 율리아는 지금쯤 그가 공항 입국장에서 초조하게 서성이고 있으리란 걸 알고 있었다. 슈테파니도 같이 간다고 했는데, 부디 둘이 다투지 않기를. 기숙학교에 관한 일은 일단 집에 와서 차분하게 상의해보기로 합의한 터였다. 나딘이 시차를 극복할 때까지 기다릴 만한 시간은 없었다. 슈테파니의 입학을 허가한 기숙학교에서는 사실 지난달 말까지 결정을 내려달라고 했었기 때문이다. 오늘은 9월 2일. 다행히 사회복지사의 노력 덕분에 기숙학교 행정실로부터 예외적으로 기한을 연장받긴 했으나, 더 이상은 결정을 미룰 수 없는 상황이었다. 프랑크로서는 힘든 상황이 아닐 수 없었다.

"율리아, 정신은 어디 빼놓고 몸만 여기 와 있는 건 아니겠지?"

베르거의 직설적인 말에 율리아는 크게 당황했다. 화가 조금 났지만 아무 말도 하지 않은 채 기대감에 찬 얼굴로 사람들을 둘러보았다.

"일부 문화권에서는 사람의 장기를 먹는 것을 합일을 위한 최고의 행위로 여깁니다." 안드레아가 이야기를 시작했다. "섹스보다 훨씬 더 의미있는 행위죠. 루이스 피셔처럼 성적인 장애가 있는 사람은 이런 행위에 더 큰 의미를 부여할 가능성이 높습니다."

타액 검사 결과가 나오기 전이었으니 그런 말은 전부 하나의 가설일 뿐이었다. 그러나 율리아는 거기에 대부분 동의했다. 루이스가 에바의 살해에 관여했을 거라는 생각은 했지만, 그의 알리바이를 놓고 보면 단독범일 수가 없었다.

다리우스 몰에 대한 단서는 여전히 발견되지 않고 있었다. 수사 결과 그는 어느 패스트푸드점 앞에서 그곳 직원을 만났다고 했다. 글로리아 어쩌고 하는 여자. 율리아는 그녀의 인물 묘사에 귀를 기울였다. 금발. 그녀와 다리우스는 과거부터 알던 사이라고 했다. 글로리아가 그를 스토킹으로 신고하려고 했었다고. 하지만 경찰은 그 일을 심각하게 여기지 않았다. '그녀한테 무슨 일이 생긴다면 그 자식을 가만두지 않겠어.' 율리아는 마음속으로 결심했다. 그런데 그때 미햐엘 슈렉이 굉장한 소식을 전했다. '하이에나'가 보낸 메일의 인터넷 IP 주소가 글로리아의 직장에서 30미터도 채 떨어지지 않은 곳이라는 것. 통신 속도가 빠른 수많은 공공 핫스팟들 중 하나라고 했다.

"루이스가 자기 집에 틀어박혀 있는 한, 모든 인력을 다리우스 몰을 찾는 데 동원해야겠어요." 율리아가 말했다. 그녀는 에바의 시신이 발견된 장소에 세워져 있던 흰색 오펠을 떠올렸다.

"오펠은 왜 거기 서 있는 거죠? 차량번호는 한 글자만 빼고는 마티아스 볼너의 배에 적힌 것과 같았어요. 차에서는 데이터베이스에 올라있는 지문은 찾을 수 없었고요. 차번호는 등록되어 있지도 않더군요."

"전에는 등록되었었죠." 페터가 끼어들자 율리아는 무슨 말이냐는 듯 그를 쳐다보았다. "방금 입수한 정보인데, 그 차는 다름 아닌 카트린 플라이셔의 이름으로 등록된 적이 있답니다."

"플라이셔라뇨?"

"라이볼트 부인의 처녀 적 이름입니다."

율리아는 담담히 고개를 끄덕였다.

"그리고 루이스의 이름으로 등록된 차는 없겠죠? 과거에도 없었나요?"

"네. 하지만 유효한 운전면허증은 가지고 있습니다."

"라이프치히 안과 그 인근에 있는 렌터카 대리점들을 확인해봤나요? 차로 몇 시간 안 걸려 갈 수 있잖아요." 율리아는 메모해둔 내용을 넘겨보다가 중얼거리며 읽어 내려갔다. "역에 도착, 호텔, 대리인과 식사. 밤 시간까지 포함하면 그 사이에 충분히 시간을 낼 수 있었을 거예요."

"이미 확인해봤죠." 페터는 고개를 절레절레 흔들며 대답했다. "우릴 뭘로 보는 거예요?"

"루이스를 직접 만나봐야겠어요." 율리아는 이렇게 말하며 자리에서 일어났다.

"그는 우리를 안 만나줄 걸." 베르거가 그녀를 막고 나섰다. "현재 그의 집을 24시간 감시 중이네. 영장이 없으니 그 이상은 못하고. 그러니 그와 대화하고 싶으면 그를 소환해야 할 거야. 자네가 직접 찾아가봤자 문전박대를 당할 가능성이 크지. 안 됐지만 말이야. 우리는 루이스보다는 다리우스한테 집중하자는 데 의견을 모았네. 둘을 동시에 잡긴 힘들어."

"다리우스는 그저 가련한 스토커일 뿐이에요." 율리아는 그의 말에 반기를 들며 도와달라는 눈빛으로 안드레아 쪽을 보았다.

그러자 안드레아는 고개를 끄덕이며 입을 열었다. "제 생각도 그래요. 성적으로 억압된 통제광이죠. 어떤 틀에 맞는 상황이 되면 자제력을 잃고, 누군가에게 꽂혔다가 그 사람이 자신의 호의에 화답을 안 해주면 모욕감을 느끼는 거예요. 이런 사람들은 수년 동안 환상에 빠져 살기도 해요. 상당수가 자신의 희생양을 쫓아다니고, 일부는 폭력을 행사하기도 하죠. 하지만 우리가 잊지 말아야 할 건, 다리우스가 요한나 멜처를 습격했다가 도중에 그만뒀다는 거예요. 성폭행을 하거나 죽이지 않았잖아요. 피가 나도록 때리지도 않았고."

"그럼 그는 지금 어디 있는데?" 베르거는 눈썹을 치켜뜨며 물었다. "그와 글로리아란 여자는 어디 있냐고?"

회의는 꺼림칙한 기분만 남긴 채 끝나버렸다.

두 남자 모두 그 모든 범죄를 저질렀다고 하기에는 뭔가 맞지 않는 부분이 있었다. 다리우스는 로제마리 슈탈만 살인사건 때부터 활동했다고 하기에는 나이가 너무 젊었다(그렇다고 가능성을 완전히 배제할 수는 없었지만), 또 루이스는 교활해서 에바의 몸에 침을 발라두거나 전 여자친구의 차를 현장에 버려두는 실수를 할리 만무했다. 하지만 다리우스가 감시를 피해 도망쳤다는 점과, 문제의 이메일이 그가 자주 방문했던 장소에서 발신되었다는 점은 무시할 수 없는 사실이었다. 그가 젊은 여자를 스토킹할 목적으로 방문했던 곳. 그리고 그 여자는 그의 차에 올라탔다.

"무슨 일이세요?" 율리아가 물었다. 베르거는 그녀에게 잠깐 남으라고 부탁했던 터였다. 그건 보통 그가 그녀와 둘이서만 상의하고자 하는 문제가 있을 때 하는 행동이었다. 그는 자신의 책상 서랍 속에 들어 있던 누렇게 색이 바랜 파일을 꺼내 펼쳤다. 그가 메모 모음집으로 사용하는 그 파일에는 달랑 종이 두 장이 들어 있었다.

"주말의 반을 사람들을 화나게 하는 데 보냈지 뭔가." 힘겹게 숨을 몰아쉬며 이마를 문지르는 그를 보자, 율리아는 그가 뭔가 중요한 말을 하리라는 생각이 들었다. "마를렌이란 이름 있잖아. 혹시 자네 다리우스 몰이 프랑크푸르트에서 내로라하는 부유하고 명망 높은 가문 출신이란 사실을 알고 있었나?"

"아뇨. 솔직히 말씀드리면……."

"그래도 아무 상관없다는 거겠지." 베르거는 씩 웃었다. "나도 아네. 자네를 막을 생각은 없으니 걱정 마. 그런 건 전에 이미 누군가가 했던 짓이니까."

율리아는 고개를 갸우뚱했다. 뭔가 수상한 냄새가 나기 시작했다. 부유한 가문의 자제가 범죄를 저질렀을 때 골프장 같은 곳에서 그 사건을 마치 없었던 일처럼 덮어버리는 일이 얼마나 흔했던가. 돈으로 매수된 검사, 정치적 동지. 누구나 알지만 아무도 나서서 뭐라고 할 수 없었던 일. 호흡이 가빠진 율리아는 손을 뻗어 파일을 잡으려 했다. 하지만 베르거는 그걸 홱 덮어버렸다.

"1990년대 중반. 한 여학생이 숨이 멎은 채 침대에 누워 있는 걸 가정부가 발견했어. 성폭행의 흔적이 분명히 있었지. 머리 옆쪽과 입 속에는 구토의 흔적이 남아 있었는데, 토사물의 대부분은 이미 누군가가 치워버린 듯 보였고. 너무 오랜 시간 뇌에 산소 공급이 되지 않았기에 그 학생은 결국 병약자 신세가 되었네. 그녀의 이름이 마를렌 폰 하이덴이야."

"마를렌." 율리아는 놀란 듯 잠시 미동도 없이 가만히 있었다. "폰 하이덴이요?"

"그 폰 하이덴 맞아. 오래된 공업가 귀족. 몰의 집안과는 아주 가까운 사이였지. 그런데 그 사고 전날 다리우스 몰이 마를렌을 만나기로 했었다네. 집에 손님이 왔다는 흔적들도 있었지만 수사가 제때에 이루어지지 않았어. 마를렌이 시험에 대한 압박감을 견디지 못해 자살시도를 한 걸로 되어 있더군. 그 일은 대중에게 알려지기 전에 덮여졌고. 진정제를 이용한 성범죄였음을 증명하는 여러 가지 증거들은 당시 관계자들이 알았든 몰랐든 무시되었던 거지. 다리우스는 심문조차 받지 않았어."

"젠장, 빌어먹을!" 율리아는 펄쩍 뛰었다. 그러고는 놀란 닭 마냥 방 안을 휘젓고 다니며 손으로 벽을 쿵쿵 쳐댔다. "어째서 다리우스 같은 성폭행범이 수년 동안 신고 한 번 당하지 않을 수 있었던 거죠? 기분 나쁘게 하려는 건 아닌데, 그렇다면 반장님 따님의 생각이 틀렸어요. 당시에 이미 진정제를 사용했다면, 다리우스를 단순히 스토커로만 볼 수는 없는 거잖아요. 그 자식은 사디스트적인 사이코패스고, 글로리아란 여자는 지금 엄청난 위험에 처해 있다고요!"

"당시에는 그 어떤 증거도 없었네." 베르거가 반기를 들었다. "게다가 고발도 없었어. 폰 하이든 가족은 딸을 좋은 환경에서 치료받게 하기 위해 프랑크푸르트를 떠나 국외로 나갔네. 그로부터 몇 달 뒤 다리우스의 부모는 차 사고로 사망했고. 누군가 일부러 언론을 조종했던 탓에 그에 관한 소문들도 곧 잠잠해졌지."

"그럼 이제는 그 일을 도마 위에 올려야 할 때네요." 율리아의 눈에는 분노와 단호함이 동시에 서려 있었다. "아무리 많은 인력이 필요하더라도 그 BMW를 찾아내야만 해요. 그 차에는 GPS도 안 달렸대요?"

"살살하게." 베르거가 대답했다. "자네 이러는 거, 더 이상 봐줄 수가 없군. 프랑크푸르트와 오펜바흐 지역에서 철저한 수색이 이루어지고 있어. 다리우스가 모습을 드러내는 순간 우린 그 놈을 붙잡게 될 거라고."

"저도 반장님처럼 그렇게 낙관할 수 있다면 좋겠네요."

오후 1시 10분

그는 탐욕스럽게 씩 웃으며 그녀 쪽으로 몸을 굽혔다. 그의 눈속에는 욕망이 도사리고 있었다. 아주 오래전부터 그의 내면에 자리 잡고 있던 감정. 바로 그 감정이 지금 그의 행동을 조종하고 있었다.

"이제 넌 내 거야." 그는 숨을 헐떡이며 이마의 땀을 닦았다. 땀 한 방울이 그녀의 목 아래쪽 부드러운 피부 위로 떨어졌고, 그녀의 몸이 떨림에 따라 함께 진동했다. 그녀를 있는 그대로 가지고 싶었던 그는 마취제를 쓰지 않았다. 그녀의 두 눈은 휘둥그레져 있었고, 그 속의 증오는 공포로 바뀐 지 오래였다. 벌거벗은 몸처럼, 두려운 감정도 숨길 수가 없었다. 그녀는 지금 오래된 병원에서 흔히 볼 수 있는 차디찬 눕는 의자 위에 벌거벗겨진 채 묶여 있었다. 그녀의 이마와 손목, 발목에는 쇠사슬이, 목과 골반에는 가죽 벨트가 채워져 있었고, 입에는 재갈이 물려 있었다.

그는 차 안에서 이미 그녀를 제압해버렸고, 그녀는 아무것도 모른 채 순식간에 당하고 말았다. 도로에 차가 많아 운전에 집중해야 하는 상황이었기에 두 사람은 말없이 나란히 앉아 있었다. 게다가 중간에 경찰차가 따라붙기도 했다. 경찰은 마치 중요한 일이 벌어지리란 걸 알고 잠복해 있었던 듯했다. 아주 이상하고 위험한 일이. 그러나 결국 그녀는 그의 두 손이 그녀의 목을 향해 잽싸게 다가와 동맥을 꽉 눌러 단숨에 그녀를 꼼짝 못하게 하고 난 뒤에야 겨우 상황을 파악할 수 있었다. 왜 그는 지금까지 가만히 있다가 이제 와서야 이런 행동을 하는 걸까? 그러나 그는 불현듯 떠오른 과거에 대한 생각을 금세 몰아내버렸다. 미래가 없는 남자에게 과거란 아무 의미도 없는 것이었으니까. 중요한 건 오직 지금 이 순간뿐이었다. 그는 옷을 벗었다. 수술 도구가 담긴 수레 위에 때를 기다리는 듯 놓여 있는 그의 칼이 형광등의 새하얀 불빛을 받아 번쩍였다.

"우린 하나가 될 거야." 그가 속삭이자 입가에서 침이 뚝 떨어졌다. 그는 그녀의 유두를 만지고 음부를 쓰다듬었다. 그녀는 몸을 덜덜 떨며 숨을 흡 하고 들이쉬었고, 그녀의 코끝이 벌렁거렸다.

"마음에 드는 모양이군." 그는 음흉하게 말했다. "그래, 이제 솔직해질 때도 됐지. 너도 그간 나를 원하고 있었을 테니까."

'내가 그랬듯이 말이야.' 그는 속으로 확신했다.

그가 웃음을 터뜨렸다. 그 소리는 버려진 건물 지하실에 자리 잡은 그 방의 벽들에 울려 퍼졌다. 키득거리는 비웃음. 바로 하이에나의 웃음소리였다.

오후 1시 22분

클라우스 호흐그레베에게서 연락이 온 건 율리아가 자리로 막 돌아왔을 때였다. 그녀는 점심을 먹고 프랑크가 오기를 기다리던 중이었다. 그녀의 연락을 받은 라이볼트 부인은 자기가 예전에 몰던 오펠이 아직 있다는 사실에 깜짝 놀라며, 그게 정말 자기 차가 맞는지 아니면 그저 수많은 동일 차종 중 하나인지를 물었다. 차대 번호 조회 결과 그건 그녀의 차가 확실했다.

"정말 지긋지긋해." 율리아는 경멸조로 혼자 중얼거리며 대기모드로 되어 있던 컴퓨터를 켰다. 한 쪽을 가리키는 증거가 나오기가 무섭게, 다음 증거는 다른 쪽을 가리키고 있었다. 다리우스와 루이스는 복도에서 마주쳤을 때 서로 아무런 신호도 보내지 않았고, 그 둘은 서로 전혀 모르는 사이처럼 보였다. '아니면 혹시 비열하게 연기를 하고 있는 걸까?' 율리아는 한숨을 지었다. 살라미를 넣은 빵이 먹고 싶었지만, 스니커즈 초코바 한 개와 오이 샌드위치로 대신할 수밖에 없었다. 그녀에게 포만감도, 힘도 주지 못하는 음식들. 받은메일함에는 미햐엘 슈렉의 메일이 와 있었다. 첫 줄을 슬쩍 읽어보니 그 익명의 메일의 IP 주소에 관한 것이었다. 율리아는 이마를 찌푸렸다. 기술적인 문제에 관한 한 그녀는 아는 것이 많이 않았기 때문이다. 곧 이어 듣게 된 클라우스의 목소리는 그녀를 걱정시켰다.

"율리아, 동요하지 말고 내 말 들어요." 그는 불안한 말투로 입을 열었다.

"너무 늦었어요." 율리아는 이렇게 말하고는 화면으로부터 눈을 뗐다. 심장이 쿵쾅대고 무릎이 가려운 듯한 느낌이었다. "무슨 일이에요?"

"나쁜 일은 아닐 거예요." 클라우스가 재빨리 말했다. "의사들이 당신한테 알려주라고 해서요."

"그럼 빨리 말해줘요." 율리아는 거의 공포에 질려 재촉했다. 뭔가 안 좋은 일이 생겼다면 병원 측에서 직접 그녀한테 전화를 하지 않을까? 아니면 클라우스가 선수를 친 건가?

"아버지의 염증 수치가 높아졌는데, 폐렴인 것 같아요. 정확한 건 아직 모르고요. 병원에서 연락하기 전에 내가 먼저 한 거예요. 누워계셔서 그럴 수도 있다던데요. 폐로 공기가 충분히 드나들지 못하니까 말이에요. 병원 측에서는……."

그러나 율리아는 더 이상 아무 말도 들리지 않았다. 연로한 아버지. 폐렴. 그녀는 자리에서 벌떡 일어났고, 그러자 차 키가 달가닥 소리를 내며 떨어졌다. 바로 그때 프랑크가 들어왔다.

"당신 지금 무슨 유령 같아 보이는 거 알아요?" 그가 무뚝뚝하게 말했다.

"프랑크." 율리아는 굳게 결심한 듯 말했다. "당신 포르셰가 좀 필요해요."

오후 1시 40분

프랑크는 여러 가지 일들 때문에 숨도 못 쉴 정도로 바빴다. 그는 나딘과 키스를 한 뒤 마리-테레제를 품에 꼭 안았다. '너희들이 내 모든 것'이라는 말을 계속 반복하며 가족을 집까지 데려다 준 그는, 재회를 기뻐할 겨를도 없이 다시 경찰청으로 향했다. 그건 그의 가족의 머리 위에서 '다모클레스의 검(언제 닥칠지 모르는 위기를 나타내는 말 —역주)'처럼 흔들리고 있는 문제들을 돌보는 대신, 일터로 도피하는 거나 마찬가지였다. 그런데 하필 이런 때에 율리아가 또 다른 비보를 전했다. 합병증으로 추측되는 아버지의 폐렴. 그는 노인의 면역체계가 얼마나 약한지 잘 알고 있었고, 율리아의 아버지는 이미 여든 중반이었다.

"세 시간 반이면 돼요." 그가 말했다. 그는 두 손으로 가죽 핸들을 꼭 붙잡은 채, 두 발로 가속페달과 브레이크를 이리저리 밟아

댔다. 도심 교통을 뚫고 나온 포르셰는 공사 현장을 피하기 위해 로이터 가와 타우누스안라게를 따라 달렸다. 그때 타우누스 가의 안전지대 쪽에서 노숙자 한 명이 비틀거리며 도로 위로 튀어나왔고, 프랑크는 브레이크를 세게 밟으며 욕설을 내뱉었다.

"저러다 차에 치어 죽으면 누굴 탓하려고." 율리아는 놀란 가슴을 쓸어내리며 말했다. 그 남자는 혀 꼬부라진 소리로 뭐라고 지껄이며 포르셰의 바퀴를 발로 찼고, 곧 포르셰는 다시 출발했다. 신호등을 건너자 역 앞 광장이 나왔다.

"10분 남았어요." 프랑크는 주차금지 구역에 정차하며 말했다. "지금 우리보다는 당신 아버지께서 당신을 더 필요로 하실 거예요. 내가 알기로는 7번 선로일 거예요. 차로 가도 기차보다 빠르지는 않을걸요."

율리아는 프랑크를 바라보았다. 뭔가 말하려다 말고, 그저 살짝 미소만 지어 보였다. 문을 열고 차에서 내리자, 어느 택시 운전사가 화가 난 듯한 몸짓을 취하며 경적을 울려대고 있었다.

"일이 어떻게 진행되는지 연락 줘요." 그녀가 말했다.

"당신도요." 프랑크가 대답했다. "그리고 부디 섭섭해 말아요. 지금 당신이 911을 몰고 A3 고속도로를 타게 놔둘 수는 없어요. 그런 심리 상태로는……."

"괜찮아요."

프랑크는 생각에 잠긴 얼굴로 그녀의 뒷모습을 바라보았다. 그러고는 휴대전화를 집어 들어 페터에게 전화를 걸었다. 페터는 아까 프랑크가 자기 전화를 두 번이나 받지도 않고 끊어버린 데 화가 나 있는 듯 했다.

"이 빌어먹을 사건에 관심 있는 사람은 이제 나 하나밖에 없는 겁니까?"

프랑크는 그 질문에는 아무런 대답도 하지 않았다. "뭐 새로운 소식이라도 있나?"

"아니면 전화를 왜 했겠어요. 어딥니까?"

"중앙역, 경찰청으로 가는 중."

"루이스 피셔의 집으로 오십쇼."

"무슨 일이야?"

"그 자식이 우릴 엿 먹였어요." 페터는 식식댔다. "그 놈을 감시하던 경찰들이 기록을 넘겨줬어요. 어제 루이스가 택시를 타고 집에서 나갔는데, 그 택시가 그를 다른 감시팀이 다리우스 몰을 기다리고 있던 바로 그 패스트푸드점에다 내려줬다는군요."

프랑크는 휘파람을 불었다. "젠장."

"내 말이. 이건 우연일 리가 없어요. 하지만 그게 끝이 아닙니다. 루이스는 그 음식점으로 들어가 저녁식사를 했고, 결국 같이 식사를 했던 여자와 함께 집으로 돌아갔습니다."

프랑크는 재빨리 생각했다. 포르셰는 박람회장 옆 로터리로 접어들었다. "카트린 라이볼트군. 흰색 아스트라를 타고 왔나?"

그러나 그의 추측은 빗나갔다.

"아니. 요한나 멜처예요."

"그 둘이 사적으로 만나는 사이라고?" 요한나가 루이스의 치료를 받고 있다는 건 프랑크도 알던 사실이었다. 사실 정신의학자와 환자가 사적으로 만나는 일은 그리 드문 일은 아니었다. 게다가 루이스가 그리 명망 높은 치료사인 것도 아니니 그럴 가능성은 더 크다고 볼 수 있었다.

"요한나 멜처는 오늘 아침 일찍 떠났답니다. 혼자서."

"음. 뒤따라간 사람은 아무도 없었고?"

"당연히 없었죠."

"그녀는 지금 어디 있는데?"

"그녀도, 그녀의 차도 흔적도 없이 사라졌어요. 수배 중인 상태예요."

'이미 늦었어.' 프랑크는 생각했다. 그는 화가 치밀어 올랐다. 하지만 내면의 목소리는 그에게, 전에 베르거가 이와 유사한 상황에서 했던 말을 되풀이하고 있었다. '우리가 모두를 감시할 수는 없어.'

안타깝지만 맞는 말이었다.

"그리로 갈게." 추월 차선을 탄 프랑크는 가속 페달을 밟기 시작했다.

오후 2시 2분

프랑크푸르트 경찰청, 사이버 수사반.

미햐엘 슈렉은 기진맥진한 모습으로 뒤로 털썩 주저앉았다. 그는 이번에 제대로 된 적수를 만난 듯 보였다. 다리우스 몰의 컴퓨터는 잠겨 있었다. 정부의 컴퓨터보다 더 확실하게 잠겨 있다고 말할 수 있을 정도로. 요란하게 울려대는 전화벨 소리에 미햐엘은 눈알을 굴리며 신음소리를 냈다.

"대체 또 무슨 일이야?" 핸즈프리 버튼을 이미 눌러둔 걸 깜빡한 그가 혼잣말을 중얼거렸다.

"인사 한 번 친절하군요." 베르거의 목소리에 미햐엘은 화들짝 놀랐다.

"죄송합니다. 듣고 계신지 모르고……." 그는 헛기침을 했다.

"괜찮아요. 다리우스 몰의 컴퓨터 앞에 앉아 있나 보군요?"

"벌써 몇 시간째입니다. 참 안 풀리네요."

"어쩌면 내가 구제해줄 수도 있겠군요." 그제야 미햐엘은 뭔가 공모라도 하는 듯한 베르거의 목소리에 주목하게 되었다. "내 사무실로 좀 오세요. 10분 내로요."

베르거는 전화를 끊고 맞은편에 앉아 있는 사람을 향해 냉소적인 미소를 지어 보였다. 다리우스 몰은 다리를 쫙 벌린 채 의자에 가만히 앉아 있었다. 본래 사이즈보다 두 사이즈는 더 커 보이는 트레이닝 팬츠를 입고 있었는데, 허리에 붕대가 붙어 있는 게 눈에 띄었다. 그리고 티셔츠는 빨간색으로 얼룩져 있었다.

저 뒤쪽에는 자신을 크뤼거라고 소개한 제복 경찰 한 명이 앉아 있었다. 오펜바흐 시, 헤센 남동부 경찰청 소속. 그 BMW 오픈카는 주말 별장들이 들어서 있는 어느 온천 관광지의 진입로에 멈춰 섰다. 운전석에는 젊은 금발의 여자가 앉아 있었다. 크림색 가죽시트는 피투성이가 되어 있었고, 여자의 손과 손목, 얼굴도 빨갛게 칠해진 모습이었다. 그녀는 마치 살기 위해 도망쳐온 듯 숨을 가쁘게 몰아쉬었다. 동공은 텅 비어 있었다. 경찰 두 명이 전부 남자라서 그랬는지, 그녀는 몸이 살짝만 닿아도 멈칫했다. 그 경찰 둘 중 한 명이 바로 크뤼거였다.

크뤼거의 보고에 따르면, 구급차를 기다리던 내내 그녀는 마치 짐승한테 쫓기는 사람처럼 두려움에 가득 찬 얼굴로 연신 뒤를 돌아다보았다고 했다. 그러다가도 곧 태연한 눈빛으로 돌변했다고. 차주를 조회한 결과 그 차량이 다리우스 몰의 것임이 확인되었고, 경찰은 곧장 그를 찾기 시작했다. 또 다른 순찰차가 왔고, 크뤼거가 글로리아 곁을 지키는 동안 다른 세 명의 경찰은 흩어져서 강가 주변을 수색했다는 것이다.

"그 쪼끄만 년이." 다리우스는 아랫입술을 깨물었다. 그의 두 눈에는 증오와 상처 입은 자만심이 서려 있었다.

"자꾸 그러지 마시고." 베르거가 조용히 말했다. "어서 계속해보시죠."

"내가 다리를 못 쓰게 되었으면 어쩔 뻔 했어요?" 다리우스는 격분했다.

글로리아가 찌른 칼은 서혜부 옆으로 불과 몇 센티미터 떨어진 지점에 꽂혔다. 그 즉시 뜨거운 피가 흘러나왔고, 그는 반사적으로 몸을 움직여 칼날이 성기를 찢어놓는 걸 막은 일을 감사히 여겨야만 했다.

"난 그……. 그 칼이 다가오는 걸 보지 못했어요." 다리우스는 속삭이듯 말했고, 그의 표정은 공포에 질려 있었다. 그런 일이 생긴데 대해 적잖이 당황한 모양이었다. 하지만 그는 자세한 건 한 마디도 하지 않았다. 의사는 그가 그저 경미한 충격을 입었을 뿐이라고 말했다. 그는 본능적으로 상처가 난 곳을 손으로 눌러 지혈시켰다. 스웨트셔츠의 소매는 피로 젖었고, 바지는 허리부터 무릎까지 새빨갛게 물들어 있었다. 그러나 그의 체질상 출혈량은 그리 많지 않았고, 덕분에 경찰은 의료진으로부터 그를 인도받을 수 있었다. 경찰은 그에게 질문을 해댔지만, 그는 글로리아의 이름은 언급하지 않은 채 그녀에 대한 욕설만 늘어놓으며 중간 중간 신음과 끙끙대는 소리를 할 뿐이었다. 범인이 아닌 피해자의 모습. 전부 그의 계산 하에 이루어진 행동인 걸까?

*

미햐엘 슈렉은 노크를 한 뒤 대답도 기다리지 않고 안으로 들어왔다. 다리우스를 가장 먼저 보게 된 그는 깜짝 놀라 멈칫했다. 차가운 눈빛, 창백한 낯빛, 피로 물든 붕대. 베르거는 턱으로 맞은편을 가리키며 다리우스 몰이라고 소개했다. "그 컴퓨터와 관련해서 도움이 필요하다면, 자, 직접 물어보시죠."

다리우스는 팔짱을 꼈다. 그 움직임은 그에게 고통스러운 듯 보였는데, 그럴 만한 이유가 없었기에 베르거는 의심의 눈초리로 그를 보았다. '연기하는 게 틀림없군.' 그는 속으로 생각했다.

"난 아무 말도 안 할 겁니다." 다리우스는 완고하게 말했다.

"전 아직 아무것도 묻지 않았는데요." 미햐엘이 책상 가장자리를 가리키자 베르거는 고개를 끄덕였고, 그는 거기에 걸터앉았다. 베르거의 시야를 가리지 않는 위치에. 미햐엘은 셔츠자락을 잡아당겨 주름을 펴고는 헛기침을 했다. "우린 당신의 컴퓨터와 노트북을 가지고 있습니다. 휴대전화도요."

굳은 표정. 하지만 다리우스의 숨이 가빠지기 시작했다. 미햐엘은 말을 이었다. "당신은 보안에 엄청 신경을 쓰는 사람이에요, 그렇죠?"

침묵. 곧이어 미햐엘은 전문 용어를 줄줄 읊었다. "우린 어떤 암호든 다 풉니다. 그렇게 생각하지 않으세요?"

"절대 못 풀 거요."

"답을 들으려고 한 질문은 아니었어요." 미햐엘은 웃으면서 눈썹을 치켜떴다. "2~3일 정도 걸리겠지만 이제껏 못 푼 적은 없답니다."

그때 베르거가 손가락으로 책상 위를 두드렸고, 미햐엘은 뒤를 흘긋 돌아보았다.

"우리 전문가께서 하려는 말은," 베르거가 말했다. "시간이 갈수록 당신한테 손해라는 겁니다. 당신은 재판 전 구류 상태에 있고 변호사와 상담을 해도 되지만, 그 사이에 우리는 그 젊은 여성분의 진술을 받아낼 테니까요."

다리우스는 베르거에게서 단 1초도 눈을 떼지 않았고, 그의 이마에는 땀이 송골송골 맺혔다.

"그러면 당신은 다중 살인 혐의로 기소될 거고, 스토킹이나 다른 성적 과실은 더 이상 문제도 안 될 테죠."

"살인이요?" 다리우스는 가슴이 오르락내리락할 정도로 식식거리며 가쁜 숨을 쉬었다. 그는 휘둥그레진 눈으로 자신을 보호하려는 듯 양손을 들어올렸다. "난 아무도 죽이지 않았어요." 그리고는 의미심장한 눈빛을 하고는 상처를 가리켰다. "나는 살인미수의 피해자라고요!"

"그런 건 우리에겐 아무 상관없습니다." 베르거가 대답했다.

"당신이 기소되면 언론사들은 당신을 찢어발기려 들테고, 나중에는 누가 그 소녀들을 죽였는지 아무도 신경 쓰지 않게 될 테니까요. 성범죄는," 그는 속마음을 토로하듯 말했다. "모든 범죄 중 가장 극악한 거예요. 사람들의 기억 속에 각인될 정도로. 이 사실을 염두에 둬야 할 겁니다."

다리우스는 히스테리적으로 웃음을 터뜨리며 말했다. "내가 하이에나라고요?" 그의 키득대는 웃음소리는 하이에나와 더없이 닮아 있었다.

"소리만 들으면 그런 것 같군요." 미햐엘은 씩 웃으며 말했다. "그럼 다시 당신의 하드웨어에 관해 말해보죠. 당신이 우릴 돕는다면, 우리도 당신을 도울 겁니다."

"당신 컴퓨터에 증거가 있다는 건 이미 다 알고 있어요." 베르거는 끈질기게 말했다. "하이에나는 뒤랑 형사와 언론사에 이메일을 썼으니까."

"하!" 다리우스는 자리에서 벌떡 일어나려다 말고 고통스러운 듯 입술을 찡그리며 신음소리를 냈다. 그는 입을 앙다문 채 겨우 말했다. "내 컴퓨터에서는 아무것도 못 찾을 겁니다."

그는 머릿골치가 아픈 듯 보였고, 이를 바득바득 가는 통에 아래턱이 부서질 것만 같았다.

미햐엘은 심문 전문가는 아니었지만 다리우스의 머릿속에서 어떤 일이 일어나고 있는지는 알 수 있을 것 같았다. 다리우스는 자기 집이 수색 당했다는 사실을 알고 있었다. 그의 컴퓨터가 경찰청에 와 있으니 의심할 여지가 없었다. 그의 기술 장비들, 글로리아를 감시했다는 걸 알려주는 증거들, 내용을 다 볼 수 있는 DVD들과 USB들. 전부 그가 정신 나간 스토커임을 여실히 드러내는 물건들이었다. 그로서는 반박할 여지가 없는 증거들. 범인이 아니라는 걸 역으로 증명하기 위해 그가 은밀한 사실을 털어놓는다면 오히려 더 불리해질까?

"내가 얻는 건 뭔데요?" 그는 아직 어떻게 할지 결단을 내리지 못한 게 분명했다.

"그건 당신이 무슨 말을 하느냐에 달려 있어요." 베르거는 팔짱을 꼈다. 그는 속내를 드러내지 않으려는 듯 굳은 표정으로 일관했다. 완벽한 포커페이스. "루이스 피셔 얘기부터 해봅시다."

"누구요?"

베르거는 쏜살같이 대답했다. "우릴 속일 생각 말아요." 그가 경고했다. "당신과 피셔. 당신들이 갔던 그 패스트푸드점 근처에서 이메일이 발신되었어요. 만약 당신이 아니라면……."

"난 피셔라는 사람 모릅니다." 다리우스는 고집했다. 그는 귀를 긁적였고, 귓가에는 이제 막 자라난 희끗희끗한 머리가 보였다.

"증명해보시죠." 베르거가 요구했다. "컴퓨터 암호를 대고 모든 걸 오픈하란 말입니다. 그래야만 여기서 빠져나갈 수 있어요." 그의 눈은 다리우스에게 고정되어 있었다. 다리우스는 그의 눈길을 피하려 안간힘을 썼지만 잘 되지 않았다.

"내가 바라는 건……." 다리우스가 입을 열었다.

"당신 바람 따위는 중요치 않소." 베르거는 매몰차게 그의 말을 막았다. "슈렉 반장, 사무실로 돌아가세요. 크뤼거 순경, 이 자를 데리고 나가요."

"잠깐만요." 다리우스는 소리치며 할 말이 있는 듯 손을 휘휘 저었다. 베르거는 눈썹을 치켜뜰 뿐 아무 말도 하지 않았다. "암호를 말할게요. 하지만 저도 곁에 있게 해주세요."

잃어버린 통제권을 조금이나마 되찾으려는 필사적인 시도. 자기 자신을 결부시키기. 베르거는 망설이며 어깨를 으쓱했다.

"슈렉 반장?"

"전 상관없습니다."

미햐엘은 냉정하게 대답했다.

글로리아에게 칼을 비롯한 다른 몇 가지 호신용 도구들을 준 사람이 다름 아닌 요한나 멜처라는 사실을, 베르거는 일부러 말하지 않고 있었다. 글로리아는 한 여성 경찰관에게 그 사실을 털어놓았고, 모든 걸 숨김없이 진술했다. 드디어 자기 말에 귀를 기울여주는 사람이 생겼다고 생각하며. 그 수치스러운 일에 대해 그녀는 끊임없이 역설했다. 무슨 일이 일어나야지만 그런 상황에서 벗어날 수 있겠다고 생각했고, 결국 이제 자기가 고소를 당할 상황에 처했다고. 베르거는 그렇게 되는 걸 막기로 결심했다.

글로리아는 법체계가 그녀를 거절했기에 지인에게 도움을 청한 것뿐이었다. 그 지인이 하필이면 요한나 멜처였고. 두 여자는 같은 사람을 알고 있다는 데 적잖이 놀랐을 터였다. 이런 게 인과응보인가. 그런데 요한나 멜처에게는 무슨 일이 있는 걸까?

먼저 도착한 동료들이 그를 기다리고 있었다. 순찰차 두 대와 페터의 포드 쿠가. 프랑크는 페터의 차 뒷창 유리에 붙어 있는 스티커('엘리자가 타고 있어요')만 보고도 그의 차를 알아볼 수 있었다. 저 '분홍색 괴물'을 차에 붙인 것을 페터가 얼마나 후회했던가? 곱슬머리 한 가닥을 늘어뜨린 채 환하게 웃고 있는 통통한 아기의 모양. 프랑크는 입가에 미소를 띤 채 포르셰를 몰아 진입로를 가로 질러 안으로 들어갔다.

"뭘 기다리고들 있어?" 그는 동료들에게 인사를 건넸다.

"열쇠수리공." 페터는 어깨를 돌리면서 말했다. "집에 아무도 없어요."

"루이스가 집에 있을 텐데." 프랑크가 말했다. "감시팀은 어디 있어?"

"보내버렸어요. 요한나 멜처 외에는 집에서 나온 사람이 아무도 없다고 장담하더군요."

프랑크는 최근에 봤던 범죄 영화가 떠올랐다. 열화상 카메라를 가지고 일하던 사람들. 그에게는 불가능한 사치에 불과했다. 그는 조급한 마음에 시계를 봤다.

"요한나 멜처는 어디 있는 거야?"

"집에는 없어요. 그 매춘 업소에도 없고."

"이 사건은 전혀 마음에 들지 않아." 프랑크가 말했다. "이 집 반대편에는 뭐가 있어?"

"가시덤불. 이 집은 경사면에 세워져 있어요. 이미 싹 다 돌아봤죠." 페터는 프랑크가 아는 체하는 데 대한 불쾌감을 숨기지 않았다. 하지만 율리아가 자리를 비웠으니……. 그때 차 한 대가 그들에게 접근했고, 열쇠수리공의 차인 것을 확인한 프랑크는 안도했다. 그런데 그 미니밴 뒤로 또 다른 차가 들어오고 있었다. 가파른 입구 끝에 있는 차고 문이 갑자기 열리기 시작하는 바람에 프랑크는 깜짝 놀랐다. 체인이 철컹거리며 제역할을 다 하고 있었다. 수리공은 보도 위 빈 곳에 차를 끼워 넣다시피 했고, 그에게 고개를 끄덕인 프랑크는 초록색 르노 클리오 차량으로 눈길을 돌렸다. 옆문은 찌그러져 있었고, 운전석에 앉은 여자는 진입로 끝에 차를 세워놓고 있었다. 곧 창문이 열리더니, 청소복 차림의 갈색 머리 여자가 그를 쳐다보았다.

"무슨 일 있나요?" 동유럽 억양이 드러나는 말투.

"경찰에서 나왔습니다. 누구시죠?" 프랑크는 이렇게 되물으며 신분증을 찾아 꺼냈다.

자신을 마그다라고 소개한 그 여자는 그 집의 가정부였다. 프랑크는 여태껏 그 단어를 그토록 섹시하게 말하는 경우는 본 적이 없었다. 그녀는 수년 전부터 루이스 피셔의 집에서 일하고 있다며, 필요한 모든 서류를 다 갖추고 공식적으로 일하고 있음을 강조했다.

"그럼 집 열쇠를 가지고 계신가요?" 그는 재빨리 물었다. 열쇠수리공은 이미 차에서 내려 페터와 대화를 나누는 중이었다. '당연히 열쇠를 가지고 있겠지.' 프랑크는 자기가 한 질문에 대해 창피하다는 생각마저 들었다. 그는 페터를 불러 함께 지하 차고 쪽으로 걸어갔다.

"수리공을 돌려보내도록 해요." 페터는 제복을 입고 있는 경찰관 한 명에게 지시했다. 마그다는 영장 같은 것에는 관심도 없어 보였고, 더 이상 아무것도 묻지 않았다. 최신식 잠금장치가 달린 방화문은 작게 찰칵 소리를 내며 열렸다.

"저는 일해도 될까요?" 마그다는 조심스럽게 물었다.

"아뇨, 여기서 기다리세요." 프랑크는 기계적인 미소를 보이며 대답했다. "혹시 경보 장치라든가, 저희가 혹시 주의해야 할 게 있습니까?"

"사무실은 출입이 금지되어 있어요." 마그다가 대답했다. 그녀는 마치 루이스가 어디선가 숨어서 지켜보는 건 아닌지 확인이라도 하듯 주위를 둘러보더니, 조용한 목소리로 말을 이었다. "하지만 저는 알아요. 지루한 방이에요, 먼지도 많고. 피셔 씨는 이상한 남자라니까요."

"그래서 저희가 찾고 있는 겁니다." 페터는 투덜댔다. "그가 어디 있는지 혹시 짐작 가는 곳이 있으세요?"

그녀는 어깨를 으쓱하며 고개를 가로저었다.

프랑크와 페터, 그리고 다른 경찰들은 그 빌라의 방들을 차례로 수색했다. 정육면체에 가까운 화려한 빌라는 형태는 단순했지만 값으로 따지면 아주 비쌀 터였다. 기다란 크리스털 유리관과 은은한 은빛의 전구들이 달린 샹들리에가 거실을 장악하고 있었다. 난간이 없는 대리석 계단. 높은 층고. 주제를 알 수 없는 그림 몇 개가 걸려있었는데, 프랑크가 그중 하나를 가까이서 보니 친필사인이 되어 있었다.

"텅 비었어요." 페터는 루이스의 사무실로 들어오며 말했다. "예상했던 대로."

프랑크는 마그다에게로 돌아갔다. 그녀는 대문 앞 계단에 앉아 담배를 피우고 있었다. "여긴 매일 오십니까?"

그녀는 고개를 끄덕였다.

"어제도 오셨나요?"

"아뇨. 일요일은 쉬어요."

"혹시 피셔 씨가 누굴 집에 데려온 걸 본 적이 있으신가요?"

"여자요?" 마그다는 비웃더니 다시 아니라고 말했다. "찾아오는 사람은 자주 있었죠. 고객들이요." 그녀는 손으로 따옴표를 그리며 말하고는 비밀을 털어놓기라도 하듯이 입술을 삐쭉거렸다. "하지만 여자는 없었어요, 저 말고는요."

프랑크는 그녀가 굉장히 매력적이라고 생각했다. 매력적인 여자란 꼭 풍만한 가슴과 잘록한 허리가 있어야만 되는 건 아니었다. 그러나 마그다는 머리색이 어두운 데다 나이도 서른 살이 넘었으니 루이스가 찾는 희생양은 아니었다.

"터널 아세요?" 마그다가 불쑥 물었다.

그녀의 서툰 말에 제대로 귀를 기울이고 있지 않았기 때문인지, 프랑크는 단번에 알아듣지 못했다. "터널이요?"

"이 아래 지하에요. 원래 제가 알면 안 되는 거지만, 한 번 본 적이 있어요. 문이 열려 있어서 안을 들여다봤죠. 피셔 씨가 오자마자 재빨리 숨었고요." 그녀는 한숨을 지었다. "그 이후로는 문이 열려 있던 적이 단 한 번도 없었답니다. 항상 잠겨 있었죠. 열쇠도 없고요."

프랑크는 그녀가 말을 마치기가 무섭게 펄쩍 뛰었다. 순간 그의 머리가 열심히 돌아가기 시작했다. 그는 그 집의 위치를 다시금 생각해보고, 건설 연도를 추측해보았다. 1970년대. 제3차 세계 대전이 발발하지는 않을까 걱정하던 시기. 러시아의 핵 공격. 핵 방공호. 그는 서둘러 계단을 뛰어 내려가 마그다의 손목을 덥석 잡았다. 마그다가 넘어지지 않은 게 기적일 정도였다.

"거기가 어딘지 좀 보여주시죠!" 그는 숨을 헐떡였다. 마그다는 놀란 나머지 꺅 소리를 냈다. 잠시 후 그녀는 공기조화실의 문을 흔들어보았다. 그 문 안에는 금속으로 된 환기 조절구가 있었다.

"열쇠는 없어요." 그녀가 다시 말했다.

"수리공이 아직 위에 있나?" 프랑크는 그 문을 면밀하게 관찰하며 물었다. 하지만 수리공은 돌아간 지 오래였다.

"다시 부를까요?" 한 젊은 경찰관이 머뭇거리며 물었다.

"쇠지렛대 좀." 프랑크는 참지 못하고 말했다. 3분 뒤 그는 문을 부숴 열었다. 안에는 육중한 기계들이 윙윙거리며 돌아가고 있었고, 천장에는 거미줄이 쳐져 있었다. 그 좁은 방의 다른 쪽 끝에는 퀴퀴한 냄새가 나는 터널로 연결되는 환기 조절구가 있었다. 터널 끝은 보이지 않았고 공기는 습했으며, 1~2미터마다 설치된 벽등이 희미하게 빛났다. 프랑크, 페터와 경찰관 두 명은 벽에 있는 턱 위로 차례로 올라갔고, 마그다는 어쩔 줄 몰라 제자리에서 총총거리고 있었다.

"여기서 기다리세요." 프랑크는 강한 어조로 그녀에게 말했다.

*

루이스 피셔는 여전히 그녀의 가슴에서 손을 떼지 않은 채 짠맛이 나는 침을 꿀꺽 삼켰다. 그는 눕는 의자의 아래쪽 끝에서 그녀 위로 몸을 굽혀 음부의 냄새를, 두려움의 냄새를 맡았다. 그는 오르가즘에 이른 듯 몸이 부르르 떨렸다. 적어도 그는 그게 절정의 느낌이라 생각했는데, 여자로서 느끼는 감각인지, 남자로서 느끼는 감각인지는 알 수가 없었다. 그는 숨을 턱 멈췄고, 그의 몸에서 흐른 땀이 요한나의 피부에 떨어졌다.

"나, 오직 나뿐이야." 그는 만족스러운 듯 쩝쩝 소리를 내며 그녀의 몸을 핥았다. "누가 생각이나 했겠어? 우리가 함께 세상을 떠나리라고."

요한나는 의식은 있었지만 아무것도 할 수가 없었다. 입에 물린 재갈 때문에 뭐라고 외쳐봤자 먹먹한 소리만 들릴 뿐이었다. 그 차디찬 방 밖으로 뚫고 나가지 못하는 소리. 그곳은 한 때는 난방실로 쓰였을 법한 낡고 잊혀진 공간이었다.

루이스는 아랫도리에 간질간질한 느낌이 사라질 때까지 잠시 기다렸다. 흥분을 유발하는 자극 때문에 몸이 움찔거리지 않을 때까지. 몸을 일으켜 칼 하나를 집어 든 그는 플라스틱 통 하나를 발로 밀어 눕는 의자 아래쪽에다 놓았다. 아래쪽에서 무슨 일이 일어나는지 볼 수 없었던 요한나는 달그락대는 소리에 더 두려워졌다. 그녀가 칼을 보게 된 것도 이미 너무 늦은 뒤였다.

루이스는 숙련된 동작으로 재빨리 그녀의 목을 칼로 찔렀다. 왼손과 팔로 그녀의 머리를 잡고, 그녀의 눈을 똑바로 쳐다보면서. 그리고는 그녀가 필사적으로 저항하다가 결국 살고자 하는 의지를 잃어버릴 때까지 참을성 있게 기다렸다. 잠시나마 고요와 평화가 찾아오고 그녀의 동공에서 생명의 빛이 꺼지기 전까지. 맥박이 점차 잦아들고 피가 욕조로 흘러드는 동안. 처음에는 콸콸 흐르던 피가 나중에는 똑똑 떨어졌다. 그는 입맛을 다시듯 혀로 입가를 핥았다. 그는 냄새를 맡으며 그 살짝 쓴 쇠의 맛을 그리워하고 있었다. 지난 세월 동안 그를 거쳐 갔던 모든 여자들이 생각났다. 그중 똑같은 맛은 하나도 없었다. 요한나의 맥박이 잦아들고 있었다. 바로 그때 문이 홱 열렸다.

율리아 뒤랑이었다.

*

"그 여자 몸에서 손 떼요!" 율리아는 총을 겨눈 채 소리쳤다. 역시 총을 든 프랑크가 그녀 뒤에 서 있었다. "구급차 불러요, 어서." 그가 말하자, 서둘러 달려나가는 발소리가 들렸다.

"내 말 못 들었어요?" 율리아가 크게 소리쳤다. "뒤로 물러나라고요!"

409

그전까지 어두웠던 루이스의 표정이 조롱하는 듯한 미소로 바뀌었다. 그는 단 1센티미터도 움직이지 않았다. 요한나의 머리를 붙잡고 있던 그의 손에서 피가 흐르고 있었다. 나지막한 웃음소리가 방 안을 가득 채웠다.

"너무 늦었어요. 너무 늦었어."

"저리 가라고, 제길, 다리에 총 맞고 싶지 않으면!"

루이스는 요한나를 두고 뒤로 물러나는가 싶더니, 겨우 반걸음 정도 가서 다시 멈춰 섰다. 그러고는 허리를 굽혔다.

율리아는 다시 소리쳤다. "마지막 경고야! 프랑크, 저 자식 다리에 총알을 박아버려요."

웃음소리는 점점 더 커져서, 진동이 느껴질 정도였다. 루이스는 히스테리적으로 찡그린 미소를 지으며 바닥에 주저앉았다. 두 손으로 차가운 아스팔트 바닥을 두들겼다. 율리아는 프랑크와, 그새 그들 곁에 와 있던 페터를 의미심장한 눈빛으로 번갈아 쳐다보았다. 페터 역시 총을 들고 있었다.

"어디 쏴보시죠." 마치 노래라도 하는 듯한, 태연한 말투. 루이스는 죽어도 상관없다는 표정이었다. 하지만 율리아의 관심은 그의 표정이 아니라 몸을 살짝 떨고 있는 요한나에게 향해 있었다. 요한나의 머리는 부자연스럽게 한쪽으로 돌아가 있었고, 눈은 거의 흰자위밖에 보이지 않았다. 그녀는 자신의 구원자를 보기 위해 안간힘을 쓰고 있었다. 서둘러 그녀에게로 간 율리아는 손으로 피가 흘러내리는 목을 꾹 눌렀다. 피부는 뜨겁고 미끄러웠다.

"가만히 있어요." 율리아는 요한나의 눈이 잠깐 자신을 향했을 때 조용히 속삭였다. 다른 손으로는 요한나의 머리를 부드럽게 쓸어내렸다. 그들 옆에는 프랑크와 페터한테 붙잡힌 루이스 피셔가 무릎을 꿇은 채 두 손에 수갑이 채워지는 걸 보고 있었다. 그의 눈은 저 멀리 어딘가를 쳐다보는 듯 보였다. 그가 곤두박질치듯 앞으로 몸을 쑥 내밀었을 때에야 율리아는 자신의 생각이 틀렸음을 알게 되었다. 루이스는 양손이 등 뒤로 묶인 채 머리를 플라스틱통에 집어넣었고, 피가 사방으로 튀었다. 페터는 즉시 그를 붙잡아 빼냈다. 그의 머리에서 피가 뚝뚝 떨어졌고, 크게 뜬 눈 속으로 피가 흘러내렸으며, 콧구멍에서는 피가 뿜어져 나왔다. 하지만 율리아를 비롯한 다른 형사들의 눈은 전부 그의 입만 바라보고 있었다. 마치 코코아를 먹는 아이마냥 그는 입술을 쩝쩝 핥았고, 요한나에게서 갈취한 그 '생명의 주스'를 마셨던 것이다. 의자 위에서 요한나가 죽어가고 있는 지금, 그의 얼굴은 부자연스러운 행복감으로 가득 차올랐다.

"이 자식을 내 눈 앞에서 치워요." 율리아는 툭 내뱉었다.

그녀의 눈가에는 눈물이 맺혀 있었다.

2013년 9월 4일, 수요일

오후 4시 35분

그는 눈을 깜빡거렸다. 블라인드 사이로 들이치는 햇살 때문에 눈이 부신 모양이었다. 그는 쉰 목소리로 거의 알아들을 수 없었던 첫 마디를 내뱉었다.

"물……."

율리아는 벌떡 일어나 변색된 빨아 마시는 컵을 집어 들었다. 그러고는 갈라지고 터진 아버지의 입술에다 컵을 갖다 댔다. 아버지의 양 볼은 쭈글쭈글했는데, 이는 아마도 틀니를 빼고 있기 때문일 터였다. 그러나 굳이 볼 때문이 아니더라도 그는 피곤하고, 늙고, 연약해보였다. 종잇장 같은 피부 밑으로 핏줄 하나하나가 다 비쳤다. 그는 물을 마셨고, 중간에 샌 물이 그의 잠옷 위로 떨어졌다.

"천천히요, 아빠." 율리아가 웃었다.

그들로부터 좀 떨어진 곳에는 살라이 의사가 가운 주머니에 손을 집어넣은 채 참을성 있게 기다리고 있었다.

"상태가 눈에 띄게 호전되었어요." 오전에 살라이가 말했었다. 2시 15분발 고속열차를 탈 수 없었던 율리아는 계획했던 것보다 늦은 월요일 밤에야 뮌헨에 도착했다. 그녀가 타려고 했던 열차는 도착 시간이 18분 지연되었고, 플랫폼에 도착하고도 시간이 남았다. 그녀는 책 광고도 읽고, 사람들이 발을 동동 구르며 열차가 지연된 데 대해 욕을 해대는 소리를 들었다. 클라우스와 전화 통화도 했는데, 그는 아버지의 연세와 현재 상태를 고려할 때 염증수치가 높아진 건 이상한 일이 아니라고 확인해주었다.

다음으로 율리아는 프랑크에게 전화를 걸었지만 자동응답기로 넘어갔다. 통화중인가? 베르거는 율리아에게, 동료들이 루이스 피셔의 집으로 갔다고 말했다. 중앙역에서 그 빌라까지는 아주 가까운 거리였다. 루이스가 체포되는 현장을 놓치지 않았을 정도로. 하지만 그는 이미 잔인한 의식을 끝낸 뒤였다. 그 짐승 같은 놈이 킥킥대며 밖으로 끌려 나가는 동안, 요한나는 의식을 잃은 채 율리아의 품에 안겨 있었다. 요한나를 안고 있어야 하는 상황만 아니었다면 율리아는 그의 역겨운 얼굴을 발로 짓이겨놨을지도 모를 일이었다. 그녀의 머릿속은 여전히 우울한 생각들로 가득했지만(그녀는 클라우스에게 모든 걸 다 얘기해주었다), 이제 프랑크푸르트는 저 멀리에 있었다.

의사는 작게 기침을 하고는 고개를 까딱거렸다. 다른 환자들이 기다리고 있다는 걸 알리려는 듯. 클라우스는 그녀를 향해 고개를 끄덕인 뒤 율리아와 자리를 교대했다.

"인위적인 혼수상태를 유지하는 게 중요했어요. 특히 연로하신 분들은 심신이 회복되는 데 더 오랜 시간이 걸리죠."

율리아는 말없이 고개를 끄덕였고, 살라이는 말을 이었다. "아버지께서는 만족스러운 삶을 사셨잖아요, 그렇지 않나요?"

"목사님이셨어요, 사실 지금도 목회 생활을 하시고요." 율리아는 대답했다. 그런데 살라이의 질문에 의아한 점이 있었다. "왜 과거형으로 물으시죠?"

"아직 하실 일이 많이 남아 있거든요. 재활치료, 훈련, 이제 곧 결정하셔야 해요. 하지만 혼자서 해내실 수는 없을 거예요. 형사님은 프랑크푸르트에서 일하시고 아버지는 여기 사시고. 제 말을 오해하지 마시고……."

율리아는 불쑥 손을 들었다. "휴가를 낼 거예요. 필요한 기간만큼." 적어도 그 정도는 아버지를 위해 그녀 스스로가 책임져야 할 부분이었다.

얼마 후 클라우스의 집에 도착한 율리아와 클라우스는 지는 태양을 바라보며 함께 앉았다. 꼭 붙어 앉아 있던 두 사람은 열정적으로 사랑을 나누었다. 모든 걸 다 잊고 몸을 편안하게 하는 잠깐의 도취. 하지만 걱정은 금세 다시 시작되었다.

"난 돌아가 봐야 해요, 이해해줄 수 있겠어요?" 율리아가 조용히 물었다. 그녀는 클라우스 같이 착한 남자를 만나게 해주신 하나님께 감사했다. 그 모든 실망과 상처를 겪었던 그녀에게……

"그럼요." 그는 고개를 끄덕였다. "이해하고 말고요. 나 같아도 그랬을 거예요. 하지만 너무 오래 떠나 있지는 말아요. 여기 당신을 기다리는 두 남자가 있으니까."

그래, 율리아는 그를 사랑했다. 그리고 그를 필요 이상으로 오래 기다리게 하지는 않을 터였다.

2013년 9월 5일, 목요일

오후 4시 10분

오크리프텔의 고급 단독주택 단지.

율리아는 맥도날드에 들러 치즈버거 두 개와 감자튀김, 밀크쉐이크를 샀다. 먹고 나니 속만 더부룩했을 뿐 포만감은 들지 않았다. 자동차의 실내 거울을 보니 피곤에 찌든 눈과 근심이 가득한 입가가 눈에 띄었다. 그녀는 이마 위의 머리카락을 손으로 슥 넘긴 뒤 차 문을 잠그고 프랑크의 집 쪽으로 걸어갔다. 문을 열어준 나딘은 그녀를 반갑게 맞이하며 꼭 껴안았다. 그들이 몇 마디 안부 인사를 나누고 있는 사이, 프랑크가 현관에 모습을 드러냈다.

"우린 아직 못한 얘기가 너무 많아요." 나딘이 하소연하듯 말했다. 율리아는 고개를 끄덕였다.

"다음번에 하기로 해요." 율리아는 나딘의 뒤쪽을 쳐다보았다.

"안녕, 프랑크."

프랑크 역시 율리아에게 인사를 건넸고, 그녀는 다시 나딘에게

415

물었다. "마리-테레제는 어때요? 여행은 소득이 좀 있었어요?"

프랑크는 나딘 곁에 서서 그녀의 볼에 키스했다.

"네, 하지만 그건 그리 간단히 설명할 수 있는 문제가 아니라서. 그러지 말고 언제 한 번 또 우리 집에 와서 같이 식사나 해요. 그러니까⋯⋯." 순간 나딘은 슬픈 눈빛을 했다. "당신만 괜찮다면 말이에요. 아버지는 좀 어떠세요?"

"고비는 넘기신 것 같아요." 율리아는 겉옷을 벗으며 말했다. "어떤 의미이든 말이에요. 주말에 다시 뮌헨에 갈 텐데, 자세한 건 그때 알게 되겠죠."

"당신이라면 언제든지 환영이에요." 나딘은 또 한 번 율리아를 껴안으며 그녀의 귓가에 속삭였다. "우리 가족한테 그렇게 신경을 써줘서 얼마나 고마운지 몰라요."

"친구 좋다는 게 뭐예요?" 율리아는 조용히 대답했다. 슈테파니 일을 물어보려 했지만 프랑크가 빨리 가자고 재촉했다. 조금 있으면 퇴근길 교통정체에 걸린다고. 그는 자신의 포르셰를 타고 갈 생각이 없어 보였고, 율리아도 그 점을 충분히 이해했다.

"태워도 돼요?" 프랑크는 셔츠 주머니에서 담뱃갑을 꺼내며 물었다. 율리아는 말없이 고개를 저었다. '그냥 태워요.' 그녀는 생각했다. '그러다 혈관 질환에 걸리기 십상이지.' 하지만 그녀는 논쟁을 벌일 힘도 없었고, 프랑크는 평소 운동을 하는 사람이었다. 게다가 더 중요한 건, 그가 술에는 더 이상 손을 대지 않는다는 사실이었다.

프랑크는 말을 시작하기 전에 담배를 반은 태웠다. 그들이 탄 차가 A5 고속도로를 타고 담슈타트 방향으로 내려가는 동안, 그는 창밖으로 연신 연기를 내뿜었다. 루이스 피셔는 바이터슈타트 교도소의 미결수용실에 구금되어 있었다.

"조서 봤어요?"

율리아는 고개를 끄덕였다. "당신도 루이스가 본인이 체포될 걸 예상했으리라 생각해요? 그는 꼭 그걸 노리고 행동한 것 같단 말이에요. 우린 수년간 못 찾았던 베아테의 시신도 순전히 우연히 찾았어요. 왜 그리 일을 대충 했겠어요?"

"내 생각도 같아요." 프랑크는 마지막으로 담배를 한 모금 빤 뒤 꽁초를 창밖으로 튕겨버렸다. 뒷차에서 경적소리가 들렸고, 그는 멋쩍게 웃었다. "하지만 현행범으로 잡히리란 생각까지 했을까요? 하필이면 가정부가 우리랑 마주치리라고 예상했을까요?"

율리아는 운전에 집중한 채 생각에 잠겼다.

그때 요한나 멜처가 머릿속에 떠올랐다.

"요한나는 좀 어때요?"

"우려했던 대로예요. 출혈이 너무 커서 아직도 의식을 되찾지 못하고 있어요. 의사들 말로는 뇌손상을 피할 수 없을 거래요."

"젠장." 율리아는 여생을 남의 도움을 받고 살아야 하는 여자에게 살아남은 게 무슨 의미가 있을지 상상조차 할 수 없었다. 정신적으로 회복 불가능한 손상을 입어 더 이상 혼자서는 살아갈 수 없는 상황. 그 지경에 처한 본인은 얼마나 끔찍할까. 그 모든 게 루이스 피셔 같은 나쁜 자식 때문에 일어난 일이었다. 남을 돕는 일을 하는 사람인 양 가장해온 남자.

"어쩌면 운이 좋을지도 모르죠." 율리아는 희망적인 말투로 중얼거렸다. 그러고는 잠시 후 다시 입을 열었다. "다시 루이스 얘기를 해보죠. 자동차, 타액, 몇 가지 증거들. 그중에서 안드레아의 프로파일과 맞는 건 하나도 없어요. 연쇄살인범들은 자기 욕망을 채우기 위해서, 혹은 물질적으로 부유해지기 위해 살인을 저질러요. 경찰을 가지고 노는 사이코패스들만 제외하면. 대체 왜, 왜,

417

왜?" 그녀는 핸들을 내리쳤고, 순간적으로 차가 흔들렸다.

프랑크는 헛기침을 하며 문을 붙잡았다. "그에게 직접 물어봐요. 이틀 전부터 당신만 찾고 있다고 하니까. 기본 질문을 하는 데만도 엄청 힘들었다니까요. 그는 아무것에도 관심이 없어요. 그저 역겨운 미소를 지으며 마음 편하게 앉아 있는데, 한 대 치고 싶은 심정이었다니까요."

"어떻게 될지 한 번 보죠. 다리우스 몰은요?"

"감옥에 있죠. 그 놈은 루이스와는 정반대예요." 프랑크는 피식 웃었다. "자기가 의도적인 공격의 피해자라는 걸 우리한테 진지하게 이해시키려고 했다니까요." 그는 이마를 톡톡 치며 말했다.

"자세히 설명 좀 해줘요."

프랑크는 그 일을 짧게 요약해서 설명했다. 컴퓨터를 확인한 결과, 루이스와 다리우스 사이에는 아무런 관계도 없다는 게 증명되었다. 그리고 다리우스는 그의 컴퓨터에 든 개인적인 자료들을 가지고 자기한테 죄를 물을 수는 없다고 고집을 피웠다. 사진 몽타주는 불법이 아니라며. 그는 글로리아의 차 트렁크에 있던 위치추적용 휴대전화에 대해서는 아무 말도 하지 않았다. 결국 베르거는 예전 사건을 끄집어냈다. 마를렌 폰 하이덴. 그러자 다리우스는 부자들의 잘못을 없던 일로 만들어버리는 걸로 유명한 엉터리 변호사와 연락을 취했다.

"스토킹 사건은 물거품이 되어버릴 수도 있겠어요." 프랑크는 불쾌한 듯 말했지만, 이내 다시 밝은 표정을 지어 보였다. "하지만 글로리아가 체포된 뒤 다행히 응급구조원이 혈액과 소변을 채취했대요. 혈액은 아무 문제 없는데, 소변에서 GHB(gamma-Hydroxybutyric acid, 향정신성의약품의 하나 —역주) 성분이 발견되었어요."

"진정제군요." 율리아가 말했다. "빌어먹을. 글로리아는 밤새도록 다리우스한테 내맡겨져 있었어요. 그가 무슨 짓을 했든 간에 기억할 수 없으니 오히려 기뻐해야겠네요."

"2~3시간만 늦었어도 그 성분은 그녀 몸에 남아 있지 않았을 거예요. 어쨌든 우린 그 놈을 잡았고, 그것만은 확실해요. 호숫가에서 오두막 한 채가 발견되었는데, 거기서 발견된 증거들을 통해 무슨 일이 있었는지 어느 정도는 재구성해볼 수 있게 되었어요. 다리우스는 글로리아에게 진정제를 맞힌 뒤 못된 짓을 했던 거죠. 콘돔도 정액도 발견되지 않았지만, 글로리아의 몸에는 지난 24시간 이내에 성교한 흔적이 남아 있었어요. 그러니까 다리우스와 함께 있던 시간에요."

"글로리아는 언제 칼로 다리우스를 공격한 거예요?"

"그녀의 진술과 상황증거에 따르면 정신을 차린 다음이었던 것 같아요. 다리우스는 그녀 옆에 누워서 졸고 있었대요. 둘이 연인이라도 된 듯한 정신 나간 환상에 빠져 있었겠죠."

프랑크는 혐오스럽다는 듯 얼굴을 찡그렸다. "무슨 일이 있었는지 알게 된 글로리아는 칼을 집어 그를 찌른 뒤 도망쳤어요. 그러다가 우리 동료들과 마주치게 된 거죠."

"그거면 충분하네요." 율리아는 으르렁대듯 말했다. "다리우스는 곧 아무 여자한테도 해를 끼치지 못하게 될 거예요."

"그는 맞소송을 하려고 한대요." 프랑크가 대답했다. "칼로 공격한 일에 대해서. 당신이 직접 그 놈을 봐야 하는데." 그는 고개를 절레절레 흔들었다. "무슨 골반이라도 부러진 것처럼 붕대를 감았다니까요."

"나쁜 새끼." 율리아는 화가 나서 내뱉었다. "글로리아 이전에 얼마나 많은 여자들이 괴롭힘을 당했을지 누가 알겠어요. 최악인

419

건, 그가 경찰이 이미 알고 있던 놈이라는 거예요. 그런 일은 일어
나서는 안 될 일이라고요."

"하지만 일어났잖아요. 그 대단한 스토킹 조항도 바꿀 수 없는
사실이에요."

어느새 그들은 바이터슈타트 교도소에 도착했다.

오후 5시 35분

율리아는 책상 가장자리에 기대어 서 있었다. 양팔은 팔짱을 끼
고, 손가락은 팔뚝을 파고들을 듯 꽉 누르고 있었다.

"어떤 부분이 이해가 안 된다는 겁니까?" 루이스의 목소리가 들
렸다. 이미 대화는 세 번이나 끊겼고, 율리아는 결국 프랑크에게
루이스와 둘이서만 얘기할 수 있게 자리를 좀 비켜달라고 말했
다. 프랑크는 어깨를 으쓱하며 그러겠다고 했다.

"질문은 내가 합니다, 아시겠어요?" 책상에서 몸을 뗀 율리아는
자기가 앉았던 의자 등받이 뒤쪽으로 걸어가 그걸 꽉 붙들고는
루이스를 응시했다. 그는 아무런 감정도 드러내지 않은 채, 부러
우리만치 평온하고 태연한 모습으로 앉아 있었다. 안도감과 불손
함도 엿보였다. 율리아는 도무지 적응을 할 수가 없었다. 그의 입
가는 이따금씩 씰룩였고, 어쩌다 씩 웃을 때는 주먹으로 한 대 치
고 싶은 심정이었다. 다섯 건의 살인을 더없이 평온하게 자백한
나쁜 자식. 그래놓고 뻔뻔스럽게 뭐가 이해가 안 되냐고 묻고 있
는 것이었다.

"내가 이해가 안 되는 건, 그 젊은 여자들이 왜 죽어야했냐는 겁
니다. 이유를 말하지 않았잖아요."

"그건 대답인가요, 질문인가요?"

율리아는 화가 난 나머지 이 사이로 스읍 하는 소리를 내며 손을 들어올렸다.

"이유를 대면 만족하실 건가요?" 루이스는 계속 도발했다. "형법전을 이상하게 해석하시네요, 그렇게 생각하지 않아요?"

율리아는 숨을 깊이 들이마신 뒤 잠시 그대로 멈추고, 그의 목을 조르고 싶은 욕구를 애써 억눌렀다. 루이스는 그녀와 만나고 싶다는 요구만 했을 뿐, 그 외 별 다른 말을 하지 않고 있었다.

"내가 그냥 그렇게 사람을 죽인 게 이해가 안 간다고요." 그는 다시 입을 열었다. 이번에는 불손하지 않은 냉정한 말투로. "이유 같은 건 필요 없습니다. 필요했던 적이 단 한 번도 없었어요. 날 살인으로 내몬 건 살인 그 자체예요. 그녀들의 눈에서 생명이 꺼지는 순간의 그 마지막 눈빛 말입니다."

"말도 안 되는 소리!" 율리아가 소리쳤다. "모두 어린 금발 여성들이었잖아요. 예전 카트린 라이볼트처럼."

루이스가 큰 소리로 웃어대는 바람에 율리아는 더 이상 말을 할 수가 없었다. 그는 자기 허벅지를 탁 치며 소리쳤다. "진심이에요? 그걸 믿는 겁니까? 정말 우습군요!"

"피해 여성 모두가 서로 닮았다는 사실을 부정하려는 건가요?"

"아뇨. 하지만 형사님도 선호하는 남자 타입이 있을 거 아닙니까. 안 그런가요?"

"질문은 내가 합니다."

"뭐 어쨌든. 나는 금발을 좋아합니다. '신사는 금발을 좋아해'라는 말도 모르십니까? 형사님을 기분 나쁘게 하려는 건 아니지만, 갈색머리 여자한테는 전혀 마음이 가지 않아요."

"그러니까 당신이 끔찍이 사랑했던 여자와 닮았다는 이유로 그 여자들한테 복수한 게 아니라고요? 당신을 버리고, 당신의 심장을 갈기갈기 찢어놓은 그 여자 말이에요?" 율리아는 속으로, 적어도 누군가는 루이스에게 고통을 주었다는 생각에 만족스러워하고 있었다. 그녀는 도전적으로 그를 보았다.

"아닙니다."

"그럼 한 번 더 묻죠. 그 다음에는 돌아가겠습니다. 먼저 저를 만나고 싶다고 하셨으니, 부디 신중하게 대답해주시죠."

"말씀해보시죠." 루이스는 기지개를 켜며 하품을 했다.

"왜 베아테 쉬르만이 실종되었을 때 경찰에 모습을 드러냈죠?"

"다른 질문 먼저 하시죠."

"난 분명 경고했어요!" 율리아는 문 쪽으로 돌아서며 말했다.

"부탁입니다. 그건 나중에 대답할게요."

율리아는 화가 났지만 결국 그에게 양보했다.

"감시팀을 어떻게 속였죠?" 이는 부차적인 문제에 불과했지만, 순간적으로 그녀는 더 좋은 질문이 떠오르지 않았다.

루이스는 씩 웃었다.

"가발, 여자 옷, 화장. 세상에서 가장 오래된 속임수죠. 터널을 통해 돌아왔고요."

"그 터널은 대체 뭔가요?"

"내가 사는 집을 지은 사람은 병원 설립자였습니다. 그는 집과 사무실을 빠르게 오가기 위해 터널을 설치했던 거죠. 그리 특이한 일도 아닙니다. 내 지인들 중에 적어도 두 명은……."

"됐습니다." 율리아는 으르렁댔다. 그녀는 그런 사소한 얘기까지 들어주고 있을 힘도 없었고, 그럴 기분도 아니었다.

"알리바이는요? 단지 기차표를 내보이려고 라이프치히까지 갔던 건가요? 에바가 그날 저녁 5분만 더 일찍 혹은 늦게 그곳을 지나갔다면 어쩌려고요? 아니, 아예 안 지나갔으면요?"

"질문 한 번 많군요." 루이스는 율리아의 속을 꿰뚫어보려는 듯 그녀를 빤히 쳐다보았다. "그런 건 다 뭐하러 물으십니까? 현행범으로 잡았으면서. 모든 수사관들의 꿈 아닙니까." 그는 눈썹을 치켜떴다. 하지만 율리아는 흔들리지 않았다.

"당신은 기차와 호텔을 예약했고, 몇몇 사람들의 기억에 남도록 행동했어요. 또 차도 준비했죠. 아마 렌터카가 아니라 당신 대리인의 차였을 테고요. 그가 방조죄로 고소당한다면 어떤 반응을 보일지 정말 궁금하군요." 율리아는 혹시나 루이스의 얼굴이 움찔하지는 않는지 살폈지만 아무런 변화도 없었다. 오히려 그는 키득대며 자기 입술을 가렸다.

"이게 그의 반응일 겁니다. 방조라뇨. 나는 그가 모르는 사이에 그의 차를 빌려 썼거든요. 그게 아니란 증거를 대보시죠."

화가 난 율리아가 주먹을 꽉 쥐자 팔의 근육이 긴장되었다. 손등의 핏줄들이 툭 튀어나왔다. 그녀는 코로 숨을 쉬며 겨우 마음을 진정시킨 뒤 다시 말을 이었다. "이제 베아테 쉬르만 얘기로 돌아가죠."

"왜 자꾸 딴 얘기만 하는 겁니까? 뻔히 눈에 보이는 문제는 놔두고요?"

"그게 뭔데요?"

"비장. 피. 맘껏 대보세요."

율리아는 웃음이 나오려는 걸 억지로 참았다. 루이스는 말을 하고 싶었던 것이다. 여전히 게임을 하면서.

"그래요, 좋아요." 율리아는 그가 진행의 주도권을 쥐고 있다고 여기도록 내버려두었다. "왜 그 피가 든 통 안에 머리를 집어넣었나요?"

"갈증이 나서요."

"갈증이요? 뱀파이어처럼 말인가요?"

"피를 마시는 건 전혀 부자연스러운 일이 아닙니다. 그에 관해 아주 잘 쓴 글들을 몇 개 알려드릴 수도 있어요."

전에 읽었던 글을 떠올린 율리아는 그를 경멸하듯이 콧방귀를 뀌었다.

"피를 마시려고 그 여자들을 죽였다고요? 자지가 안 달렸으니 그걸 섹스 대신으로 여긴 건 아니고요?" 그녀의 웃음소리가 사방에 울려 퍼졌다. 그러나 루이스는 여전히 침착한 모습이었다.

그는 작은 목소리로 대답했다. "난 희귀한 혈액암에 걸려서 곧 죽을 겁니다."

율리아는 침을 꿀꺽 삼켰다. '방금 뭐라고 한 거지?' 그녀는 말없이 그를 응시했다.

루이스는 말을 이었다. "몇 년 전에 알게 된 사실이에요. 그 이후로는 항상 죽음을 의식하며 살게 되었죠. 하지만 그 병에 걸렸다고 해서 살인에 희열을 느낀다는 사실이 변하는 건 아니었어요. 오히려 그만두기로 결심하는 계기가 되었다고나 할까. 내 스스로 그런 행동을 멈추게 된 겁니다."

"그래서 시신에 침을 바른 건가요? 시신을 대충 묻어놓고 차를 현장에 놔둔 것도 그 이유 때문이냐고요?"

"그런 말도 안 되는 행동이 형사님 눈에 띄고 말았군요." 루이스는 생색을 내듯 말했다. "탐지견의 코를 피하려면 시신을 깊이가 2미터 이상 되는 지점에 묻어야 한다는 건 형사들만 아는 비밀은 아니죠. 또 침에 DNA가 있다는 것도 누구나 다 아는 사실이고요. 지문도 남겨뒀는데. 못 찾으셨나요?"

"그게 중요한가요?"

"아뇨, 됐습니다."

"언제 그 사실을 알게 되었나요? 베아테 쉬르만이 실종됐을 때인가요?"

"그렇기도 하고 아니기도 합니다." 그는 고개를 흔들었다. "당시는 내가 첫 번째 원고를 제출했을 때였습니다. 베아테는 이미 죽은 뒤였고요. 다른 여자들과 마찬가지로 땅에 묻었죠. 내가 한 짓을 알아챌 사람은 아무도 없었어요. 그렇지만 나에게 중요한 의미를 지니는 한 사람이 걸리더군요. 딱 한 사람." 그의 목소리는 점차 잦아들어 결국 속삭임으로 바뀌었다.

"카트린 라이볼트."

루이스는 율리아를 쳐다보았다. "내가 죽고 나면 그녀는 잘 지낼 수 있을 겁니다. 형사님도 수사를 깔끔하게 종결할 수 있는 자료들을 충분히 받게 되실 테고요."

율리아는 혀를 찼다. 벽에 기대어 선 그녀는 얕은 숨을 쉬었다. 아무리 불손하다고 해도, 아무리 입에 담기도 힘든 범죄를 저질렀다고 해도, 지금 책상 앞에 앉아 있는 그 역시 하나의 인간이었다. 상처받기 쉬운. 그의 이야기는 솔직하게 들렸고, 율리아는 오한이 났다. 루이스 같은 괴물에게 인간적인 면이 있다는 게 왠지 참기 힘들었고, 어딘가 잘못된 것만 같았다. 왠지 그래서는 안 될 것 같았다.

"시간이 얼마나 남았나요?"

루이스의 눈빛이 밝게 빛났다. 그는 팔뚝을 긁적거렸고, 율리아는 그의 피부가 전보다 더 창백해졌음을 알 수 있었다. 그는 율리아가 보는 걸 알아챘다.

그 즉시 그는 다시 자신감 넘치는 미소를 짓더니 조용히 키득거렸다. "정통 의학에 대한 믿음은 잃은 지 오래입니다." 결국 그는 입을 열었다. 그러고는 마치 자기 삶의 남은 시간을 카운트다운이라도 하듯 시계를 쳐다보았다. "진단대로라면 재판 때까지도 못 살 걸요."

숨이 턱 막힌 율리아는 문을 쾅쾅 두드렸고, 곧 문이 열렸다. 그녀는 프랑크의 곁을 급히 지나치며 "역겨운 자식"이라는 말을 내뱉었다. 양손에 얼굴을 파묻고 훌쩍거렸지만 눈물은 흘리지 않았다. "왜 그래요?" 프랑크가 물었다.

율리아는 그 질문에는 아무 대답도 하지 않았다. "난 이유를 알아야겠어요." 그녀는 이 말을 세 번이나 반복했다.

"그냥 놔둬요." 프랑크는 손을 내저었다. "저 자식은 그저 사이코패스일 뿐이에요. 이 사회가 그렇게 만들었든, 제 스스로 그렇게 되었든 간에 말이에요. 언제까지고 미뤄둘 수 있는 일이 아니라는 거, 당신도 나만큼 잘 알잖아요. 저 놈은 아마 살인 욕구를 참지 못해 저렇게 된 걸 거예요. 반장님이 그러는데, 아주 기본적인 사항 말고는 기자들에게 말을 흘리지 말라더군요. 루이스는 연쇄살인범이고, 이제 와 우리가 그 사건들을 없던 일로 만들 수는 없어요. 하지만 그가 대중 앞에 나설 기회를 줘서는 안 돼요. 희생자 가족들 역시 가능한 한 너무 세부적인 건 모르도록 해야 하고요. 저 놈 몸이 썩어 문드러지는 한이 있어도 절대 자유롭게 나다니도록 해서는 안 된다니까요."

"정말 그렇게 됐어요!" 율리아는 절망적인 표정을 지으며 펄쩍 뛰었다. "암이래요, 희귀 암. 재판이 시작되기도 전에 죽어서 이 사건에서 쏙 빠지게 생겼다고요."

"기다려보자고요." 프랑크는 말했다. 그러나 그 역시 심기가 불편해졌음을 그의 눈빛을 통해 느낄 수 있었다.

루이스 피셔는 벌을 받아야만 했다. 속죄를 해야 했다. 홀로 감방에 갇혀 쓸쓸한 시간을 보내야 했다. 세상의 어떤 힘도 자신을 면죄해주지 않는다는 사실을 뼈저리게 깨달으며. 율리아는 이런 냉소적인 생각을 지울 수가 없었다. 왜 신은 그런 일을 허락하신 걸까? 왜 하필이면 지금 이 시점에서 루이스를 자기 곁으로 데려 가시려는 걸까?

마지막으로 율리아는 다시 루이스에게로 돌아갔다.

"내게 하려던 말은 그게 다인가요?"

그는 무슨 말이냐는 듯 고개를 갸우뚱했다.

"당신 집은 유죄를 입증하는 증거들로 가득해요. 증거들이 너무도 분명해서 심문 같은 건 필요 없을 정도로요. 단지 당신이 죽는다는 말을 하려고 날 부른 건가요?"

"만약 그렇다면요?" 루이스는 또다시 씩 웃었고, 그제야 율리아는 깨닫게 되었다. 그는 사디즘에 빠져 있는 게 아니라는 것을. 지금 그녀 앞에는 그 모든 것과 관계를 끊은, 미래가 없는 남자가 앉아 있었다. 다만 떠나기 전에 모두의 기억에 남을 만한 한 방을 남기려는 것이었다.

"유타 프랄에 대해 말해봐요." 율리아가 요청했다. "한 가지 정보만 알려주면 돼요. 1998년 9월. 그 일이 있기 불과 얼마 전에 라이볼트 부인과 헤어졌던 게 우연은 아니겠죠."

루이스는 순순히 그날 밤에 있었던 일을 이야기했다. 그는 자기 차, 정확히 말하면 카트린의 차에 앉아 있었다. 어두운 고속도로 주차장에서 자살을 하려 했던 것이다. 뒷좌석에는 호스도 준비되어 있었지만, 차마 배기통과 연결하지 못하고 있었다. 바로 그때 그는 그녀를 보았다. 열심히 그에게로 걸어온 그녀는 창문을 두드리며 도움을 청했다. 눈에는 눈물이 가득한 채로.

"아름다운 눈이었어요. 카트린의 눈처럼. 머리는 금발이었고

427

요." 그의 표정이 굳어지더니, 이내 혐오감에 가득 찬 얼굴로 말을 이었다. "흐느끼는 소리로 휴대전화 좀 쓸 수 있냐고 묻더군요. 내 눈에는 그녀가 그저 어린 카트린으로 느껴질 뿐이었어요. 난 차에서 내려 호스를 꺼냈습니다. 그 이후의 일은 잘 기억이 나지 않아요." 루이스는 잠시 생각하는 듯 하다가 코를 문지르고는 눈을 깜빡였다. "아마 그게 유일하게 아무 계획 없이 했던 살인일 겁니다. 판사가 이걸 참작해줄까요?"

"더러운 자식." 율리아가 말했다. 그녀는 뭔가가 마음에 걸려 심문을 끝낼 수가 없었다. "그러니까 내 말이 맞잖아요." 잠시 후 그녀가 다시 말했다. "당신 예전 애인과 닮은 여자들이란 거."

"그렇게 생각하고 싶으면 하세요. 이미 말했듯이 난 본래 금발머리 여자들을 좋아했어요. 하지만 외모보다 훨씬 더 중요한 요소가 있죠."

"그게 뭔데요?"

"순결함. 폴리네시아 지역에서는 피의 의식을 치를 때 오직 처녀와 총각만 데리고 합니다. 사춘기의 시작만큼 몸의 화학적 성질을 크게 변화시키는 일은 없죠. 내가 그 여성들을 고를 때 아무 이유 없이 까다롭게 굴었다고 생각하시면 곤란합니다. 합일은 그 의식의 한 부분일 뿐이에요. 내 전 주치의의 말대로 되었다면 난 이미 오래전에 죽었을 겁니다. 비트, 포도주스, 그리고 피가 날 이렇게 오래 버틸 수 있게 해줬죠."

"그래서 요한나의 피가 든 통에 뛰어든 거군요?" 율리아는 경멸하듯 입을 삐죽댔다. "그 추잡한 피의 의식 때문에?"

"내가 바로 그 효과를 증명하는 살아 있는 증거입니다." 루이스는 음험한 미소를 지었다. "요한나한테는 평생 경험했던 것 중 가장 깨끗한 합일이었을 걸요."

율리아는 호통이라도 쳐주고 싶은 심정이었다. 주먹을 불끈 쥐자, 손바닥 아래쪽에 손톱이 파고들어 통증이 느껴졌다. 그녀는 그가 저지른 모든 살인이 결국에는 아무 소용없는 짓이었다고 쏴부치고 싶었다. 어차피 그는 뒈질 거라고. 그 여자들은 헛되이 목숨을 잃은 거라고. 하지만 이제 더 이상 그럴 만한 힘이 없었다. 피곤한 나머지 손에 힘이 풀렸고, 손톱에 눌린 자리에는 초승달 모양의 빨간 자국이 생겼다. 그가 다시 입을 열었을 때, 율리아는 말없이 그의 권유를 따랐다.

"그만 가보시죠, 뒤랑 형사님. 난 더 이상 할 말이 없습니다. 이제 궁금한 게 있으면 직접 해결하셔야 할 겁니다. 정작 그래야 했을 때는 날 심각하게 생각하지 않았잖아요."

율리아는 더 이상 그를 보지 않았다. 하지만 문이 열리며 경첩이 삐걱대는 소리가 들리고 신선한 바깥 공기가 코끝을 스치자, 그녀에게 한 가지 생각이 떠올랐다. 그녀는 제자리에 우뚝 걸음을 멈췄다. 건조해진 목이 따끔거렸다.

"요한나 멜처는 안 죽었어요. 그 소식은 못 들었죠?" 그녀는 비웃음을 보이려 했지만 그럴 수가 없었다. 마지막으로 뒤를 돌아넋이 나간 듯한 루이스의 눈빛을 마주했을 때, 그녀의 안면 근육은 완전히 굳어 있었다. "당신은 실패했어요. 요한나가 바로 살아 있는 증거고요. 난 이 일을 특별히 토막 기사를 통해 대중에게 알릴 생각이에요."

문이 닫혔다. 그 울림은 길고 텅 빈 복도를 따라 울려 퍼졌다.

2013년 9월 6일, 금요일

오후 1시 45분

　푸조 안은 짐으로 꽉 찼고, 베르거는 율리아의 휴가 신청을 눈 하나 깜짝하지 않고 받아들였다. 율리아는 조급한 마음으로 앞서 가는 BMW를 따라 점점 더 작은 마을들로, 점점 더 좁은 길들로 들어갔다. 고속도로로부터 갈라지는 길들. 라디오를 통해 보도된 대로 길은 밀렸다. 이제야 여름방학이 끝난 두 개 주에서는 이번 주말이 학생들이 귀가하는 주말이었기 때문이다. 그러나 율리아 는 마지막으로 처리해야 할 일이 있었기에 그런 교통체증 정도는 감수해야 한다고 생각했다. BMW는 깜빡이를 켜더니 아스팔트 가 깔린 들길로 접어들었다. 구불구불한 그 길은 야트막한 언덕 으로 향하는 오르막길이었다. 우듬지들 사이로 뾰족한 빨간색 기 와지붕 하나가 솟아 있는 게 보이더니, 좀 더 가까이 가자 건물이 모습을 드러냈다. 그 목조 건물은 큰돈을 들여 수리한 듯 보였고, 건물 부지는 자연석들로 쌓아올린 높다란 담으로 둘러싸여 있었다. 그 뒤로 펼쳐진 숲은 어찌나 넓은지 끝을 가늠할 수 없을 정도였다.

BMW의 뒷좌석에 탄 누군가가 고개를 돌려 율리아를 쳐다보며 윙크했다. 율리아 역시 미소를 건넸다. 슈테파니는 확실히 다시 예전의 활달함을 어느 정도 되찾은 모습이었다. 나딘이 기숙학교로 전학을 가고 싶어 했던 딸의 소원을 들어주었던 것이다. 슈테파니의 학교 사회복지사가 강조했던 대로 시간이 별로 없었다. 나딘은 기숙학교 교장실과 통화를 했고, 프랑크는 여전히 회의적이긴 했지만 새롭게 시작하는 편이 더 낫다는 말에 결국 설득당하고 말았다. 슈테파니를 위해서라면 그는 못할 일이 없었다. 설령 그게 슈테파니를 품에서 놓아주는 걸 의미한다고 해도. 그리고 슈테파니는 율리아가 그곳까지 함께 가주기를 바라고 있었다.

"율리아는 자기 할 일이 있어." 프랑크 즉시 딸을 막고 나섰다.

하지만 율리아는 슈테파니를 위해 시간을 냈다. 한 시간 정도 차이야 별 것 아니었으니까.

율리아는 그레타 라이볼트를 머릿속에 떠올렸다. 그레타와 한 번 더 대화를 나눠보고 싶었지만 결국 그럴 수가 없었다. 혹시 그 애 엄마가 막은 걸까? 율리아는 알 수가 없었다. 하지만 메시지는 분명했다. '우린 경찰과 더 이상 연락하고 싶지 않습니다. 형사님의 살인사건 수사에 도움을 드릴 수도 없고요. 에바는 죽었고, 그레타는 극심한 상실감을 겪고 있어요. 부디 앞으로는 연락하지 말아주세요.'

율리아는 도저히 그냥 넘어갈 수가 없어서 알리나 코르넬리우스와 이 일에 관해 대화를 나눴다. 그러나 알리나는 그녀에게, 법적 단초를 찾을 수 없음을 분명히 했다. "그 성행위가 도덕적으로 얼마나 잘못된 것이었는지는 몰라도, 수개월 전에 일어났던 단

한 번의 상황만 가지고는 아무런 절차도 밟을 수가 없어."

"하지만 그레타가 집을 나오고 싶어 했단 말이야."

"그런 말을 한 것도 딱 한 번이잖아." 알리나가 말했다. "게다가 감정적으로 긴장을 한 상황에서 한 말이고. 그레타 스스로가 원하는 바를 확실히 하기 전에는, 이 세상의 어떤 복지국도 개입할 수가 없는 거야. 그냥 지켜보기가 힘들겠지만, 네가 그 애를 집에서 나오도록 도울 수는 없어. 우선은 그 애 자신이 그것을 원해야만 해."

프랑크, 나딘과 슈테파니가 차에서 내렸다. 율리아는 슈테파니가 부모님, 여동생과 작별 인사를 하는 모습을 먼발치에서 지켜보았다. 우는 사람은 아무도 없었다. 그런 이상적인 가족의 모습을 보고 있으려니 율리아는 왠지 울적한 기분이 들었다. 그녀는 가혹한 운명이 정해놓은 대로 아이를 가져보지 못할 터였다. 잠시 후 슈테파니가 그녀에게로 달려와 그녀의 손을 꼭 잡았다.

"정말 감사해요." 슈테파니는 율리아를 꽉 끌어안으며 귀에 대고 속삭였다. 열세 살짜리 아이의 의미심장한 말. 꼭 생물학적 관계로 맺어진 사이에서만 그런 말을 할 수 있는 건 아니었다.

슈테파니는 자기가 직접 가방을 끌고 가겠다고 우겼다. 도중에 그녀는 두 번 뛰어갔고, 그 모습을 지켜보던 나딘은 율리아를 보며 미소를 지었다. 프랑크가 율리아 곁으로 다가갔다.

"저기 가네요."

그들은 사건에 관해서는 더 이상 말하지 않았다. 잠시 생각에 잠겨 있던 율리아는 나딘이 다시 마리-테레제 쪽을 돌아볼 때까지 기다렸다가 조용한 목소리로 물었다. "대체 누가 슈테파니한테 그런 짓을 했던 거예요?"

프랑크의 표정이 어두워졌다. "우리도 몰라요. 잠깐 어느 패거리를 의심하긴 했었어요. 열일곱 살짜리 남자애들이었는데, 개중에 눈에 띄는 놈들이 몇 있었거든요. 하지만 미하엘은 그 놈들 중 누구도 사진 유포자로 단정할 수는 없다고 했어요. 관련된 흔적을 아주 제대로 없앴다더군요."

"그래서 당신은 그걸로 됐다고 생각하는 거예요?" 율리아는 믿을 수 없다는 듯 고개를 갸우뚱했다.

"내가 뭘 어쩌겠어요? 또 주먹 쥐고 위협이라도 할까요?" 프랑크는 보란 듯이 양손을 문질렀다. "만약 슈테파니네 반 아이가 그런 거라면요? 슈테파니는 의식을 잃도록 마셨어요. 진정제가 사용됐는지 여부도 절대 알아낼 수 없을 걸요. 크세니아는 슈테파니가 술만 마셨다고 호언장담하더군요. 보드카, 아마레토, 바카디." 그는 술 이름들을 강조하듯 읊었다. 음미라도 하는 걸까? 그의 혀가 술맛을 그리워하는 걸까? 율리아는 알 수가 없었다. 프랑크는 근심 가득한 눈빛으로 학교 정문을 바라보고 있었고, 그 모습을 더 이상 참고 볼 수 없었던 율리아는 그를 주차장 쪽으로 밀었다.

"자, 프랑크, 이제 가요. 슈테파니가 인생의 새로운 장을 열게 된 걸 기쁘게 생각하라고요."

하지만 프랑크는 여전히 불안해했다. "난 오히려 기숙학교에서도 비슷한 일이 생기는 건 아닐지 걱정이 앞서는 걸요." 그는 신음소리를 내며 관자놀이를 문질렀다. "알코올 남용. 마약. 물론 대부분의 기숙사에서는 그런 일이 없다는 걸 나도 잘 알아요. 뉴스에 나오는 건 특수한 경우일 뿐이란 걸. 하지만 만약 하필 이 학교가 다음번에 그런 특수한 경우로 보도된다면요? 그럼……."

율리아는 고개를 가로저으며 그의 말을 가로막았다. "슈테파니는 그 모든 일을 다 겪었으니 다시는 그와 비슷한 일에 휘말리지 않을 거예요." 그녀는 기운 내라는 듯 프랑크 옆구리를 툭 쳤다. "딸한테 그 정도 신뢰는 있어야죠. 슈테파니도 이제 더 이상 어린 애가 아닌데."

프랑크는 알아들을 수 없는 말로 뭐라고 중얼거렸다.

열세 살. 십 대. 그는 밤이면 자장가를 불러주곤 했던 딸을 놓아 주기가 싫었다. 새 테디베어를 선물 받는 게 가장 큰 기쁨이었던 아이. 그가 손을 벌리고 지켜보는 가운데 거실 탁자를 따라서 첫 걸음마를 했던 아이. 그는 아직 그런 딸을 놓아줄 준비가 안 되어 있었다. 아치형 대문을 나서면서, 그는 마지막으로 다시 한 번 뒤를 돌아보았다.

좋든 싫든, 그는 익숙해질 터였다.

에필로그 1

하늘에는 갈기갈기 찢긴 듯한 모습의 잿빛 구름이 빠르게 흘러가고 있었다. 갈매기들은 수직으로 날아오르며 돌풍에 몸을 내맡겼다. 그는 시동을 끄기 전에 크루아상를 한 입 베어 물었다. 그의 옆에 앉은 여자 역시 빵을 물어뜯었고, 두 좌석 사이의 컵홀더에는 종이컵이 끼워져 있었다.

"아침은 평소처럼 먹고 싶었는데." 그는 잘 알아들을 수 없는 소리로 우물거리며 굉장한 미모의 소유자인 옆 자리의 여자를 쳐다보았다.

"그녀를 더 이상 기다리게 해서는 안 돼요." 여자가 대답했다.

"아무리 이제와 한두 시간 차이가 중요한 게 아니라고 해도 말이에요. 그 오랜 세월동안 기다렸잖아요."

"당신 말이 맞아요." 그는 고개를 끄덕이며 차에서 내렸다. 그러고는 옷에 묻은 부스러기를 툭툭 턴 다음 목덜미를 쓰다듬었다. 순간 어떤 생각이 그의 뇌리를 스쳤다. 그녀는 어떻게 반응할까? 시간이 약이라는 게 정말 사실일까? 오래 된 상처를 다시 열어젖히는 거나 마찬가지일 텐데, 그래도 전보다는 덜 괴로울까?

그의 파트너는 커피를 마지막으로 한 모금 마셨다. 우유를 적게 넣어서인지 쓰고 강한 맛이 났다. 그녀는 부스럭대며 빵을 다시 싸서 계기판 위에다 올려놓았다. 두 사람은 진입로를 따라 걸어 올라갔다. 길에 박힌 돌들 틈새로 풀과 민들레가 잔뜩 자라나와 있었다. 한참 전부터 차의 왕래가 없었던 것처럼. 5년. 정말 그렇게 시간이 많이 흘렀나?

그 집의 주인은 예전에 지역 관리자였던 동시에 수많은 협회의 회원으로 활동했던 사람인데, 2009년에 예순 살밖에 안 된 나이로 세상을 떠났다. 암 때문도, 그 어떤 쾌락에 빠져 살았기 때문도 아니었다. 바로 삶이 그를 떠나버렸던 것이다. 운명은 그에게 지울 수 없는 깊은 상처를 남겼다. 그로 인해 그는 완전히 파괴되었고, 사람들은 그 모습을 보고 있을 수밖에 없었다. 그녀의 아내조차도. 그로써 그녀는 유일하게 사랑했던 두 사람을 모두 잃고 말았다. 매일의 시작과 끝은 오직 외로움이었고, 매일이 벌 그 자체였다. 그녀가 받을 이유가 없는 끊임없는 고통. 하지만 그녀에게는 스스로 목숨을 끊을 만한 용기도 없었고, 술이나 연애로 도피할 만한 배짱도 없었다. 결국 그녀는 이미 오래전에 그녀를 돌보기를 포기한 이웃들 사이에서 홀로 근근이 살아가고 있었다. 무덤을 손질하고, 묘비의 먼지나 새똥을 닦다가 금속 철자들을 손으로 쓰다듬으며 눈물짓고, 남편 이름 옆에 자기 이름이 새겨질 날만을 참고 기다리는 게 그녀가 하는 일의 전부였다.

그녀는 머리에 쓰고 있던 비닐 모자를 손으로 꽉 붙들고, 다른 손으로는 자전거를 밀었다. 집에 다 와갈 때쯤 종소리가 들렸다. 이미 한참 전부터 그녀는 성당에 나가지 않고 있었다. 그토록 무지한 하나님은 그녀 인생에 아무 필요도 없었다. 신부는 가끔 그녀의 집에 찾아왔지만, 그녀는 매번 그를 쫓아버렸다. 마흔도 안 된 나이에 아이는커녕 결혼도 안 한 남자가 그녀의 마음 상태를 이해할 리 만무했다.

바로 그때, 한때는 그토록 빛났던 그녀의 초록색 눈이 어떤 움직임을 포착했다. 그녀는 걸음을 멈추고 그 차를 바라보았다. 신부는 미사를 집전하는 중이었고, 그 외에 그녀를 찾는 방문객은 끊긴 지 이미 오래였다. 진회색 벤츠. 외판원들은 일요일에는 오지 않았다. 가까운 친척, 사촌들은 수년간 얼굴도 보지 못한 데다 2백 킬로미터는 떨어진 곳에 살고 있었다. 그 순간 그녀는 두 사람이 서 있는 걸 보았다. 분명 초인종을 누른 사람들일 텐데, 지금은 차로 돌아가고 있었다. 남자 한 명, 여자 한 명. 여자는 남부 유럽 출신인 듯 보였다. 그 둘의 얼굴을 본 그녀는 가슴이 콩닥콩닥 뛰었다. 걸음을 빨리 한 그녀는 자전거를 담벼락에 기대어 세워놓았다.

"저를 찾아오신 건가요?"

쇠렌 헤닝과 리사 산토스는 그녀를 돌아다보았다. 안도한 듯한 표정. 당연히 그녀를 찾아온 거지, 그게 아니면 왜 그들이 여기까지 왔겠는가.

"안녕하세요, 슈탈만 부인." 쇠렌은 그녀에게로 다가가 악수를 청했다. "안 계신 줄 알았습니다."

"무덤 좀 손질하고 왔어요." 그녀는 조용히 대답했다. 두 형사는 동정심 어린 표정으로 고개를 끄덕였다.

"무슨 일로 오셨나요?" 조용하고, 불안한 듯 잔뜩 떨리는 목소리. 예전에는 형사들이 정기적으로 그녀 집에 드나들었다. 쇠렌과 리사는 아니었지만. 시간이 지남에 따라 그녀는 여러 형사들을 오고 가는 걸 볼 수 있었다. 언젠가 그 사건이 파일로 묻혀버리기 전까지는. 집에서 5백 킬로미터 떨어진 곳에서 발견된 어느 도보여행자. 엉덩이 부위에 적힌 글씨 때문에 언론의 주목을 받았지만, 범인에 대한 그 어떤 단서도 찾을 수가 없었다.

"좀 들어가도 될까요?" 리사가 웃으며 부탁했다.

그들은 거실에 앉았다. 두 형사의 눈에는 지난 세월 동안 변한 게 전혀 없는 듯 보였다. 슈탈만 부인의 얼굴에 드리워진 그림자와 주름이 더 짙어졌다는 것 외에는.

쇠렌은 곧장 본론으로 들어갔다. "며칠 전 프랑크푸르트 경찰청 형사들이 한 남자를 체포했습니다. 수년간 젊은 여성들을 살해한 죄로요."

"로제마리?" 그 전까지 텅 비어 있던 그녀의 눈이 순식간에 이글이글 타오르는 듯했다. 한 어머니의 영혼을 수년간 갉아먹었던 그 모든 희망, 두려움과 슬픔의 감정이 동시에 북받쳤다. 로제마리는 부모한테 반항을 했었다. 물론 그럴 만한 이유는 충분했다. 그녀는 까다롭고, 다소 건방지고, 제멋대로인, 어여쁜 십 대였으니까. 작은 마을에서 사는 건 그녀에게는 단조롭고 지루한 일이었다. 바로 근처 도시인 킬에서는 모든 게 정반대였다. 그녀가 자꾸만 밖으로 나도는 데 대해 그녀의 부모는 자주 혼을 냈었다. 그 일 때문에 그녀는 남쪽으로 정처 없이 길을 떠났고, 살해되었다. 슈탈만 부인은 큰 소리로 훌쩍거렸고, 리사는 천천히 고개를 끄덕였다. 엉엉 울던 부인은 결국 다시 입을 열었다.

"그 사람이 다른 애들도……. 왜 하필 지금……. 누구죠? 왜 그랬대요?" 부인은 눈물이 그렁그렁한 눈을 동그랗게 뜨고 두 형사를 번갈아 쳐다보았다. 먼저 대답한 사람은 쇠렌이었는데, 그는 어디까지 말을 해야 될지 몰라 머뭇거렸다. 언론사들은 이미 불완전한 지식만 가지고 각종 추측을 내놓기에 바빴다. 슈탈만 부인이 아직까지 그 사실을 알지 못한 게 기적일 정도로. 하지만 그녀는 세상일에 관심이 있는 사람처럼 보이지는 않았다.

"변태 자식. 금발의 미인들만 노려서 살해했다더군요."

"성폭행도 했나요?"

"아뇨." 쇠렌은 마치 도와달라는 듯 리사를 쳐다보았다. 그 주제가 그에게는 불편했기 때문이다. 오랜 시간 동안 사람들은 로제마리가 성폭행을 당한 뒤 살해됐다고 생각했었다. 성관계가 있었던 데에는 의심할 여지가 없다고. 하지만 전날 그에게 정보를 전해준 율리아 뒤랑에 따르면, 루이스 피셔의 경우 그런 일은 있을 수 없다고 했다.

"안타깝지만 저희도 범행의 정황에 대해 더 이상은 알지 못합니다." 리사가 말을 받았다. "하지만 용의자가 성불구자예요. 어쩌면 그게 그의 살인 욕구의 원동력이 된 걸지도 몰라요. 사람을 죽이는 데서 만족을 찾는 거죠."

"20년 동안이나요?" 클라라 슈탈만은 믿을 수 없다는 눈빛으로 말했다.

"그는 아주 정상적인 삶을 살고 있었답니다. 자기 주관이 강하고 극단적인 면이 있긴 하지만, 살인자로 볼만한 특징은 전혀 없었대요."

"왜 지금 잡힌 거죠?"

쇠렌이 다시 입을 열었다. "그는 숨어 있다가 어떤 소녀를 덮쳤습니다. 그의 진술에 따르면 마지막 희생양으로 골랐다더군요. 그는 암에 걸렸습니다. 언제 그녀를 붙잡을 수 있을지 다 알고 미리 만반의 준비를 했던 거예요. 알리바이를 만든 뒤 그녀를 납치해 살해했지만, 경찰은 마침 그가 범인이라는 증거를 발견했고요. 그는 자기가 경찰을 상대로 통제력을 행사하는 줄 알고 그걸 즐기고 있어요."

쇠렌은 모든 사항들을 다 알지는 못했지만, 마티아스 볼너에 관해서는 어느 정도 알고 있었다. 그리고 거기에는 마티아스가 자기 배 위에 적어두었던 차량번호판에 대한 단서도 포함되었다.

"로제마리처럼 자기 몸에 글씨를 새겼다고요?" 슈탈만 부인은 작은 소리로 물었다.

쇠렌은 아랫입술을 깨물었다. 비현실적으로 보이지만 정말로 발생했던 잔인한 우연. 로제마리의 엉덩이 위 글씨는 루이스 피셔가 쓴 것이 아니었다. 조서에 따르면 적어도 루이스 본인은 그렇게 고집하고 있었다.

쇠렌은 당황스러워하며 그게 다 범인의 비정상적인 정신 상태 때문이라고 얼버무렸다. 그러고는 황급히 대화 주제를 바꿨다. 잠시 후 리사가 조용히 그에게 속삭였다. 슈탈만 부인이 그의 말에 제대로 주의를 기울이지 못하는 것 같다고. 그녀는 그의 목소리를 듣고는 있었지만, 말을 이해하는 것 같지는 않았다.

"뭐, 어쨌든." 그는 하던 얘기를 서둘러 마무리 지었다. "로제마리의 살인범이 드디어 감옥에 갇히게 됐습니다. 언제든 관련 정보에 대해 전해드리도록 하겠습니다. 이 날만을 손꼽아 기다리셨잖아요."

자리에서 일어난 클라라 슈탈만은, 운하에 떠 있는 선박들이 보이는 거실 창문 쪽으로 걸어갔다. 그녀는 저 먼 곳을 바라보았다.

"이제 확실해졌네요." 그녀의 말은 끊겨서 들렸다. "그거면 됐어요. 로제마리에게 말해줄 거예요. 날씨가 좋으면 식사를 한 뒤에 한 번 더 그 애한테 가 볼 생각이에요."

리사와 쇠렌은 그녀가 심리학적인 도움을 받을 수 있도록 해줘야 하는 건지 잠시 고민했다. 또 그녀의 말이 생각에 따라서는 얼마나 냉소적으로 들릴 수 있는지 생각했다. 그때 그녀가 다시 그들을 돌아다보았다.

"산토스 형사님, 헤닝 형사님, 일요일인데도 여기까지 오시는 수고를 해주셔서 정말 감사합니다. 진심이에요. 하지만 부디 이제 저 혼자 있게 해주세요."

무거운 침묵이 방 안을 가득 채웠다. 두 형사는 천천히 몸을 일으켰다. 쇠렌은 고개를 끄덕여 인사를 하며 악수를 건넸다. "혹시 뭐 필요하신 게 있으시면……."

리사도 작별 인사를 했다. 여전히 아무 말이 없는 슈탈만 부인의 축 처진 어깨를 쓰다듬으며. 그들은 현관을 향해 몸을 돌렸다.

"그때 그 애를 가게 둬서는 안 되는 거였어요."

비록 아주 약하게 들렸지만, 고요한 정적에 비수를 꽂는 말이었다. 클라라 슈탈만은 다시 자신을 제어할 수 있는 힘을 얻은 표정이었다. 불확실함 속에서 보내야했던 기나긴 시간은 이제 끝이었다. 왜 하필 로제마리가 첫 번째 희생자가 되었던 걸까? 중요치 않은 질문이겠지.

"그렇다고 그 놈이 살인을 안 하진 않았을 겁니다." 뒤늦게 클라라의 생각을 읽은 쇠렌이 말했다.

"맞아요." 그녀는 쓴웃음을 지으며 고개를 끄덕였다. "우리가 그 애를 붙잡았다면, 그 애는 아직 살아 있겠죠."

밖으로 나오는 길, 리사와 쇠렌은 의미심장한 눈빛을 교환했다. 형사로서 견디기 힘든 순간이 있다면 바로 이런 순간일 터였다.

에필로그 2

루이스 피셔에 대한 재판은 불과 5주 후에 열렸다. 검찰에서 이 사안을 특히 신속하게 진행한 데다, 포기를 모르는 율리아의 성격도 한몫 했던 것. 정신 감정 결과 루이스는 책임 능력이 완전히 있는 것으로 판명되었다. 그는 타깃을 확실히 정한 뒤 의도적으로 피해 여성들을 숨어서 기다렸고, 매번 같은 방식으로 범죄를 저질렀다. 그의 성불구인 몸 상태, 변태적 의식, 피를 마시는 행위 등, 그 어느 것도 그에게 유리하게 작용한 건 없었다.

의학적 감정 결과(이에 대해 루이스의 변호사는 격분하며 이의를 제기했다)는 놀라웠다. 루이스의 암이 정체 상태를 보였던 것. 즉, 그는 무기한 형을 살 수 있었다. 12일 후 판결이 내려졌는데, 예상대로 종신형을 선고받았다. 여성 재판관은 그를 가중처벌 대상으로 판단했고, 이에 루이스의 변호사는 판사가 여자라서 그런 거라며 고래고래 소리를 질러댔다. 상고가 당연히 받아들여질 거라고. 하지만 그의 말에 귀를 기울이는 사람은 아무도 없었다.

비장 조각 네 개, 피가 담긴 통들, 개인 자료와 메모 등, 루이스에게 불리한 증거는 차고 넘쳤다. 그의 집, 경찰의 진술, 특히 요한나 멜처의 진술까지. 요한나는 적어도 겉보기에는 그 어떤 영구적인 손상도 입지 않은 것 같았다. 하지만 목에 남은 흉터와 마찬가지로 그녀의 정신도 완벽하게 치유될 수는 없는 일이었다.

언론사들은 연쇄살인범을 어떻게 처리해야 하는가에 관한 감정적이고도 일시적인 논란을 선동하기 바빴다. '어떻게 살인범 한 명이 그리 오랜 시간 동안 아무 방해도 받지 않고 범행을 저지를 수 있었는가' 하는 문제에 관해. 사형에서부터 경찰의 무능력함까지, 이런 일이 있을 때마다 매번 반복되는 논란들. 그러나 그런 것도 곧 잠잠해졌다. 기자회견 자리에서 베르거는, 루이스의 피에 대한 욕구에 대해서는 한 마디도 하지 않았다.

이러한 베르거의 보도 금지에 대한 노력은 언론의 관심을 이겨냈고, 결국 대중들은 루이스를 (또 하나의) '사회적 종양'으로 보고 그의 희생양이 된 다섯 여성들 가운데 한 명이라도 살아남은 걸 다행으로 여겼다. 로제마리 슈탈만, 베아테 쉬르만, 유타 프랄, 에바 스티븐스, 그리고 요한나 멜처. 그 외의 다른 사건들은 루이스와의 관계성을 공식적으로는 인정할 수가 없었다. 증거가 충분한 살인사건이 적어도 다섯 건이 넘었지만, 대중에게는 알려지지 않았다. 실종사건들도 마찬가지였다. 루이스가 druide_666이라는 아이디로 활동했던 인터넷 포럼에서는 루이스의 체포 소식이 큰 반향을 불러일으켰다. 그러나 언론사들과는 다르게 그 포럼에서는 아주 색다른 추측들이 나왔다. '루이스는 희생양일 뿐이다' '사탄의 살인자, 팬타그람 살인자, 하이에나, 그의 살인은 계속될 것이다' '모순점이 너무 많다' '사탄 같은 모습이 보이지 않는다' 등. 포럼 방문자들에게 순전히 살인 욕구 때문에 사람을 죽인 살인범이란 너무 뻔한 얘기인 듯 보였다. 심지어 그들은 범인

443

이 포럼에 올라온 글들을 몰래 보고, 글을 올리고 있을지도 모른다고 주장했다. "흔한 음모론들이에요." 미햐엘 슈렉은 그 모든 걸 간단히 무시했다. 경찰 내부 정보가 어디서 샜는지(그리고 그 정보가 정말 있기는 했는지)는 풀리지 않은 문제로 남았다. 다만 미햐엘은 루이스가 직접 소문을 퍼뜨린 거라고 추측하고 있었다. 루이스 피셔는 형을 선고받은 지 9개월만에 사망했다. 그의 몸에는 동료 수감자들의 폭행에 의한 것으로 보이는 수많은 상처와 흉터가 발견되었다. 독일 내에서는 그의 죽음이 그다지 주목받지 않았다. 그러나 몇 주 뒤 미국의 어느 소규모 출판사에서 《하이에나 살인자의 실화》라는 눈에 띄는 제목의 책이 출간되었다. 그 유명한 찰스 맨슨(자신의 추종자 집단을 조종해 총 35명을 살해한 혐의로 2014년 12월 현재 교도소에 복역 중이다 —역주)의 범죄를 떠올리게 하는 책. 384쪽 분량의 방대한 이 책에는 루이스 피셔의 사진과 개인적인 메모도 수록되어 있었다. 무속인, 코치, 인생 상담가. 연쇄살인범. 카트린 라이볼트는 루이스의 에이전시를 통해 편지 한 통과 5만 달러짜리 수표를 받았다. 편지에는 앞으로도 송금이 지속될 것이라고 적혀 있었다. 루이스는 본인이 저지른 잔인한 살인에 관해서는 한 마디도 언급하지 않았다. 그는 편지를 다음과 같이 끝맺었다.

이건 더러운 돈도, 불법적인 돈도 아니야.
내가 살아서는 당신한테 줄 수 없었던 돈이지.
당신이 원하는 삶을 살아.
당신은 이제 자유야.
언젠가 우리는 다시 만나겠지.
다른 생애에서.

나는 이 책에 영향을 준 그 주제에 어떻게 접근해야 할지 한참을 고민했다. 이 책의 줄거리는 무엇보다도 지난 수년간 그 수가 확연히 증가해온 현상들에 관한 것이다. 그중 일부는 나의 학창 시절에는 있지도 않았던 것들이다. 휴대전화 동영상과 사이버 따돌림이라는 게 아예 없던 시기에 학교를 다녔던 걸 다행으로 생각해야 할 판이다. 2013년 현재 학생들의 일상, 특히 힘든 경험을 했던 아이들의 일상을 자세히 들여다볼 수 있게 해준 데 대해 엘리에게 가장 먼저 감사하고 싶다. 엘리는 이 책이 출간되는 데 중요한 역할을 한 데다, 실명을 밝히는 걸 허락한 유일한 사람이니까. 수사기법에 대한 조언부터 의학적 조언까지, 여러 조력자들이 각자 다른 방식으로 기여를 해주었다.

스토킹. 나는 조사 단계에서 거의 모든 이들이 자기 주변에 그런 일을 겪은 사람이 있다고 하는 걸 보며 경악할 수밖에 없었다. 이런 현상이 우리 사회에 대해 무엇을 말하고 있는가? 커뮤니케이션의 시대가 낳은 부작용은 무엇인가? 사람들은 현실에서, 개

개인이 직접 만나는 자리에서 점차 둔감해지고 있지는 않은가? 스토킹은 '스토킹'이란 이름이 붙기 전부터, 누군가를 계획적으로 쫓아다니는 행동을 범죄로 규정한 관련 법조항이 신설된 2007년 이전부터 있어 왔던 일이다. 피해자 보호를 목적으로 한다는 그 조항이 과연 효과가 있을까?

내가 만난 사람들은 본인의 경험을 인상적이리만치 상세하게 말해주었다. 그중 체포나 유죄 판결로 이어진 건 단 한 건도 없다. 경찰이 신원을 확보했던 경우도 포함해서. 부디 내 말을 오해하지 마시길. 법치국가에서는 무죄추정의 원칙을 아주 가치 있는 것으로 여긴다. 그러나 스토킹 피해자는 독일에만도 수천 명에 이르는데, 대부분은 여성이다. 이들 중 대다수는 항상 두려움 속에서 살아가고 있다. 모든 스토커가 그저 차 안에 가만히 앉아 있거나 사진을 보내는 일로만 만족하지는 않기 때문이다. 아주 용기 있는 몇몇 피해자들과의 만남을 통해 나는 깊은 감명을 받았다. 나를 지지해준 그 분들께 감사의 뜻을 전한다!

〈잃어버린 소녀들〉은 각종 음모가 얽히고설킨 복잡한 소설이 아니다. 언뜻 보면 꽤 단순한 살인사건을 다루고 있다. 언제나 어디서나 있을 수 있는 사건들. 특히나 참기 힘든 건 어리고 순진한 아이들과 관련된 사건들이다. 순전히 살인 욕구 때문에 목숨을 빼앗긴 사람들. 사이코패스적인 냉정함. 나는 내 마음을 무겁게 만들었던 어느 분과의 서신 교환을 통해 실종된, 혹은 살해된 아이들이 그들 부모의 기억 속에서는 수십 년이나 더 건재히 살아 있음을 알게 되었다. 하지만 미결로 남은 살인 및 실종 사건의 수는 계속 증가하고 있다.

간과하지 않았던, 그리고 침묵하지 않았던 모든 분께 감사한다. 뒤랑 시리즈의 다른 책들과 마찬가지로 이 책에서도 다음 사항이 적용된다.

  묘사된 행위들은 자유롭게 고안된 것이다. 혹시 실존하는, 혹은 이미 사망한 인물과 비슷한 점이 있다면 그건 우연에 불과하다.

옮긴이_서지희

한국외대 독일어과를 졸업한 후 다양한 분야의 책을 번역해왔다. 현재 번역에이
전시 엔터스코리아에서 출판기획자 및 전문번역가로 활동하고 있다. 옮긴 책으
로는《예쁘고 빨간 심장을 둘로 잘라버린》,《영, 블론드, 데드》,《12송이 백합과
13일 간의 살인》,《180일의 엘불리》,《이 죽일 놈의 사랑》,《진주색 물감》,《탁 까
놓고 얘기해!》,《자비를 구하지 않는 여자》 등 다수가 있다.

잃어버린 소녀들

초판 1쇄 인쇄일 2015년 3월 20일 • 초판 1쇄 발행일 2015년 3월 25일
지은이 다니엘 홀베 • 옮긴이 서지희
펴낸곳 (주)도서출판 예문 • 펴낸이 이주현
기획 김유진 • 편집 박정화 • 디자인 김지은 • 영업 이운섭 • 관리 윤영조 · 문혜경
등록번호 제307-2009-48호 • 등록일 1995년 3월 22일 • 전화 02-765-2306
팩스 02-765-9306 • 홈페이지 www.yemun.co.kr
주소 서울시 강북구 미아동 374-43 무송빌딩 4층

ISBN 978-89-5659-245-9 (03850)